LA FEMME FARDÉE

Née en 1935 à Carjac, dans le Lot, Françoise Sagan grandit à Paris. Après son baccalauréat, elle s'inscrit à la Sorbonne. C'est durant l'été 1953 qu'elle rédige *Bonjour tristesse*. Le roman est publié et connaît un succès fulgurant. Elle a dix-huit ans. Elle fait la connaissance du Tout-Paris littéraire et voyage. En 1956, son deuxième roman, *Un certain sourire*, est également un succès. Françoise Sagan commence alors à adopter un style de vie qui fait scandale et contribuera à son mythe : casinos, boîtes de nuit et voitures de sport. Victime, en 1957, d'un grave accident de la route, elle en gardera des séquelles qui la poussent à abuser des médicaments et de l'alcool. Elle a publié une cinquantaine de romans, écrit quelques pièces de théâtre (notamment *Château en Suède*) et participé à l'écriture de scénarios. En 1985, le prix Prince Pierre de Monaco récompense l'ensemble de son œuvre. Ruinée et gravement malade, elle meurt en septembre 2004.

Paru dans Le Livre de Poche :

BONJOUR NEW YORK

DES BLEUS À L'ÂME

DES YEUX DE SOIE

LE LIT DÉFAIT

LA PETITE ROBE NOIRE

THÉÂTRE

TOXIQUE

UN ORAGE IMMOBILE

UN PEU DE SOLEIL DANS L'EAU FROIDE

UN PROFIL PERDU

FRANÇOISE SAGAN

La Femme fardée

ROMAN

STOCK

La première édition de ce livre a paru en 1981
aux éditions Jean-Jacques Pauvert
et aux éditions Ramsay.

ISBN : 978-2-253-15682-6 – 1re publication LGF

À Jean-Jacques Pauvert,
grâce à qui l'histoire de ce livre
est une histoire heureuse,
son amie.

Tome I

« Quelle importance pourrions-nous attacher aux choses de ce monde ? L'amitié ? elle disparaît quand celui qui est aimé tombe dans le malheur, ou quand celui qui aime devient puissant. L'amour ? il est trompé, fugitif ou coupable. La renommée ? vous la partagez avec la médiocrité ou le crime. La fortune ? pourrait-on compter comme un bien cette frivolité ? Restent ces jours dits heureux qui coulent ignorés dans l'obscurité des soins domestiques et qui ne laissent à l'homme ni l'envie de perdre ni de recommencer la vie. »

CHATEAUBRIAND, *Vie de Rancé.*

C'était les derniers jours de l'été, un été qui avait été jaune et cru, violent, un de ces étés qui rappellent la guerre ou l'enfance; mais c'était à présent un soleil poli et pâle qui s'allongeait sur les flots bleus et plats du port de Cannes. C'était la fin d'un après-midi d'été, le début d'un soir d'automne, et quelque chose dans l'air était languissant, doré, superbe, et surtout : périssable; comme si cette beauté eût été condamnée à mort par ses excès mêmes.

Sur le quai du *Narcissus*, orgueil des Compagnies Pottin, qui s'apprêtait à lever l'ancre pour sa célèbre croisière musicale d'automne, le capitaine Ellédocq et son commissaire de bord, Charley Bollinger, campés comme au garde-à-vous au bout de la passerelle, semblaient néanmoins peu sensibles au charme de l'heure. Ils recevaient les heureux et privilégiés passagers d'un paquebot assez luxueux pour justifier le prix exorbitant de cette croisière. La notice placardée dans toutes les agences du monde, tous les ans depuis trois lustres à présent, était des plus prometteuses : son slogan, écrit en lettres anglaises sur fond d'azur, cernait une harpe éolienne d'époque incertaine, de ces cinq mots : *In mare te musica sperat*, ce qui pour un latiniste pas trop pointilleux pouvait se traduire par : « La musique vous attend sur la mer. »

En effet, pendant dix jours, si l'on en avait le goût et les moyens de ses goûts, on pouvait faire un petit tour de Bassin méditerranéen dans des conditions de confort raffinées, et en compagnie d'un ou de deux des plus grands interprètes de l'heure et du monde musical.

Dans l'organisation des Pottin, ou plutôt dans son idéal, l'escale déterminait l'œuvre musicale, et l'œuvre musicale déterminait le menu. Ces correspondances délicates, au début hésitantes, s'étaient peu à peu transformées en rites immuables, même s'il arrivait parfois que la décomposition subite d'un tournedos obligeât à remplacer Rossini par Mahler et ce tournedos par une potée bavaroise. Souvent prévenus au dernier moment par l'intendance des caprices du congélateur de bord ou des marchés méditerranéens, les interprètes étaient quelquefois la proie de légères crises de nerfs qui ajoutaient du piment à une existence par ailleurs assez monotone, si l'on en oubliait le prix. Le coût de la croisière, en effet, était de quatre-vingt-dix-huit mille francs en classe de luxe, et, en première classe, de soixante-deux mille francs, les deuxièmes classes ayant été bannies à jamais du *Narcissus* afin d'épargner les susceptibilités des privilégiés moins privilégiés que les autres. N'importe ! Le *Narcissus* partait toujours comble : on se battait deux ans à l'avance pour y avoir une cabine et l'on s'y retrouvait sur les rocking-chairs du pont supérieur comme d'autres sur les gradins de Bayreuth ou de Salzbourg : entre mélomanes et entre gens riches, la vue, l'ouïe, l'odorat et le palais délicieusement et quotidiennement comblés. Seuls les plaisirs du cinquième sens restaient facultatifs, ce qui, vu l'âge moyen des passagers, était au demeurant préférable.

À dix-sept heures, heure limite, le capitaine Ellédocq poussa un grognement sinistre, sortit sa montre de son gousset et la promena devant ses yeux d'un air incrédule avant de la brandir sous les yeux patients et moins surpris de Charley Bollinger. Les deux hommes naviguaient ensemble depuis dix ans et en avaient acquis des habitudes quasi maritales, qui, eu égard à leur physique, avaient quelque chose de tout à fait saugrenu.

« Pariez la Bautet-Lebrêche pas là avant sept heures ?

— C'est probable », répondit d'une voix amène et flûtée Charley Bollinger, qui s'était, à force, habitué au morse du commandant.

Ellédocq ressemblait tellement à l'idée qu'on se fait d'un vieux loup de mer, avec sa stature de colosse, sa barbe, ses sourcils et sa démarche chaloupée, qu'il s'était peu à peu imposé à la Compagnie Pottin, en dépit d'une rare inaptitude à la navigation. Après quelques naufrages et de nombreuses avaries, on l'avait retiré de tout océan aventureux pour lui confier ces circuits sans périls, ces cabotages d'un port à l'autre où, de la dunette d'un paquebot solide et bien équipé, aidé par un second relativement au courant de la navigation et de ses règles, il ne pouvait strictement rien lui arriver de fâcheux. La prétention proche de la paranoïa que développait Ellédocq depuis son plus jeune âge pour des causes incompréhensibles, lui avait fait attribuer automatiquement à la confiance de ses employeurs l'absence d'initiative que comportait son poste ; mais il ruminait des désirs d'aventures à la Conrad, des nostalgies de capitaines courageux et kiplingnesques. Et l'impossibilité où il était de transmettre d'une voix blanche mais ferme des appels romantiques ou des SOS déchirants n'avait cessé de lui peser cruellement. Il rêvait la nuit de lancer dans un micro crépitant, au cœur d'un cyclone : « Longitude tant, latitude tant, tenons bon… Passagers en sûreté… Reste à bord… » Hélas ! le matin, il ne trouvait à envoyer que des messages tels que : « Poissons avariés, prière changer fournisseur », ou : « Prévoir chaise roulante pour passager estropié » dans le meilleur des cas. L'emploi du morse, chez lui, était devenu si naturel que l'usage de la moindre préposition « de, à, pour », etc. provoquait la panique chez ses subordonnés, et surtout chez le craintif, le blond Charley Bollinger. Né dans une famille bourgeoise de Gand, homosexuel et protestant, la vie de Charley avait été une suite d'avanies supportées avec grâce, plus qu'avec bonheur, et bizarrement il avait trouvé dans la présence rogue du capitaine Ellédocq, dans cette virilité intolérante et obtuse, dans cette prétention bougonne, une stabilité et une relation qui, toute platonique qu'elle fût (et Dieu sait qu'elle l'était), le rassurait obscurément. Quant à Ellédocq, qui haïssait dans l'ordre les communistes, les métèques et les pédérastes, c'était un miracle, pensait Charley, que depuis quelque temps il ménageât un peu ces derniers.

« Notre chère Edma, dit Charley avec entrain, sera un petit peu en retard, bien sûr, mais je vous signale que notre grand Kreuze lui-même n'est pas arrivé. Quant à attendre, nous en avons l'habitude, hélas ! mon cher commandant. »

Et il lança une sorte de bourrade (ou qui se voulait telle) vers son compagnon qui le toisa férocement. Le capitaine Ellédocq détestait ce « nous » que lui imposait perpétuellement Bollinger. Il n'y avait que trois ans qu'il connaissait les mœurs du pauvre Charley. Descendu pour une fois à Capri chercher un paquet de tabac (car il ne quittait jamais son bord, principe sacré), il y avait découvert son commissaire de bord, habillé en vahiné, dansant le cha-cha-cha avec un Capriote musclé, sur la Piazzetta. Bizarrement, cloué d'abord par l'horreur, il n'en avait jamais rien dit par la suite au coupable ; mais il le tenait depuis dans une sorte de mépris horrifié et parfois craintif. Il s'était même arrêté totalement de fumer ce jour-là, par un curieux réflexe qu'il ne s'était jamais expliqué.

« Quoi, déjà, ce Kreuze ? dit-il d'un ton soupçonneux.

— Mais, mon capitaine, Kreuze, Hans-Helmut Kreuze… Voyons, capitaine, je sais bien que vous n'êtes pas spécialement mélomane… (Charley ne put retenir un rire à cette idée, petit rire perlé qui assombrit encore le front du capitaine.) Mais quand même, Kreuze est actuellement le plus grand chef d'orchestre au monde ! Et le plus grand pianiste, dit-on… La semaine dernière… Enfin, vous lisez *Paris-Match*, quand même ?

— Non, pas le temps. *Match* ou pas, Kreuze en retard ! Lui peut-être chef d'orchestre ; mais pas chef de mon bateau, votre Kreuze ! Vous savez combien on le paie, hein, Charley, votre Kreuze, pour démolir piano ici dix jours ? Soixante mille dollars ! Pile ! Recta ! Trente briques ! Vous dit rien, Charley ? Et lui voulu embarquer *son* piano, puisque Pleyel du bord pas assez bon pour lui !… Vais vous le dresser, moi, votre Kreuze. »

Et d'un air mâle, le capitaine Ellédocq chiqua, et envoya dans la direction de ses pieds un long jet de salive brunâtre qu'un vent malicieux projeta sur le pantalon immaculé du commissaire de bord. « Ah ! mon Dieu ! »

commença Charley, consterné, mais interrompant ses plaintes, une voix joyeuse l'interpella des profondeurs d'une Cadillac de louage ; et son visage virant en un instant du dépit à l'allégresse, Charley se précipita vers l'arrivante, Mme Edma Bautet-Lebrêche, elle-même, tandis qu'Ellédocq, lui, restait sur place, immuable et comme sourd à cette voix, pourtant connue de toute la jet-society, de tous les opéras et de tous les salons un peu huppés de l'Europe et des États-Unis (que par ailleurs, elle nommait « les States »).

Edma Bautet-Lebrêche, donc, suivie de son mari, Armand Bautet-Lebrêche (des sucres Bautet-Lebrêche, entre autres), descendait de voiture en jetant de sa voix de soprano des « Bonjour, capitaine ! Bonjour, Charley ! Bonjour, *Narcissus* ! Bonjour, la mer ! » en femme « volubile et charmante, étourdissante », comme elle aimait à le dire d'elle-même. En un instant, l'activité du port se trouva suspendue par cette voix aiguë mais puissante : les marins s'immobilisèrent à leur poste, les passagers au bastingage, les mouettes dans leur vol ; seul, le capitaine Ellédocq, qui en avait entendu d'autres dans ces cyclones intérieurs, y demeura sourd.

Bien qu'Edma Bautet-Lebrêche avouât avoir passé la cinquantaine (ce qui était vrai depuis douze ans), elle était juvénilement vêtue d'un tailleur coq-de-roche et d'un turban blanc, ensemble qui soulignait son extrême minceur, son visage légèrement chevalin aux yeux en amande un peu exorbités, et tout ce qu'elle laissait désigner comme sa « dégaine princière ». La dégaine de son époux, en revanche, était celle d'un comptable affairé. On ne se souvenait jamais d'Armand Bautet-Lebrêche – sauf si on avait eu affaire avec lui, et là on ne l'oubliait plus. Il était l'une des plus grosses fortunes de France, et même d'Europe. Perpétuellement plongé dans une rêverie qui touchait à la distraction et le faisait trébucher partout, on pouvait le croire poète, si l'on ne savait pas que c'étaient des chiffres et des pourcentages qui hantaient cette tête ovoïde et chauve. Mais s'il était maître de sa fortune et de son empire, « ABL » était aussi l'esclave d'une IBM forcenée, qui cliquetait sans cesse dans son cerveau froid, depuis sa prime enfance, et faisait de lui un des mille martyrs bénéficiaires de l'arithmétique moderne. Sa limousine personnelle s'étant égarée sur l'autoroute, il était en train de régler le chauffeur de la Cadillac de louage, et lui donnait, sans même y réfléchir, douze pour cent de pourboire, au centime près. Charley Bollinger sortait de la malle arrière une pile invraisemblable de valises en cuir noir, marquées BL indistinctement, mais dont il savait que les neuf dixièmes étaient la propriété d'Edma, et non d'Armand. Deux marins musclés dévalaient la passerelle et s'en emparaient déjà.

« C'est toujours la 104 », s'enquérait Edma d'un ton affirmatif plus qu'interrogatif.

La 104 était sa cabine, en effet, qui avait à ses yeux le privilège (et aux yeux du capitaine la malédiction) de toucher à celles des interprètes.

« Charley, dites-moi tout de suite : je dors près de la Diva, ou près de Kreuze ? Je ne sais vraiment pas ce que je préfère entendre au matin, en prenant mon petit déjeuner : les trilles de la Doria, ou les arpèges de Kreuze... Quelles délices, mais quelles délices ! Je suis ravie, commandant, je suis trop heureuse. Il faut que je vous embrasse... Puis-je ? »

Sans attendre la réponse, Edma avait déjà sauté comme une grande araignée au cou du capitaine secrètement indigné, et dispensait son rouge à lèvres géranium sur sa barbe noire. Elle avait toujours été d'un naturel malicieux qui ravissait apparemment Charley Bollinger autant qu'il agaçait son époux. Ce qu'ABL appelait les « agaceries » de sa femme – agaceries qui lui avaient paru suffisamment charmantes quarante ans plus tôt pour qu'il l'épousât – étaient une des rarissimes choses susceptibles de l'arracher à ses chiffres au point de lui faire parfois manquer quelques opérations mentales. Là, la victime étant ce ridicule et grossier Ellédocq, Armand Bautet-Lebrêche apprécia, et son regard croisa un instant, avec l'exacte reproduction d'un sourire complice, celui de Charley Bollinger.

« Et moi ? s'écria ce dernier. Et moi, Milady ? N'aurai-je pas droit aussi à un petit baiser de retrouvailles ?

— Mais si, bien sûr que si, mon cher Charley… C'est que vous m'avez manqué, vous savez. »

Rouge de fureur, Ellédocq s'était reculé d'un pas, et jetait un regard sarcastique sur ce couple tendrement enlacé. « Un pédé et une dingue, pensait-il sombrement. Charley Bollinger embrassant la femme du sucrier. J'aurai tout vu dans ma garce de vie… »

« Vous n'êtes pas jaloux, monsieur Bautet-Lebrêche ? » demanda-t-il d'une voix ironique, virile, une voix d'homme à homme – car après tout ce sucrier, même s'il avait l'air d'un morceau de veau mal cuit, était néanmoins un mâle.

Mais il ne reçut en retour aucun signe de reconnaissance :

« Jaloux ? Non, non, marmonnait ce mari complaisant. Montons, voulez-vous, Edma ? Je suis un peu fatigué. Mais ce n'est rien, non, rien, je vous dis… » continua-t-il précipitamment.

Car Edma, virevoltante au vent de l'inquiétude, s'était retournée vers lui, lui tripotait les joues et lui desserrait la cravate, bref le tapotait comme à chaque fois qu'elle se rappelait son existence. Dépassant Armand Bautet-Lebrêche de cinq bons centimètres lors de leurs fiançailles, Edma le dépassait de dix à présent. Encore émerveillée d'avoir épousé une immense fortune (ambition de toute sa jeunesse), elle aimait de temps en temps réaffirmer aux autres comme à elle-même sa propriété et ses droits sur son époux, sur ce petit homme taciturne qui n'était qu'à elle seule, et à qui seul étaient tout ce sucre, toutes ces usines, tout cet argent. Cela en le manipulant et en le tripotant d'un air écœuré comme l'eût fait toute petite fille d'un poupon chauve. Armand Bautet-Lebrêche que la vivacité et la voix perçante de sa femme avaient très rapidement réduit à l'impuissance, attribuait à l'instinct – par lui frustré – de la maternité le comportement frénétique qui agitait parfois l'altière Edma ; et il n'osait pas trop se débattre. Dieu merci, au fil des ans, elle oubliait son existence de plus en plus souvent, mais les instants où elle en reprenait conscience en étaient d'autant plus démonstratifs. C'était peut-être à ce désir de se faire oublier par sa femme qu'Armand Bautet-Lebrêche devait de l'être si aisément par n'importe qui.

Sa phrase imprudente ayant donc déclenché dans le cerveau d'Edma toute une mémoire conjugale, Armand prit la fuite vers sa cabine, sachant qu'une fois allongé sur sa couchette, il échapperait à sa sollicitude. En effet Edma, qui avait vite été exaspérée par les étreintes de son mari et croyait avoir à les craindre encore, malgré leur éloignement quasi historique, s'imaginait donc « tentante » pour lui. Et se refusant de jouer avec le feu, elle n'approchait Armand que si ce dernier était assis ou debout, la volupté étant pour elle liée à la station couchée – ce que Bautet-Lebrêche, ce tas de cendres vivant, savait utiliser sans vergogne, s'allongeant pour un rien sur le premier divan en vue. C'est ainsi que depuis des années, sans même s'en rendre compte, le couple Bautet-Lebrêche jouait à « chat couché ».

L'Empereur du Sucre parvint le premier à la cabine 104 et se jeta tout haletant sur la première couchette, suivi à un demi-foulard par Edma, elle-même précédant le dévoué Charley Bollinger.

« Alors, alors… chuchota Edma (dont les essoufflements distingués firent soudain aboyer furieusement un chien inconnu dans la cabine voisine), alors, quelles sont les nouvelles, Charley ? Asseyez-vous, je vous en prie. »

Elle-même s'était laissée choir dans un fauteuil et promenait un regard satisfait sur ce luxueux décor si laid et si familier. C'était une cabine de bateau décorée comme une cabine de bateau par un décorateur parisien fort connu ; c'est-à-dire avec force teck, cuivre et objets dits anglais ou marins.

« Alors, dites-moi tout ! Primo, y a-t-il des nouveaux ?… Mais quelle est donc cette bête ? reprit-elle d'une voix haute, nasale et agacée, car le chien hurlait de plus belle.

— C'est le bulldog de Hans-Helmut Kreuze, dit Charley non sans fierté (« une fierté bête », nota Edma). Il est arrivé avant-hier, avant son maître. Il a déjà voulu mordre deux stewards !…

— Il paraît que Kreuze aussi aboie énormément, dit Edma qui, à la suite de quelque fâcheux et mystérieux incident à Bayreuth, était devenue germanophobe. Il faudrait que son maître muselle ce chien, reprit-elle plus fort pour couvrir le vacarme. Ou qu'on le jette à la mer, ajouta-t-elle une demi-octave plus haut. Quels sont les nouveaux ? Le vieux Stanistasky est mort, non, ce printemps, à Munich ? Qui a hérité du 101 ?

— Les Lethuillier, dit Charley. (Le chien se tut immédiatement.) Vous savez, Éric Lethuillier ? *Le Forum*, ce journal gauchisant. Enfin, à tendances quasi communistes ? Cet Éric Lethuillier qui a épousé l'héritière des Aciéries Baron... Eh bien, cet homme de gauche va voyager avec nous, chère amie ! La musique rassemble tout le monde, finalement... Et Dieu merci, ajouta-t-il avec sentimentalité.

— Mais c'est extravagant ! Ça alors, vous m'avouerez ! s'exclama Edma. Mais qu'a donc cette bête ? (Edma tapait du pied à présent.) Serait-ce par hasard ma voix qui l'énerve ? Eh bien, Armand, dites quelque chose !

— Que voulez-vous que je dise ? dit Armand d'une voix atone qui, magiquement, apaisa elle aussi le chien.

— Si ce sont les voix de femmes qui l'énervent, la Doria va s'amuser de l'autre côté. Ha, ha, ha ! Je ris d'avance, rit Edma. Avec le caractère de la Doria, ça va être un joli tapage... À propos, comment avez-vous fait pour l'avoir à bord ? chuchota-t-elle, vaincue par son ennemi canin qui, de l'autre côté de la cloison, respirait fiévreusement dans un bruit de soupape tout à fait démoralisant.

— On l'a payée une fortune, je crois, souffla Charley pris par la contagion.

— Son dernier gigolo devait être plus cher que les autres, dit Edma (avec méchanceté et un léger soupçon d'envie, car la vie sentimentale de la Doriacci était connue pour la multiplicité – comme la brièveté – de ses conquêtes).

— Je ne crois pas qu'elle doive payer pour cela, dit Charley (amoureux fou, malgré tout, comme les neuf dixièmes des mélomanes, de Doria Doriacci). Elle est encore superbe, vous savez, pour ses cinquante et quelques, conclut-il, rougissant tout à coup, ce qui, pour si peu, ne démonta pas Edma.

— Oh ! mais, c'est qu'elle les a passés, elle aussi ! dit-elle d'une voix triomphante qui redéclencha les aboiements à côté.

— En tout cas, reprit Charley, l'orage une fois apaisé, elle embarque seule. Mais elle aura, je crois, l'occasion de redescendre accompagnée… Nous avons deux hôtes nouveaux, cette année. Deux hommes jeunes, et dont l'un n'est pas mal, d'ailleurs ! Un commissaire-priseur de Sydney (Australie) : un nommé Peyrat. Et un inconnu de vingt-cinq printemps, que je n'ai pas encore vu ; profession, néant, et lui aussi solitaire. Cela fera à notre Doria deux proies idéales… S'ils ne succombent pas d'abord à vos charmes ! ajouta-t-il avec une intonation coquine qui fit refermer hermétiquement les paupières d'Armand, là-bas, sur sa couchette.

— Flatteur ! » s'exclama en riant l'imprudente Edma, réveillant encore la colère du chien.

Mais on ne le provoqua pas davantage : il avait gagné. Et c'est à voix basse qu'ils se dirent au revoir.

Charley alla rejoindre son poste auprès d'Ellédocq qui justement accueillait le grand, le célèbre Hans-Helmut Kreuze lui-même. C'est de loin d'abord que Charley assista à l'affrontement de ces deux blocs, ces deux hommes qui symbolisaient et maîtrisaient, croyaient-ils, deux vieilles et superbes alliées : la musique et la mer ; mais qui, n'en étant que les vassaux, interprète et navigateur, pouvaient donc se retrouver ennemis.

Hans-Helmut Kreuze était un Bavarois, de taille moyenne, bâti en force, les cheveux ras et drus oscillant entre le jaune et le gris, les traits lourds, semblable en tous points aux caricatures germanophobes de la guerre de 1914. On l'imaginait très bien avec un casque à pointe, sectionnant les poignets d'un enfant dans ses langes. Seulement il jouait Debussy comme personne au monde. Et le savait.

Habitué à voir cinquante instruments à vent, cinquante instruments à cordes, un triangle et des chœurs entiers plier sous son regard, l'attitude marmoréenne du capitaine Ellédocq commença par le stupéfier – avant de le mettre en colère. Descendant d'une Mercedes neuve – tellement neuve qu'elle en était incolore – il marcha droit sur le vieux loup de mer et claqua des talons devant lui, le menton légèrement levé et les yeux fixés, derrière ses lunettes, sur les épaulettes d'Ellédocq.

« Vous êtes assurément le pilote de ce vaisseau, monsieur ! dit-il en hachant ses mots.

— Le Capitaine, monsieur. Je suis le capitaine Ellédocq, commandant le *Narcissus*. À qui ai-je l'honneur ? »

L'idée que l'on puisse ne pas le reconnaître était si inconcevable pour Hans-Helmut Kreuze qu'il y vit une insolence. Sans un mot, il sortit son billet de la poche droite de son manteau de drap noir, trop chaud pour la saison, et le secoua grossièrement sous le nez d'Ellédocq, lequel resta impassible, les deux mains derrière le dos. Les deux hommes s'affrontèrent du regard un instant, pendant lequel Charley, épouvanté, tenta de se glisser entre les belligérants.

« Maître, Maître, dit-il, quel honneur ! Maître Kreuze ! Quelle joie de vous avoir à bord ! Puis-je vous présenter le capitaine Ellédocq ? Commandant, c'est maître Hans-Helmut Kreuze que nous attendions tous à bord avec tant d'impatience... Vous savez bien... Je vous disais... Nous étions si fiévreux... »

Charley se perdait dans des bafouillages désespérés mais déjà, passant sous le nez d'Ellédocq toujours immobile, Kreuze s'engageait d'un pied ferme sur la passerelle.

« Ma cabine, s'il vous plaît, dit-il à Charley. Mon chien aussi est là ? J'espère qu'il a eu des mets appétissants », ajouta-t-il d'une voix menaçante et dans le français baroque mi-littéraire, mi-touristique qu'il utilisait depuis trente ans quand il condescendait à ne pas user de sa langue natale. « J'espère que nous levons l'ancre très vite, jeta-t-il au pauvre Charley qui trottinait derrière lui en s'épongeant le front. J'ai l'état nauséeux dans le port. »

Il entra au 103, et accueilli par le sourd grondement de haine de sa bête, claqua la porte au nez de Charley Bollinger.

Majestueusement, le capitaine Ellédocq, quittant le quai et la terre ferme, remonta à pas lents la passerelle, aussitôt relevée. Et lorsque trois minutes plus tard, sa sirène plaintive couvrant les aboiements du chien et les glapissements d'Edma Bautet-Lebrêche (qui s'était cassé un ongle sur un cintre), le *Narcissus* s'éloigna lentement du port de Cannes sur une eau lisse et nacrée comme un rêve, Charley Bollinger dut essuyer ses yeux embués de toute cette beauté : car le soleil était devenu rouge en une demi-heure. Son hémorragie attiédissait, en même temps qu'elle l'ensanglantait, l'eau du port... vite, trop vite, malgré l'ouate des nuages pommelés, d'un blanc aussitôt empourpré, qui se pressaient contre lui, mais au milieu desquels, renversant la tête en arrière, ce même soleil semblait résigné à achever d'un coup sa lente, son éternelle chute immobile.

« Je vais aller fouiner un peu, vous ne venez pas ? Armand, secouez-vous... Le crépuscule va être admirable, je le sens... Comment ? Vous dormez déjà ? C'est dommage ! Vraiment trop dommage ! Enfin reposez-vous ; vous l'avez bien mérité, mon pauvre chou... » conclut Edma en se glissant avec un luxe de tendres précautions que rendait navrante l'absence de tout public, dans l'entrebâillement de la porte, restreint à l'extrême par sa propre main.

Cela étant, si Edma Bautet-Lebrêche jouait parfois sans public, on ne pouvait pas dire non plus qu'elle jouât vraiment pour elle-même. (C'était plus compliqué, pensait-elle.) Sur sa lancée, elle se glissa à pas de loup dans la coursive, mais c'est presque malgré elle pour une fois qu'elle fut indiscrète. Une voix de femme, au 101, s'essayait à chantonner l'ouverture du dernier acte du *Capriccio* de Strauss et cela d'une voix si nue, que l'intrépide Edma se sentit tout à coup la chair de poule. « C'est la voix d'un enfant, ou d'une femme à l'extrême bord du désespoir », pensa-t-elle tout à coup. Et, chose rare, sans vouloir en savoir davantage, elle s'enfuit sur le pont.

Ce n'est que bien plus tard, au cours d'une représentation du *Capriccio* à Vienne, qu'Edma Bautet-Lebrêche se rappellerait ce moment-là, cette voix-là, et croirait comprendre tout, enfin, sur cette croisière. En attendant, ayant englouti cet instant avec quelques autres souvenirs, plus banals, dans le fourre-tout de sa mémoire, elle arriva sur le pont dans un fourreau de surah banane que dérangeait délicieusement un foulard bleu marine lové à son cou maigre, et elle jeta sur les deux ponts, la cheminée, la passerelle, la foule et les chaises de rotin son coup d'œil, ce coup d'œil « pénétrant » célèbre dans son petit milieu – coup d'œil qui était celui du propriétaire, mais d'un propriétaire sarcastique. Comme mystérieusement alertés par ce qu'elle appelait elle-même « son aura » (car Edma en avait vraiment acquis une à force de désirer vraiment sonner l'alerte par sa seule présence), quelques visages se tournèrent vers elle, « gracieuse et élancée silhouette, si élégamment vêtue… et si libérée de tout âge dans ce contre-jour vaporeux », se décrivit-elle mentalement. Et souriant à son bon peuple enthousiaste, la bonne reine Edma Bautet-Lebrêche descendit les marches du deck.

Le premier sujet à lui baiser la main était un garçon en blue-jeans, exquisément beau, un peu trop peut-être. Et, bien sûr, ce fut Charley Bollinger, visiblement tombé amoureux fou dans les dernières dix minutes, qui le lui présenta.

« Madame Edma Bautet-Lebrêche, puis-je vous présenter monsieur Fayard ?… Andréas Fayard… Andréas !… termina-t-il, franchissant ainsi ouvertement, éperdument et d'un seul coup toutes les barrières cruellement installées par la société entre lui et ce jeune homme inconnu.

Je ne crois pas vous avoir parlé de lui », ajouta-t-il avec une fierté nuancée d'excuse.

Et en effet, Charley Bollinger s'excusait de n'avoir pu prévoir sa passion subite pour ce jeune homme, et de n'en avoir pu prévenir la belle Edma, comme c'était l'un de ses devoirs envers elle. Elle esquissa un sourire de paix, il la remercia d'un regard, tous deux parfaitement lucides, et parfaitement inconscients.

« Oui, dit-elle en hochant la tête, avec amabilité (mais une certaine hauteur qui signifiait : "D'accord, Charley, il est à vous. Gardez-le donc, on n'y touchera pas. Vous l'avez trouvé le premier"). Oui ! c'est donc Andréas Fayard de... de Nevers ? C'est ça ? Mon cher Charley, vous ne direz plus que je perds la mémoire », acheva-t-elle avec un grand rire nerveux devant l'étonnement du jeune homme.

« Ce gaillard-là, avec son nez grec, ses yeux fendus et ses dents de jeune chien ne devait plus, depuis longtemps, s'étonner de ce que les inconnus le reconnussent... songeait Edma. Pourvu que Charley ne soit pas tombé une fois de plus sur un faiseur plus faiseur que les autres. »

C'était là l'agaçant avec ces jeunes gens, tous ces jeunes gens que le vent du soir ramenait chaque année dans la tribu affamée mais inexorablement unie des grandes fortunes. Oui, c'était là le plus agaçant de tout : on ne pouvait pas leur faire savoir que si l'on savait ce qu'ils faisaient, de même l'on pensait ce qu'ils pensaient. On était en somme largement aussi cynique qu'eux sur tous les termes du marché. Finalement, c'étaient les profiteurs, les maquereaux, qui exigeaient des fioritures sentimentales bien plus que leurs victimes, pourtant censées les exiger. Ces petits rapaces avaient tort, d'ailleurs, cela faisait perdre du temps à tout le monde et donc un peu du leur, si bref, à ces jeunes chasseurs-chassés – bien plus que cela ne faisait perdre de larmes, ou de bribes d'or à leurs vieilles proies avides.

« Vous connaissez Nevers ? demandait justement le chasseur. Est-ce que vous connaissez la route de Vierzon, quand on va vers la Loire et que… »

Il s'arrêta, et l'expression un peu hagarde, joyeuse, qui le rajeunissait un peu plus encore, disparut de son visage.

« J'en arrive… bégaya-t-il comme pour excuser cet air de bonheur, inattendu dans sa profession (car enfin tous ces jeunes gens, quand ils parlaient de leur province, ce n'était jamais que pour se féliciter d'en être parti).

— Mais c'est très bien, dit-elle en souriant, d'aimer son pays natal. Moi, je suis née à Neuilly, bêtement, dans une clinique qui n'existe même plus. Je ne me rappelle pas le moindre bocage… Ce qui est très frustrant et très triste, continua-t-elle en riant aux éclats. Si, si, si… insista-t-elle (car Charley et le jeune homme riaient aussi, Charley par nervosité, et le jeune homme par bonne volonté). Si, si, si, ça m'a même beaucoup gênée pour lire Proust. »

Elle balaya d'un regard déjà résigné le visage appréciateur mais vide de Charley – qui n'avait quand même pas poussé la conscience professionnelle jusqu'à la lecture du *Temps perdu* – et celui du jeune homme, qui, ô surprise ! au lieu de prendre l'air vague et renseigné, avoua :

« Je n'ai pas lu Proust », d'un air de regret.

« Un bon point », pensa Edma. Et elle se détourna de ce nouveau couple, cherchant une proie moins difficile, non sans un certain regret hâtif qui lui leva le cœur un instant. Car quoique ses proches amies puissent en dire, et quoiqu'elle en dise elle-même, Edma Bautet-Lebrêche avait beaucoup aimé certains hommes ; et bien qu'elle se félicitât à tue-tête, depuis déjà cinq ans, d'avoir renoncé « à la chair, à ses œuvres et à ses pompes » pour des raisons d'esthétique et de ridicule, elle ne pouvait se défendre parfois contre certains regrets, féroces jusqu'à la nausée, devant certains souvenirs d'autant plus redoutables qu'ils étaient sans visage et sans nom, et qu'ils ne recouvraient dans sa mémoire, si elle voulait les cerner, qu'un lit vide aux draps bleuis de soleil.

Dieu merci, le capitaine Ellédocq arrivait vers elle, roulant dcs épaules comme aux pires heures du *Titanic*, et lui ôtant, d'un coup, toute nostalgie de la gent masculine.

« Vous, faire connaissance jeune recrue ? » dit-il en tapotant vigoureusement l'épaule du jeune Andréas, qui vacilla mais ne plia point.

« Il devait être costaud sous son blazer de premier communiant », songeait Edma. Car ces bourrades étaient l'un des jeux favoris de la brute débile qui commandait le *Narcissus*. Le pauvre Armand, la première fois, avait manqué s'envoler sous cette poigne, tel un petit paquet de son fameux sucre en poudre. À la décharge du capitaine Ellédocq, il avait confondu M. Bautet-Lebrêche avec un cinéaste d'Europe centrale, ce qui excusait ce grave manquement au protocole.

« Alors, le 104 ? Il va toujours ? » s'enquit-il aimablement, tourné vers Edma qui recula d'un pas en baissant le menton et en faisant battre les ailes de son nez, comme s'il eût empesté l'ail et le tabac.

L'une des cruautés favorites d'Edma, depuis trois ans, était de remarquer, chez le malheureux capitaine, tous les stigmates d'un fumeur invétéré. (Qu'il n'était plus depuis le fameux incident de Capri.) Elle découvrait des blagues à tabac dans un transat et les lui rapportait comme un chien de chasse, lui offrait des allumettes d'un air complice quand il suçait une paille, et lui demandait du feu dix fois par jour avec l'assurance d'une héroïnomane cherchant une seringue dans la poche d'un autre héroïnomane. Aux dénégations furieuses et exaspérées du non-fumeur formel qu'était devenu Ellédocq, elle répondait par des exclamations délibérément outrées qui achevaient de le mettre hors de lui : « Mais c'est vrai ! Mon Dieu, comment puis-je l'oublier chaque fois ?... On n'est pas plus bête ! Ce n'est pas possible d'avoir aussi peu de mémoire... Ça ne m'arrive qu'avec vous, c'est curieux quand même... », achevant son travail de sape. Et quelquefois Ellédocq refermait les dents sauvagement sur un tuyau de pipe imaginaire qu'il eût brisé aussi sec jadis, avant la miraculeuse vision de Capri. Elle prit donc une cigarette dans son sac et Ellédocq fronça le sourcil à l'avance. Mais perverse comme elle pouvait l'être, Edma se penchait vers le jeune homme :

« Avez-vous du feu, monsieur ? Depuis que le capitaine Ellédocq ne fume plus, je cherche partout une allumette secourable. Pendant toute la croisière, je vais vous ennuyer, je vous préviens », dit-elle en prenant la belle main blonde qui tenait un briquet et en l'attirant d'un geste lent vers sa bouche – où sa cigarette un instant parut un accessoire inutile –, d'un geste un peu trop lent même, qui fit pâlir Charley et ciller le jeune homme.

« En voilà un qu'elle se ferait bien, cette chèvre ! » songea Ellédocq, fin psychologue.

Il émit un grognement de mépris devant ces chatteries. Les femmes étaient pour lui ou bien des garces à chatteries, ou bien des mères et des épouses. Il avait un arsenal de pensées et aussi d'expressions, parfaitement démodées depuis deux générations, ce qui rendait les premières d'autant plus percutantes.

Le pont se peuplait autour d'eux. Reposés et frais, brunis par le soleil de l'été mais prêts à repartir vers les lumières de la ville, s'ennuyant déjà mais encore capables de supporter leurs loisirs, les passagers du *Narcissus* affleuraient de partout, émergeaient des coursives, se reconnaissaient, se saluaient, s'embrassaient, traversaient le pont au rythme des rencontres, se formaient en petits groupes qui se disloquaient, s'éparpillaient dans tous les sens, telle une étrange légion d'insectes sortis, dorés, d'un monde souterrain et légèrement répugnant.

« C'était le reflet de l'or qui leur donnait cette mine-là », pensait Julien Peyrat, appuyé à la rambarde, tournant le dos à la mer et les regardant, faisant front déjà à ceux qu'il comptait bien piller. C'était un vieux et grand jeune homme de quarante-cinq ans, au visage maigre, avec une sorte de charme cynique ou enfantin qui lui donnait, suivant le point de vue, l'air d'un de ces jeunes sénateurs américains bourrés de vitalité dont parlent les journaux, ou d'un de ces hommes de la Mafia, à la beauté mâle synonyme de violence et de corruption. Edma Bautet-Lebrêche, qui haïssait ce genre d'hommes depuis toujours, fut surprise de le trouver, en somme, rassurant. Il avait l'air gai, avec son chandail de laine bleue un peu désinvolte pour l'heure et l'occasion, mais pas désinvolte au sens « play-boy ». En tout cas, il avait l'air plus vrai que les autres passagers, et quand il souriait ou prenait une mine perplexe comme en ce moment même, cela lui donnait l'air tendre, remarqua-t-elle en se tournant malgré elle vers ce qui attirait le regard de cet homme, et semblait même le fasciner.

À leur tour sortis des entrailles du bateau, un homme et une femme s'avançaient vers l'espèce de *check-point* qu'étaient le capitaine Ellédocq et Charley Bollinger, un couple qu'elle identifia après réflexion comme les Lethuillier, et qui la laissa figée un instant, comme les autres passagers, devant Éric Lethuillier, que son profil parfait, sa hauteur de taille – et de ton –, ses cheveux blonds, son intransigeance et sa violence de bon aloi faisaient nommer « le Viking » dans la presse. L'incorruptible Éric Lethuillier dont l'hebdomadaire *Le Forum*, depuis bientôt huit ans, frappait sans concession ni peur les mêmes cibles : les iniquités aussi variées que nombreuses du pouvoir en place, les injustices criantes de la société et l'égoïsme de la grande bourgeoisie (dont faisaient pourtant partie, cette fois, et à la quasi-unanimité, ses compagnons de voyage), le bel Éric Lethuillier qui venait vers eux d'un pas ferme, tenant à son bras la plus belle prise de sa vie, l'héritière des Aciéries Baron, sa femme; la mystérieuse Clarisse, qui avait créé la stupeur par sa seule apparence : longue, mince, évasive de corps comme, disait-on, d'esprit, ses cheveux d'un blond fauve, brillants et longs, tentant de cacher définitivement son visage, par ailleurs couvert d'un maquillage épais, rutilant et grotesque. Cette grande bourgeoise timide se fardait comme une putain et, disait la chronique, buvait comme un Polonais, se droguait comme un Chinois, bref, se détruisait systématiquement en même temps que son bonheur conjugal. Ses retraites dans les cliniques spécialisées, ses fuites et les péripéties de son naufrage nerveux étaient de notoriété publique, au même titre que l'immensité de sa fortune familiale et la patience, le dévouement de son époux. De notoriété publique, bien sûr, mais pas au point que les stewards du *Narcissus* en aient tous eu l'écho.

C'est ainsi qu'un de ces malheureux, après avoir présenté à Clarisse un dry qu'elle avait bu d'un trait, jugea bon de revenir vers elle, son plateau garni à la main, et aux lèvres le sourire heureux de qui a trouvé une bonne cliente. Et déjà Clarisse tendait la main vers un verre lorsque le bras d'Éric, passant devant elle et ce plateau, le balaya brutalement : les verres éclatèrent sur le pont où le garçon ébahi s'agenouilla, tandis que tout le monde se retournait vers ce vacarme. Mais Éric Lethuillier ne parut pas s'en rendre compte : blanc de rage et d'inquiétude, il regardait sa femme, l'air si blessé, si coléreux, si découragé, qu'en oubliant sans doute tous ces témoins, il lui dit à voix haute et distincte :

« Clarisse, je vous en prie, non ! Vous m'avez promis pour ce voyage de vous conduire comme un être humain. Je vous en supplie… »

Et il s'arrêta, mais trop tard. Autour d'eux, chacun restait transi de gêne, jusqu'à ce que Clarisse, pivotant sur elle-même et sans un mot, se mette à fuir vers les coursives ; à courir sur le pont au milieu duquel, trébuchant sur ses talons trop hauts, elle serait même tombée en chemin, achevant de consterner les spectateurs forcés de cette scène, si elle n'avait pas trouvé le bras de Julien Peyrat, le commissaire-priseur d'Australie, pour l'en empêcher. Edma surprit alors dans le regard d'Éric

Lethuillier plus d'agacement que de gratitude ; une gratitude naturelle pourtant pour celui qui, après tout, avait évité à sa femme une chute déshonorante ; moins déshonorante d'ailleurs, à bien y penser, que la sortie qu'il venait de lui faire, lui-même, en public, et dont le ton, sinon les termes n'évoquaient que de très loin la tendresse ou l'inquiétude conjugales.

Edma regarda donc s'enfuir Clarisse avec une expression de commisération indulgente peu fréquente chez elle. Et quand, retournant d'un coup son corps élégant et sec, elle surprit le regard du sénateur mafioso dirigé sur la nuque impeccable du beau Lethuillier, elle ne s'étonna pas d'y voir une sorte de mépris. Elle s'arrangea pour croiser le chemin de Julien qui s'était mis en marche, et après que Charley Bollinger le lui eut présenté comme « le fameux commissaire-priseur de Sydney », elle le retint par la manche. Douée d'une certaine sagacité, Edma Bautet-Lebrêche n'en possédait cependant pas assez pour s'abstenir d'en faire la preuve (et elle s'étonnait encore, passé soixante ans, que les autres en fussent agacés). Tout en gardant familièrement la main sur le bras de Julien, elle marmonna quelque chose d'inaudible et il se pencha poliment.

« Que dites-vous ?

— Je disais qu'un homme est toujours responsable de sa femme », chuchota-t-elle avec fermeté avant d'abandonner la manche de son interlocuteur.

Il eut une légère secousse des épaules en arrière qui lui permit de voir qu'elle était tombée juste, et elle s'éloigna, sûre de le laisser pantelant de tant de clairvoyance.

Mais elle ne le laissait qu'agacé. C'était ce type de femmes pourtant qu'il était censé courtiser ; il avait assez potassé le *Who's Who* et les chroniques mondaines avant de partir pour le savoir. Il revoyait encore une photo d'Edma Bautet-Lebrêche, au bras de l'ambassadeur américain, ou de l'URSS, au-dessous de laquelle « l'œil de *Vogue* » la désignait comme l'une des femmes les mieux habillées de l'année. Qu'elle fût aussi l'une des plus riches n'aurait pas dû échapper à Julien Peyrat, commissaire-priseur. Il aurait même dû au contraire hanter ses salons – sa cabine, le cas échéant. En attendant, cette femme-là était vraiment redoutable. Il la regardait caqueter, perchée au bras du malheureux commissaire de bord, il voyait, il écoutait ses yeux brillants, ses mains agitées, sa voix incisive qui prouvait qu'à force de fouiller dans les affaires des autres, on pouvait acquérir une sorte de perspicacité à défaut d'une vraie intelligence, une perspicacité qui pouvait fort bien, au cours de cette croisière, se révéler désastreuse pour lui. « Cela dit, le corps avait dû être superbe, et les jambes l'étaient encore », constatait malgré lui l'éternel amoureux enfoui chez Julien.

Une foule à présent se pressait à l'arrière du bateau et poussait des cris d'excitation… Quelque chose se passait là-bas, quelque chose qui, quelle qu'en soit sa nature, ne devait pas échapper à Edma, et elle partit au petit trot de chasse vers la plage arrière.

Bondissant sur la mer en laissant derrière lui une écume rose et indécente, un hors-bord arrivait sur le *Narcissus*. À l'arrière luisait un amoncellement de bagages de cuir beige, « un beige un peu vulgaire, en plus de salissant », songea Edma. « Des retardataires ! » s'écriait quelqu'un d'une voix gaie, légèrement scandalisée – car enfin il était rare qu'on embarquât sur ce bateau Régence autrement qu'à l'heure dite et au quai dit. Il fallait être vraiment débordé – et tout-puissant – pour se permettre de rejoindre le *Narcissus* en mer. Edma se pencha à son tour sur le bastingage, et entre le sillage d'écume transparente et la silhouette noire du marin qui conduisait, elle découvrit deux personnages totalement inconnus d'elle. « Mais qu'est-ce que c'est ? » jeta-t-elle d'une voix pointue à Charley Bollinger qui criait des ordres et s'affairait d'un air important. Il lui rendit un regard excité et bravache qui l'agaça.

« C'est Simon Béjard, dit-il, le producteur, vous savez ? Il nous rejoint de Monte-Carlo. Et la jeune Olga Lamouroux, vous voyez ?

— Oh ! oui... oh ! oui... je vois ! soupira à tue-tête Edma Bautet-Lebrêche par-dessus la masse des passagers. Il n'y a que les gens de cinéma pour faire ce genre d'arrivée. Mais qui est-ce, exactement ? »

« Allons bon, elle va me jouer l'ignorance », pensait Charley en la rejoignant. Edma affectait en effet d'ignorer tout du cinéma, de la télévision et des sports, distractions trop vulgaires à son gré. Elle eût même volontiers demandé qui était Charlie Chaplin, si cela avait été possible sans ridicule. Charley prit une voix neutre :

« Simon Béjard, un parfait inconnu en effet jusqu'au mois de mai. Mais c'est lui le producteur de *Feu et Fumée* ; le film qui a eu le grand prix du festival de Cannes, cette année. Vous le savez quand même, chère amie ? Et Olga Lamouroux est la star qui monte.

— Eh bien, non !... Hélas !... j'étais à New York en mai », dit Edma d'un ton humble, plein de faux regrets, qui exaspéra discrètement Charley.

Il trouvait merveilleux pour sa part d'avoir enfin des gens de cinéma à bord. Car même s'ils étaient vulgaires, ils étaient célèbres, et Charley aimait la célébrité presque autant que la jeunesse. Il le fallait, d'ailleurs, pour admirer l'embarquement des nouveaux venus, visiblement privés de ce qu'on appelle « le pied marin ».

« Je suis désolé, redisait Simon Béjard en se tordant la cheville et en trébuchant, les bras battant l'air sur ce pont qu'il trouvait trop stable tout à coup... Je suis désolé, je n'ai pas pu arriver à l'heure. J'espère qu'on ne vous retarde pas ? » s'enquit-il auprès du capitaine Ellédocq qui le fixait avec une sombre horreur – horreur que Simon lui inspirait en tant que producteur reconnu, en tant que métèque probable, et en tant que retardataire évident.

« Nous avons mis moins d'une demi-heure à vous rejoindre en tout cas... Ce que ça gaze, ces engins ! continuait Simon Béjard en jetant un œil admiratif vers le hors-bord qui disparaissait déjà vers l'horizon de Monte-Carlo. Ce n'est pas rien : 90 chevaux ! m'a dit le vieux pirate en me faisant les poches... Ce que ça gaze ! »

Son admiration ne trouvait nul écho, mais le petit homme roux ne semblait pas s'en apercevoir. Son bermuda bariolé, ses lunettes d'écaille et ses babouches de Cerruti faisaient de lui une caricature du metteur en scène hollywoodien, que n'atténuaient ni sa pétulance ni son côté bon enfant. En revanche, à son côté, la jeune personne habillée très Chanel, les cheveux tirés en arrière, de grandes lunettes noires sur le bout du nez – une jeune personne qui visiblement ne tenait pas à jouer la starlette et même pas du tout – prit un visage revêche qui la rendit déplaisante, malgré sa beauté, et redoubla d'avance la fâcheuse tendance d'Edma à la cruauté. Quoi qu'il en soit, c'est en promettant de revenir aussitôt que Simon Béjard, poussant bagages et compagne, s'engouffra dans une coursive à la suite de Charley. Derrière, les commentaires ironiques allèrent bon train quelques minutes, puis se turent tout à coup quand quelqu'un se rendit compte que Doria Doriacci, la Diva des Divas, avait profité de cette agitation pour faire une entrée discrète, et s'était tranquillement assise sur un rocking-chair, derrière Ellédocq.

« La Doriacci », comme le disaient les directeurs d'opéras, « la Doria », comme disait la foule, et « Dorinina », comme prétendaient l'appeler cinq mille snobs, avait passé cinquante ans – d'après tous les renseignements pour une fois concordants à son sujet ; et elle pouvait d'ailleurs aussi bien en paraître soixante-dix que trente. C'était une femme de taille moyenne, avec cette vitalité, cette robustesse qu'ont certaines femmes du peuple latin et un corps rond que l'on ne pouvait dire empâté, vraiment : c'était plutôt un corps dont la chair était comprimée par une peau fine, rose et mate, une superbe peau de jeune femme, un corps qui aurait pu renier son âge, s'il n'avait porté ce que l'on appelait « la gueule » de la Doriacci : un visage rond entre des méplats et une mâchoire également soulignés, des cheveux noir corbeau, des yeux immenses et étincelants, un nez parfaitement droit, un visage tragique, bref, où surprenait une bouche enfantine, trop rouge et trop ronde : une bouche « 1900 », mais qui n'arrivait pas à enlever à ce visage son côté assiégé – et prêt d'ailleurs à assiéger aussi – et comme balayé par une violence imprécise : un visage comme une menace et comme une tentation permanente. Tout ce qui faisait qu'à la fin on ne voyait plus ni les traits tirés, ni les pattes-d'oie, ni les plis de la bouche, tous ces « irréparables outrages » qu'un éclat de rire ou une envie brutale de la Doriacci pouvaient réparer d'un seul coup. En ce moment, elle fixait sur la tête d'Ellédocq un regard froid, d'une fixité intimidante et sous lequel, se retournant après l'exclamation de Charley, le capitaine frémit comme une monture ombrageuse retrouvant son dompteur. Toute la nature profondément hiérarchique d'Ellédocq trembla sous ce regard ; il se mit au garde-à-vous, se plia en deux et claqua des talons d'une manière plus militaire que touristique.

« Mon Dieu ! se lamentait Charley qui s'était emparé de la main baguée de la Doriacci, et y avait posé deux fois les lèvres dans son admiration. Mon Dieu ! quand je pense que vous étiez là, parmi nous... Comment aurais-je pu savoir ?... Vous m'aviez dit... vous vouliez rester dans votre chambre... vous...

— J'ai dû quitter ma cabine », dit la Doriacci en souriant et en dégageant sa main dont elle essuya le dos tranquillement sur sa robe, sans aucune méchanceté et sans aucune gêne, mais néanmoins, au grand dam de Charley. « Le chien de ce pauvre Kreuze ne s'est pas arrangé avec l'âge – comme son papa, d'ailleurs... Il hurle ! Avez-vous des muselières sur le bateau ? Vous devriez pourtant – avec ou sans chien », ajouta-t-elle d'un air sombre et en jetant autour d'elle un regard effrayé « à la Tosca ».

Car, ne pouvant par-dessus l'assistance s'adresser directement à elle, Edma Bautet-Lebrêche venait d'entamer son éloge à tue-tête et dans la direction de Julien Peyrat, surpris :

« Nous l'avons entendue, mon mari et moi, au Palais Garnier cet hiver, lui disait-elle en fermant les yeux de délice. Elle a été divine… Et encore, “divine” n’est pas le mot suffisant… Elle a été in-humaine… Mieux, enfin… ou pire… qu’humaine… J’étais glacée, j’avais chaud, je ne savais plus ce que je disais », acheva-t-elle dans le silence qui s’était fait.

Elle feignit alors d’apercevoir subitement la Diva, et se précipitant vers elle, lui saisit avidement la main entre les siennes.

« Madame, dit-elle, je rêvais de vous connaître. Je n’avais pas espéré, même un instant, que ce rêve se concrétiserait ! Et puis, vous voilà ! Et me voilà ! À vos pieds, comme il se doit. Puis-je vous dire que c’est un des plus beaux jours de ma vie ?

— Mais pourquoi cette surprise ? dit la Doriacci presque affectueusement. Vous n’aviez pas lu le programme de la croisière avant d’embarquer ? Je suis pourtant dessus en grosses lettres !… en très grosses lettres même ! Ou alors mon impresario est viré. Commandant, dit-elle brusquement, retirant sa main encore une fois et la reposant comme un objet, cette fois sans nettoyage préalable, sur l’accoudoir… Commandant, écoutez-moi bien : je tiens à la vie, figurez-vous, et je déteste la mer. C’est pourquoi je voudrais bien vous regarder, avant de me confier à vous : dites-moi, tenez-vous aussi à la vie, commandant ? et pour quelles raisons ?

— Mais je… je suis responsable de la vie des… des passagers… commença à bafouiller Ellédocq, et je…

— … et vous ferez de votre mieux, c’est ça ? Que voilà une phrase horrible ! Quand un chef d’orchestre me dit qu’il “fera de son mieux” pour m’accompagner, je le fais mettre à la porte. Mais la mer n’est pas une scène de théâtre, n’est-ce pas ?… Laissons-nous aller, donc… »

Là-dessus, elle tira d'un immense cabas une cigarette solitaire, un briquet, et alluma l'une avec l'autre si rapidement que personne ne put l'y aider.

Charley Bollinger était fasciné. Il y avait en elle quelque chose qui lui donnait confiance et qui en même temps l'effrayait. Il sentait que même sans quille, sans gouvernail et sans moteur, le *Narcissus*, dès l'instant qu'elle était à bord, reviendrait au port sain et sauf. Il était presque aussi sûr que l'autorité suprême à leur retour aurait changé de mains, et que la Doriacci disposerait à Cannes d'une casquette bleu marine et d'un porte-voix – dans son cas inutile – pendant que le capitaine Ellédocq croupirait dans la cale, les fers aux pieds et étroitement bâillonné. Tout au moins cette vision apocalyptique traversa-t-elle l'esprit du sémillant Charley, partagé entre l'épouvante et le ravissement. Depuis dix ans qu'ils naviguaient ensemble, personne n'avait jamais ni maltraité ni méprisé aussi ouvertement Ellédocq, le tyran barbu qu'un destin fatal lui avait donné pour compagnon. Il fit une nouvelle tentative pour s'emparer de la main de l'héroïque Diva, et cette fois y parvint, posa ses lèvres entre deux bagues énormes mais dont l'une lui écorcha le nez aussitôt ; car la Doriacci, estimant les présentations faites depuis longtemps et surprise par cette galanterie tardive, venait de lui retirer sa main avec la brusquerie d'une citadine aux champs léchée à l'improviste par quelque chèvre affectueuse. Le nez de Charley saigna aussitôt sous le choc.

« Oh ! pardon ! Pardon, mon garçon !... s'écria la Diva navrée avec sincérité. Je suis désolée mais vous m'avez fait peur ! Je croyais tous ces baisemains, toutes ces cérémonies réglés ! Disons que c'est fini, maintenant ! avant que votre nez ne reçoive trop de coups… (Tout en parlant, très vite, elle lui tapotait le nez avec un mouchoir de batiste ancienne miraculeusement extrait, lui aussi, de son cabas, en lui faisant finalement aussi mal qu'elle lui avait fait peur.) Cela saigne toujours, venez dans ma cabine. Je vous mettrai de la teinture d'iode. Vous savez que rien n'infecte une peau humaine comme les pierres précieuses… Mais si, venez, insista-t-elle comme Charley protestait faiblement. Venez m'installer… M'installer, c'est tout ; rassurez-vous, commandant Haddock, dit-elle, comme s'il eût montré quelque signe de jalousie. Je voyage seule, et quelquefois j'arrive moins seule. Mais pas cette fois-ci : je suis absolument épuisée… Nous avons donné *Don Carlos* un mois au Met, et je n'ai qu'une envie : dormir, dormir, dormir ! Je chanterai naturellement dix minutes entre deux siestes », conclut-elle d'un air rassurant. Et désignant Charley du menton, elle termina : « À ma cabine, par pitié, monsieur Taittinger ! Et au grand galop, de grâce. »

Et sans jeter un autre regard au capitaine, de même qu'elle n'avait prêté aucune attention aux misérables et sombres « Ellédocq, Ellédocq » quand elle l'avait appelé Haddock, elle se leva et fendit la foule.

La cabine était vaste et luxueuse, mais lui semblait épouvantablement exiguë, et Clarisse attendait. Éric sifflait à côté dans la salle de bains. Il sifflait toujours dans son bain comme un homme insouciant, mais il y avait quelque chose de concentré, d'essoufflé, de presque furieux, dans sa manière de siffler qui évoquait tout pour Clarisse sauf l'insouciance. À sa décharge, il fallait bien dire que c'est l'un des états les plus difficiles – parce que légers – à simuler et qu'Éric était très mauvais acteur dans la comédie légère. L'insouciance suppose, par définition, un certain oubli ; et se rappeler d'oublier était sûrement en soi un effort paradoxal et pénible. Par moments, quand Clarisse oubliait qu'il ne l'aimait plus, quand elle oubliait qu'il ne la désirait plus, qu'il la méprisait et qu'il lui faisait peur, elle aurait presque pu le trouver comique. Mais ce n'étaient que de rares instants ; le reste du temps, elle haïssait trop en elle-même cette fadeur implacable et définitive qu'il lui reprochait sans un mot mais sans cesse, et avec raison, cette fadeur qu'il n'avait pas vue avant de l'épouser grâce à la myopie de l'amour, cette fadeur insurmontable qu'elle ne parvenait plus à dissimuler même sous les fards les plus épais, et qu'elle était juste arrivée à rendre tapageuse.

Elle attendait. Elle s'était assise sur un des deux lits de la cabine, au hasard puisque Éric n'avait pas encore choisi le sien. Plus exactement, il n'avait pas encore choisi celui de Clarisse, car, bien sûr, il n'allait pas dire : « Je prends le lit de gauche près du hublot car la vue est plus jolie », mais plutôt : « Prenez celui de droite près de la salle de bains, ce sera plus confortable. » Au demeurant, c'était bien celui-là qu'elle voulait, celui de droite ; non pas pour des raisons de confort ou d'esthétique, mais simplement parce que ce lit était plus près de la porte. Et partout, au théâtre, dans un salon, dans un train, c'était toujours la passerelle, la porte, l'issue, bref, qui lui faisait choisir sa place dans tout endroit, dès l'instant qu'elle devait le partager avec Éric. Il ne s'en était pas encore rendu compte car elle s'arrangeait toujours pour paraître contrariée de sa décision finale, sachant trop que sa satisfaction à lui était au prix de son désagrément à elle. Elle s'était donc assise sur la couchette de gauche loin de la porte et elle attendait, les mains croisées comme une enfant attardée.

« Vous rêvez ? Vous vous ennuyez déjà ? »

Éric était sorti de la salle de bains. Il boutonnait sa chemise devant la glace avec des gestes sobres et précis d'homme indifférent à son reflet, mais Clarisse voyait le narcissisme poindre de tous ses regards vers lui-même.

« Vous seriez mieux sur la couchette de droite, dit-il, vous serez plus près de la salle de bains. Vous ne croyez pas ? »

Comme à regret, Clarisse ramassa son sac et alla s'allonger sur sa couchette près de la porte. Mais Éric la vit sourire dans la glace, et une bouffée de rage froide l'envahit aussitôt. De quoi souriait-elle ? De quel droit osait-elle sourire sans qu'il sût pourquoi ? Il savait que ce voyage en tête à tête, offert par lui comme un cadeau somptueux et conjugal, allait être, était déjà pour elle un supplice. Il savait que, très vite, elle s'engagerait dans un système tortueux d'alcoolique, dans d'humiliantes combines avec les barmen, il savait que ce beau visage endormi par la résignation et la culpabilité, ce beau visage d'enfant gâtée et punie cachait une femme tremblante, exténuée, à bout de nerfs. Elle était à sa merci, elle était aux antipodes du bonheur, elle n'avait plus de goût à rien ; mais quelque chose en elle lui résistait inlassablement, quelque chose se refusait à sombrer avec le reste, et dans sa fureur et sa jalousie, Éric pensait que ce quelque chose lui venait de son argent. Cet argent dont il lui avait fait un tort et dont il n'arrivait pas à ne pas penser que c'était une vertu, un charme, cet argent qu'elle avait eu dès l'enfance et qui lui avait manqué, à lui, toute sa jeunesse.

Elle souriait à nouveau, la tête inclinée de côté, et il mit quelques instants à comprendre que ce n'était pas lui qui provoquait, cette fois-ci, son habituel sourire effrayé, mais la voix d'un inconnu qui chantonnait un air de valse à côté. Et que cette fois-ci, ce n'était pas, ce ne pouvait être l'effroi qui éclairait ainsi le visage de Clarisse – mais le plaisir, dans un sourire des plus inattendus et des plus insupportables.

Julien Peyrat, ayant sorti le tableau de sa valise avec mille soins, se retrouva une fois de plus séduit, plein d'admiration devant le talent du faussaire. Le charme de Marquet était bien là : ces toits gris éteints par le froid, cette neige jaune sous les roues cagneuses des fiacres, et la vapeur frémissante aux naseaux des chevaux… La vapeur, ça il l'inventait, bien sûr ; mais, un instant, il s'était retrouvé, lui, Julien Peyrat, au cœur de Paris, l'hiver, en 1900, un instant il avait respiré l'odeur de cuir et de cheval fumant, l'odeur du bois humide de la calèche noire, arrêtée au milieu de la toile sous ses yeux comme il avait suivi des yeux, plein de nostalgie et de désir déçu, la femme fardée, vêtue de renard, qui tournant le coin de la rue, à droite, s'apprêtait à sortir du tableau sans même se retourner vers lui. Un instant, il avait respiré, il avait retrouvé l'odeur des premiers froids à Paris, cette odeur immobile de fumée, de feu de bois éteint, de pluie froide, cette odeur où se mêlait le goût piquant de l'ozone suspendu avec la neige au-dessus des réverbères, cette odeur tiède et complice pour les Parisiens, toujours la même, malgré les cris, les gémissements de ceux qui vouaient la capitale à la laideur d'abord, et à la destruction ensuite, peut-être par jalousie, du simple fait de leur propre mort à venir. Paris était une ville éternelle pour Julien, aux charmes éternels… mais coûteux, hélas ! Il sourit en pensant aux passagers mâles du *Narcissus*. L'ennui les amènerait vite au bridge, au gin-rummy, en tout cas aux cartes, donc au poker. Julien prit son paquet et s'exerça à quelques donnes qui lui laissèrent, chaque fois, un carré de rois.

Il avait un air de valse dans la tête, qu'il fredonnait sans cesse, sans en retrouver le titre, et qui l'exaspérait, par moments.

Le soleil tombait à présent sur une mer grise, à peine tendue de bleu, une mer crémeuse et qu'un blanc de lait envahissait déjà à l'est. Chacun se préparait, à chaque pont et devant chaque miroir, pour la première soirée à bord, mais Edma, qui avait déjà passé une heure dans sa chambre, piaffait avec une impatience que décuplait l'inertie totale de son Armand d'époux, immergé, lui, dans la Bourse. Edma, donc, sortit avant lui, arriva au bar en chantonnant, faux, un air de Rossini, et en craignant de s'y retrouver seule. Dieu merci, le destin avait assis à l'extrémité du bar un bloc de granit gris fer en qui elle reconnut le Maestro Hans-Helmut Kreuze. Lequel Maestro sirotait une bière et remâchait, en même temps que ses chips, ses griefs contre ce butor de commandant. Il se croyait tranquille, même, lorsque la voix d'Edma Bautet-Lebrêche, tel le tocsin, retentit dans l'air du soir. Quelques mouettes, dehors, s'envolèrent. Mais Hans-Helmut Kreuze, ne pouvant les suivre, dut se retourner et faire face. Non sans un certain contentement d'ailleurs !

Car si Hans-Helmut Kreuze trouvait paranoïaque qu'un mélomane ou un plouc s'imaginât acquérir contre de sordides billets de banque le droit d'entendre « la Musique » (et surtout la Musique jouée par lui, Kreuze), le fait qu'il demandât des cachets gigantesques et qu'il eût pour l'argent en cash, dès qu'il l'avait en main, une dévotion farouche, ne lui semblait pas contradictoire. Mais, drôlement, ce mépris cessant d'un coup devant les grosses fortunes, il accueillit avec sympathie la femme de l'Empereur du Sucre, voire avec déférence. Il descendit même de son tabouret, dans ce qu'il aurait voulu être un geste galant, c'est-à-dire qu'il en chut lourdement, sur ses deux pieds vernis, avec un « han » de bûcheron. Et le pont en trembla tandis que, se pliant en deux, les hanches et l'échine à 45° comme un compas ouvert, il claquait les talons et se penchait sur la main baguée de l'impérieuse Edma.

« Maître, dit-elle, je n'aurais jamais espéré ça ! Cette rencontre ! Vous ! Seul ! Et dans cet endroit solitaire ! À cette heure solitaire ! Je crois rêver… Et si j'osais, si vous me le demandiez, plus exactement… dit-elle en se hissant illico et gracieusement sur le tabouret voisin, je me permettrais de vous tenir compagnie quelques minutes. Mais uniquement si vous insistez », ajouta-t-elle en jetant vers le barman un index et « un gin-fizz, *please* ! » identiquement décidés.

Hans-Helmut Kreuze allait en gentilhomme user de la supplication et de l'insistance requises, quand il se rendit compte qu'Edma, bien installée, une olive entre les dents, balançait déjà sa jambe sans trop de complexes ; et il renonça à ses salamalecs. En réalité, l'autorité d'Edma ne lui déplaisait pas. Il avait, comme bien des gens de sa corporation, bien des virtuoses et bien des célébrités en général, un goût sans limite pour les ordres, le sans-gêne et le fait accompli. Ils parlèrent musique un moment, et Edma faisant montre de sa réelle culture musicale – qui émergeait quand même de son snobisme – Hans-Helmut redoubla de respect, voire d'obséquiosité, car ses relations avec les êtres humains ne comportaient que deux clés, au contraire de ses partitions : il ne jouait que dans la clé du mépris ou dans la clé de l'obéissance. Ils en arrivèrent à un point d'intimité, au bout de dix minutes, qu'Edma n'eût jamais imaginé – ni même d'ailleurs désiré – et qui, les bières aidant, poussa Kreuze aux confidences.

« J'ai un souci ici, marmonna-t-il, un gros vilain souci... (Edma tiqua : elle n'arrivait pas malgré tout à se faire à son sabir.) Vous savez, généralement, les femelles avec moi... (il eut un rire gras) les femelles généralement regardent vers moi... »

« Allons bon ! En dehors de son pupitre, ce gros sanglier ! songea Edma tout à coup. Ces chefs d'orchestre, décidément, tous paranoïaques ! »

« Bien sûr, bien sûr, c'est normal, dit-elle entre ses dents, surtout avec votre notoriété. »

Le don Juan hocha la tête avec approbation et enchaîna, après une goulée de bière interminable.

« Et même certaines femelles très connues... très très connues... chuchota-t-il, le doigt en travers de sa bouche. ("Grotesque, pensa Edma, le voilà qui minaude maintenant !") Mais, chère madame, ne me faites pas dire des noms. Pas un nom. Pas un ! Pensons à l'honneur des dames... Je dis non ! Non, non, continua-t-il, ayant ôté l'index de ses lèvres et le secouant à présent, sous le nez d'Edma, qui prit soudain la mouche.

— Mais, mon cher, dit-elle, relevant la tête et le toisant, mais, mon cher, qui, du diable, vous demande un nom ? Le nom de qui ou de quoi, d'abord ? Ce n'est pas moi qui vous harcèle de questions, si ?

— Justement pas, dit Kreuze, l'air fin et les yeux plissés. Vous ne me demandez pas le nom de la dame sur ce bateau même qui, un soir, avec Hans-Helmut Kreuze… » (et le même rire épais le secoua).

Edma était partagée entre sa curiosité, vraiment épouvantable, et un dégoût qui faillit « presque » prendre le dessus, mais comme toujours, « presque » seulement.

« Tiens, tiens… songea-t-elle tout haut, mais qui donc sur ce bateau ?

— Vous me promettez silence ?… Chut, chut et rechut ? Promis ?

— Promis, juré, chut, chut et rechut, tout ce que vous voulez », chantonna Edma, les yeux au ciel moralement.

Le virtuose prit un air grave, et se penchant vers elle au point qu'elle distinguait les vis sur les branches de ses lunettes, il souffla brusquement à son oreille et dans son cou : « La Loupa », avant de se reculer comme pour mieux juger de l'effet produit. Edma, après avoir sursauté sous cette brise de bière, s'exclama :

« Quoi ? Quoi ? La Loupa ? La Loupa ? Ah ! “Loupa” : la louve… La Louve ?… Je veux bien, je comprends le latin, Dieu merci ! La Louve, mais laquelle ? Nous sommes nombreuses sous le ciel, nous les Louves… ! (Et elle lâcha un hennissement malicieux qui fit lâcher son shaker au jeune barman.)

— La Loupa : Doria Doriacci, chuchota Kreuze avec force. À l'époque 1953-54, la Doriacci était “La Loupa”, pas plus. “La Loupa”, c'était facile comme femelle, à Vienne. Belle femme déjà… Et moi, pauvre Kreuze, loin de la famille, longue tournée, moi être esseulé… Et la Loupa qui me regarde tout le temps comme ça… »

Et le Maestro écarquillant les boutons de bottine qui lui servaient d'iris, derrière ses lunettes, passa sur ses lèvres une langue rose qui dégoûta légèrement Edma Bautet-Lebrêche.

« Et alors ? dit-elle, vous avez cédé ? Résisté ? Mais c'est une histoire... charmante que vous me racontez là... »

Elle se sentait devenir féministe à vue d'œil. Cette pauvre Doria avait dû avoir faim, vraiment, pour supporter ce goujat dans son lit...

« Oui, mais... continuait l'autre, imperturbable, oui, mais la fin est mauvaise. Vous, les femelles françaises, vous dire bonjour, après, si ? La Loupa, non ! Depuis trente ans, la Loupa ne fait même pas bonjour, même pas signe, même pas petit sourire du coin – comme vous feriez, chère petite madame, hein ?

— Qui ? Moi ? Non, non, sûrement pas ! dit Edma tout à coup décidée au pire.

— Mais si, mais si... (Kreuze était rassurant.) Mais si, mais si, petites femelles françaises, après, faire toutes pareil : comme ça. »

Et sous le regard indigné d'Edma, il lui fit un horrible clin d'œil derrière ses verres – tout en retroussant sa lèvre supérieure sur son unique dent en or, jusque-là invisible, en haut et à droite de la mâchoire, mais sur laquelle ce sourire malicieux tombait pile. D'abord figée par l'horreur, Edma se ressaisit vite. Son visage s'apaisa, prit cette expression d'éloignement, de lassitude, expression follement dangereuse mais, hélas ! expression que ni Hans-Helmut Kreuze, au faîte de son imagination, ni Armand Bautet-Lebrêche, qui venait d'arriver et s'était installé paisiblement dans un fauteuil, à l'autre bout du bar, ne furent à même de remarquer, ni de reconnaître.

« Vous trouvez ça bien ? demandait Kreuze, tenace, que la Loupa, à qui j'ai payé, moi, un dîner chez Sacher à Vienne le soir même, me traite, moi, trente ans après, moi, Kreuze, comme un plouc, hein ? Alors ?

— Alors justement ! dit Edma, se laissant aller à cette langueur délicieuse et invincible, très proche du plaisir physique, qui l'envahissait avec la colère, la certitude de la proximité du drame, de l'éclat, de la catastrophe : alors justement, *vous êtes* un plouc ! »

Et pour bien le persuader de la force de sa conviction comme du sujet de cette conviction, elle lui tapota le sternum d'un index horizontal et insistant. Mais, ô stupeur ! Kreuze ne broncha pas. Sa mémoire gorgée de souvenirs, de témoignages d'admiration, sa mémoire bondée de bravos frénétiques, ou débordante de souvenirs familiaux d'une totale soumission, ne pouvait, malgré sa clarté, admettre l'anathème, le sacrilège d'Edma. Tout en lui, que ce soit sa mémoire, sa vanité, son assurance primitive ou même ses artères coronaires, tout son être refusait et rejetait ce que tentaient de lui transmettre quand même ses yeux et ses oreilles : ce « justement, vous êtes un plouc ! ». Il prit donc la main de cette charmante impudente, laquelle se laissa faire une seconde, hautaine mais terrifiée tant elle pensait qu'il allait la battre ou la jeter en bas de son tabouret :

« Charmante petite madame, dit-il, vous pas devoir parler argot. C'est pas des mots pour jolie femme élégante, ces mots-là… »

Et il lui baisa le bout des doigts, avec indulgence, à la grande indignation de sa protégée.

« Mille pardons, Maître ! Mais je sais parfaitement le sens du mot "plouc", dit-elle, la voix froide, glacée même par ce qu'elle croyait être une lâcheté hypocrite. Je vous en donne ma parole ! Et je vous le répète une fois encore : vous êtes indiscret, grossier, vulgaire, avare, vous êtes le plouc type, quoi ! Le plouc étalon, même », précisa-t-elle, mais à un fantôme.

Car Kreuze avait filé vers la sortie en riant, d'un rire aigu et mécanique, en toussant, en agitant sa main de gauche à droite frénétiquement, comme s'il ne voulait pas entendre les inconcevables termes d'Edma, les niait et, de ce fait d'ailleurs, ne les entendait pas.

Vaguement dépitée par cette sortie salvatrice pour Hans-Helmut Kreuze mais qui la laissait, elle, sur sa faim féroce, Edma s'en fut en caracolant, le talon ferme, les yeux étincelants – on eût pu dire, « les naseaux fumants » – conter ses exploits à son époux. Lequel époux, toujours enfoui dans son fauteuil club et les yeux mi-clos, semblait rêver, ou presque, s'étonna Edma.

« *Hello ! old man*, lança-t-elle, vous allez entendre une extravagante histoire. »

Mais si, à cette voix, Armand ouvrit les yeux, ce fut au prix d'un effort surhumain. Edma s'était assise près de lui mais il entendait à peine, comme de très loin, le son de sa voix.

« J'ai traité le Maestro Hans-Helmut Kreuze, directeur du Konzertgebaum de Berlin, de gros plouc ! » dit-elle d'une voix exagérément tranquille (mais sa voix de tête chercheuse quand même) qui fit tressaillir, dans le fond de la mémoire d'Armand Bautet-Lebrêche, le jeune homme qu'il avait été trente ans plus tôt, debout, en jaquette, devant l'autel de Saint-Honoré-d'Eylau. Mais ce jeune homme disparut aussitôt, le laissant en proie à son mal.

Il arrive que les gros bateaux, à une certaine vitesse et sur une certaine mer, acquièrent une sorte de balancement régulier, comme un roulis léger, dont l'effet peut parfois se révéler irrésistiblement soporifique sur l'être humain. Interpellé par sa femme, M. Bautet-Lebrêche, inquiet, avait d'abord essayé de prendre l'air fin du mari psychologue et d'observer sa femme, les yeux mi-clos, en souriant vaguement. Mais relever si peu que ce soit ses paupières lui demandait un effort aussi rude que pour lever les rideaux de fer dans certains parkings. Aux abois, Armand Bautet-Lebrêche avait tenté alors d'extirper, aux bribes encore conscientes de son esprit tourmenté, quelque comparaison, quelque image propre à faire comprendre et admettre à Edma cette somnolence inopinée : car Edma n'était pas femme à supporter un être humain endormi à sa table, fût-il son époux. Comment lui expliquer... ? C'était comme s'il eût été bercé par une nurse, en fait... une nurse musclée, bien sûr, mais cependant très très molle... Comme si cette nurse eût, au préalable, imbibé son corsage de chloroforme... Voilà, c'est exactement ça... Mais pourquoi du chloroforme ?... Pourquoi une nurse aurait-elle mis du chloroforme ?... Non... C'était plutôt comme si on lui avait donné un coup de maillet, cinq minutes plus tôt... Mais étant donné le prix du *Narcissus*, on n'assommait sûrement pas les passagers avec des maillets... À moins que le capitaine... cette brute... mouillait... chloroforme... Il sombra vers l'épaule d'Edma dont il sentait encore vaguement le parfum.

Dieu merci, quelqu'un répondit quand même, de sa propre voix subitement douce et lointaine, mais sa voix à lui, Armand Bautet-Lebrêche : « Vous avez bien fait, ma chérie », posément, avant qu'il ne s'abatte, terrassé, sur l'épaule de sa femme qui, de surprise et de peur, hurla, se dressa, laissant ainsi choir l'Empereur du Sucre, le nez dans sa soucoupe. Les garçons accoururent pour le soutenir, mais grâce aux ronflements sonores qui s'élevaient du fauteuil club, Edma avait déjà compris la nature du malaise de son époux.

« Ce voyage commençait bien, décidément, songeait-elle en prenant, de guerre lasse, un second dry : un dialogue imbécile avec un paranoïaque obscène, et les ronflements inélégants de son propre mari, à sa propre table, tout cela laissait augurer, en effet, une croisière peu semblable aux autres. » Mais Edma se demandait brusquement si c'était bien préférable.

Le plus grand retardataire au dîner, ce soir-là, fut Andréas Fayard. Il était retombé dans son sommeil du jour, et il fut réveillé en sursaut par le même cauchemar. Il avait dormi en jeans et il se déshabilla vite, se doucha, mais avant de se revêtir, il se campa devant la grande glace de la salle de bains et jeta sur lui-même, sur son corps et sur son visage, un regard glacé de maquignon. Il fallait qu'il surveille le tour de taille, qu'il prenne du calcium, qu'il fasse redresser une incisive, qu'il fasse un shampooing léger à ces cheveux blonds, toujours fragiles. Il fallait tout cela pour qu'une femme lui achetât une Rolls Royce en remerciement de ses qualités amoureuses, de sa douceur et de sa furia. « Et il le fallait vite », se disait Andréas, assis sur sa couchette du *Narcissus* – car cette croisière entreprise en solitaire achevait de ruiner le maigre héritage que ses deux tantes, libraires à Nevers, ses éducatrices, lui avaient péniblement gagné avant de mourir, l'an dernier, à deux mois d'intervalle. Oui, il s'occuperait rapidement de cette incisive, de ces cheveux blonds, de tout mais, malgré lui, Andréas se sentit prêt à pleurer à l'idée que personne ne lui demanderait de se laver les oreilles, peut-être avant des années, peut-être même jusqu'à sa mort.

Alors que sur le pont des « Premières » on servait un dîner placé et somptueux, par petites tables présidées par les officiers du navire, second en tête, à l'étage des « De luxe », et dans un ordre provisoire – ou supposé tel – la trentaine de passagers se répartissait entre deux tables : celle du commandant et celle de Charley ; celle-ci, trois fois plus gaie, était en général assiégée par les habitués du *Narcissus*, mais cette année, la présence de la Doria à la droite d'Ellédocq en faisait hésiter quelques-uns. Beaucoup même, sauf Edma qui avait, elle, ce sens de la fidélité de la « bande », qu'on ne retrouve que dans certaines hordes de chacals ou de loups, animaux assez féroces pour achever leurs traînards et chasser leurs faibles. Ce qui les faisait ressembler aux hordes mondaines, elles aussi fidèles aux mêmes tanières et chaque année lancées dans les mêmes migrations ; mais dont les membres – toujours au bord d'une brouille mortelle, semblait-il – s'avéraient avec les années assez peu susceptibles ou suffisamment plats pour se retrouver, vingt ans après, amis pour toujours, et pour toujours pelés, éreintés, dépourvus de vraie gaieté, de bonté et de la moindre confiance en l'espèce humaine.

Edma, donc, s'assit près de Charley, suivie de quelques habitués que son élégance et sa voix de tête terrorisaient jusqu'au servage. C'était Edma, par exemple, qui depuis toujours donnait pour eux le signal des applaudissements après les concerts, c'était Edma qui décidait si les œufs étaient frais ou le temps clément, aussi fermement qu'elle décidait si quelqu'un était fréquentable. Mais la vedette, cette année-là, c'était bien évidemment la Doriacci, déjà assise à la droite du capitaine quand les passagers étaient entrés, la Doria qui, avec ses épaules couvertes d'un châle, son visage au maquillage presque inexistant, et son expression d'une amabilité de commande, ressemblait furieusement à la dame bourgeoise en voyage qu'elle n'était pas. Tous ses admirateurs s'en sentirent un peu troublés, voire déçus, au premier abord.

C'est que la Doriacci était une star ! Une vraie star comme on n'en faisait plus, une femme qui devant les flashes brandissait son fume-cigarette mais jamais la queue d'une poêle, une femme qui n'était pas seulement célèbre pour sa voix admirable, ni pour l'art avec lequel elle en usait : la Doriacci était célèbre aussi pour ses scandales, son goût des hommes, son mépris du « qu'en-dira-t-on », ses excès, ses colères, son luxe, ses folies et son charme. Et le soir – il y avait de cela vingt-cinq ans et plus – où elle avait remplacé « au pied levé », selon l'expression, dans *La Traviata* la célèbre Roncani, subitement malade, l'inconnue qu'avait applaudie à tout rompre, pendant plus d'une heure, la salle la plus blasée du monde, cette inconnue ne l'était plus pour aucun des membres de la Scala. Du dernier machiniste au premier administrateur, chacun était passé entre ses bras et chacun se le rappelait. Depuis, quand elle arrivait dans une ville, la Doriacci, comme certains envahisseurs mongols, rançonnait les notables, ridiculisait leurs femmes, prenait leurs jeunes gens, avec un naturel et une vigueur qui semblaient croître avec l'âge. Comme elle le disait elle-même aux journalistes, ses principaux admirateurs : « J'ai toujours aimé les hommes plus jeunes que moi et j'ai de la chance : plus j'avance dans la vie, plus j'en trouve ! » Bref, la « Grande Doriacci » ne ressemblait en rien à la dame paisible au chignon tiré, assise, ce soir-là, près d'Ellédocq.

Ellédocq hérita donc, à sa table, de la Diva, puis de la « femme-clown endormie », c'est ainsi qu'il appelait Clarisse, de son « communiste trop peigné », Éric Lethuillier, de deux couples fort âgés et abonnés à vie au *Narcissus*, du « sale boche », Kreuze, et du « commissaire aux croûtes » nommé Julien Peyrat. Il avait simplement exigé de Charley qu'il prît Béjard et Olga à la sienne avec quelques mélomanes octogénaires. « Veux pas de saltimbanques à ma table ! » avait-il d'abord déclaré avec mauvaise humeur, puis avec colère, devant les protestations de Charley débordé, puis dans une de ses formules d'un laconisme « enflammé » : « Emmenez-moi ça Stop Vous avez deux minutes Stop Message terminé Stop Rogers. » C'est ainsi qu'il était arrivé à ses fins en même temps qu'à la plus fine fleur de la langue morse. Le vent de cette fureur, s'il avait emporté au loin, à la table voisine, donc, les « saltimbanques », en avait bizarrement ramené le « gigolpince de Nevers ». Il l'avait même ramené à la droite de la Doria, elle-même à la droite du commandant. Pris par surprise, Ellédocq n'avait pu réagir, mais il avait eu la consolation de voir Charley, pour une fois sérieux et consciencieux, lancer vers leur table des regards navrés.

Dès le début du repas, Ellédocq s'était, selon son pénible devoir, répandu en borborygmes elliptiques, équitablement jetés en pâture à la Doria et au « clown ». La Doria, d'abord distraite, avait fini par l'écouter attentivement, les sourcils froncés, suivant ses lèvres des yeux comme dans la fable *Les Fils du bûcheron*, lorsque, essoufflé par l'agonie, leur père tente de leur indiquer où est caché son trésor. Jusqu'aux salades, tout alla bien ; mais alors qu'il s'enfonçait dans des prévisions de plus en plus sombres sur l'avenir de la marine française et la moralité du personnel navigant, la Doriacci posa soudain sa fourchette et son couteau, brutalement, sur son assiette – si brutalement que l'autre table, jusque-là assez animée, se retourna d'un bloc dans leur direction.

« Mais enfin, demanda-t-elle de sa voix grave, où voulez-vous, d'abord, que je planque mes bijoux ? Et ensuite pourquoi ? C'est un repaire de brigands, ici, ou quoi ? »

Ellédocq, pris de court, rougit sous son hâle. Il resta sans répondre, les yeux fixés sur le coin de la nappe, les oreilles bourdonnantes. Les convives, à sa table, le regardaient d'un air railleur.

« Cela peut aussi devenir amusant comme un film policier, reprit la Doria de sa voix de gorge. Nous nous inspecterions tous, nous serions tués les uns après les autres, je devrais chanter le *Requiem* de Verdi à toutes les escales… »

Ils éclatèrent de rire, soulagés, sauf Ellédocq qui fut un peu plus long à comprendre. Le « clown triste » avait de fort jolies dents, remarqua Julien distraitement.

« Parce que vous, vous ne mourrez pas, bien sûr ? » demanda Éric Lethuillier en souriant un peu.

Il n'avait pas ri, d'ailleurs, l'instant d'avant, remarqua Julien. Il s'était laissé aller à sourire un peu plus ouvertement que d'habitude comme pour bien indiquer qu'il voulait bien s'amuser avec les autres, mais qu'il était conscient de la futilité de cet amusement… En tout cas, il suggérait, ou tentait de le faire, que cette relâche n'était que provisoire et que la classe allait reprendre. C'était du moins exactement l'effet qu'il faisait à Julien Peyrat. Avec lui, la classe était incessante et sans doute aussi faisait-il le même effet à sa femme, cette pauvre créature défigurée ce soir par un vert aux paupières étincelant et mis de travers ; car elle cessa de rire brusquement comme prise en faute et se réattaqua à son homard, les yeux baissés. À côté d'elle, Julien admirait la beauté de ses mains. Des mains longues, à l'extrémité des doigts renflée bizarrement comme ont les sculpteurs, comme des pattes de chat. Assis à ses côtés, c'était pratiquement tout ce qu'il voyait d'elle : ses mains. Il n'osait la regarder en face de peur qu'elle ne s'effrayât. D'ailleurs, qu'aurait-il pu voir de plus sous cette couche épaisse et rosâtre de fond de teint, sans doute passé à la truelle tous les petits matins ? Elle était ridicule vraiment, et cela vexait Julien comme une insulte personnelle, comme une insulte à la totalité des femmes. Il l'eût préférée obscène que ridicule. Le scandale au moins ne tuait pas le désir… Sa place à lui, Julien, était la meilleure, finalement, puisque sans la voir de face, il regardait ses mains, entendait son souffle, sentait sa chaleur, son parfum, de Dior d'abord, et dessous, celui de son corps, le parfum de sa peau qui malgré ses bariolages de Sioux était le parfum d'un corps de femme. Elle avait des gestes pour prendre son pain, le rompre, porter son verre à sa bouche – mais là, le regard de Julien la quittait – qui le ravissaient. C'étaient des mains nonchalantes et assurées, des mains qui pouvaient être expertes et autoritaires comme tendres et consolatrices. L'alliance qui ornait son doigt – seule bague qu'elle portât – semblait trop brillante, trop grosse, faisait pièce rapportée. Elle avait posé sa main gauche à plat sur la nappe puis, s'ennuyant, cette main était allée vers un fil détendu et saillant. Elle l'avait tiré sournoisement, ce qui en avait entraîné d'autres, et un long travail de sape, de destruction, avait alors commencé, accompli par ces ongles incarnats, presque violets, d'une couleur atroce. Lassée de ce jeu de vandale, qui commençait à se voir, la main droite avait attrapé une salière et avait couvert ces déprédations, symboliquement, comme si la main droite fût habituée à réparer les dégâts de la main gauche. Ramenée à la raison, celle-ci s'était posée à l'envers, la paume ouverte vers l'extérieur, avait pris l'air d'un chien au soleil, lorsqu'ils se mettent sur le dos et présentent leur gorge à la chaleur ou aux possibles crocs d'un ennemi mortel. La main s'était étirée, refermée, rouverte plusieurs fois, et le regard de Julien avait cherché en vain à comprendre quelque chose à ces lignes de vie et de cœur enchevêtrées. Il s'était penché alors pour lui donner du feu et les cheveux fauves et brillants étaient entrés un instant dans son champ de vision, dégageant une bouffée de parfum. Et Julien, étonné, s'était rendu compte qu'il la désirait.

Cela s'était passé au dessert et il attendait depuis impatiemment que l'on se lève, et qu'il puisse se moquer de lui-même une bonne fois en voyant de face ce visage qu'il savait grotesque. C'est alors que l'incident avait éclaté, le second de la croisière, nota Charley.

« Vous n'allez pas me dire, capitaine Bradock... Ellédocq, pardon, disait la Doria, que cette Desdémone n'est pas une sotte. On peut convaincre les hommes de son innocence, même quand on est coupable. Alors quand on ne l'est pas...

— Les femelles innocentes sont peu en nombre, mais beaucoup sont des femelles capables de tout… avait dit la voix de Kreuze – jusqu'ici muet et que l'on avait oublié sans trop de remords tant il s'empiffrait solennellement. Il y a des femelles qui font croire aux hommes que les moulins sont des fermes.

— Ce n'est pas bien grave jusque-là, si ? » dit Julien souriant et prêt à s'amuser malgré la longueur du dîner.

Il ne pouvait s'empêcher, où qu'il soit et quelles que soient les circonstances, de garder toujours intact ce fol espoir de s'amuser. Eh oui… même sur ce bateau d'octogénaires, de snobs et de prétendus esthètes. Il espérait, lui, Julien Peyrat, qui avait passé la quarantaine, il espérait encore s'amuser. Par moments, il s'en voulait à mort de n'être pas plus pessimiste ou lucide sur l'existence…

« *Ya !* Si ! »

La voix d'Hans-Helmut Kreuze était péremptoire et ce « si » tonna comme un glas dans la salle à manger d'acajou verni. Le serveur, qui en ce moment même proposait pour la deuxième fois du sorbet à Julien, se mit à trembler convulsivement. La cuillère tinta sur le plat de sorbet et cela fit un petit bruit de castagnettes qui détourna un instant l'attention générale de Kreuze au profit du sorbet. Julien, obligeant, se resservit et garda la cuillère.

« Si, il y a des femelles qui se comportent comme des animals ! Sauf que les animals, eux, ne sont pas des ingrats. »

Il y eut aux deux tables un léger flottement mi-surpris, mi-amusé, que tenta de dissiper Edma l'incendiaire, à la surprise générale.

« Si nous levions le camp, capitaine, cria-t-elle de sa table, il fait chaud, ici, non ? »

Et peut-être eût-on suivi son injonction si Simon Béjard, le mal élevé, n'avait pas clamé sa curiosité.

« Et de qui donc parlez-vous, Maestro ? (Il appelait Kreuze « Maestro » sur un ton tragi-comique, comme pour souligner le côté opérette de ce titre, ce qui horripilait visiblement le musicien.)

— Je parlais des femelles ingrates, dit avec vigueur, afin d'être compris de sa place, Hans-Helmut Kreuze. Je parlais en l'air, si vous préférez considérer le chemin de cette trajectoire... »

Chacun regarda son voisin, les sourcils levés, et Hans-Helmut, l'air résigné et satisfait à la fois, après s'être essuyé vigoureusement une moustache qu'il n'avait plus depuis deux ans, posait sa serviette sur la nappe d'un geste définitif, quand la Doria ouvrit le feu à son tour.

« Oh ! mon Dieu !... dit-elle (et elle éclata de rire tout à coup comme frappée par l'évidence). Mon Dieu !... et moi qui cherchais... Figurez-vous, dit-elle avec entrain, que je crois bien savoir de qui parle le Maestro... Est-ce que je me trompe, Maestro ?... »

Le visage de l'interpellé exprimait tour à tour le doute et la fureur. Les yeux d'Edma luisaient sous ses cils d'excitation et de ravissement, ce qui inquiéta Armand Bautet-Lebrêche, soudain réveillé de sa trop longue sieste.

« Non, je ne me trompe pas, reprit la Diva. Figurez-vous que nous nous sommes connus, le célèbre maître Hans-Helmut Kreuze et moi-même, à Vienne... ou à Berlin... ou à Stuttgart, je ne sais plus, dans les années 1950 ou 1960... Non, pas 1960 ! là, j'étais célèbre et j'avais le choix. Je parle d'une époque où je n'avais pas le choix et où l'illustre Kreuze daigna remarquer la Loupa – c'est le nom qu'on me donnait, j'avais l'air d'une jeune louve à l'époque, et je l'étais d'ailleurs. Hélas ! il y a longtemps... Je jouais la soubrette numéro trois de la comtesse dans *Le Chevalier*. Je ne chantais qu'avec les autres. Je n'avais pas de rôle, mais de jolies jambes que j'essayais de montrer dans les coulisses et sur la scène, à tout hasard... Nous étions très très mal payés à Vienne. Le Maestro Kreuze, qui était déjà célèbre, comme maintenant, daigna voir mes jambes et daigna désirer en voir plus. Il me le fit savoir par son secrétaire, en parfait gentleman ; et pour achever ma conquête et me combler, il m'offrit une choucroute et un sorbet au Sacher. C'était bien une choucroute et un sorbet, Hans-Helmut, non ?

— Je... Je ne sais plus... » dit le virtuose.

Il était écarlate. Personne n'osait bouger, ni le regarder, ni regarder la Doriacci. Personne, sauf Clarisse à qui elle s'adressait à présent.

« Enfin ! reprit la Doriacci de plus en plus gaiement, tout ça était bien lourd, mais l'honneur que l'on me faisait fit passer ça avec le reste... Ne croyez pas que j'avais oublié, cher Maître, dit la Doriacci dans un silence consterné, penchée en avant sur la table (et, subitement, éclatante de beauté et de jeunesse, remarqua Julien). Je n'avais pas oublié, mais j'avais peur que cela vous gêne, ou que Gertrude... Mme Kreuze s'appelle bien Gertrude, non ?... que Gertrude ne l'apprenne. J'avais peur aussi que vous ayez honte, trente ans après, de vous être abaissé à coucher avec une soubrette, Monsieur le Directeur du Konzertgebaum de Berlin. »

Ellédocq qui avait suivi tout cela en jetant des yeux de plus en plus exorbités sur les deux protagonistes, s'était, à tout hasard, et ne comprenant goutte à la situation, renfermé dans un silence hautain. Le visage impassible, drapé dans son blazer comme dans un péplum, il se sentait sûrement à cent coudées au-dessus de cette histoire de sexe. En tout cas, il semblait aussi peu décidé que possible à se lever et quitter la table; la seule chose à faire pourtant, pensait Charley en le fixant désespérément. En vain…

Aussi, pour la première fois de leur vie commune et maritime, ce fut Charley qui tout à coup poussa sa chaise et se leva, suivi précipitamment par les autres.

« Quel délicieux dîner… marmonnait Edma. C'est un nouveau chef? Armand, vous ne trouvez pas?… Armand! » cria-t-elle à son époux qui était retombé dans sa léthargie maladive, l'orage à peine éloigné.

« Ça, je dois dire, comme nourriture de bateau, on ne fait pas mieux, commenta Simon. Tu ne trouves pas, mon trésor? »

Et il tenta d'enlacer la taille d'Olga qui se déroba. Éric Lethuillier avait fait le tour de la table et pris Clarisse par le coude, « comme pour éviter qu'elle ne tombe, mais tout à fait inutilement », pensa Julien qui ne l'avait vue boire que deux verres de vin. Mais elle se laissait faire et il en fut agacé : malgré son maquillage grotesque à nouveau visible, il se souvenait de son trouble et il lui en gardait une sorte d'admiration rétrospective et étonnée. « Le corps aussi était beau », songea-t-il tandis qu'elle s'éloignait dans le joyeux tohu-bohu qui suit toujours les algarades publiques.

La Doriacci se levait lentement, seule en face de Kreuze toujours assis et les yeux baissés. Elle le regardait en ramassant sur la nappe son rouge à lèvres, ses cigarettes, son briquet, sa boîte à pilules, son poudrier, tout le fourbi qu'elle déballait autour d'elle, comme une gitane, à chaque repas.

« Alors, dit-elle à voix basse, alors, mon gros-vilain Helmut, on est content ? »

Elle avait parlé d'une voix inaudible pour tout autre que lui, mais il ne répondit pas, garda les yeux baissés, et elle sortit en souriant et en faisant claquer ses doigts sur un rythme de rumba.

« Sacrée femme, hein ? commenta le capitaine revenu à la porte et qui attendait Kreuze. Sacrée femelle, comme vous diriez, Maestro. »

Mais le Maestro ne répondant toujours pas, le capitaine, de son pas chaloupé, rejoignit ses hôtes.

« Pas marrant, ce Teuton, pas d'humour, confia-t-il, en spécialiste, à Charley Bollinger.

— Si ça tombe, ça va être marrant, cette croisière, disait Simon Béjard à Éric et Clarisse Lethuillier. Ça commence plutôt bien !... En fait de musique, il va y avoir un drôle de barouf sur leur "concert flottant" comme ils disent. Il y aura même de drôles de fausses notes... »

« Il faisait ses jeux de mots stupides et il en riait aux larmes, et il était content de lui », pensait Olga en le regardant avec haine. Par quelle aberration l'avait-elle emmené chez ces gens élégants, chic, de bon ton ?... Comment avait-elle pu s'exposer à ces coups, ces avanies incessantes que provoquaient la vulgarité, la bonne humeur bête de cet inculte ?... Et tout ça, naturellement, devant Éric Lethuillier, ce type impeccable, bourré de classe jusqu'au bout des ongles... cet aristocrate de la pensée... ce révolutionnaire qui aurait pu être marquis... Elle était folle de ce type, enfin de cet homme, avec son beau profil de Viking… Non, pas de Viking, ça faisait trop cliché. Elle leur dirait : « Son beau profil d'Aryen. » Voilà ! Ce « leur » représentait son public le plus appréciateur, les deux copines de classe – domestiquées dès la troisième – soigneusement conservées ensuite dans le culte d'Olga et pour lesquelles Olga Lamouroux, où qu'elle soit, mitonnait dans sa tête le récit palpitant de son existence quotidienne. Elle s'entendait déjà… Elle ferma les yeux une seconde pour oublier la présence trop distrayante – trop absorbante (déjà !…) d'Éric Lethuillier. « Tu sais, Fernande, tu me connais… Tu sais que sous mes airs bravaches, je suis comme écorchée vive, parfois ?… Alors, quand je trouve, quand je sens sur la même longueur d'onde, un type sensible aux mêmes choses que moi, je revis… Eh bien, là, je revivais, dans ce salon, somptueux dans son austérité, dans ce décor de marine, viril mais de bon goût. Aussi, lorsque j'ai entendu tout à coup Simon débiter ses conneries… (non : Simon sortir ses vulgarités), en présence de cet Aryen au profil de Viking… Non, de cet homme superbe au profil d'Aryen… Quand j'ai vu ce dernier à peine… à peine froncer les sourcils, puis détourner les yeux afin que je ne surprenne pas son dégoût instinctif… Quand je l'ai vu, un peu plus tard, ramener vers moi ses yeux pers… (il faudrait qu'elle regarde le dictionnaire au mot “pers”) ; quand je l'ai vu ramener vers moi ses yeux glauques, non… couleur de mer… Alors, là, Micheline !… (non, c'était à Fernande que je racontais), alors là, Fernande !… Veux-tu que je te dise : j'ai eu honte… Honte de mon compagnon ! Et ça, c'est une chose terrible pour une femme… Car tu le sais, tu es si fine pour ces choses… (c'était machinal, dans ses récits, ce compliment qui fouette l'attention, mais là ce n'était pas urgent, Fernande, la pauvre, était à Tarbes, chez sa belle-mère, avec les gosses). Bon, tu le sais... J'avais honte de cette honte. Tu le sais, j'ai toujours voulu porter Simon à bout de bras, faire semblant de ne pas m'apercevoir du fossé entre nous, du... etc., etc., acheva-t-elle in petto car l'Aryen avait pris la parole. « Et sa voix de bronze, sa voix d'airain, son timbre chaud... » (elle verrait plus tard) retentissait :

« Personnellement, disait Éric Lethuillier, je dois avouer que je déteste ce genre de scènes. Il y a toujours dans ces éclats un côté exhibitionniste qui me glace... Non ? Pas vous ? Vous ne trouvez pas, Clarisse ?

— J'ai trouvé ça plutôt amusant, dit Clarisse. Très amusant, même. »

Et elle sourit dans le vague, ce qui humanisa son masque une seconde et agaça visiblement Éric.

« Clarisse, dit-il, hélas ! ne lit dans les journaux que les rubriques de potins : la vie privée des autres l'a toujours amusée... Parfois même plus que la sienne, je le crains », dit-il plus bas, mais de façon distincte, à la cantonade.

Clarisse ne broncha pas mais Simon, lui, fut choqué.

« À propos d'exhibitionnisme, dit-il, vous savez, vous aussi...

— Je sais quoi ? »

La voix d'Éric Lethuillier était tranchante. Il avait l'air enragé à froid tout à coup, et Simon Béjard recula d'un pas. Il n'allait pas se colleter avec ce grand protestant revêche, parce qu'il était odieux avec sa femme... Après tout, cela ne le regardait pas. Déjà qu'Olga commençait à lui faire la tête !... Il se tut. Il n'empêchait que ce voyage s'annonçait plus rigolo qu'il ne l'espérait. La femme des sucres arrivait vers eux, toutes voiles dehors, et les yeux encore plus saillants que d'habitude. « En voilà une à qui cela ne devrait pas déplaire, tous ces drames », pensa Simon, faisant montre pour une fois de quelque psychologie.

« Ah ! mes enfants ! dit-elle en tendant ouvertement un whisky secourable à Clarisse Lethuillier qui s'en empara d'une main ferme, sous l'œil glacé d'Éric. Ce dîner ! Ah ! mes enfants, quelle séance !... Je ne savais pas où me mettre... Ah ! la Doriacci l'a bien mouché, ce rustaud ! Je trouve notre Diva tout à fait superbe... Elle m'a complètement retournée, elle m'a bluffée, quoi, je l'avoue ! J'ai été bluffée ! Pas vous ?

— Pas précisément... » Éric prenait une voix railleuse, mais elle le coupa :

« Ça, ça ne m'étonne pas : pour vous bluffer, vous, monsieur Lethuillier, il faut Trotski ou Staline, j'imagine ? Au moins !... Mais vous, monsieur Béjard ? Et vous, mademoiselle... euh... Lamoureux ? Et vous, chère Clarisse ?... Ne me dites pas que vous vous êtes ennuyée !

— R-o-u-x, roux. Lamou*roux*, rectifia Olga avec un sourire froid car cela faisait la troisième fois qu'Edma estropiait son nom.

— Mais j'ai bien dit "Lamouroux", non ? »

Edma était souriante.

« En tout cas, excusez-moi. Olga Lamouroux, voyons... Comment pourrais-je me tromper ? Alors que je vous ai vue dans... Ah ! mais comment s'appelle ce film charmant qui se passait à Paris, dans le Quartier latin... enfin à côté, avec cet acteur un peu intellectuel, mais si, si merveilleux... George quelque chose... Voyons, aidez-moi, vous, dit-elle à Simon qui, ébahi par sa témérité, la fixait, la bouche ouverte, et se réveillant, se précipita :

— Vous devez parler de *La Nuit noire de l'homme blanc*, un film de Maxime Duqueret. Un très très beau film, très intéressant… Un peu étrange, un peu triste, mais très intéressant… Si, si, si, insista-t-il comme pour se convaincre lui-même (et en jetant un regard craintif vers Olga qui semblait perdue, ailleurs, très loin). Je crois bien, oui… c'est ça… oui.

— Et voilà ! dit Edma satisfaite : *La Nuit blanche de quelque chose*. C'était très très bien. C'est là que j'ai compris que Mlle Lamoureux, Olga, ferait une carrière.

— Olga Lamou*roux*, Lamou*roux*, chère madame. »

C'était Éric qui avait pris le relais et Edma lui jeta un regard songeur tout à fait insultant.

« Comme vous êtes gentil de m'aider. Voyons : Lamouroux, Lamouroux, Lamouroux, Lamouroux. Je vais m'entraîner, je vous le promets, dit-elle gravement à Olga dont la lèvre avait disparu sous ses dents supérieures. J'espère que je ne vais pas faire comme notre Diva avec son "Bradock", "Ducrock", "Capock", comme elle n'arrête pas de nommer notre sot, notre vaillant capitaine… Où est Charley ? Lui qui est si diplomate… Il doit être aux cent coups ! En tout cas, une chose est sûre : il va falloir changer l'ordonnance de cette table dès demain matin. Il fallait, il faut toujours, de toute façon, séparer les couples, musicaux ou pas.

— Vous supporteriez d'être séparée de M. Bautet-Lebrêche ? siffla Olga sans la regarder.

— Mais je l'ai déjà fait ! (Edma semblait aux anges.) Je l'ai déjà fait, mais jamais très longtemps. Avec sa fortune, mon cher Armand est une proie rêvée pour les intrigantes, je le sais trop bien. »

Et caracolante, piaffante, elle repartit vers un autre groupe, peut-être une autre proie. Il y eut un instant de silence.

« Quelle garce ! dit Olga Lamouroux qui était toute blanche (du teint et de la voix).

— Cette pauvre femme, c'est le prototype même de son milieu », dit Éric d'une voix ennuyée.

Mais il posa sa main sur l'épaule d'Olga en signe de compréhension et elle battit des paupières une douzaine de fois sous l'émotion. Simon se tenait coi, mais quand il croisa par hasard le regard de la femme-clown, il s'aperçut avec stupeur que cette morte vivante avait bel et bien les yeux dilatés du fou rire.

Julien Peyrat était appuyé au bar en compagnie d'Andréas, et tous deux riaient à gorge déployée en se rappelant les détails de l'algarade. Ils avaient l'air de deux collégiens cachottiers et ricanants, le sentaient, et cela ajoutait à leur hilarité. Charley les surveillait d'un air réprobateur et jaloux.

« Vous avez vu comme elle devenait belle ? dit Andréas en reprenant son sérieux. Vous avez vu ces yeux, cette voix ?... Ah ! là ! là ! quelle femme ! Brusquement elle avait vingt ans, vous avez vu ça ?...

— Mais dites-moi, mon vieux, vous tombez amoureux... dit Julien sans penser à mal. Auriez-vous des vues sur notre Diva nationale... internationale, pardon ? Vous savez que c'est une conquête qui n'est pas impossible, d'après les rumeurs.

— Comment cela ? »

Andréas ne riait plus du tout. Julien, surpris, le dévisagea. Il n'arrivait pas à se faire une idée exacte de ce garçon. Il l'avait pris pour un pédéraste d'abord, à cause de Charley, mais il ne l'était pas, visiblement ; il l'avait pris pour un gigolo, mais cela ne semblait pas non plus absolument évident. D'autre part, Julien répugnait à lui poser la question classique : « Que faites-vous dans la vie ? » C'était une question qui l'avait fait souffrir toute sa vie lui-même, jusqu'à ce qu'il se découvre ce métier épatant et vague de commissaire-priseur.

« Je voulais dire, reprit-il, que la vie sentimentale de la Doriacci est tumultueuse, notoirement tumultueuse, et que je l'ai vue mille fois sur des photos en compagnie de croquants autrement moins bien que vous physiquement. C'est tout ce que je voulais dire, mon vieux…

— On dit n'importe quoi sur les vedettes, dit Andréas avec feu. Je crois, moi, que cette femme a le goût de l'absolu. Je ne crois pas du tout, monsieur Peyrat, que la Doriacci soit une femme facile.

— Ça aussi c'est notoire, dit Julien avec gaieté et rompant les chiens. Elle est aussi notoirement très très difficile à vivre. Demandez donc au Maestro Kreuze ce qu'il en pense. Cette choucroute va peser lourdement sur sa croisière…

— Ah ! la choucroute du Sacher », dit Andréas, et ils repartirent à rire.

Mais Julien restait intrigué.

Le bateau ralentissait et déjà les lumières de Portofino devenaient distinctes. C'était la première escale prévue, et Hans-Helmut Kreuze devait ouvrir le feu avec du Debussy. Trois marins vêtus de blanc vinrent pousser le grand Steinway sur le pont, ce Steinway jusque-là garé dans le bar sous trois housses et une nappe blanche. On n'en finissait plus de le déshabiller et de lui mettre des chaînes aux pieds afin de l'arrimer. On voyait luire le bois sombre du piano dans l'obscurité et l'on devinait sa masse, mais il y eut quand même un instant de silence respectueux dans la foule quand, les marins ayant disparu avec les housses, quelqu'un essaya les lumières. C'étaient quatre projecteurs très blancs qui tombaient d'en haut, qui dessinaient une piste carrée et livide, une sorte de ring théâtral au milieu duquel l'instrument avec ses chaînes devenait une allégorie : trapu comme un taureau et luisant comme un squale, l'animal attendait visiblement son dompteur, son torero, son musicien ou son meurtrier et l'attendait avec haine. Et toutes ses dents étincelantes et blanches semblaient prêtes à happer la main de l'homme, à l'attirer hurlant au fond de son corps vide où ses cris retentiraient longtemps avant de s'éteindre. Ce piano avait quelque chose de romantique, tragique et brutal dans ces lumières, qui n'allait pas avec la Méditerranée. Celle-ci offrait un romantisme excédé et sensuel, une douceur sans faille et sans pitié. Elle étreignait le *Narcissus* aux hanches, le flattait et l'agressait à force de vagues molles et chaudes, insistantes et incessantes au point de le faire gîter d'un millimètre, de faire geindre de plaisir ses vingt mille tonneaux. Le bateau fit grincer l'ancre à peine jetée, déjà accrochée au plancher marin, là-dessous, et il détesta cette entrave de fer qui l'empêchait de s'allonger, de se disperser, de se rendre à la merci de toute cette eau voluptueuse et nocturne, cette eau faussement frileuse et écumante au bord de la terre, mais, plus loin, impénétrable et insondable, où le *Narcissus*, immobilisé au bout de sa laisse, renonçait difficilement à se perdre.

Les « Premières » étaient montées sur le pont « De luxe », et la première chose que faisaient les arrivants en retrouvant, comme les autres années, les mêmes privilégiés sur le même pont, était de leur expliquer comment, une fois de plus, ils s'étaient fait piéger par le temps et n'avaient pu changer de statut comme ils l'auraient voulu. C'était le seul moment humiliant au demeurant pour ces mélomanes heureux, qui toute l'année au contraire ensuite se flatteraient de cette croisière. Julien, entrepris de la sorte par un couple volubile qui croyait le reconnaître, prit la fuite. Il enjamba les câbles, remonta la travée ménagée entre les chaises et les fauteuils autour du piano et sortit de la zone lumineuse. Seul le chemin qui menait aux coursives était éclairé et, en l'évitant, Julien se cogna à la porte du bar lui-même éteint, mais qu'il trouva ouverte. Il mit quelques secondes avant de voir luire dans le noir la cigarette de Clarisse Lethuillier, assise à une table du fond, seule.

« Je vous demande pardon, dit-il en avançant d'un pas dans la pénombre, je ne vous avais pas vue et je cherchais un refuge, une aire de repos, comme sur les autoroutes. C'est la pagaille dehors : le concert va commencer… Voulez-vous que je vous laisse ? »

Il parlait d'une manière décousue et se sentait curieusement intimidé. Dans le noir, Clarisse Lethuillier cessait d'être un clown et devenait une femme, la proie du chasseur. Elle finit par ouvrir la bouche :

« Asseyez-vous, dit-elle, où vous voulez. Le bar est interdit, de toute manière. »

À cause de l'obscurité peut-être, elle avait une voix sans défense, une voix ni avertie, ni naïve, ni précise, ni brisée, ni jeune, ni féminine, ni rien. Elle avait une voix sans prétention, sans gêne, une voix dénudée comme un fil électrique, et peut-être aussi dangereuse à approcher. Julien s'assit à tâtons.

« Vous n'allez pas au concert ?

— Si, mais plus tard. »

Ils chuchotaient sans aucune raison valable. En fait ce bar était un autre monde, tout y était effrayant et plaisant à la fois : la masse des fauteuils, la découpure des tables, et là-bas au loin, cette foule éclairée et agitée qui, longtemps à l'avance, s'apprêtait à applaudir Kreuze.

« Vous aimez Debussy ?

— Oui, comme ça », dit la même voix, effrayée cette fois-ci.

Et Julien pensa qu'elle avait peur qu'on les surprenne, seuls, dans cet endroit « interdit » comme elle avait dit. Mais contrairement à sa nature débonnaire, il n'avait pas envie de partir. Il aurait au contraire voulu, aimé qu'Éric Lethuillier arrive, les surprenne à ne rien faire et soit suffisamment odieux – un peu aurait suffi – pour qu'il puisse, lui, Julien, lui casser la figure. Il détestait ce type et, il s'en rendait compte avec étonnement, il ne pouvait pas le supporter. Il ne pourrait pas passer huit jours sur ce bateau en sa compagnie sans lui flanquer une correction, ou en recevoir une de lui, peu importe, mais sans au moins une fois frapper ce visage arrogant dans sa bonne conscience. Cette envie de frapper était si précise qu'il se sentit assoiffé tout à coup, assoiffé et tremblant.

« Il n'y a pas une bouteille dans ce bar ? dit-il à voix haute. Je meurs de soif, pas vous ?

— Non, dit la voix désolée de Clarisse. Non, tout est fermé à clef. J'ai bien essayé, vous pensez… »

Ce « vous pensez » signifiait : « Vous pensez bien, moi, Clarisse, l'alcoolique !… vous êtes au courant ? J'ai naturellement essayé de trouver à boire, voyons… »

Mais Julien ne s'y arrêta pas.

« Il ferait beau voir qu'une serrure me résiste », dit-il en trébuchant dans les meubles.

Et il passa derrière le comptoir où il faisait carrément nuit noire.

« Vous avez un briquet ? » demanda-t-il.

Et instantanément elle fut sur le tabouret le plus proche, son briquet à la main. Les serrures étaient des serrures d'enfant de chœur, et Julien avec son petit canif de boy-scout en eut vite raison. Il ouvrit un placard au hasard et se retourna vers Clarisse. À la lumière de son briquet elle avait quelque chose de grand-guignolesque avec ses fards. Il eut envie de lui dire d'enlever son masque une seconde, mais se retint à temps :

« Qu'est-ce que vous voulez ? Il y a de tout, je crois : porto, whisky, gin ? Pour moi, ce sera du whisky.

— Moi aussi », dit-elle.

Sa voix s'était raffermie. Peut-être à la perspective de ce whisky inattendu, pensa Julien avec gaieté. Décidément, il était le démon malfaisant sur ce *Narcissus*… Il allait ruiner aux cartes un mélomane, abuser un amateur de peinture et enivrer une alcoolique.

Comme chaque fois qu'il se trouvait assumer un rôle d'affreux jojo, Julien se sentit gai. Quelque chose en lui était si profondément débonnaire que tous ces rôles cyniques qu'il finissait par tenir effectivement ne lui semblaient jamais réels. Ils faisaient partie d'une grande fiction, une série de nouvelles écrites par un humoriste anglo-saxon, et dont le titre était *La Vie et les Aventures de Julien Peyrat*. Il remplit deux verres à demi, en tendit un à Clarisse qui avait rejoint sa table, et s'assit délibérément à côté d'elle. Ils trinquèrent et burent solennellement. L'alcool était âcre et violent dans sa gorge. Il toussa un peu et remarqua que Clarisse n'avait pas bronché. La chaleur, l'aisance subite qui l'envahirent aussitôt après le rassurèrent définitivement sur le bien-fondé de son effraction.

« Ça va mieux, non ? dit-il. J'étais tendu, mal à l'aise, je me sens revivre, pas vous ?

— Oh ! si, dit-elle dans un souffle. Moi… je me sens vraiment revivre… Ou plutôt, je me sens vivre tout bonnement. Simplement vivre.

— Ça ne vous arrive pas à jeun ? Jamais ?

— Jamais, dit-elle. Plus jamais. Vous avez gardé la bouteille ?

— Bien sûr », dit-il.

Et il se pencha, lui versa un autre verre. Il vit sa main blanche le prendre et le lever vers son visage, il se rappela l'effet que lui avait fait cette main pendant le dîner, et s'en voulut aussitôt. Les circonstances étaient un peu trop propices, lui semblait-il. Il se reversa à boire lui-même. À ce train, ils seraient ivres morts avant le début du concert. Il s'imagina arrivant, Clarisse à son bras, tous deux trébuchant pendant les arpèges de Kreuze, et se mit à rire.

« Pourquoi riez-vous ?

— Je pensais à notre arrivée ivres morts au milieu du concert, dit-il. Je ris de peu. Ce n'est pas le cas de votre mari, n'est-ce pas ? Il n'a pas le rire facile, j'ai l'impression.

— La vie est une chose sérieuse pour Éric, dit-elle sans aucune inflexion, comme elle eût énoncé un fait. Mais je vois très bien comment on peut la prendre sérieusement d'ailleurs – en admettant qu'on ait la force de la prendre d'une manière ou d'une autre… En ce moment, je l'ai. Je respire à nouveau. Je sens mon cœur battre. Je me sens habitée à l'intérieur de mon corps, les choses deviennent réelles… Je sens même l'odeur de la mer, comme je sens le froid de ce verre sous mes doigts. Vous comprenez ça ?

— Mais oui », dit Julien.

Il ne fallait pas l'interrompre surtout, pensait-il. Il fallait qu'elle parle, à lui ou à quelqu'un d'autre. Il avait une grande pitié pour cette femme, presque autant que de haine pour son époux. Mais qu'avait-il à faire de ce couple Lethuillier ?…

« Toute la journée, j'ai eu l'impression d'errer dans le désert, avec des obstacles que je ne voyais pas au dernier moment. J'avais l'impression de parler faux, et que cela se remarquait et que j'étais ridicule. J'ai eu l'impression de ne penser que des platitudes. J'ai eu l'impression que j'allais laisser tomber ma fourchette, que j'allais tomber moi-même de mon siège, que j'allais encore une fois faire honte à Éric, gêner ou faire rire les autres… J'ai eu l'impression que j'allais mourir asphyxiée dans cette cabine. J'ai eu l'impression que ce bateau était trop grand ou trop petit, et qu'en tout cas, je n'avais rien à y faire… J'ai eu l'impression que ces neuf jours n'en finiraient jamais et qu'ils étaient pourtant ma dernière chance. Mais ma dernière chance pour quoi ?... J'étais en proie au désordre, à la confusion, à l'ennui... À un doute de moi qui me martyrisait... Martyrisait, répéta-t-elle à voix haute. J'ai passé des heures martyrisée. Et maintenant, grâce à ça... (et elle fit tinter son ongle sur le verre) je suis en paix avec Clarisse Lethuillier, née Baron, trente-deux ans, visage fade. Clarisse Lethuillier, alcoolique. Et même pas honteuse de l'être !...

— C'est que vous n'êtes pas alcoolique à proprement parler. Quant à ce visage fade, il faut vous croire sur parole !... Vous avez la fadeur si fardée... madame Lethuillier ! En tout cas, “Clarisse Lethuillier : solitaire”... là, je vous croirais.

— La riche héritière solitaire... Ça doit vous rappeler des hebdomadaires à gros tirages, monsieur Peyrat... De toute façon, je ne vous serai jamais assez reconnaissante pour avoir forcé cette serrure... Si je pouvais compter sur vous, de surcroît, pour cacher quelques bouteilles dans votre cabine, et si vous aviez la bonté de m'en indiquer le numéro, ma reconnaissance vous serait définitivement acquise : vous n'êtes pas homme à fermer vos portes à clef, j'imagine ? »

Elle avait une voix précipitée mais claire, nette, presque arrogante, sa voix de fille Baron sans doute. Mais déjà il la préférait odieuse que malheureuse.

« Mais bien sûr, dit Julien, je vais m'approvisionner dès demain ! Et je suis au 109. »

Il y eut un silence, et la voix de tout à l'heure, d'avant le scotch, demanda :

« Vous n'aurez pas de remords ? Ou alors... Demanderez-vous une contrepartie ?

— Je n'ai jamais de remords, dit Julien, et je ne demande jamais de contrepartie aux femmes. » Et là, il disait la vérité.

Il devina plutôt qu'il ne vit Clarisse tendre son verre vers lui, et il le lui remplit sans commentaire. Elle le vida, se leva, partit d'un pas ferme, lui sembla-t-il, vers les lumières. Il resta un moment immobile, avant de finir le sien, et la suivit.

Clarisse eut à peine le temps de s'asseoir auprès d'Éric et celui-ci de déployer sa coutumière courtoisie exagérée, qu'Hans-Helmut Kreuze arrivait déjà sous les applaudissements. Son smoking faisait ressortir encore son côté prussien, son col dur semblait racler sa nuque tandis qu'il s'inclinait. Mais dès qu'il fut assis et qu'il commença de jouer, le musicien fit disparaître le personnage. Il joua Debussy avec la légèreté, le tact, la douceur qu'il n'avait pas. Il le fit couler comme un liquide, comme de la pluie sur le pont, et Clarisse, les yeux ouverts, recevait cette eau fraîche, se sentait rajeunir, intacte, invulnérable, lavée de tout. Elle était dans les bois, dans les prés de son enfance. Elle ne savait rien de l'amour, de l'argent, et des hommes. Elle avait huit ans, douze ans ou elle en avait soixante, et tout était d'une limpidité parfaite. Le sens de la vie était là, dans cette innocence inaltérable de l'être humain, dans la fuite précipitée et acceptée de la vie, dans la miséricorde de la mort inévitable, dans quelque chose d'autre qui n'était pas Dieu pour elle, mais dont en ce moment précis, elle était sûre, comme certains l'étaient, semblait-il, de l'existence de ce Dieu. Elle ne s'étonna même pas que Kreuze jouât ainsi aux antipodes de lui-même, de son apparence. Elle s'étonna juste, quand il eut fini, que l'étranger blond à son côté lui poussât le coude et lui dise d'applaudir. Éric hochait la tête avec gravité et une certaine tristesse, comme chaque fois qu'il se trouvait devant un talent incontestable. « On ne peut pas nier qu'il ait du génie », disait-il, comme si son premier réflexe eût été, en effet, de nier ce génie et comme si l'impossibilité de continuer lui coûtât. Mais elle se moquait bien d'Éric tout à coup. Il lui apparaissait même de la plus grande futilité, de la plus grande sottise de l'avoir aimé si longtemps et d'avoir tant souffert par lui. Bien sûr, quelqu'un en elle lui soufflait que cette liberté et cette désinvolture allaient être éliminées de son esprit en même temps que l'alcool de son sang, mais quelqu'un aussi lui disait que la vérité était là, dans cet instant même, dans cette perception-là, pourtant supposée trompeuse, faussée et dénaturée par l'alcool. Ce même quelqu'un qui lui disait qu'elle avait raison quand elle était heureuse et tort quand elle ne l'était pas, ce quelqu'un était le seul, depuis son enfance, parmi les innombrables « quelqu'un » dont elle était composée, qui n'eût jamais changé d'avis. Elle applaudit un peu plus longtemps que les autres, on la regarda et Éric se rembrunit, mais cela lui était parfaitement égal. De l'autre côté du piano, debout, Julien Peyrat, son complice, lui souriait et elle lui rendit son sourire ouvertement. Ce sauveur était aussi un bel homme, constata-t-elle avec un amusement, une sorte de satisfaction anticipée qu'elle n'avait pas eus depuis des années, des siècles, lui semblait-il. Peu d'hommes résistaient aux critères d'Éric Lethuillier, il est vrai.

Simon Béjard, qui s'était assis sur son siège et sur son pantalon de smoking neuf avec la même impression de péril et d'ennui, se retrouvait les larmes aux yeux. Tout cela, grâce à ce gros balourd de Kreuze qu'il trouvait infumable, et grâce à Debussy qu'il avait toujours pensé inécoutable. En fait, c'était la première fois qu'il lui arrivait de ressentir un plaisir gratuit, la première fois depuis des années. Des années où, quand il voyait un film, c'était pour y trier des acteurs, pour voir le « boulot » de quelqu'un d'autre, de même qu'il ne lisait des romans que pour y découvrir des scénarios – sauf ceux que leur succès, l'adhésion folle du public, débarrassait de cette obligation funeste d'être palpitants, mais dans ce cas-là, Simon ne pouvait acheter le titre.

Sa première séance de cinéma avait eu lieu pour ses six ans. Et de même que depuis quarante ans, pour Simon, tous les paysages n'étaient que des décors, tous les êtres humains étaient des personnages et toutes les musiques n'étaient que de fond.

« C'était formidable, non ? dit-il dans son enthousiasme. Ça, chapeau, Helmut ! ça m'a fait le même effet que du Chopin. »

Il avait beaucoup pleuré à quatorze ans aux accents d'une « Polonaise » dans un super-navet en couleurs, venu d'Amérique, et où l'on voyait Chopin, cow-boy brun, musclé et bouclé, cracher du sang sur les touches blanches d'un clavier, tandis que George Sand promenait une minceur égale à celle de ses fume-cigarette dans des décors dignes des Borgia et des Folies-Bergère réunis. Il en avait conclu que Chopin était un musicien capable d'émouvoir, peut-être même susceptible de fournir un support musical à ses futurs chefs-d'œuvre, à lui, Simon ; mais sa culture musicale en était restée là. Et voilà qu'avec Debussy, à présent qu'il était riche, un monde nouveau s'ouvrait à Simon. Il se sentait tout à coup un grand appétit et une grande humilité envers ces immenses steppes de l'art, ces monuments vivants, ces trésors fabuleux qu'il n'avait pas eu le temps ni l'occasion de découvrir. Il se sentait affamé de littérature, de peinture et de musique. Tout, enfin, lui semblait désirable à l'infini, car ce n'était que dans la mesure où il pouvait les concrétiser, que Simon s'abandonnait à ses désirs. Il lui fallait « pouvoir » posséder, c'était tout. En effet, il aurait pu, demain, s'acheter les meilleures chaînes de haute fidélité japonaises, acquérir un ou peut-être deux tableaux impressionnistes, plus ou moins certifiés, et pourquoi pas, une édition originale de Fontenelle (qu'il ne connaissait pas, d'ailleurs). Toutes ces folies étant à présent accessibles, il allait être en droit de s'offrir des livres de luxe, des mini-cassettes et la visite des musées. Comme s'il y avait eu, pour pénétrer dans les domaines inconnus de l'art, une porte de service et un grand escalier, la première n'étant supportable que si on la préférait délibérément au second. Pour Simon, le Panthéon et ses morts illustres rejoignaient enfin, en prestige, la société de production United Artists et ses sbires anonymes. En tout cas, la preuve était faite qu'il était devenu sensible aux choses de l'art, et c'est avec une sorte d'admiration pour ses propres pleurs qu'il tourna vers Olga ses gros yeux humides ; mais elle ne sembla pas partager cette admiration ; elle semblait même devenue, au contraire, ironique :

« Voyons, Simon, ne dites pas de sottises », dit-elle à mi-voix.

Olga avait jeté un coup d'œil furtif à Éric Lethuillier assis devant eux et, de biais, Simon avait vu le sourire lassé, indulgent, de celui-ci.

« Ce n'était pas ce qu'il fallait dire ? » demanda-t-il très haut.

Il se sentait blessé dans quelque bonne foi, quelque bonne volonté. Après tout, cette émotion qu'elle semblait trouver ridicule, c'était bien elle qui la lui avait réclamée, hier encore et c'était bien elle qui semblait craindre qu'il n'en fût incapable.

« Mais non ! dit Olga, Chopin !... Debussy ! mon pauvre Simon, il ne faut quand même pas mélanger les torchons et les serviettes.

— C'est Chopin le torchon et c'est Debussy la serviette ? Ou c'est le contraire ? » dit Simon. Après l'émotion artistique, il était en proie à présent à la fureur et c'étaient deux sentiments violents, bizarres, qui lui étaient restés jusque-là étrangers. Olga s'étonna de cette colère subite.

« Mais enfin ! dit-elle, il ne s'agit pas de cela. Disons que c'est un petit peu trop tôt pour vous lancer dans les comparaisons. »

Elle hésitait, jetait des coups d'œil vers Lethuillier qui ne se retournait pas.

« Enfin, dit Simon, vous craignez depuis trois mois qu'il soit trop tard pour moi ! Et aujourd'hui, c'est trop tôt ? Il faudrait accorder vos pianos », dit-il, plaisantant malgré lui, ce qui permit à Olga de rire très fort et de feindre d'ignorer sa colère.

— Alors, dit Simon, vous m'expliquez ?

— Mais enfin, Simon... (elle avait pris sa voix de tête, exaspérée) mais enfin, Simon, disons que ce n'est pas un sujet pour vous.

— Si ce n'est pas un sujet pour moi, ce n'est pas non plus une croisière pour moi », dit-il.

Il la regarda en face, furieux, et elle jetait des coups d'œil désespérés vers Lethuillier. Mais il semblait à présent que celui-ci ait la nuque plantée sur les épaules et que ses oreilles fussent installées de part et d'autre de son crâne uniquement à titre décoratif. Olga s'affola,

Simon allait devenir grossier. De façon inattendue, ce fut la femme-clown qui sauva la situation : elle se tourna vers eux, souriant à Simon avec une si évidente gentillesse qu'il s'apaisa d'un coup. Brusquement, cette Clarisse Lethuillier était la chaleur, l'aisance même ; elle était surtout, malgré les bariolages, inimitablement amicale.

« C'est drôle ce que vous dites là, monsieur Béjard, dit-elle, c'est exactement l'impression que j'ai eue ! J'ai trouvé aussi que Kreuze jouait Debussy d'une manière si… tendre… si triste… si liquide, comme du Chopin… Mais je n'osais pas le dire ; nous sommes entourés de tels connaisseurs, ici ! Je ne suis pas de force, moi non plus.

— Voyons, vous connaissez très bien la musique, Clarisse ! dit Éric en se retournant, ne vous dépréciez pas tout le temps de cette façon systématique, on n'y croit pas.

— Me déprécier ? Mais comment voulez-vous que je me déprécie, Éric ? Il faudrait pour ça que j'aie une valeur quelconque, voyons ! Or je n'ai toujours pas fait mes preuves, non ? En musique non plus. »

Sa voix était insolente et gaie et Simon Béjard se mit à rire du même rire, et d'autant plus gaiement que le bel Éric semblait furieux. Il toisait Clarisse, et ses yeux bleus avaient le bleu chloré et froid de la piscine du bord.

« À mes yeux, si, dit-il, vous avez fait vos preuves ! Ça ne vous suffit pas ?

— Si, mais le cas échéant, je préférerais que ce soit à vos oreilles… »

Clarisse riait, l'air tout à coup échappée à ses mélancolies ; elle provoquait son maître :

« J'aurais aimé pourtant vous jouer du clavecin, Éric, du… Haendel, tous les soirs, au coin du feu, pendant que vous corrigeriez les épreuves du journal…

— Du Haendel, devant un bon vieil armagnac, je suppose ?

— Pourquoi pas ? Si vous préférez, vous, arroser vos épreuves de sirop d'orgeat !... »

Simon avait été oublié dans la bagarre mais il restait transporté de l'avoir provoquée. Il leva le poing droit de Clarisse et prit une voix de basse marseillaise :

« Clarisse Lethuillier, vainqueur par K.-O. technique », dit-il en souriant, mais le regard d'Éric qu'il croisa était vitreux d'hostilité.

Simon laissa retomber la main de Clarisse. Il ébaucha un geste d'excuse, de regret vers elle, mais elle lui sourit sans la moindre expression de crainte ou de gêne.

« Si nous prenions un verre au bar ? dit Simon. Après tout, deux mélomanes et deux incultes, vous pourriez nous donner des leçons...

— Personnellement, je ne donne de leçon à personne, dit Éric d'un ton qui démentait totalement sa phrase. De plus, je crois que la Doriacci va commencer incessamment. »

Clarisse et Simon qui se levaient déjà se rassirent docilement. En effet, les quatre projecteurs s'allumaient et tout aussitôt s'éteignaient, se rallumaient, etc., signes que le programme commençait. Olga se pencha sur son siège et murmura à l'oreille d'Éric : « Pardon... pardon pour lui », d'une voix suppliante et un peu théâtrale – elle le sentit elle-même. Mais c'est qu'elle était vraiment horrifiée ! Comment Simon pouvait-il proposer de l'alcool à cette Clarisse Lethuillier qu'il savait une alcoolique invétérée ? invété... ? notoire, quoi ! Comment osait-il parler sur ce ton à ce superbe Viking, cet homme de classe ? et qui reniait les castes ! Car enfin, il n'était pas nécessaire d'être hypersensible pour le voir : Éric Lethuillier était un homme écorché jusqu'au cœur… non, jusqu'à l'os… non, non, non… jusqu'à l'âme, voilà ! Non ! Ce qui devenait dingue, c'était, pour elle, de rester. « De rester près d'un type que je n'estimais plus : "Je n'assumais plus Béjard" (version Micheline) ou : "Je ne supportais plus Simon" (version Fernande). »

« À quoi penses-tu ? disait aigrement le futur excommunié. Tu n'as pas l'air bien, c'est le dîner qui ne passe pas ?

— Mais si, mais si ! Tout va bien, je t'assure », dit-elle très vite, horrifiée.

Comment pouvait-on être si vulgaire, si trivial ? Olga, qui s'apprêtait à expliquer sa méditation par une comparaison poétique et musicale, s'arrêta net. « Les bras m'en tombent », pensa-t-elle. « Voilà : les bras, Micheline, m'en tombèrent et… » Mais la dernière fois qu'elle avait utilisé cette expression, Simon s'était mis à quatre pattes et avait fait semblant de chercher ses bras sur la moquette en riant aux éclats – car tel était le genre de choses qui le faisait rire. Il y avait une race d'hommes ainsi que ces choses-là faisaient rire, ces grosses blagues. Il y en avait même beaucoup. Sur ce bateau, par exemple, il y en aurait au moins trois, elle le savait, qui étaient venus pour rire et applaudir la fière (et fausse, elle allait le lui prouver) devise de Simon Béjard au sujet de l'amour : « Je me marre ou je me détache. » Il y aurait Julien Peyrat, ce séduisant mais si peu sérieux individu, de toute façon inattrapable à l'évidence ; il y aurait eu aussi ce pommadé de Charley, malgré ses mœurs, qui aurait bien ri avec les hommes ; et sans doute ce gigolo blond nommé Andréas.

Olga détestait déjà Andréas pour une excellente raison qui était sa jeunesse. Elle avait pensé être la seule personne dans les vingt ans sur ce bateau, elle avait pensé représenter à elle seule la jeunesse et sa fougue, et son charme, et voilà que ce petit blondin avec son air naïf semblait presque aussi jeune qu'elle et peut-être même plus, si elle se référait à ce… à ce crétin de Simon.

« Oh ! ce gamin, lui avait-il dit quand elle lui en avait parlé, on lui tordrait le nez, il en sortirait du lait. »

Simon croyait la rassurer, mais il l'avait exaspérée.

« Je n'ai pas cet air-là, j'imagine, avait-elle dit.

— Ça non ! vous pouvez être tranquille, vous n'avez rien à voir avec ce petit galopin.

— Sinon l'âge, avait-elle rectifié.

— On n'y pense même pas », avait achevé le butor, le goujat, le maladroit Simon.

Et le soir même, Olga avait pour le dîner tiré ses cheveux en queue-de-cheval.

Ses sombres pensées furent arrêtées par l'arrivée de la Diva. Doria Doriacci entra en scène sous les applaudissements et aussitôt, le ring dessiné sur le pont par les projecteurs, les spectateurs, le bateau tout entier prirent un air théâtral. Où qu'elle aille d'ailleurs, son air furieux, ses fards, ses strass créaient une atmosphère dramatique et délicieuse à éprouver. La Doriacci avait, par un de ses caprices habituels, négligé le programme et décidé de chanter, ce soir-là, un des grands airs du *Don Carlos* de Verdi.

Elle s'installa derrière le micro, posément, dans sa longue robe noire et brillante, fixa un point imaginaire vers Portofino, au-dessus de leurs têtes, et se mit à chanter d'une voix basse et continue…

Julien en face d'elle, d'abord perplexe, gêné par la proximité physique de cette voix, avait à peine eu le temps d'être tranquillisé par sa retenue, quand soudain il retint son souffle entre ses dents et se crispa sur son siège. Du buste imposant et corseté de noir de la Doriacci, une voix inattendue avait jailli, la voix brutale et éperdue de quelqu'un au comble de la rage et de la peur. Et la peau de Julien se hérissa malgré lui. Puis cette voix se détendit, s'allongea sur une note, devenant rauque, beaucoup trop rauque, d'une lyrique indécence. C'était un feulement amoureux qui faisait maintenant saillir les cordes de ce cou, pourtant cerclé d'un rang de perles sages, et Julien discerna sous ces traits réguliers, sous cette aspiration maîtrisée et cette coiffure bourgeoise, l'expression emportée et aveugle d'une sensualité sans frein. Il eut brusquement envie de cette femme, une envie parfaitement physique et il détourna la tête. C'est alors qu'il vit Andréas et l'expression de celui-ci le renseigna sur la sienne et l'apaisa : de chasseur, le jeune Andréas était devenu chassé, la ferveur déjà se mêlait à la convoitise et Julien le plaignit.

Andréas, en effet, avait oublié ses plans ambitieux et, les yeux fixés sur la Doriacci, se répétait comme un leitmotiv qu'il la lui fallait à tout prix. Cette femme était brusquement devenue le romantisme, la folie, le noir, l'or, la foudre et la paix, et d'un seul coup il n'y avait plus sur terre que l'opéra, ses pompes et ses œuvres et ses fastes qui lui avaient toujours paru sans vérité et sans vie. En écoutant chanter la Doriacci, il se dit qu'il lui arracherait ce cri un jour, d'une autre manière, et qu'il ferait atteindre à cette voix basse une note basse jamais atteinte. Il se dit même, dans son égarement, que s'il le fallait il travaillerait pour elle et que si elle ne voulait pas le nourrir, lui la nourrirait : il écrirait dans un journal sous un faux nom. Il serait critique musical, il serait féroce, craint, haï même pour sa sévérité, son exigence, sa morgue, sa jeunesse et sa beauté apparemment inutilisées et qui feraient jaser… Oui, tout Paris jaserait, s'interrogerait en vain jusqu'au jour où, de retour d'une tournée, la Doriacci se produirait à Paris et là, l'article le plus fou et le plus passionné ferait éclater la vérité en plein jour. Dès le lendemain, il sortirait au bras et des bras de la Doriacci, l'œil las, heureux, et Paris comprendrait.

La Doriacci n'avait même pas fait de sortie malgré l'ovation d'une foule délirante d'enthousiasme. Et vraiment délirante, cette fois, même si l'on admettait que pour chaque passager, ne pas être délirant d'enthousiasme chaque soir, signifiait qu'il avait été roulé et roulé par lui-même tout autant que par la Compagnie Pottin frères. Ils avaient donc crié « Bis, bis… » à la Diva qui souriait et refusait de la tête, en descendant de son socle, parmi eux, pauvres mortels. C'était une de ses manœuvres habituelles qui avait le mérite d'empêcher d'autres rappels. La Doria savait par expérience que personne, parmi ce public élégant et si gracieux par ailleurs, personne n'aurait le cœur et le cran de lui crier « Bis » en pleine figure et à moins d'un mètre. Parfois, elle regrettait de ne pouvoir descendre ainsi à la Scala de Milan et se promener dans le public telle Marlène Dietrich parmi les spahis de Gary Cooper, mais cela ne se faisait pas. Il y avait une notion de solennité indestructible dans ce personnage de Diva, nuance qu'elle avait cru pouvoir oublier à vingt-cinq ans et qu'elle se félicitait à cinquante et quelques d'avoir acceptée. Pourtant, Dieu savait qu'elle n'était pas hypocrite, mais ses triviales chasses nocturnes parfois auraient sans doute manqué de saveur si le rideau de fer de la célébrité ne s'était abattu chaque fois sur les basques de son dernier amant, le clouant au sol, tandis qu'elle repartait vers d'autres lustres et d'autres amants.

En fait, elle avait faim, elle avait envie de manger du canard à l'orange et du gâteau glacé, le tout arrosé de bouzy rouge et fruité. Elle avait envie aussi de ce beau jeune homme blond qui la regardait en souriant de loin, et qui passait d'un pied sur l'autre sans oser l'attaquer. La Doriacci s'apprêtait à demander son aide à la femme-clown assise près d'elle. Elle ouvrait la bouche pour le faire quand Clarisse, dans un effort suprême, parvint à lui parler. Elle avait une jolie voix et sans ces fonds de palette plaqués sur son visage, elle serait sûrement même très bien. Et puis à présent qu'elle lui parlait de musique, sujet qu'entre tous craignait Doria Doriacci, à mesure qu'elle lui racontait le bonheur qu'elle avait pris à l'entendre, d'une voix un peu brisée et le regard dilué encore par ce bonheur, à mesure qu'elle la remerciait, la Diva comprenait qu'elle n'était plus si seule sur le bateau puisque quelqu'un d'autre, cette femme ridicule, avait éprouvé elle aussi le Grand Bonheur, ce que Doria Doriacci nommait le Grand Bonheur : celui qu'elle éprouvait et que certains privilégiés éprouvaient et là ce n'était pas un privilège de caste ni d'éducation, c'était le privilège presque chromosomique qui faisait que l'on éprouvait le Grand Bonheur devant la musique lorsque celle-ci était par hasard au rendez-vous. Ce hasard vous la gravait dans la mémoire, sous l'étiquette et dans le tiroir toujours à moitié vide des Grands Bonheurs ou des Bonheurs parfaits, souvenirs de plus en plus vagues sur la naissance de ce Bonheur, mais souvenirs aussi de plus en plus précis sur sa réalité !

Cette jeune femme comprenait la Musique et c'était bien, mais l'agneau blond un peu plus loin tremblait déjà sur ses belles jambes dans l'attente inconsciente du sacrifice. Un sacrifice qui ne saurait tarder car, caracolant à la porte du bar, ses boucles de cheveux trop rouges et ses boucles d'oreilles vieil or s'emmêlant les unes aux autres, frappant le plancher de son escarpin à petits coups secs comme le font, semble-t-il, ses congénères avant de charger la chèvre de monsieur Seguin, Mme Bautet-Lebrêche s'apprêtait à la rejoindre. En effet, Edma les avait vues et c'était au petit galop de chasse qu'elle filait vers leur table. Clarisse, éberluée, vit avec stupeur la massive, l'importante et la carrée Doriacci s'escamoter littéralement entre deux tables qui n'auraient pas laissé passer une sylphide, ayant dans un geste de pickpocket raflé son sac, son fume-cigarette, son rouge à lèvres, son briquet et son éventail sur la table, et elle cinglait déjà vers la porte du bar, tout cela sans avoir un instant abandonné sa hauteur tragique.

Clarisse ne savait pas, en effet, que la Doriacci, lorsqu'elle avait choisi un homme, qu'elle s'apprêtait à l'immoler sur le grand autel de son lit à baldaquin, imprimait à toute sa personne quelque chose de funèbre et de pompeux, une sorte de douleur silencieuse et tragique que l'on prêterait plus à Médée qu'à la Veuve joyeuse. Glacé, effrayé, Andréas vit aussi, lui, avec déchirement, sa bien-aimée fuir majestueusement la petite foule et il s'apprêtait déjà à la voir disparaître sans un mot et sans un regard, dans les profondeurs et les méandres des coursives, quand son regard braqué vers elle la vit tout à coup tourner légèrement la tête dans sa direction. Et, tel un grand trois-mâts entraîné par le vent dans sa course, et incapable maintenant de freiner celle-ci pour épargner un petit voilier qui va danser sur ses remous et sans doute y couler, tel donc ce bateau orgueilleux mais pitoyable, lâchant derrière lui quelques barques de sauvetage pour repêcher ses victimes, la Doriacci, de l'œil, attira sur son flanc le regard d'Andréas : au long de ce flanc pendait sa main aux ongles recourbés et pourpres. Et l'un de ces doigts pliés, ramené vers l'intérieur de la main, lui indiqua deux ou trois fois, de la manière la plus triviale et la plus éloquente, que son malheur était loin d'être complet.

Simon Béjard rentra le premier dans la cabine, oubliant ses bonnes manières, ou ce qu'il en avait, nota Olga Lamouroux, vaguement inquiète. Il s'assit sur la couchette et commença à enlever ses souliers vernis tout neufs en même temps que sa cravate, la main gauche tirant sur le nœud papillon, la main droite sur les lacets, dans une posture vaguement simiesque. Des pieds et un tour de cou également rouges émergèrent de ces instruments de torture, et c'est seulement alors que Simon la regarda. Un regard orageux. Olga fit quelques pas dans la chambre en se cambrant et en lissant ses cheveux de ses deux mains levées très haut, les yeux clos. « Allégorie du désir », se dit-elle. Encore qu'elle ne fût pas sûre qu'allégorie fût le bon terme. Ç'aurait dû être Simon, l'allégorie du désir. Mais son air grognon et sa posture d'équilibriste ne le suggéraient pas. Olga se renversa un peu plus en arrière.

Bien sûr, Olga vivait de son talent et non pas de son corps, comme elle se plaisait volontiers à le rappeler, et comme elle en était d'ailleurs presque persuadée. Cela ne l'empêchait pas de recourir aux charmes de ce corps quand les charmes de son esprit se révélaient funestes pour sa carrière.

« Voyons, Simon, dit-elle gentiment, affectueusement même, avec un petit rire tendre dans la voix du plus gracieux effet – et qu'apparemment ce butor ne remarqua même pas – voyons, Simon, ne soyez pas fâché par ma remarque… Ce n'est pas votre faute si vous n'avez pas de culture musicale. Vous n'allez pas bouder toute la soirée votre oiseau de paradis…

— Mon oiseau de paradis… Mon oiseau de paradis… il faut dire ma bécasse, oui, mon aigre bécasse », grommela Simon un instant avant de regarder ce jeune corps, droit comme une épée, le jeune corps de sa maîtresse, et d'admirer avec une sorte de déchirure bizarre le long cou lisse, au duvet imperceptible et blond.

Et la vague colère de Simon se transforma en une vague de tendresse en une seconde ; une tendresse si aiguë, si triste, qu'il se sentit les larmes aux yeux et s'acharna sur ses lacets avec sauvagerie, la tête baissée.

« Vous avez tellement d'autres cultures… Vous m'êtes tellement supérieur, voyons. Le septième art, par exemple… »

Simon Béjard se sentait mal. Il lui en voulait d'avoir contrarié en lui le nouvel homme prêt à aimer passionnément, pieusement et gratuitement tout cet univers qui, sous le nom d'art, lui avait été d'abord étranger, puis ensuite inaccessible et finalement hostile tant il était invoqué à ses dépens par les critiques de films. Cet art réservé à une classe sociale qu'il méprisait et à la fois rêvait de conquérir ; tous ces tableaux, tous ces livres, toutes ces musiques étaient avant tout, il le savait, fragiles papiers, ou fragiles toiles, les explications fraternelles, les tentatives d'explication d'une existence absurde où s'étaient enchaînés, et brisés le plus souvent, des frères inconnus. Et dont Simon se sentait à la fois l'héritier compréhensif et ému depuis une heure. Il ne tenait qu'à lui maintenant d'accéder à ce monde. Il n'avait plus besoin de la pédagogie condescendante de tous ces gens, ni des explications confuses et ennuyeuses d'Olga. Quelque chose comme une solidarité secrète, mais sûre, le reliait à présent à Debussy comme s'ils avaient fait ensemble leur service militaire ou ensemble connu leur premier chagrin d'amour. Il ne permettrait plus à personne de se mettre entre eux.

« Le septième art, parlons-en... dit-il, arraché à sa fureur par cette certitude nouvelle. Ah ! le septième art ! Savez-vous quel film j'ai préféré dans toute ma jeunesse ? J'en ai vu, puisque, comme je vous l'ai dit, je crois, mon père était projectionniste à l'Éden, à Bagnolet, pendant toute la guerre, et après. Ce que j'ai préféré... vous ne devinerez jamais lequel...

— Non », dit Olga sans entrain. (Elle détestait qu'il parlât de sa famille avec cette désinvolture. Un père projectionniste, une mère petite main ! Il n'y avait pas de quoi se vanter. Ni se cacher, bien sûr, bien sûr... Mais elle aurait préféré qu'il s'en cachât.)

Après tout, Olga elle-même avait eu le goût, pour ne gêner personne, de transformer la mercerie de sa mère en une usine de tissage et leur pavillon en manoir, lequel, quoi qu'il en dise, avait épaté Simon Béjard : elle se demandait si ce n'était pas la grande bourgeoise qu'il appréciait en elle. Sans en rire.

« Eh bien, c'est *Pontcarral*, dit Simon en souriant enfin. J'ai été fou amoureux de la petite blonde, Suzy Carrier, qui piquait Pierre-Richard Willm à Annie Ducaux, sa sœur. C'était l'époque où les petites vierges blondes et chastes gagnaient sur les vamps », dit-il, d'abord distraitement, puis il s'arrêta net.

« Peut-être était-ce là la raison de tout, se dit-il. Ma propension à m'amouracher de jeunes filles en fleur et qui me battent froid, et mon mépris pour les femmes de mon âge, avec qui je me sens bien, qui pourraient m'aimer. Cela vient peut-être de *Pontcarral* ? Ce serait trop bête... Une vie tout entière orientée par *Pontcarral*... Ça n'arrive qu'à moi ! » se dit-il amèrement, ignorant à quel point peu de gens sont fiers de leurs goûts, et combien peu sont vraiment attirés par leur idéal. Ignorant à quel point ce divorce entre l'idée de soi-même et les plaisirs de ce soi-même faisait d'affreux ravages depuis des siècles et parfois aussi de la bonne littérature.

« Mais... mais... mais j'ai entendu parler de Pierre-Richard Willm... » bégaya Olga joyeusement, comme chaque fois que des souvenirs de Simon, ou d'un de ses amants, recoupaient quelques souvenirs de son enfance à elle. (Car elle ne tenait pas aux jeunes gens de son âge, auprès de qui sa jeunesse, à elle, n'aurait pas eu le même succès.)

« Bien sûr, dit-elle, Pierre-Richard Willm... Maman était folle de lui...

— Quand elle était toute petite fille, alors... » dit Simon en haussant les épaules.

Et Olga se mordit les lèvres pour de bon, cette fois-ci. Elle devait faire attention. Elle était arrivée à soustraire Simon à ses vacances tropéziennes où elle aurait dû le disputer à dix starlettes. Elle était arrivée à l'amener là, sur ce bateau bourré de septuagénaires, elle devait faire attention maintenant, dans la griserie de son succès, à ne pas l'exaspérer définitivement. Simon était bon garçon, balourd, parfois naïf, mais il était un homme, comme il s'obstinait à le prouver chaque nuit au grand ennui d'Olga. Car à force de simuler le plaisir, Olga ne savait plus si elle l'avait jamais éprouvé. Mais sa frigidité ne l'inquiétait qu'en fonction de ces jeunes gens superbes, ou réputés doués pour les choses de l'amour. C'était peut-être pourquoi, depuis dix ans, elle ne couchait plus qu'avec des hommes dont le manque d'attraits physiques ou le grand attrait matériel lui permettaient de croire à l'absence de cette frigidité, à l'existence chez elle d'une grande amoureuse frustrée par le destin. Enfin, pour ce soir, l'abandon auquel elle se contraignait lui paraissait à l'avance moins pénible que d'habitude puisque, dans la mesure où il réconcilierait définitivement Simon avec elle, il perdait ce côté inutile, gratuit, bref, qu'elle avait toujours détesté dans ses liaisons.

Mais pour une fois, cet abandon n'arrangeait pas tout puisque Simon, sans plus dire un mot, ayant enfilé son blue-jeans qui le serrait trop, et un chandail, avait fermé la porte de la cabine derrière lui, sans même la claquer.

Andréas avait été stupéfait d'abord par la mimique pourtant sans équivoque de la Doriacci, lorsqu'elle avait quitté la salle, l'index impérieux, et une légère réprobation s'était mêlée à sa joie. En réalité, depuis le début de ce qu'il appelait « son histoire d'amour », Andréas se sentait mal à l'aise. Il se sentait de plus en plus épris de la Doriacci et coupable de l'être : coupable d'éprouver un désir que de toute façon il était a priori décidé à déclarer et à prouver. Dans ses imaginaires naïfs et cyniques les plus poussés, Andréas se voyait généralement en train de compter les bagages dans le hall d'un palace, il se voyait poser un vison sur des épaules endiamantées, il se voyait danser des slow-fox sur la piste célèbre d'une boîte de nuit avec sa bienfaitrice. Il ne se voyait jamais au lit, nu, contre une femme nue et usée, il ne se voyait jamais lancé dans les gestes de l'amour, malgré ses expériences, récentes mais nombreuses. Ses rêveries étaient sur ce point aussi chastes que celles qu'on prête aux jeunes filles du XIXe siècle. Et surtout, en aucun cas, il ne pouvait imaginer même une dérobade de son propre corps : son corps, comme l'intendance, suivrait. Il en était totalement sûr, grâce à quelques exploits dans ce style, accomplis à froid et contre tous ses goûts sensuels. Il faut dire qu'à Nevers, et pendant son service militaire,

Andréas avait eu plus souvent à refouler ses désirs érotiques qu'à les stimuler.

L'émoi, donc, que lui causait la Doriacci, l'inquiétait… Elle suscitait chez lui des doutes, des questions sur sa virilité – questions qu'une complète indifférence sentimentale ne lui avait jusque-là, bizarrement, jamais posées. Mais là, tout à coup, il trouvait la Doriacci superbe… Superbe avec ses épaules, ses bras, sa voix, ses yeux… Bien sûr, elle devait peser un joli poids, mais Dieu merci, elle était bien plus petite, debout dans cette cabine, que lorsqu'elle chantait sur la scène. Quant à ses yeux, ses yeux immenses et admirables, ils lui faisaient penser d'une manière tout à fait incongrue à ceux de tante Jeanne (en un peu plus maquillés, bien sûr…). Il chassa ces souvenirs périlleux, sachant que s'il s'y laissait aller, il se retrouverait blotti sur cette épaule, à demander d'une voix câline des soldats de plomb, alors qu'il lui fallait des montres, un cabriolet, un pied-à-terre et des cravates. Ce n'était pas plaint, qu'il devait être, ni cajolé, mais désiré. Désiré à mort par cette femme sublime, sa première femme célèbre… Une femme qui, en plus, voyageait sans cesse et l'emmènerait dans ses bagages… ! Une femme qui était réelle, vivante, quoiqu'un peu trop libre dans ses propos parfois, une femme admirée en tout cas, et qui ne provoquerait pas chez les maîtres d'hôtel cet œil vitreux et impassible dont il avait déjà eu l'occasion de souffrir, grâce à quelques sexagénaires dévergondées de la Haute-Loire. Là, non ! il allait être envié, au lieu d'être méprisé. Et cela importait à Andréas que tenait un grand souci de respectabilité, hérité de son père, de son grand-père, et de tous ses honnêtes aïeux. Ah ! si seulement les femmes de son enfance, son vrai public, son seul public, avaient pu le voir en ce moment, à l'apogée de sa carrière et de leurs ambitions...

Toutes ces idées bourdonnaient dans la tête d'Andréas pendant qu'il regardait le décolleté fastueux de la Diva qui, elle aussi, le détaillait, mais beaucoup plus professionnellement. Elle avait le regard exercé, cru, d'un maquignon, mais Andréas se savait irréprochable : son poids, ses dents (à part l'incisive), sa peau, ses cheveux, tout était impeccable, il y veillait assez. Et elle avait dû s'en rendre compte aussi puisqu'elle l'avait fait entrer avec une révérence ironique dans sa cabine et en avait refermé la porte derrière lui.

« Assieds-toi, dit-elle, qu'est-ce que tu bois ?

— Un Coca-Cola, dit-il. Mais ne vous dérangez pas, je vais le chercher. Vous avez un petit bar aussi, bien sûr, dans votre cabine ? »

Ce petit bar privé avait enchanté Andréas, finalement peu habitué au luxe ; mais il ne semblait pas avoir provoqué le même enthousiasme chez la Doriacci.

« Dans ma chambre ! dit-elle en se laissant aller sur la méridienne de faux acajou. Pour moi, je prendrai un verre de vodka, s'il te plaît. »

Andréas vola dans la chambre à coucher, jeta un coup d'œil enchanté au grand lit avant de se servir dans le petit bar : il régnait un grand désordre dans cette cabine, mais un désordre séduisant, fait de vêtements, de journaux, d'éventails, de partitions, de livres même, plutôt littéraires, à ce qu'il lui sembla, et très évidemment lus.

Il rapporta un verre de vodka à la Doriacci et avala une grande rasade de Coca-Cola. Son cœur battait, il mourait de soif et de timidité. Il ne pensait même pas du tout au désir.

« Tu ne prends pas un cordial pour te mettre en forme ? demanda-t-elle. Tu peux faire ça à froid, à jeun, comme ça ? »

Sa voix était sarcastique bien qu'affectueuse, et Andréas rougit devant ce « ça », si dénué de romanesque. Il éluda précipitamment :

« Ce que c'était beau, ce que vous avez chanté ! dit-il. Qu'est-ce que c'était ?

— Un des grands airs du *Don Carlos* de Verdi. Tu as aimé ?

— Ah ! oui... C'était superbe, dit Andréas, les yeux brillants, on avait l'impression, au début, que c'était une très jeune fille qui chantait. Puis après, une vraie femme, salement féroce... Enfin, je n'y connais rien, en musique, mais j'aime ça, c'est fou... Vous pourriez peut-être m'aider à la connaître ? J'ai peur que mon inculture ne vous exaspère, à force...

— Pas dans ce domaine, au contraire, dit-elle en souriant, mais dans d'autres, oui ! Je n'ai aucun goût pour l'enseignement. Quel âge as-tu ?

— Vingt-sept ans, dit Andréas, se vieillissant machinalement de trois ans.

— C'est jeune. Tu sais quel âge j'ai, moi ? Un peu plus du double...

— Non ! dit Andréas stupéfait, j'aurais dit... J'aurais cru... »

Il était assis au bord de sa chaise, dans son smoking neuf et rutilant, ses cheveux blonds hérissés d'épis ; elle se promenait autour de lui, l'air amusé, mais attentif.

« Tu n'as pas d'autres activités dans la vie, à part mélomane ? demanda-t-elle.

— Non. Et encore, mélomane, c'est beaucoup dire... » ajouta-t-il ingénument.

Elle éclata de rire.

« Tu n'es pas dans la publicité ou dans la presse ? Tu n'as pas la moindre couverture quelque part, à Paris ou ailleurs ?

— Je suis de Nevers, dit-il piteusement. Il n'y a pas de journal à Nevers, ni de publicité. Il n'y a rien à Nevers, vous savez.

— Et tu préférais quoi à Nevers ? demanda-t-elle abruptement. Les hommes ou les femmes ?

— Mais les femmes », dit Andréas avec naturel.

Il n'imaginait pas un seul instant que cette préférence avouée pût avouer aussi des références.

« Ils disent tous ça », marmonna la Doriacci pour elle-même, mystérieusement agacée.

Et elle se dirigea vers la chambre avec le même geste trop engageant qui avait déjà fait honte à Andréas. Elle jeta ses escarpins, s'allongea sur le lit, tout habillée, les bras derrière la tête, le regardant ironiquement ; et le regardant de haut, bien qu'il fût debout et mesurât un mètre quatre-vingts...

« Mais assieds-toi, dit-elle. Ici... »

Il s'assit près d'elle et elle replia l'index une fois de plus, mais plus lentement, dans sa direction, et Andréas se pencha, l'embrassa, s'étonna de cette bouche fraîche qui sentait la menthe, bien plus que la vodka. Elle se laissait embrasser, passive, inerte en apparence, aussi fut-il doublement surpris quand elle avança une main précise et prompte vers lui et qu'elle se mit à rire.

« *Fanfarone* », dit-elle.

Andréas était abasourdi de stupeur plus que de honte ; et elle dut le voir, car elle cessa de rire et le regarda avec sérieux.

« Ça ne t'est jamais arrivé ?

— Mais non… Et, en plus, vous me plaisez, vous !… » dit-il avec une fureur presque candide.

Et elle se remit à rire, passa un bras autour de son cou, l'attira contre elle. Andréas se laissa aller, enfouit sa tête dans l'épaule parfumée et s'y noya aussitôt de bien-être. Une main habile, divinement inspirée, défit le col de sa chemise, lui permettant de mieux respirer, et se posa sur sa nuque. Il tendit à son tour une main supposée experte mais tremblante vers ce corps confortable et chaud contre le sien, chercha un sein, une cuisse, une zone dite érogène, mais à tâtons, comme dans un exercice mnémonique, et une tape sévère l'arrêta ; en même temps qu'un grondement s'élevait dans la gorge, sous son oreille :

« *Sta tranquillo* », dit-elle sévèrement.

Mais inutilement car, de lui-même, le corps d'Andréas restait plongé dans une léthargie béate et même déshonorante mais qui lui semblait plus béate que déshonorante. « Il était perdu, fichu, renvoyé… », tentait-il de se dire, « la grande chance de sa vie, la vie dorée du beau gigolo Andréas était en train de disparaître ». Mais le petit Andréas de Nevers était si satisfait et si au chaud qu'il renonça à tout cet avenir rêvé, à la gloire, au dandysme et au luxe, à tout, pour ce quart d'heure de câlin, pour cette main paisible sur ses cheveux, pour ce sommeil innocent qui pourtant l'abandonnait, vaincu, au seuil même de la réussite, sur cette épaule trop provisoirement compréhensive. Andréas Fayard, de Nevers, amoureux et impuissant, déshonoré et ravi, s'endormit aussitôt.

Quant à la Doriacci, elle resta un moment dans le noir, les yeux ouverts, fumant sa cigarette par petits coups rapides, les sourcils froncés, avec par instants une petite secousse dans le pied droit qui finit par disparaître en même temps que le froncement de sourcils. Elle était seule, comme d'habitude. Seule en scène, seule dans sa loge, seule dans les avions, ou seule plus souvent avec ces gigolos dans le même lit, seule dans la vie, depuis toujours – si l'on peut se dire seule quand on traîne la musique avec soi, ou que la musique vous aime. Quelle chance avait-elle eue ! Quelle chance avait-elle encore de posséder cette chose-là : cette voix infernale de puissance, cette voix qu'elle avait dressée à lui obéir comme on dresse un chien méchant, cette voix qu'elle avait jugulée à grand-peine avec l'aide de Yousepov, le baryton russe ; Yousepov qui, comme elle au début, avait eu peur de cette voix animale, et qui parfois le soir, après leurs exercices, regardait sa gorge avec une admirative frayeur presque comique, à y penser, mais qui la faisait rougir comme si elle eût été enceinte, habitée plus bas que le thorax par le fœtus déjà intouchable d'un voyou ou d'un criminel… Grâce à qui elle avait commencé à travailler à sa réussite, grâce à qui elle avait travaillé jusqu'à l'arrivée. Une arrivée qui sentait le patchouli, la fourrure, une arrivée dans cette carrière où elle n'avait ni le temps d'aimer ni le temps d'écouter de la musique, et dont elle aurait, un jour, à peine le temps de sortir, mourante et le sachant, vers une coulisse probablement sale…

« Il paraît que les Américains maintenant font un cognac meilleur que le nôtre », disait Simon Béjard avec un air de doute qui lui permit d'attraper la bouteille d'un air sévère, comme si son seul souci eût été de vérifier ces racontars.

Il en avala une bonne gorgée et devint encore plus ferme quant à la supériorité française en matière de spiritueux.

« Oui… Ça m'étonnerait. Sincèrement, vous ne buvez pas, Peyrat ? »

« Il sera bientôt ivre comme un Polonais », songea Julien avec ennui. Il y avait une heure à présent qu'ils jouaient aux cartes, au gin-rami, et Julien détestait plumer les ivrognes. Cela enlevait tout sport aux choses. Et ce Béjard lui était sympathique, ne serait-ce qu'à cause de la pécore grognon – « et aux très jolis seins d'ailleurs », avait remarqué consciencieusement Julien – qui l'accompagnait. Ce gin-rami était un jeu de femmelettes en plus : c'était d'un long… En deux heures, il ne prendrait que quinze mille francs à ce malheureux. Julien s'était arrangé pour que ce soit Simon qui veuille jouer, et il avait lui-même refusé à demi devant des témoins, pour plus de sécurité. Il n'allait pas, pour quelques minables parties de cartes, démolir son projet Marquet, autrement plus important pour ses ressources. Mais Simon s'était cramponné à lui et à ce projet d'une petite partie entre hommes. Il n'y avait plus qu'eux sur le pont de luxe ; eux et l'infatigable Charley qui arpentait la dunette avec un gros pull blanc jeté sur ses épaules, l'air plus pédéraste qu'un setter irlandais.

« Vous avez une de ces veines… commentait Simon en se faisant faire "blitz" pour la deuxième fois. Si vous n'étiez pas si loin de l'Australie, je vous dirais que j'ai des soupçons sur votre femme ou votre petite amie. Mais ce ne serait pas chic, vous ne pourriez pas vérifier… D'ailleurs ce proverbe est idiot, vous ne trouvez pas, Peyrat ? "Malheureux au jeu, heureux en amour." J'ai l'air heureux en amour, moi, par exemple ?… Vous trouvez que j'ai la tête d'un type heureux en amour, moi, sans blague ?… »

« Allons bon ! Il avait l'alcool plaintif », pensait Julien avec affliction. Il détestait instinctivement les récits d'hommes à hommes, qu'ils soient crus ou sentimentaux. Julien pensait la parole et les mots réservés aux femmes dans les histoires d'amour et de sexe, et il le dit tout uniment à Simon Béjard qui ne se fâcha pas, mais au contraire opina avec enthousiasme.

« Vous avez parfaitement raison, mon vieux. D'ailleurs même les femmes, je trouve qu'il y a des moments où elles devraient la boucler… Par exemple, je ne veux pas être indiscret, mais puisque c'est elle qui est là… Je parle d'elle, s'excusa-t-il auprès de Julien stupéfait de cette nouvelle règle de discrétion instaurée par Simon Béjard. Eh bien, Olga, par exemple, fille saine, bonne famille bourgeoise, bien élevée et tout… (pas du tout une petite sauteuse, mais alors pas du tout…). Eh bien, au lit, elle parle… elle parle comme un moulin. Moi, ça me tue, pas vous ? »

Julien était contracté et dégoûté comme un chat, partagé entre le rire et le scandale.

« Évidemment, marmonna-t-il, ça peut handicaper… »

Il était rouge, il le sentait et se jugeait ridicule.

« D'abord, faire du texte, pour une femme, ça fait pute de province, professionnellement, insistait Béjart. Les femmes comme il faut et les grandes putes la bouclent, paraît-il. Je suis toujours tombé sur des bavardes, moi… des pies, des pies et des bécasses. Ah ! c'est pas marrant d'être producteur, mon vieux ! Ces femelles qui vous courent après…

— C'est curieux, commenta Julien comme pour lui-même, ce bateau chic où toutes les femmes sont traitées de femelles.

— Ça vous intrigue, monsieur Peyrat ? »

Quelque chose dans la voix de Simon Béjard réveilla l'attention engourdie de Julien. L'autre le regardait en souriant, et ses yeux bleus n'étaient plus aussi nigauds que tout à l'heure.

« Vous êtes commissaire-priseur, où, déjà… à Sydney… »

« Allons bon, ils se connaissaient… » Julien avait cru reconnaître Simon à son arrivée triomphale, puis il l'avait oublié. Mais l'autre le connaissait, et pire, le reconnaissait.

« Vous vous demandez, hein ?… (Simon Béjard exultait.) Vous vous demandez où et quand ? Hélas ! j'ai trop de mémoire pour vous, vous ne trouverez jamais, je le crains. En tout cas, ce n'était pas à Sydney, je peux vous le dire… »

Il lâcha son air finaud, et se penchant en travers de la table tapa l'avant-bras de Julien immobile.

« Rassurez-vous, mon vieux. Je suis un type discret.

— Pour me rassurer complètement, vous devriez éclairer ma mémoire », dit Julien entre ses dents.

« Il va falloir surtout que je descende à la prochaine escale, pensait-il, à cause de ce crétin… Et je n'ai plus un sou à la banque… Adieu Marquet, adieu les courses à Longchamp, adieu le prix de l'Arc de Triomphe, et l'odeur de Paris à l'automne… »

« Vous étiez à bord d'un bateau, moins gros que celui-ci, en Floride. Et c'était le bateau d'un type de la Metro Goldwyn. Il vous avait invité pour que vous lui placiez une assurance sur la vie… Vous travailliez pour Herpert & Crook… Alors, ça y est ? » dit-il en voyant le visage de Julien s'éclaircir tout d'un coup, s'épanouir même, alors que Simon l'aurait plutôt cru vexé de ce souvenir pas trop prestigieux.

« Ah ! oui… c'était une période pénible, dit Julien en battant les cartes d'une main énergique. Vous m'avez fait peur, mon vieux.

— Pourquoi peur ? »

Simon Béjard avait des cartes infectes, mais il s'en fichait : ce nouveau compagnon était sympathique en diable. Il n'était pas bêcheur, ni snob comme le reste de ces fichus péquenots – la Doriacci mise à part.

« Peur de quoi ? répéta-t-il machinalement.

— J'ai aussi été laveur de vaisselle, dit Julien en riant. Et cireur de chaussures à Broadway… C'était encore moins brillant, non ?

— Farceur, va… » dit Simon Béjard.

Et il recommença à perdre avec application. On lui avait dit quelque chose sur ce beau courtier d'assurances, mais il n'arrivait pas à se rappeler quoi. En tout cas, c'était un type à cultiver, un type sans prétention, mais pas sans envergure.

« Vous savez pourquoi vous me plaisez, Peyrat, hein ? Je vais vous le dire, moi, pourquoi vous me plaisez, Peyrat.

— Allons-y, dit Julien. Gin, à propos.

— Flûte, dit Simon en abattant cinquante points. Eh bien, je vais vous dire pourquoi, moi : depuis deux heures qu'on joue, vous ne m'avez pas encore proposé une histoire, ni un sujet, ni même un livre qui pourrait faire un film épatant... Et pourtant ça n'arrête pas ! Depuis que j'ai du fric, et que ça se sait, les gens n'arrêtent pas de ressortir des histoires pour que je les tourne : leur vie, celle de leur maîtresse, tous ! Ils ont des idées, des idées géniales que personne n'a jamais eues avant eux et qui feraient un film épatant... Je vais vous dire, Peyrat, à part le fisc et les tapeurs, c'est ce qu'il y a de pire dans mon job, quand on a du succès, je veux dire. Tout le monde vous jette ses idées à la tête, comme on jette des os à un chien. Seulement, le chien, ils ne s'attendent pas à ce qu'il leur revienne avec un lingot d'or entre les babines... Moi, si.

— C'est la rançon du succès, dit Julien paisiblement. Les scénarios à la pelle et les petites copines intellectuelles, ça fait partie du standing, non ?

— Eh oui... » Simon avait l'œil injecté et rêveur. « Quand je pense que j'ai rêvé de ça, que toute ma vie, j'ai rêvé de ça... (d'une main vague, il désignait le bateau et la mer luisante et noire autour). Et j'y suis. J'ai eu le grand prix de Cannes, je suis le producteur le plus en vue de France, je suis sur un bateau avec des gens chic et j'ai une petite amie bien fichue qui, en plus, a du plomb dans la tête. Il y a des zéros sur mon carnet de chèques, et je m'appelle Simon Béjard, producteur. Je devrais être heureux, non, avec tout ça, puisque je le voulais ? »

Il avait pris une voix pathétique qui agaça Julien. Il leva les yeux :

« Et alors, dit-il paisiblement, vous ne l'êtes pas ?

— Mais si, pas mal, finalement, dit Simon Béjard après un instant de silence où il sembla s'ausculter. Mais si, je suis plutôt… assez heureux, oui. »

Il avait l'air si intrigué que Julien éclata de rire et arrêta là la partie. Demain, il laisserait encore perdre Simon Béjard. Mais ce soir, il le trouvait un peu trop sympathique pour continuer.

Clarisse était dans sa baignoire, les yeux clos sous deux voluptés, celle de l'eau chaude et celle de la solitude. Elle rêvait… Elle rêvait qu'elle était seule sur une île, qu'un palmier et un chien l'attendaient dehors pour jouer avec elle, et rien d'autre. On l'appela. Elle se raidit, les yeux braqués dans la direction de cette voix, ramenée à la triste réalité. Éric Lethuillier attendait qu'elle en ait fini avec la salle de bains pour pouvoir se laver les dents à son tour. Elle jeta un coup d'œil à sa montre : huit minutes… Il y avait huit minutes qu'elle était là, huit malheureuses minutes… Elle se leva, enfila le peignoir ouaté, malgré son sigle ridicule, du *Narcissus*, qui ressemblait au sigle napoléonien, et se lava les dents à la hâte. Elle ne s'était pas démaquillée avant de prendre son bain, et la vapeur de l'eau chaude avait dilué les fards, tracé des rigoles sur son visage, « l'avait rendue encore plus grotesque que d'habitude », remarqua-t-elle avec cette arrière délectation qu'elle éprouvait de plus en plus souvent à se voir dans les yeux des autres, comme dans son miroir.

« Clarisse… ! je sais bien, vous n'êtes pas prête, mais moi, je suis fatigué, ma chère amie… Ce sont mes premières vacances depuis deux ans, je voudrais me baigner et dormir, si ce n'est pas trop vous demander.

— J'arrive », dit-elle.

Et sans toucher à ce gâchis de maquillage, elle sortit de la salle de bains pour retrouver Éric dans la position même où elle l'avait quitté : ses deux mains appuyées aux accoudoirs du fauteuil, sa belle tête rejetée en arrière, les yeux clos, et arborant une expression de lassitude et de tolérance absolue.

« Éric, dit-elle, je vous avais supplié de prendre votre bain avant moi… Pourquoi ne l'avez-vous pas fait ?

— Question de courtoisie, ma chère. Les règles élémentaires de la politesse…

— Mais Éric, coupa-t-elle brusquement, les règles de la politesse ne vous obligent pas à transformer mon bain du soir en course-poursuite. J'adore être allongée dans une baignoire, c'est tout le luxe de la vie, me semble-t-il, chaque fois…

— Du moment que vous êtes allongée, vous êtes contente, de toute façon. Je me demande si ce voyage vous fait vraiment plaisir ; et si je ne me suis pas évertué à faire cette croisière avec quelqu'un que ça n'amusait pas… Vous avez l'air triste, vous avez l'air de vous ennuyer… Tout le monde le voit ; et tout le monde, d'ailleurs, en est gêné. Enfin n'aimez-vous plus la mer, ni la musique ? Je croyais que la musique, en tout cas, était votre grande passion… La dernière qui vous reste, même.

— Mais vous avez sûrement raison, dit Clarisse d'une voix éteinte. Ne soyez pas si impatient. »

Et s'asseyant sur son lit, elle ramena ses jambes vers elle pour éviter qu'Éric ne s'y cogne en marchant de long en large, tout en se déshabillant. Il était à droite, à gauche, derrière elle, devant elle, il était partout… Elle était partout à la merci de ce regard dépréciateur et malveillant. Il lui donnait le tournis, en plus.

« Éric, dit-elle, je vous en prie, cessez de marcher. Dites-moi, Éric, pourquoi êtes-vous si "contre" moi ?

— Contre vous ? Moi ?... Vous êtes incroyable ! »

Il éclatait de rire. Il riait, il était enchanté : elle avait relancé l'amer sujet de leurs relations affectives, un sujet qu'il adorait qu'elle abordât, car c'était celui où il pouvait lui assener le plus de coups, finalement. Sujet qu'elle fuyait donc systématiquement et qu'elle n'entamait que lorsqu'elle était au bord de la dernière panique, privée d'amis, de position de repli, d'espace à elle. Elle ne tiendrait jamais le coup dix jours, avec cet étranger hostile !... Il fallait qu'il lui promette de l'épargner, pendant cette croisière, qu'il n'affiche pas en tout cas si ouvertement à son égard ce mépris sans faille, ce mépris si sincère qu'elle avait fini par le partager...

« Contre vous ? Moi ?... c'est le comble ! disait-il. Je vous offre cette exquise croisière – car c'est moi, Éric, votre mari, et non la famille Baron, je vous le signale, qui finance cette expédition. Je vous envoie sur un bateau écouter vos deux interprètes préférés, non ? si j'ai bonne mémoire... Je m'arrange même à la fin pour pouvoir vous accompagner, pour vous éviter d'être trop seule ou de faire des sottises et pour partager enfin quelque chose avec vous – quelque chose d'autre que l'argent et les objets qu'il peut acheter. Et vous me trouvez malveillant ?... »

Elle l'écoutait parler avec une sorte de fascination. Ils étaient seuls, pourtant. Ils étaient seuls, il n'y avait personne à qui démontrer une fois de plus sa parfaite conduite à lui, et son ingratitude à elle. Mais Éric ne vivait plus un seul instant de sa vie sans un public et des commentaires : il était perpétuellement en représentation. Il serait bientôt incapable de lui dire : « Passez-moi du pain », sans lui demander, en même temps, le prix de la baguette... Pourquoi était-il incapable de lui dire enfin ce qu'il avait à lui dire ? De lui dire, enfin, qu'il la détestait ? Et s'il la détestait, pourquoi était-il venu au dernier moment la rejoindre ? Est-ce que la simple certitude que sa compagnie, à lui, lui gâcherait son voyage à elle – cela il le sentait quand même –, est-ce que ce triste état de fait avait suffi à le décider ? À lui faire abandonner son journal, ses collaborateurs, ses compagnons politiques, sa cour, cet aréopage béat dont il ne pouvait pratiquement plus se passer, depuis quelques années maintenant ?

« Pourquoi êtes-vous venu, Éric ? Dites-le-moi.

— Je suis venu parce que j'adore la musique. Vous n'avez pas l'exclusivité de ces plaisirs-là... Beethoven, Mozart sont des musiciens populaires. Ma mère, elle-même, dans son inculture totale, aimait avant tout écouter Mozart, et le distinguait mieux que moi, même de Beethoven.

— J'aurais beaucoup aimé connaître votre mère, dit Clarisse faiblement. Ce sera un de mes remords. Vous me direz qu'il me suffit de l'ajouter aux autres pour qu'il soit noyé dans la foule !

— Mais vous n'avez pas de remords à avoir !... »

Vêtu de son seul slip, Éric déambulait dans la chambre, y prenait ses cigarettes, son briquet, son journal, se préparait à la délicieuse demi-heure dans l'eau chaude, cette eau chaude dont il l'avait arrachée sous des prétextes de courtoisie... Il n'y avait aucune raison pour qu'il ait ce bonheur plus longtemps qu'elle. À cette idée, une colère, un incendie de colère coulait dans ses veines, et elle s'y laissa aller avec une complaisance et une peur également fortes. C'était maintenant la petite fille de dix ans, le chouchou de la maîtresse, l'écolière, l'enfant gâtée, bref, chez elle, qui s'opposait à Éric. C'était elle qui réclamait son bain, son goûter et son confort avec assez d'âpreté pour résister au fatalisme et à la soumission résignée de Clarisse, l'adulte. Et qui y résistait avec énergie et mauvaise foi, les seules défenses, finalement, que la loyauté insoupçonnable, l'esprit de justice et le sens de la décence affichés par Éric du matin au soir, ne pouvaient vaincre, ni persuader, ni encore moins culpabiliser. Ce n'était plus la femme amoureuse qui se débattait dans un amour cruel, ce n'était plus la jeune fille qui refusait les leçons de son Pygmalion devenu sadique et sans pitié, c'était une sale gosse égoïste et volontaire, qu'elle ne se rappelait même pas avoir été, et qui se rebellait.

« Vous n'avez pas de remords à avoir, réprimandait Éric. Ce serait plutôt moi. J'ai été assez bête pour croire que l'on pouvait changer de classe, que l'on pouvait, par amour, renoncer à certains privilèges et en choisir d'autres plus précieux à mes yeux. Je me suis trompé. Vous n'y êtes pour rien.

— Mais en quoi vous êtes-vous trompé ? Pourquoi vous ai-je déçu, Éric ? Soyez clair, là-dessus.

— Clair ? La suffisance, la lâcheté et la brutalité des grands bourgeois français, que vous avez héritées de vos grands-parents, ne sont pas conscientes chez vous, elles sont instinctives. Par exemple, vous me demandez d'amener ma mère dans votre famille. Or, je vous l'ai déjà dit : ma mère a été bonne, femme de ménage, si vous préférez, chez des petits bourgeois de Bordeaux toute sa vie et toute mon adolescence, pour me faire manger, pour manger elle-même. Et vous voulez que je l'amène chez vous, où le moindre de vos tableaux aurait suffi à nous faire vivre cent ans ?… Ma mère est la seule femme que j'estime profondément. Je ne veux pas l'humilier par vos fastes.

— À ce propos, Éric, pourquoi toujours dire de votre mère qu'elle était bonne à Bordeaux ? Elle travaillait aux PTT, m'a-t-on dit. »

Clarisse avait posé la question ingénument, mais Éric encaissa le coup, pâlit et tourna vers elle un visage convulsé par la fureur. « Il pouvait être laid par moments », songeait-elle. Et elle-même pouvait le trouver laid. Ce qui était un progrès immense d'une certaine façon !...

« Ah ! oui ? Et puis-je savoir qui vous a dit ça ? Votre oncle ? Quelqu'un chez vous qui aura trouvé ça quand même plus chic qu'être femme de ménage ? Quelqu'un qui connaît mieux ma vie et mon enfance que moi-même ? C'est étonnant, vraiment, Clarisse.

— Mais c'est votre rédacteur en chef lui-même, c'est Pradine qui l'a dit l'autre jour, à table. Vous n'avez pas entendu ? Je l'avais envoyé à Libourne remettre notre cadeau de Noël à votre mère, puisque vous ne vouliez pas l'inviter. Il passait par là, et il l'a trouvée à la poste de Meyllat... un nom comme ça, où elle semblait d'ailleurs tout diriger de main de maître. Il l'a même trouvée charmante.

— C'est une calomnie ! dit Éric en tapant du poing sur la table à la stupeur de Clarisse. Je vais le foutre dehors. Je ne supporte pas qu'on tente de rabaisser ma mère.

— Mais je ne vois pas en quoi... dit Clarisse, il serait infamant de travailler à la poste, ni pourquoi il serait plus honorable de faire des ménages... Je ne vous comprends pas du tout, Éric, par moments. »

Elle cherchait ses yeux, mais il fuyait son regard pour la première fois depuis longtemps. En général, il braquait ses yeux durs sur elle, regardait son visage attentivement, semblait y relever des traces de corruption ou de bêtise, en nombre assez impressionnant pour qu'elle se détourne très vite, humiliée, sans même qu'il ait ouvert la bouche. Une veine saillait sur sa tempe droite, mettait en relief un grain de beauté marron et plat, seul défaut, sur le plan esthétique, d'Éric Lethuillier. Il s'était ressaisi :

« Je ne vais pas essayer une fois de plus de vous inculquer mon sens des valeurs, Clarisse. Sachez du moins qu'il est à l'opposé du vôtre. Et ne vous occupez plus de ma famille, s'il vous plaît, de même que je ne m'occupe pas de la vôtre.

— Éric… (Clarisse se sentait lasse tout à coup, épuisée, et au fond d'une tristesse mortelle dans son lit étroit aux draps tirés.) Éric… Vous passez une partie de votre vie avec mes oncles… Et si ce n'est pas eux, c'est avec leurs hommes d'affaires. Et vous êtes si parfaitement poli avec eux… si agréable, paraît-il, malgré vos déclarations de principe, si coulant, même…

— Coulant ? moi, coulant ? C'est vraiment le dernier adjectif que je me serais attribué ! Que qui que ce soit, d'ailleurs, m'aurait prêté, à Paris ou ailleurs.

— Oh ! je sais bien… dit Clarisse en fermant les yeux, je connais bien votre intransigeance, Éric, et je sais bien aussi que c'est pour me faire plaisir que vous avez payé cette croisière et que vous m'y accompagnez. Je sais tout cela… Vous avez toujours raison et je le pense sincèrement. Il y a des moments où il m'est complètement égal d'avoir tort, c'est tout.

— C'est là le privilège de la fortune, ma petite Clarisse. Riche, on peut se permettre d'avoir tort, et même de l'avouer. Comment ai-je pu croire que vous échapperiez à tous ces privilèges ?

— Comment avez-vous pu croire que je changerais de classe ? C'est ça ? Vous ignoriez alors que "l'on ne change jamais de classe". »

Elle l'imitait. Elle imitait sa voix et elle riait presque :

« Mais alors, vous-même, Éric, comment avez-vous fait, pour en changer ? »

Il claqua la porte derrière lui.

Il avait une réponse cinglante à lui rendre en sortant de son bain, une demi-heure plus tard, mais Clarisse dormait, le visage débarrassé de tous ses fards, abandonné, tourné sur sa droite, en direction de la porte, l'air enfantin, subitement, et pacifié. Elle souriait presque en dormant. Il y avait quelque chose en elle qu'il n'arrivait pas à détruire. Par moments, comme celui-ci, il pressentait qu'il ne parviendrait jamais à détruire quelque chose qu'elle avait acquis en naissant, quelque chose qu'il essayait désespérément de relier à sa fortune mais qui, il le sentait bien, n'avait rien à voir avec ça, quelque chose qui ressemblait étrangement à la vertu... Elle se défendait avec, elle luttait. Et pourtant, elle n'avait pas d'arrière-garde, elle n'avait rien. Il l'avait dépossédée de tout, de ses amis, de ses amants, de sa famille, de son enfance et de son passé. Il l'avait dépossédée de tout, même d'elle-même. Et pourtant, de temps en temps, elle souriait mystérieusement, comme pour la première fois, à un inconnu invisible pour lui.

Le soleil était gris pour ce troisième jour de croisière, voilé par des nuages d'un blanc ferreux et étouffant. Julien ayant décidé la veille, à Porto-Vecchio, dans un grand élan sportif, de parcourir la piscine, s'y retrouva vers deux heures, seul, en maillot de bain, blanchâtre et frileux. Et d'autant plus déprimé qu'il se sentait inspecté et sans doute ridiculisé par le groupe des Bautet-Lebrêche et de leur suite, habillés, eux, et installés sur des rocking-chairs au-dessus de lui, au bar de la piscine. Il était perplexe : entrer dans l'eau par le petit bain était impossible à son orgueil, et y entrer par le grand bain également impossible à son corps frileux. Il restait donc assis au bord, les pieds et les mollets trempant dans cette belle eau chloreuse et bleue, perdu dans la contemplation de ses propres pieds. Ils lui semblaient inconnus et lamentables, comme rajoutés à ses chevilles, avec leur position pendante et la réfraction de l'eau. Pour se rassurer, Julien essaya d'agiter ses orteils l'un après l'autre et dut se rendre compte qu'il n'y parvenait pas : le petit orteil restait immobile malgré ses exhortations muettes tandis que le pouce se démenait à sa place, et même, se dandinait (comme si Julien eût pu être dupe de cette manœuvre de diversion); il lutta un moment contre cette anarchie et s'y résigna : après tout, il était normal que ces malheureux doigts de pied, tout l'hiver enfermés dans ses chaussures, tout l'hiver ligotés dans le noir de ses chaussettes, ces doigts de pied qu'il ne regardait jamais, qu'il ne tirait de leurs geôles que pour les rejeter dans l'obscurité des draps, qu'il ne prenait en considération que lorsqu'il les comparait à ceux d'une nouvelle conquête et toujours plus ou moins à leur détriment, il était normal que ces esclaves, à force de vivre en groupe sous le seul nom de « pied », une fois étalés au soleil, en deviennent incapables de toute initiative individuelle. Ce n'était pas là une méditation bien brillante, se disait Julien, mais elle était largement à la hauteur de la conversation qui se déroulait au-dessus de sa tête et qui pourtant allait bon train.

Mme Edma Bautet-Lebrêche, habillée comme la môme Moineau des années 1930, et plus rousse au soleil qu'aux lustres, menait le débat avec sa vivacité coutumière. Éric Lethuillier, très élégant dans un vieux cachemire et un pantalon beige, Olga Lamouroux exhibant sous des soieries indiennes un bronzage appétissant, et Simon Béjard tentant en vain d'affadir par un pull-over cramoisi le rouge de ses cheveux et de son nez, lui faisaient front. L'arrivée du pianiste et chef d'orchestre, Hans-Helmut Kreuze, en blazer blanc sport à boutons dorés, la casquette sur la tête et une sorte de boxer horrible au bout d'une laisse, venait de parachever l'élégant éclectisme de cette assemblée.

« Je vous trouve affreusement pessimiste », était en train de dire Edma, l'air meurtri, à Éric Lethuillier. Ce dernier venait de dépeindre l'exode vietnamien et le massacre des réfugiés en termes spécialement atroces.

« Il a raison, hélas ! dit Olga Lamouroux en secouant tristement ses beaux cheveux au soleil. Je crains même qu'il ne soit en dessous de la vérité.

— Peuh, peuh, marmonna Simon Béjard qui, deux dry aidant, se sentait porté à l'optimisme. Peuh, peuh, tout cela se passe loin : nous sommes en France. Et en France, quand les affaires marchent, tout marche », conclut-il avec bonhomie.

Mais c'est un silence désapprobateur qui suivit cette information, pourtant rassurante, et Olga laissa flotter sur l'horizon un regard désolé. Elle n'avait pas jeté vers Éric Lethuillier, malgré son fervent désir, ce sourire atterré, ou ce clin d'œil imperceptible qui lui aurait fait comprendre son indignation, elle avait au contraire fui son regard : le rôle de la femme loyale et stoïque devait paraître plus « fair-play » à Éric que celui de la renégate. Au demeurant, ce n'était pas la peine, Éric suivant sans effort le cheminement de ses pensées. « Cette petite crétine a vraiment envie que je m'occupe d'elle », pensait-il en regardant vers l'est fumer les débris de l'Indochine, telle qu'il l'avait décrite.

« Je n'ai pas encore vu la Doriacci au soleil, dit Edma qui classait depuis beau temps les diverses atrocités perpétuées dans ce bas monde sous l'étiquette "sujets politiques" et que lesdits sujets politiques ennuyaient à périr. J'avoue que cela m'intrigue ! Quand on a vu la Doriacci dans Verdi, dans *La Tosca*, ou même comme hier soir, dans *Electra*, on ne l'imagine plus que livide et flamboyante dans le noir, comme une torche, avec ses bijoux, ses cris, ses éclats, etc. Pas une seconde on ne l'imagine sur un rocking-chair, en peignoir de bain et bronzant au soleil.

— La Doriacci a une très jolie peau », dit distraitement Hans-Helmut Kreuze.

Mais aussitôt percé de quelques regards ironiques, il rougit et balbutia :

« Une peau très jeune, enfin, pour l'âge que l'on sait d'elle. »

Edma réagit aussitôt :

« Eh bien, voyez-vous, cher Maître, dit-elle, moi je crois, je suis même sûre – oui, sûre, ajouta-t-elle, non sans une visible surprise de se découvrir sûre de quelque chose – que lorsqu'on aime passionnément son art, par exemple, si on a la chance d'en pratiquer un, ou lorsqu'on aime quelqu'un de bien, ou même lorsqu'on aime tout bêtement la vie, avec un grand V, on ne peut pas vieillir : on ne vieillit jamais. Sinon physiquement ! Et ça...

— Là, vous avez raison, enchaîna Simon, tandis que cette fois-ci, Éric et Olga échangeaient un regard. Moi, le cinéma m'a toujours fait cet effet-là : quand je vois un beau film, je me sens rajeuni de trente ans. Et puis ici, en plus, je ne sais pas si c'est l'air de la mer ou l'atmosphère du *Narcissus*... mais ce matin, par exemple, je n'ai même pas lu les journaux... On est coupé de tout, quoi, c'est tellement agréable !

— Oui, mais la terre tourne quand même, dit Éric Lethuillier d'une voix froide. Ce bateau est des plus ouatés mais il y en a d'autres, par milliers, beaucoup moins confortables et beaucoup plus peuplés, qui coulent dans la mer de Chine, en cet instant même. »

Sa voix était si plate, si atone, à force de pudeur, qu'Olga émit un petit sifflement de tristesse et d'horreur. Hans-Helmut Kreuze et Simon Béjard regardèrent leurs chaussures, mais Edma, après avoir hésité un instant, décida de se rebeller. Bien sûr, ce Lethuillier avait un journal de gauche ; mais il n'avait jamais eu ni froid, ni faim, ni soif... Il venait d'embarquer sur un bateau de luxe, il n'allait pas leur jeter les horreurs de la guerre à la tête tous les matins de cette croisière... Après tout,

Armand Bautet-Lebrêche, lui aussi, travaillait dur, toute l'année, et il était là pour se reposer… Aussi, de deux doigts se boucha-t-elle les oreilles d'un geste ostentatoire avant de fixer sur Éric un œil sévère :

« Ah ! non, dit-elle, non, cher ami, je vous en prie ! Vous allez me taxer d'égoïsme, de cruauté, mais tant pis : nous sommes tous là pour nous reposer et oublier ces horreurs. Nous ne pouvons rien faire, n'est-ce pas ? Non, nous sommes là pour apprécier tout ça… et de la main, elle décrivait une large parabole vers le large. Et aussi tout ça… » et elle acheva sa parabole de l'index droit ôté de son tympan et qu'elle pointa sur la poitrine d'Hans-Helmut Kreuze, lequel, surpris dans sa myopie et sa raideur, trébucha un peu.

« Vous avez raison, absolument raison… »

C'était Éric qui, d'une manière tout à fait inattendue, cédait aux injonctions d'Edma et qui, lui-même, fixait un point délibérément nord-ouest, comme pour bien laisser le champ libre, eût-on dit, à toutes les formes de divertissement occidental futiles et inconscientes. Olga lui jeta un regard étonné et s'inquiéta de sa pâleur, Éric Lethuillier avait les mâchoires serrées, une légère transpiration sur la lèvre supérieure, et une fois de plus, Olga en éprouva de l'admiration : cet homme avait une telle emprise sur lui-même, une telle courtoisie, qu'il en arrivait à bâillonner ce cri intérieur, cette révolte devant l'égoïsme des grands bourgeois. Olga eût été moins admirative si elle avait, elle aussi, comme Éric l'instant auparavant, senti l'haleine brûlante du bulldog sur ses chevilles. L'animal, en effet, jusque-là paisiblement assis aux pieds de son maître, reposant ses vieux muscles après une petite trotte, commençait à s'ennuyer. Il avait donc décidé de faire le tour de ces individus indésirables et avait commencé son inspection par Éric. Il était là, soufflant, les yeux mi-clos, les muscles visibles sous sa peau déjà mitée par endroits, la bave aux lèvres, l'air féroce par hérédité, par dressage et par goût. Et il ronflotait doucement avec, entre deux grognements, un petit sifflement menaçant, tel celui qui précédait pendant les bombardements l'arrivée d'une bombe définitive.

« Je suis bien contente que nous soyons d'accord là-dessus, dit Edma Bautet-Lebrêche à la fois tranquillisée, mais déçue par cette absence de résistance. Nous n'allons parler que de musique, si vous voulez bien, chers amis, oui, nous allons profiter de nos artistes » (et elle passa son bras d'un geste câlin sous celui d'Hans-Helmut qui, surpris, en lâcha la laisse du chien).

Simon pâlit à son tour. C'est que l'horrible bête de Kreuze tirait doucement sur son pantalon ; et que ses quelques crocs, bien que jaunis par l'âge, étaient encore énormes. « C'est sûrement un chien drogué, en plus, se dit-il. Ces Allemands sont décidément incorrigibles ! Ce salopard de chien va esquinter mon pantalon neuf. » Tout en conservant une immobilité stoïque, il jetait un regard suppliant vers Kreuze.

« Votre chien, Maestro... dit-il. Votre chien...

— Mon chien ? C'est un bulldog de Poméranie orientale. Il a gagné quinze coupettes et trois médaillons avec de l'or à Stuttgart et à Dortmund ! Ce sont des bêtes très obéissantes, très bons gardes du corps. Est-ce vrai, monsieur Béjard, que vous avez comparé Chopin à Debussy, hier au soir ?

— Moi ? Mais... Oh ! pas du tout ! Mais alors pas du tout ! déclara Simon. Non, mais là, je crois que votre chien (il indiquait du menton le monstre accroché de plus en plus solidement à sa jambe) s'intéresse trop à mes tibias, sans blague... »

Il chuchotait malgré lui, sans parvenir à intéresser Kreuze.

« Savez-vous qu'il y a autant de différence entre Chopin et Debussy qu'entre un film de... voyons, voyons... Ah ! je ne trouve pas le nom que je cherche... Aidez-moi... Euh... Becker... Euh, un metteur en scène français très léger, très diaphane, vous voyez ?

— Becker ! souffla Simon aux abois. Becker ! Feyder ! René Clair !... Votre chien va me déchirer mon pantalon, en attendant ! »

Il avait murmuré plus que proféré sa dernière phrase, car le chien s'était mis à gronder sourdement devant la résistance de cette jambe à se laisser emporter et déchiqueter, et il tirait maintenant avec une incroyable vigueur.

« Mais non, ce n'est pas ça, le nom... » dit Kreuze, l'air mécontent.

Et l'autre qui insistait, maintenant, avec ses idées de légèreté – la chose la plus loin de lui, naturellement. Simon ramena, dans une violente secousse, sa jambe droite à la hauteur de sa jambe gauche, et le chien poussa un glapissement sinistre de dépit avant de repartir à l'assaut. Mais cet animal, heureusement pour Simon, était au bord de la cécité, et il opta au hasard pour le pantalon le plus proche qui était à présent celui d'Edma Bautet-Lebrêche ; pantalon de gabardine blanche, de coupe parfaite, auquel elle tenait beaucoup. Edma n'ayant pas le stoïcisme masculin poussa un cri perçant.

« Sale chien ! cria-t-elle, vas-tu me laisser ! Quelle horreur ! »

Mais il refermait définitivement, semblait-il, ses crocs sur le précieux tissu blanc, manquant de peu le mollet étique de la belle Edma. Edma qui n'était plus au centre d'un petit groupe à sa dévotion mais une paria parmi quelques étrangers décidés à sauver leurs mollets. Simon, se voyant hors de danger, se laissa même aller à rire.

« Mais faites quelque chose ! cria Edma hors d'elle. Faites quelque chose, ce chien va me mordre, il m'a mordue déjà, d'ailleurs. Charley ? Où est Charley ? Enfin, monsieur Kreuze, tenez votre bête ! »

Le grondement de la bête était devenu infernal. Il faisait autant de bruit qu'un aspirateur survolté et Kreuze, lui-même, avait une expression d'impuissance en le regardant.

« Monsieur Béjard, faites quelque chose, supplia Edma qui sentait très bien qu'elle n'avait rien à attendre de Lethuillier ni de son mari. Appelez à l'aide !

— Je trouve que c'est au gros plouc d'agir, protesta Simon.

— Fuschia ! tonna le "gros plouc" cramoisi, et tapant du pied sur le pont mais sans succès ; Fuschia ! *Aus komm schnell !* »

La colère reprenait le pas sur la peur chez Edma Bautet-Lebrêche, et elle eût fini sans doute par serrer la gorge de l'impuissant Kreuze dans ses mains blanches – même avec Fuschia toujours pendu à son pantalon – si Julien n'était parvenu sur les lieux du drame, en peignoir de bain et l'air enchanté. Il avait suivi toutes les péripéties de l'incident et, n'ayant peur de rien, par inconscience plus que par courage, il attrapa Fuschia par la peau du cou. Et, déployant cette vigueur nerveuse propre aux turfistes, il l'expédia à cinq pas, ronflant d'indignation et de stupeur. Fuschia n'en croyait pas ses sens ! Habitué au respect le plus plat ou à la crainte la plus servile – y compris de la part de son maître si autoritaire par ailleurs –, il ne pouvait comprendre ce qui lui était arrivé. De même que l'idée d'être traité de « gros plouc » sérieusement dépassait l'entendement de Kreuze, l'idée d'être maltraité par un bipède dépassait celui de Fuschia. Il resta béant un court instant, ses crocs laissant dépasser un petit bout de gabardine blanche signée Ungaro, et s'endormit aussitôt. Edma, elle, était aux antipodes de la somnolence : ses cheveux roux hérissés autour de sa tête, sa voix franchit les limites de l'aigu ; à cent mètres de là, sur la dunette, l'homme de vigie s'immobilisa et regarda au-dessus de sa tête passer une mouette avec une stupeur mêlée de respect. Armand, intervenu trop tard comme d'habitude, cramponné de toute sa petite taille aux bras agités de son épouse, tentait de la calmer en infligeant à intervalles réguliers une légère mais obstinée traction aux avant-bras d'Edma rendus musclés par la fureur. « Il avait pris un peu la même posture que Fuschia, un peu plus tôt », remarquait Julien malgré lui. Mais il n'était pas question de lui faire subir la même trajectoire !... Quoique !... Julien avait une répugnance instinctive pour les grands financiers, pour les grandes réussites, surtout quand elles étaient le fruit d'obstination et d'intelligence pratique. Il supportait mieux les fortunes de hasard ou d'opportunisme. À ce propos, et très curieusement d'ailleurs pour un tricheur professionnel, Julien avait un grand respect et une grande attirance pour la chance pure. Chaque année, après l'avoir forcée pendant d'innombrables soirées, il allait régulièrement se soumettre, de la roulette au chemin de fer, à tous ses caprices, traitant brusquement en grande dame celle qu'il avait traitée toute l'année en fille de joie. Il lui semblait confusément lui rendre ainsi ses devoirs, payer ses dettes, soulager sa conscience, en acceptant de miser d'un coup, selon ses vœux, des sommes laborieusement gagnées contre cette aveugle déesse (mais il arrivait aussi que sa mise fût doublée, tant elle était peu rancunière).

Sa bravoure le changea soudain en un Robin des Bois, un Bayard, aux yeux des femmes de l'assistance, mais aussi en un rouleur de mécaniques pour les mâles qui le jugèrent imprudent ou prétentieux, selon le cas, mis à part Simon qui, dans sa naïveté première, fut épaté : ce Peyrat était quelqu'un !... Dommage qu'il fût un si mauvais perdant ! Julien ayant commencé le premier soir, à Portofino, par gagner quelque quinze mille francs à Simon, avait cru au miracle, se disait Simon, mais le lendemain, à Porto-Vecchio, avait perdu sec, près de vingt-huit mille francs ! Et visiblement il le prenait mal. Il avait fallu que Simon le suppliât – aujourd'hui – pour qu'il envisageât, même, ce fameux poker à cinq qui était devenu l'objectif numéro un, entre deux crescendos et deux pizzicati, de Simon Béjard, producteur. Bref, ce Peyrat était dégonflé au jeu, mais pas dans la vie courante – si on pouvait appeler vie courante cet *Hellzapoppin* en musique que devenait la croisière aux yeux de Simon. Ça, il ne pensait pas, en embarquant, qu'il y aurait droit, à tous ces gags ! Avec tous ces croulants mélomanes !... Il ne pensait pas non plus qu'Olga serait si teigne, si sotte parfois, ni qu'elle le croirait si bête lui-même. C'était dommage, car vraiment il aimait énormément son port de tête, sa peau serrée et sa manière de dormir, repliée sur elle-même comme un petit chat. Quand il la voyait à l'aube, étendue sur cette couchette austère, ce lit de pensionnaire (à neuf briques les huit jours), qu'il la voyait si pure, si innocente et si douce petite fille, il avait du mal à ne pas oublier la starlette ronflante et pétaradante, ambitieuse et bornée, dure au fond, qu'il connaissait aussi.

Il aimait Olga ; d'une certaine manière, il était coincé et il avait horreur de se le dire. Il y avait longtemps que l'urgence de l'argent quotidien ou hebdomadaire avait empêché tout dialogue un peu suivi entre Simon et lui-même. Depuis des années il ne s'adressait plus que des injonctions de manager à son boxeur épuisé, style : « Vas-y ! Te dégonfle pas ! Maintenant tu l'as ! Prudence ! » etc. Se découvrir à la fois amoureux et mélomane (et perspicace aussi) lui semblait un peu au-dessus de ses forces et en tout cas bien au-dessus de ses prévisions. Il se secoua et attrapa Julien par le coude, le tira à l'écart.

« Alors, et ce poke ? dit-il d'une voix pressante et basse, on y va, mon vieux ? On se prend le sucrier, le gig, l'intellectuel et on leur pique une brique chacun, vous et moi, hein ? Vous, la technique, la patience, et moi, l'intuition, le pot, quoi. Après le coup, on fait fifty-fifty. Ça marche ?

— Je suis désolé, mais je ne fais pas de coups à deux comme ça, au poker ni ailleurs », dit Julien, l'air gêné, pas sévère, mais gêné, et un peu confus d'avouer cette morale bourgeoise.

Décidément, c'était un gentleman, lui aussi, pensa Simon avec un mépris condescendant et théâtral. Il se mit à rire trop fort en secouant les épaules frénétiquement, « ce qui ne l'embellit pas », pensa Julien.

« Quand je dis partie à deux, je m'entends... Je plaisante, je voulais dire qu'on se tenait, quoi, qu'on amortissait les chocs. Je ne parlais pas de coups fourrés, bien sûr, monsieur Peyrat, dit Simon avec un grand rire. Non, mais on se distrait, quoi... Tout le monde a les moyens sur ce bateau... Sauf le gig, peut-être ? Mais la Diva lui arrangera ça, non ?

— Je crois plutôt qu'il paierait pour la Diva », dit Julien en souriant, l'air attendri et les sourcils relevés...

« Il est bel homme, ce type, pensa Simon tout à coup, il serait même peut-être pas mal pour un rôle : genre mec de quarante ans un peu revenu de tout, bon zigue, dur, et doux avec les femmes… Ça marche bien ces temps-ci à l'écran. Sauf qu'il a un physique d'Américain… Il ressemble à Stuart Whitman… C'est ça ! »

« Vous savez que vous ressemblez à Stuart Whitman ? dit Simon.

— Stuart Whitman ? Quel rapport avec le poker ? Julien s'étonnait.

— Ah ! Vous voyez que vous ne pensez qu'à ça, vous aussi. Et les trois autres qui bayent aux corneilles pendant qu'on leur joue des adagios… Ils seraient rudement contents, je peux vous le dire, de se retrouver un peu entre hommes, sans leurs ladies. En tout cas, il y a une lady qui serait rudement contente de se retrouver sans son homme, c'est Clarisse… »

Il avait hésité sur « Clarisse ». Il avait hésité en fait entre « la Lethuillier », « la clownesque », « l'alcoolique », mais avait finalement opté pour ce « Clarisse » prononcé malgré lui comme un mot d'amour. Il le sentit et rougit.

« Allez, bon, on y va à votre poker », dit Julien tout à coup affectueux.

Et il lui décocha à son tour une bourrade un peu sèche qui le secoua jusqu'à ses mocassins de Gucci trop étroits du bout.

Ils commencèrent la partie à quinze heures, s'arrêtèrent à dix-neuf heures ; et à ce moment-là, Andréas qui gagnait six millions à un peu tout le monde, concentrait sur lui toute la haine et la suspicion des autres, mis à part

Julien. Ils s'arrêtèrent pour boire un coup, reprirent à dix-neuf heures trente pour un dernier tour de pot, et en trois coups, Julien, avec un carré de sept pour finir, rafla ses six millions à Andréas qui avait un full aux as par les rois, le tout donné par Julien avec une maestria impeccable. À huit heures, tout était fini. Les pigeons n'avaient pas eu le temps de changer d'objectif pour remâcher leur mécontentement, et bien que perdant lui-même cinq mille francs, c'était Andréas qui recueillait leur rancune, tandis que Julien faisait figure d'abruti heureux. De toute façon, il ne rejouerait plus avec eux de la semaine, songea-t-il. Ils n'étaient pas de sang-froid, aucun d'eux : Andréas jouait pour gagner de l'argent, pour vivre ; Simon jouait pour se prouver qu'il était Simon Béjard, producteur, rôle trop récent pour qu'il ne demandât pas de temps en temps des attestations supplémentaires à la fortune ; Armand Bautet-Lebrêche jouait pour vérifier que l'on pouvait « jouer » avec l'argent, mais trouvait tout cela anormal et cauchemardesque ; quant à Éric Lethuillier, il jouait pour gagner et pour se prouver à lui-même et aux autres qu'il était le vainqueur, là aussi, et sa colère et sa fureur étaient les plus pesantes des quatre joueurs. Étant plus intelligent et plus vif que les autres, il opéra dans l'instant son report d'agressivité d'Andréas à Julien, et c'est en se sachant haï de lui, méprisé, et voué à une revanche, quelle qu'elle soit, que Julien le regarda partir avec son air froid, vers sa cabine.

Pendant que les hommes se battaient astucieusement aux cartes, ou du moins le croyaient, les femmes, accompagnées de Charley Bollinger, semblaient avoir subi l'influence de l'alcoolique Clarisse Lethuillier. Edma Bautet-Lebrêche et Charley, plongés dans un scrabble, faisaient retentir le bar de leurs éclats de rire de jeunes filles dont les cascades faisaient froncer les sourcils du commandant Ellédocq. Ceux aussi d'Olga Lamouroux, ennemie jurée de tout alcool, amphétamine, tranquillisant ou autres drogues susceptibles de modifier toute personnalité, donc la sienne. Elle venait à l'instant de s'asseoir près de la Diva qui, toujours altière et suçant ses réglisses d'un noir de jais, ne laissait absolument pas voir qu'elle avait bu une bouteille entière de vodka au piment Viborova. Elle apparut même aux yeux d'Olga, qui sortait de sa cabine et d'une lecture particulièrement austère sur la condition des comédiennes à travers les âges, elle apparut donc à Olga comme la seule personne sobre, le seul esprit clair de ce salon où les hommes, enivrés par le jeu et les femmes par l'alcool, formaient un vilain spectacle.

« Je ne prendrai qu'un citron pressé, merci », dit Olga au barman blond qui s'empressait, et elle jeta un coup d'œil indulgent – ostensiblement indulgent – en direction de Clarisse et d'Edma qui pouffaient devant le mot, apparemment irrésistible, que Charley, hilare, venait de composer.

« Je crains de ne pas être à la hauteur, ajouta Olga avec une feinte tristesse en direction de la Doriacci.

— Je le crains aussi », dit celle-ci, sans broncher.

Elle était un petit peu plus rose que d'habitude et tenait pour une fois ses paupières modestement closes sur ses grands yeux féroces. Olga, abusée par ce calme, s'enhardit :

« Je ne crois pas que vous et moi-même soyons capables au fond d'autres ivresses que celles des planches, dit-elle en souriant. Bien sûr, je ne compare pas, madame, mais enfin, vous et moi, nous devons entrer parfois dans un espace éclairé, où on nous regarde et où on attend que nous fassions semblant... C'est le seul point précis de cette comparaison, bien sûr. »

Elle bégayait un peu sous la modestie de sa jeunesse, sous sa dévotion. Elle se sentait les joues empourprées, le blanc de l'œil presque bleu à force d'admiration naïve... La Diva ne bronchait pas mais, Olga le savait, elle écoutait. Elle écoutait avidement cette jeune voix sincère lui dire ces choses touchantes, et son impassibilité était plus révélatrice que toute réponse. Révélatrice du caractère de la Doriacci : ce silence était celui de l'émotion, cette émotion était celle d'une grande dame. Olga se sentait au mieux d'elle-même : elle avait la gorge serrée par son humilité, d'autant plus serrée qu'après tout, elle avait quand même eu le premier rôle dans trois petits films l'année passée, et des critiques dithyrambiques pour la pièce de Klouc qu'elle avait créée et qui avait été la révélation du Café-Théâtre 79...

« Quand j'étais petite fille, se lança-t-elle, que je vous entendais chanter à la radio et sur le vieux pick-up de mon père – Papa était fou d'opéra et ma mère était presque jalouse de vous –, quand je vous entendais chanter, je me disais que j'aurais donné ma vie pour mourir comme vous mouriez dans *La Bohème*... Cette manière de dire la dernière phrase... Ah ! là ! là !... Qu'est-ce que c'était déjà ?...

— Je ne sais pas, dit la Doriacci d'une voix rauque, je n'ai jamais chanté *La Bohème*.

— Ah ! mais que je suis bête... Bien sûr, c'est *La Traviata* dont je parlais, bien sûr... »

« Ouf ! Elle s'en était bien tirée... Mais quelle malchance ! Toutes les chanteuses avaient chanté *La Bohème* sauf la Doriacci, bien entendu. Quelle chance d'autre part que la Doriacci soit de si bonne humeur et si calme... En d'autres circonstances, elle l'aurait foudroyée pour cette gaffe. Mais là, elle semblait littéralement envoûtée par les compliments habiles d'Olga. Après tout c'était une bonne femme comme les autres : une théâtreuse... » Agitant les mains au-dessus de sa tête comme pour chasser les mouches brouillonnes de sa mauvaise mémoire, Olga repartit :

« *La Traviata*, naturellement... Mon Dieu ! *La Traviata*... Je pleurais comme un veau en écoutant... et un grand veau de huit ans déjà... Quand vous lui disiez "*Adio, Adio*"...

— Un grand veau de vingt-huit ans alors, tonna brusquement la Diva. Je n'ai enregistré *La Traviata* que l'année dernière. »

Et se rejetant en arrière, elle éclata d'un rire tonitruant et apparemment irrésistible puisqu'il saisit aussitôt, bien qu'ils n'en connussent pas l'origine, les trois complices du scrabble.

En proie à un fou rire incontrôlé, la Diva avait sorti son mouchoir de batiste et tantôt s'en essuyait les yeux, tantôt l'agitait comme pour appeler à l'aide, tantôt en désignait Olga, pétrifiée. Elle gémissait plus qu'elle n'articulait des phrases indistinctes : « C'est la petite… ha, ha, ha ! son père, fou de moi… Puccini, Verdi, *tutti quanti*… et la petite sur son disque, ha, ha, ha ! un grand veau de vingt-huit ans, hi, hi, hi !… » Et quand elle eut redit pour la troisième fois de sa voix éclatante : « Un grand veau de vingt-huit ans », ce fut pour finir d'une voix éteinte : « C'est elle-même qui l'a dit… » Olga avait ri nerveusement au début, mais au fur et à mesure de cette horrible explication, elle avait reniflé l'âpre odeur de la vodka, elle avait vu enfin les grands yeux sombres éclaircis par l'alcool, elle avait compris le piège qu'elle s'était elle-même fabriqué. Elle avait tenté de faire front, mais lorsque les trois zombis dégénérés là-bas s'étaient effondrés sur leur table, hagards et hoquetants, les lettres de bois roulant à terre et leurs têtes à eux roulant sur le dossier de leur fauteuil ; lorsqu'à la dernière phrase de cette poissarde, « Elle l'a dit elle-même », Edma s'était redressée sur son fauteuil comme sous l'effet d'un courant électrique ; lorsque la femme alcoolique de ce pauvre Éric Lethuillier s'était caché le visage dans les mains en balbutiant « Pas ça… Pas ça… » d'une voix suppliante, lorsque ce vieux pédéraste à galon s'était encerclé, étreint le corps de ses deux bras en trépignant sur place, Olga Lamouroux s'était levée simplement, dignement, et, sans un mot, avait quitté la table. Elle s'était arrêtée un instant à la porte et elle avait jeté sur ces égarés, ces pantins ivres, un seul regard, un regard de pitié mais qui avait redoublé leurs transports. Aussi tremblait-elle de rage en rentrant dans sa cabine. Mais ce fut pour y retrouver Simon, vautré sur son lit, en chaussettes, et qui avait, disait-il, « perdu trois briques au poke et bien rigolé ».

Éric avait trouvé la cabine vide en revenant de ce sinistre poker. Il avait envoyé un steward à la recherche de Clarisse. « Vous direz à Mme Lethuillier que son mari l'attend dans sa cabine », avait-il lancé sans autre explication, et le steward avait eu l'air légèrement scandalisé de ce ton impératif, mais Éric s'en moquait bien. Cela faisait plusieurs fois à présent qu'il sentait, qu'il croyait voir Clarisse lui échapper, physiquement et moralement. Physiquement, en tout cas ! Elle disparaissait sans cesse, lui semblait-il, sous prétexte d'aller prendre l'air, ou de regarder la mer, et comme Éric avait obtenu d'Ellédocq, ravi dans son âme d'adjudant, la surveillance du bar où la présence de Clarisse devait lui être signalée aussitôt, il aurait pu croire qu'elle avait un amant. D'autant plus qu'elle revenait chaque fois de ces promenades, le teint vif, l'air gai, et, sur toute sa personne, cette impression d'insouciance qu'il avait mis des années à lui faire perdre. Ou plus exactement, à dégrader jusqu'à l'angoisse et la culpabilité.

À cet instant précis, elle rentrait d'ailleurs, décoiffée, démaquillée par des larmes de rire dont ses joues rosies par la gaieté ne témoignaient que trop. Elle se tenait droite et souple dans la porte, les yeux étirés et les dents brillantes dans son visage hâlé malgré les fards. Elle était belle, pensa tout à coup Éric avec fureur. Il y avait longtemps, très longtemps qu'il ne l'avait pas vue belle ainsi… La dernière fois, c'était à cause de lui… Qui donc sur ce bateau pouvait lui rendre confiance en elle ? (si ce n'était plus Johnny Haig). Serait-ce ce Julien Peyrat pourtant si vulgaire dans sa virilité ? Si Éric n'avait constaté lui-même que les escapades de Clarisse coïncidaient avec la présence de Julien sur le court de tennis ou dans la piscine, ou au bar, il l'aurait cru. Ces « types à femmes » sont très habiles. Ou alors, c'était ce petit gigolo à trois francs, cet Andréas quelque chose… Mais il avait beau mépriser Clarisse et nourrir sans cesse son mépris, il la savait peu portée sur la chair fraîche, surtout quand elle était aussi évidemment accessible que celle-là. Elle le regardait :

« Vous me cherchiez ?

— Vous vous êtes bien amusée avec vos petites copines ? demanda-t-il sans répondre. On vous entendait rire du salon !

— J'espère que nous n'avons pas dérangé votre poker », dit-elle, l'air trop soucieux.

Il lui jeta un coup d'œil rapide mais elle lui offrait un visage lisse, policé, son visage de fille Baron, ce visage qu'il avait eu aussi bien du mal à décomposer, ce visage lisse, impeccable, indifférent à tout ce qui n'était pas son confort, ses us, un visage qui était celui de la bourgeoisie triomphante et sans pitié, qu'il lui avait peu à peu appris, croyait-il, à haïr jusque chez les siens.

« Non, dit-il, vous ne nous avez pas dérangés, ou plutôt vous n'avez pas dérangé la manœuvre de notre petit couple de tricheurs…

— Quel petit couple ?

— Je parlais du cow-boy avantageux et du blond gigolo qui l'accompagne… Ils doivent faire le tour des bateaux à deux !… Pourquoi riez-vous ?

— Je ne sais pas, dit-elle, tentant de s'empêcher de rire. L'idée de ces deux hommes en couple est comique…

— Je ne vous dis pas qu'ils couchent ensemble (Éric s'énervait), je vous dis qu'ils trichent ensemble, et même qu'ils ont mis au point une technique imparable.

— Mais ils ne se connaissent même pas ! dit Clarisse. Je les ai entendus parler de leurs lycées respectifs, et même se découvrir une province commune, hier au soir à Porto-Vecchio. »

Le rire d'Éric était excédé.

« Naturellement, parce que vous étiez là ! n'est-ce pas ? »

Clarisse rougit tout à coup. C'était comme si elle avait eu honte pour eux. Pour Julien, surtout, se dit-elle. Était-ce pour pouvoir plumer Éric plus facilement que Julien Peyrat lui laissait sa cabine et ses bouteilles à discrétion à elle ? Cela lui faisait une impression désagréable, une gêne, presque physique, en même temps qu'un regret informe…

Elle était assise sur son lit et se recoiffait machinalement devant la glace de l'armoire, ouverte devant elle. Elle arrangeait les mèches de ses cheveux, elle se détaillait sans plaisir apparent, mais sans gêne non plus. Et Éric eut tout à coup envie de la frapper ou de la faire descendre de force à la prochaine escale. Oui, elle lui échappait ! Elle lui échappait, mais dans le vide. Et c'était ça le danger. Il aurait vite fait, s'il s'était agi d'un autre homme, de le démolir à ses yeux. Mais il ne voyait vraiment pas qui, sur ce bateau, aurait pu réveiller la femme chez cette Clarisse endormie et terrorisée… À moins que cet Andréas… Cela paraissait impossible, mais tout était possible chez une névrosée. Il essaya :

« Vous savez que vous n'avez aucune chance, ma chérie, avec ce type. Ne vous fatiguez pas à lui faire toutes vos invites, modestes bien sûr, mais ridicules. Elles seraient inutiles de toute manière : il est occupé par d'autres projets, plus rémunérateurs ou plus tentants à ses yeux.

— Mais de qui parlez-vous ? »

Éric se mit à rire. Il avait déjà simulé ainsi des mépris et des jalousies dégoûtées. Il avait parfois même feint, pour l'humilier davantage, de la croire éprise de personnages si minables que leur prêter attention eût déjà été déshonorant. Et chaque fois, Clarisse s'était affolée, débattue. Elle avait nié avec indignation et désespoir à l'époque. Elle n'avait pas eu cette voix paisible et un peu fatiguée pour répondre, comme aujourd'hui : « Je ne vois pas de qui vous parlez. » Néanmoins, elle avait pâli. Elle avait remonté la main vers sa gorge, de son geste habituel. Elle le regardait, incertaine, déjà résignée, prête à un nouveau coup, mais sans en comprendre la raison. Non, il se trompait, décidément. Elle n'avait rien à voir avec ce gigolo (c'était encore heureux). Rassuré, il lui lança un petit sourire également rassurant.

« Tant mieux, dit-il, après tout, il a presque dix ans de moins que vous ? C'est beaucoup », enchaîna-t-il avant de se plonger dans son journal, pas tellement fier de cette dernière phrase.

Mais il eût été encore moins satisfait, s'il avait vu l'expression de soulagement sur le visage de sa femme-clown et le rose qui revenait sous la peau avec l'oxygène, le sang, l'espoir.

Dix minutes plus tard, dans la salle de bains, Clarisse inondait son visage d'eau froide d'une main violente ; elle essayait d'oublier cette seconde de bonheur, ou de l'appeler autrement ; elle essayait de nier qu'elle eût été d'une certaine façon au désespoir de ce que Julien Peyrat eût été tenté par une autre femme ; et cela, quelles que soient ses raisons ; et cela, même s'il levait à peine les yeux sur elle quand ils étaient face à face. Le matin même, il y avait une rose rouge dans le verre qui l'attendait, près de la bouteille de Haig, dans la cabine 109 et elle s'étonnait à présent (grâce à Éric !) d'avoir trouvé cela simplement charmant.

On allait arriver à Capri où, d'après le programme, les passagers étaient attendus par des vol-au-vent Curnonsky, deux sonates de Mozart et des lieds de Schumann, et le soir même, pour les plus aventureux, par une tournée dans l'île. C'était, en général, une règle d'or sur le *Narcissus* de ne pas descendre aux escales. Chacun était censé déjà connaître tous ces célèbres ports et, à la limite, les avoir déjà vus d'un yacht privé. C'était ce qu'expliquait justement Edma Bautet-Lebrêche à Simon Béjard, encore assez nouveau pour feindre quelque enthousiasme envers ces villes superbes. Il espérait que son intérêt pour la culture – tout au moins pour les choses culturelles – le ferait bien voir, alors que cet intérêt, au contraire, aurait dû le discréditer parce qu'il laissait supposer l'inculture délibérée de la pauvreté. Mais curieusement, ce mécanisme était si usé et avait été tellement systématique sur ce bateau que Simon apparut à Edma comme naïf, original et bon garçon.

« Vous ne connaissez pas du tout le Bassin méditerranéen, monsieur Béjard ? s'enquérait Edma Bautet-Lebrêche avec une sollicitude étonnée (comme s'il avait déclaré n'avoir jamais subi l'appendicite). Mais alors, vous allez découvrir tout ça d'un coup ! enchaîna-t-elle avec un ton d'envie qui avait un son de pitié. Vous savez que la Méditerranée, c'est AdmirAble… assura-t-elle (en ouvrant les A au maximum et en riant en même temps pour bien montrer qu'elle les ouvrait tout à fait consciemment). Tout à fait admirable, reprit-elle plus doucement d'une voix presque tendre.

— Mais j'en suis sûr, dit Simon (toujours optimiste sur tout). Et puis, il faudrait, hein ? si les Croisières Pottin ont mis cette croisière à ce prix-là… ce n'est pas pour nous montrer des usines à gaz abandonnées, hein ?…

— Évidemment pas, admit Edma, un peu désolée quand même par cet épais bon sens, évidemment pas… Dites-moi, cher ami, puis-je vous appeler Simon ?… Dites-moi, cher Simon, reprit l'impatiente Edma, vous-même, quel bénéfice pensiez-vous tirer de cette croisière ? En d'autres termes, pourquoi l'avez-vous entreprise ? Cela m'intrigue…

— Moi aussi, dit Simon, pensif tout à coup, je ne sais vraiment pas ce que je fais là… Au départ, c'était pour… pour… enfin, Olga n'aimait pas Éden Roc ni Saint-Tropez, alors… Et puis après tout, c'est curieux, je ne croyais pas aimer cette croisière, et finalement… euh… Ce n'est pas mal, hein ? pas mal ce qu'on nous joue tous les soirs… C'est même pas mal du tout… »

« J'étais à la fois atterrée et amusée », devrait plus tard relater Edma dans son salon de l'avenue Foch, « mais j'étais aussi vaguement attendrie, je l'avoue. Si, si, si, si… (Il arrivait souvent à Edma de contrer des objections inexistantes.) Si, si… J'étais attendrie. Car enfin, voilà un homme simple, finalement, un petit arriviste vivant pour l'argent, par l'argent, avec l'argent, un plouc, quoi, lui aussi… Et par un hasard extravagant, ou plutôt grâce au snobisme de la starlette qui l'exploite, le voilà découvrant la musique… La “grande musique”, et le voilà qui s’émeut obscurément, le voilà qui entrevoit une sorte de terre inconnue… une escale qu’il ne prévoyait pas… » (Et là, la voix d’Edma baisserait jusqu’au chuchotement, et ses yeux se perdraient dans les flammes de la cheminée – s’il y en avait une, bien sûr.)

Mais sur le moment, ce n’était pas uniquement la compréhension qui guidait Edma, c’était aussi une ironie dont elle regrettait qu’elle n’eût pas plus de spectateurs.

« Vous auriez préféré Saint-Tropez, au départ, cher Simon ? Vous devez vous ennuyer un peu quand même sur ce bateau, après tout, sans votre faune habituelle… Et il n’y a rien de péjoratif dans ce mot “faune”, croyez-moi. Chacun de nous a la sienne…

— Ça, j’imagine… Vous ne devez pas être gâtée non plus, dit Simon avec une conviction excessive au gré d’Edma.

— C’est votre petite Olga qui aime la grande musique, donc ? si je comprends bien… Moi, à son âge, j’avais aussi des avidités, des envies de tout, celles de toutes les jeunesses, mais je ne m’en défendais pas. J’avais même un certain orgueil de mes désirs, de mes folies… Et Dieu sait… »

Et elle agita une main épuisée par quarante années de fiesta et de débauches. Elle ne put donc renâcler ni se fâcher quand Simon, avec la même conviction soulignée cette fois d’un petit sifflement, au sens équivoque, s’exclama :

« Ah ! eh bien, là !… Là aussi, je vous crois… » ce qui laissa Edma ébahie, soupçonneuse, mais vaguement flattée.

D’ailleurs, Charley arrivait toutes voiles dehors, c’est-à-dire, toute chemise de soie dehors. Car il s’alanguissait au fil des longitudes, sa nature s'épanouissait avec la chaleur, et, parti en bleu marine et en col dur, il arrivait généralement à Palma, dernière escale, en chemise bariolée et espadrilles, voire une unique boucle d'oreille à l'oreille gauche, pour faire pirate.

Mais là, ce n'était que la troisième escale et son extravagance se bornait à une veste de surah blanc cassé, à la place de son blazer bleu. Il exultait visiblement.

« Et nous voici à Capri ! dit-il. Monsieur Béjard, vous descendez aussi ? Je crois que pratiquement tout le bateau va aller danser un peu, pour une fois… Après le récital, bien entendu », ajouta-t-il, l'air pieux.

En effet, parmi ces escales à terre généralement boudées par les passagers, Capri, seule, bénéficiait d'une sorte de permis de s'encanailler dont on profitait en douce, mais à grands cris, chacun feignant d'aller, pour rire, chercher un corps-sœur, un corps-frère, ou un corps-cousin, comme si l'aveu de cette chasse l'eût rendue vaine au départ, et comme si chacun – s'il était encore en âge de le faire – ne rêvait pas, avant les dangereux Arabes et les farouches Espagnols, d'une aventure italienne. Capri était le dernier lieu de la civilisation dans le sens « débauche » et de la débauche dans le sens « bon enfant ». Aussi, n'était-il pas rare à Capri que le bateau se retrouvât vide, la nuit, ou presque, mis à part quelques vieillards bien gardés par leurs nurses ou quelques matelots consignés. Ils devaient les uns et les autres rester sur le pont, tels des enfants punis, à regarder là-bas briller les lumières de la ville et de ses plaisirs. Ils devaient aussi supporter le pas du commandant Ellédocq qui, pendant toute l'escale, arpentait le pont avec rage et inquiétude, dévasté qu'il était par un souvenir lointain, mais bien en tête : tel le fantôme d'Hamlet, il était sûr d'y retrouver chaque fois, s'il mettait le pied sur la Piazzetta, l'image de Charley ; Charley en jupe gitane, l'œillet aux lèvres, cambré dans les bras d'un rude Capriote !

« Bien sûr, j'y vais, dit Simon Béjard avec d'autant plus de fermeté qu'Olga l'exhortait à n'en rien faire, depuis deux jours. Bien sûr, j'y vais, je ne connais pas Capri ! Mais avant de faire la fête, je vais me nourrir », ajouta-t-il en donnant une claque amicale au lieu présumé de son estomac, ce qui fit détourner les yeux à l'élégante Edma Bautet-Lebrêche et au sensible Charley Bollinger... « D'autant plus que ça risque d'être rigolo, ce soir... » ajouta-t-il en se levant.

Et dans le soleil couchant, les roses de sa chemise et ceux de son visage attisés par ces dernières journées de soleil formaient un camaïeu saisissant, au bord du tragique.

« Pourquoi spécialement rigolo ? » s'enquit Edma dont la curiosité était toujours supérieure au mépris et qui s'en voulait toujours, après, de ses propres questions triviales... Mais moins qu'elle ne s'en fût voulu de n'y avoir pas obtenu de réponse.

« Ça peut être "farce", expliqua Simon jovial, parce que dans presque chacun de nos couples, il y en a un qui veut aller à terre et l'autre qui veut rester là... Comme, en plus, on va être tous à la même table ce soir, ça risque de faire du bruit... »

Et en effet, depuis le premier soir, les invités s'étaient machinalement assis à peu près dans le même ordre, mais cette fois, autour de la table du commandant, rallongée, le prestige de la table d'Ellédocq étant devenu tout d'un coup supérieur à celui de la table de Charley, grâce à l'algarade Doriacci/Kreuze.

« Mais, dit Edma, vous vous trompez… Armand Bau… mon mari, est tout à fait ravi de revoir Capri une fois de plus.

— Votre mari, c'est une chose, dit Simon avec une révérence comique, votre mari ne vous quitte pas des yeux, il est fou de vous… C'est Othello, cet homme-là… Et on le comprend, hein, mon vieux ? ajouta-t-il en jetant une claque magistrale dans le dos de Charley douloureusement ébranlé, sans qu'Edma Bautet-Lebrêche non plus semblât apprécier ce compliment à sa juste valeur. Mais à part vous, l'intellectuel de gauche veut y aller, par exemple, et ça ennuie Clarisse ! Moi, j'y vais et Olga ne veut pas ! La Doriacci est partante et le minou blond a l'air d'hésiter. Ellédocq n'y va pas et Charley y va droit, alors !… »

Il n'avait pas remarqué la petite grimace de souffrance, réelle cette fois-ci, qui avait déformé la lèvre supérieure de Charley à l'énoncé de l'un de ces couples, mais Edma, elle, fine mouche et brave mouche, pour cette fois, s'empressa de réparer la gaffe, car elle voyait Charley Bollinger bien mal parti pour cette croisière. Le beau gigolo, le bel Andréas – de plus en plus beau d'ailleurs au fil des jours – était littéralement fasciné par la Diva, ses pompes et ses fastes. Il trottait derrière elle comme un matou dompté, portait ses cabas, ses éventails, ses châles, mais sans qu'elle semblât même le remarquer. En tant que gigolo, sa carrière semblait mal partie, tout autant que celle de Charley en tant qu'amant comblé.

« Voyons, dit-elle, ne vous faites pas plus naïf que vous ne l'êtes, monsieur Béjard… Cher Simon, pardon. Vous savez bien que le cœur du bel Andréas a des motifs professionnels, et vous n'allez quand même pas parler de cette bête féroce d'Ellédocq et de notre délicieux Charley comme d'un couple, si ?…

— Mais je ne disais pas ça… dit Simon en se tournant vers Charley d'un air embêté. Je n'ai jamais voulu dire ça ! reprit-il avec chaleur. Vous le savez bien, mon vieux… Toutes les femmes du bord sont folles de vous, alors c'est pas la peine que je me défende… Ah ! vous avez de la chance d'être commissaire de bord sur ce bateau plein de femmes désœuvrées ! J'ignore quel est votre score, mon vieux, mais il doit être plutôt brillant, hein ? Je me trompe ? Sacré farceur ! » ajouta-t-il avec une autre claque vigoureuse.

Et il partit en riant « pour se changer », annonça-t-il avec importance, laissant ses interlocuteurs perplexes.

« Décidément, je n'aime les spaghettis qu'"*al dente*". Et vous, cher ami ?

— Moi aussi », dit tristement Armand Bautet-Lebrêche qui n'eut que le temps de rajuster discrètement son dentier avant de répondre à la Doriacci.

Elle le regardait manger depuis cinq minutes avec une fixité alarmante ; ou qui l'eût été pour quelqu'un d'autre, quelqu'un qui n'aurait pas été plongé, comme l'était Armand, dans une évaluation comparée des variations en Bourse de la « Engine Corporation » et de la « Steel Mechanics Industry », et ce depuis trois heures.

« *Al dente*, ça veut dire pas cuit, ou quoi ? » s'enquit Simon Béjard d'une voix triomphante.

Il avait, par le miracle de quelque lotion capillaire, aplati ses cheveux rétifs et roux impeccablement sur son crâne rose ; il arborait un smoking en toile écossaise bleu sombre et vert d'eau du plus gracieux effet et il sentait un after-shave de Lanvin à dix pas. La discrète Clarisse elle-même, sa voisine, en semblait incommodée. Le triomphe de Simon, très personnel et très prisé, il faut bien le dire, avait cela de bon qu'il l'empêchait de voir les regards échangés à table par Éric Lethuillier et sa belle Olga. Ils s'étaient retrouvés tous les deux à la porte du bar, une heure plus tôt, et Éric était apparu irrésistible dans sa veste de lin beige, sa chemise et son pantalon du bleu pâle des jeans, son beau visage bruni par le soleil et ses yeux d'un bleu prussien, amusés et autoritaires. « Je vous retrouve ce soir à terre », avait-il dit entre ses dents en la prenant par un coude, et il avait serré son bras entre ses doigts durs, si virilement qu'il lui avait fait mal. « Le désir le rendait maladroit... », avait immédiatement enclenché Olga. « Il souriait, mais il tremblait, il avait cette maladresse si touchante et si troublante à la fois que donne la fougue mal retenue aux hommes mûrs. »

Cette dernière phrase l'avait tellement emballée, qu'elle était descendue précipitamment dans sa cabine la transcrire sur son cahier, le gros cahier à cadenas qu'elle cachait dans sa valise et qu'elle croyait, à tort, l'objet de mille recherches de la part de Simon. Aussi était-elle arrivée en retard à table, mais un peu décoiffée, haletante, bien hâlée, avec une légère expression de culpabilité qui lui donnait enfin l'air d'être jeune. Et les convives, à l'unanimité, l'avaient regardée avec admiration, une admiration plus ou moins nuancée bien sûr, mais réelle. « Un beau brin de fille, cette pute », avait marmonné Ellédocq entre ses dents, mais néanmoins assez fort pour que la Doriacci l'entende et lui demande à tue-tête de répéter, dans le seul but de l'embêter. Il avait rougi et sa mauvaise humeur s'était encore accrue lorsque Edma Bautet-Lebrêche lui avait demandé du feu d'un air câlin et complice. « Je ne fume pas ! » avait-il tonné dans un silence malencontreux, et il s'était attiré de sévères regards ironiques. Il avait dû supporter la réplique gracieuse d'Edma, ostensiblement choquée, mais souriante : « Que cela ne vous empêche pas de m'offrir du feu ! » avait-elle susurré d'une voix désarmée. Et il avait fait figure de mufle une fois de plus, tandis que Julien Peyrat, ce matamore, tendait son briquet à la pauvre victime ! Là-dessus, la conversation s'était égarée dans de fort divers domaines, incompréhensibles au commandant. On avait abordé l'intelligence des dauphins, les arcanes de la politique, la mauvaise foi des Russes et les scandales du budget de la Culture. Tout cela fort brillamment jusqu'au dessert où chacun, prétextant n'importe quoi, était descendu dans sa cabine se donner un dernier coup de peigne afin de pouvoir filer directement après le concert, jusqu'à cet îlot-lupanar nommé Capri. À la grande surprise d'Ellédocq, il n'y avait eu qu'un homme pour rester à sa table, et paraître même décidé à ne pas rejoindre ce troupeau lubrique, et ç'avait été Julien Peyrat. Il avait posé au capitaine quelques questions fort pertinentes sur la navigation, le *Narcissus*, l'intérêt des escales, etc., et était singulièrement remonté dans l'estime du maître à bord. Naturellement, il avait fallu que cette conversation virile, pour une fois un peu intéressante et dénuée d'hypocrisie ou de fadaise, fût interrompue par le concert… Mais l'allusion à peine voilée du capitaine, sur le côté « corvée » de ce récital, était restée sans écho. Ou bien ce type sympathique et normal, apparemment, aimait vraiment la musique – et alors il cessait d'être normal aux yeux d'Ellédocq – ou alors, il jouait un drôle de jeu. Mi-séduit, mi-méfiant, Ellédocq le suivit lourdement jusqu'au lieu du sacrifice.

La Doriacci commença le concert d'un air pressé, chanta à toute vitesse deux ou trois airs incroyables de technique et de vivacité, s'arrêta pile au milieu d'un lied et enchaîna sur un autre, sans même s'excuser, mais avec un petit sourire de connivence qui lui valut plus d'applaudissements que toute la démonstration précédente, pourtant éblouissante, de son art vocal. Kreuze lui succéda mais avec une œuvre interminable, semblait-il, de Scarlatti, impeccablement jouée, mais avec une telle absence d'effet (absence pourtant méritoire) qu'Ellédocq, indigné paradoxalement, put voir s'esquiver les uns après les autres jusqu'à ses passagers de première classe. Tous les autres mélomanes convaincus avaient déserté ce haut lieu de la musique. Salué par de maigres applaudissements, Kreuze s'inclina comme s'il y eût eu foule, avec sa morgue pour une fois justifiée, et disparut vers sa cabine, suivi rapidement d'Armand Bautet-Lebrêche qui semblait tout joyeux de son abandon. Quand Ellédocq à son tour quitta les lieux, il n'y avait plus autour du ring lumineux que deux silhouettes pensives, séparées par quelques rangs de chaises, et qui étaient celles de Julien Peyrat et de Clarisse Lethuillier.

Julien était immobile dans son fauteuil, et la tête renversée, il regardait les étoiles dans le ciel, leur clignotement et de temps en temps leur brusque et belle dégringolade filante, absurde et subite comme certains suicides. Il la vit sans la voir se lever quand le barman eut éteint les quatre spots lumineux. Il la suivit des yeux tandis qu'elle se dirigeait vers le bar. Il ne bougea pas, mais il attendait. Sans qu'il eût rien prémédité, il lui semblait que leur double présence solitaire à cette heure-ci, sur le pont, était convenue de longue date, qu'il y avait quelque chose de fatal dans la solitude de ce pont et dans leur double silence. Ils allaient ensemble quelque part, et il était sûr que pas plus que lui, elle ne savait où. Peut-être vers une aventure brève et manquée, entrecoupée de sanglots nerveux et de protestations, peut-être vers un acte bestial et honteux, peut-être vers des larmes silencieuses sur son épaule. En tout cas, ils avaient rendez-vous obscurément, depuis qu'ils s'étaient vus sur ce même pont, lors du cocktail d'arrivée, depuis qu'il l'avait vue surtout, chancelante et ridicule, grotesque sous ses fards multicolores, appuyée sans confiance au bras de son trop bel époux. Elle avait peur, il le savait. Mais il savait aussi qu'elle allait revenir s'asseoir près de lui, sans qu'il entrât la moindre arrogance dans son assurance. Ce n'était même pas le besoin de lui, Julien, qui la ramènerait à son côté, c'était le besoin de quelqu'un, n'importe qui d'autre que cette brute policée qu'elle avait épousée. Il respirait lentement et profondément, comme avant de s'asseoir à une table de chemin de fer, ou de commencer un poker truqué et dangereux, comme avant de conduire trop vite délibérément, ou comme avant de se présenter sous un faux nom à des gens qui risquaient de le reconnaître et de le confondre. « Il respirait comme avant un danger », songea-t-il, et cela le fit rire. La conquête d'une femme ne lui était jusque-là jamais apparue comme un danger, même si elle s'était révélée, plus tard, en avoir été un.

Il fallut une demi-heure à Clarisse pour arriver près de lui, une demi-heure qu'elle passa à boire, muette et les yeux fixes, devant un garçon intimidé par elle, et étonné de l'être – car Clarisse Lethuillier faisait généralement sourire les barmen d'un sourire ironique ou pitoyable selon les cas, et l'heure, et le nombre des consommations qu'ils lui avaient servies. Elle fumait aussi, à grandes bouffées violentes qu'elle rejetait aussitôt en longs jets puérils, comme si elle eût appris à fumer le matin même. Mais elle éteignait ses cigarettes d'un air dépité après trois ou quatre de ces quasi-inhalations. Elle avait bu trois whiskies doubles et écrasé vingt cigarettes quand elle quitta le bar, laissant un pourboire exagéré au garçon incompréhensiblement inquiet pour elle. Il aimait bien Clarisse, comme les autres membres du personnel d'ailleurs, sur ce bateau. Elle leur semblait, comme eux-mêmes, en état d'infériorité officielle vis-à-vis des autres passagers. Elle trébucha un peu contre une chaise dans la demi-obscurité lorsqu'elle arriva à Julien, et il se leva instinctivement, plus par souci de la retenir que par courtoisie. Elle se laissa tomber sur un siège voisin du sien, et le regardant en face, se mit à rire tout à coup. Elle était décoiffée, elle était même un peu ivre, songea-t-il avec une tristesse moralisatrice qu'il ne se connaissait pas.

« Vous n'êtes pas allée avec les autres à Capri ? Ça ne vous amuse pas ? » demanda-t-il doucement, tout en l'aidant à ramasser son sac et les différents objets accumulés en vrac à l'intérieur et qui luisaient sur le sol, à leurs pieds : un poudrier en or qui devait valoir une fortune, trop lourd pour elle, avec ses initiales en petits brillants incrustées sur le boîtier, un tube de rouge à lèvres identique, des clefs d'on ne sait où, quelques billets de banque froissés, la photo d'un château inconnu sur une carte postale, des cigarettes carrées, une boîte éventrée de Kleenex, et l'inévitable boîte de pastilles à la menthe, le seul de ces objets qu'elle tentât de lui cacher.

« Merci », dit-elle en se redressant très vite, mais pas assez pour qu'il ne sente en même temps que son parfum – un parfum vert et têtu – pour qu'il ne sente pas en même temps l'odeur de son corps, chauffé par le soleil de la journée, et comme épicé par la très légère odeur de la peur – odeur que Julien reconnaissait entre toutes, odeur familière aux joueurs.

« Non, dit-elle, Capri ne m'amuse pas… enfin ne m'amuse plus. Pourtant, je m'y suis bien amusée dans le temps… »

Elle regardait devant elle, et elle avait croisé les mains sur ses genoux, sagement, comme s'il l'avait conviée à une conférence et qu'elle soit installée pour quelques heures.

« Je n'étais jamais venu, dit Julien. Mais c'était un de mes rêves familiers quand j'avais dix-huit, dix-neuf ans. Je voulais être décadent… C'est drôle, non, pour un garçon de dix-huit ans ? Je voulais vivre comme Oscar Wilde, avec des lévriers afghans, des De Dion-Bouton interminables, et faire courir des chevaux italiens sur l'hippodrome de Capri… »

Clarisse se mit à rire en même temps que lui et, encouragé, il continua :

« J'ignorais bien entendu que Capri était un pain de sucre sans la moindre surface plane, et j'ignorais aussi qu'Oscar Wilde n'aimait pas les femmes… Je crois que c'est cette double déception qui m'a empêché jusque-là d'arriver ici, et peut-être ce souvenir qui m'empêche de descendre à terre aujourd'hui.

— Moi, ce sont des souvenirs, dit-elle. J'ai eu beaucoup de succès ici, à dix-neuf/vingt ans. Même en Italie, la fortune des Baron était connue et l'on me faisait une cour assidue. À l'époque, il n'était pas honteux d'être l'héritière des Baron…

— Maintenant non plus, j'espère, dit Julien d'un ton léger. Il n'est pas plus honteux de naître riche que pauvre, que je sache.

— Je crois que si, dit-elle sérieusement. Par exemple, dit-elle avec volubilité tout à coup, vous qui êtes commissaire-priseur, vous devez aimer la peinture, non ? Cela ne vous brise pas le cœur de vendre des chefs-d'œuvre à des bourgeois déjà riches qui ne rêvent que de s'enrichir encore grâce à ces toiles ?… Et qui vont les enfermer dans un coffre-fort dès qu'ils seront rentrés chez eux sans même les regarder ?

— Ils ne font pas tous ça », dit Julien…

Mais elle le coupa sans l'entendre :

« Mon grand-père Pasquier, par exemple, avait une superbe collection d'impressionnistes. Il avait acheté tout ça pour une bouchée de pain, naturellement : des

Utrillo, des Monet, des Vuillard, des Pissarro… tout ça pour trois francs, disait-il. Les grands bourgeois font toujours des affaires, vous avez remarqué ?… Ils arrivent presque à acheter leur pain moins cher que leur concierge. Et en plus, ils en sont fiers… »

Elle se mit à rire mais Julien garda le silence, et elle se tourna carrément vers lui, comme irritée.

« Vous ne me croyez pas ?

— Je ne crois pas aux généralités, dit Julien. J'ai connu des bourgeois charmants et des bourgeois infâmes.

— Eh bien, vous avez eu de la chance », dit-elle brutalement d'une voix coléreuse.

Et elle se leva, se dirigea vers la rambarde, un peu trop droite comme pour pallier son déséquilibre éthylique. Julien la suivit machinalement, s'appuya à la rambarde à côté d'elle, et quand il tourna la tête vers elle, s'aperçut qu'elle pleurait sans retenue de grosses larmes, qui filaient sur ses joues sans qu'elle parût même le remarquer, des larmes qu'il devinait chaudes curieusement à leur seule forme : des larmes étirées, filées, oblongues, des larmes de colère semblables à la fumée de ses cigarettes, des larmes qui n'avaient pas cette rondeur parfaite, ce côté plein et presque serein qu'ont les ronds de fumée bien étudiés et les pleurs des enfants quand on les a déçus.

« Pourquoi pleurez-vous ? » dit-il.

Mais elle se laissa aller contre lui, la tête sur son épaule, comme elle se fût appuyée à un arbre, ou à un réverbère, au hasard.

À part la lumière qui venait du bar et qui éclairait le pont où ils étaient la seconde d'avant, lumière qui leur arrivait de côté, lumière floue, furtive, lumière équivoque, ils étaient dans le noir. Et seul, le phare de l'île coupait parfois ce noir, se posait sur leurs visages deux ou trois secondes avant de repartir dans son cercle maniaque. Mais il ne montrait à Julien, chaque fois, que le haut de la tête de Clarisse tant elle gardait celle-ci obstinément baissée, comme une chèvre têtue, contre son épaule, ses épaules à elle étant secouées de petits spasmes réguliers, presque tranquilles dans leur régularité. C'était un chagrin éperdu et paisible à la fois, un chagrin qui venait du fond des temps, et aussi un chagrin pour rien. C'était un chagrin inutile et inextinguible, une folie et une résignation. Et à sa propre surprise, Julien se sentait peu à peu envahi par la tranquille impudeur de ce chagrin, par le silence qu'elle gardait sur ses causes tout en sanglotant sur l'épaule de cet inconnu qu'il était, silence pire finalement que toutes les explications, silence uniquement rompu par ses reniflements et le bruit des Kleenex qu'elle déchirait pour éponger ses larmes, avec des gestes rudes d'adolescent.

« Voyons, dit-il troublé, et en se penchant vers cette tête accablée, voyons, il ne faut pas pleurer comme ça... C'est idiot, vous allez vous faire du mal, ajouta-t-il bêtement. Pourquoi pleurez-vous ainsi ? insista-t-il en chuchotant.

— C'est... c'est inepte... dit-elle en renversant son visage vers lui. Inepte... Mais je suis inepte... »

Le phare passa alors sur son visage et Julien resta pétrifié. Le maquillage avait cédé sous les larmes et les Kleenex, et, comme les remparts d'une ville, s'était effondré, dilué, enfui. De ce maquillage épais et baroque, presque obscène, surgissait un nouveau visage, un visage inconnu et superbe que la lumière floue, venue de biais, étirait et soulignait, d'une manière implacable et tragique à laquelle peu de visages auraient résisté : mais là, c'était un visage d'Eurasienne, avec une ossature parfaite, des yeux très longs, très droits, étirés du nez aux tempes malgré l'absence de tout mascara, des yeux d'un bleu pâle de paquet de gauloises, sous lesquels il distinguait une bouche marquée, arquée en haut, avide et triste en bas, une bouche encore humide de ses larmes. Julien se retrouva en train d'embrasser cette bouche, penché sur elle, le nez dans les cheveux de cette femme folle et ivre, mais dont la folie tout à coup lui indifférait complètement tant il était préoccupé par le contact de cette bouche, si résolument complice de la sienne, si définitivement amicale, complaisante, généreuse, exigeante, sournoise. « Une vraie bouche, se disait-il dans le noir, une bouche comme celles d'il y avait vingt-cinq ans, quand j'avais vingt ans moi-même et que j'embrassais les filles par les portières des voitures, et que je savais que nous en resterions là et que ces baisers étaient le comble du plaisir accessible pour moi ; et qu'en effet ces baisers me laissaient plus tard aussi comblé de bonheur que malade de regret ! »

Depuis vingt ans, il y avait eu beaucoup de bouches et beaucoup de baisers, prometteurs ou apaisés, des baisers d'avant et des baisers d'après, mais tous avaient été des baisers situés chronologiquement. Il n'y avait plus eu, plus jamais en effet, de ces baisers inutiles, gratuits, finals en soi, ces baisers hors du temps, hors de la vie, presque hors du sexe et du cœur, ces baisers nés de la pure envie d'une bouche pour une autre. « Les verts, étroits, gloutons baisers de la jeunesse » dont la description l'avait ému chez Montaigne, et dont il retrouvait le goût, là, ce soir, sur la bouche d'une mondaine éméchée. C'était risible, mais en même temps il ne pouvait se détacher de cette bouche. Il inclinait le visage à droite, à gauche, selon les mouvements de son cou à elle, et il n'avait plus qu'une idée, qu'un but : ne plus jamais se séparer de cette bouche – malgré sa situation absurde, penchée, la crampe de son dos – cette bouche que dans sa tête il couvrait de qualificatifs, qu'il félicitait, qu'il déclarait fraternelle, maternelle, corruptrice, confiante et dessinée pour lui depuis toujours.

« Attends », dit-elle enfin.

Elle s'arracha à lui et rejeta la tête en arrière, appuyée à la rambarde mais le visage tourné vers lui et les yeux ouverts. Il ne pouvait pas s'éloigner, la quitter des yeux ni sortir de cette ombre car il briserait alors quelque chose, quelque chose d'éminemment cassable et qui aurait dû être incassable. Sinon elle allait se ressaisir, oublier d'être belle, ou bien il oublierait, lui, d'en avoir si envie. Quelque chose tremblait entre eux dans cet éclairage livide, quelque chose qui s'évanouirait s'ils se quittaient des yeux un seul instant.

« Bouge un peu, dit-il. Appuie-toi là. »

Et il la guidait vers la cloison du bar, l'y appuyait, la calait de ses bras, bref l'installait à l'ombre de lui-même. Il se sentait essoufflé, son cœur ralentissait, il pensait vaguement qu'il ne retrouverait son souffle que sur la bouche de Clarisse ; mais il ne pouvait pas bouger, et elle non plus sans doute puisqu'elle pouvait voir dans le noir Julien, comme un aveugle ou un enfant, tendre vers elle son visage impatient et triomphant et qu'elle ne bougeait pas. Il regardait la tache blanche de ce visage si loin et si près, à présent indistinct, flou et si récemment mis à découvert, ce visage si menaçant et si désirable dans sa proximité, ce visage qui était déjà un souvenir de ce visage, dont il possédait déjà une image à jamais classée dans sa mémoire, tel qu'il l'avait vu tout à l'heure, contre la rambarde, lorsqu'il se penchait vers lui ; un visage vu dans cet angle précis, dans cet éclairage précis, visage qu'il ne reverrait plus jamais pour de vrai et que déjà, furtivement, insolemment, il se permettait de regretter – voire de préférer – aux mille autres visages qui l'attendaient dans cette tache blanche, floue, là, cette tache indécise qui aurait pu n'être rien. Qui n'aurait été rien s'il n'y avait eu cette bouche sous la sienne, et la caméra du désir immédiatement déclenchée. Et c'était la vie, en fait, qui respirait en face de Julien, c'était la vie sensible, la possibilité donnée à cette vie d'être qualifiée d'heureuse ou malheureuse ; le risque aussi de ne plus rien valoir en tant que tel, de n'être estimé ou supporté qu'en fonction d'un autre œil : œil de Clarisse. Cet œil indépendant, étranger à Julien, à son enfance, cet œil indifférent, ignorant des secrets encore posés entre Julien et lui-même pendant de longues années, encore accumulés et soigneusement dissimulés ; et non pas forcément par lâcheté mais souvent par décence, ou par gentillesse ; toutes ces barrières, ces voiles, ces accommodements que Julien avait interposés entre sa vie et sa propre vision de sa vie ; masques et grimaces qui étaient devenus instinctifs, plus vrais peut-être dans leur refus de vérité et plus profonds dans leur goût du mensonge que bien d'autres instincts venus de l'enfance et prétendus naturels. Ces masques, déjà, il se refusait à les renier, les déchirer, même avec l'aide d'une autre. Il se refusait à effacer toute trace de cette cohabitation honteuse et coupable avec lui-même sous prétexte de partage, de sincérité. À moins que, et cela serait le pire et le plus souhaitable, peut-être, cette liaison inavouable entre lui et lui-même restât inavouée. Ces masques de carton seraient embrassés à pleine bouche et ces faux cheveux lissés par des mains chaudes. Alors là, il le savait, à l'abri de ces comédies, il s'ennuierait, il n'aimerait pas, il serait sauvé.

Et déjà rallié à cette dernière hypothèse, atroce mais si probable, Julien respirait de soulagement, regrettait presque le temps heureux où il aurait pu brûler tous ses vaisseaux, livrer son cœur et laisser quelqu'un donner un sens à sa vie, c'est-à-dire un ton. Et Julien, s'imaginant aussitôt avoir manqué l'amour, Julien désolé de son impossibilité à aimer, infirmité presque glorieuse puisque ramassée sur des champs de bataille, Julien tendit dans le noir, les yeux fermés, un visage impatient et triomphant. Mais le temps que le visage de Clarisse se rapproche du sien, Julien eut le temps de regretter l'amour. S'il aimait, son futur se peuplait, les rues, les plages, les soleils, les villes redevenaient réels, souhaitables même, puisque à montrer, à partager. La terre acceptée comme ronde redevenait plate, ouverte comme la paume d'une main à parcourir, des concerts se répétaient, des musées se rouvraient, des avions retrouvaient leurs horaires. Et s'il aimait, il lui serait aussi possible de partager tous ces trésors que de les oublier délibérément, les dédaigner pour une chambre d'hôtel, un lit, un visage. S'il aimait, son passé, cette histoire un peu démodée mais décente, irracontable, son passé mort avec sa mère, la seule qui ait eu envie jusqu'au bout de lui raconter cette enfance, de la tirer de sa banalité pour en faire une suite d'événements originaux, son passé lui-même devrait ressusciter et se présenter impétueux, intransigeant, tel l'adolescent qu'il s'efforcerait de décrire et d'enfanter toute mémoire faussée et tout souvenir trafiqué. Mais en définitive, Julien ne serait jamais plus sincère que dans ces mensonges-là puisque, cherchant à séduire Clarisse, ce qu'il dévoilait en profondeur par ses mensonges dans leur déformation même, c'est ce qui était séduisant à ses yeux à lui, Julien. Ce qu'il dessinait ainsi à travers un adolescent exemplairement faux, c'est l'adulte qu'il était devenu, et d'autant plus sûrement que c'étaient ses rêves qu'il mettait ainsi au jour, ses rêves et ses regrets, seuls révélateurs irréfutables d'un homme. Repères bien plus fiables que les réalités, réalités qui comme toujours iraient s'échouer comme de douteux trophées sur les pages plates d'un calendrier où elles seraient datées, certifiées, reconnues par les bureaucrates gâteux de la mémoire ou du jugement moral. À travers ces faux récits et ces fausses anecdotes, ce serait la vraie vie sensible de Julien qu'il pourrait enfin raconter, vie qu'il dessinerait enfin logique, pleine, estimable et enfin heureuse ; car pour Julien, ce n'était pas la moindre des forces de l'amour que celle qui l'obligerait chaque fois à présenter à l'être aimé le reflet d'un homme heureux. Il se voulait heureux, gai, libre, fort. Qu'on l'aimât pour ses malheurs lui eût semblé une insulte à sa virilité puisque Julien, tout autant que ses plaisirs, aimait les devoirs de l'amour. C'est donc en regardant cette image de lui-même, cette image généreuse et sentimentale, que Julien reçut sur ses lèvres le baiser à peine appuyé de Clarisse. Seulement lorsque Clarisse se redressa, la terre bascula et tout redevint à la fois possible et infernal, puisqu'en courant vers la lumière, Clarisse, déjà enfuie, lui disait la première : « Il ne faudra pas recommencer. »

La terre tanguait un peu sous le pied des passagers après trois jours seulement de croisière. « Ce sera du joli au retour… » fit remarquer Simon Béjard. Edma Bautet-Lebrêche, quoique toujours un peu rebutée par la forme de ses propos, ne laissait pas d'être vaguement approbatrice quant à leur fond. Ce rude bon sens, après les commentaires lointains, futiles et distants de ses amis mondains, cette appréhension brutale de la réalité traduite en termes joviaux et crus, lui semblaient finalement des plus réconfortants. Et même des plus tolérants, les sarcasmes brutaux de Simon n'ayant pas la moindre once de méchanceté ; en somme, Simon Béjard n'était pas loin de représenter le « peuple » pour Edma Bautet-Lebrêche. Ce peuple qu'elle ne connaissait pas et dont l'avait séparée tout autant, sinon plus, que son mariage luxueux, une enfance laborieusement bourgeoise. De plus, l'admiration de Simon Béjard était contagieuse tant elle était naïve. Elle était même attendrissante par instants.

« Ça alors… disait-il dans la calèche qui les amenait au petit trot à la Piazzetta, Charley, Edma et lui (Olga et Éric avaient préféré, disaient-ils, s'y rendre en taxi), ça alors, c'est un coin superbe ! Je vais venir tourner ici, moi ! » marmonna-t-il dans un sursaut de professionnalisme mais sans grande conviction, car pour une fois, Simon ne pensait pas en termes d'utilité mais en termes de gratuité.

« N'est-ce pas que c'est beau ? dit Edma Bautet-Lebrêche flattée, qui s'était approprié aussitôt Capri et ses charmes par un réflexe universel. C'est assez renversant, non ? » ajouta-t-elle, selon le pli propre aux mondains – et à certains intellectuels – d'ajouter un petit adverbe restrictif à un adjectif flamboyant.

Elle trouvait ainsi Hitler « plutôt abominable » et Shakespeare « assez génial », etc. Son « assez renversant » parut faible à Simon en tout cas.

« Je n'avais jamais vu une mer pareille… dit-il. Quelle belle garce ! »

Edma broncha ; mais en effet, la mer était étalée dans tous ses draps, du bleu nuit au bleu délavé, des pourpres flamboyants aux roses impudiques, du noir au gris d'acier, comme une courtisane, et elle s'alanguissait dans ces couleurs mêlées avec narcissisme, et sans doute des plaisirs solitaires dont la surface crémeuse et lisse, argentée, ne reflétait rien.

« Comment trouvez-vous la Piazzetta, Simon ?

— Je ne vois rien », grommela celui-ci. Car la Piazzetta, illuminée, était bourrée de shorts, de Kodak, de sacs à dos parmi lesquels il ne trouvait ni Olga ni Éric.

« Ils doivent être au *Quisisana*, c'est le seul bar tranquille : celui de l'hôtel. Allons-y. Vous venez, Simon ? »

Mais ils n'étaient ni au *Quisisana*, ni au *Number 2*, ni à la *Paziella*, ni « nulle part », constata Simon avec une irritabilité croissante, peu à peu transformée en déception, puis en chagrin. Il avait rêvé de voir Capri avec Olga, de mêler les rêves de son enfance à la réalité de son âge mûr. Il était d'autant plus triste qu'Edma et Charley, d'abord optimistes et rassurants, adoptaient peu à peu un ton apitoyé, lui parlaient affectueusement, riaient de plus en plus fort à ses plaisanteries, de plus en plus rares, sinon de plus en plus légères.

« Ils ont dû rentrer à bord, dit Edma en ressortant de la sixième boîte de nuit et en s'installant sur un petit mur bas, les jambes lourdes. Je suis claquée… dit-elle. Nous devrions rentrer aussi. Ils doivent nous attendre.

— Les pauvres… ! Ils sont même peut-être furieux ! dit Simon amèrement. Il faudra nous excuser, peut-être ! Moi aussi, je suis claqué, avoua-t-il en s'asseyant près d'Edma.

— Je vais vous chercher à boire en face », proposa Charley, que consoler le chagrin d'autrui ne consolait pas du sien, car il n'avait pas trouvé trace d'Andréas malgré ses questions indiscrètes. Et pourtant, avec la beauté de celui-ci et au bras de la Doriacci, ils n'avaient pu passer inaperçus… Il allait profiter de sa mission pour questionner Pablo, le barman du *Number 2*, toujours au courant de tout à Capri.

Charley partit donc de son pas dansant, un peu trop juvénile, mais son port de tête ne correspondait pas à sa démarche, n'indiquait aucune gaieté, et Edma savait pourquoi. « Ah ! c'était drôle, la fête à Capri, entre ces deux cœurs brisés !… » Elle se félicitait pour une fois de sa chasteté volontaire… Enfin, volontaire, tout au moins délibérée.

Éric avait payé le taxi et Olga et lui s'étaient enfoncés dans les ruelles de Capri sans même se concerter. Il y avait un fort bel endroit, dont se souvenait Éric, qui donnait sur la mer et qui était à deux pas du *Quisisana*. Il s'arrêta à ce dernier un instant, palabra avec le concierge, puis revint vers Olga d'un air distrait. Malgré sa goujaterie permanente, Éric pensait qu'un petit préambule sentimental était nécessaire, qu'il ne pouvait décemment pas, sans le moindre baratin, traîner la jeune actrice dans un lit. La jeune actrice qui n'en pensait pas moins : « C'était si émouvant, Fernande, de voir cet homme, après tout si sûr de lui et sûr de ses succès féminins, de le voir prendre tant de détours pour m'avouer cette chose si simple : son désir… C'est que c'est un homme qui fait partie de cette génération délicieuse (et finalement plus virile qu'aucune autre) où on ne considérait pas comme acquis le corps d'une femme à l'instant qu'elle vous plaisait. Nous sommes restés dix minutes à échanger des banalités sur une terrasse avant qu'il ne se décide… Tu te rends compte ? J'étais émue aux larmes… »

En vérité, Olga, habituée à des mœurs plus expéditives, surtout dans ce milieu cinématographique où les hétérosexuels convaincus s'arrachaient comme des raretés, avait d'abord craint qu'Éric ne fût impuissant. Puis, quand il lui avait dit d'une voix faussement insouciante : « J'ai envie de vous », d'une voix qu'elle avait cru sentir vibrer de désir sous sa maîtrise, elle s'était dit malgré elle, un peu ironiquement : « Voilà dix minutes de fichues. » Une heure plus tard, elle eût été en droit de considérer que c'était aussi une heure de fichue, tant Éric s'était révélé expéditif, brutal et agacé, en tout cas aussi peu soucieux que possible de son plaisir à elle. S'il n'avait pas été directeur du *Forum*, elle l'eût même insulté fort trivialement, mais cette auréole fit qu'elle le trouva admirable de vigueur et d'une hâte touchante. Éric, lui, se rhabilla en deux minutes, content de ce succès pourtant facile, et se demandant déjà comment Clarisse pourrait en être avisée. Mais sur le pas de la porte, Olga l'arrêta d'une main posée sur son épaule. Il se retourna étonné.

« Qu'y a-t-il ? »

Elle battit des paupières, baissa les yeux pour murmurer :

« Ce fut divin, Éric... Vraiment divin...

— Il faudra recommencer », déclara-t-il poliment et sans la moindre conviction.

Ils avaient fait l'amour dans le noir et il eût été incapable de dire comment elle était faite. Olga dut insister pour qu'il lui offre une bouteille de chianti sur la terrasse de l'hôtel.

Andréas s'imaginait dansant, d'ailleurs avec enthousiasme, le tango ou le jerk dans des boîtes de nuit, mais il se retrouva dans une crique totalement déserte au pied de laquelle clapotait une mer tiède et transparente dans le noir. « On va se baigner », avait dit la Doriacci, et il la vit avec stupeur enlever ses chaussures, sa robe et ses peignes. Il vit son corps dodu et indistinct passer comme une tache blanche devant lui et aller s'ébrouer dans la mer avec des cris joyeux. Il n'imaginait pas un instant quelle force intérieure il avait fallu à cette femme pour s'exposer, nue, même dans l'obscurité, à un regard qu'elle pensait critique. Or ce regard ne l'était plus : eût-elle pesé deux fois son poids, eût-elle peut-être même été laide, Andréas ne l'aurait pas vu. Il était pénétré depuis trois jours d'un sentiment qui ressemblait beaucoup à la dévotion et qui, il s'en rendait bien compte, ne l'aiderait pas à faire la preuve de sa virilité. Les fards, les drapés, le port de tête de la Doriacci l'avaient rempli jusque-là d'une terreur respectueuse, aussi, quand il la vit s'ébattre dans l'eau avec des gestes patauds, quand ce visage marmoréen fut recouvert de cheveux mouillés et que la voix sonore fut réduite à quelques petits cris haut perchés occasionnés par le froid, la terreur chez Andréas céda devant l'instinct de protection. Andréas se déshabilla, courut dans la mer et rejoignit la Doriacci, l'attira dans ses bras et la ramena sur la plage avec décision, comme le soudard qu'il n'avait pu être pendant vingt-quatre heures. Ils restèrent longtemps après allongés sur le sable, parfaitement bien malgré le contact désagréable et froid du sable, et malgré un petit grelottement intermittent qui les faisait se serrer l'un contre l'autre comme des écoliers.

« Tu as fait exprès ? dit-il à voix basse.

— Exprès de quoi ? »

Elle était tournée vers lui et souriait, et il voyait l'éclat de ses dents et la masse de ses épaules et de sa tête sur le ciel clair.

« Exprès d'enlever tes peignes », dit-il.

Elle secoua la tête de droite à gauche :

« Je ne fais jamais rien exprès, dit-elle, sauf quand je chante : je n'ai jamais accepté de faire exprès quoi que ce soit d'autre.

— Moi si, dit-il naïvement. Tu ne sais pas ce que j'ai pu avoir honte…

— Vous êtes bien bêtes, vous les hommes, déclara-t-elle en allumant une cigarette et en la lui mettant dans la bouche. Vous avez des notions sur l'amour… Est-ce que tu sais ce que c'est, un bon amant, seulement, pour nous autres femmes ?

— Non, dit Andréas intrigué.

— C'est un homme qui nous trouve bonnes maîtresses, c'est tout. Et qui est de la même humeur que nous en faisant l'amour : triste si l'on est triste, gai si l'on est gaie, et pas le contraire. Les techniciens, c'est de la légende, dit-elle avec fermeté. Qui t'a donc appris quoi que ce soit sur les femmes ?

— Ma mère et mes tantes », dit Andréas.

Et elle commença par éclater de rire, puis l'écouta avec attention et une sorte d'affection maternelle, enfin, pendant qu'il racontait sa bizarre enfance. Mais elle se refusa, malgré ses prières, à lui parler de la sienne. « Elle aimait qu'on se livre mais elle ne se livrait pas », pensa Andréas avec mélancolie, mais une mélancolie pas assez grande pour atténuer son bonheur et le sentiment de triomphe qui l'habitait.

Ils se heurtèrent à Olga et Éric en arrivant à la passerelle. L'aube n'était pas loin dans le ciel, ni l'ivresse sur le pont où les attendaient Edma, Simon et Charley.

Ils avancèrent tous les quatre vers les rocking-chairs, la Doriacci et Andréas visiblement satisfaits l'un de l'autre – bien qu'elle ait dégagé sa main de celle du jeune homme – mais avec cet air d'innocence que donne le plaisir, ce qui faisait ressortir curieusement, par opposition, la culpabilité des deux autres. L'air guindé et froid d'Éric ne pouvait contrebalancer cette rectitude soumise et virginale posée comme un voile sur le visage d'Olga ; cet air si délibérément angélique qui était un aveu au bord de l'insulte. Tout au moins, c'est ce que pensèrent Charley et Edma, et ils baissèrent les yeux précipitamment comme si Simon eût pu y voir le reflet de cette certitude et être obligé de réagir. Mais Simon avait trop bu, était trop ivre, et, bien que clair, l'aveu lui parut involontaire. Ce serait une chose qu'il réglerait en tête à tête, et encore n'était-il pas sûr d'en avoir le courage. Il se sentait coupable, d'ores et déjà, de « savoir ». Olga s'assit près de lui avec un petit sourire faux et Éric, à contrecœur, s'assit à côté d'Edma qui ne le regardait pas.

À sa grande surprise, Edma – qui avait l'habitude, pourtant, de ces chassés-croisés – éprouvait une sorte de mépris, en tout cas d'aversion à l'égard de Lethuillier. Et Charley devait avoir les mêmes sentiments puisque lui non plus ne sembla pas même remarquer la présence du beau Viking à ses côtés.

« Si nous prenions encore un verre, non ? » dit Charley à la Doriacci visiblement hésitante.

La tension qui régnait à cette petite table nocturne était presque palpable. Mais Andréas qui s'en moquait et ne rêvait que de réitérer ses exploits amoureux, piaffa en maugréant qu'il était trop tard, ce qui décida la Doriacci : elle s'assit, étendit les jambes et demanda une limonade à son chevalier servant d'une voix impérieuse. Edma et Charley respirèrent. La présence de ces tiers – encore plus tiers qu'ils ne l'étaient eux-mêmes – éloignait le drame. (Il était rare qu'Edma cherchât à éviter un drame.)

« Nous vous avons cherchés partout », dit-elle d'une voix de tête qu'elle voulait pour une fois délibérément mondaine, espérant ainsi banaliser leur course et leur quête inutile à Capri.

« Ouais, ouais… Où étiez-vous donc ? » dit Simon d'un air goguenard et faussement sévère – un air bonasse en fait – et qui, lui aussi, tentait de dédramatiser les choses.

« Nous avons erré au hasard », dit Olga d'une voix atone, impersonnelle, d'une indifférence poussée à un tel point qu'Edma ressentit une violente envie de gifler tout à coup, et une fois de plus, cette féroce pimbêche.

Et en détournant les yeux, elle croisa le regard de la Doriacci, y lut le même désir, également refréné, et se sentit tout à coup une bouffée d'affection pour la Diva.

Au moins, celle-là se tenait bien : elle avait envie de chair fraîche, elle la prenait, sans faire de bruit ni de grimaces ; et là, allongée sur son fauteuil, l'air repu et content de l'être, le visage épanoui, amène, elle semblait dix fois plus jeune et naïve dans ses cinquante-cinq ans, que la petite Olga avec ses vingt-six ans dont elle était fière et dont, comme d'une vertu, elle accablait le malheureux Simon.

« Julien Peyrat n'est pas avec vous ? dit tout à coup Éric d'un ton soupçonneux, très inattendu, trouva Edma. Je ne l'ai pas vu à Capri, je croyais qu'il vous escortait ? demanda-t-il impérativement à Edma qui ne lui répondit pas, les yeux toujours fixés devant elle. Je croyais qu'il vous escortait ? reprit-il avec véhémence cette fois, et Charley s'interposa, tout à coup inquiet.

— Mais non, dit-il, Edma avait Simon et moi-même comme cavaliers servants… Edma… Mme Bautet-Lebrêche, veux-je dire, reprit-il précipitamment.

— Appelez-moi donc Edma, dit celle-ci d'un ton las, tout au moins quand M. Bautet-Lebrêche n'est pas là », ajouta-t-elle avec dérision.

Et elle se mit à rire. Charley hennit derrière elle, mais leurs rires n'eurent pas d'écho.

« Peyrat est resté sur le bateau, donc, marmonna Éric.

— Il a dû tenir la jambe à Kreuze, dit Charley obligeamment.

— Ah ! çà, il n'a pas dû s'ennuyer », dit Edma.

Et pour la première fois elle jeta à Éric un regard aigu, bien en face, un regard qui jubilait. Cet imbécile de Lethuillier était jaloux de sa femme, en plus ! Maintenant qu'elle y pensait, il se passait sûrement des choses entre ce charmant Peyrat et cette charmante Clarisse. À force qu'il n'y ait rien de visible entre eux, il finissait par y avoir quelque chose d'évident… Elle s'étonnait de ne pas y avoir pensé plus tôt ! Éric soutint son regard un instant avec un sentiment qui ressemblait à de la haine dans les yeux, puis il battit des paupières et se leva brusquement.

« Je reviens », dit-il, à l'intention d'on ne savait trop qui.

Et il partit à grands pas, s'éloignant du cercle. Et très vite on ne vit plus que la tache claire de son chandail qui disparaissait sur le pont…

Simon Béjard avait renversé la tête en arrière. Il semblait flotter vers d'autres rivages et effectivement il flottait entre deux vodkas, d'une part, et deux attitudes, d'autre part. Un, se lever, prendre l'air énergique et tirer Olga par le bras jusqu'à la cabine, qui était la solution numéro un, celle des films de metteurs en scène dits virils ; deux, prendre l'air indifférent, proposer un gin-rami (pourquoi pas ?) et parler d'autre chose, qui était la solution numéro deux, celle des films de metteurs en scène dits modernes. Sa solution à lui, Simon, dans son cinéma personnel, et sans succès, était de rester dans ce fauteuil à l'abri. À l'abri d'Edma et de Charley, à l'abri de sa bouteille de vodka qui n'était pas encore vide, et de s'enivrer jusqu'au petit matin, jusqu'au soleil de midi même. Il ne voulait pas, il ne pouvait pas affronter Olga seul à seule, dans cette petite pièce étroite, nantie d'un hublot, cette petite cabine luxueuse où il se sentait si mal finalement, depuis le départ. Car cela voudrait dire affronter une scène et s'entendre dire des choses cruelles (qu'il devinait cruelles), ou bien ne pas poser de questions, ne rien demander, et affronter un mépris silencieux, grandissant et injuste qui, il le savait, constituerait une sorte de dette de sa part. C'était bien le comble que d'être trompé et de pratiquement devoir s'en excuser… C'était pourtant là où il en était arrivé, il s'en rendit compte tout à coup avec terreur. Car les deux autres solutions, les solutions « normales » qui consistaient à flanquer une raclée à cette garce, à en exiger des excuses et des promesses, ou plus simplement à la débarquer ou descendre lui-même à la prochaine escale, sans autre forme de procès, ces deux autres solutions-là, les seules « convenables » aussi pour un homme, lui étaient déjà interdites. Il ne supportait pas l'idée de cette croisière sans Olga ; ni même des jours à venir sans la queue-de-cheval d'Olga, son corps mince et hâlé, ses gestes brusques, sa voix étudiée, sa tension, et ce visage enfantin qu'elle lui montrait en dormant, ce visage qui était, en somme, la seule chose qu'il puisse aimer vraiment chez elle et la seule chose dont elle ne fût pas responsable. Simon Béjard eut l'impression que le pont s'ouvrait sous ses pieds, comme dans un livre, une sorte de nausée lui emplit la gorge, mit de la sueur à son front ; et il admit enfin qu'il était amoureux pour de bon de cette petite garce qui ne l'aimait pas. Il ferma les yeux et eut une seconde un visage douloureux, terrorisé, qui lui donna l'air beaucoup plus jeune et beaucoup plus digne que d'habitude. Et une fois de plus, il n'y eut qu'Edma pour surprendre ce visage et pour s'en étonner. Instinctivement elle tendit la main dans le demi-jour et tapota le bras du fauteuil de Simon à côté de son bras, suffisamment près pour qu'il le sentît. Et il tourna la tête vers elle avec le regard d'un noyé, un noyé rouquin et écarlate, un rouquin ridiculement cramoisi et malheureux qui s'attacha définitivement ce qui restait de cœur à l'élégante Edma Bautet-Lebrêche.

Clarisse dormait. Éric était entré silencieusement dans la chambre, le visage dur, pris d'une colère aveugle contre il ne savait quoi, une rage sans aucun rapport avec l'ennuyeux mais bref intermède qu'avait été sa soirée avec Olga. Tout au moins aurait-il dû éprouver un plaisir d'orgueil de cette soirée, mais il ne lui restait rien qu'un sentiment obscur d'avoir été blousé. Mais par qui ? Il aurait aimé que ce fût par cette femme endormie, qu'il en eût la preuve flagrante en rentrant dans cette cabine : il aurait aimé la trouver dans les bras de ce Peyrat et avoir ainsi un prétexte pour la frapper, l'insulter, lui faire payer ces trois heures assommantes et triviales, pour lui faire payer la promiscuité de ce taxi avec cette fille en chasse, pour lui faire payer la foule vulgaire sur cette Piazzetta, le sourire entendu du concierge de l'hôtel et son obséquiosité complaisante, pour lui faire payer le contact de ce corps étranger contre le sien, les petits cris et les petits soubresauts simulés de cette débile dans ses bras, pour lui faire payer ce chianti sirupeux et interminable qu'il avait dû boire, après, pour fêter ça. À la fois il aurait aimé la trouver dans les bras de ce Peyrat en effet, et à la fois il ne l'aurait pas supporté. Éric restait immobile devant la couchette et devant le corps endormi de Clarisse. Il ne voyait que ses cheveux fauves sur l'oreiller. Il ne verrait jamais d'elle autre chose que ça : des cheveux sur un oreiller qui cachait un visage qu'il ne verrait plus jamais. Elle lui avait échappé. Elle lui avait échappé et il ne savait pas pourquoi ni comment il en était sûr. En même temps, il refoulait cette idée, il la rejetait comme un fantasme, comme un non-sens, comme une impossibilité totale. C'était sa femme, Clarisse, qu'il avait depuis longtemps réduite à sa merci, et cela ne changerait pas tant qu'il serait vivant.

Il tourna les talons brusquement et sortit en claquant la porte. Ainsi, quand il rentrerait, elle serait réveillée et à même de constater sur son visage toutes les traces de ses délices amoureuses avec Olga. Il lui semblait n'être resté qu'une minute au chevet de Clarisse, mais quand il remonta sur le pont, ce dernier était vide. Il ne vit qu'Ellédocq, sanglé dans son blazer bleu marine, et qui remettait d'un air solennel la chaîne de la passerelle. Le capitaine tourna vers lui un visage satisfait.

« Tout le monde est rentré à bord, dit-il. Nous repartons. »

Et il jeta un coup d'œil meurtrier vers Capri et ses feux, vers ce lieu de perdition, un coup d'œil qui en d'autres circonstances aurait peut-être fait sourire Éric.

Armand Bautet-Lebrêche était encore réveillé, hélas ! quand Edma regagna la cabine conjugale. Il ne s'endormait pas avant cinq heures du matin et se réveillait à neuf heures, aussi frais que puisse être un jeune vieillard plus très jeune. Il jeta un coup d'œil froid vers Edma, décoiffée et un peu ivre, sembla-t-il à Armand qui détestait cet état chez les femmes en général, et plus précisément chez la sienne. Or, ce n'est pas son air réprobateur qui attira l'attention d'Edma mais, bizarrement, son torse. Armand Bautet-Lebrêche portait un pyjama de soie rayée acheté chez Charvet, au col russe un peu large, et qui lui donnait l'air plus que jamais d'un oiseau déplumé. Les quelques poils follets et gris oubliés sur sa poitrine par la nature semblèrent tout à coup obscènes, littéralement, à Edma, et machinalement elle marcha vers lui. Et bien qu'il fût couché, c'est-à-dire d'après leur règlement, intouchable, elle lui ferma son col autour du cou et lui tapota l'épaule. Armand lui jeta un regard indigné.

« Pardon… dit-elle entre ses dents (ne sachant pas trop de quoi elle s'excusait d'ailleurs, mais vaguement coupable quand même). Vous ne dormiez pas ? reprit-elle.

— Non. Ai-je l'air de dormir ? »

« À question idiote, réponse idiote », pensa méchamment Armand. Lui-même ne savait pas pourquoi le geste d'Edma l'avait tellement agacé. En réalité, on eût tout à fait surpris l'un et l'autre en leur disant que l'origine de cette colère et de ce remords également confus était une infraction aux règles millénaires du chat couché. En attendant, Armand était de mauvaise humeur et il ne manquait plus que ça, songea Edma en s'asseyant sur sa couchette, les bras ballants. Cette soirée avait été infernale.

« Quelle soirée ! » dit-elle dans la direction d'Armand de nouveau enfoui dans ses blocs-notes et ses journaux financiers qui recouvraient le lit, et peu à peu la cabine entière. « Quelle soirée... » répéta-t-elle plus lentement et sans entrain.

Elle répugnait à se déshabiller, à se démaquiller surtout. Elle avait peur de se trouver vieille dans cette glace cruelle, surchargée d'acajou. En fait, elle avait joué le second rôle toute la soirée et ne pouvait s'empêcher d'y penser. Bien sûr, elle était le noyau de ses petits groupes, comme on le lui disait, mais elle n'en était plus la pulpe. De surcroît, ce soir, elle avait joué les confidentes, les dames d'œuvres, la figuration, quoi : elle en était arrivée là... ! Et de fait, comparés à ses rôles habituels de boutefeu ou de chroniqueuse féroce, les nouveaux rôles que lui suggérait sa nouvelle bonté lui apparaissaient bien plats.

« Figurez-vous... dit-elle de sa voix claironnante (qui provoqua un jappement caverneux chez l'exquis Fuschia, de l'autre côté de la cloison), figurez-vous, reprit-elle beaucoup plus bas, que ce pauvre Simon, et ce pauvre Charley aussi, d'ailleurs...

— Écoutez, dit Armand Bautet-Lebrêche, soyez gentille, ma chérie, épargnez-moi les misérables dépravitions de vos… enfin de *nos* compagnons de voyage… Déjà toute la journée, c'est un petit peu trop, non ? » ajouta-t-il avec un sourire gêné, car Edma, immobile, le regardait d'un drôle d'air.

« Qu'avait-il pu dire de si épouvantable ? » Après un petit silence, Edma se leva, se dirigea vers la salle de bains en passant devant lui. « Elle était d'une maigreur tout à fait exagérée », remarqua paisiblement Armand qui, au demeurant, ayant le même médecin que son épouse, savait qu'elle se portait fort bien.

« Finalement… dit la voix d'Edma dans la salle de bains, finalement, à part vos calculs et vos petits comptes, vous ne vous intéressez à personne, n'est-ce pas, Armand ?

— Mais si, ma chère, mais si : à vous et à tous nos vrais amis d'ailleurs, bien sûr… »

Il n'eut pas de réponse à la sienne, et d'ailleurs il n'en attendait pas. « Questions idiotes, réponses idiotes », songea-t-il encore. Quelle idée avait cette pauvre Edma ! Bien entendu, il s'intéressait à autrui ! bien entendu…

Enfin, « c'était étrange à quel point les actions de la Saxer stagnaient depuis quelques semaines… ». Il replongea dans ses chiffres, sensés, eux. De toute manière, il n'eût rien compris aux larmes qui hésitaient, tout intriguées d'être là, au coin des yeux d'Edma, de l'autre côté des pattes-d'oie.

Il y avait près de quarante ans maintenant qu'Armand tenait ce rôle de vieillard, précoce au début, d'homme qui n'avait jamais été jeune – rôle qui lui avait plu au départ car il l'avait dispensé de tout entrain, de toute agitation frénétique, tout ce qu'il abhorrait ; son rôle consistait, semblait-il, uniquement à payer les notes de restaurant ou d'hôtel oubliées par les joyeux drilles. Tâche ingrate, mais dont il s'occupait sans ennui, les moyens de dépenser l'argent ayant toujours paru aussi peu intéressants à Armand qu'étaient palpitants, au contraire, les moyens de le gagner. Ce rôle avait donc duré quelques lustres pour le bonheur de tous, mais il semblait à présent qu'on supportât moins les signes de la vieillesse sur les « déjà vieux » comme lui, que sur les « jamais âgés ». Ceux-ci, devenus de vieux fêtards, pouvaient arborer des graisses, des rougeurs, des ballonnements, des débraillés qui ne suscitaient chez sa femme qu'un commentaire attendri du style : « Ah ! il paie ses bonnes années… il n'a pas volé ses rides, lui. » En revanche, le moindre gramme de plus chez Armand, ou le moindre tremblement était interprété comme une déchéance. Il vieillissait, oui, disait-elle, et pourtant ce n'était pas faute d'avoir fait attention… C'est ainsi que cruellement pourchassé toute sa vie par des gens qui le rasaient et qu'il devait entretenir, Armand se retrouvait, quarante années plus tard, comme méprisé des mêmes pour l'avoir fait. Il semblait qu'aucun souvenir joyeux ne fût évoqué par son nom ; à part peut-être quelques enfants fous de sucreries, personne ne souriait à l'énoncé de son patronyme. En revanche, si l'on parlait de Gérard Lepalet ou d'Henri Vetzel, ceux qui avaient « brûlé la chandelle par les deux bouts », les fronts se détendaient et une sorte de sympathie reconnaissante tremblait dans la voix de ces dames. Or Armand se demandait, après tout, et après quelques expériences, si les exploits sexuels de ces beaux lions avaient été supérieurs aux siens. Ce genre d'hommes couchaient avec les femmes de leurs amis, tandis que lui couchait avec leurs secrétaires. Ces hommes-là rendaient leurs femmes malheureuses un temps, et lui rendait ces autres jeunes femmes plutôt à l'aise et confortables un autre temps. Il se demandait finalement quel était le mérite qui l'emportait, du premier ou du second. Ce qui choquait Armand, dans ces liaisons mondaines, c'était que la passion y fût mêlée, que ces gamineries provoquaient parfois un divorce chez des couples aux intérêts concordants, que bref, chez ces gens pourtant bien élevés, il faille parler d'amour, là aussi. Bien sûr, la pauvre Edma vieillissait et trouvait moins d'amants, mais c'était là chose classique ; Armand Bautet-Lebrêche ne s'était jamais dit que si Edma se sentait seule au point de le tromper, c'était peut-être parce qu'elle l'était et qu'il n'était pas le dernier artisan de cette solitude.

Dix minutes plus tard, tout le monde dormait sur le *Narcissus*.

Julien Peyrat sortait généralement du sommeil comme d'un naufrage, abasourdi et apeuré, mais cette fois-là, il eut l'impression que c'était une jeune et vigoureuse vague qui venait de le déposer, nu, dans ces draps froissés, au soleil éclatant de sa cabine, un soleil qui entrait à flots par le hublot, qui lui léchait les yeux en les lui ouvrant et qui, avant même de lui dire où il était, ni qui il était, lui déclarait, avant toute autre information, qu'il était heureux. « Heureux… je suis heureux », se répétait-il les yeux fermés, encore ignorant des raisons de ce bonheur mais déjà prêt à s'y abandonner. Et il se refusait à les rouvrir à présent, comme si ce beau bonheur involontaire eût été captif de ses paupières, et prêt à s'en enfuir. Il avait bien le temps : « On ferme les yeux des morts avec douceur, et c'est aussi avec douceur qu'il faut ouvrir les yeux des vivants. » D'où cela venait-il… ? Ah ! oui, c'était une phrase de Cocteau découverte dans un livre, vingt ans plus tôt, un livre lui-même découvert dans un train vide… Et Julien crut encore sentir l'odeur grise de ce train, et il crut même revoir la photo plate du grand pic neigeux qui lui faisait face dans ce wagon désert, et il crut revoir la phrase de Cocteau et ces signes noirs sur la page blanche. Encore aujourd'hui, de belles phrases ronronnantes, et qu'il croyait oubliées depuis longtemps, surgissaient ainsi à l'improviste dans sa mémoire. Et Julien, peu sûr de sa dernière adresse, trouvait quelque chose de miraculeux à se découvrir propriétaire sans le savoir : propriétaire de longues tirades raciniennes, faussement paisibles dans leur délié musical, propriétaire de formules étincelantes d'esprit, de sentences involontairement concises de fond grâce à la concision – voulue, celle-ci – de leur forme, propriétaire de mille poèmes mélangés. Dans le bric-à-brac débordé et résigné de sa mémoire, il s'était entassé une provision de paysages immobiles dans leur banalité, de musiques militaires, de refrains entraînants et vulgaires, d'odeurs presque toutes dérobées à l'enfance, de plans de vie figée, comme ceux d'un film. C'était un kaléidoscope ingouvernable qui défilait sous ses paupières à présent, et Julien, patient avec sa propre mémoire, attendait sans bouger que le visage de Clarisse, revenu dans sa mémoire sensible, voulût bien aussi revenir dans sa mémoire visuelle.

Les visages des deux autres femmes surgirent d'abord. Et c'étaient des visages pâles, méfiants, comme informés de leur disgrâce toute récente. Puis ce fut Andréas, échevelé, de profil sur le ciel, qui s'incrusta sans raison et qui fut suivi d'un chien jaune, allongé sur le port, au départ de Cannes. Enfin vinrent deux pianos, tête-bêche, irreconnaissables ceux-là, et dont Julien ne chercha pas à retrouver l'origine. Il savait bien qu'il y avait en fait quelques faux aussi, parmi ses souvenirs, et que de fausses images étaient mêlées aux vraies. Il ne cherchait plus depuis longtemps à reconnaître cette rivière de Chine, où il n'avait jamais été, ni cette vieille dame rieuse qu'il n'avait jamais vue, ni même ce calme port nordique, pourtant si familiers et si entêtés tous les trois dans leurs apparitions. Non, il ne reconnaissait ni cette rivière ni cette femme… Et non, il n'avait jamais mis les pieds dans ce port dont il pouvait pourtant sentir l'odeur, et même la décrire avec des adjectifs précis. Ces souvenirs-là, ces flashes-là, mêlés comme des chiens sans collier avec ses vrais souvenirs, les vécus, avaient dû appartenir un jour à quelqu'un d'autre, à quelqu'un qui était mort… Et jetées hors de leur coquille naturelle, hors de cette chose pourrissante à présent, et fondue dans la terre, ces pauvres images cherchaient un maître, une mémoire et un refuge. Pas toutes, d'ailleurs. Parfois certaines d'entre elles volaient, à peine entrevues, sans doute vers une autre mémoire plus accueillante et il ne les revoyait pas. Mais le plus souvent, lui semblait-il, elles s'incrustaient désespérément, revenaient des années entières, tentaient de se confondre avec les souvenirs réels, les légaux : en vain. Ce port inconnu mais brûlant de se faire reconnaître finirait sans doute par lâcher prise un jour… Il repartirait dans le noir se heurter à d'autres consciences éclairées – et closes, puisque vivantes –, il essaierait en vain de se glisser sous d'autres paupières. Il repartirait une fois de plus assaillir quelqu'un de son charme, de sa nostalgie… À moins que Julien, bon prince, ne décidât un jour, par la grâce de son imagination, de caser son pauvre port arbitrairement dans un vieux film de son enfance, ou dans un livre de classe, et ne se persuadât ainsi de l'authenticité de cet usurpateur.

Enfin le visage de Clarisse surgit devant lui, souriant dans le noir, et tout à coup extrêmement précis, s'immobilisa devant lui, longtemps. Assez longtemps pour qu'il puisse détailler les yeux clairs et allongés, des yeux effrayés et voluptueux, l'arête droite du nez et la pommette saillante dans la lumière du bar, et le dessin de la bouche dessous, rouge sous son fard, puis rose, presque beige, après leur baiser. Et Julien sentit tout à coup le contact exact de cette bouche sous la sienne, si précisément qu'il sursauta et rouvrit les yeux. Le visage de Clarisse disparut, bousculé par l'apparition d'une cabine d'acajou, d'un drap blanc et de cuivres étincelants au soleil : un soleil très haut, très arrogant, et dont un hublot laissé ouvert la veille, épuisé, battant au vent du matin, tentait encore vainement d'intercepter l'éclat. Un soleil qui ramenait Julien au jour, au jeu et au cynisme : comme pour compenser les effets de cette sentimentalité débordante qu'il ne se connaissait pas, ou plus, Julien Peyrat ouvrit son armoire, en tira le faux Marquet qu'il accrocha sur la cloison à la place de la goélette *Drake's Dream* qui la décorait jusque-là. Il était temps de fourguer son chef-d'œuvre à un gogo et d'être un petit peu retors, même si inconsciemment il en dépensait déjà le prix en cadeaux pour Clarisse.

Après quelques instants de contemplation, il le décrocha, et le remit soigneusement entre deux chemises, enveloppé de papier journal.

Clarisse, elle, se réveilla épouvantée, honteuse, et décidée à tout oublier de la soirée de la veille.

Dans la petite aube bleu pâle de Capri, un ciel d'un bleu tellement pâle que les premiers, les prudents rayons du soleil semblaient jaune vif, Simon n'avait pas eu trop de mal à simuler l'ivresse la plus totale pour regagner sa cabine, comme il comptait d'ailleurs simuler la migraine la plus forte en s'éveillant. La première partie de son plan se passa fort bien : il fut mis au lit par Charley, Edma, Olga. Il fut même bordé et voué par eux aux plus doux rêves. Olga par la suite tenta bien de le réveiller mais en vain. Simon avait poussé des ronflements si brutaux, si tonitruants, qu'elle y avait renoncé. Mais là, au réveil de midi, il aurait du mal, il le sentait bien, à échapper à cette grande scène des aveux que lui mijotait Olga depuis l'escale. Et ce serait une catastrophe que cette explication ! Une catastrophe pour lui, bien qu'il fût le défendeur, le plaignant, l'homme trompé. Car ou bien Olga, debout, prendrait l'air vertueux, douloureux et digne, nierait toute trahison, ce qui lui permettrait les cris de paon de la dignité colérique ; ou bien plutôt, assise, elle aurait en main sa tasse de café et lui raconterait avec tous les détails, d'une voix monocorde, les charmes de sa nuit adultère. Elle emploierait des mots très simples, délibérément, des mots « crus et naturels », des sortes de borborygmes coupés d'hésitations

« adolescentes », genre « Euh… euh… Ben… Oh ! là ! là… », qui étaient alors censés être le reflet de la jeunesse et son langage, censés être la vérité de l'époque, et qui étaient effectivement devenus un langage commun à beaucoup de cinéastes, de comédiens, de journalistes, et même d'écrivains, tous plutôt mûrs d'ailleurs. Simon voulait éviter ça ; il ne voulait pas savoir officiellement ce qu'il savait déjà, sensiblement. Ce n'était pas, comme le croyait Olga, un refus de sa vanité, de sa susceptibilité virile : c'était tout bonnement pour ne pas souffrir, pour ne pas avoir à imaginer, placer, voir Olga dans les bras d'un autre homme. Mais ces raisons-là pour refuser ces aveux si doux au cœur d'Olga, semblait-il, il ne fallait pas qu'elle les sache. Car si elle le savait épris d'elle, elle le piétinerait avec un bonheur sans mélange. Et déjà c'était assez extravagant pour Simon, la manière dont il souffrait sur cette couchette dure, aux draps trop tirés et sur laquelle il gisait à plat ventre, la tête dans l'oreiller comme quand il avait douze ans. Il avait l'impression que son cœur s'alourdissait de sang malgré les espèces de ponctions qu'y faisaient certaines images, certains désirs, là aussi à propos d'une femme qui était alors une petite fille de son âge avec des tresses. Il s'était bien cru à l'abri de ça depuis vingt ans ; sa vie sentimentale avait été tellement subordonnée à sa vie matérielle… Il ne lui restait rien à perdre, même pour un fol amour, avait-il cru imprudemment, ni les femmes vampires, ni les femmes envahissantes, ni les autobus qu'on attend sous la pluie, ni les chaussures trop petites que l'on doit amortir. Il s'était cru sauvé de tout cela en même temps que des regards condescendants des garçons du *Fouquet's* par son triomphe à Cannes, par son succès. Mais cette servitude-là, allait-il la changer pour une autre dont il n'imaginait même pas en ce moment qu'elle pût être pire ?

Tout lui était venu par le succès d'ailleurs. Il avait rencontré Olga à Cannes parce qu'elle y était en tant que comédienne, en tant que valeur montante, et elle l'avait suivi en tant qu'ambitieuse. Elle avait donc un cœur plutôt armé, assez armé en tout cas pour que l'absence de toute sentimentalité chez Simon ne lui soit pas cruelle. Il avait choisi Olga parce qu'elle ressemblait à ses critères esthétiques et parce qu'elle était physiquement trois rangs au-dessus vraiment de toutes celles qui l'avaient précédée. Et après tout, Olga avait été un hasard, un hasard qui était une nécessité, et une de ces nécessités implacables que produisent les passions. Malheureusement pour Simon, c'était dans la peine, la jalousie et la déception que commençait son premier amour, comme il le croyait, oubliant que depuis vingt ans, il avait offert le mariage à une demi-douzaine de tendres ou odieuses personnes. Toutes ces femmes, il se le rappelait fort bien maintenant, avaient été touchées par ses propositions conjugales et avaient gardé à Simon une sorte d'affection de même style. Mais Olga, il le savait, lui rirait au nez et raconterait cette folie au Tout-Paris du cinéma. Il devait être logique et lucide : Olga ne l'aimait pas. « Pas vraiment, pas encore… », cria une petite voix affolée dans la mécanique bien rodée de l'esprit de Simon. Une petite voix qui se refusait au malheur et qui, à travers tous les échecs, les faillites et les catastrophes matérielles de sa vie aventureuse, lui avait rebattu les oreilles toujours de cette petite phrase imbécile : « Ça va s'arranger. » Et d'ailleurs, souvent cela s'était arrangé pour lui, presque malgré lui. « La vie décidait tout pour nous », se répétait

Simon, les yeux clos, ne sachant pas que c'était lui qui à force d'ambition, de courage et d'enthousiasme avait arrangé les choses. De toute manière cette fois-ci, ce n'était pas le courage, l'enthousiasme ni l'entêtement de Simon qui étaient requis, c'étaient ceux d'Olga.

Cette dernière n'était pas dans son lit quand Simon releva la tête de l'abri du traversin, et il eut un moment d'espoir. Elle avait dû se réveiller avant lui pour une fois, et afin de le laisser dormir était allée prendre son petit déjeuner dans la grande salle. C'était vraiment gentil de sa part, surtout quand on savait, comme Simon, quelles difficultés Olga éprouvait à se lever sans son petit déjeuner. Elle avait du courage, cette fille… c'était vrai. Et de bons sentiments au fond puisqu'ils lui inspiraient la protection de son repos à lui, Simon. Il se réconfortait, se réchauffait à cette idée après ses premières réflexions cruelles. Car le pantalon de toile, le T-shirt brodé, le minuscule slip et la lourde ceinture aztèque jetés en vrac sur le fauteuil club de la cabine lui avaient fait imaginer les mains d'Éric posées sur ces vêtements, les mains d'Éric les jetant ailleurs avant de se poser sur la peau nue d'Olga. Simon à cette idée avait refermé les yeux et s'était retiré sous ses draps, comme Clarisse dans la cabine voisine. Le fracas d'un verre à dents dégringolant à côté acheva de le réveiller, suivi d'un « Merde ! » convaincu. Mais hélas ! ce dernier fut suivi d'un « Remerde ! » aussi haut mais qui se savait écouté et qui chantait sur la dernière syllabe.

« Simon, dit la voix d'Olga, tu dors ? »

Il referma les yeux, mais elle répétait « Simon… Simon… » d'une voix de plus en plus claironnante, et elle passa dans la chambre, se pencha sur son lit.

« Simon, dit-elle, réveille-toi... Réveillez-vous, corrigea-t-elle (car elle trouvait très élégant ce voussoiement entre amants, dont le premier exemple lui avait été donné dans un film de série B qui retraçait les amours de lady Hamilton avec l'amiral Nelson, et Simon, pour lui plaire, s'y essayait aussi). Il faut que je vous parle », dit-elle plus fort et en le secouant un peu d'une main délicate (trop délicate visiblement pour se poser sur le front ou les cheveux de Simon, trop délicate pour supporter d'autre contact que celui du pyjama).

Ces impressions, ces intuitions féroces à son propre égard glissaient comme des poissons à la surface de l'eau, glissaient dans la conscience de Simon, ne s'y attardaient pas, filaient aussitôt emportées par le grand torrent encore puissant qui était l'optimisme de Simon Béjard.

« Du thé... dit-il d'une voix misérable. Du thé, du thé... j'ai soif... J'ai une migraine... Quelle migraine... dit-il. Mon Dieu... »

Il reposa sa tête dans l'oreiller avec une plainte à peine exagérée et où il entrait beaucoup de terreur : Olga s'apprêtait vraiment à lui faire des aveux, une confession complète... Olga devait être grisée. Peut-être même l'avait-elle écrite, cette confession, pendant la nuit... Simon avait retrouvé, deux ou trois fois ainsi, griffonnés sur un cahier, comme des brouillons de leur conversation à venir, brouillons dont il avait d'ailleurs à peine troublé le déroulement, prévu et voulu par Olga ; brouillons où il avait retrouvé aussi dans leur presque intégralité les quelques formules lapidaires et compliquées, bien que plus ou moins simplistes, qu'il avait entendues auparavant de vive voix. Comment ferait-il pour échapper à Olga pendant les sept derniers jours, les seuls jours où la proximité de sa faute en rendait encore l'aveu possible ?

Aveu qui plus tard ne s'appliquerait à rien de vil, sinon à un accident banal et vaguement honteux, ou alors à une liaison définitivement engagée et plus difficile, donc, à avouer, à raconter lyriquement. En attendant, elle demandait du thé au téléphone, d'une voix mondaine et sucrée, une nouvelle voix qu'elle étrennait avec le personnel du bateau, remarqua Simon pour la deuxième fois. Elle en faisait trop. Mais il préférait qu'elle en fasse trop que pas assez. Il préférait cet empressement démagogique au détachement « souverain et agacé » dont à ses yeux elle usait jusque-là avec le personnel – ne regardant même pas en face les garçons ni les maîtres d'hôtel.

« Je vous trouve beaucoup plus aimable avec la valetaille, dit-il quand elle eut raccroché, est-ce que je rêve ?

— Je n'ai jamais été désagréable avec un employé, dit Olga. Bien plus ! je vous le signale, certain ton d'autorité est celui que tout bon domestique reconnaît et apprécie.

— Eh bien, moi, je trouve ça bizarre pour une femme de gauche, dit Simon d'un air distrait. Je trouve ça bizarre de le prendre de haut avec les domestiques, comme vous dites. »

Il se sentait héroïque, d'un héroïsme dangereux, mais qui lui éviterait peut-être, grâce à une nouvelle scène, celle des aveux. Olga le regardait en face, l'œil glacé. Puis elle lui sourit lentement, pensivement, la lèvre supérieure un peu relevée comme chaque fois qu'elle était vexée par quelqu'un, et prête à faire du mal à ce quelqu'un, délibérément, même si cet affront avait été involontaire.

« Vous ne comprenez pas, parce que vous n'avez pas été élevé avec du personnel autour de vous, dit-elle de cette voix calme qu'il connaissait comme étant celle chez Olga de la colère aveugle. Ça ne s'apprend pas, bizarrement, l'aisance avec la domesticité. C'est trop tard, Simon… »

Elle lui sourit un peu plus et continua :

« Enfin, pour vous expliquer un peu, ce n'est pas l'homme, l'être humain, que je snobe, c'est sa spécificité de maître d'hôtel, son costume, son attitude obséquieuse ; c'est ça qui me fait honte pour lui, parce qu'il est un homme dessous et un homme qui me vaut sans doute. C'est au seul uniforme que j'adresse mes sarcasmes, vous comprenez ? Pas à l'être humain.

— Moi, oui, dit Simon, je comprends, mais lui ne sait peut-être pas tout ça… Tiens, d'ailleurs voici le thé, dit-il avec entrain car le steward entrait, et portait sur le lit des corbeilles de croissants, de fruits, des plus agréables à voir. Je meurs de faim, dit Simon joyeusement.

— Moi aussi, je n'ai pas vraiment dîné hier soir. Je n'avais pas faim, il faut dire. »

La voix d'Olga pour dire ça était solennelle, d'une solennité disproportionnée à ce jeûne. Le garçon qui les servait avait ouvert les rideaux du hublot et s'apprêtait à disparaître quand Simon, épouvanté, claqua des doigts dans sa direction et rougit aussitôt.

« Oh ! pardon… dit-il. Excusez-moi (et il refit le geste en souriant), c'est machinal… »

Olga avait détourné la tête d'un air écœuré, peiné, mais le petit steward souriait à Simon.

« Pourriez-vous me rapporter, quand vous en aurez le temps, un grape-fruit pressé ? Un grape-fruit frais, si vous en avez.

— Il me faudra peut-être dix minutes, dit le steward avant de sortir. Tout le monde sonne en même temps à cette heure-ci.

— Ça ne fait rien, dit Simon qui se tourna vers Olga et s'étonna ostensiblement de son air courroucé. Qu'y a-t-il ? Vous en vouliez un aussi ? Vous prendrez le mien.

— Non, merci, non, je ne peux pas vous parler devant un steward sans m'interrompre. Je ne peux pas parler devant eux, c'est une habitude d'enfance, et absolue ! Mon père ne supportait pas qu'on révélât rien de notre intimité à des inconnus, même familiers. »

Simon sentit sa gorge se serrer sous l'emprise d'une pitié nerveuse et inopportune, « cette pauvre Olga dans son peignoir de soie chinoise brodé de petites fleurs et d'oiseaux cramoisis, cette pauvre Olga avec son peignoir de pute parlant comme dans les mauvais romans de gare… ».

« Dix minutes, c'est long de toute façon, dit Simon. Que vouliez-vous me dire ?… J'espère que vous n'avez pas de reproches à me faire pour hier soir, enchaîna-t-il rapidement. J'étais tellement ivre que je ne me rappelle rien, mais alors rien de la soirée. Je vous écoute. »

Mais il savait bien qu'il fallait du temps à Olga pour sa grande scène du deux, et qu'elle ne supporterait pas la moindre interruption. Dix minutes… dix malheureuses minutes pour son rôle, c'eût été du gâchis. Simon sifflait comme un merle en se rasant dans la salle de bains, puis laissa la place à Olga qui s'installa devant la glace, et, avec la même technique qu'une vieille maquilleuse de studio, commença à se faire une tête de femme qui avoue. À tout hasard, elle renforça le rouge de la honte à ses pommettes par un fard un peu vif, creusa ses joues, fit retomber ses paupières, se transforma en femme de trente ans, et en femme coupable, en l'espace de vingt minutes. Elle se jeta un dernier coup d'œil dans la glace avant de rentrer dans la chambre, l'air solennel, et de se rendre compte que la chambre était vide et l'homme trompé envolé.

L'homme trompé qui était parti, son chandail sous le bras et ses chaussures à la main, essayait vainement de chausser celles-ci dans la coursive – vainement car le bateau bougeait sous un début de houle. Un mouvement brutal, par une vague plus forte, fit entrer Simon Béjard, à petits pas pressés, les chaussures à la main, titubant et tête baissée, dans la cabine d'Edma et Armand Bautet-Lebrêche, où il fit une entrée fort remarquée, surtout à la fin de sa trajectoire qui l'amena buter sur le lit d'Edma, allongée et stupéfaite, Edma sur laquelle il bascula comme un soudard frénétique, et sous les yeux impuissants d'Armand Bautet-Lebrêche que la même vague efficace avait jeté et coincé sur le porte-valise, replié par le choc autour de ses hanches. Sa stupéfaction fut de courte durée car, du même mouvement souple et déraisonnable, la vague arracha Simon du lit d'Edma Bautet-Lebrêche et l'en éloigna, toujours à petits pas éperdus mais cette fois à reculons. Cela, jusqu'à la coursive où elle le fit accoster de dos, brutalement, tandis qu'elle refermait la porte des Bautet-Lebrêche sur leur intimité maritale un instant dévoilée, avec la même vigueur qu'elle avait mise à la forcer. C'était une vague d'équinoxe, indubitablement, songea confusément Simon.

« C'est votre flirt, naturellement ? » demanda Armand Bautet-Lebrêche, l'air agacé, à son épouse, la spirituelle Edma Bautet-Lebrêche, qui, pour une fois dans sa vie, en resta coite.

Après avoir essayé en vain tous les éléments de son trousseau, c'est-à-dire deux vestes et deux pantalons qui allaient ensemble, plus un complet gris-bleu, Julien, qui se trouvait affreux dans tous (il les avait achetés à la va-vite à Cannes, ne pouvant savoir qu'il allait tomber amoureux pendant le voyage), Julien, donc, désemparé, fit appeler Charley, Charley Bollinger, l'arbitre des élégances – tout au moins sur le *Narcissus*.

« Comment me trouvez-vous, Charley ? demanda-t-il avec anxiété, à la vive surprise de Charley dont l'esprit romanesque s'éveilla aussitôt :

— Mais très très sympathique ! » dit-il avec chaleur et curiosité – d'un seul coup toutes voiles et toutes antennes dehors –, ravi de recevoir des confidences comme de donner des conseils, oreille ou oracle, prêt à toute scène qui lui laissait un rôle, même périlleux. Il s'imaginait le soir jouant au gin-rami avec Éric Lethuillier, stoïque, sans même un battement de cils malgré le bruit léger, le clapotement du canot de sauvetage s'éloignant dans la nuit à force de rames, menant au bonheur Clarisse Lethuillier et Julien Peyrat. Il abrégea donc ces compliments inutiles :

« Très très charmant, très sympathique, cher… cher monsieur !…

— Cher Julien, dit celui-ci. Non, je voulais dire : comment me trouvez-vous physiquement ? »

Là, Charley resta pantois un instant et fut saisi, un instant aussi, d'un espoir extravagant : puisque Andréas ne le regardait même pas, puisqu'il ignorait l'existence même de son amour, peut-être était-il possible de voir Charley consolé par Julien Peyrat… Non, impensable. Ce Julien Peyrat était un vrai cinglé, mais un vrai mâle… Cela dit, c'était dommage… très dommage. Il rougit un peu en répondant :

« Vous voulez dire, aux yeux d'un homme, ou d'une femme ?

— D'une femme, bien sûr, dit Julien innocemment. (Et le fantôme de l'espoir chez Charley disparut complètement.) Croyez-vous qu'une femme puisse s'éprendre d'un type habillé à la fois sport et triste comme moi ? J'ai l'air d'un demi-sel de Bruges.

— Ça, dit Charley, vous êtes très très "*mixed*" au point de vue vestimentaire, mon cher Julien. Voyons, quel gâchis !… Avec ce physique de reître, de reître aimable en plus !… Voyons un peu cette garde-robe… Si, si… mettez-moi tout ça, je veux tout voir sur vous… »

Julien passa ses trois tenues en maugréant contre lui-même et ses coquetteries ridicules. Il revint après le troisième tableau en peignoir de bain, et regarda Charley qui était resté impassible pendant ce défilé.

« Alors ?

— Alors c'est ce maillot de bain qui vous va le mieux ! Vous êtes plus naturel, ha, ha, ha… (il avait un rire pointu, un rire de ferraille qui donna brusquement envie à Julien de lui mettre la tête en bas comme une tirelire). C'est rigolo, Julien, continua-t-il, vous ne vous en rendez pas compte sûrement, mais vous changez de tête selon votre vestiaire : vous prenez l'air snob avec le complet gris, l'air voyou avec le polo – un voyou sportif et bien élevé, bien pieux, c'est vrai. Avec votre pantalon de velours et votre malheureuse, votre agonisante veste de tweed, en revanche, vous prenez l'air arrogant, calme, très très Anglais titré ! Il ne vous manque qu'une pipe et un chien de chasse… C'est inconscient ?

— Tout à fait », dit Julien vexé.

Et c'est à peine s'il remercia Charley avant de cingler vers la piscine. Un bain froid, espérait-il, le réveillerait un peu de sa bêtise et de ses rêveries de collégien.

Il crawla trois minutes – son maximum – mais il était dans le petit bain, avec de l'eau à mi-mollets et un peu grelottant quand Clarisse arriva. Il se sentait minable, hérissé de chair de poule, les pieds dans l'eau. Quand elle vint vers lui en pataugeant à son tour et qu'elle lui tendit la main, les yeux détournés, l'air digne, mais elle aussi dans l'eau à mi-mollets, Julien se sentit mieux, plus à égalité. Il lui lança un sourire furtif et rassuré quand même car Clarisse, démaquillée pour la piscine, était bien la même femme que la veille.

« Quand puis-je vous voir ? » dit Julien à voix basse (car les Bautet-Lebrêche venaient d'arriver au bord de la piscine et déployaient des kilomètres de tissu éponge, des litres d'huile solaire, des livres, des cigarettes, des petits oreillers, des écrans argentés, des revues, des citronnades, tout un fourbi extravagant sous lequel pliait le pauvre Armand, d'autant plus injustement que pour sa part il ne profitait du soleil que sous un parasol et à l'abri du bar). Edma leur fit un signe de la main et un petit sourire complice qui paracheva la terreur de Clarisse.

« Il ne faut plus nous revoir, dit-elle très vite. Il ne faut pas. Il ne faut plus nous revoir, Julien, je vous assure… »

Comme si lui, Julien, pouvait à présent passer près d'elle et ne plus l'embrasser. Ou se réveiller sans son image sur la table de nuit ! Comme s'il allait la laisser aux mains de ce butor qui la faisait souffrir, comme s'il était vraiment un bon à rien, un jean-foutre, un incapable… Ah ! il était temps qu'il vende ce Marquet pour qu'il puisse prendre la fuite avec elle… Il imaginait très très bien Clarisse aux courses, et même Clarisse avec ses copains des courses. Il l'imaginait partout où il avait coutume de se rendre… Il n'imaginait même plus ces endroits sans elle…

« Mais, dit-il avec une gaieté qui ne portait pas à le croire, mais je vous aime, Clarisse. »

Et, comme s'il se rendait compte de ce divorce entre ses paroles et sa voix, il lui prit le poignet dans ses doigts, la tint fermement, mais de l'autre main lui lissa les cheveux d'un geste paternel.

« Je dis ça en riant, ajouta-t-il à voix basse, parce que je suis heureux… ça me rend heureux. C'est bon, je vous aime : cette idée me rend heureux… Pas vous ? »

Il avait son regard de cocker et la main de la même température que celle de Clarisse. Il avait le même contact et la même texture de peau, aussi elle eut bien du mal à lui répondre que non, elle n'aimait pas l'idée d'aimer. Que non, elle ne voulait pas l'aimer. Que non, aimer la rendait malheureuse…

« Vous n'avez jamais été heureuse et amoureuse à la fois ? dit Julien indigné. Mais justement, il faut que ça vous arrive… »

Mais Clarisse n'eut pas à répondre. La voix d'Edma s'élevait comme une sirène au-dessus de leurs têtes :

« Si nous dansions un peu ce soir à Syracuse ? disait-elle. Après le récital, un peu de danse nous dégourdirait les jambes… Il doit bien y avoir de vieux disques charmants sur ce bateau, non ? (Elle respira à fond.) CHARLEY ! hurla-t-elle (ce qui remit tous les nageurs à la verticale et tous les journaux à l'horizontale), CHARLEY ! HOUHOU !… reprit-elle d'une voix suraiguë avant d'expliquer à Julien et Clarisse encore saisis : Charley n'est jamais bien loin… »

Et, en effet, en même temps que les deux barmen arrachés à leur sieste s'ébrouaient, Charley arriva en courant, de son petit galop dansant sur la pointe des pieds, les deux coudes éloignés du corps comme un balancier, le souffle court.

« Mais qu'y a-t-il ? dit-il, freinant à mort sur le bord glissant de la piscine et s'arrêtant par miracle aux pieds d'Edma.

— Nous adorerions danser ce soir, mon Charley joli, pour nous dégourdir les jambes après le récital… N'est-ce pas, ajouta-t-elle vers Julien et Clarisse qui machinalement hochèrent la tête en signe d'approbation. Mon petit Charley, où sont les disques et le pick-up ? »

Elle avait l'habitude décidément bien ancrée de s'approprier le bateau comme un hôtel ou un train, et d'utiliser le « nous » même en dehors de chez elle.

« J'y vais, dit Charley. Quelle chance, ces danses. Nous avions ouvert le bal au début de la Croisière, mais pendant quelques années, la moyenne d'âge était si élevée que…

— Oui, oui ! mais cette année, elle a sensiblement diminué, dit Edma avec entrain. Vous ne le nierez pas : Armand et moi sommes parmi les plus vieux… Alors qui pourrait être vexé ? À part le yéti du bord, bien entendu… Qu'en pensez-vous, mes enfants ?… lança-t-elle de nouveau vers Clarisse et Julien oubliant qu'elle avait déjà utilisé leur approbation.

— Mais c'est une très bonne idée, dit Julien, que la possibilité de tenir Clarisse dans ses bras cinq minutes où que ce soit enthousiasmait.

— Ma chère Clarisse, dit Edma en agitant sa revue, savez-vous que quatre-vingts pour cent des femmes actuelles, vous et moi, sont pour la sexualité matinale de préférence à la vespérale ?… C'est inouï ce qu'on lit dans les journaux…

— Oui, mais, dit Julien, vous connaissez quelqu'un qui ait déjà été sondé, vous ? Moi pas. Nulle part.

— Tiens, c'est vrai, dit Edma, interloquée et le montrant en jetant des yeux angoissés mais résolus sur ses voisins. Qui sont donc ces sondés ?… On dirait un air de cha-cha-cha, ajouta-t-elle en chantonnant : "Qui sont donc ces sondés ?"

— À mon avis, dit Julien, ce sont de pauvres gens. Ils vivent dans les grottes de Fontainebleau, comme des troglodytes. On les a parqués là pour qu'ils aient, eux au moins, le temps de lire tous les journaux. Ils ont des peaux de bêtes, des massues, et de temps en temps, on leur demande leur avis : s'ils (les hommes) préfèrent l'élection européenne au suffrage universel, ou si elles (les femmes) savent si elles ont déjà eu lieu. »

Edma et Clarisse se mirent à rire.

« À moins que ce ne soit une charge héréditaire, dit Clarisse. On naît sondé de père en fils peut-être comme on naît notaire ! »

Elle était debout dans le petit bassin et s'accoudait au rebord de la piscine, la tête sur la paume de la main comme dans un salon. Elle était belle, cocasse et désarmée, pensa Julien dans un grand mouvement de tendresse – qui dut se voir sur son visage car Clarisse se troubla, rougit avant de lui rendre son sourire malgré elle. C'est le moment que Simon Béjard, toujours facétieux, jugea propice à son arrivée, et il apparut subitement derrière les cabines, courut et plongea, sans trop de grâce, dans la piscine sous le nez d'Edma, plus éclaboussée qu'éblouie. Quelques gouttes vinrent même jusqu'à *La Vie financière* qu'Armand Bautet-Lebrêche dut abaisser pour la troisième fois. Sans un mot, il se leva et alla se réfugier au troisième rang de transats, à l'abri du ballet nautique de Simon Béjard qui, inconscient, resurgit triomphalement aux pieds de Clarisse. C'est alors qu'il la vit vraiment, la vit démaquillée, et il la regarda un instant avec incrédulité, avant de regarder Julien, puis à nouveau Clarisse, du même air hébété. Il ouvrait la bouche pour exprimer sa stupeur lorsqu'une quinte de toux le secoua, crachant, toussant, hoquetant. Ce pauvre Simon payait cher son hardi plongeon, pensa Julien en lui tapotant le dos avec force.

« Doucement… Doucement, bon Dieu, doucement… dit Simon redressant son torse vif et maigrichon, malgré un début d'estomac. Dites-moi, Clarisse, vous, il faut rester comme ça, hein ? dit-il en étreignant Clarisse impétueusement. Ça, il le faut ! Je vous engage quand vous voulez, moi. Et comme premier rôle, à tous les coups ! Hein, qu'en dites-vous ?

— C'est très flatteur, mais Olga… disait Clarisse souriante.

— Je peux produire deux films en même temps, non ? dit Simon.

— Et ma famille ? dit Clarisse.

— Votre mari tient bien une feuille de… euh… enfin un journal, non ? Vous pouvez donc bien être une star, hein ?

— Mais je n'ai rien pour ça, dit Clarisse en riant. Je ne sais pas jouer, je…

— Au théâtre, c'est autre chose peut-être, mais au cinéma, c'est vite appris. Écoutez, Clarisse, moi, avec votre tête, je me retourne *L'Éternel Retour* ! Hein ? Hein, Julien ? Qu'en pensez-vous ? Mais pourquoi notre Clarisse se fait-elle cette tête-là, avec ses maquillages ?… C'est criminel !

— Ça, Simon a raison : c'est criminel, dit Edma s'approchant de la piscine et penchant sur Clarisse un face-à-main imaginaire. Quand on a de si beaux traits et de si beaux yeux…

— Vous voyez, dit Julien triomphant, vous voyez ? »

Il s'arrêta net. Il y eut un instant de silence que, pour une fois, Simon Béjard ne souligna pas de quelques commentaires pesants. Au contraire, il dégagea :

« Je maintiens ma position, dit-il simplement. Je vais vous faire une carrière époustouflante… Enfin !… Ouf ! Une comédienne belle, avec de la branche, c'est exactement ce qui manque au cinéma français ! Parole d'honneur, hein !

— Et Mlle Lamoureux ?… r-o-u-x, pardon, dit Edma. Vous ne lui trouveriez pas de branche, par hasard ?

— Mais je parlais de femmes de trente ans, dit Simon en jetant autour de lui un coup d'œil furtif.

— Mais Mlle Lamouroux, o-u-x, n'a plus huit ans, si ? continuait l'impitoyable Edma. Elle doit approcher de très près la trentaine, elle aussi…

— Elle est bien plus jeune que moi, en tout cas, et bien plus jolie, dit Clarisse sincèrement. Vous n'allez pas nous comparer. »

Petit à petit, pour échapper à ces trois regards admiratifs – ou qui faisaient mine de l'être, comme le pensait

Clarisse – elle s'était réfugiée dans le grand bain d'où ne surgissaient plus que sa tête et ses yeux inquiets.

« Oh ! non, non… dit Julien avec la même voix tendre, non, nous n'allons pas vous comparer à qui que ce soit. Voyons, faisons un peu la course, non ? Nageons un peu… Simon, en attendant *L'Éternel Retour*, vous faites quelques aller-retour avec moi. Je vous défie…

— Allons-y », dit Simon l'air dégagé – d'autant plus dégagé qu'il ne voyait apparaître nulle part le short plus que court et le buste audacieux de Mlle Lamouroux Olga.

Au reste, il ne risquait pas le moins du monde d'être entendu de celle-ci. La belle Olga avait fait porter un mot à Éric, qui l'avait retrouvée peu après sur le pont, à la proue, peu fréquentée à cause du vent (ce qui n'arrangeait pas Éric). Leur aventure avait été trop discrète pour qu'il en reste là. Il resta donc accoudé au bastingage et il entendait sans l'écouter le babillage d'Olga qui, comme à son habitude, pérorait avec des changements de tonalité dans la voix des plus subtils.

« Voyez-vous, Éric, j'ai compris grâce à vous que je m'avilissais au contact de Simon… Il pensait m'acheter avec des rôles, de grands rôles, de beaux rôles d'ailleurs, mais grâce à vous, j'ai compris que la vie m'offrait un vrai rôle – elle – bien plus profond… un rôle supérieur à tout et qui exigeait une sincérité totale, lui… Qu'en pensez-vous, Éric ?… Ces questions m'obsèdent depuis hier », dit-elle très lentement, la voix en *fa* dièse et la gravité en *ré* majeur (elle lui cassait les pieds, décidément…).

— Je ne pense rien du tout à ce sujet, dit Éric avec froideur. Je ne connais qu'un métier : le mien. Et là, mon rôle, comme vous dites, consiste justement à dire la vérité – quoi qu'il puisse m'arriver.

— Répondez-moi, *please*, même si votre réponse est dure… (Olga vaticinait à son côté, et sa voix avait sauté une gamme entière dans la vivacité de son interrogation. Le mot “piailler” fut visible dans les yeux d’Éric.) Vous pourriez, vous, vivre en porte à faux entre vos ambitions et vos sentiments ?

— Encore une fois, les deux sont confondus pour moi, dit-il, l’air patient. Mais il me semble que j’en voudrais beaucoup à quelqu’un qui m’empêcherait de concrétiser mes ambitions, mes efforts.

— Même si ce quelqu’un l’exigeait ? dit Olga en souriant dans le vide. Et même si vous teniez assez à ce quelqu’un pour lui obéir en tout ?… »

Ces niaiseries commençaient à exaspérer sérieusement Éric. Qui était ce quelqu’un d’abord ? Lui ? Eh bien elle se trompait rudement, la pauvre Olga… Et Béjard avait dû être trop bon avec elle. Et l’était encore.

« Ça voudrait dire que ce quelqu’un ne vous aime pas vraiment, dit-il sévèrement.

— Ou trop ?…

— C’est pareil », dit Éric pour abréger.

Il l’entendit respirer profondément, et après un instant, les yeux baissés, lui dire à voix basse :

« Vous avez des mots, des formules effrayantes de cynisme, Éric… Si on ne vous connaissait pas, on vous croirait terrifiant… Embrassez-moi, Éric, pour vous faire pardonner. »

Elle se lova contre lui et il regarda avec dégoût ce visage ravissant, doré, cette peau de pêche, cette bouche bien dessinée. Et il se pencha vers tout cela avec une contraction de tout le corps. Ses lèvres heurtèrent celles d’Olga, qui s’ouvrirent et le happèrent tandis que contre lui, un petit gémissement montait de ce corps qui lui était si indifférent. « Mais que faisait-il là ?… Et sans le moindre témoin en plus. »

« Venez, dit-il en se rejetant en arrière, venez… On finirait par nous surprendre.

— Alors embrassez-moi encore une fois… » dit-elle, levant son visage vers lui, un visage éperdu.

Mais incapable d'un effort supplémentaire, Éric allait refuser lorsque dans le dos d'Olga, il vit apparaître, drapée dans des volutes de cachemire multicolores, décoiffée et superbe dans le vent, la Doriacci elle-même, suivie de son bel Andréas. Il donna donc à Olga un long baiser, bien plus passionné que le premier, et trouva tout à fait opportun cette fois-ci qu'elle se cramponnât à lui de ses dix bras et de ses dix jambes, et qu'elle miaulât d'extase, d'un miaulement à faire fuir les mouettes.

Il prolongea ce baiser dix secondes de plus pour être sûr d'avoir été bien vu. En effet, quand il releva la tête, la Doriacci à dix pas les regardait fixement. Tandis que, plus discret, son compagnon détournait la tête vers le large.

« Pardon… dit Éric à la Doriacci en repoussant doucement Olga, qui suivit son regard et se détourna vers les nouveaux venus, mais prit, elle, un air de défi. (Depuis l'histoire du "grand veau de vingt-huit ans", elle ne regardait plus la Doriacci en face.) Excusez-nous, dit Éric encore, très droit, nous pensions être seuls.

— Ce n'est pas moi que cela va déranger, dit la Doriacci. Ne vous excusez pas. En tout cas, pas auprès de moi.

— Ne croyez pas… commença Olga avec courage et hauteur (du moins le pensait-elle), mais la Doriacci la coupa net.

— Je suis affreusement myope, dit-elle, sur certains sujets. Et Andréas aussi, ajouta-t-elle en regardant le garçon qui hocha la tête, les yeux baissés comme si c'eût été le coupable. Je ne vous ai pas vue, mademoiselle

Lamouroux, o-u-x, répéta-t-elle, toujours regardant Éric.

— Nous ne vous avons pas vus non plus, dit Olga avec un sifflement hostile.

— Alors ça, c'est vraiment laissé à votre discrétion… dit la Doriacci en riant, de son gros rire de hussard. Vous n'auriez pas une cigarette, Andréas ? »

Et elle passa devant eux, docilement suivie par son ombre.

« Mon Dieu, Éric… dit Olga, elle va tout dire, c'est affreux ! »

Elle prenait l'air au désespoir mais elle était ravie profondément, sans doute plus qu'Éric qui avait l'air furieux et qui gardait les yeux baissés et suivait du regard le couple qui s'éloignait.

« Non, dit-il entre ses dents, elle ne dira rien. »

Il était blanc tout à coup, de fureur rentrée.

« La Doriacci est de cette espèce qui ne dit rien. Elle fait partie de ces gens qui sont fiers de ne pas dire, de ne pas faire, de ces gens qui sont orgueilleux de ce qu'ils ne font pas, ne disent pas, etc. Ces gens tolérants, vous savez ? Convenables, discrets : tout le charme perdu de la bourgeoisie libérale… Ce sont eux les plus dangereux d'ailleurs. On pourrait les croire de notre côté.

— Et si on les défie ? demanda Olga.

— Si on les défie, ils restent tolérants quand même, Dieu merci », coupa Éric, et une expression diabolique enlaidit un instant son beau visage.

« C'est en cet instant, chère Fernande, que j'ai deviné la bête sous l'ange… le diable sous le dieu, la faille… Que dis-je ?… Le précipice sous le lac… Est-ce qu'on peut dire un précipice sous un lac ?… Et pourquoi pas, d'ailleurs ?… »

« Alors, vous venez ? dit Éric rudement.

— Tout ça c'est ma faute, dit Olga levant vers lui une fois de plus son visage, cette fois-ci bouleversé. (Depuis dix minutes, elle jouait en gros plan, in petto.) Ce dernier baiser, c'est moi qui l'ai mendié, mais finalement c'est vous qui me l'avez donné.

— Eh oui... Bien, et après ?... dit Éric gêné.

— Voyez-vous, Éric... (La voix d'Olga avait atteint des profondeurs insoupçonnées dans ce frêle corps.) Voyez-vous, je veux bien être insultée, méprisée par la terre tout entière pour ces baisers-là, Éric... »

Et elle rouvrit les yeux que sa ferveur avait clos, avec un brave, un beau sourire ému qui disparut aussitôt quand elle vit Éric s'éloigner à grands pas.

« Ils doivent être très embêtés, dit Andréas, les pauvres... Ils doivent avoir une de ces peurs...

— Penses-tu ! dit la Doriacci. Ils n'ont qu'une peur : c'est qu'on n'en parle pas, au contraire. Ce Lethuillier ne pense qu'à emmerder sa femme, et la petite qu'à faire souffrir son pauvre nabab.

— Vous croyez ça ? » dit Andréas surpris.

Car il n'avait pas, depuis le départ, eu le temps de réfléchir sur qui que ce soit excepté la Doriacci. Il voyait tous les événements au premier degré. Et surpris, il s'arrêta de marcher, mais elle continua, elle, sans paraître y faire attention. Il dut courir, penaud, pour la rattraper. Elle ne faisait absolument pas attention à lui en dehors du lit, et cela humiliait Andréas presque autant que cela le faisait souffrir.

Dans le dos de sa maîtresse, Andréas trébucha avec ostentation et, se tenant le pied d'une main, se raccrocha de l'autre à un extincteur, le visage tendu par la souffrance. Mais la Doriacci ne sembla s'en rendre compte que lorsqu'il poussa un hurlement pour l'alerter, « un véritable cri de loup, même ! » pensa-t-elle en se retournant vers ce galopin hypernerveux. Il était sur un pied, il oscillait et se tenait l'autre jambe en faisant des « ouh-ouh », avec tout son beau visage rendu comique par cet excès de souffrance mélodramatique. Le vent lui rabattait les cheveux sur le visage, ses cheveux dorés qui semblaient comme coulés dans un métal très clair et hors de prix, un métal sculpté, mèche par mèche autour de sa tête si bien dessinée, la tête symbolique d'une race inconnue et dangereuse, la tête indifféremment d'un enfant, d'un petit voyou ou d'un chanteur grégorien. Le corps… Le corps était d'un homme de plaisir, ça c'était vrai. Sur ce point, les pieuses dames de Nevers avaient fort bien compris les vrais charmes d'un jeune homme pour une femme mûre et de bon goût : Andréas était né longiligne et l'était resté ; il n'avait pas acquis ces muscles rebondis de boules dures, ces reliefs de lutteur de foire inévitables au bord des piscines. Dieu merci, il était mince ! Et s'il faisait pour cela un régime, il le faisait en cachette ou en tout cas en avait honte. C'était déjà ça. La Doriacci ne pouvait se rappeler sans un mélange d'hilarité et d'exaspération un certain week-end passé à Oslo – Oslo bloqué par la neige en novembre après *Les Noces siciliennes*. Son compagnon d'un soir, faute de concurrence dans cet hôtel devenu blockhaus, était resté le même tout le séjour : un beau, un très beau petit jeune homme, agile et brun, très délié même pour un garçon de dix-neuf ans, mais insupportable, scandaleux, répugnant par les soins compliqués, les absences d'excès, les prudences, les pudeurs, les abstinences dont il faisait le tissu de sa vie : une vie de régime ; une vie qui, quelle que soit la sécurité qu'il finirait par obtenir définitivement d'un homme ou d'une femme et qui serait peut-être conclue sous le signe écarlate de la débauche, de l'orgie et du meurtre rituel, resterait pour lui, à jamais, une vie d'ascèse et de petites privations ; une vie qui, même s'il se tuait en Bugatti du Washington Bridge, ne l'aurait pas empêché de compter ses poireaux vinaigrette la veille à midi ou d'exiger des maîtres d'hôtel un sucre sans glucose... La Doriacci se secoua devant l'horreur de ces souvenirs, leur atrocité bouffonne, et se mit à rire à haute voix.

« Quand je pense... dit-elle tout haut, j'aurais vraiment pu le tuer !... Quel *cretino*... Quel rat... Mon Dieu, trois jours avec ce voyou qui sentait le lait Nestlé et l'embrocation...

— Mais de qui parlez-vous ?... dit Andréas. Quel lait ?... Mais vous parlez de qui ?... Qu'est-ce qui vous fait rire ? »

Et comme elle continuait à rire sans lui répondre, sans méchanceté, mais sans amabilité, Andréas se troubla, se pencha un peu plus dans sa position de martyr, en fit trop, l'énerva, lui inspira même une vague condescendance physique, comme s'il avait eu peur devant elle et ne le lui eût pas caché, comme si elle avait relevé chez lui une trace de féminité un peu écœurante, comme si le côté double qu'elle prêtait à Andréas se fût révélé plus fort.

Elle fit demi-tour carrément vers lui, resté là-bas, appuyé à sa cheminée comme un échassier, et le contempla d'un œil lointain, nouveau, « un œil d'entomologiste », songea Andréas, un œil qui lui aurait fait peur si, tout à coup, rejetant ses foulards en arrière, dégageant ses bras, sa gorge, ses cheveux en même temps que sa chaleur et sa vigoureuse affection, la Doriacci n'avait couru vers lui comme une grosse petite fille maquillée par erreur et ne s'était jetée dans ses bras au risque de tomber – ce qui n'aurait pas manqué de survenir si Andréas s'était vraiment blessé un peu plus tôt.

Plus tard, pensait Andréas, ce serait sûrement cette image-là, cette sensation-là, de cet instant précis, qu'il se repasserait obstinément, comme un disque abîmé et parfois tout neuf, mais toujours déchirant par la seule force de sa mémoire. Il se verrait, lui, sur ce grand pont vide, avec les blancs et les gris de ces planches et de cette mer, de cette rambarde et de ce ciel vide à l'ouest, sans soleil quelques secondes ; ce serait cette immensité plate, glissant de l'anthracite au gris perle, glissant d'une nuance à l'autre par touches délicates, alors qu'un vent violent, barbare et trivial faisait claquer les cordes, les lanières de leurs vêtements et de leurs cheveux d'une manière outrée et presque cinématographique : c'était une heure sans lumière, sans ombres ; Andréas avait le visage contre celui de la Doriacci, il mettait son nez froid, son front dans le décolleté chaud, parfumé d'ambre et de tubéreuse, cette peau couverte de soies irréelles et friables sous son visage… Il semblerait toujours à Andréas qu'il avait atteint là une sorte de vision allégorique de sa vie. Lui debout sur un pont battu par le vent, lui terrifié, transi en tant qu'homme, en tant que personnage social, mais aussi comblé en tant qu'enfant tendre et pervers, cramponné et enfoui dans ce refuge, cette chaleur à jamais secourable et familière des femmes, dans le refuge de leurs exigences et de leurs tendresses, le seul qui restait encore possible pour lui, dans cette société et cette éducation.

« Tu es un nigaud », dit soudain la Doriacci en prononçant « nigô », mais avec une douceur qui réconforta aussitôt le nigaud en question.

Il fallait peu de chose pour désorienter et peiner Andréas, mais il en fallait peu aussi pour le consoler.

« Êtes-vous heureuse avec moi ? » demanda-t-il avec gravité, assez de gravité en tout cas pour que la Doriacci ne lui rie pas au nez, ce qui aurait été, en vérité, son premier réflexe.

La piscine était redevenue tranquille, soudain, Simon Béjard s'étant rappelé juste à temps ses obligations professionnelles et s'étant précipité, le torse et les pieds nus, vers la malheureuse dame commise à l'office téléphonique sur le *Narcissus*.

Armand Bautet-Lebrêche retrouva donc le silence, Edma son *Vogue*, et Julien retrouva Clarisse, tout au moins physiquement. Car elle ne le regardait pas, restait comme acculée dans le coin de la piscine le plus proche d'Edma, ce qui obligeait Julien, sinon à se taire, du moins à chuchoter et d'un air désinvolte, alors qu'il était en proie à une colère désarmée, presque tendre, une tristesse exaspérée, un sentiment d'impuissance, d'échec, qu'il ne supportait pas, qu'il n'avait jamais supporté. Jusque-là, Julien avait pu changer l'objet de ses passions bien avant d'en changer le ton : il n'avait jamais aimé que des femmes qu'il pouvait rendre heureuses ou qui, en tout cas, le croyaient et qu'il tentait alors de combler. Il avait toujours fui certaines femmes avant qu'elles ne soient obligées elles-mêmes de le faire souffrir, et cela avait été pour lui parfois difficile, mais il l'avait toujours fait à temps. Or là, il savait que Clarisse ne le convaincrait pas de s'enfuir parce que c'était elle qui se trompait réellement sur eux deux comme elle se trompait réellement sur elle-même. Et c'était bien la première fois qu'il considérait comme évident que l'autre ait tort.

« Vous ne pouvez pas dire ça », disait-il, en essayant de sourire du côté d'Edma, mais sentant un rictus des plus affreux retrousser sa lèvre sur ses dents, un rictus à peu près aussi naturel que celui d'un cheval tripoté par un maquignon.

« Je dois vous le dire. Promettez-moi d'oublier. (La voix de Clarisse était essoufflée et suppliante, elle lui demandait grâce, elle avait peur de lui, et Julien n'arrivait pas à comprendre pourquoi elle ne l'envoyait pas au diable tout simplement, pourquoi elle n'arrêtait pas elle-même cette idylle au lieu d'exiger que ce soit lui qui le fasse.)

— Alors pourquoi ne me dites-vous pas de ficher le camp ? demanda-t-il. Dites-moi que je suis odieux, que vous ne me supportez pas, tout ce que vous voulez. Pourquoi voulez-vous que je m'engage, moi, à renoncer à vous ? Pourquoi voulez-vous que je consente à être malheureux ? et que je vous jure de le rester ? C'est idiot !

— Mais c'est parce qu'il le faut », dit Clarisse (elle était pâle, elle était blanche même sous le soleil, elle gardait les yeux baissés, elle souriait mais d'un sourire si artificiel qu'il était plus révélateur qu'une crise de larmes, tout au moins aux yeux d'Edma planquée derrière ses lunettes de soleil et sa revue, et qui les observait tous les deux d'un œil plus qu'attentif, un œil à présent intéressé). Depuis qu'elle connaissait le vrai visage de Clarisse, son regard et son sourire, elle comprenait tout à fait les sentiments de Julien : elle les comprenait même s'ils ne la réjouissaient pas. Bah ! elle avait passé l'âge, mais l'âge n'empêchait pas les sentiments. Elle fit de loin à Julien un sourire tendre et complice qu'il ne comprit que plus tard et qui, sur le coup, le fit détourner les yeux avec gêne.

« Clarisse ! dit Julien, dites-moi alors que vous ne m'aimez pas du tout, que vous étiez ivre morte, hier soir, que je ne vous plais pas, et que vous vous en voulez de votre erreur ; dites-moi que vous avez eu un moment d'égarement, hier, point final. Dites-le-moi et je vous laisserai tranquille. »

Elle le regarda une seconde, secoua la tête dans un signe de dénégation et Julien se sentit un peu honteux. Il l'avait devancée dans sa manœuvre : elle ne pouvait plus à présent se réfugier dans l'alibi de l'ivresse, elle ne pouvait plus utiliser cette échappatoire misérable ; elle ne pouvait plus que lui dire qu'il ne lui plaisait pas.

« Ce n'est pas ça, dit-elle, mais je ne suis pas quelqu'un à aimer, je vous assure, vous seriez malheureux aussi. Personne ne m'aime et je n'aime personne et je le veux ainsi.

— Ça, ça ne vous regarde pas. »

Julien se retourna carrément vers elle et se mit à parler très vite, très bas :

« Voyons, Clarisse, vous ne pouvez pas vivre seule ainsi, avec quelqu'un qui ne vous aime pas ! Il vous faut quelqu'un, comme tout le monde, quelqu'un qui soit votre ami, votre enfant, votre mère, votre amant et votre mari, il vous faut quelqu'un qui réponde de vous… quelqu'un qui pense à vous au même moment que vous, et vous, il faut l'aimer et savoir que quelqu'un serait désespéré de votre mort… Mais qu'avez-vous pu faire, continuait-il, pour qu'il vous en veuille à ce point, l'avez-vous tellement trompé ou tellement fait souffrir ? Que s'est-il passé entre vous ? De quoi peut-il vous en vouloir ?… D'être riche ? » dit-il tout à coup, et il s'arrêta net, stupéfait de sa propre intuition, puis il se mit à rire.

Il la regarda et d'un air de triomphe et de pitié qui la fit se détourner de lui avec un petit gémissement d'exaspération ou de chagrin ; Julien fit un pas vers elle : ils se regardèrent immobiles un instant, pétrifiés de nostalgie, une nostalgie vieille d'un soir, d'une nuit, nostalgie de la main de l'autre, du souffle de l'autre, de sa peau ; tous deux tout à coup coupés de cette piscine bleu-vert, des silhouettes d'Edma, d'Armand et des autres, des mouettes voletant autour d'eux, tous deux incapables de se soustraire à cette faim qui rebondissait de l'un à l'autre et redoublait de force à chaque fois. Il fallait que cette main inutile, près de cette hanche, s'approche de l'autre corps, le tire contre soi, que l'os de la hanche heurte le flanc de l'autre, que le poids naturel d'un corps s'appuie à un autre corps, que cette chose ouverte et déployée dans la gorge de chacun soit comblée, que l'un et l'autre soient conduits à l'extrémité de tout cela, que chacun se porte au secours de l'autre et de son attrait insupportable, que leur présence devienne électrique et irrattrapable, que leur sang épaissi d'ennui devienne anémié comme de l'eau, et qu'ils succombent enfin à la même syncope rouge, fatale, concrète et lyrique, acceptée, voulue, rejetée, attendue, sans ordre. Elle était à un mètre de lui, comme la veille, comme la veille près du bar là-haut, sur ce pont aujourd'hui éclairé et net et froid, et comme hier elle se rappela la main de Julien sur son épaule et lui, la main de Clarisse sur sa nuque, et elle détourna les yeux et Julien se jeta dans l'eau, et nagea vers l'autre bord comme s'il était attaqué par des squales, juste avant que Clarisse ne se retourne face au mur de la piscine et ne s'y plaque, avant de s'y laisser couler, dans une eau si peu profonde qu'elle se retrouva agenouillée et le front appuyé à la margelle, inerte. Et Edma qui, dans son rocking-chair, les regardait ne pas faire l'amour, en resta troublée.

« Vous pensez manger ici, dans l'eau ? »

Éric s'était accroupi au bord de la piscine et regardait Clarisse d'un air indulgent. Il n'avait pas parlé haut, mais tout le monde les regardait, remarqua-t-il en levant la tête. Tout le monde, c'est-à-dire Edma, Armand, Ellédocq, la Doriacci, Andréas, qui posaient tous sur lui et Clarisse le même regard trop indifférent, un regard qu'il imagina chargé de compassion envers Clarisse, déjà. Allons, son idylle avec Olga n'était pas passée inaperçue. Il fallait à présent qu'il paraisse bon époux, que son adultère paraisse même inévitable, qu'on le plaigne tout autant que Clarisse. Il attrapa une serviette éponge et la tendit vers Clarisse d'un air protecteur.

« Pourquoi nous privez-vous d'un si charmant spectacle, monsieur Lethuillier ? cria la voix aiguë d'Edma Bautet-Lebrêche.

— Non, non, je sors », dit Clarisse et, en émergeant de l'eau, elle se retourna vers lui et il la vit pour la première fois depuis des années ; il vit son corps demi-nu dans son maillot de bain pourtant chaste, et surtout, il vit ce visage lavé, complètement dénudé, lui, dépouillé de tous ses fards habituels, ce visage aussi beau qu'indécent, lui sembla-t-il, et il rougit de fureur et de honte, une honte inexplicable.

« Comment pouvez-vous ? » balbutia-t-il d'une voix basse ; et lui posant la serviette sur les épaules, il la frictionna énergiquement, rudement même, puisqu'elle trébucha et murmura : « Voyons, Éric », d'une voix surprise, avant de demander : « Comment puis-je quoi ? », tandis qu'il la lâchait et reculait à grand-peine, les oreilles brûlantes et bourdonnantes dans un air devenu assourdissant et criard à force de mouettes, sans doute affamées.

« Comment pouvez-vous vous baigner par ce vent ? » dit-il entre ses dents et en cherchant une cigarette d'une main raide dans son paquet, l'air absorbé par sa tâche, mais trop conscient de la stupidité de sa phrase.

Clarisse, de toute manière, ne pouvait le comprendre car ce qu'il lui reprochait, c'était de montrer aux autres et à lui-même le visage d'une femme sensée et désirable, une femme enviable, une femme qu'aucun des hommes présents ne pouvait s'abstenir de regarder, et, cette fois, de regarder avec plaisir et non plus avec compassion.

Clarisse restait interdite devant lui, interdite et mortifiée ; les autres, là-bas, s'étaient arrêtés de parler et ils regardaient sans doute surpris, eux aussi, de la violence de ses gestes. Éric eut alors une idée ; laissant là Clarisse avec un geste fataliste, et incompréhensible pour elle, il se dirigea vers le bar, passa sa commande d'une voix claire, revint vers elle, non sans enregistrer au passage, et sans l'interpréter d'ailleurs, l'expression attentive et presque mal élevée de Julien Peyrat.

« Tenez, dit-il en s'inclinant devant Clarisse, très bas – comme pour bien montrer qu'il était à son service et que son geste répondait à un ordre – en lui tendant le double dry qu'elle n'avait pas commandé.

— Mais je ne vous ai rien demandé », dit-elle surprise, à voix basse.

Surprise, mais suffisamment tentée pour tendre la main aussitôt vers ce verre, le saisir, et d'un même geste, le porter à ses lèvres, en hâte, de crainte qu'Éric ne se ravisât, se repentant de cette dérogation à ses règles, avec une hâte assez évidente en tout cas pour choquer les spectateurs, qui se retournèrent et repartirent dans leur discussion, comme Éric put le voir, en tournant vers eux un visage impassible et contraint.

Quand il revint à Clarisse, elle avait absorbé le contenu de son verre, mais elle le regardait à travers son prisme, l'œil calme et inexpressif. Un œil qui, pour une fois, mit quelques secondes à se détourner du sien, avant qu'elle ne reparte drapée dans sa serviette, vers les cabines.

« Vous devriez interdire à votre épouse cet affreux maquillage, dit Edma Bautet-Lebrêche, tandis qu'Éric rejoignait leur groupe et s'installait à son tour dans le carré des transats.

— Je le lui ai dit cent fois », dit-il en souriant.

D'un sourire destiné à cacher sa gêne, pensa Julien qui s'était séché et habillé en trois minutes, et qui n'avait pu s'empêcher de flairer, une fois de plus, la littérature (et une mauvaise littérature) dans le comportement d'Éric : comme si ce dernier eût chaque fois illustré une bande dessinée trop simpliste, ou joué, dans un film dit à retournement, le rôle du bon mari. Les attitudes de Lethuillier lui avaient jusque-là paru scolaires et bizarres dans leur côté appliqué, leur banalité psychologique. Mais à présent qu'il connaissait ou pensait en connaître les motifs, Julien se sentait comme atteint, contaminé, par leur côté déplaisant, cruel et faux bon sens. Et il se débattait contre lui-même, contre cette théorie éculée, cette notion primaire d'un argent maléfique, d'un argent toujours coupable, archétype des grandes familles, inexorables jusque dans l'hérédité, ce grossier lieu commun d'où était né le fantasme d'Éric – qui avait été aussi un peu le sien. « Les gens riches n'étaient pas comme les autres », avait dit Fitzgerald, et c'était vrai. Lui-même,

Julien, n'avait jamais pu avoir d'amis, parmi ces gens richissimes qu'il avait fréquentés et, parfois, dupés jusqu'au vol, ces vingt dernières années. Mais peut-être était-ce le refus d'un remords prématuré qui le prévenait d'avance contre ses victimes et l'empêchait de voir leurs charmes ou leurs vertus.

De toute manière, Éric Lethuillier n'avait pas dupé Clarisse sur le plan financier : de notoriété publique, le succès de son journal lui permettait de verser de gros dividendes à la famille Baron, lui permettait même de faire vivre sa femme dans le luxe qu'elle avait toujours connu. Non, Éric n'avait pas dupé Clarisse sur ce point, il l'avait dupée sur un autre, et un autre beaucoup plus grave, pensait surtout Julien. Il lui avait promis de l'aimer, de la rendre heureuse, et il l'avait méprisée et rendue plus que malheureuse : honteuse d'elle-même. Là était le vol, le préjudice, le crime, l'attentat à la personne humaine, attentat dirigé non contre ses biens, mais contre « son bien ». Le bien qu'elle pensait d'elle-même et qu'il lui avait arraché, la laissant dans le désert, la misère terrible du mépris de soi.

Julien, sans même y penser, s'était levé. Il lui fallait voir Clarisse, tout de suite, la prendre dans ses bras, la convaincre qu'elle pouvait s'aimer elle-même à nouveau, qu'il…

« Où allez-vous, mon petit Julien ? s'enquit Edma.

— Je reviens, dit Julien, je vais voir…

— … qui vous voulez », coupa Edma brutalement et Julien se rendit compte qu'il avait failli prononcer le nom de Clarisse et qu'Edma l'avait senti.

Il s'inclina bien bas devant elle, et dans la foulée, lui baisa la main, à la surprise générale, avant de s'élancer sur le pont, avec l'agilité et l'adresse du parfait turfiste toujours soucieux d'arriver à temps au pesage, au champ, aux guichets, et soucieux d'éviter les autres turfistes. Julien dévala les coursives, croisa deux stewards à plateau, sauta par-dessus un marin agenouillé sur le pont, en plein nettoyage, doubla Armand Bautet-Lebrêche qui faisait retraite, recru sans doute de soleil et de bavardage, s'effaça devant Olga interloquée et entra sans frapper dans la cabine de Clarisse qu'il prit dans ses bras à l'instant où elle se retournait vers la porte… Porte restée suffisamment ouverte pour qu'Olga, revenue sur ses pas, et immobile, les entendît distinctement.

« Mon chéri, disait Julien, mon pauvre chéri…

— Vous êtes fou », dit la voix de Clarisse, une voix étonnée, craintive, mais bien plus tendre qu'indignée, nota Olga avec intérêt.

Olga partagée entre les joies de l'indiscrétion et un léger agacement devant la semi-absence de victimes à son idylle – du côté d'Éric tout au moins. Eh bien, Simon devrait payer pour deux, pensa-t-elle avec logique. Évidemment, cela compromettait un peu le côté dramatique de son récit à venir, cela supprimait des déchirements à Éric, donc du prix à sa conquête. En revanche, cela lui évitait les réflexions morales et inévitables de Fernande, des reproches qui au fil des « Aventures extraordinaires d'Olga Lamouroux » s'étaient acérés, qui mettaient même en doute à présent sa sensibilité à elle, Olga, et qui la supposaient presque coupable vis-à-vis du troupeau grandissant et douloureux des « autres femmes ». Plusieurs fois, Olga avait senti le risque de passer aux yeux de Fernande du statut enviable de femme fatale, à celui, moins reluisant, de petite garce, un peu trop répandu, celui-là. La tendresse contenue dans la voix de Clarisse l'arrangeait finalement fort bien.

« Mon Dieu, Clarisse, disait Julien d'une voix claire et imprudente, je vous aime : vous êtes belle, Clarisse, intelligente et sensible, et douce, vous ne le savez pas ? Il faut que vous le sachiez, mon chéri, vous êtes merveilleuse… D'ailleurs, tout le monde le pense sur ce bateau, tous les hommes sont épris de vous… Même ce nigaud d'Andréas, quand il décolle suffisamment sa tête du sein de la Doriacci pour vous voir, prend des yeux de merlan frit, lui aussi… Et même la cruelle Edma des Sucres Cassés… et même la Doriacci qui n'aime que ses bémols vous trouve exquise… »

La voix de Clarisse s'éleva et retomba sans qu'Olga puisse distinguer ses paroles.

« Aimez-vous, Clarisse, le monde est à vous ! Vous comprenez ? Je ne veux plus que vous soyez triste, c'est tout », conclut Julien en relâchant son étreinte et en écartant Clarisse de lui, pour mieux voir l'effet de ses paroles.

Et Clarisse étourdie, mais vaguement réchauffée par la chaleur des mots de Julien, du corps de Julien, et par celle des dry Martini, Clarisse, nullement convaincue, mais attendrie, releva sa tête, mais, lorsqu'elle rencontra les yeux marron et jaune de son chevalier, ses yeux insouciants et fidèles de chien de chasse, elle vit qu'ils étaient embués, couverts d'une taie liquide qui en multipliait et noyait l'éclat, ce dont il se rendit compte en même temps qu'elle, puisqu'il la reprit contre lui, avec un grognement de colère et quelques explications inintelligibles marmonnées dans ses cheveux odorants et doux, furieux contre lui-même, prêt à s'excuser de cet incident sans réelle signification, ce qu'il croyait à moitié d'ailleurs, dans sa vanité masculine. Il eût très bien compris, en ce moment, que Clarisse se mette à rire et le plaisante sur cette sentimentalité ridicule, il eût même trouvé ça très normal, plus que justifié par son ridicule avoué…

« Julien, murmura Clarisse. Oh ! Julien, cher Julien… »

Et ses lèvres formèrent le nom de Julien sur son cou cinq ou six fois, avant de venir se poser à l'aveuglette sur son visage qu'elles parcoururent du menton aux tempes, qu'elles inondèrent de baisers avides et lents, une pluie de baisers affamés et silencieux, une averse intarissable et tendre sous laquelle Julien sentait son visage s'ouvrir, devenir une terre fertile et bénie, devenir un visage doux et beau, lavé de tout, précieux et périssable, un visage chéri à jamais.

Dans son couloir, Olga n'entendait plus rien, ni l'écho d'un mot, ni celui d'un geste, et elle s'en alla dépitée et vaguement jalouse, sans savoir exactement de quoi.

Éric prenait son café et fumait son cigare en compagnie d'Armand Bautet-Lebrêche pourtant réfugié comme d'habitude derrière une petite table inconfortable, son dernier refuge et qu'il avait cru jusque-là inviolable. Assiégé et vaincu, l'Empereur du Sucre jetait des regards hostiles à ce bel homme si visiblement de sa classe, ce Lethuillier qui avait quand même le front de s'avouer communiste. Il n'y avait pas le moindre distinguo, la moindre finesse dans les opinions politiques, le choix d'Armand Bautet-Lebrêche, en dépit de toutes les subtilités qu'il pouvait admettre et inventer dans ses affaires financières. En effet, il avait adopté toutes les nouvelles méthodes de lancement de fabrication, de destination, il était même, par rapport aux quelques industriels de sa puissance et de son âge, reconnu comme le plus audacieux et, comme on disait, l'un des plus ouverts à son temps. Mais cela ne l'aidait pas à connaître en politique d'autres catégories que celles-ci : il y avait les communistes d'un côté, et les gens bien de l'autre.

Bautet-Lebrêche avait d'ailleurs recours à ses simplifications aberrantes dans d'autres domaines, dans tous ceux, en fait, qui avaient résisté aux circuits simplifiés de son cerveau, à cette IBM portative et perfectionnée, installée provisoirement (mais quand même depuis soixante-deux ans et sans doute encore pour quinze ou vingt) sous sa calotte crânienne. Par exemple, dès ses seize ans, comme pour Ellédocq, la gent féminine s'était partagée pour lui, elle aussi, en deux branches : les putains et les femmes bien. Et de même qu'il refusait d'admettre qu'un de ces hommes « bien » puisse aussi être socialiste ou centre gauche, de même refusait-il d'admettre qu'une femme « bien » puisse être aussi tout simplement sensuelle. Ce classement était appliqué partout, à l'exception des femmes de sa famille, bien sûr, vis-à-vis desquelles Armand Bautet-Lebrêche se sentait le devoir, l'obligation la plus sacrée, de se conduire en aveugle, sourd et muet. Il était, par exemple, impossible qu'Armand Bautet-Lebrêche n'ait rien su des écarts adultérins de sa femme, mais il eût été encore plus impossible qu'il y fît la moindre allusion ou qu'il la laissât faire devant lui.

Cette impunité totale avait tout d'abord enchanté, puis, naturellement agacé, et enfin mortifié Edma. Elle lui avait attribué des causes diverses et extravagantes avant de se rabattre sur une seule, la seule plaisante, l'absence de temps ! Ce pauvre Armand Bautet-Lebrêche avait des horaires si magistralement établis qu'ils lui laissaient le temps d'être indifférent, largement le temps d'être heureux, à la rigueur, mais le temps d'être jaloux, donc malheureux, en aucune façon. Pour en finir avec la classification forcenée d'Armand Bautet-Lebrêche, il avait bien évidemment rangé Edma, quand il l'avait connue, dans le rayon des femmes « bien » ; il lui eût fallu une démonstration invraisemblable du contraire pour que, par égoïsme, comme par fierté de sa méthode, il envisageât de la remettre en question : il eût fallu au moins qu'Edma, devant lui, se roulât avec quelques-uns de ses subordonnés sur la moquette de son bureau, avec des cris d'extase ou des obscénités (qu'au demeurant elle évitait elle-même systématiquement) pour qu'elle dégringolât de sa place honorable à ce rebut infamant des femmes ordinaires.

Cette opacité, cette sottise même des cloisonnements d'Armand Bautet-Lebrêche, pouvaient d'ailleurs avoir les conséquences les plus cruelles : car non content de se cantonner à ces jugements primaires, Armand Bautet-Lebrêche les appliquait avec toutes leurs conséquences. Il avait renvoyé des hommes honnêtes, humilié des femmes charmantes, brisé d'aimables destins; simplement parce que ne pouvant les mettre d'emblée dans ses rayonnages supérieurs, il les avait jetés délibérément dans les inférieurs, dans ses oubliettes, dehors. Le nombre de ses victimes, celles de ses injustices, augmentait avec son âge; et d'une manière assez évidente pour en effrayer même Edma, pourtant peu portée à s'occuper des rapports humains de son mari avec ses employés, et déjà épuisée de devoir lui en extorquer, même la caricature, avec leurs amis mondains.

Éric Lethuillier ne pouvait donc qu'exaspérer cet homme. Se donner ces attitudes de grand bourgeois et se traîner aux ordres de Moscou, surtout après un mariage avec les Aciéries Baron, représentaient une trahison envers sa classe, et s'il n'en était pas, une trahison envers la classe d'Armand. De toute façon, Éric mordait la main qui l'avait nourri; ayant lancé son *Forum*, l'ayant créé grâce à la bourgeoisie, il était de la dernière inconvenance qu'à présent, il l'y vilipendât (cela dit, il était arrivé mille fois à Armand Bautet-Lebrêche d'utiliser les armes ou les finances d'un groupe adverse pour le ruiner délibérément et, à mi-chemin, de racheter pour rien ces armes qui lui auraient autrement coûté plus cher. Mais cela n'avait rien à voir, c'était les affaires). Il trouvait extrêmement inconvenant que ce communiste en cachemire – même et surtout en cachemire – voyageât sur le même bateau que lui, écoutât, ne fût-ce que d'une oreille, la même musique que lui, et regardât, ne fût-ce qu'une seconde, le même paysage que lui, en respirant de gré ou de force les mêmes mimosas. Et encore, l'intrusion d'Éric dans tous ces domaines paraissait-elle peu grave à l'Empereur du Sucre : il ne pouvait s'intéresser ni à un panorama, ni à une musique, ni à un parfum, ni à l'atmosphère, puisque tout cela était inachetable. Armand Bautet-Lebrêche ne pouvait estimer, au sens moral, que ce qu'il pouvait estimer au sens matériel. L'estime chez lui ne venait qu'après l'estimation.

En revanche, tout sur le *Narcissus* était chiffrable, ses billets l'étaient, comme l'étaient son confort et son luxe. Les choses matérielles, et réelles enfin, n'étaient pas aux yeux d'Armand partageables avec un communiste, et de toute façon devaient rester trop chères, ou à ses yeux, ou à sa bourse; le contraire n'était pas normal. Et Armand Bautet-Lebrêche, si fin et si roué en affaires qu'il en était devenu célèbre sur les cinq continents, pouvait défendre jusqu'au bout ce raisonnement primaire (et tant rabâché pourtant par d'honnêtes personnages dans tous les pays du monde), raisonnement selon lequel on ne pouvait avoir le cœur à gauche et le portefeuille à droite, et qu'il y avait là une hypocrisie déplacée, raisonnement selon lequel il aurait été plus estimable d'avoir le portefeuille à droite et le cœur dur; et que, finalement, avoir beaucoup d'argent n'était gênant que si l'on tenait à ce que d'autres en aient aussi. Et c'était bien, finalement, tout ce qui séparait les gens de gauche des gens de droite, et ce pour lequel les seconds accusaient les premiers de mauvaise foi depuis le premier siècle après Jésus-Christ.

De toute manière, le gauchisme d'Éric Lethuillier était devenu peu à peu corrompu : il ne souhaitait plus que les gens pauvres aient une voiture, il souhaitait simplement que les gens riches n'en aient plus ; et, pour cela, peu lui importait la situation des pauvres. C'était ce qu'avait flairé Julien, ce qui commençait à transpirer de toutes les pages de ce *Forum* et qui le rendait peu à peu suspect. Armand Bautet-Lebrêche avait longtemps hésité à lui parler de ce *Forum*, de cette traîtrise qu'il lui reprochait, mais petit à petit, à force de s'ennuyer à mort sur ce bateau, privé de son staff, de ses trois secrétaires, de ses lignes directes avec New York et Singapour, privé du téléphone de sa voiture, de ses machines à dicter et de son jet personnel... privé de toute cette étincelante panoplie de l'efficacité qui, plus que cette efficacité elle-même, faisait le bonheur des hommes d'affaires – grâce à la prolifération et aux progrès incessants de l'électronique –, privé, bref, de ses jouets en métal noir ou gris acier, avec leurs bandes parlantes, leurs petits voyants lumineux, leurs déclics et tous leurs pouvoirs singuliers, Armand s'était tellement ennuyé sur le *Narcissus* depuis trois jours, qu'il en était devenu délibérément et visiblement méchant au lieu de rester simplement efficace. Il balançait donc, au-dessous du pli impeccable de son pantalon de flanelle grise, un mocassin en cuir souple acheté par l'une de ses secrétaires en Italie (chez le fabricant, car comme toutes les grosses fortunes, Armand avait la manie ou la passion de faire « des affaires » jusque dans les domaines les plus mesquins) et il le balançait, ce pied, avec de plus en plus de nervosité. Éric Lethuillier, en face de lui, donnait au contraire une impression de calme et de mansuétude infinie : Armand Bautet-Lebrêche et ses trusts et son empire étant tout ce qu'il détestait au monde, cette haine étant en tout cas ce qu'il proclamait le plus vivement et le plus souvent dans sa gazette, il éprouvait, à entamer une conversation avec cet homme objet typique de sa haine, encore plus que d'habitude, le sentiment de sa profonde tolérance, et aussi de son immense intelligence, illimitée puisque capable de surmonter ses passions ; le sentiment aussi de sa curiosité pour les êtres assez généreuse pour laisser quelque crédit à ce petit nabot dictatorial.

Éric avait la tête rejetée en arrière, ses beaux cheveux blonds soigneusement lissés, un cigare hors de prix et délicieux entre deux doigts qu'il portait de temps en temps négligemment à la bouche, d'un air aussi lassé et appréciateur que s'il fût, comme son interlocuteur, lui aussi né avec. En fait il lui plaisait assez de montrer à un des plus grands bourgeois de son époque qu'un révolté, né et élevé dans la misère matérielle, un homme qui s'était fait lui-même à partir de rien, pouvait couper sa viande et fumer son cigare avec la même désinvolture qu'un capitaliste de vieille souche. Et ainsi, Armand et Éric se trouvaient à armes égales dans un même conflit, puisque c'était son cigare Monte-Cristo à quarante-cinq francs l'unité que reprochait Armand à Éric, et que c'était justement ce cigare dont s'enorgueillissait Éric, à l'instant même.

Et la discussion, donc, sans en avoir l'air, entra précisément dans le vif du sujet :

« Vous préférez les “numéro un” ou les “numéro deux” ? demanda Éric, en fronçant un peu les sourcils de cet air compassé, presque pieux mais arrogant, qu'arborent généralement les fumeurs de havanes quand ils en parlent.

— Les "numéro un", dit Armand d'une voix décidée, jamais les autres... Les autres sont trop gros pour moi », ajouta-t-il doucement, comme pour bien faire comprendre à Éric que si lui-même, Armand Bautet-Lebrêche, propriétaire des plus grandes raffineries du Pas-de-Calais, trouvait trop gros un cigare dont il eût pu acheter dix fois les plantations entières, il serait indécent et ridicule, jusqu'au grotesque, qu'Éric Lethuillier, venu des bas-fonds de la même patrie, les déclare, lui, autre chose qu'étouffants.

Par bonheur, Éric, tout à fait inconscient de ces arrière-pensées, trouvait depuis toujours un peu rude cette taille « numéro deux » :

« Je suis bien de votre avis », dit-il distraitement.

L'expression « C'est encore heureux » se refléta un instant dans les lunettes d'Armand Bautet-Lebrêche avant qu'il n'enchaîne :

« D'ailleurs, je trouve tout excessif sur ce bateau : ce caviar, ces vins millésimés, ces pots de fleurs, ces eaux de toilette dans tous les vestiaires, tout cela me paraît de très mauvais goût, non ?

— Oui... » admit Éric avec une indulgence toute nouvelle chez lui mais qui prenait place dans ce contexte de tolérance où tout était possible, y compris sa conversation à lui, Éric, avec ce capitaliste couvert symboliquement du sang de ses ouvriers.

« Cela ne vous gêne pas ?... Bien sûr ! » dit tout à coup Armand Bautet-Lebrêche déclenchant les hostilités à un moment saugrenu, et intervertissant ainsi complètement les rôles : c'était le capitaliste qui demandait des comptes à l'homme de gauche, c'était le justicier qui devenait le coupable.

L'un et l'autre durent sentir la bizarrerie de la chose, puisqu'ils s'arrêtèrent ensemble et remâchèrent leurs cigares et leur perplexité d'une dent molle.

« D'ailleurs, je trouve tous ces gens infumables », céda brusquement Bautet-Lebrêche d'une voix pointue, haut perchée même, une voix de petit garçon geignard, triste même, qui acheva de désorienter le directeur du *Forum*.

« Vous parlez de qui, précisément ? demanda-t-il.

— Je parle de... je parle de n'importe qui... pas de ma femme, bien entendu, balbutia Armand avec incohérence. Je parlais de... je ne sais pas... moi... ce type-là, ce type de cinéma, ce vendeur de films », acheva-t-il d'un ton dégoûté, comme il eût dit « marchand de tapis ».

Mais l'allusion à Simon, grâce au mépris qu'il suscitait également chez l'un et chez l'autre, les tira d'affaire ; en un instant, ils se retrouvèrent alliés contre les marchands de tapis, les marchands de cinéma, les combinards et les métèques – cette dernière formule n'étant pas encore formulée clairement dans l'esprit d'Éric. Il enchaîna donc :

« Je suis bien d'accord avec vous. »

La voix d'Éric était convaincue et la fureur craintive d'Armand faiblit et laissa place à une camaraderie de classe. Brusquement, c'était comme si l'un et l'autre avaient été adolescents à Eton, pendant que Simon l'était à la Goutte-d'Or. Rassuré, Armand, renonçant provisoirement à tout bellicisme, se chercha désormais des antipathies partagées avec « son communiste ».

« La petite grue qui l'accompagne est d'une vulgarité étonnante », continua-t-il avec entrain...

Et il termina sa phrase d'un rire sec, inquiétant, le même type de rire qu'on attendait des féroces hommes d'affaires, dans les films noirs série B ; Éric, qui avait tiqué au terme « grue », bien démodé quand même, fut réconforté par le rire féroce. Il renchérit :

« Oui… dans le style starlette intellectuelle… enfin… ayant des prétentions intellectuelles, c'est l'une des petites putes les plus ennuyeuses que j'aie rencontrées jusqu'ici ! Elle me ferait même prendre en pitié ce malheureux cinéaste enrichi… Elle aura vite fait de le ruiner ! Pauvre Béjard !… »

Et les deux hommes, dans une subite et virile compassion, hochèrent la tête, tout attristés par les malheurs de Simon Béjard.

Ni l'un ni l'autre n'avait entendu arriver Olga derrière eux. Elle leur apportait, dans sa main blanche, une pierre noire et translucide que lui avait confiée un barman et sur laquelle elle s'apprêtait à demander à ces deux esprits forts leur opinion : si c'était bien une météorite, une étoile vitrifiée, tombée par miracle sur ce paquebot, une étoile tombée d'une autre planète et peut-être jetée dans le vide par un autre être vivant, lui-même peut-être seul, ou se croyant seul au monde… etc.

Olga, bref, était venue les retrouver telle une adolescente naïve et enthousiaste, sur la pointe des pieds, la main en avant et l'air extasié. Elle repartit aussi sur la pointe des pieds, mais le poing serré et l'air d'une femme mûre, d'une femme féroce, ivre de haine et d'humiliation, rôle que pour une fois elle n'avait pas la moindre peine à jouer. Appuyée sur la rambarde du bateau, hors de vue, Olga Lamouroux pleura, pour la première fois depuis longtemps, enfin pour la première fois sans témoins depuis longtemps.

Un peu plus tard, elle se calma, chassa cette petite phrase lancinante et foudroyante de sa tête – cette petite phrase qui zigzaguait d'un coin à l'autre de son cerveau et s'y cognait partout pour en sortir, telle une mouche sous un verre – cette petite phrase prononcée par Éric : « Dans le style prétentieux et intellectuel, c'est l'une des petites putes les plus ennuyeuses… etc. » Ce n'était pas le terme « pute » qui la blessait au vif – loin de là – c'était avant tout les trois autres, et qu'ils soient dits par Éric Lethuillier lui-même, directeur du *Forum*. Ces trois mots, en dehors de toute considération sentimentale (qui ne l'effleurait même pas d'ailleurs), la jetaient dans un désespoir humilié, un de ces désespoirs qui – à en lire Stendhal, Dostoïevski, Proust, et bien d'autres – peuvent être les plus douloureux. Au demeurant, Olga Lamouroux n'avait jamais lu Stendhal, ni Dostoïevski, ni Proust, ni grand monde, quoi qu'elle en dise ; elle n'avait lu que ce que l'on disait d'eux, et cela plutôt dans *Paris-Match* ou *Jours de France*, à l'occasion d'un cinquantenaire, que dans *Les Nouvelles littéraires*. À ces renseignements précieux, elle ajoutait une petite note personnelle, fournie par Micheline, son amie intellectuelle, mais en fait elle n'avait rien lu. Aussi c'est sans l'appui d'aucune référence qu'Olga Lamouroux – plus exactement Marceline Favrot, née à Salon-de-Provence (d'une mère tendre et mercière, le second terme ayant empêché sa fille d'apprécier le premier) –, qu'Olga, donc, se tordit réellement les mains, mais en vain, pendant plus d'une heure pour échapper aux délires et aux cris de son orgueil blessé. Olga n'avait aucun recul sur elle-même ; elle n'avait d'elle-même qu'une vision stylisée et fausse, mais c'était une version triomphante qu'elle était arrivée à se construire avec un certain courage contre toutes les preuves du contraire que lui assenait la vie. Aussi, en même temps que sa vanité, c'était peut-être ce qu'il y avait de mieux en elle : ce courage, donc cet entêtement, cette naïveté de l'enfance éblouie par des leurres, ce refus d'une existence terne (ou tout au moins qui lui semblait telle). C'était peut-être aussi ses efforts, ses nuits de veille pour acquérir « même » les apparences d'une culture plus étendue que celle du lycée de Salon, c'était sa confiance dans sa vie, dans sa jeunesse, dans sa beauté et dans sa chance qu'Éric venait de foudroyer ou de mettre à mal. Et ainsi cette décision implacable, ce désir de recourir à la vengeance correspondaient-ils aussi bien à ses qualités qu'à ses manques. La rapidité qu'elle mit, délaissant sa souffrance, à chercher des armes, un moyen de la faire payer à Éric, était d'une certaine façon tout à fait estimable. Cela était au demeurant déjà traduit dans une version délibérément mensongère, à l'intention de ses deux confidentes, Micheline ou Fernande, par la formule suivante : « Je décidai aussitôt que ça allait coûter cher à Éric Lethuillier. Il allait voir ce que ça représentait de s'attaquer, devant Olga Lamouroux, la future star, à une jeune femme désarmée, fût-elle la sienne, la jeune et riche Clarisse Baron, des Aciéries. »

En attendant la vengeance, elle refoulait ses larmes, les rattrapait au bas de sa joue et s'étonnait vaguement de leur absence de sel. Elle se laissait quand même secouer les épaules par les sanglots mais par abandon plus que par docilité envers son gros chagrin (une docilité teintée d'admiration, car depuis dix ans, elle ne se croyait plus, à force de les simuler, capable de larmes réelles). Pourtant, en cet instant, c'étaient des larmes vraies qui se pressaient, jaillissaient de ses paupières, tandis que ses épaules se courbaient sous des spasmes incontrôlés : c'était une femme, ou plutôt une enfant au désespoir – qu'elle ne connaissait pas, ou plus – qui pleurait à sa place, une « autre ». Étonnée donc, mais assez épatée de cette capacité de l'autre à la souffrance, Olga, machinalement, tentait d'en rehausser les causes. Peu à peu, elle se mit à pleurer sur la médiocrité des êtres, sur la dureté de certains hommes qui auraient dû être le contraire, ces hommes sur qui le peuple généreux et confiant, le peuple au grand cœur, comptait en ce moment pour le sortir des ornières. Elle pleurait sur la naïveté des pauvres lecteurs du *Forum*. Elle oubliait que c'étaient des intellectuels de gauche (ou de droite), que c'étaient des grands ou petits bourgeois, en tout cas des nantis qui pouvaient l'acheter et se pencher avec lui sur ce fameux peuple : ce peuple dont personne, à part ses bateleurs officiels, évidemment, ne croyait ou ne voulait faire partie finalement, « ce peuple » dont la seule marque distinctive était peut-être qu'il n'usait jamais de ce vocable.

Quoi qu'il en soit, lorsque Julien, qui faisait le tour du pont à grands pas – les grands pas, les enjambées, les escalades quatre à quatre, les embardées du bonheur en amour –, lorsque Julien trébucha sur elle, c'étaient des pleurs altruistes qu'elle répandait dans les flots bleus, et qu'en s'accrochant à lui, elle déversa sur son veston. « Pourquoi donc n'avait-elle pas jeté son dévolu sur celui-là ? se disait-elle. Bien sûr, il ne faisait pas du tout sérieux, bien sûr, il ne représentait rien et bien sûr, jusque-là, il ne s'était pas intéressé à la seule chose intéressante sur ce bateau, c'est-à-dire à elle-même, Olga… Mais lui, au moins, lui susurrait Marceline Favrot dans son naïf désespoir, lui, au moins, avait une bonne tête !

Bien sûr… il était amoureux de Clarisse… la belle Clarisse… l'ex-grotesque Clarisse… et cette rivalité inattendue n'arrangeait pas non plus ses petites affaires », pensait-elle en même temps qu'elle se rendait compte que, grâce à Julien, son désespoir et sa destinée se réduisaient dans sa propre tête au terme de « petites affaires ». C'était peut-être le visage de cet homme qui provoquait ça, avec ses sourcils broussailleux, ses dents blanches, sa bouche pleine sous ses beaux yeux marron et son grand nez de biais. Il avait des cils longs comme ceux d'une femme, remarqua-t-elle pour la première fois, des cils inattendus chez un homme si masculin et si évidemment ravi de l'être… On pouvait être jaloux de ce Julien Peyrat après tout… et le bel Éric aurait bien dû penser à être le premier à l'être si elle évoquait la scène surprise cet après-midi même… Car maintenant qu'elle n'aimait plus Éric – ou plutôt qu'elle ne se disait plus qu'elle l'aimait, ce qui était bien possible, au demeurant – il lui semblait beaucoup moins séduisant. Et à y penser, cette escapade à Capri avait été singulièrement dépourvue d'intérêt sur un certain plan, plan sur lequel Julien Peyrat, au contraire, lui aurait sans doute laissé de meilleurs souvenirs…

Olga était frigide et changeait ce triste adjectif en un autre plus séduisant : elle se disait « froide » afin qu'on ne l'accuse pas de l'être, et qu'on espère ainsi la changer. Éric jaloux de Peyrat… Mais pourquoi pas ? Ses larmes dont le flot tarissait, à ce que croyait Julien, redoublèrent, mais cette fois à son injonction. Les pleurs marchaient dans n'importe quelle stratégie auprès de ces hommes-là, lui rappelait son expérience.

Julien avait d'abord été désagréablement frappé par ces larmes. Il semblait sur ce bateau qu'il fût destiné, songeait-il sans joie, à un rôle de consolateur dont il n'avait pas l'habitude. Tout aussitôt, cette pensée lui sembla blasphématoire ! Il savait après tout que les larmes de Clarisse n'étaient pas comparables à celles d'Olga ! Ni par leur motif, ni par les yeux dont elles s'échappaient ; ni, plus prosaïquement, par leur fluidité. Olga reniflait beaucoup en pleurant et la manche de Julien luisait de reflets plutôt inquiétants... Julien passa un bras protecteur autour des épaules d'Olga et d'un geste enveloppant la serra contre lui un instant. Quand il la lâcha et qu'elle recula, il fut ravi de voir qu'il lui avait rendu ce vilain cadeau. Satisfait, Julien reporta son attention sur les fortes paroles de l'affligée.

« J'ai entendu une conversation, disait-elle à voix basse, qui m'a indignée... Indignée jusqu'à me mettre dans cet état ! Je suis trop candide, sans doute... »

Elle eut un petit geste éperdu et futile de la main qui en signifiait long sur les folles conséquences de sa naïve jeunesse.

« Et qu'est-ce qui a bien pu frapper cette candeur ? » demanda Julien sans broncher, l'air grave même.

Il pensait au récit qu'il ferait à Clarisse, au rire qu'ils auraient ensemble, et il se rendit compte avec terreur que déjà, déjà, il ne lui arrivait rien qu'aussitôt il ne rêvât de lui raconter. Était-ce pour lui de l'amour ? pensa-t-il : l'envie de tout dire à la même personne, et que tout ce qui vous arrive vous semble ainsi drôle ou passionnant. En même temps qu'amoureux, il était devenu cruel, remarqua-t-il aussi : après tout, cette jeune Olga, malgré tous ses ridicules, pouvait fort bien être malheureuse...

Éric Lethuillier avait sûrement, dans sa morgue, de quoi blesser profondément deux femmes.

« Que s'est-il passé ? » répéta-t-il avec de la chaleur dans la voix soudain, et un instant Olga faillit le lui dire.

Non, pas Olga d'ailleurs, mais cette Marceline Favrot à jamais provinciale, à jamais confiante et aussi à jamais sentimentale sur laquelle, Dieu merci, Olga Lamouroux veillait. Et ce fut Olga qui répondit :

« Rien. Rien de particulier, mais les propos de ce M. Bautet-Lebrêche m'ont anéantie. Il devrait y avoir des limites à l'ignoble, non ? demanda-t-elle dans son envolée.

— Il devrait y en avoir, oui, marmonna vaguement Julien qui, ayant fait un effort sincère, brûlait maintenant de reprendre sa promenade dans le vent. Si vous avez un jour besoin de moi... » dit-il poliment (espérant marquer par là que ce besoin, pour lui, était prévu pour le futur).

Olga ayant souri, hoché la tête avec gratitude, déjà, il repartait au galop. Olga le regarda disparaître derrière une cheminée ; et un instant elle se demanda pourquoi elle n'avait jamais pu tomber amoureuse de ce genre d'homme qu'elle eût rendu si heureux (ignorant que ce « genre d'homme », un peu plus loin, se demandait aussi pourquoi il n'avait jamais pu aimer ce genre de femme). Elle revint vite à son propos : comment punir Éric ? Par sa femme, par la belle Clarisse, bien sûr... C'était là la seule faille qu'elle lui vît. Encore qu'elle n'en connût ni l'origine ni l'importance.

Clarisse, chez qui la vie revenait au fur et à mesure qu'elle commettait des imprudences, dont le bonheur redoublait avec les remords, était arrivée au bar avant Éric, l'air distrait, mais sournois. Elle avait profité de la douche d'Éric pour s'habiller en hâte, tandis qu'il sifflotait à côté, et s'éclipser sans bruit et sans refermer la porte. Il allait s'exaspérer de cette fuite et arriver très vite, mais dix minutes, cinq minutes, ou trois minutes avec Julien, avec l'homme qui lui avait rendu le goût d'elle-même, de l'apparence et de la vie profonde de son corps (sinon le goût, tout au moins l'acceptation), ces dix minutes valaient bien des scènes. Elle avait mille choses à lui dire, qu'elle avait retrouvées, et lui, de son côté, avait pour elle mille réponses et mille questions, mais cela n'empêcha pas qu'ils restassent d'abord immobiles et muets sur leurs tabourets de cuir, avant de commencer à parler, ensemble, et de s'arrêter, ensemble, avec les mêmes excuses, comme dans les pires comédies américaines. Ils perdirent trente secondes de plus à s'offrir mutuellement la parole et à la décliner, et finalement, ce fut Julien qui se lança à bride abattue dans un monologue exalté :

« Qu'allons-nous faire, Clarisse ?... Vous n'allez pas repartir avec cet homme une fois arrivée à Cannes ? Vous n'allez pas me quitter ? C'est ridicule… Vous savez, il vaudrait mieux le lui dire tout de suite !… Voulez-vous que je le lui dise moi-même ? Je m'en charge, moi, de le lui dire, si vous ne pouvez pas… Si tu ne peux pas », reprit-il avec ce regard tendre dont elle n'éprouvait déjà que trop le pouvoir.

En fait, Julien avait le sourire d'un homme réellement tendre, d'un homme réellement bon ; c'était la première fois que Clarisse subissait la séduction de cette plate vertu dénommée « bonté », et qui lui donnait exactement ce que lui refusait le regard d'Éric : l'assurance, déjà, grâce à ce semi-étranger, son amant, d'être inconditionnellement acceptée, aimée, et non pas jugée par un être supérieur. Après tout peut-être Éric, simplement, ne l'aimait-il pas, peut-être lui en voulait-il de ne rien faire qui lui permît de divorcer… Peut-être serait-il enchanté au contraire que Julien lui demandât sa main, et malgré l'extravagance de la chose ?… Mais Clarisse savait bien que ce n'était pas simple ; et plus le regard de Julien, et son désir la persuadaient de sa beauté (une beauté sans fadeur), et de son droit à la liberté comme au bonheur, plus elle se rendait compte de ce qu'avait d'incompréhensible le comportement d'Éric. Elle comprenait, sans colère, qu'elle avait été littéralement chambrée et enfermée dans une vision négative d'elle-même, dans son regard, non seulement sans indulgence, mais sans doute même agressif. Et qu'avait-elle pu lui faire, sinon être riche ? comme le disait Julien. Mais là, elle ne poursuivait pas son enquête, elle s'arrêtait au bord des histoires d'argent comme devant des marais infectés où elle s'enliserait si elle y cherchait la trace des pas d'Éric. Elle savait, elle était sûre que si Julien parlait à Éric, ou si Éric savait par d'autres ce qui leur arrivait, les conséquences en seraient terrifiantes… pour Julien comme pour elle. Et autant l'œil tendre de Julien la rassurait, comblant sa famine sentimentale, autant il l'inquiétait quand elle lui voyait opposées ces manœuvres subtiles et glacées d'Éric, qu'elle connaissait trop bien.

« Ne dis rien, dit-elle. Je t'en supplie, ne dis rien maintenant. Attends… attends la fin de la croisière… Sur ce bateau, tous ensemble et tous avertis, ce serait affreux, épuisant… Je ne pourrais pas fuir Éric. Je ne pourrais le fuir que sur la terre ferme et encore je ne suis pas sûre qu'il ne me récupérerait pas par la force, d'une manière ou d'une autre… » continua-t-elle avec un sourire très gai, et même un léger rire qui laissèrent Julien un instant ahuri avant que la main d'Edma Bautet-Lebrêche, passant derrière lui pour attraper une noisette sur le bar, le renseignât sur les raisons de ce rire inopportun.

« Ma chère Clarisse, dit Edma, puis-je vous remplacer auprès de M. Peyrat ? Votre mari nous arrive à grands pas, tel Othello… Il serait déjà là, même, si Charley ne l'avait happé au passage avec une histoire de télex. »

Et laissant Clarisse sur son tabouret, à la droite de Julien, Edma prit le tabouret à la gauche de ce dernier et se mit à lui parler avec verve, lui faisant ainsi tourner le dos à Clarisse qui se retrouva devant la Doriacci, souriante et complice.

« Savez-vous, monsieur Peyrat, dit Edma "avec un sourire charmant", pensa-t-il pour une fois, savez-vous que depuis le départ de cette croisière, je m'évertue à vous plaire ?… Je vous fais des clins d'œil, je vous regarde, je parle à votre intention, je ris avec vous, que sais-je… Je me rends ridicule et sans le moindre écho… J'en suis fort humiliée et fort triste, monsieur Peyrat… »

Julien, l'esprit embrouillé par les derniers mots de Clarisse, fit un effort surhumain pour comprendre ce qu'on lui disait et, quand il l'eut fait, cet effort ne put que redoubler sa gêne. Il avait remarqué les manœuvres dont parlait Edma, et cru préférable, pour elle comme pour lui, de ne pas le montrer. Qu'elle lui en parlât si ouvertement lui parut terrifiant (il était terrifié, en fait, depuis toujours à l'idée d'humilier qui que ce soit, et surtout une femme).

« Mais, dit-il, je ne pensais pas… je ne pensais pas que c'était moi… Enfin, que vous, vous pensiez…

— Ne bafouillez pas, dit Edma, toujours souriante, ne bafouillez pas et ne mentez pas. En effet, je vous ai fait la cour, monsieur Peyrat, mais je vous l'ai faite à l'imparfait. Je voulais simplement que vous compreniez que si j'avais été sur ce bateau, avec vous il y a vingt ans, ou dix d'ailleurs, c'était vous que j'aurais choisi, avec votre accord, pour tromper M. Bautet-Lebrêche. Cela vous semblera peut-être douteux, mais même dans son milieu, j'ai trouvé des hommes assez charmants pour que je les aime… Et j'ai gardé envers votre espèce masculine une amitié qui ne s'est pas démentie et qui ne se démentira plus maintenant d'ailleurs – faute d'occasions de se démentir… C'est une admiration toute platonique, croyez-moi, une affection pleine de regrets, mais faite de souvenirs heureux que je vous proposais… »

Elle avait la voix un peu triste, soudain, et Julien eut honte de lui, honte de ses arrière-pensées et de ses réticences. Il prit la main d'Edma, la baisa. Et en relevant les yeux, se retournant, il tomba sur le regard ironique, méprisant, presque ouvertement insultant d'Éric Lethuillier assis de l'autre côté de Clarisse. Ils se fixèrent et Julien se pencha vers Éric, effleurant Clarisse qui regardait devant elle.

« Vous me parliez ? dit-il à Éric.

— Mais jamais de la vie ! répondit Éric Lethuillier, l'air étonné, comme si cette éventualité lui eût paru déshonorante.

— Je l'ai pourtant cru », dit Julien d'une voix neutre.

Et il y eut entre eux, comme entre deux chiens méchants, une sorte de vide lourd. Un arrêt du temps, une immobilité sifflante qui était celle de la haine. Charley sauva la mise à son habitude, en tapant des mains et criant « *Hello, people !* » de sa voix un peu nasillarde. Tout le monde se retourna vers lui, les deux hommes restèrent un instant de plus accrochés l'un à l'autre du regard, jusqu'à ce qu'Edma mette pratiquement la main sur les yeux de Julien en faisant « chut », comme s'il parlait, pour qu'il se retournât vers Charley.

« Est-ce que tout le monde est là ? cria Charley. Ah ! il manque Simon Béjard et Mlle Lamouroux… Et aussi M. Bautet-Lebrêche. Enfin, vous leur transmettrez, s'il vous plaît, le nouvel ordre du bord. Voulez-vous que nous nous arrêtions demain, avant Carthage, aux îles Zembra pour prendre le dernier bain avant l'hiver ?… Nous pouvons mouiller près d'une petite île où il y a du fond et de grandes plages. J'ai pensé que cela ferait plaisir à tout le monde… »

Il y eut quelques exclamations approbatrices, mais moins que de silences – les passagers du *Narcissus* n'ayant en général pas intérêt à se dénuder, vu leur âge. Seuls Andréas, que cette mer bleue grisait, et Julien qui n'aimait pas trop la nage, ni le tennis, ni aucun sport qui ne soit pas les courses de chevaux, mais que toute échappatoire à ce bateau, toute occasion de revoir Clarisse enthousiasmait, applaudirent bruyamment, tandis qu'Éric faisait un signe approbateur de la tête. La Doriacci, Edma et Clarisse ne bronchèrent pas, mais pour des raisons différentes. Les deux premières pour des soucis esthétiques, Clarisse parce que depuis qu'Éric était assis près d'elle elle avait peur à nouveau de tout : d'un bain dans la Méditerranée, comme d'un verre au bar avec Julien, comme de provoquer les sourires complices des autres passagers. Clarisse avait de nouveau peur d'aimer Julien, ou qui que ce soit. Elle se découvrit une migraine instantanée et partit se réfugier dans sa cabine.

Tout y dénonçait la présence d'Éric : ses vestes, ses papiers, ses journaux, ses calepins, ses chaussures, et rien ne lui rappelait Julien dont elle connaissait déjà les chemises froissées et les chaussures mal cirées, avec à ce moment-là une nostalgie aussi violente de ces vêtements mâles et froissés que de son corps. Elle aurait dû descendre à Syracuse et arrêter là la croisière et oublier Julien. Mais si elle était capable des deux premiers objets, elle n'était pas sûre du troisième. Elle savait bien qu'en renonçant à cette fuite, à l'instant qu'elle l'imaginait, ce n'était pas la colère ou les reproches d'Éric sur sa versatilité qu'elle craignait le plus. Elle ne ressortit ni pour le dîner ni pour le concert, et passa la nuit entre ces deux hypothèses : descendre à Syracuse ou aimer Julien, optant pour l'une ou l'autre toutes les heures, pour s'endormir à sept heures du matin, épuisée, mais heureuse de penser que cet épuisement, en tout cas, lui éviterait de faire ce choix, et par conséquent ses valises.

Julien ne s'était pas trompé sur l'agressivité d'Éric Lethuillier : celui-ci le haïssait en effet, déjà, d'une haine instinctive, supérieure à celle qu'il portait à Andréas, et surtout à Simon Béjard. Bien sûr, Éric avait quelques idées sur les femmes, tout à fait démodées et primaires – si l'on pensait à la liberté que le *Forum* réclamait pour les mêmes femmes. Le mauvais goût ou le bon n'étaient peut-être pas des critères quand il s'agissait des goûts sexuels d'une femme. (Encore qu'il crût, à force, Clarisse devenue tout à fait froide en amour – presque frigide – bien qu'il l'eût connue tout autrement.) Mais il ne lui paraissait quand même pas possible que ce fût à Simon Béjard qu'eût fait allusion Olga, dans l'après-midi même.

Elle lui avait donné rendez-vous au bar des premières classes, où leur arrivée avait été accueillie de mauvaise grâce, comme si une différence de trente mille francs pouvait créer une sorte de Harlem et les transformer, Olga et lui, en Blancs indésirables. Mais Olga n'avait pas paru se soucier un instant des autres passagers. Elle l'avait accueilli avec des démonstrations si évidentes de sa passion qu'il s'était finalement réjoui de s'être caché là : les mimiques d'Olga auraient sûrement paru forcées aux yeux perspicaces de Charley ou des autres, tout aussi forcées que leur acceptation par lui, Éric Lethuillier. Il la laissa déployer ses batteries et jouer de tous ses charmes avec une indifférence qui dépassait le mépris et tendait à l'exaspération, quand elle lui glissa en souriant, comme par hasard, la petite phrase qui devait gâcher sa journée. Cette petite phrase, elle apparut au détour d'un monologue d'Olga où elle s'inquiétait tout à coup des sentiments de Clarisse. Elle prétendait même ne pas vouloir être la cause du chagrin de celle-ci (« un peu tard », semblait-il à Éric), et insista tant là-dessus que quand elle lui demanda si Clarisse n'était en rien jalouse de lui et de ses écarts amoureux, il lui répondit aussitôt, pour éliminer ce sujet, « que Clarisse et lui ne s'aimaient plus depuis longtemps, qu'elle ne l'avait sans doute jamais aimé – contrairement à lui –, Clarisse étant indifférente, presque au stade schizophrénique, à autrui, y compris lui-même, Éric ». Après quelques mots de consolation tout à fait éclairés, Olga lui dit alors, avec un petit rire intimidé :

« Eh bien, heureusement, mon cher Éric... Je suis bien soulagée pour vous, comme pour elle...

— Pourquoi pour moi ? » demanda Éric machinalement, s'attendant à ce qu'elle évoque ses remords éventuels.

Mais Olga refusa de s'expliquer avec des airs nobles qui achevèrent l'exaspération et la rancune même d'Éric à son égard.

« Ma chère Olga, dit-il, après dix minutes de discussion sur les droits qu'il avait de savoir ce qu'elle savait, ma chère Olga, je croyais vous avoir fait comprendre que j'étais quelqu'un de clair. Pas plus que je ne vous cacherais rien sur les éventuels égarements de Simon Béjard, vous n'avez à me cacher quelque chose qui me touche, même indirectement. Si vous pensez le contraire, il vaudrait mieux nous en tenir là. »

Et de grosses larmes montèrent aussitôt aux yeux d'Olga, tandis que son visage se contractait, que son tourment se manifestait par mille battements de cils, et finalement elle en livra la cause à son amoureux, de moins en moins transi.

« C'est parce que je l'ai vue flirter un petit peu tout à l'heure, dit-elle en souriant. Et je ne vous dirai pas dans les bras de qui parce que je ne me le rappelle pas. Et même si cela était, je ne vous le dirais pas.

— Qu'appelez-vous flirter ? demanda Éric d'une voix nette, mais pâle, subitement, sous son hâle (ce qui fit bondir de joie le petit cœur d'Olga Lamouroux : elle tenait l'arme…).

— Flirter… flirter… comment le définissez-vous vous-même, Éric ?

— Je ne le définis pas, dit celui-ci sèchement et repoussant d'un geste du bras toute définition de cette activité futile, je ne flirte jamais : je fais l'amour avec quelqu'un ou je ne le fais pas du tout. Car je déteste les allumeuses.

— Voilà un défaut que vous ne pourrez pas me reprocher, dit Olga en minaudant et en s'accrochant à son bras. Je ne vous ai pas vraiment résisté longtemps. Peut-être pas assez… »

Éric dut se retenir pour ne pas la frapper. Il avait honte à l'idée qu'il avait dû se coucher dans le même lit que cette minable starlette débordante de ragots et de bêtise. Et dans sa colère, il avait même oublié ce qu'il voulait savoir. Olga le vit et murmura :

« Eh bien, disons qu'ils s'embrassaient sur la bouche, et passionnément. J'ai dû attendre trois minutes à ma montre pour pouvoir entrer dans ma cabine, plus loin que la vôtre... Quand ils se sont séparés, j'étais prête à retourner au bar tant ces ébats semblaient devoir durer longtemps...

— Et qui était-ce ? dit la voix d'Éric.

— Remarquez... dit Olga sans paraître entendre sa question, remarquez, quand vous parlez des allumeuses, je suis bien d'accord avec vous. D'ailleurs, je serais plutôt fière de vous avoir dit oui tout de suite, à vous, Éric, mon grand homme... ajouta-t-elle avec naïveté. Mais rien ne me dit que votre femme soit une allumeuse, et il est bien possible qu'elle ait éteint elle-même le feu qu'elle avait déclenché...

— Que voulez-vous dire ? » demanda Éric, avec toujours cet air aveugle derrière lequel il se débattait horriblement (comme le devinait Olga qui jubilait pour la première fois depuis vingt-quatre heures).

« Je veux dire par là que Clarisse, comme vous, a peut-être des amants, et qu'elle se conduit comme une femme honnête. En tout cas, celui-là, elle ne se bornera pas à l'allumer... Si ce n'avait été quatre heures de l'après-midi, et que vous ayez pu revenir par hasard dans votre cabine, ils s'y seraient volontiers enfermés l'un et l'autre... Je les voyais trembler de ma place ; à dix mètres.

— Mais qui ? » répéta Éric avec force. Et les gens autour d'eux le regardèrent.

« Tenez, payons et partons, dit Olga aussitôt. Je vous dirai tout ça dès que nous serons sortis d'ici. »

Mais quand Éric, ayant payé, voulut la rejoindre, elle ne l'avait pas attendu et s'était réfugiée dans sa cabine dont elle n'était pas encore sortie maintenant, à l'heure du bar. Et de ce fait, Éric ne savait pas lequel de ces trois hommes avait embrassé sa femme, Clarisse, et auquel elle avait rendu ses baisers. Andréas semblait occupé, Julien Peyrat était un tricheur, un aventurier, donc incapable de cet absolu dans l'amour qui était la seule exigence de Clarisse ; quant à Simon Béjard, Olga n'aurait pas pu résister à lui dire son nom. Peut-être était-ce Andréas après tout, auquel la Doriacci donnait une liberté parfaite… « Mais il aurait fallu qu'il soit bien vaillant en amour », se répétait Éric en dévisageant Julien, pour y découvrir l'homme attirant, peut-être, vu par Clarisse. C'est à ce moment-là que Julien avait relevé les yeux, qu'ils s'étaient affrontés comme deux rivaux, et qu'Éric avait su le nom de l'ennemi. En s'asseyant près de Clarisse, dès son arrivée, il se sentait bouillir de fureur et de quelque chose d'autre qu'il se refusait totalement à nommer désespoir. Il garda assez de sang-froid pour passer la soirée sans tout casser et tout dire. Plus que tout l'humiliait l'idée de ses coquetteries avec Olga, de ses manœuvres si intelligentes et si fines de psychologie alors que Clarisse, elle, avait fait monter son amant sur ce bateau – à moins qu'il ne le soit devenu en trois jours, ce qu'Éric ne pouvait ni ne voulait croire, car cela lui eût prouvé que Clarisse était encore capable de ces coups de foudre, de ces éclats passionnels dont il avait bénéficié une fois, et qu'il avait tout fait pour ne pas voir réapparaître sur le visage de sa femme.

Le dîner, malgré ce début prometteur, se passa en bonne intelligence, et bien que ce terme, si on tenait compte du rire de gorge d'Edma et du regard d'Éric, fût un tant soit peu optimiste.

Ce dîner, en tout cas, permit à Julien Peyrat qui commençait déjà à construire des châteaux en Espagne, c'est-à-dire, sa vie d'homme marié avec Clarisse ex-Lethuillier redevenue Clarisse Baron ou plutôt Clarisse ex-Baron, femme Peyrat, Julien, d'ores et déjà, refusant tous centimes ou tous milliards de sa riche famille, refusant toute équivoque susceptible de faire douter Clarisse, sa « femme » de son amour fou, Julien Peyrat qui du fait de ce refus se relançait mentalement dans des combinaisons et des machinations exténuantes, grâce à ce dîner calme bref, Julien put confier son Marquet aux soins de Charley Bollinger, impresario idéal pour ce genre de tractation ; impresario d'autant plus parfait que Julien, tout en lui chuchotant le prix incroyablement bas de ce tableau, les raisons de ce prix et les circonstances de son achat, exceptionnellement compliquées et dans lesquelles il finissait lui-même par ne pas plus se retrouver que le pauvre Charley, Julien tout en lui laissant entendre sa passion pour ce tableau et quand même et aussi la douloureuse mais possible éventualité qu'il s'en séparât, Julien au dessert s'était laissé emmener par Charley quasiment de force jusqu'à sa cabine : et là, ouvrant sa valise il en avait tiré son tableau entouré de papier journal, allongé entre deux chemises, bloqué par deux paires de chaussettes, comme seuls peuvent se le permettre les grands, les vrais tableaux ; et il avait ainsi irréversiblement convaincu Charley qu'un des plus beaux Marquet du monde se trouvait à bord du *Narcissus* et que n'importe lequel de ses passagers, pour peu qu'il disposât des vingt-cinq malheureux millions d'anciens francs, pouvait les échanger contre ce tableau qui en valait mille en soi, mais deux cents à la vente… comme l'attestaient une demi-douzaine de papiers, signés des grands experts aux noms à la fois inconnus mais familiers à l'oreille. En le quittant Julien était tout à fait sûr de la propagation foudroyante de cette conviction parmi les heureux et riches pigeons ramassés sur ce bateau, d'autant plus qu'il avait presque fait jurer à Charley de n'en toucher mot à personne.

Ce n'est qu'allongé sur sa couchette, vers deux heures du matin, qu'Éric commença à échafauder un plan de sabotage.

Finalement ce ne fut pas lui qui souffrit le plus de cette révélation, du moins cette nuit-là, ce fut Simon Béjard qui n'y était pour rien.

En rentrant dans sa cabine, Olga, toutes larmes séchées depuis des heures, avait néanmoins hésité un instant après avoir ouvert la porte. Elle avait découvert dans son lit aux draps bien tirés, les cheveux bien peignés, plus bronzé que rouge à présent, dans un pyjama de soie bleue, Simon Béjard qui l'attendait, une bouteille de champagne non débouchée entre leurs deux couchettes et qui avait levé vers elle ses vilains yeux malins, mais naïfs, brillants de plaisir à la voir ; Simon Béjard pour lequel elle avait eu pour la première fois une sorte de gratitude. Lui, au moins, ne la prenait pas pour « une pute faussement intellectuelle ». Et un instant, elle faillit tout lui dire de son humiliation ; elle faillit lui confier ses blessures à lécher et son orgueil à venger – comme la suppliait de le faire sa jeune jumelle effondrée, Marceline Favrot. Et sans doute, si celle-ci avait gagné, les relations d'Olga et de Simon auraient-elles pu être tout autres que ce qu'elles étaient depuis le départ. Mais Olga gagna, et son humiliation l'étouffait moins que son désir de vengeance. Elle relevait l'échine sous le coup, brûlait de frapper à son tour, et peut-être fut-ce le meilleur d'elle-même qui la poussa à raconter en détail, et avec férocité, non pas le déroulement de cette journée, mais le déroulement de la soirée de Capri dont elle ne lui cacha rien, sauf, bien sûr, l'ennui et l'absence de romanesque. Simon Béjard resta longtemps silencieux après cette avalanche d'horreurs, lui semblait-il, et incapable de la regarder tandis qu'elle se déshabillait avec des gestes brutaux, peut-être gênée confusément par ce qu'elle venait de faire et par l'inutilité de cette confidence. Et, en effet, Simon Béjard était moins blessé de ce qu'elle eût couché avec ce salopard de Lethuillier, que de ce qu'elle le lui ait dit sans nécessité, de ce qu'elle lui ait infligé une vérité qu'il ne lui demandait pas et qu'elle savait douloureuse pour lui. Ce n'était pas l'infidélité d'Olga, mais son indifférence envers lui, envers son bonheur ou son malheur éventuel – indifférence prouvée par ce récit cruel – qu'il trouvait le plus atroce dans tout ça. Et quand elle lui dit sans se retourner, et pour rompre ce silence qu'il gardait depuis la fin du récit : « Je te respecte trop pour te mentir, Simon », d'une voix pieuse, il ne put s'empêcher de répondre : « Mais tu ne m'aimes pas assez pour éviter de me faire de la peine », d'une voix amère et acerbe sous laquelle Olga réagit, et se transforma d'humble pécheresse en fière et susceptible Olga Lamouroux, née en Touraine d'une famille de grands bourgeois qui, malgré leurs vices, veillaient sur leur honneur, semblait-il.

« Tu aurais préféré peut-être ne rien savoir ?… demanda-t-elle : être trompé et que les gens rient dans ton dos ? Ou alors l'apprendre par cette concierge de Charley ?… Et dans ce cas, tu aurais fermé les yeux, n'est-ce pas ? La complaisance est une chose courante, je crois, dans les milieux cinématographiques…

— Je te signale que tu y es depuis huit ans, dans ce milieu, dit Simon Béjard malgré lui, car il avait envie de tout, sauf d'une scène en cet instant.

— Sept ans, rectifia Olga. Sept ans qui, figure-toi, n'ont pas entamé mon horreur des ménages à trois, de l'hypocrisie et des partouzes. Si tu aimes ça, fais-le sans moi, veux-tu… »

Mais Simon s'était levé malgré lui, blanc de colère, et Olga recula d'un pas devant ce visage inconnu et furieux !

« Si nous couchions à trois, dit Simon, ce ne serait pas ma faute, si ? Ce n'est pas moi qui aurais amené le troisième, si ? Tu ne crois pas que… »

Il bégayait de fureur et Olga, coincée, se dégagea avec des cris qui calmèrent aussitôt Simon, allergique au scandale depuis toujours. Elle lui renvoya sa question sans daigner répondre à la sienne.

« Tu n'as pas répondu, Simon : serais-tu un homme complaisant ou non ?

— Sûrement non, dit-il. Ou tu arrêtes cette histoire, ou je te descends à Syracuse. »

Et il l'aurait fait en cet instant, tant il était humilié de souffrir pour cette femme menteuse et mesquine. Olga le comprit et soudain se vit seule sur un aéroport sicilien, sa valise à la main ; avant de pousser plus loin son imagination et de se voir préférer une autre jeune actrice dans la prochaine production de Simon Béjard. « Mais je suis folle… se dit-elle : j'ai deux contrats avec lui, même pas signés, je m'amuse avec un infect goujat et je le lui dis… Ressaisissons-nous… » Et elle se ressaisit en effet en s'effondrant dans les bras de Simon, en l'arrosant de larmes limpides, celles-ci, et en secouant ses épaules de sanglots, mais avec assez de vérité pour que Simon, trop heureux de cette conclusion, la prît dans ses bras et la consolât, le cœur serré par les mensonges mélodramatiques qu'elle bégayait contre sa joue, pas longtemps, car ce fut vite ses lèvres qu'il écouta, et son corps qu'il questionna de son propre corps sans en retirer une autre réponse que ces mêmes cris extasiés qui ne lui apprenaient rien.

Mais tandis qu'il fumait lentement, après, allongé sur le dos, les yeux fixés sur le hublot plus clair, dans le noir, Olga, endormie, bougea, mit sa main sur la hanche de Simon avec un grognement de satisfaction qu'il prit pour du bonheur, et qui le fit se pencher en aveugle sur le visage de cette enfant docile dont il avait plus que tout le désir d'être aimé. Il tenta alors de s'endormir, n'y parvint pas, ralluma, prit un livre, le referma, éteignit. Rien n'y fit. Deux heures plus tard, il lui fallut se rendre à l'évidence.

Simon Béjard, allongé sur sa couchette, les genoux repliés et la tête penchée dans une position dite fœtale, Simon Béjard, en ce moment le producteur le plus envié de France et peut-être d'Europe, se payait un chagrin d'amour. Et au lieu de profiter de sa chance, il se terrait dans un lit loué neuf jours pour une fortune à la Compagnie Pottin, un lit qui n'était pas le sien, ne le serait jamais, un lit peut-être différent de ses prédécesseurs par son luxe mais non par sa solitude qui y paraissait même plus éclatante; un lit semblable à tous ceux où il avait vécu pendant trente ans, dont il savait en les quittant au matin qu'il ne les reverrait pas. Et Simon Béjard qui n'avait donc jamais eu un lit à lui et dont le seul toit était en ce moment celui du *Plaza*, avenue Montaigne, Simon se sentit tout à coup désespérément attiré par tout ce qu'il avait fui et méprisé toute sa vie : Simon souhaitait avoir son toit, son lit, et pouvoir y mourir – mais à condition que ce lit et cette vie, Olga Lamouroux les partageât. Il avait suffi pour qu'il en arrivât là, après trente ans de dèche et de solitude, qu'il soit brusquement livré à l'oisiveté, au luxe et à la compagnie durable d'une femme. Ces trois mois avaient suffi pour qu'il tombe amoureux d'une starlette et qu'il pleurniche sur sa couchette quand elle le trompait au lieu de la jeter dehors et de l'oublier en trois jours, comme il l'eût fait à Paris. Au travers de toutes ces pensées, en fond sonore, il entendait un bruit caressant et fuyant, celui du bateau qui fendait des eaux placides et sombres avec un doux bruit d'eau libre, d'eau salée, d'eau marine, très distinct du bruit des rivières, remarqua-t-il, rêveur, tout à coup, loin d'Olga, revenu à ses années d'enfance, dans cette province plate aux teintes si vertes et si jaunes, où se glissaient, en reflétant le ciel, des rivières transparentes ; tandis qu'un enfant, les yeux fixés sur un bouchon rouge au bout d'une ligne, un enfant passionné et maladroit déjà, lui-même, transpirait au soleil. Mais qu'est-ce que ces souvenirs venaient faire dans sa tête et dans ces circonstances inopportunes ?... Il ne se rappelait jamais son enfance, il l'avait oubliée depuis belle lurette, du moins le croyait-il. Son enfance était reléguée, avec quelques scénarios trop plaintifs ou trop plats, dans le placard aux archives d'où ils ne devaient plus sortir, ni les uns ni les autres.

Simon se leva dans l'obscurité, alla jusqu'à la salle de bains et y avala deux verres d'eau, coup sur coup, avec une emphase et des gestes de tragédie, puis alluma et se jeta un regard de biais dans la glace. Il se rapprocha de sa figure lugubre et plutôt laide, avec ses traits mous et ses yeux bleus à fleur de tête, ce teint cadavérique qu'il conservait même sous le bronzage, et cette bouche dont la sensualité avait été quelquefois appréciée ; mais vingt ans plus tôt, alors que la sensualité l'intéressait à peine, plutôt moins que le football, et en tout cas bien moins que le cinéma ! Ce visage à qui il n'eût confié, dans une de ses productions, qu'un troisième rôle (et encore, un rôle d'homme trompé par sa femme, méprisé par son patron, un rôle de gaffeur ou de goujat). Par quelle folie, quelle inconscience voulait-il qu'Olga l'aimât, ce visage ? Comment pouvait-elle même supporter qu'il l'appuyât au sien ? Et comment pouvait-elle passer les mains dans ses cheveux devenus rarissimes ? Comment pouvait-elle supporter contre son corps mince et souple et musclé de jeune femme à la page son corps à lui, Simon, gonflé d'alcool et de sandwiches avalés à la hâte, son corps où les muscles se relâchaient sans avoir jamais été tendus, et dont l'estomac s'alourdissait à force de voiture ? (Le fait qu'une Mercedes remplaçait sa vieille Simca ne changeait rien à la chose, comme il l'avait cru pourtant.) Ah ! il n'était pas aussi beau que les autres hommes de ce bateau : le charmant Julien et le superbe Andréas et le bel Éric… Ce fumier, ce salopard, ce bel Éric.

Simon attrapa un tube de somnifères, en prit un, l'avala, fit sauter les autres dans sa main, faisant semblant d'hésiter pour s'éblouir. Mais il savait fort bien qu'il était incapable de cette solution. Et tout compte fait, il n'éprouvait aucune honte de cette certitude-là : au contraire.

On arriverait au soir à Carthage, mais à l'aube il pleuvait. Le *Narcissus* sortit de la nuit sur un ciel gris ferreux, trop penché sur une mer du même ton et dont l'eau semblait poisseuse, lourde. Il semblait que le monde s'arrêtât là, dans ce gris, et que le *Narcissus* n'en sortirait plus jamais. Les passagers seraient lugubres aujourd'hui, pensa Charley en arpentant pour la première fois de la journée les coursives de luxe et en rajustant sa cravate dans son blazer d'un brun mordoré (ravissant, certes, mais sévère, quand il pensait à l'ensemble de shantung beige qu'il avait prévu la veille). Aussi fut-il stupéfait quand il entendit le rire gigantesque et sonore de la Doriacci, un peu éraillé par l'insomnie, rire puissant qui aurait sûrement réveillé les passagers de ce pont, sans la protection involontaire que représentaient Hans-Helmut Kreuze et sa grande cabine. Comment ce malheureux pouvait-il dormir ? se demandait Charley en ralentissant le pas. Et d'ailleurs, dormait-il ?... Peut-être vivait-il des nuits blanches et excédées dont seule la terreur l'empêchait de se plaindre. Depuis l'incident du premier jour, Hans-Helmut, le Maestro, filait doux devant la Doriacci. Quant à Fuschia, le vétérinaire consulté à Porto-Vecchio avait dû comprendre son cas puisque grâce à ses pilules, le chien dormait sans discontinuer depuis deux jours. Un deuxième éclat de rire freina Charley définitivement, et il jeta autour de lui un coup d'œil furtif : Ellédocq était à son poste de commandement depuis une heure, surveillant une trajectoire immuable et évitant des obstacles inexistants ; il avait donc le temps et la possibilité... Il se retrouva penché, l'oreille sur la porte de l'appartement de la Doriacci, honteux et frétillant à la fois.

« ... Alors ? alors ?... La meunière n'a pas voulu payer l'hôtel finalement ?... C'est incroyable !... » disait la Doriacci.

Le bruit d'une claque sonore fit sursauter Charley qui ne comprit pas tout de suite et souhaita que ce fût la cuisse de la Diva et non la joue du pauvre Andréas qui l'eût subie.

« Ce n'était pas exactement ça, dit la voix d'Andréas. ("Une voix jeune, si jeune ! Quel dommage..." pensa Charley avec fièvre et désespoir.) Elle prétendait qu'on lui avait donné d'office un appartement, alors qu'elle n'avait demandé qu'une chambre, etc. Le patron disait que si. Elle m'a pris à témoin... Tout le monde était là, tout l'hôtel : les clients, le personnel... J'étais rouge comme une écrevisse...

— Mon Dieu ! Mais où vas-tu pêcher ces femmes ? » dit la Doriacci d'une voix tonnante et enchantée.

Elle avait l'habitude depuis des années, dans les bras de ses jeunes amants, d'entendre parler toujours des mêmes rivales. C'étaient les mêmes femmes de soixante ans ou plus qui se partageaient le marché des jeunes gens dorés, à Paris, Rome, New York et ailleurs. Et encore, ce marché était-il restreint par la concurrence croissante des pédérastes, moins fatigants et plus généreux généralement que les vicomtesses et les ladies encore en chasse. C'était toujours la comtesse Pignoli, Mrs. Galliver et

Mme de Bras dont la Doriacci recueillait les restes, ou à qui elle les laissait. Et voici que ce jeune homme si poli, et sans doute le plus beau qu'elle ait vu depuis longtemps, ce jeune homme qui allait faire fureur sur le marché dès qu'elle l'y aurait introduit, lui parlait de Nevers comme de la super-Babylone, du train corail Paris-Saint-Étienne comme d'un jet privé, et de Mme Farigueux et de Mme Bonson – respectivement épouse du minotier et veuve du notaire – comme de Barbara Hutton... Et voilà qu'il lui racontait ses aventures de gigolo non seulement sans cacher le rôle précis qu'il y tenait, mais en plus, avec des anecdotes dont il sortait très souvent ridicule ou floué. C'était vraiment un jeune homme étrange que cet Andréas de Nevers... Et la Doriacci s'avouait que si elle avait eu trente ans de moins, vingt, même, elle se le serait volontiers attaché un peu plus longtemps que d'habitude, c'est-à-dire un peu plus de trois mois. Ce que d'ailleurs il réclamait déjà avec une insistance qui eût été odieuse chez presque tous les garçons de son genre, mais qui, chez lui, ne semblait qu'enfantine. Andréas avait de surcroît des réflexes inattendus chez un professionnel, car s'il ne cachait pas vivre de son corps depuis cinq ans, et uniquement de son corps, il rougissait quand elle glissait un pourboire au steward, à se demander comment il faisait sur la terre ferme où le nombre des pourboires se multipliait par cent.

« Alors, qu'as-tu fait ? » dit-elle.

Et elle avançait la main vers Andréas, un Andréas en pyjama blanc de madapolam comme elle n'en avait pas vu depuis 1950. Il était blond et décoiffé, il avait l'air heureux, il riait de la bouche et des yeux, il était charmant. Et elle le décoiffa et recoiffa plusieurs fois avec un plaisir sans mélange. Elle cessa quand les yeux d'Andréas, oubliant de sourire, se firent implorants, tendres, trop tendres, et elle cassa net par une question brutale.

« Pourquoi ne voulait-elle pas payer, ta meunière… ta minotière, pardon ? Le service n'était pas parfait ?… le tien, je veux dire. »

Il secoua la tête, le visage fermé, comme chaque fois qu'elle abordait ces questions pourtant simples, et continua :

« Elle m'a pris à témoin, et quand j'ai dit que je ne me rappelais pas, elle a dit que cela ne l'étonnait pas, que “Monsieur était au-dessus de tout ça… (Monsieur, c'était moi), que Monsieur planait, que, etc.”. Alors la femme de l'hôtelier s'est mise à rire d'une manière horrible, et elle a dit… »

Andréas s'arrêta et prit l'air soucieux.

« Qu'est-ce qu'elle a dit ? dit la Doriacci en riant d'avance. Qu'est-ce qu'elle a dit ?… Raconte-moi tout, Andréas. On s'amuse mille fois plus à Nevers qu'à Acapulco, décidément… Et pourquoi n'y a-t-il pas un opéra-comique à Moulins et à Bourges ?

— Il y en a, mais vous seriez payée trois sous, dit Andréas tristement. Alors elle a dit qu'Huguette… enfin la minotière, elle, n'avait pas à se plaindre, puisqu'elle l'avait entendue brailler (c'était son terme) une partie de la nuit… »

Il avait l'air si empêtré qu'un fou rire cette fois se déclencha chez la Doriacci qui avait de surcroît toujours eu le fou rire facile.

« Et toi, qu'as-tu fait ?

— J'ai été chercher la voiture, dit Andréas, j'ai chargé les bagages, et la femme de l'hôtelier m'a demandé à moi de payer la note, et j'avais pas un sou, pendant que l'hôtelier lui demandait à elle, et que les garçons du restaurant se tenaient les côtes. Ah ! j'ai souffert… J'ai vraiment souffert… Et vous savez comment s'appelait ce motel ? *Le Motel des Délices*, acheva-t-il. *Des Délices du Bourbonnais*… Je l'ai laissée à la première gare et je suis rentré à Nevers. Tante Jeanne était bien déçue, mais c'était elle qui m'avait mis sur le coup de la minotière…

— Mon Dieu… mon Dieu… sanglota la Doriacci dans ses draps et dans ses oreillers qu'elle serrait contre elle avec transport. Mon Dieu, arrête tes histoires… Arrête tes histoires stupides et ouvre la porte : il y a quelqu'un qui nous écoute », continua-t-elle sur le même ton.

Si bien que Charley faillit tomber quand la porte fut ouverte par le superbe Andréas (vêtu de probité candide et de lin blanc) et il pénétra la tête la première dans la chambre. Dans son lit, les épaules nues, le visage rouge d'avoir ri et les yeux étincelants d'autorité, la Doriacci le fixait sans colère et sans indulgence.

« Monsieur Bollinger, dit-elle, déjà debout à cette heure ? Voulez-vous prendre votre petit déjeuner avec nous ?… Si ce désordre ne vous effraie pas. »

Et de son beau bras encore lisse, elle désignait la chambre. « Une chambre d'amants », remarqua Charley tristement, avec les vêtements, les cigarettes et les livres, le verre d'eau et les coussins dispersés dans ce désordre inimitable du plaisir. Balbutiant, il s'assit au coin du lit, la tête baissée et les mains sur ses genoux comme un communiant. Sans commenter autrement sa conduite infamante, la Doriacci commanda du thé pour trois personnes, des toasts, des confitures et des jus de fruits. Ce petit déjeuner, visiblement, suivait de près un champagne nocturne à en juger par la bouteille encore fraîche et le visage du steward, complètement défraîchi, lui.

« Le pauvre Emilio n'a pas dormi par ma faute, dit la Diva en le désignant à Charley. Je le recommande à votre indulgence, dit-elle en tirant d'un de ses sacs une dizaine de billets qu'elle posa sans pudeur et sans ostentation sur le plateau du malheureux Emilio qui redevint rose à cette vue. Alors, Charley, cette visite, en quel honneur ? De nouveaux drames aujourd'hui, déjà ? Il se passe tous les jours quelque chose sur ce bateau, et pas des plus simples.

— Que voulez-vous dire ? » demanda Charley, la curiosité l'asseyant un peu plus carrément sur le lit dont il avait déjà manqué glisser trois fois, la honte l'ayant posé à son extrême bord.

Andréas était venu se rasseoir sur le lit, mais les pieds sur le sol, un peu de biais, « avec une discrétion aussi inutile que touchante », aux yeux de Charley.

« Bien sûr qu'il se passe des choses… dit la Doriacci. Un : votre Clarisse nationale est devenue belle ; deux : le beau Julien l'aime ; trois : elle le lui rend presque ; quatre : Olga et M. Lethuillier, après leurs amours contrariées, s'ennuient déjà ensemble. Le producteur rouquin et l'altière Edma vont bientôt flirter. Quant à Andréas… dit-elle en tapotant le nez du garçon comme s'il eût été un caniche, il est fou amoureux de moi. N'est-ce pas, Andréas ? dit-elle avec cruauté.

— Cela vous semble outrecuidant de ma part, n'est-ce pas ? dit Andréas à Charley. Mes sentiments vous paraissent faux ou intéressés ? »

Il ne s'amusait plus du tout visiblement, et Charley se demanda une fois de plus pourquoi lui-même, Charley, cédait toujours à ses curiosités – alors qu'il en était chaque fois puni, dans un délai plus ou moins long. Cette fois-ci, c'était rapide et il changea de sujet pour échapper à la punition de cette scène – qu'il eût par ailleurs gaiement commentée, mais qu'il souffrait de voir éclater devant lui :

« Savez-vous aussi que nous avons sur ce bateau un trésor artistique ? » dit-il de sa voix mystérieuse.

Et la Doriacci se redressa sur ses oreillers, déjà passionnée, mais Andréas garda les yeux baissés.

« Qu'est-ce que c'est ? dit-elle. Et d'abord, comment le savez-vous ? Je me méfie de vos indicateurs, mon beau Charley, je me méfie de vos sources : et pourtant vous savez tout sur ce bateau, même si l'on ne sait pas comment », dit-elle avec perfidie.

Mais Charley n'était pas en mesure de relever, et il enchaîna :

« Julien Peyrat a acheté à Sydney, il y a deux mois, pour une bouchée de pain, une vue de Paris sous la neige signée Marquet, un peintre admirable, près des impressionnistes, dont certaines toiles sont des splendeurs…

— Je connais et j'adore Marquet, dit la Doriacci, merci !

— Et il est prêt à la revendre cinquante mille dollars, dit lentement Charley ; il n'aurait pas eu l'air plus tragique s'il avait jeté une bombe sur la courtepointe, c'est-à-dire vingt-cinq millions d'anciens francs ! Pour rien, quoi !

— J'achète, dit la Doriacci en tapotant de la main sur son drap, comme si Charley eût été commissaire-priseur. Non, reprit-elle, je n'achète pas. Où est-ce que je mettrais ce Marquet ? Je n'arrête pas de voyager… Un tableau doit être vu, regardé tout le temps avec des yeux amoureux, et cette année, je n'arrêterai pas de voyager. Savez-vous, monsieur Bollinger, qu'en descendant de ce bateau, je prends aussitôt l'avion pour les USA où je chante le lendemain soir, au Lincoln Center de New York, où Monsieur veut que je l'emmène », poursuivit-elle en tendant, sans le regarder, une main caressante vers Andréas qui se recula, qu'elle ne toucha donc pas, mais qu'elle chercha vaguement dans l'air, mais de la main seulement, et auquel elle renonça avec la même expression bonasse, « avec toujours cet air de s'adresser à un caniche », songea à nouveau Charley.

Et il se leva malgré lui. Il souffrait pour Andréas, et il s'en étonnait, son intérêt évident étant que la Doriacci le lui rende, ou tout au moins lui laisse une chance de le capturer. « Décidément, il avait un trop bon cœur », se dit-il en se retournant à la porte et en leur faisant de la main un petit au revoir minaudier. Un grondement féroce venant de la cabine adjacente fit qu'il prit la coursive au grand trot et ne s'arrêta qu'aux pieds d'Ellédocq et de son collier de barbe rassurant.

Derrière lui, dans la chambre en désordre, la Doriacci ne riait plus. Elle regardait Andréas et les beaux cheveux blonds coupés trop courts sur sa nuque.

« Je n'aime pas que tu me fasses la tête, dit-elle, même devant Charley.

— Pourquoi, même devant Charley ? demanda Andréas, l'air parfaitement innocent et intrigué, ce qui étonnait encore la Diva, cet art de mentir chez un garçon si limpide.

— Mais parce que ça ne peut que lui faire plaisir, voyons, dit-elle en souriant pour qu'il ne la croie pas dupe.

— Pourquoi ? »

Cet air incompréhensif exaspéra d'un coup la Doriacci. L'insomnie déjà attaquait ses nerfs, et elle le sentait, mais elle ne pouvait se priver de ses nuits blanches, les seuls moments où elle s'amusât un peu – parfois beaucoup – mais avec une gaieté qui ne dépendait pas du tout de ses partenaires puisque c'était dans les accès de ses propres fous rires, de ses propres pitreries qu'elle se laissait glisser, bonne enfant ou sarcastique, dans ses propres délires, ses propres projets ou ses propres souvenirs tous dérisoires, extravagants, et qui laissaient ces pauvres jeunes gens plus épouvantés qu'amusés. Andréas avait du moins pour lui l'avantage de rire de ses rires et aussi de la faire rire avec ses propres anecdotes, et sans pour autant négliger ses devoirs d'amant qu'il accomplissait avec une ferveur devenue introuvable ces temps-ci, chez les jeunes comme chez les vieux garçons de cette époque qui ne parlaient du sexe qu'avec crudité et avidité et impolitesse, le tout baptisé liberté. Il ne fallait pas qu'Andréas, au demeurant tout à fait franc sur ses moyens de vivre, soit hypocrite sur ses mœurs.

« Parce que Charley est amoureux de toi, au cas où tu l'ignores vraiment. Et que je suis l'obstacle entre lui et toi sur ce bateau. Si nous nous séparons, il pourra te consoler.

— Comment ?... dit Andréas, qui devint tout rouge ; vous pensez que je me ferais consoler par Charley ?

— Et pourquoi pas ? » dit-elle.

Et elle se mit à rire, car il ne l'amusait pas bizarrement pour une fois de faire mentir Andréas comme elle avait fait mentir les autres, ses brillants prédécesseurs, que cette question-là embarrassait quelquefois jusqu'au mensonge.

« En tout cas, ne me fais plus la tête, veux-tu ? Devant personne. Je t'emmènerai peut-être à New York, mais en aucun cas si tu boudes. »

Andréas ne répondit pas. Il fermait les yeux, allongé sur le lit. Elle aurait pu croire qu'il dormait sans ce froncement de sourcils, cette mélancolie de la bouche qui dénonçait un homme éveillé, et triste de l'être. La Doriacci siffla in petto : il était temps de mettre les choses au clair avec ce faux nigaud venu de Nevers, sans quoi elle se retrouverait peut-être dans les pires ennuis… Bien que ce souvenir ne la frappât plus, bien qu'elle n'y pensât jamais sans prétexte, le suicide pour elle d'un jeune régisseur à Rome, dix ans plus tôt, ne l'avait pas encore abandonnée totalement.

Tome II

Le capitaine Ellédocq, dans le poste de pilotage, fixait la mer étale devant lui, une mer plate comme la main, ce qui ne l'empêchait pas de poser sur elle un regard méfiant et agressif. Ellédocq, songea Charley, semblait sur le point de se frotter les mains et de dire : « À nous deux, ma belle », comme s'il partait sur un ketch vers les *Roaring 40th*. L'héroïsme étouffé, en tout cas non utilisé, d'Ellédocq expliquait, aux yeux du compréhensif Charley, sa hargne perpétuelle et sa solitude, lesquelles ne semblaient pas pour autant assombrir sa femme que Charley avait vue avec Ellédocq à Saint-Malo, fort gaie, il y avait de cela près de deux ans. Ils n'avaient pas d'enfants, Dieu merci, songea Charley qui voyait devant lui se lever des nourrissons barbus. Charley leva la tête et cria : « Capitaine ! Holà, capitaine ! » d'une voix légèrement enrouée.

Le maître à bord inclina un visage impérieux et grave vers Charley ; il le toisa, remarqua avec tristesse le blazer de velours brun avant de gronder : « Quoi ? Qu'est-ce qu'y a ? »

— Bonjour, mon capitaine, dit Charley, sémillant de par sa nature et qui, malgré toute son expérience, essayait encore de plaire à son supérieur. Le chien de maître Kreuze s'est réveillé… Je l'ai entendu gronder au passage et ce n'était vraiment pas rassurant !... Emilio, le premier steward, avait menacé de descendre à Syracuse si on n'attachait pas ce chien. Et nous n'avons plus de somnifères pour lui... »

Ellédocq, en proie à ses tempêtes imaginaires, et porté qu'il était donc à défier la Méditerranée, laissa tomber un regard méprisant sur Charley et ses préoccupations ménagères.

« Cassez les pieds... histoire de chien... foutre à l'eau... pas mon job... démerdez-vous...

— C'est déjà fait, objecta Charley, montrant son tibia. Si cette bête mord Mme Bautet-Lebrêche, par exemple, ou l'Empereur du Sucre, nous aurons procès sur procès !... Je vous rappelle, mon capitaine, que vous êtes le seul responsable de ce navire et de ce qui s'y passe !... »

Et pour accentuer cette responsabilité, Charley claqua des talons, arrivant même à mettre une certaine grâce dans ce mouvement militaire.

« Vous... peur ? demanda Ellédocq railleur. Ha, ha ha ! »

Il se tut et Charley, se retournant, vit l'affreux spectacle : lancé sur ses quatre pattes quasi mécaniques, et à une vitesse croissante, le chien en question arrivait sur eux. « Il semblait plus gros que nature », pensait Charley tandis que ses jambes l'emmenaient à une vitesse inconnue jusque-là et le cachaient derrière une table, pendant que l'animal, fou furieux, grimpait les marches royales en haut desquelles siégeait Ellédocq.

« Où est ce clebs, Charley ?... Où est-il ce bon Dieu de chien ?... » clamait celui-ci d'une voix interrogative et impérieuse, déjà furieuse d'attendre une réponse qui, hélas ! vint aussitôt.

Quelque chose l'attrapa au gras du mollet, transperça son solide costume de marin, ses chaussettes de laine, et ayant atteint sa peau, s'y cramponna. La voix tonnante fut remplacée par un couinement aigu, un cri de détresse qui étonna l'homme de barre et le fit lever les yeux, une fois de plus, vers des mouettes innocentes.

« Enlevez ça, bon Dieu !… » ordonnait Ellédocq à personne, essayant de donner des coups de son pied libre au chien déchaîné, coups de pied manqués qui le firent trébucher et tomber à quatre pattes devant son bourreau. Ellédocq tenta encore de récupérer sa voix mâle et son courage, mais il cria : « Charley !… Charley !… » d'une voix de vierge livrée aux fauves.

Charley, ayant monté les escaliers plus que lentement, releva sa tête au niveau du plancher sans y oser monter, et considéra ce qui s'y passait avec un visage qui respirait la compréhension d'un mordu à un autre mordu, mais aussi la lâcheté d'un homme d'expérience.

« Et alors ? Vous ne pouvez rien faire ?… cria Ellédocq avec autant de haine que de désespoir. Je vous ferai vider, saquer à Cannes, monsieur Bollinger ! dit-il, retrouvant, comme à chacune de ses émotions, la pratique du sujet, du verbe et de l'objet. Appelez M. Peyrat au moins, alors… » gémit-il (car le courage de celui-ci lui avait été vanté dix fois et dans dix versions différentes, mais concordantes).

Pendant qu'il continuait à glapir et gémir de sa voix d'eunuque, Charley dévala l'escalier, essayant de cacher sur son visage sa profonde satisfaction. « Le capitaine Ellédocq terrorisé par un bouledogue. » Il n'avait pas fini d'en rire ! Mais il ne fit pas rire Julien, qui avait au plus dormi trois heures cette nuit-là, et qui arriva en robe de chambre, le visage creusé et l'air ahuri sur les lieux du supplice. « Mais pourquoi moi ? » avait-il marmonné avec tristesse pendant le trajet relativement long de sa cabine à la dunette. « Pourquoi est-ce toujours sur moi que tout ça retombe ? Je vous ai déjà arraché à ce chien, et avec plaisir, mon cher Charley, mais je ne me sens pas le même héroïsme pour Ellédocq. Vous me comprendrez…

— Il va m'en vouloir à mort, rétorqua Charley, si on ne le dégage pas illico. Il va être furieux et humilié, et ça pèsera sur toute la croisière… Et puis d'ailleurs, qui d'autre vous est tombé dessus, comme vous dites ?

— Depuis le départ, dit Julien avec vigueur, c'est sur moi que tombent les femmes en pleurs et les chiens enragés ! J'étais venu ici pour me reposer, voyez-vous, monsieur Bollinger », disait-il quand il atteignit la porte pour voir le lion terrassé par le rat.

Tous deux étaient emmêlés sur le plancher. Julien se lança, attrapa la bête par la peau du cou et de l'arrière-train, mais pas assez vite pour ne pas être mordu à son tour – et cruellement. Il finit par jeter l'animal dehors et referma la porte, mais son poignet et le mollet d'Ellédocq ruisselaient de sang, pourpre chez Julien et plus violacé chez Ellédocq, nota Charley qui mettait l'esthétique partout. Tandis qu'ils s'échangeaient des mouchoirs, la porte retentissait des coups de griffe et des aboiements du chien privé de sa proie. Ils virent enfin apparaître sur le pont, sans doute réveillé par le cri du sang, Hans-Helmut Kreuze en robe de chambre de lainage marron et noir, gansé de grenat avec des brandebourgs beiges du plus vilain effet, songèrent pour une fois ensemble les trois prisonniers. Hans-Helmut rattrapa le chien comme il put et tout cela finit à l'infirmerie.

C'est donc à l'infirmerie que se retrouva Julien. Et après une bonne demi-heure d'un reprisage affreux à son poignet, il s'y endormit, renonçant à l'escale et au concert. Et c'est donc là que le soir, il vit arriver Clarisse qui avait été précédée dans l'après-midi par Olga, Charley, Edma et Simon Béjard, celui-ci par amitié, les deux femmes pour bien souligner leur féminité et leur compassion naturelle. Julien était, vis-à-vis de Clarisse, bien décidé à profiter de cette féminité, mais sans pour cela rechercher sa compassion, et malgré l'inimitable platitude du décor autour d'eux.

L'infirmerie était une très grande pièce, plus grande que les suites des interprètes royaux, une grande pièce blanche où l'on pouvait aussi bien opérer quelqu'un et où se dressaient en tout et pour tout deux lits vides, en plus de celui de Julien, et une table roulante couverte de matériel médical que Julien supplia tout d'abord Clarisse d'ôter de sa vue.

« C'est avec ces ciseaux qu'ils m'ont torturé toute la matinée, dit-il.

— Vous souffrez ? » demanda Clarisse qui était habillée de couleurs vives sous son nouveau visage devenu pâle, lui, ce qui faisait d'elle le négatif de la femme qui était montée à bord, cinq jours plus tôt avec son visage bariolé, écarlate, et son strict ensemble gris-noir.

Julien fut frappé de sa beauté une fois encore ; avec lui Clarisse s'habillerait tous les jours comme ça, de cette manière voyante, puisqu'elle était superbe à voir et qu'au lieu de redouter qu'on la regarde, elle ferait désormais tout pour ça.

« Cette robe est très très jolie, dit-il avec conviction et en lui jetant un coup d'œil appréciateur de maître qui déplut une seconde à Clarisse avant qu'elle ne s'en amusât. Avez-vous réfléchi à vous, à moi, à nous enfin ? » continua Julien qui en oubliait la douleur aiguë de son bras, tant il était gêné des battements hésitants de son propre cœur, qui tantôt martelaient ses côtes, tantôt disparaissaient complètement, près de la syncope.

« Que voulez-vous que je pense ?… dit Clarisse l'air résigné. Que vous ayez un faible pour moi, c'est possible, Julien – encore que ça me paraisse aberrant. Et même que j'en éprouve un pour vous, ajouta-t-elle avec cette franchise qui déconcertait Julien à chaque fois, cela ne change rien. Je n'ai aucune raison de quitter Éric qui ne m'a rien fait. Et quel prétexte pourrais-je inventer ?… Son flirt avec la petite actrice ? Il sait bien que ça m'est égal… Ou en tout cas, il doit le savoir.

— Eh bien, alors, dit Julien en se redressant sur le lit, si la fidélité n'est pas exigible dans votre "couple" (et il appuya sur le mot "couple" avec dérision), prenez-moi comme amant, comme flirt, comme vous dites… J'arriverai bien un jour à légaliser tout ça. Qui vous empêche en ce moment précis, dans cette pièce où nous sommes seuls, de m'embrasser, par exemple ?…

— Rien », dit Clarisse d'un ton distrait et bizarre.

Puis, comme cédant à quelque chose où sa volonté et sa décision n'intervenaient pas, elle se pencha vers Julien, l'embrassa longuement, et, quand elle se redressa, ce fut

pour aller tourner la clef dans la serrure et, ayant éteint, revenir se déshabiller près de lui, dans le noir.

Une heure plus tard, il se retrouvait au bar, la main bandée, en compagnie d'Edma et de la Doriacci qui s'attendrirent sur son sort avec une compassion bien féminine qu'il subissait avec un plaisir bien masculin. Clarisse, près de lui, ne disait rien.

« C'est quand même dommage que vous n'ayez pas vu Carthage !... dit Edma Bautet-Lebrêche. Enfin, vous verrez Alicante.

— Je ne crois pas qu'il y ait pour moi de plus belle ville que Carthage », dit Julien en souriant, et avec cette voix de convalescent un peu plaintif qu'il avait prise en voyant son prestige grandir avec sa bande Velpeau.

Clarisse, la tête penchée et les cheveux brillants sous la lampe, semblait regretter son masque, cet affreux maquillage qui eût, en tout cas, empêché sa rougeur. La Doriacci regardait cette rougeur avec un intérêt qui la redoubla.

« *Va bene, va bene*... » dit la Doriacci en souriant.

En tendant ses grosses petites mains charnues par-dessus son rocking-chair, elle en tapota celles de Clarisse, subjuguée. La Diva lui faisait peur, ou tout au moins l'impressionnait si visiblement que Julien eut envie de la serrer sur son cœur pour cette admiration naïve et éhontée. Encore une fois, peut-être la dixième fois de cette soirée, il ne put que refréner cette envie et y renoncer. « Ils avaient été fous de coucher ensemble », pensait-il. Et maladroit autant que malheureux, il se plaignit à Clarisse avec qui il se retrouvait enfin, après deux heures d'ennui et de souvenirs délicieux.

« ... Quand je ne pouvais qu'imaginer votre corps et vous, murmura-t-il avec reproche, il n'y avait que mon imagination qui marchait ; et qui hurlait à la lune, le soir, dans ma cabine. Maintenant, il y a ma mémoire qui s'en mêle, et ça, c'est vraiment atroce !… »

Clarisse, pâle, le regardait sans répondre, l'œil humide et brillant, et Julien s'en voulut aussitôt à mort de sa brutalité.

« Pardon… dit-il. Je vous demande pardon. Vous me manquez horriblement… Je vais passer mon temps à vous suivre sur ce bateau, à vous voir, et à ne pas pouvoir vous toucher… Je m'ennuie de vous, Clarisse, depuis deux heures comme depuis deux mois.

— Moi aussi, dit-elle, mais j'aurai du mal à vous retrouver. »

Julien regrettait à présent d'avoir laissé vendre son Marquet par Charley Bollinger : il craignait que celui-ci, à force d'habiles simagrées, n'en soit encore au même point en arrivant à Cannes. Or c'était à Cannes que lui, Julien, devrait se précipiter à la banque la plus proche et y déposer les vingt-cinq millions du tableau, dont, hélas ! une moitié serait à virer à son Texan, mais l'autre, Dieu merci, à son propre compte, afin de pouvoir filer avec Clarisse vers des cieux plus cléments. « Mais il ne lui resterait jamais assez de temps ni assez d'escales, pensait-il, pour persuader Clarisse de le suivre, tâche aussi ardue que de trouver les moyens de le faire. »

Pourtant, il le savait d'expérience, le coup du Marquet devait surexciter a priori les passagers du *Narcissus*. Chez les gens riches, cette passion des bonnes affaires était aussi vive qu'inutile. Mais cela rendait infini le champ de leurs opérations, puisqu'une réduction sur une paire de gants, chez une mercière, les intéressait tout autant qu'une réduction sur des zibelines, rue de la Paix, la situation financière de la mercière ne leur donnant pas plus d'inquiétude que celle du grand fourreur.

L'acquisition d'un tableau était donc l'une des « affaires » les plus passionnantes dans ce petit milieu doré sur tranche, étant donné les différences énormes qui pouvaient y jouer et auxquelles ils parvenaient en terrorisant le peintre ou en snobant les galeries. Il était bien sûr élégant, profitant de l'ignorance ou de la hâte d'un malheureux vendeur acculé, de lui payer sa toile la moitié de son prix, et il était tout aussi élégant de payer cette même toile dix fois ce prix, chez Sotheby, par exemple, à l'instant qu'un armateur ou un musée la désirait aussi. Dans les deux cas, c'était la vanité ou la rapacité que l'on comblait ; mais dans le premier cas seulement, l'affaire était bonne pour ces Midas. Car s'ils avaient réfléchi, ils se seraient rendu compte que cette affaire ne pouvait être bonne puisqu'ils ne revendraient probablement jamais ce tableau (ni au double, ni au triple de son prix d'achat), étant donné qu'ils n'en auraient pas besoin. Ils ne se rendaient pas compte, donc, qu'ils ne faisaient finalement que bloquer leur bel argent sur des toiles qu'ils n'aimaient pas, ou ne comprenaient pas. C'était grâce à l'existence des cambrioleurs, Dieu merci, qu'ils pouvaient les oublier dans leurs coffres-forts dont ils ne les sortaient parfois que pour les confier à quelque musée… Bien sûr, les amateurs de peinture, en consultant le catalogue, verraient écrit en petites lettres noires : « Collection privée de monsieur et madame Bautet-Lebrêche », par exemple (encore que « Collection privée » tout court soit chic aussi). Mais ce que le public admirerait alors, en regardant ce tableau qu'eux-mêmes ne regardaient jamais, ce serait le flair artistique des propriétaires – dont in petto ils n'étaient pas si convaincus – au lieu d'admirer un sens des affaires qu'ils étaient, là, sûrs d'avoir.

C'était du moins la théorie que se tenait Julien, ce matin-là, appuyé au bastingage et regardant une mer gris-bleu au bout de laquelle les attendait le port de

Bejaïa. Éparpillés par hasard dans un désordre très cinématographique, les autres passagers montraient, de chaise longue en chaise longue, des mines alanguies, des yeux cernés par quelque insomnie plus ou moins plaisante, semblait-il, car les yeux rougis de Simon Béjard, les traits tirés de Clarisse et les joues creuses de Julien, lui-même, n'évoquaient pas cette sérénité promise par les Frères Pottin. Seule Olga, un peu plus loin, et qui faisait semblant de lire l'air grave les mémoires posthumes d'un homme politique (qui avait été, déjà, de son présent, fort ennuyeux), montrait une bonne mine, des joues roses de jeune fille. Assis près d'elle, Andréas, l'air sombre et romantiquement beau dans son chandail noir, faisait plus que jamais enfant du siècle (du XIXe bien sûr). Quant à la Doriacci, la tête renversée en arrière, émettant parfois des grognements rauques et inattendus – qui évoquaient plutôt l'affreux Fuschia que les roulades d'une colorature – elle fumait cigarette sur cigarette, avant de les jeter, sans méchanceté comme sans complexe, aux pieds d'Armand Bautet-Lebrêche : celui-ci devait alors, chaque fois, se soulever de sa chaise longue, étirer sa jambe hors de la chaise et les éteindre de son soulier verni… Une menace planait quelque part sur ce bateau, parmi ses passagers civilisés ; et pourtant il faisait beau et l'air était parfumé de cette odeur de raisins secs, de terre chauffée à blanc, de café tiède et de sel qui annonçait l'Afrique.

Edma elle-même, bien que riant aux propos de Julien et lançant parfois vers Clarisse des regards affectueux de belle-mère, Edma elle-même sentait tressauter sous sa peau, sans son accord, ses petits muscles du cou et de la mâchoire, signes qu'elle savait annonciateurs de quelque séisme. De temps en temps, elle y portait la main comme pour les mater de son doigt.

Armand Bautet-Lebrêche, bien que d'esprit parfaitement scientifique, avait été trop soumis à l'empirisme, roi de son époque, pour ne pas se rappeler et craindre, lui aussi, l'avenir proche annoncé par ces frémissements au cou d'Edma. C'est sans doute cette appréhension qui lui faisait éteindre distraitement et sans rechigner, les uns après les autres, les longs mégots de la Diva. Quant à Lethuillier, qui jouait comme tous les matins son numéro muet de journaliste polyglotte, il relevait parfois la tête de ses gazettes espagnoles, italiennes, anglaises ou bulgares, pour jeter vers la mer parfaitement bleue et parfaitement plate un regard soupçonneux, comme s'il se fût attendu à en voir surgir, comme dans le récit de Théramène, l'horrible animal fatal à Hippolyte. Simon Béjard, lui, n'arrivait pas à distraire, dans un 421 où il jouait contre lui-même, une mélancolie qui semblait plutôt rebondir en même temps que les dés sur la piste verte, avec un bruit monotone et exaspérant. L'arrivée de Charley redonna quelque espoir au groupe, mais il était sans entrain et sombra très vite dans la morosité générale.

Celle-ci était montée à un tel point qu'en voyant le capitaine Ellédocq accompagné de Kreuze, à l'autre bout du bateau, cingler vers eux en martelant le pont d'un pas pesant, les passagers du *Narcissus* eurent un moment d'espoir, voire de plaisir. Hélas ! les deux hommes, pas plus que les autres, ne purent ranimer l'atmosphère, et l'espoir de jours meilleurs s'effilocha vers des paquebots plus allègres. Charley, dans un dernier effort, fit venir le barman, mais ce dernier ne recueillant comme commandes que des jus de fruits et de l'eau minérale, le plateau qu'il rapporta était tellement déprimant que même le double dry de Simon y passa inaperçu. À présent, ce n'était plus un ange qui passait dans le silence, c'était une cohorte, une légion vibrante de toutes ses harpes.

C'est alors que la Doriacci referma son sac avec un claquement sonore, si sonore qu'il lui attira aussitôt l'attention des plus distraits : la Doriacci, enlevant ses lunettes de soleil aux branches incrustées de strass, montra à tous des yeux étincelants et une bouche mince, mordue qu'elle était sans ménagement par ses propres dents blanches (cette blancheur nacrée que l'on n'obtenait que chez le docteur Thompson, à Beverly Hills, Californie).

« Ce bateau est vraiment confortable, c'est vrai, mais le public y est lamentable, dit-elle d'une voix ferme. Maître Hans-Helmut Kreuze et moi-même vivons depuis six jours entourés de sourds, et des sourds ignorants et prétentieux ! Peut-être maître Kreuze est-il surnommé le "gros plouc", mais mieux vaut être un gros plouc qu'un de ces minables petits ploucs qui pullulent ici et là, sur ce pont ou sur l'autre. »

Le silence autour d'elle était parfait : on entendait voler les mouettes.

« Je descendrai à Bejaïa, reprit-elle. Monsieur Bollinger, auriez-vous l'obligeance de me louer un avion là-bas, privé ou pas, qui me ramènera à New York, enfin d'abord à Cannes. »

Simon Béjard, frappé de stupeur, laissa rouler ses dés sur le pont, et leur fracas fit l'effet d'un juron.

« Mais voyons… » dit Edma Bautet-Lebrêche. Et courageusement car les yeux de la Doriacci la foudroyèrent au premier mot. « Mais pourquoi, ma chère amie ?… Pourquoi ?…

— Pourquoi ? Ha, ha, ha… Ha, ha, ha ! »

La Doriacci était plus que sarcastique, et elle reprit ces « Ha, ha, ha ! » méprisants deux ou trois fois, tout en commençant, debout, à enfourner dans son cabas, avec une colère méthodique, tout le fourbi accumulé sur la table à côté d'elle : le rouge à lèvres, le peigne, la tabatière, la boîte à pilules, le poudrier, le briquet en or, les cartes, l'éventail, le livre, etc. Tous ces objets, ayant pris l'air du large, rentrèrent donc dans leur geôle habituelle. Elle se tourna vers Edma :

« Savez-vous, madame, ce que l'on a joué hier soir ? jeta-t-elle, refermant son cabas si violemment que la serrure faillit en sauter. Savez-vous ce que nous avons joué, hier ?

— Mais… mais bien sûr, dit Edma d'une voix faible, une lueur de panique naissante dans son regard généralement si assuré. Bien sûr… Vous avez joué du Bach… enfin, maître Kreuze a joué Bach et vous-même avez chanté les lieds de Schubert, non ?… Non ?… demanda-t-elle en se tournant vers les autres, l'œil de plus en plus anxieux au fur et à mesure que ces lâches détournaient le leur. Non, Armand ?… » finit-elle par lancer vers son époux, espérant sinon une pleine confirmation, tout au moins un acquiescement muet de la tête.

Mais pour une fois, Armand, l'œil fixe derrière ses lunettes – mais d'une fixité égarée –, ne répondit pas, ne la regarda même pas.

« Eh bien, je vais vous le dire ce que nous avons joué !… »

Et la Doriacci, mettant son cabas sous son aisselle et refermant son bras dessus comme si elle eût craint qu'on le lui arrachât, reprit :

« … Nous avons joué *Au clair de la lune*, Hans-Helmut Kreuze et moi-même : lui au piano, avec des accompagnements variés ! Et moi dans toutes les langues de la terre. *A Claro di Luna*, fredonna-t-elle très vite. Et personne n'a bronché !... Personne n'a rien remarqué, si ?... Qu'il le dise alors ! ajouta-t-elle, défiant chacun du regard et de la voix (et chacun se tassa dans son fauteuil et regarda ses pieds). Il n'y a qu'un malheureux notaire de Clermont-Ferrand qui m'a fait une vague remarque, et encore, timidement.

— Mais c'est insensé !... dit Edma d'une voix de fausset, dont la tonalité la surprit au point de lui faire suspendre sa phrase.

— Ça oui, c'est insensé !... dit Olga, héroïque aussi. C'est incroyable... Vous êtes sûre ? » demanda-t-elle bêtement, et le regard de la Doriacci la fit se recroqueviller dans son chandail et comme disparaître physiquement du pont.

Un silence épais stagnait à présent sur le pont, un silence que de rares borborygmes ne purent briser et qui semblait devenir définitif lorsque Ellédocq, debout, toussa deux fois pour s'éclaircir la voix, son visage exprimant la gravité et la fermeté de l'ambassadeur plénipotentiaire ; cette attitude, venant de lui, provoqua dans l'assistance, de par ce simple raclement de gorge, une sorte de terreur prémonitoire.

« Je m'excuse beaucoup... dit-il (marquant par l'addition du "Je", du "m'" et de l'adverbe "beaucoup" à son verbe, la gravité des circonstances)... Je m'excuse beaucoup, mais le programme est formel.

— Pardon ? »

La Doriacci cherchait visiblement de l'œil un animal visqueux, un serpent ou un bœuf dans sa direction, et ne trouvait rien qu'elle puisse écouter, mais cela n'arrêta pas Ellédocq. Il rejeta la tête en arrière, montrant ainsi sous sa gorge une bande de peau dépourvue de poils située entre sa glotte et son col, une bande de peau vierge qui, à peine entrevue, fit à tout le monde l'effet d'une obscénité ; il commença à réciter de sa belle voix grave les chapitres de son énumération pointés sur ses doigts épais, et cambrés dans leur rôle de preuves :

« Portofino – timbale de fruits de mer – osso-buco – glace – Scarlatti – Verdi. Capri – soufflé brandebourgeois – tournedos Rossini – pièce montée – Strauss – Schumann... (Après le nom de chaque musicien qu'il citait, il tendait sur les virtuoses concernés un index inquisiteur). Carthage – caviar gris – *scaloppine*...

— Ah ! taisez-vous, bon Dieu ! cria Edma hors d'elle. Mais taisez-vous, commandant !... On n'a pas idée d'être aussi bête, ni aussi... ni aussi... »

Elle battait des ailes, des paupières, des épaules, des mains, elle battait l'air, et elle était prête à battre le capitaine, lorsque celui-ci posa une main péremptoire sur son épaule maigre, sous la poussée de laquelle elle s'effondra littéralement dans son rocking-chair avec un cri de révolte. Les hommes du groupe se levèrent, Simon Béjard étant le plus furieux, Armand Bautet-Lebrêche, le moins. Mais cela n'arrêta pas l'ombre d'un instant la mémoire admirable du capitaine.

« ... Carthage – caviar – *scaloppine* à l'italienne – bombe glacée – Bach et Schubert », conclut-il triomphalement.

Toujours indifférent aux yeux furieux des mâles et aux yeux écarquillés des femmes, il continua derechef :

« Respect du règlement obligatoire. *Clair de lune* pas inscrit sur fiche technique de Carthage, devait y avoir Bach, Schubert, point, conclut-il. Non-exécution du contrat égale... »

Et il s'arrêta net, car Fuschia lui-même, pourtant enfermé dans la soute avec son lit d'osier, ses os de caoutchouc et ses triples pâtées journalières, venait de s'en échapper par un de ces miracles qui font douter de Dieu, et ayant traversé le pont sans que, grâce aux clameurs des participants, on n'entendît son sinistre halètement, il finissait de franchir le barrage des trois ou quatre paires de jambes négligemment allongées sur le pont, promenant le regard de ses yeux aveugles sur chacun des passagers terrorisés, tel le Jugement dernier, avant de repartir inexplicablement au petit galop vers la porte du bar où il s'engouffra. Une vague de soulagement déferla sur les malheureux survivants, mais ce soulagement n'égalait pas leur honte ; et la Doriacci, debout, et bien que plus petite que ces quatre hommes, la leur rappela :

« Quand on est incapable de faire l'amour et d'écouter la musique à la fois, on ne part pas dans une croisière musicale de ce genre, dit-elle. Ou on monte à deux sur un bateau ordinaire et moins coûteux, ou alors, on part seule et on emporte ses somnifères !... Quand on est incapable de faire les deux, bien sûr », dit-elle avec un air de triomphe et de mépris.

Et, suivant les traces de Fuschia, elle partit de sa démarche majestueuse et outragée qu'Andréas n'essaya même pas de suivre.

« Insensé ! Décision insensée ! Inutile s'inquiéter. Va avoir blâme sur artistes emmerdeurs. Compagnie Pottin très ferme. Vingt-sept années croisière. Dix croisières musicales. Jamais vu ça, etc. »

Le capitaine Ellédocq, hors de lui, zigzaguait d'un passager à l'autre.

« On dirait une locomotive surchauffée, dit Julien à Clarisse, qui laisse échapper des vapeurs de bêtise.

— C'est vrai qu'on dirait un train », dit Clarisse en riant car Ellédocq, cessant soudain de rassurer ses brebis, s'était arrêté devant Edma qui lui tendait son paquet de cigarettes, l'œil racoleur.

« Allez… Allez, cher commandant, c'est le seul moyen de vous détendre… »

Et, se tournant vers Clarisse avec un clin d'œil, elle ajouta :

« C'est le seul vice du commandant, comme vous savez : il ne boit pas, il ne court pas après les femmes, il fume, c'est tout… C'est le seul défaut qu'il ait et ça le mène droit à la mort. Je le lui ai dit et redit depuis cinq ans… Je me tue à lui répéter de faire attention…

— Bon Dieu de bon Dieu de bon Dieu ! Je ne fume plus depuis trois ans ! hurla Ellédocq cramoisi. Demandez à Charley, aux femmes de chambre, aux maîtres d'hôtel, aux cuisiniers de ce bateau… Je ne fume plus !

— Je n'interroge jamais le personnel sur les habitudes de mes amis, dit Edma avec quelque hauteur avant de tourner le dos et de rejoindre l'autre groupe qui parlait musique avec animation.

— C'est une histoire de fous, disait Olga. Vraiment incompréhensible...

— Vous êtes vexée ? demanda Edma.

— Je n'ai pas à l'être, je crois, dit Olga tout épanouie à l'avance de son fiel. Après tout, il n'y a que peu d'années que je suis en mesure de m'intéresser à la musique...

— En mesure d'avoir de la mémoire musicale, vous voulez dire. C'est autre chose, répondit Edma.

— Mais que voulez-vous dire ? demanda Olga.

— Que l'on peut avoir quatre-vingts ou cent ans et n'être toujours pas en mesure d'entendre de la musique. Je ne dis pas "écouter", je dis "entendre".

— C'est plutôt une histoire de sourds qu'une histoire de fous, intervint Charley trop souriant. Maintenant que j'y pense, c'est bien *Au clair de la lune* qu'elle nous a chanté hier en allemand.

— Je savais bien que ça me rappelait quelque chose, dit Simon ingénument.

— *Au clair de la lune*, bien sûr ! Vous avez reconnu ! Vous avez dû être tout content... dit Éric Lethuillier tout à coup. Quel dommage qu'ils vous aient prévenu ! »

Cet excès de sauvagerie provoqua un silence consterné et Simon, la bouche ouverte, mit du temps à se lever, l'air mal à l'aise, si hésitant qu'Edma, déçue mais apitoyée, lui tendit une cigarette de réconfort, tout allumée, en vain.

« Dites donc, espèce de pisse-froid m'as-tu-vu, vous me cherchez ou quoi ? » dit Simon à voix basse « mais très audible », remarqua Edma qui, enchantée, sentait la poudre.

Mais alentour, la surprise était forte. Comme au tennis, les mélomanes se redressaient sur ces mêmes pliants où ils étaient si paisiblement assoupis une demi-heure auparavant, et, fascinés, commençaient à suivre le match de la tête comme des métronomes. Quand, à leur grand dam, Olga s'en mêla :

« Non, non... ne vous battez pas ! Je ne le supporterai pas, c'est trop bête !... » cria-t-elle d'une voix, déjà, de jeune veuve.

Et, les bras en croix, elle se jeta entre les deux hommes (sans difficulté puisqu'ils se regardaient à deux bons mètres, empoisonnés par leurs propres insultes et incapables d'aller se heurter l'un contre l'autre, de s'empoigner avec ce minimum de conviction nécessaire à une bagarre). Ils reculèrent en se défiant du regard et en grondant comme le cher Fuschia, mais sans le millième de son agressivité. Charley et Julien leur mirent la main sur l'épaule et feignirent de les retenir selon toutes les règles de la bienséance. La scène, malgré ses conclusions piteuses, avait quand même ranimé l'atmosphère. Chacun s'allongea sur sa chaise longue avec, selon, un sentiment de déception, de fierté ou d'excitation.

Seul, une demi-heure plus tard, Andréas de Nevers, au lieu d'être étendu, était debout, appuyé du front contre une porte, la porte de l'appartement numéro 102, réservé à la Doriacci. Il attendait ; et de temps en temps, il tapait tranquillement du poing sur ce bois dur et froid, il tapait sans faiblesse et sans humeur, il tapait comme s'il arrivait à l'instant à cette porte et comme s'il s'attendait à ce qu'on la lui ouvre, les bras ouverts – alors qu'une heure déjà s'était passée depuis qu'on la lui avait fermée au nez. La Doriacci, qui depuis tout ce temps n'avait même pas répondu à ses appels, fit un effort et elle lui cria de sa grosse voix :

« Je veux être seule, mon cher Andréas !

— Mais moi, je veux être avec vous », déclara-t-il à la porte.

Et, debout, la Doriacci, tournée vers sa voix à lui, recula comme s'il pouvait la voir au travers du battant de bois.

« Mais puisque mon bonheur est d'être seule ! cria-t-elle. Ne préfères-tu pas mon bonheur au tien ? »

La sirène hurlait, les portes battaient et elle avait l'impression de répéter un opéra d'Alban Berg sur un livret d'Henry Bordeaux.

« Non, cria-t-il à son tour, non ! Parce que ma présence ne sera qu'un petit désagrément pour vous, et ce n'est même pas sûr, alors que moi... je serai très malheureux sans vous. Il n'y a pas de commune mesure, acheva-t-il. Je vous aime plus que je ne vous ennuie, alors !... »

Elle avait ri quand il avait tapé à la porte une nouvelle fois, elle s'était mise en colère artificiellement. Elle ne lui adresserait plus la parole désormais. Elle ferait semblant de dormir et, même, s'allongerait, fermerait les yeux comme s'il eût pu la voir. Elle s'en rendit compte et prit un livre. Elle tentait de le lire, mais entendait de temps en temps ces légers coups sur sa porte qui l'empêchaient de s'y intéresser.

Elle entendit alors une voix d'homme dans le couloir, une voix qui était celle d'Éric Lethuillier, et elle se redressa sur les oreillers. La Doriacci eut un instant la tentation d'ouvrir la porte et de sauter au cou de ce galopin de province, ce garçon si peu orgueilleux – ou qui l'était au contraire au point de se moquer du ridicule et des railleries d'autrui... Elle se retrouva debout quand elle entendit, derrière sa porte, la voix posée d'Éric.

« Ça va bien, cher ami ? Que faites-vous donc à cette porte depuis deux heures ?

— D'abord il y a moins d'une heure », répondit la Doriacci in petto. Mais Andréas ne s'affolait pas.

« J'attends la Doriacci, disait-il avec tranquillité.

— Vous attendez qu'on vous ouvre ? reprit Éric. Mais si c'est bien la porte de notre Diva, elle est sûrement sortie, voyons !... Voulez-vous que je demande à Charley où elle est ?

— Non, merci, non, dit la voix calme d'Andréas. (Et la Doriacci se rassit, déçue mais contente de la morgue de son petit amant.) Non, elle est là, répéta Andréas : elle ne veut pas m'ouvrir en ce moment, c'est tout. »

Il y eut un instant de silence.

« Ah ! bon, dit Éric – après un instant de stupeur ostentatoire. Si vous prenez ça bien, après tout… »

Son rire était contrarié. Il sonnait faux à l'oreille exercée de la Doriacci. Elle s'en voulait un peu : pourquoi ne faisait-elle pas entrer ce jeune dadais qu'elle avait envie de féliciter, et qui, en plus, était son amant ? Ce serait tellement plus simple !

« Bon, eh bien, bonne chance, disait Éric. À propos, Andréas, vous partez pour New York finalement, ou non ? Méfiez-vous : là-bas, dans un couloir d'hôtel, tout le monde vous aurait déjà bousculé dix fois… Faut pas traîner aux States ; la nonchalance y est mal vue… »

« Ce grand salopard me le paiera ! » se dit la Doriacci. Ou plus exactement, elle le dit à son reflet courroucé dans la glace qui lui fit peur aussitôt, et elle se calma : quand quelqu'un l'avait amenée à ce point de colère, une sorte de déclic se faisait dans sa tête, et elle savait que la fiche avait été enregistrée dans le tiroir-caisse dit « Règlement de compte ». Elle en ressortirait toute seule, quand ce dernier serait ouvert, un jour ou l'autre, par le destin, si elle-même ne s'en souvenait pas. Quelles que soient d'ailleurs les raisons de sa colère contre eux, la Doriacci savait ses adversaires punis d'avance, et elle s'en félicitait. En attendant, qu'allait donc faire Andréas ? Elle se surprit à apprécier qu'il ne soit pas lâche – défaut qui était presque rédhibitoire aux yeux de la Diva (à moins d'une très grande virilité sur un autre plan).

« Alors, vous ne m'avez pas répondu ?… » reprit la voix d'Éric à la porte (une voix irritée comme si le silence d'Andréas avait été accompagné d'un geste désinvolte).

Mais ce n'était pas son style, comme le savait la Doriacci. Andréas avait dû prendre l'air distrait et souriant. Elle se rapprocha de la porte sur la pointe des pieds en maudissant le faible champ qu'offrait à sa vue l'imposte trop haute : elle n'y voyait rien, elle clignait du mauvais œil et elle jura à voix basse.

« Vous êtes cependant son sigisbée, dit Éric à Andréas. Vous devriez pouvoir entrer... Ce n'est pas gai d'être seul ici, dans ce couloir, comme un bambin...

— Si. (La voix d'Andréas était assoupie et d'une tonalité un peu plus haute.) Si, ce couloir est très agréable quand on y est seul.

— Bon, eh bien, je vous laisse, dit Éric. Vous avez raison d'ailleurs de garder cette porte : la Doriacci doit être en train de téléphoner à votre remplaçant. »

La voix d'Andréas, redevenue rauque, laissa échapper un son incompréhensible, et la Doriacci n'entendit plus qu'un glissement d'étoffe, le bruit d'un coup de pied dans une porte, le bruit d'un bagage qu'on traîne, le bruit de deux essoufflements conjugués. Elle tapa du pied et prit une chaise pour tenter de mieux voir la bagarre.

« On ne voyait rien, *per Dio* ! » Mais le temps qu'elle monte sur cette chaise, un pas s'éloignait de devant sa porte, traînard, boiteux, mais un seul pas, et la Doriacci, qui pendant trois mois, avait chanté Verdi, crut qu'Andréas était mort.

« Andréas ?... souffla-t-elle à travers la porte.

— Oui », dit la voix du garçon, si près qu'elle recula.

Elle crut sentir le souffle chaud du garçon sur ses épaules, sur son cou, elle sentait son front trempé de la chaude sueur des bagarres, pas la même que celle de l'amour : cette sueur presque froide et salée. Elle attendait qu'il lui demande d'ouvrir, mais il ne le faisait pas, cet imbécile, et continuait à respirer avec des à-coups profonds. Elle devinait cette belle bouche relevée sur ces dents blanches, elle devinait les petites gouttes au-dessus de sa lèvre supérieure, et elle revit le petit trou blanc laissé sur la tempe d'Andréas grâce à une chute de vélo à douze ans et il y avait douze ans, et elle l'appela malgré elle la première. « Andréas… », chuchota-t-elle. Et soudainement elle crut se voir, comme la verrait un œil étranger, elle, à demi nue dans son peignoir, pressée contre la porte de l'autre côté de laquelle se pressait un trop beau jeune homme en sang. Un jeune homme qui n'était, en effet, pas absolument comme les autres, pensa-t-elle avec résignation pendant que son autre main tournait la clef dans la porte et que cette porte laissait enfin entrer Andréas qui s'abattit sur son épaule avec un œil déjà bleu-noir, des phalanges écorchées et qui, comble de tout, saignait sur sa moquette… Un jeune homme dont, malgré elle, elle embrassait l'épaule et les cheveux, un jeune homme qui ronronnait et saccageait sa chambre et sa solitude en espérant pouvoir un jour saccager sa vie.

Depuis six jours à peine, Andréas avait tantôt l'impression d'être un poids lourd, une pierre dans une comédie légère, et spirituelle, et volatile. Et parfois, au contraire, il avait l'impression d'être le seul à survoler la matière, le seul libre de juger comme un poète romantique, de pouvoir juger ces robots puissants, dorés sur tranche, dont la seule liberté était finalement de faire avec leur argent encore un peu plus d'argent. Bref, il se sentait tantôt un provincial chez des Parisiens, tantôt un Français chez les Suisses. La Doriacci et Julien Peyrat échappaient seuls à cette contagion : la Doriacci était libre de nature et elle le serait jusqu'à la fin de sa vie, le seul endroit où elle fût vraiment libre étant ces scènes noires où, devant des gens sans visages, elle chantait, aveuglée par les spots.

Andréas rêvait de la voir chanter. Il rêvait d'être dans une loge, seul en smoking, entouré d'hommes en uniforme et de femmes décolletées ; et entendant les gens dans la loge voisine dire : « Elle est charmante… Quel talent, quelle merveilleuse intelligence du texte, etc. » et il se rengorgerait silencieusement. À moins qu'un fâcheux, à côté d'eux, dise ne pas comprendre ce qu'on lui trouvait, à cette Doriacci, en dise du mal. Mais Andréas ne bougeait pas : car le rideau se levait et la Doriacci entrait en scène sous les bravos, des bravos parmi lesquels elle reconnaissait ceux d'Andréas. Et elle se mettait à chanter. Et à l'entracte, un peu plus tard, le type si critique, tourné vers ses amis, les yeux pleins de larmes, dirait : « Quelle beauté ! Quel merveilleux visage ! Quel corps superbe ! », et sur cette dernière phrase Andréas passait un peu vite, un peu coupable, mais de quoi ? Et l'autre imbécile demandait comment rencontrer la Doriacci, si l'on pouvait coucher avec elle, etc., parlait à tort et à travers jusqu'à ce que son voisin lui montre Andréas du doigt en chuchotant, ce qui amenait le fâcheux devenu rouge vif à faire des saluts appuyés vers Andréas qui lui souriait avec toute l'indulgence du bonheur.

Et un bonheur, mais ça, il ne le savait pas encore, un bonheur qui eût été sans mélange. Car, non contente de correspondre aux mythes d'Andréas, la Doriacci correspondait à sa nature, et, bizarrement, à son âge.

Le métier de producteur en tout cas avait appris quelque chose à Simon Béjard : le courage. Il avait appris à perdre tout espoir dans un film, à midi, et à offrir, dès treize heures, au bar du *Fouquet's* et aux vieux hiboux perchés là (et prêts à rire du malheur d'autrui) un visage souriant et une anecdote sinon amusante du moins gaie. Bref, Simon avait appris à bien se conduire en cas d'échec, et à Paris c'était un comportement devenu assez rare pour que trois femmes sur ce bateau l'appréciassent. Il était amusant de penser d'ailleurs que c'était grâce à son métier – si décrié et si vulgaire de réputation – que Simon Béjard se conduisait en gentleman, aux yeux d'Edma et de la Doriacci. Quand Simon se taisait un peu plus de trois minutes – sa limite de silence – elles s'alarmaient, se relayaient, et après l'avoir cajolé, l'avoir fait rire, après que chacune lui ait fait comprendre qu'elle seule le comprenait, elles laissaient Simon vaguement réconforté. Seule Clarisse ne lui parlait de rien. Elle lui souriait parfois du bout des cils, lui versait une citronnade ou un scotch, faisait des mots croisés avec lui – mots croisés qui symbolisaient si bien, aux yeux de Simon, leurs existences sentimentales – mais ses allusions se heurtaient toujours à une Clarisse incompréhensive et légère, l'air si peu malheureux qu'elle agaçait Simon :

il lui déplaisait, surtout sur le plan du stoïcisme, d'être battu par une femme.

En arrivant à Bejaïa, et profitant de ce qu'Olga et Éric étaient descendus à quai mettre leur courrier à la poste, il attaqua Clarisse. Le sentiment d'avoir peu de temps pour lui parler lui inspira bien entendu des phrases laborieuses, des temps morts entre ces phrases, des silences. Et comme il pataugeait de plus belle après quelques minutes, affolé tout à coup à l'idée qu'elle ne sût pas la vérité (et là, Simon serait mort de honte de la lui apprendre), Clarisse dut, contre son gré, pour le rassurer, aborder le sujet.

« Non, mon cher Simon, nous ne nous aimons plus, mon mari et moi. De mon côté, ça n'a aucune importance.

— Vous avez de la veine », dit Simon, assis à sa petite table sur le pont (une table où trônait bien sûr une bouteille de scotch mais moins vide que d'habitude, et qui semblait moins primordiale que d'habitude aux yeux de Clarisse).

« Je peux rester là ? demanda-t-il. Je ne vous dérange pas trop ?

— Mais pas du tout… commença Clarisse, mais ses protestations furent arrêtées par le gros rire de Simon :

— Ça, ce serait du joli si on ne se parlait plus, vous et moi !… Et qu'on se dérange l'un l'autre autrement que par personne interposée ! On a un drôle de point commun, vous et moi quand même, sur ce bateau : nous sommes les deux grands coc…

— Chut… Simon, chut, dit Clarisse. Vous n'allez pas vous faire de la peine pour cette histoire ridicule, une histoire de deux jours !… Cela va s'arrêter là, pour Olga comme pour Éric. Ce n'est pas grand-chose, un petit coup de foudre physique : s'ils ne nous l'avaient pas dit, on ne l'aurait jamais su !

— C'est bien ça, justement, qui m'attriste chez Olga, dit Simon baissant les yeux : c'est qu'elle n'a pas cherché à m'épargner ; elle m'a tout raconté, en se fichant totalement de me faire du chagrin. D'ailleurs, votre charmant mari aussi vous l'a dit, non ?

— "Dit", non ; pas une fois !... mais "fait comprendre", oui, plus de quinze...

— C'est un beau fumier, hein, votre mari aussi ? Je parle objectivement, ma petite Clarisse, je vous jure.

— Je ne me sens pas les mêmes droits à cette objectivité, dit Clarisse. Éric est mon mari et après tout, il y a un contrat de respect mutuel entre nous... »

La voix de Clarisse était ferme, ce qui exaspéra Simon :

« Mais justement, puisque lui ne respecte pas ce contrat...

— Il m'a toujours été difficile de mépriser quelqu'un... » commença Clarisse, mais elle fut interrompue par Charley qui piaffait littéralement devant eux et roulait des yeux mystérieux.

« Je vais vous montrer quelque chose... dit-il en mettant un doigt sur la bouche. Quelque chose de superbe. »

Il les entraîna dans la cabine de Julien, qui jouait au tennis avec Andréas, et leur montra le Marquet avec mille commentaires dithyrambiques et pédagogiques lassants, mais ni l'un ni l'autre ne songeait à partir : Simon parce qu'il regardait ce tableau, et le voyait, l'appréciait avec les yeux neufs que lui avait donnés la musique, qui le regardait avec plaisir, même ; et Clarisse, elle, parce qu'elle regardait la pagaille autour d'elle, le polo bleu, les espadrilles, les journaux froissés, les cigarettes écrasées dans le cendrier, les boutons de manchette par terre, tout un désordre plus de collégien que d'homme mûr, qui lui semblait le reflet même de Julien et qui la troublait d'une façon excessive, trouvait-elle, mais délicieuse. Pour la première fois, elle éprouvait un sentiment de protection vis-à-vis de Julien, au lieu du contraire. Et cela, se rendit-elle compte, parce qu'elle savait mieux plier les chemises que lui, et mettre de l'ordre dans une chambre. Elle eut une pensée reconnaissante et complice vers les trois bouteilles de scotch planquées dans la salle de bains, elle admira le Marquet avec Simon, et de bonne foi car il était beau, mais pratiquement sans même le voir, sans même pouvoir lui donner l'ombre d'une estimation comme le lui demandait Charley. Elle ne retint qu'une chose de ce tableau : c'était cette femme qui tournait le coin de la rue et dont, par une correspondance d'esprit qu'ils ne sauraient peut-être jamais, ni elle ni Julien, elle se sentait vaguement jalouse un instant. En sortant de la cabine, Simon, mélancoliquement, pensait que trois jours auparavant, il aurait eu envie de l'acheter, ce tableau, pour Olga qui ne l'aimait pas, sans s'avouer qu'à l'instant même il se demandait si ce cadeau ne lui ramènerait pas son amour.

Ils se réinstallèrent sur le pont, en compagnie d'Edma. L'après-midi se terminait. La conversation vint sur Proust, et Edma démonta à voix haute le mécanisme de la croisière.

« C'est drôle, dit-elle, comme tout le monde parle de sujets généraux maintenant… C'est comme si l'on avait voulu tout savoir les uns des autres au départ, où chacun de nous parlait de sa vie privée, et qu'étant renseigné, chacun de nous voudrait oublier ça au plus vite… faire le gros dos, quoi, et se réfugier dans l'impersonnel…

— Peut-être ces vérités se sont-elles révélées explosives… » dit Clarisse sans malice (comme si elle eût été elle-même à l'abri de ces indiscrétions passées).

Simon s'enhardit :

« Parce que vous ne vous sentez pas concernée par toutes ces folles intuitions ?… Passez-moi l'expression, ma chère Clarisse, mais si vous êtes la Sainte Vierge, votre époux Joseph, me semble-t-il, n'est ni très conciliant, ni très compréhensif… »

Clarisse éclata de rire, un grand rire ravi qui laissa Simon enchanté de l'avoir déclenché, mais furieux de ne pouvoir le partager. Il se borna donc à la laisser rire, mais peu à peu il céda à sa contagion et sa voix éraillée, essoufflée, de P-DG moins que de représentant de commerce, se joignit au rire de Clarisse.

« Mon Dieu… dit celle-ci en s'essuyant les yeux (et cette fois, grâce à la sobriété de son maquillage, sans être sillonnée de traînées noirâtres). Mon Dieu ! dit-elle, quelle idée vous avez, Simon : Joseph… Éric… c'est tellement peu… Ha ! ha ! ha ! » dit-elle en repartant dans son rire.

Ce rire la rendait rose et lui faisait briller les yeux, lui donnait sept ans de moins, lui rendait cette jeunesse gaie et délicieuse qui, dans le cas de Clarisse, avait chevauché deux générations, donc deux conceptions de l'amour : les filles étaient passées de l'âge des fous rires avec les garçons de la classe, des amours interdites, à l'âge des baisers avec ces mêmes garçons, dans le noir des voitures, de l'amour obligatoire. Filles embrassées par un amant qui, l'après-midi même, leur avait volé un caramel au cours de maths.

« Vous me rappelez ma jeunesse, dit Simon d'un air tendre. C'est le comble d'ailleurs, j'ai vingt ans de plus que vous…

— Vous plaisantez, dit Clarisse : j'ai trente-deux ans…

— Et moi, presque cinquante. Vous voyez ?… » dit Simon dont l'interrogation « vous voyez ? » voulait moins dire « j'avais raison, je pourrais être votre père », que « on ne pourrait pas l'imaginer, n'est-ce pas ? ».

« Vous auriez dû être élève dans la même classe que Julien », ajouta-t-il.

Il regardait Clarisse de son regard pensif et si limpide (dans la mesure où ce regard était limpide quand la situation l'était, trouble quand elle le devenait, et calculateur quand elle l'exigeait).

« Je ne vous suis pas très bien, dit Clarisse dont le regard, lui, était franchement troublé.

— C'est que vous êtes de la même espèce », dit Simon.

Et il se renversa sur son fauteuil, la tête levée vers les cieux, ce qu'il faisait volontiers quand il se disait en pleine réflexion. « Vous êtes faits pour la rigolade. »

Clarisse eut l'air si étonné que Charley enchaîna :

« Il a raison. Ça ne paraît pas évident mais c'est vrai. Vous êtes tous les deux prêts à aller bras dessus, bras dessous avec la vie. Ni vous ni Julien n'avez une idée de vous-même vis-à-vis d'autrui, alors… Et à mon avis, il a fallu que votre Éric soit bien fort pour arriver à vous en donner une… Et encore plus pour qu'elle soit à ce point désastreuse ! Julien, c'est pareil : il ne joue ni au type à femmes, ni au joueur, ni au grand connaisseur en peinture, ni au casse-cou, et pourtant il est tout ça.

— Mais en quoi Olga et Éric, par exemple, seraient-ils différents ?

— Eh bien, parce qu'ils cherchent à paraître ce qu'ils ne sont pas, dit Charley, un peu grisé par l'intérêt que provoquait le fruit de ses méditations. Les autres essaient de faire croire à ce qu'ils voudraient être ; mais ce n'est jamais si faux : Edma veut être l'élégante qu'elle est d'ailleurs ; vous, Simon, le producteur avisé que vous vouliez être (et que vous êtes devenu d'ailleurs aussi) ; Armand Bautet-Lebrêche joue les P-DG qu'il aime être, Andréas, le sentimental qu'il est resté, et même Ellédocq joue les commandants bourrus qu'il veut être aussi malgré la bêtise de ce rôle. Moi-même, je joue le gentil Charley que j'ai envie d'être. Mais du côté d'Éric et d'Olga, c'est autre chose : Olga veut nous faire croire à son désintéressement, son goût artistique et sa classe, qu'elle n'a pas, pardon Simon ! mais encore qu'elle voudrait avoir ! Éric, lui, veut faire croire à sa hauteur morale, son sens de l'humain, sa tolérance, qualités qu'il n'a pas, mais que lui, il ne tient pas à avoir, qu'il simule. Le seul personnage cynique de ce bateau, c'est Éric Lethuillier, votre époux, chère madame… » dit Charley arrivé triomphalement au terme de son discours.

Se redressant tout à coup sur sa chaise, il fixa derrière Clarisse et Simon quelque chose vers quoi ils se retournèrent. C'était Éric, revenu après une heure d'une expédition qui en requérait trois. Éric arrivait à grands pas et remorquait Olga, essoufflée, les yeux brillants, dissimulant mal une jubilation mystérieuse.

« Mais que s'est-il passé ? » demanda Simon debout (car l'expression d'Éric, blanc de colère, pouvait tout signifier), Simon qui fit un pas vers Olga, « toujours chevaleresque », comme le fit remarquer Clarisse à voix basse vers Charley.

« Il est bien, Simon, dit-elle : il a pris Olga sous sa protection et elle y restera quoi qu'elle puisse faire. Et Éric aurait affaire à lui s'il la maltraitait… Simon, finalement, même s'il en souffre, aime assez Olga pour vouloir son bien.

— Que s'est-il passé ? » répéta Simon, et Éric le toisa du regard.

« Demandez à Olga », dit-il. Et il s'éloigna à grands pas vers la cabine.

Olga prit son temps pour s'asseoir, défit son foulard de soie grège, étira ses jambes et attrapant le verre de Simon et cette prétendue citronnade pleine de gin, en but la moitié sans respirer. Clarisse la regardait faire avec une sorte de sympathie apitoyée, remarqua Charley, et bien qu'il fût peu sensible aux femmes, il ne put s'empêcher d'admirer les incroyables améliorations esthétiques que lui apportait le fait de se savoir aimée ou désirée, fût-ce par un tricheur professionnel. Car Charley, dont c'était le job au demeurant sur ce bateau, le job et le goût d'ailleurs, avait câblé à un vieil amant australien dont la réponse ne corroborait pas les dires de Julien. En revanche, ce même ami connaissait un nommé Peyrat, grand gagneur aux différents jeux de cartes d'Europe et d'Amérique.

C'était une des raisons principales pour lesquelles Charley, pas du tout infatué de ses connaissances picturales, et encore moins soucieux de rendre service à des passagers qu'il méprisait pour leur snobisme tout autant que ceux-là le méprisaient, lui – mais moins discrètement –, pour ses mœurs, s'était chargé de vendre le tableau de Julien. Charley n'avait accepté cette mission que pour s'amuser à pigeonner indirectement un de ces robustes mélomanes si indifférents à autre chose qu'à leur confort. De plus, si jamais quelque chose s'ébruitait sur Julien, que depuis leur tête-à-tête il tenait en affection,

Charley pouvait intercepter et détourner certains renseignements éventuels. En attendant, ce regard de pitié de Clarisse que, même malheureuse, pas une femme trompée n'aurait eu pour la maîtresse de son mari, cette pitié voulait bien dire qu'Éric Lethuillier n'était vraiment pas un cadeau qu'une femme puisse faire, même involontairement, à une autre.

Il revint sur terre pour entendre l'explication savamment retardée par la belle Olga :

« Il s'est passé une chose ahurissante... dit celle-ci. Si extravagante, quand on pense à Bejaïa, à la situation de Bejaïa, à la saison où nous y sommes, il n'y avait vraiment rien en ville qui justifiât ces photographes...

— Quels photographes ? » demanda Simon d'une voix doucereuse – car l'air étonné d'Olga lui inspirait une vive méfiance.

Elle enchaîna sans répondre :

« J'ai beau avoir une grosse tête... dit-elle en riant un peu trop – comme si son absence de mégalomanie fût assez flagrante pour que son évocation fasse rire les personnes présentes (mais apparemment elle ne l'était pas puisque personne ne broncha) –, j'ai beau avoir une grosse tête... reprit-elle en riant plus fort, décidée à entraîner l'adhésion, je ne pouvais quand même pas penser qu'on enverrait un photographe de Paris me photographier à Bejaïa au bras de M. Lethuillier... Ou alors, c'était pour lui. Qu'en pensez-vous, Clarisse ? » dit-elle en se tournant ouvertement vers celle-ci qui la regarda un instant dans les yeux et sourit lentement, comme tout à l'heure (et Simon et Charley se demandèrent un instant pourquoi, avant que la dernière nouvelle d'Olga ne tombe sur le pont).

« Des journalistes de *Jours de France* et de *Minute* », ajouta Olga en appuyant ses deux mains sur les bras de son fauteuil de bois et en les caressant avec délices comme si c'eût été l'ivoire le plus lisse.

Simon, d'abord interloqué, le front plissé comme s'il cherchait à résoudre un problème purement mathématique, éclata de rire une seconde avant que Charley – bien que ne se voulant en aucun cas ouvertement sensible à leur ridicule ou à celui de leurs échecs – craque et se tienne les côtes à son tour. Les yeux d'Edma brillaient. Olga tenta bien de prendre des airs ingénus et surpris, mais la douceur de sa vengeance était trop proche pour qu'elle puisse ne pas profiter de son triomphe.

« Mais où vous ont-ils trouvés ? » dit Simon quand il se fut calmé.

Il parlait avec enthousiasme et admiration. Il était au comble du bonheur parce que sa maîtresse avait mouché l'homme qui l'avait trompé, lui, Simon, avec elle, et il jubilait puisque cette méchanceté d'Olga signifiait qu'Éric ne lui était plus rien, et donc qu'elle était à lui. Et comme si c'eût été un récit de leur réconciliation, un récit lyrique et plein de bons sentiments, il lui fit répéter trois fois l'histoire de sa petite vengeance perfide et privée dont il n'avait été pourtant d'aucune manière le motif.

« Eh bien, voilà, dit Olga, nous étions un peu séparés du groupe, Éric et moi, car il voulait, je crois, rapporter des chaussures pour Clarisse... Des nu-pieds... marmonna-t-elle vaguement, prenant l'air plus gêné qu'il n'était nécessaire de la faiblesse de cet argument à leur fugue. Nous étions entrés dans une espèce de souk, et il y avait une petite place charmante, vide, où j'ai voulu essayer les chaussures... celles que j'avais achetées moi-même... Ravissantes chaussures, même... vous verrez, Clarisse... À moins qu'Éric ne les ait oubliées dans sa fureur… dit-elle l'air soudain préoccupé. C'est idiot, ça… J'aurais dû y penser…

— Laisse, laisse, dit Simon ; Clarisse se préoccupe de ses nu-pieds comme moi de mes propres godasses.

— Alors bref, je me penchais pour les passer et je m'accrochais au bras d'Éric pour ne pas tomber, un pied en l'air, et là : plof-plof… plein de flashes comme à une première d'opéra… J'ai eu peur tout à coup : ces flashes électriques après toute cette lumière si pure de la mer, du ciel… c'était affreux, comme un retour à l'hiver… Ça m'a fichu le bourdon, ça m'a fait peur… Je ne sais pas, je me suis cramponnée à Éric qui, lui, bien plus vite que moi, bien plus intelligent que moi, bien sûr, avait tout de suite compris les idées de ces types, de ces photographes… (Et encore : il ne savait même pas pour qui ils travaillaient… Ça l'aurait achevé !…) Pendant qu'Éric, lui, essayait de se dégager de mon "étreinte" forcée… ajouta-t-elle en riant à cette simple idée "d'étreinte", les zèbres ont filé, mais je les avais reconnus, et Éric est fou de rage… Il y a de quoi : je crois que si ses petits copains voient sa photo enlacé avec une starlette qui essaie des chaussures dans un petit port romanesque, ça va lui faire une drôle de pub… Il est furieux, complètement, absolument furieux… Vous auriez ri si vous l'aviez vu, Clarisse !… » continua-t-elle en introduisant dans sa voix une complicité délibérée qui sembla réveiller Clarisse d'un coup et lui ôta ce sourire lointain et vaguement amusé qu'elle avait arboré jusque-là. Et, se levant, elle dit à l'intention de Simon et de Charley, manifestement plus qu'à l'intention d'Olga :

« Excusez-moi, je vais voir ce que fait mon mari. »

Son départ fut apprécié par les deux hommes et par Edma (sinon par Olga) comme un bel exemple de dignité conjugale ; mais évidemment ils furent soulagés de se retrouver tous les quatre et caquetèrent et jubilèrent plus d'une heure au cours de laquelle Olga eut l'occasion de leur faire un récit plus précis et plus commenté. Ils fêtèrent ça au champagne. Ce n'est qu'au sixième verre qu'Olga Lamouroux avoua à ses deux compagnons que c'était elle qui avait envoyé, l'avant-veille, un télégramme à des copains journalistes – aveu dont elle aurait pu se dispenser, la surprise produite étant visiblement plus que mince.

Mais à Bejaïa, la Doriacci ne mit pas sa menace à exécution et resta sur le *Narcissus*. Voici comment.

Hans-Helmut Kreuze, loin de partager la colère de la Diva, s'en disait révolté, et, après quelques réflexions, avait demandé rendez-vous au capitaine Ellédocq dans son bureau. C'était là qu'Ellédocq tenait son livre de bord qui, pris au hasard, donnait généralement :

– Acheté 50 kg de tomates.
– Réparé embrasses des rideaux grand salon.
– Intervenu dans discussion des convives.
– Jeté 40 kg tournedos avariés.
– Pris 100 tonnes mazout.
– Fait arranger chauffage.
– Rencontré troupeau de dauphins.

Ce qui, à part la dernière phrase, était le quotidien d'un hôtelier. N'importe, Ellédocq y trouvait une majesté olympienne.

Sa casquette, pour une fois loin de son crâne, pendait à une patère. Derrière lui, des rayonnages portaient quelques livres aux titres effrayants : *Comment survivre dans la mer de Glace*, *Droit du passager de refuser l'amputation en cas d'accident*, *Transport de cadavres d'un port international à un port national*, *Comment éviter la propagation du typhus*, etc., autant d'ouvrages sinistres dont les frères Pottin avaient interdit qu'ils traînassent dans les salons ou les chambres des passagers. Ils avaient même ôté du mur d'Ellédocq une illustration pleine de vérité, où un malheureux passager, nu et bleu marine, tirait une langue violacée pendant qu'un robuste marin le piétinait avec un bon sourire (ou qu'on ne pouvait qu'espérer tel). Cette affiche avait été aussi jugée démoralisante par les frères Pottin & Pottin, et le capitaine Ellédocq n'avait donc, pour lui rappeler la gravité de sa tâche, que ces livres interdits de jour, mais qu'il pouvait consulter le soir dans sa bibliothèque. Et c'est de même pour bien montrer son autorité et la gravité propre à son poste qu'il montra d'un geste impérieux un fauteuil en face du sien au Maestro, sans quitter des yeux les papiers posés sur son bureau (lesquels vantaient les supériorités des hameçons « X » sur les hameçons « Y »). Un coup de poing sur ce même bureau lui fit lever la tête : Hans-Helmut Kreuze était devenu violacé, car, autant il était sensible à la hiérarchie, autant celle d'Ellédocq lui semblait faussée : le capitaine d'un rafiot assis devant le maître du clavier Kreuze debout. Ellédocq se leva machinalement. Ils se regardèrent dans des yeux injectés de sang et de cholestérol, regard qui pouvait aussi bien préluder à un infarctus, mais que leur absence de dialogue rendait indéniablement comique.

« Vous vouloir quoi ? aboya Ellédocq que ce coup de poing exaspérait.

— Je voudrais vous signaler une sortie pour l'impasse de la Doriacci », dit Kreuze.

Et, devant l'air incompréhensif – jusqu'à la pire débilité, à son sens – de son vis-à-vis, Kreuze précisa :

« Je connais deux personnes admirables à l'ouïe, deux élèves suisses de mon école à Dortmund, et qui passent leur repos à Bejaïa. Deux personnes qui peuvent remplacer la Doriacci d'un moment à l'autre, si elle lève le pied.

— En chantant quoi ? » dit le capitaine égaré, consultant son livre de la loi, sa bible : le programme musical déjà bafoué par la Diva et qui s'arrêtait là, à la fin de ce programme.

« Mais ces personnes ne chantent rien : c'est flûte et contrebasse et violon en deux personnes. Nous jouerons des trios, du Beethoven », dit Kreuze exalté à l'idée de la vengeance qu'il mijotait depuis six jours contre la Doriacci : il l'imaginait remplacée par lui et deux inconnus, le soir même. « Ce sera très jouissif... » dit-il à Ellédocq penché sur son programme, les sourcils froncés comme devant un casse-tête (mais qui, entendant le mot « jouissif », reprit sa méfiance). « Ouf... enfin de la musique dans la chambre », dit Kreuze (confirmant les craintes d'Ellédocq bien qu'il commençât quand même à se réjouir d'être délivré de la Diva).

Cependant, on la lui avait confiée... Il pouvait lui arriver n'importe quoi dans ce pays perdu et, peut-être, la laisser partir correspondait-il à une démission et à un déshonneur ?...

« Bien embêtant... dit-il. Contrat Diva payé très très cher. Je sais. Frères Pottin furieux, passagers furieux : passagers n'avoir pas profité de ses chansonnettes.

— Si vous profitiez en l'écoutant chanter *Au clair de la lune*, alors, quelle différence ?... dit Kreuze hautain. *Au clair de la lune*... chantonna-t-il en haussant les épaules.

— Quoi ? Quoi ? dit Ellédocq, qu'est-ce qu'il a ce refrain ? *Clair de lune* connu partout, la preuve... Jolie musique, jolies paroles, chanson française...

— Nous vous le jouerons, dit Kreuze avec son rire épais. Voilà, je suis ravi d'avoir arrangé les choses sur ce bateau, capitaine. »

Ils se serrèrent la main et Ellédocq qui avait l'habitude de broyer les phalanges de ses relations, remarqua que la main de Kreuze résistait à la sienne sans aucun effort – grâce, sans doute, à ses exercices de doigté ; et même, il lui arracha un gémissement. Kreuze sortit et le capitaine resta seul, avec sur son programme : « Potage à la George Sand – Croquettes de volaille Prokofief – et Sorbet à la Rachmaninof », plus un foie gras inhabituel du Lot après lequel la Doriacci devait chanter l'acte I du *Trouvère* – ligne qu'Ellédocq raya du programme et remplaça par le trio de Beethoven joué par Kreuze et X, Y…

Pendant ce temps, la Doriacci faisait ses bagages. La Doriacci allait chanter ailleurs, pour d'autres béotiens peut-être pires que ces béotiens si riches et si incultes. Mais avant, elle allait s'accorder huit jours de vacances. L'excellence de toutes ces raisons lui faisait oublier la seule, la vraie : la Doriacci fuyait Andréas de Nevers.

En ce moment même, il était assis au pied du lit, et il regardait les draps de ce lit, et le visage fermé de sa maîtresse en train d'entasser avec sa femme de chambre, ses robes longues dans ses valises. Andréas posait parfois la main sur le drap ouvert, comme on touche le sable d'une plage que l'on va quitter et que l'on ne reverra plus, sans doute, comme on respire à la campagne, au coucher d'un soleil hâtif de novembre, l'odeur désespérante et tiède, d'une douceur sans recours, des vendanges finissantes.

Andréas était abandonné, et il souffrait sans rien dire, sans que la Diva semblât croire à ce désespoir qui l'envahissait tout entier.

Quant à Clarisse, elle tremblait sans pouvoir s'arrêter un instant, malgré ses efforts, depuis qu'Éric était sorti de la salle de bains en peignoir, impeccable et parfumé, et lui avait dit d'une voix tranquille : « Tu es en beauté, ce soir. Quelle jolie robe ! » car ce tutoiement annonçait l'exécution du devoir conjugal pour le soir même. Devoir que le corps de Clarisse avait accepté et reçu bien après que son esprit, lui, se fut détaché d'Éric, avant d'en arriver à cet état d'indifférence agacée et de froideur à l'idée de l'amour. Mais maintenant, il y avait Julien, et Julien, elle ne voulait pas le tromper, elle ne le pouvait pas, même s'ils avaient mal fait l'amour ensemble, cette première fois : parce qu'elle savait qu'ils se retrouveraient un jour, et que Julien le savait aussi. L'idée de la nuit à venir lui était déjà un supplice. Sa peur d'Éric était encore trop grande pour qu'elle lui refusât ce corps qu'il disait si froid, ce visage qu'il disait si fade. Et en effet, depuis quelques années, il semblait, à chaque fois qu'il la rejoignait dans son lit, que ce fût un cadeau que lui faisait Éric, cadeau provoqué par la compassion, et non par le désir.

Mais en même temps que l'amour de Julien et l'aveu qu'il lui faisait de son envie d'elle, le regard des autres hommes sur ce bateau, leur désir muet, tout cela avait redonné à Clarisse, en même temps que la confiance en son charme, la conscience de son propre corps (mais comme une propriété bien à elle, dont les désirs et les refus – jusque-là considérés comme outrecuidants – lui semblaient maintenant parfaitement licites). Elle avait pu livrer à Éric, des années durant, un objet mal aimé qui était son corps, mais elle ne pouvait pas lui confier l'objet de la possession vivante et irremplaçable de Julien. En couchant avec Éric, elle trompait Julien, elle prostituait son corps, elle se reniait elle-même. Julien était son mari, son amant et son protecteur, elle s'en rendait compte tout à coup, grâce à la répulsion que lui inspirait, pour le soir même, la beauté blonde d'Éric.

Elle était donc blanche en arrivant à la salle à manger en robe du soir, avec Éric en smoking. Elle fit malgré sa pâleur une entrée remarquée, et Julien, qui avait dû emprunter son nœud papillon à un des barmen, qui se sentait gauche et mal habillé, et triste de n'avoir pu voir Clarisse seul à seule, Julien qui, pour une fois, ne se plaisait pas, ou plutôt, pour une fois, pensait à lui-même et à son aspect extérieur, Julien fut émerveillé et stupéfait que cette femme-là fût à lui et l'aimât, lui, Julien Peyrat, le tricheur aux cartes, le faussaire, le minable, que dix personnes pouvaient reconnaître et faire mettre en taule, lui qui n'avait jamais rien fait de ses dix doigts sinon les poser sur des femmes, des cartes ou des billets pour les rejeter tous à la fin. Il était aimé par cette femme qui était belle, loyale et intelligente et qui avait été si malheureuse sans pour autant devenir méchante ou cynique, cette femme qui avait des qualités et de la qualité. Et la vanité, la folie de vouloir l'emmener avec lui, où qu'il aille, lui parut si évidente qu'il sortit un instant du bar où tout le monde était regroupé, et alla jusqu'à la rambarde où il s'appuya, le vent battant son visage et le décoiffant, défaisant même son nœud de cravate mal noué et lui donnant cet air de voyou, de maffioso, de clochard qu'il finirait par devenir. Julien se détesta un long moment, sur cette mer bleu marine, presque noire, en face des lumières de

Bejaïa. Et il y avait bien plus de vingt ans qu'il ne pensait pas à lui de cette manière-là, vingt ans qu'il ne pensait plus du tout à lui, sauf quand il était heureux et qu'il se félicitait de sa chance. Il fallait qu'il arrête les frais de cette histoire impossible, il fallait qu'il vende, ou non, le Marquet, c'était sans importance à présent. Il fallait qu'il descende à Bejaïa en même temps que la Doriacci et qu'il oublie tout ça.

Le capitaine réfléchissait, Charley étant parti veiller sur les emplettes de la belle Edma et ne pouvant donc remplir à sa place cet office si douloureux. Ellédocq avait tenté dix fois de joindre l'un des frères Pottin, mais ils étaient tous en vacances. Ils ne restaient bien sûr pas là, le cœur battant devant leurs bureaux, à attendre que le *Narcissus* rentre intact de sa dix-septième croisière. Ellédocq n'avait trouvé à parler qu'au vice-président, un nommé Magnard, qu'Ellédocq jugeait peu franc sans savoir pourquoi. Et il hochait chaque fois la tête en l'évoquant d'un air qui en disait long, bien qu'il n'en pensât rien.

« Ici, Ellédocq, avait-il hurlé (car il hurlait toujours au téléphone). Ellédocq du *Narcissus* !…

— *Yes, yes*… avait dit la voix de Magnard (il prenait le genre anglais, cet imbécile !), ça va bien ?… Vous avez beau temps ?…

— Non ! hurla Ellédocq exaspéré. (Comme s'il l'appelait au téléphone pour lui parler du temps. Ces bureaucrates, vraiment !)

— Parce qu'ici, il fait un temps superbe… continuait Magnard (qui devait s'ennuyer ferme tout seul au bureau). C'est bien dommage pour vos passagers…

— Tout va bien, hurla Ellédocq. Temps superbe, mais pépin majeur : la Doriacci veut ficher le camp ! Prussien propose deux copains pour remplacement. Qu'en dites-vous, Magnard ?...

— Quoi ? Quoi ?... disait ce dernier apparemment épouvanté par cette nouvelle. Quoi ?... Mais quand ?... Comment cela se fait-il ?... La Doriacci est à bord quand même ?...

— Oui, mais pas pour longtemps...

— Que s'est-il passé, capitaine Ellédocq... (Magnard lui rappelait son rang, signe que la situation était plus grave que ne l'avait imaginé Ellédocq, tout à sa joie d'échapper aux lazzi et aux pizzicati de la Diva). Capitaine Ellédocq, vous êtes responsable de cette femme admirable... Que s'est-il passé ?... »

Un gros soupir souleva le torse bombé d'Ellédocq puis il se résigna :

« Elle a chanté *Clair de la lune...* dit-il d'une voix lugubre.

— Quel *Clair de lune* ? La sonate ? Mais c'est du piano... De quelle "lune" parlez-vous ? Et le public n'a pas aimé, ou quoi ?...

— *Clair de lune...* chanson... dit Ellédocq que les prétentions musicales de Magnard remplissaient de mépris. *Clair de lune* qu'on chante, quoi, à l'école... »

Il y eut un silence incrédule.

« C'est pas vrai, hein ? reprit Magnard... Ellédocq, soyez gentil, chantez-moi ce truc dont vous parlez... que je comprenne au moins un peu... Après, je téléphonerai à la Doriacci, mais il faut que je sache de quoi il s'agit... Alors, j'écoute...

— Mais... mais... je ne peux pas... balbutia Ellédocq. Impossible... d'ailleurs, je chante faux ! J'ai du boulot, moi... »

Magnard avait pris sa voix de directeur adjoint.

« Chantez ! hurla-t-il, chantez, Ellédocq, je le veux ! »

Le capitaine était debout dans la cabine, l'appareil à la main, et il jetait vers la porte restée ouverte des regards quasi virginaux tant il était angoissé... Il entama :

« Au clair de la lu-ne

Mon ami Pierrot...

— J'entends rien ! hurla Magnard. Plus fort !... »

Après une petite toux, Ellédocq continua d'une voix suppliante et rauque :

« Prête-moi ta plume... »

Il n'arriverait pas à fermer cette porte sans lâcher le téléphone, c'était impossible... Il s'essuya le front de la main.

« Je n'entends rien ! disait Magnard d'un ton jovial, plus fort ! »

Le capitaine prit son souffle et se lança. Il avait une voix enrouée et fausse, mais qu'il entendait juste et harmonieuse ; il prit un certain plaisir brusquement à hurler vers la fenêtre en écartant même un peu le récepteur de son menton :

« Prête-moi ta plu-me.

Pour écrire un mot... »

Il s'arrêta net : la voix d'Edma, dans son dos, retentissait et il raccrocha au nez du vice-président des Croisières Pottin et Pottin.

« Mon Dieu, mais que se passe-t-il, ici ? On tue le cochon à l'automne aussi, en Algérie ?... Mon Dieu, commandant, mon bon ami, vous êtes là ?... Vous ne vous êtes pas fait mal, au moins ? enchaîna-t-elle. Vous avez entendu ces cris, vous aussi ? C'était affreux... Charley ?... Où êtes-vous, Charley ?... Non, cessons de plaisanter. Savez-vous que vous avez un très beau timbre, commandant, dit Edma Bautet-Lebrêche. N'est-ce pas,

Charley ?… » ajouta-t-elle, vers ce « crétin », songea Ellédocq, qui revenait justement sanglé dans son blazer qu'il prétendait lie-de-vin, mais qui était rose bonbon.

Ellédocq, pour une fois, était épuisé : dans la même journée, il avait dû refaire les programmes, les menus et les concerts, chanter *Au clair de la lune* au directeur adjoint de la compagnie, et maintenant, voilà qu'il avait un beau timbre…

« Ça, c'est sûr, je finirai timbré… » grommela-t-il. Et, se tournant vers Charley, il ajouta : « J'ai passé une journée épouvantablement fatigante, mon pauvre vieux… » (Il oubliait son morse, décidément signe, chez lui, d'une débandade grave dans ce petit tas gris, sûrement peu riche en circonvolutions, qui constituait son cerveau.)

Et, suivi du regard par Charley et Edma, il alla vers la porte, le dos voûté, mais il se retourna, livide :

« Bon Dieu ! Et les zigotos du Prussien !…

— Quels zigotos ? » dit Charley qui commençait machinalement à poser ses emplettes un peu lourdes sur le bureau sacro-saint du capitaine.

Celui-ci, trop las pour réagir, posa sur ces paquets sacrilèges un œil lourd où une mémoire hébétée se demandait à elle-même ce qui clochait dans ce spectacle : un tee-shirt brodé de strass, une immense bouteille réclame de démaquillant gras pour le corps et des babouches à semelles compensées, le tout sur le buvard, l'encrier et les carnets de bord du capitaine Ellédocq. Charley et Ellédocq se regardèrent, Charley tout à coup horrifié, mais Ellédocq amorphe. Et ce fut plutôt parce qu'il s'en sentait le devoir que parce qu'il en avait envie, qu'Ellédocq, de son bras droit, fit gicler tout cela sur la moquette où, bien entendu, un sac de bigoudis s'ouvrit, laissant échapper de pauvres bagatelles roses et vertes qui roulèrent gaiement sur le sol, sous l'œil terni d'Ellédocq. Il leva les yeux :

« Charley, dit-il, allez dire à Goering qu'il ramène ses deux petites tapettes avec leurs pipeaux et leurs calebasses dans une demi-heure. On les écoutera avec Mme Bautet-Lebrêche. Mais qu'ils ne se fassent pas de mamours entre eux, nom de Dieu ! » ajouta-t-il.

Et il sortit en claquant la porte, laissant les deux spectateurs aussi surpris qu'ils pouvaient encore l'être, après quarante ou cinquante années de découvertes psychologiques pourtant variées.

C'est Edma Bautet-Lebrêche qui, sa stupeur passée, se trouva requise pour écouter les deux natifs de Montreux retrouvés par Kreuze et porter un jugement à leur sujet. Fort amusée par la requête d'Ellédocq et la solennité qu'il y portait – d'autant plus amusée qu'elle l'avait entendu chanter « Ma chandelle est morte » un quart d'heure plus tôt, elle se rendit avec lui dans le grand salon où sur l'estrade, au centre, les attendaient les deux protégés et leur protecteur : deux quinquagénaires, ou presque, « affreux à voir », jugea Edma du premier coup d'œil, avec leurs shorts trop longs, leurs jambes velues qui en dépassaient, terminées par des chaussettes de laine sous les lanières de leurs sandales. Mais ils promirent d'être chacun en possession d'un smoking. Kreuze et Ellédocq étaient déjà assis sur la banquette quand Edma arriva, et elle voulut se faufiler près de l'un ou de l'autre sans les déranger, mais Ellédocq d'un bond se leva et d'une main de fer la fit glisser et s'asseoir entre lui et Kreuze. Avant tout jugement d'ordre musical, Edma se pencha vers Ellédocq.

« Ils sont bien vilains, dit-elle, vous ne trouvez pas, commandant ?

— C'est son affaire, dit Ellédocq en désignant Kreuze du menton, et avec un ricanement peu clair pour Edma.

— Pourquoi ? demanda-t-elle (mais du bout des lèvres, car les deux élèves, sur un ordre aboyé par Kreuze, commencèrent à jouer), pourquoi ?... répéta-t-elle à voix basse en se tournant vers Ellédocq.

— Vous le lui demanderez vous-même », dit ce dernier.

Elle écouta donc jouer un trio de Haydn, fortement, techniquement impeccable, et félicita le Maître triomphant, avec grâce, quoiqu'elle fût à nouveau surprise du ton que prit Ellédocq pour le féliciter.

« Vous pensez eux remplacer Diva ? lui demanda-t-il, alors qu'ils sortaient ensemble, presque bras dessus, bras dessous, sur le pont.

— Vous rêvez ! dit-elle. C'est pour elle que tout le monde est là. Moi, personnellement, j'avoue qu'à la rigueur je m'en passerais cette année, bien qu'elle soit divine... J'ai d'autres souvenirs du *Narcissus*, mais les autres... Vous devriez lui parler, commandant. Ou plutôt, vous devriez lui dire qu'elle est déjà remplacée, qu'elle ne se fasse pas de soucis, surtout, ni de remords : la Doriacci partira volontiers si cela cause une catastrophe, mais pas si son départ est un simple incident.

— Vous croyez ?... demanda Ellédocq qui éprouvait avec le temps une confiance souvent périlleuse mais instinctive pour les ukases psychologiques d'Edma Bautet-Lebrêche.

— Je ne crois pas, je sais, dit celle-ci d'un ton impérieux. Je sais parce que je suis pareille : si je ne manque pas, je ne pars pas. »

Ellédocq hésitait un peu néanmoins à se replonger, après cette journée harassante, dans une discussion épineuse avec la Doriacci. Edma lui prit le bras avec gentillesse.

« Allez, dit-elle, allons-y. Je viens avec vous, c'est plus sûr. Vous irez fumer une bonne pipe après », ajouta-t-elle, presque malgré elle, tant Ellédocq semblait déconfit, d'autant plus qu'il ne broncha pas.

Mais quand ils arrivèrent à la cabine de la Doriacci, leur tactique se révéla superflue. N'obtenant pas de réponse, et Ellédocq ayant son passe sur lui, comme toujours, ils poussèrent la porte croyant trouver la chambre vide, tous bagages enlevés, mais après un pas, ils virent dans la pénombre la Doriacci, endormie toute habillée, et près d'elle, un jeune homme demi-nu, le buste doré et superbe, avec ses courtes mèches un peu cuivrées, étendu en travers du lit, mais le corps perpendiculaire et la tête appuyée sur les chevilles de sa maîtresse. Ses longues jambes dépassant du drap reposaient sur le plancher.

Ellédocq prit son rouge rose de la pudeur blessée, et quand Edma lui dit : « Que c'est beau, n'est-ce pas ? », d'une voix pleine de respect, il s'indigna confusément, il laissa échapper un petit rire tout en regrettant, in petto, de ne pas inspirer le même respect à Edma. Ce petit rire méprisant lui attira aussitôt la requête suppliante d'une cigarette. Il secoua la tête négativement sans se fâcher, au grand dam d'Edma.

« Ça va vous faire trois musiciens et une colorature… se vengea-t-elle en passant devant lui, le doublant et le laissant sur place sans qu'il réagisse. La Compagnie Pottin va être ravie de ces attractions supplémentaires… Nous allons voir de quelle manière on joue *Au clair de la lune* à la flûte et au violoncelle. »

Andréas se réveilla un peu plus tard, trempé d'une sueur aigre, le cœur battant violemment avant qu'il n'en réalisât la cause : la Doriacci le quittait, elle l'avait quitté, il était perdu. Il faisait noir déjà dans la cabine, et il l'imagina sur le quai d'une gare à l'instant même, l'attendant ; et après un moment le souffle lui manqua, quelque chose se referma sur son cœur, lui causa un léger vertige avant qu'il ne se précipite vers ce quai et hors du lit. Ce lit noir et bien-aimé, ce lit perdu mais où il heurta du bras, en s'élançant, le flanc dodu de la Doriacci. Il hésita un instant à admettre sa présence. Pour la première fois de sa vie, le jeune Andréas hésita devant un bonheur si vite rendu. Il eut peur de mourir cardiaque, il eut peur de mourir, bref, pour la première fois. Et pourtant que risquait-il à mourir dès l'instant qu'elle allait n'être plus là ? Dès l'instant que la Doriacci la quittait, sa vie à lui devenait vide et plate, et sa mort en subissait l'exemple : la mort devenait vide aussi, et ennuyée, et ennuyeuse pour Andréas de Nevers. Mais maintenant, maintenant, il avait la Doriacci que ses baisers essayaient d'atteindre à travers les draps qu'elle avait tirés sur sa tête comme un abri, lui refusant la moindre surface de peau nue où poser ses lèvres. Et elle riait, et il s'agaçait, ne la touchant pas de ses deux mains, mais attrapant un drap entre ses dents et le secouant comme un petit chien, le tirant de sur le lit pendant que la Doriacci redoublait de rire et se mettait même à aboyer de sa belle voix grave.

« Qui vais-je trouver, dit-elle, derrière ce drap : un carlin ou un doberman ?... Ouah-ouah ?... dit-elle d'une voix profonde, ou hou-hou ?... Qui es-tu, ce soir ?

— Je n'ai pas envie de jouer », dit Andréas qui se rappela tout à coup ce qu'il avait été toute la journée, qui se rappela le jeune homme désespéré, marchant dans ces coursives interminables de solitude, le jeune homme pâle et affolé dont il revécut si précisément la souffrance qu'il s'effondra sur l'épaule compatissante de cette femme qui la lui avait infligée.

« Pousse-toi, dit-elle nonchalamment. Il faut que j'aille m'habiller pour le concert. »

C'est ainsi qu'il apprit avant tout le monde qu'elle ne partait plus.

C'est dans ces circonstances que Julien et Clarisse reçurent, chacun de son côté, la musique jouée par les deux alpinistes suisses qui, délivrés de leurs cocons de lainage et leur ensemble de cuir, jouaient comme des musiciens inspirés, menés par Kreuze au piano, prodigieux de sensibilité et de tact.

Le *Trio n° 6* de Beethoven, pour piano, violoncelle et violon, après une entrée bruyante mais très rapide, part tout de suite sur une petite phrase qu'il lance et dessine au violoncelle. Petite phrase de sept notes que lui arracheront l'un après l'autre, que lui rendront aussi, le piano et le violon. Petite phrase qui part avec arrogance, comme une affirmation de bonheur, une sorte de défi, et qui, petit à petit, les obsède, les déborde, et les désespère – bien qu'ils tentent tout le temps de l'oublier, bien que chacun d'eux vole au secours des deux autres quand l'un semble céder à sa loi et à son charme, bien que chacun d'eux coure parfois devant cette même phrase ou, pour fuir, devant l'instrument qui la joue comme s'il était contagieux, bien que ces trois instruments angoissés tremblent sans cesse d'être rejoints par cette petite phrase si cruelle, se réunissent parfois entre eux et tentent bruyamment de parler d'autre chose – comme trois hommes épris de la même femme, morte ou enlevée par un quatrième, et qui, de toute façon, les aurait tous fait souffrir autant. Ces efforts ne servent à rien. Car à peine ont-ils commencé à se soutenir les uns les autres, à faire preuve de vigueur, de gaieté et d'oubli – un oubli bruyant –, à peine ont-ils tenté de partager cet oubli entre eux, que l'un d'eux, déjà, comme sans faire attention, la fredonne entre ses dents à nouveau, cette phrase interdite, au grand désespoir des deux autres qui se voient contraints d'y revenir par la faiblesse du premier. Tout le temps, tous ces efforts pour parler d'autre chose, et tout le temps ces sept notes féroces dans leur grâce et dans leur douceur même.

Et Julien qui n'aimait pas beaucoup la musique, et dont la culture à ce sujet s'était arrêtée à Tchaïkovski, ou à l'ouverture de *Tannhäuser*, comme Simon – enfin, un peu mieux mais à peine –, Julien eut l'impression que c'était leur histoire que quelqu'un lui racontait : son histoire à lui et à Clarisse, cette histoire qui allait être manquée comme semblait le souligner toute cette musique, comme si elle eût été en même temps que celle des souvenirs qu'il n'avait pas eus, celle de l'échec, celle d'un chagrin prémonitoire. Et quand elle revint pour la dixième fois, soufflée par le violon, jusqu'au piano interdit, ravi et las de l'accueillir, quand ces longues notes revinrent vers Julien, il dut détourner la tête vers la mer sous la pression brûlante et folle, oubliée depuis très longtemps, des larmes sous ses paupières. De même qu'il avait rêvé de façon poétique et irréelle son futur avec Clarisse, sa vie amoureuse et sentimentale avec Clarisse, sa vie d'amant, bref, et qu'il l'avait rêvée avec tous ses charmes, de même il lui semblait maintenant en recevoir à l'avance tous les coups et toutes les égratignures ; mais cela dans sa chair même, dans la réalité concrète, si terriblement concrète que prend le chagrin dans les choses de l'amour, rendant tout si précis, si désert, si terre à terre et si définitif.

Et le reste du concert se passa pour Julien, la tête de côté, le visage tourné vers la mer, comme s'il était absolument insensible justement à cette musique qui le désespérait. Et déjà, aussi confiant dans la nature de Clarisse qu'il l'était peu dans leurs destinées, Julien savait que, de son côté, assise près d'Éric et ne le regardant pas, Clarisse aussi assimilait ce thème à celui de leur rencontre et de leur séparation.

Le troisième mouvement du trio, après cet andante insupportable, en ramasse les morceaux dans un scherzo faussement gai, une sorte de parodie mondaine semblable à celle qui, après des applaudissements interminables, succéda au concert. Les deux nouveaux artistes furent félicités avec chaleur, une chaleur d'autant plus grande qu'ils étaient nouveaux sur ce bateau, qu'ils semblaient comme envoyés à la rescousse de ce vaisseau spatial nommé *Narcissus* par notre bonne vieille planète la Terre. À tel point qu'en leur serrant la main, on leur tapotait l'épaule, on leur prenait le bras comme pour bien s'assurer de leur réalité et donc de la déductible certitude d'une terre ferme. Julien et Clarisse, sans même se voir, étaient restés assis quelques minutes sur leurs chaises, après que tout le monde se fut levé dans un brouhaha qu'ils n'entendaient ni l'un ni l'autre. Et ce n'est qu'à ce moment-là qu'ils se regardèrent vraiment, ne se rendant pas compte des regards d'Éric et d'Edma posés sur eux. Ou plutôt ne l'imaginant même pas tant Éric était devenu un tiers et un fâcheux plus qu'un obstacle. Ils ne le virent pas blêmir et faire trois pas à la rencontre de Julien qui venait vers Clarisse, s'asseyait près d'elle à l'instant même où, ayant repoussé le piano, les marins éteignaient les lumières de la piste. C'est dans la demi-obscurité et en trébuchant un peu que Julien vint s'asseoir près d'elle. Et ils ne virent l'un de l'autre tout d'abord que le blanc de leurs yeux affolés et agrandis par cette panique. « Clarisse… », dit Julien à voix basse, en se penchant vers elle, et elle répondit : « Julien… », mettant la main sur la sienne et lui serrant les doigts entre ses doigts, « comme font les enfants », pensa-t-il très vite, quand ils ont peur dans les chemins creux, la nuit. Mais Clarisse n'était plus une enfant pour lui, c'était une femme dont il avait envie, et qu'il aimait déjà suffisamment pour souffrir, ne pouvant l'embrasser sur-le-champ, et d'une souffrance aiguë, et pourtant éloignée, croyait-il, du désir simplement physique.

« Que va-t-on faire ? dit Clarisse d'une voix blanche, basse, une voix séduisante qui fit ciller Julien.

— On va partir », dit-il en se forçant à l'assurance, mais en baissant les yeux avant elle, prêt à entendre ce « Non » et tous les arguments pour ce « Non » tomber de la bouche de Clarisse, tomber comme une affreuse averse, comme une pluie odieuse, et non pas comme la foudre qui tomba à ses pieds quand elle répondit :

« Bien sûr, on va partir ensemble, mais ce soir… ce soir, que vais-je faire ?… »

Et là Clarisse s'arrêta car Julien avait compris et avait reculé son buste en arrière, cherchant une obscurité plus obscure, un éloignement plus éloigné encore de l'image qui venait de passer sous ses yeux, et qui était celle d'Éric allongé sur Clarisse. Et pas un instant il ne songea même à lui demander « Pourquoi ce soir ? », « Pourquoi à présent ? », « Pourquoi est-ce subitement différent des autres fois ? », « Comment savait-elle et comment connaissait-elle les prétentions d'Éric ? ». Il le savait trop bien, Clarisse ne ferait jamais rien pour lui faire du mal, Clarisse ne lui disait pas ces vérités mauvaises à entendre que vous distribuent généralement vos meilleurs amis ou les êtres qui vous sont les plus chers. Clarisse l'avait d'ores et déjà pris sous la haute protection de son amour pour lui. Et le premier réflexe de Julien fut de marmonner entre ses dents, mais assez haut pour qu'elle l'entendît : « Je vais le tuer, je vais le tuer ! Il n'y a que ça à faire ! », cherchant Éric des yeux, l'ayant trouvé et le regardant comme un étranger total, jamais vu mais à abattre. La main de Clarisse sur son bras l'arracha à ce mouvement de haine et il tourna vers elle un visage égaré et vaguement rancunier. Il reprit son souffle, jeta un dernier regard vers Éric, assis maintenant là-bas, comme un chien en jette à un autre chien lorsqu'ils ont menacé de se battre et qu'on les sépare de force.

« Calme-toi, dit Clarisse, tendrement.

— Je passe ma vie à me calmer », dit-il.

Et in petto, Julien se répétait « Calme-toi, calme-toi » avec ce ton légèrement agacé qu'il prenait pour s'adresser la parole au jeu, avec les femmes ou devant un tableau. « Calme-toi, calme-toi », un ton supérieur mais ferme d'ailleurs, comme un cheval emballé : « Calme-toi… Cette carte n'est pas la bonne carte. Cette femme ne t'aime pas. Ce tableau est un faux. » Et il enviait soudainement tous ces gens, ces quatre-vingt-dix-neuf pour cent d'amis ou de relations qu'il avait eus, ou qu'il avait encore, qui, eux, semblaient toujours s'exhorter au contraire au danger, au désir ou à la confusion comme des chevaux trop calmes ou privés d'avoine. Mais ses exhortations ne marchaient pas. Il se rendait compte que, plus que de livrer Clarisse à un autre, l'idée que cet autre fût Éric, c'est-à-dire un homme qui ne l'aimait pas et qui tenterait de la blesser en tout cas, cette idée le révoltait. Julien songeait avec stupeur qu'il aurait presque préféré que Clarisse aimât un peu l'homme qui la voulait : pour son bien à elle, et donc à ses dépens à lui. C'était la première fois que Julien préférait son malheur à celui d'une autre.

« Ah ! mais je t'aime… » dit-il ingénument.

Et il se sentit aussitôt rassuré par la gravité de son amour, par la tendresse éperdue qu'elle lui inspirait, comme si la vertu de cet amour lui en assurait la réciprocité et la continuité. Pauvre fou qu'il était… En tout cas quelqu'un d'autre s'était présenté chez lui, quelqu'un qui, à l'intérieur de Julien, refusait un partage qu'il avait toujours admis auparavant – tant qu'il avait le rôle d'amant, bien sûr –, Julien à qui il suffisait d'être le préféré et qui trouvait barbare qu'on voulût être le seul, surtout en arrivant le dernier. Il chercha ce Julien-là un instant, se formula même : « Bon, eh bien, elle ne va pas en mourir… Ça doit bien leur arriver de temps en temps, comme à tous les couples… Et puisqu'il lui répugne… » Mais encore une fois, c'était cette dernière phrase qui le faisait broncher : il imaginait Clarisse, grelottante, effrayée, subissant le poids, les gestes triviaux, le souffle de ce type. Il entendit à peine la voix de Clarisse près de lui, dans le noir, qui répétait « Qu'est-ce qu'on va faire ? Qu'est-ce qu'on va faire ? » de la même voix puérile. Et soudain Julien eut une idée.

« Regarde-moi », dit-il avec douceur et à voix basse.

Une voix si basse qu'elle tourna vers lui un visage étonné sur lequel Julien pencha le sien, dont il embrassa aussitôt la bouche, d'abord affolée, puis soudain cédant à la sienne, à la lenteur, et aux douceurs, et au provisoire de ce baiser furtif devant cent personnes incrédules, puis atterrées.

Edma les vit la première de son œil d'aigle, écarquilla les yeux (c'était une journée décidément pleine de surprises, même pour une femme blasée) et se précipitant vers Éric, elle l'hypnotisa littéralement en lui lançant au hasard : « Combien de lecteurs avez-vous, cher ami ?… Deux cent mille, je crois ? Est-ce qu'il y a plus de lecteurs l'hiver que l'été ?… Sûrement, non ? » et autres faridondaines dénuées de tout sens. Elle s'en rendait bien compte mais son esprit s'égarait de plus en plus tandis qu'elle voyait sans les regarder, comme du profil de sa prunelle, ces deux ombres enlacées là-bas, sur le ciel bleu nuit, le bleu d'une nuit claire, en proie à la même démence. Elle en était arrivée à reprocher à Éric, abasourdi, l'absence de toute rubrique « Tricot » dans son gravissime *Forum*, lorsqu'un barman, par ses yeux écarquillés, la bouteille immobilisée au-dessus de leurs verres sans qu'il y chût une goutte – des yeux qui ne voyaient même pas les sourcils froncés d'Éric –, le fit se retourner vers ce spectacle captivant. Et Edma, qui n'avait pourtant pas froid aux yeux, n'osa pas le regarder en train de les voir.

La minute avait suffi à la Doriacci, qui s'apprêtait à monter sur l'estrade avec son flegme habituel, pour qu'elle vît tout, comprît tout et réagît aussitôt avec le même admirable sang-froid d'Edma, ce sang-froid des anciens combattants que seule donne l'expérience, et que nulle jeunesse, quoi qu'elle croie, ne pourrait remplacer. Elle avait, du regard, réuni les musiciens, de deux enjambées, atteint sa place et, du menton, électrisé Kreuze. Aussi est-ce sur la première scène de l'acte III du *Trouvère* de Verdi (que, légèrement troublée quand même, elle prit au milieu, ce qui acheva de déconcerter le malheureux violoncelliste qui tremblait derrière) qu'Éric se précipita vers le couple. Le reste des événements fut donc accompagné tout au long par la belle voix parfaitement calme de la Doriacci, dont on avait oublié de brancher le micro et qui s'en passa fort bien, sans même y faire attention. D'ailleurs autant il fallait une belle voix pour couvrir le bruit autour d'elle, autant il n'était pas nécessaire qu'elle se méfiât des pizzicati ou des quelques pièges traînant dans cette aria, car nul ne s'intéressait tellement au livret de cet opéra-là. C'est donc sur « *Morrò ma queste viscere, Consolino i suoi baci* », dont la traduction fort inopportune était : « Je mourrai, mais tes baisers consoleront mon cadavre », coïncidence qui ne frappa personne d'autre qu'elle – les trois règles du théâtre étant complètement négligées dans ce nouveau spectacle –, qu'Éric s'élança. C'est sur le vers suivant qu'il traversa le podium, blanc de colère, le visage comme éclairé par sa fureur, et c'est sur : « *Dell'ore mie fugaci* » (« Les heures brèves de ma vie ») qu'il se jeta sur Julien. Il s'ensuivit une bagarre confuse, rendue d'autant plus confuse que les passagers de première classe, alertés par la voix de la Doriacci, et que l'on n'avait pas rameutés à temps, oubliés, croyaient-ils, arrivaient en boudant, guignant leurs places de l'œil, et qu'ils se retrouvaient soudain devant des travées vides, deux hommes décoiffés et furieux qui se battaient comme au Far West pour une fois, c'est-à-dire s'envoyaient des coups de pied dont quelques-uns atteignaient leur but, contrairement aux classiques bagarres parisiennes. Ces passagers-là, déjà séparés des « De luxe » par un étage, une différence de trente mille francs dans le billet, et une somme de solides mépris de part et d'autre, se virent aussi séparés par ces deux énergumènes, obstacle plus infranchissable encore que les précédents, eût-on dit. Andréas et Simon, essayant de retenir les combattants, reçurent chacun, l'un un solide coup de pied, l'autre un uppercut, qui les firent renoncer aussitôt à ces ambitions pacifiques. Et bref, « ce fut une boucherie bestiale », comme l'écrivit Olga à Fernande, et une « confrontation symbolique mais flagrante », version Micheline. « Un pugilat de corps de garde », dit Edma qui embrouillait facilement les images, et « un regrettable incident », comme dut le signaler Ellédocq aux frères Pottin. Enfin, on finit par les séparer, grâce à quelques stewards rassemblés par Charley – un Charley mis au comble de l'excitation, de l'effroi et du plaisir de voir ces deux mâles s'étreindre et se faire mal. Tous deux, à présent, en piteux état d'ailleurs, tous deux se demandaient depuis le début par quel malheureux hasard ils étaient tombés sur un adversaire qui connaissait aussi la boxe française. « Si j'avais su… » pensait très secrètement Éric en massant son aine rendue violette, dès le début du combat, par un coup de pied de Julien ; phrase que Julien, en se tâtant les côtes, se disait aussi. On emmena Éric Lethuillier, qui souffrait visiblement, dormir à l'infirmerie. Mais Clarisse n'alla pas partager ses souffrances comme elle avait partagé celles de Julien, et comme pourtant toute femme honnête aurait dû le faire… lui fit remarquer Edma Bautet-Lebrêche, les cheveux encore hérissés par l'excitation et l'air carrément canaille, tout en la poussant par l'épaule, lui faisant tourner le dos à sa cabine et l'amenant droit à celle de Julien… Il arriva sur ses talons après avoir suborné l'infirmière et assuré ainsi à son adversaire un sommeil réparateur.

Clarisse était assise au bord extrême du lit. Elle avait les yeux baissés et les mains sur les genoux. Elle était l'image même du désarroi, pensa Julien en refermant la porte derrière lui.

« Je vais vous appeler Clarisse Désarroi, dit-il, comme le village.

— Il y a un village qui… ?

— Non, dit Julien en se jetant sur le fauteuil le plus éloigné de son lit, et l'air décontracté. Non, il n'y a pas de village de ce nom, mais on dirait, non ? »

Il avait l'impression d'être en face d'un fauve ou d'un criminel un peu nerveux, de sang trop pur et trop effrayé : un animal qui pouvait lui faire du mal sans même le faire exprès. Il regardait Clarisse d'un air froid, et le lit avec une tendresse si visible que Clarisse se mit à rire subitement.

« Vous avez l'air du chat avec les marrons, vous vous rappelez ?... La fable ?... Il y a bien une fable comme ça, non ? Mais qu'avez-vous au cou ? Vous saignez ? Vous saignez !... »

Julien jeta un coup d'œil dégoûté, désinvolte, en vrai mâle, vers la glace pour y voir un filet de sang qui suintait derrière son oreille, et tâta l'entaille avec la même expression dédaigneuse. Seulement ce dédain se transforma en reconnaissance quand il vit Clarisse quitter son refuge, venir vers lui, les yeux pleins d'appréhension et de compassion, quand il la vit prendre sa tête entre ses mains avec un flot de paroles rassurantes, comme si c'eût été lui qu'il fallait rassurer physiquement. Il était blessé : elle l'avait donc à sa portée, à sa merci. Julien redevenait l'enfant que l'on peut soigner et qu'on peut, en tout cas, toucher. D'un geste à un autre geste, ce fut un adulte que Clarisse retrouva dans ses bras, mais un adulte tendre et doux qui, en plus de leur plaisir, voulait son bien.

Au milieu de la nuit, Clarisse avait brisé une solitude vieille de dix ans. Elle avait envie de quelqu'un et que ce quelqu'un l'aime comme il l'aimait, et comme déjà elle se sentait prête à l'aimer aussi.

« C'est drôle, dit-elle un peu plus tard, c'est drôle, je pensais que tu étais un gangster, la première fois que je t'ai vu... Et puis après, un Américain.

— Mais pas les deux ensemble, dit Julien, j'espère ?

— Non, séparément, dit Clarisse. Quel rôle préfères-tu ?

— Je voudrais être un flic anglais », dit Julien en détournant la tête (car il redoutait l'instant où sachant la vérité sur lui, elle prendrait pour d'odieux mensonges délibérés ses plates réserves, ses discrétions excessives).

Saurait-elle alors que, d'une certaine manière, ces mensonges, c'était vrai ? Pourvu qu'elle n'oublie pas, alors, que tout cela, tous ces plans bien établis l'auraient été par amour pour elle, et dans le seul espoir qu'une fois réuni à elle, nuit et jour, et confiant l'un à l'autre le souci de leurs existences, Clarisse Lethuillier fût assez bien avec lui pour ne pouvoir le quitter, voleur ou pas.

« Tu as l'air soucieux, dit-elle à voix basse. Est-ce le fameux dégoût qui suit l'étreinte ? » dit-elle subitement.

Et Julien la regarda un instant, abasourdi par ses propos qu'il ne la croyait pas libre d'avoir.

« Ta question est stupide », dit-il en souriant.

Et penchés l'un vers l'autre, et simplement joue à joue, ils avaient chacun cet air satisfait et attendri, légèrement mégalomane qu'ont les amants après leur première nuit d'amour, lorsque cette nuit-là a été blanche par plaisir et non par regret.

« Il faut que je rentre chez moi, dit-elle. Éric va se réveiller. Comment cela va-t-il se passer à présent ?... Qu'allons-nous faire ?

— Qui, nous ? demanda Julien, l'air étonné et suppliant. Qui est ce "nous" ?

— Toi et moi, bien sûr. Éric va te suivre à la trace, ou moi. Cela va être odieux... Il faut que je descende à Alicante et que nous nous revoyions à Paris... Je ne pourrai pas t'attendre tout ce temps, dit-elle aussitôt après. Tu pourrais te faire écraser par un autobus, ou te tromper de chemin et partir pour Sydney... Il y a trop de choses possibles pour que je te laisse partir.

— Je n'ai aucunement l'intention de te laisser filer », dit Julien.

Il était assis dans le lit, dans les draps froissés, les cheveux hérissés sur la tête. Il avait l'air d'un adolescent marqué plus que d'un quadragénaire, remarqua Clarisse avec ravissement – bien qu'elle sût que ce ravissement aurait été le même si Julien avait été chauve ou boiteux, dès l'instant qu'il était, lui, Julien, et qu'il l'aimait, elle, telle qu'elle était.

« De toute manière, dit-il en se rallongeant, de toute manière, après hier soir, contrairement à ce que tu crois, Éric va être tout à fait rassuré pour le reste du voyage. Il pense, non sans raison, que des amants se méfient quand leur histoire est grave. Et généralement c'est vrai. Crois-moi, le fait que je t'ai embrassée sur la bouche devant cent personnes va nous faire paraître à cent lieues l'un de l'autre. Je t'ai embrassée de force, c'est un geste de voyou et j'ai dû utiliser la violence : donc je te déplaisais, donc tu étais fâchée, donc tu étais innocente. Tu vois ?

— Oui, je vois », dit Clarisse en battant des cils et avant de se retourner sur le ventre et de mettre sa tête sous le bras de Julien en fermant les yeux, et en disant : « Non, je ne vois rien… Je ne vois strictement plus rien… Je ne veux strictement plus rien y voir. Je veux rester dans ce noir-là, toute ma vie. »

Un peu plus tard encore, elle s'endormit. Mais Julien, réveillé comme les premières fois qu'il faisait l'amour avec une femme qui lui plaisait, Julien la regarda longuement dormir. De beaux seins, une belle chute de reins, attaches fines, peau douce. Il essayait de coller toutes ces estimations de maquignon au corps de Clarisse mais n'y parvenait pas. Bien sûr, ce corps était beau, mais il avait l'impression pour la première fois de sa vie que même s'il eût été disgracieux, la voix, les yeux et les mains de cette femme lui auraient suffi pour être aussi amoureux qu'il l'était. Elle se réveilla toute seule, une heure plus tard, au grand soulagement de Julien qui se sentait incapable de lui dire lui-même qu'il fallait qu'elle rentre chez elle. Julien retomba après dans ces mêmes draps. Il chercha l'odeur, le parfum de Clarisse, les trouva, et s'endormit brisé, tandis que des images de gros plan de l'épaule de Clarisse, de sa hanche, des images confuses et sensuelles défilaient sous ses yeux, mais avec cette fois-ci le même personnage qu'il connaissait très bien. C'était déjà ses souvenirs à lui que Julien voyait défiler sous ses paupières.

Le *Narcissus*, sur un ciel et une mer d'un gris fer, semblait émerger des profondeurs, fumant d'eau et de nuages, son étrave fendant comme un couteau cette mer de soie molle et glissante qui se laissait faire, dans le bruit délicieusement alarmant d'une longue déchirure. Il était six heures du matin, et Julien se rendait sur le pont supérieur d'un pas furtif. Il lui arrivait parfois à cette heure-là, où qu'il fût, dans une ville étrangère ou à la campagne, de sortir une heure pendant laquelle il avait l'impression de promener comme un grand chien assoupi et peu sage son propre corps ensommeillé. Ensommeillé, mais qui, déjà libéré des entraves du rêve, piaffait au bord des boulevards ou des champs à traverser. Un corps qu'il allait ramener se coucher dans une heure, même contre son gré, parce qu'il lui fallait du sommeil, un sommeil qui empêcherait ses mains de trembler en donnant les cartes, un corps dont, après Clarisse, il avait l'impression d'avoir assouvi docilement les instincts avec des dizaines de femmes, sans que lui-même, Julien, en ait eu vraiment envie. C'était peut-être la principale force de Julien, au demeurant peu armé pour la vie – si on prenait celle-ci comme une bataille –, que cette capacité de rester toujours le même, de se croire le premier en tort, de n'accorder aucune considération au Julien qu'il était encore la veille et d'admettre qu'il pût se tromper sur tout. Et les hommes, comme les femmes d'ailleurs, l'aimaient pour cela. Ses amis parlaient de sa bonne foi, entre eux, peut-être pour ne pas parler de son orgueil. Simplement cet orgueil, Julien n'en donnait pas les petits signes aigres-doux de la vanité quotidienne. C'est ainsi qu'il parcourait des distances, bras dessus, bras dessous avec son personnage social, ses bluffs et ses rêveries lyriques sans jamais songer, quand ça allait mal, à mettre en cause l'un de ces trois défauts. Comme le dit plus tard Edma Bautet-Lebrêche en récapitulant les incidents de cette croisière, « Julien Peyrat ne s'aimait pas, mais ne se regardait pas non plus : il n'avait aucune idée de lui-même, et, ajoutait-elle finement, il était probablement le seul, à une époque intoxiquée d'un freudisme de poche, et donc déformé, il était le seul à n'envisager la morale que par rapport à ses actes et non pas à les juger par rapport aux mobiles qui les inspiraient. »

Ce matin-là Julien, réveillé, incapable de rester dans ce lit peuplé, se retrouva sur le pont supérieur, face à une immense carte postale gris et bleu et qui représentait la Méditerranée à l'aube, en septembre. Julien était fatigué, heureux, et il tremblait un petit peu des doigts, ce qui l'agaça et l'attendrit aussi. Dès l'instant qu'il était aimé d'une femme, ou de la chance, Julien, arraché à son indifférence bienveillante en général, vis-à-vis de lui-même et des autres, trouvait son corps aimable, solide et valeureux, autant de qualités et d'atouts maîtres, justement, pour la conquête des femmes aussi; atouts que Julien pourtant ne protégeait pas. Il avait hérité, Dieu merci, de ce que sa mère avait longtemps appelé « son équilibre », même tandis qu'il sortait en trébuchant des salles de jeu les plus mal famées de Paris. Il referma ses doigts vers sa paume et les couvrit de son pouce d'un geste un peu cinématographique, et il s'en rendit compte, après, en voyant l'air interloqué d'Edma Bautet-Lebrêche, en robe d'intérieur lilas, les cheveux défaits et une cafetière à la main qu'elle venait de dérober aux cuisines. Mais curieusement sa robe de chambre de cachemire et de soie était serrée d'une sorte de cordelière à laquelle pendait une clef bizarre, ou qui en tout cas parut plus bizarre encore à Julien que la présence d'Edma sur ce pont, à cette heure : coïncidence quand même imprévue et qui ne semblait pas pourtant éveiller la moindre curiosité chez elle.

« C'est une chose de forestier, dit Edma à la question muette de Julien. Ne me demandez pas à quoi elle servait, vous aussi, ou je vous fais une réponse aussi odieuse que celle que j'ai faite au pauvre Kreuze.

— Que lui avez-vous dit ? demanda Julien. Je suis tout ouïe », ajouta-t-il sans mentir.

Car les récits d'Edma Bautet-Lebrêche, vivante chronique des potins du bord, lui plaisaient énormément, d'abord par l'humour, et aussi par une sorte de redressement moral, un raffermissement ostensible des valeurs bourgeoises dont, comme beaucoup de ses contemporains, Edma, après les avoir piétinées et méprisées, se réclamait parfois avec fermeté. Sans doute, comme elle le disait, ces valeurs étaient-elles indispensables, et Julien se demandait si ce n'était pas pour éviter que sa vieillesse ne soit trop surprise, ou au contraire, si c'était pour montrer les voies de la douceur de vivre à une jeunesse brutale et désespérée, comme elle la croyait être. Elle avait posé sa cafetière, et ils étaient assis dans des fauteuils de rotin. Elle regardait Julien de biais, derrière la fumée de sa cigarette, « dans une pose très 1930 », constata Julien avec nostalgie. Il rêvait depuis sa naissance d'un monde guidé par les femmes ; ces femmes douces et belles, ou tendres, ou mythomanes, en tout cas des femmes qui l'auraient protégé et que lui, Julien, jugeait avoir un bien plus vif bon sens que les hommes (en tout cas que Julien), un monde où les hommes resteraient aux pieds des femmes et à leur disposition, ce qui voulait dire pour lui : au pied du lit et à leur disposition amoureuse. Il était bien entendu spécifié que ces deux occupations seraient remises à plus tard, si nécessaire, en cas de victoires à Longchamp ou de bancos à Divonne…

« De quoi parlions-nous ? » dit Edma de sa voix la plus haute, Edma qui ne posait cette question au pluriel que pour y répondre au singulier. « Ah ! oui, mon ceinturon… Eh bien, j'ai dit à Kreuze que c'était pour accrocher mes pianos… Faible, d'accord… plus que faible, je vous l'accorde.

— Mais je ne veux pas de cet accord, dit Julien. J'aime bien les réponses un peu lourdes comme ça… ça change l'air. On se sent revenu à un âge plus facile à contenter…

— Plaisanterie d'enfant débile, reprit Edma, si je me vois bien dans votre miroir. Non, voyez-vous, ce ceinturon servait à accrocher, semble-t-il, une petite hachette avec laquelle les forestiers fendaient leurs petites bûches, pour la chaleur et pour la cuisine… Pourquoi prenez-vous cet air dubitatif, monsieur Peyrat, s'il vous plaît ?

— Parce que cette hachette devait être d'une longueur interminable pour que vos forestiers puissent se pencher sans se blesser le flanc affreusement, ou se meurtrir sur… sur…

— Sur l'aine, dit Edma avec bienveillance. Oui, c'est possible… De toute façon, je ne trimbale jamais de hachette dans la vie mondaine… On pourrait pourtant, on devrait même, très souvent…

— Mais vous pratiquez ce sport de loin, non ? dit Julien, si mes souvenirs sont bons. On envoie la hache après avoir quitté le wigwam, ou avant, dans le monde ?…

— Ah ! mais détrompez-vous. J'ai vu des combats superbes à la hachette ! dit Edma, enthousiasmée par un souvenir guerrier qui donnait à ses yeux une expression farouche et sarcastique à la fois. Je me rappelle qu'un jour, chez cette vieille folle de Thoune, par exemple… Voyons, vous n'ignorez pas qui est Mme de Thoune ?… La plus belle collection de Poliakoff et de De Chirico au monde, avec les Thoune de New York…

— Ah ! oui, je vois très bien, dit Julien entre ses dents. Alors ?

— Alors cette vieille de Thoune avait été plaquée par un beau Suédois, Jarven Yuks… le beau Jarven qui se partageait entre elle et la petite Darfeuil… Mais d'ailleurs Jarven, vous avez dû le voir aussi à New York ? Il dirigeait les ventes chez Sotheby… Un grand type blond, genre Viking… un peu comme notre homme fort de Montceau-les-Mines, dit Edma (n'hésitant pas à recaser le lamentable jeu de mots de Simon Béjard sur le nom de Lethuillier et de son *Forum*). Bon, eh bien, ce pauvre garçon n'était pas invité à un dîner, un soir de septembre, où ses deux femmes étaient conviées par hasard. Mme de Thoune, donc, et la Darfeuil, qui avait alors sensiblement mon âge… dit-elle d'un air tout d'abord satisfait, ce “sensiblement” ayant remplacé avantageusement les “à peu près” dans son langage et celui de ses amies. (Mais là, à peine fut-il lancé, elle s'interrogea sur l'opportunité du mot “sensiblement” à propos d'une chose si sensible à tous, et qu'elle disait lui être, à elle, si peu sensible : l'âge, son âge, dont en effet elle s'était fort peu souciée toute sa vie mais qui, à force de le dire, devenait menaçant…) La voilà donc à table avec la de Thoune qui parle, qui parle, qui parle, cette dernière, c'est effroyable… Des pluies de mots sur le moindre petit terrain dans la conversation… Comment vous dire, cher Julien ? Si elle vous avait parlé de chevaux ou de bancos, vous auriez pris en horreur les chevaux et les bancos, vous auriez abandonné le jeu ! Vous seriez devenu un homme épousable…

— Mais, dit Julien, pris entre le rire et l'effroi devant ce mot "mariage", à présent qu'il y pensait (et la folie de son cœur l'accabla un instant), mais quelle drôle d'idée !…

— Ça ne va pas ? dit Edma. Vous avez l'air tout secoué d'un coup… C'est le mot "mariage", c'est vrai ! Vous n'êtes jamais passé par là.

— Je suis donc si transparent ? dit Julien un peu vexé quand même, mais riant malgré lui.

— Complètement, pour une femme comme moi. Complètement transparent. Pour les autres, non, rassurez-vous… Ils se demandent tous ce que vous faites vraiment, mais aucun ne se demande en revanche ce que vous êtes profondément.

— C'est encore heureux, dit Julien. Je ne vois vraiment pas non plus en quoi mes faits et gestes pourraient intéresser qui que ce soit… »

Il avait pris l'air humble en disant ça, un air qui provoqua le hennissement de la joie incrédule chez Edma Bautet-Lebrêche.

« Nous disions que j'étais transparent, je crois, insista Julien d'une voix plate.

— Vous devez me croire tout à fait gâteuse, non ? » dit Edma Bautet-Lebrêche.

Elle avait pris pour cette phrase une voix insouciante, trop haute, qui lui fit émettre un « couac » puis une toux de la même voix fausse, le visage détourné.

« Alors, Julien, vous répondez ? Que pensez-vous de notre dialogue actuel ? N'est-il pas navrant ?

— Je trouve le début de cette conversation bizarre, oui, dit Julien, mais pas votre manière de l'interrompre... (Il souriait.) Dans la vie, vous avez dû interrompre bien des choses comme ça, à l'improviste. Par exemple, je n'ai pas entendu la fin de l'histoire de votre Mme de Tanc...

— De Thoune, rectifia Edma machinalement. C'est vrai. Bon, eh bien... (elle avait repris sa désinvolture et s'en voulait déjà de l'avoir perdue un instant), voilà : Mme de Thoune, donc, rencontre cette jeune femme à un dîner où les deux étaient réunies par hasard, et où on ne les présenta pas, toujours par hasard, et où, par conséquent, aucune d'elles ne savait que l'autre était cette "autre" qui lui prenait un peu de son beau Jarven. L'une et l'autre, bref, se mirent à parler des hommes, de l'amour, de la lâcheté des mâles, etc., et pour une fois, la Thoune, la pie assommante, prêta un peu le micro à quelqu'un d'autre qu'elle-même. Elles s'entendirent si bien à propos de cet amant répugnant qu'elles évoquaient ensemble sans pouvoir imaginer que ce fût le même, qu'elles se montèrent la tête et décidèrent le même soir de rompre, l'une et l'autre, avec lui. Et le lendemain matin, c'est ce qu'elles firent. Et quand, longtemps après, elles surent leur identité respective, cela les fit rire aux éclats, et d'un rire soulagé. Et voilà comment ce pauvre Gérard se retrouva tout seul... Il s'appelait Gérard au fait, pas Jarven ni Yuks, conclut-elle distraitement.

— Il est mort ? demanda Julien, l'air attristé.

— Mais pas du tout… Mais pourquoi voulez-vous qu'il soit mort ?… Il va très bien…

— Alors il ne s'appelle plus Gérard ? insista Julien.

— Mais si, bien entendu ! Pourquoi voulez-vous… ?

— Comme ça… dit Julien qui, se voyant mal parti, abandonna. Voulez-vous un café chaud, votre cafetière a dû refroidir ?… et que nous le prenions au bar ? Il fait frais.

— Je voudrais simplement que vous me montriez votre Marquet, dit Edma en se redressant dans son fauteuil avant de se lever avec grâce – elle le sentait – et de prendre le bras de Julien.

— Je crains qu'il ne soit pas tout à fait digne de vous », dit Julien, immobile devant elle, toujours souriant.

Il ne se sentait pas très bien tout à coup : il était de nouveau sur un terrain miné, on pouvait le confondre. Il aimait une femme qui ne devait pas aimer que l'on confondît son amant, et qui ne devait avoir nulle tendresse pour la grivèlerie ou l'abus de confiance. Cette menace, à présent précisée par Edma, cette menace qui planait depuis le départ – sans trop le gêner – d'une manière jusque-là plus que discrète, prenait à présent une tonalité aiguë et introduisait dans sa vie une sorte de désaccord avec celle de Clarisse, introduisait aussi un désaccord inéluctable dans l'équilibre fragile, quoi qu'il ait pu penser, entre le gai Julien et le Julien amoureux. Ce timbre aigu risquait de paraître singulièrement criard et odieux aux oreilles de Clarisse.

« Ce Marquet n'est pas absolument vrai, reprit-il en s'inclinant devant Edma. Je crains qu'il ne dépare votre grand salon, qui a l'air plutôt superbe d'après *Geographical Review*…

— Tiens, cette revue est ici ?… Comme c'est amusant », pépia Edma en prenant la revue qu'il lui tendait, et dont elle avait elle-même déposé quelques numéros dans les coins de lecture du bateau (et où l'on voyait, en effet, en long et en large les photos, prises sous des angles flatteurs, du somptueux appartement parisien des Bautet-Lebrêche). « C'est une erreur, reprit-elle froidement. Un Marquet, signé ou pas, est exactement ce qui manque à mon salon, mon cher Julien.

— Oh ! mais ça, il est signé, dit Julien. Mais je serais ennuyé de devoir vous jurer qu'il est authentique. »

Il la mettait devant un choix clair, remarqua-t-elle : ou elle devenait complice, ou elle le dénonçait. Elle opta illico pour la première hypothèse, mais pas un instant, la morale bourgeoise d'Edma ne se sentit concernée ; Julien lui plaisait un peu trop pour que le moindre rouage de cet appareillage compliqué qui lui tenait lieu de morale ne réagisse.

« De toute manière, dit-elle, à l'instant que mon cher Armand est persuadé – et cela grâce à mes serments à moi –, quelle importance... D'ailleurs, lança-t-elle en s'ébranlant en direction des coursives, un peu rosie par cette dernière émotion, d'ailleurs, si ça tombe, il est tout à fait vrai, ce tableau... Je vous trouve bien pessimiste. »

Et Julien, qui avait vu ce tableau terminé et signé avec ferveur par un de ses amis aussi doué qu'indélicat, trouva cette dernière phrase admirable. Non, il ne pouvait pas vendre ce Marquet à Edma, décidément. Ce ne serait plus de l'escroquerie, ce serait de la mendicité. Cette pensée le cloua sur place, et en se retournant, Edma dut le comprendre car elle resta, elle aussi, figée un instant, avant de hausser les épaules et de dire : « Allons quand même le voir », d'une voix attendrie.

Éric était revenu de très bonne humeur de l'infirmerie. D'une bonne humeur intempestive aux yeux de Clarisse, après la dernière nuit, une bonne humeur qui le rendait ridicule et donc méprisable, fort injustement, à ses yeux. C'était pourtant une bonne humeur très sincère, chez Éric : la possibilité d'un adultère, après ce scandale de la veille au soir, lui paraissait nulle ; il n'avait quand même pas été trompé, là, à dix mètres de l'endroit où il dormait. C'était une hypothèse si grossière et si odieuse pour son orgueil qu'il la rejeta aussitôt comme non avenue. D'ailleurs, le baiser volé à Clarisse devant la foule montrait assez qu'il n'était pas donné de bon cœur. Cette pauvre Clarisse, songea Éric, qui avait repoussé Julien d'abord et appelé au secours ensuite… (car tel était le souvenir d'Éric), cette pauvre Clarisse n'était décidément pas transportable. Il y avait pourtant eu un temps où elle se serait débrouillée pour ne pas être importunée par un homme, sinon pour lui résister sans éclat. Il y avait eu une femme habile et dédaigneuse, une grande dame un peu vamp chez Clarisse, qui avait longtemps snobé, exaspéré, et finalement excité Éric. Que sa vertu de la veille soit le fruit d'une timidité masochiste plus que d'une fidélité sentimentale était bien moins plaisant aux yeux d'Éric. Mais enfin, après tout, il était amusant de constater que c'était elle, Clarisse, qui alimentait les cancans à bord, c'était même comique.

« Clarisse, vierge et martyre, dit-il en la regardant dans la glace, assise sur sa couchette, les yeux fixés sur la mer, les mains tremblantes, le visage lisse et défait. (Belle en ce moment… Belle de plus en plus souvent, Clarisse.) Avez-vous vu mon camarade de combat, ce matin ?

— Non, dit Clarisse sans se retourner. Je n'ai vu personne ce matin. »

Elle parlait distraitement, du bout des lèvres, et c'était une chose qu'Éric ne pouvait supporter chez personne, et encore moins chez Clarisse.

« Je ne vous dérange pas, Clarisse ? demanda-t-il en se tournant vers elle. Est-ce que vous pensez à des choses passionnantes ? Ou bien des choses trop intimes pour m'en faire part ?… » (Et là Éric souriait ouvertement à l'invraisemblance évidente pour quiconque, Clarisse comprise, de ces deux hypothèses, et surtout à celle que Clarisse puisse avoir des pensées passionnantes.)

« Oui, oui, dit-elle, bien sûr… »

Elle ne l'écoutait pas, elle ne l'entendait même pas, et il se leva si brusquement qu'elle poussa un cri de frayeur et devint pâle.

Ils se regardèrent un instant dans les yeux : Clarisse, étonnée, retrouvait la couleur de ces iris, cette couleur connue et si étrangère à présent, ces yeux pâles synonymes de froideur, de sévérité… Ce regard qui lui découvrait, lui reprochait quelque chose de nouveau en ce moment même, elle le sentait. Et, les yeux toujours fixés sur lui, elle détaillait ce visage, ce beau visage repoussant. À l'instant où elle formula ces deux adjectifs, elle rougit violemment, elle rougit de ce que cette impression fût assez forte pour se formuler d'elle-même, et en termes si crus. Elle fit un effort pour se répéter : « Beau et repoussant, beau, je le trouve beau. Repoussant aussi. Voilà. Il y avait comme une chose vicieuse, abjecte et arrogante dans cette mâchoire refermée, crispée dans une horreur que l'on sentait quelconque, refermée sur des mots horribles… » Cette belle bouche spirituelle et dédaigneuse au repos, cette bouche si précisément dessinée qu'on ne l'imaginait pas une seconde chez le petit garçon qu'Éric avait dû être quand même un jour ou l'autre.

« Alors, pas de réponse? Savez-vous que vous devenez très grossière, Clarisse, à présent ? »

La voix cinglante d'Éric la secoua un instant et, une fois encore, elle regarda cette bouche aux dents étincelantes, arrangées par le dentiste de la famille Baron, le meilleur dentiste d'Europe et d'Amérique, et dont les honoraires exorbitants n'avaient pas déchaîné, pour une fois, les foudres démocratiques d'Éric. D'ailleurs, pour ce qui était à ses yeux des choses importantes : sa santé, ses placements, et ses plaisirs, Éric avait très volontiers recours aux fournisseurs des Baron, aussi naturellement qu'il leur reprochait leurs gâchis quand il n'était pas concerné. Elle fit un effort de politesse vers cet homme étranger, exaspéré, qui lui criait presque : « À quoi pensez-vous ? »

— Je pensais à vous, petit garçon… Votre mère doit être triste de ne jamais vous voir. Vous devriez peut-être… »

Elle s'arrêta. « Qu'est-ce qu'il me prend ? » pensa-t-elle avant de se rendre compte que c'était son désir de bonté, tout machinal, de ne pas abandonner Éric à la solitude qui l'avait fait parler ainsi. Mais en même temps, elle savait que personne n'aimait Éric suffisamment pour ne pas rire de le voir abandonné par elle… Il serait fou de rage, bien sûr, avant d'être triste.

« Je vais prendre le petit déjeuner sur le pont », dit Éric, l'air excédé. Et il disparut.

Restée seule, Clarisse respira à fond, se vit dans la glace, décoiffée, l'air innocent, et ne put s'empêcher de sourire à la femme qu'aimait Julien Peyrat, la femme qu'il trouvait belle, dont il ne se lassait pas, semblait-il, d'éprouver le contact, la chaleur, la luxure, la femme à lui abandonnée… Elle porta la main à ses joues, tourna la tête vers l'odeur, le parfum de ses doigts pas encore débarrassés de la nuit. Elle se leva et se dirigea vers la porte, vers le pont, vers Julien qui, elle le savait, prenait toujours son petit déjeuner sur le pont, lui aussi.

Il était assis à l'une des tables dans cette salle à manger redondante de soleil et de porcelaine, et il ne semblait pas voir derrière lui les silhouettes assises d'Éric, d'Armand Bautet-Lebrêche et de Simon Béjard qui, eux, jetèrent à Clarisse un coup d'œil mélangé de surprise et de vague reproche, car, à cette heure-là, c'étaient les hommes qui disposaient généralement de cette salle à manger (comme du petit salon, les Anglais de bonne famille). Mais Clarisse ne les vit pas : elle regardait Julien occupé à allonger sur sa tartine le beurre trop dur. La mine contrariée et les sourcils froncés, tout son visage maigre et bruni concentré sur la chose, son gros nez bonasse, son cou droit, si viril et si adolescent dans sa chemise de coton, ses grandes mains si maladroites à les voir, et si adroites pourtant… Clarisse ferma les yeux sur un souvenir précis : elle aima le physique de Julien à cet instant-là, plus qu'elle n'avait jamais aimé le physique de personne. Elle aima ses joues creuses et bleutées de barbe, l'arête du nez, la bouche longue et charnue, les yeux si mobiles dans leur bizarre couleur acajou, les cheveux un peu trop longs, comme les cils, en grandes mèches désordonnées, allongées sur sa tête aux os si durs et aux mouvements si tendres, ses airs de poulain… Elle aurait voulu le prendre dans ses bras, le couvrir de baisers. Il était tout à coup de son sang, de son espèce, de son monde, de ses amis. Et il était son semblable, son correspondant exact. Il avait sûrement les mêmes souvenirs et sûrement la même enfance. Elle fit un pas vers la table de Julien, il redressa la tête, la vit et se leva, les yeux délayés de plaisir, souriant malgré lui à la violence de son désir.

« Madame, dit-il d'une voix rauque, je m'excuse de ne pas vous avoir gardée de force ce matin… Je vous aime et j'ai envie de vous, continua-t-il, son visage guindé et repentant destiné aux témoins, là-bas.

— Moi aussi, j'ai envie de vous et je vous aime, dit-elle, la tête droite (hautaine à voir de loin, mais outrageusement amoureuse de près).

— Je vous attendrai toute la journée dans ma chambre », dit-il, toujours en chuchotant.

Et il s'inclina tandis qu'elle repartait vers Éric. Éric dont le visage, quand elle arriva près de lui, affichait une indulgence pleine de mépris.

« Alors ?… Votre soupirant s'est-il excusé ? expliqué ? Il était soûl ou quoi ?

— On peut faire du gringue à votre femme sans être soûl, mon bon, dit Simon Béjard de sa table.

— Mais pas l'embrasser devant moi, si ? »

La voix d'Éric était cassante, mais elle ne sembla pas gêner Simon Béjard le moins du monde.

« Alors là, je suis d'accord, dit-il. Embrasser la femme d'un autre devant lui, c'est de très mauvais goût. Dans son dos, c'est plus convenable. »

Éric s'arrêta. Il était mal placé évidemment pour faire de la morale à ce vulgaire fabricant de films, dont la maîtresse s'appelait Olga, de surcroît.

« Bien sûr, bien sûr, dit-il. (Et il se tourna vers Clarisse, sans trop d'agressivité.) Alors, le beau mac s'est excusé ?

— Oui, dit-elle.

— Auprès de vous : c'est déjà quelque chose. Il ne vous a pas donné d'excuses à me transmettre, dans l'élan ?

— Oh ! si, bien sûr… » dit Clarisse.

Elle lui sourit du fond des yeux. Elle jeta vers lui un regard, ce regard auto-éclaircissant de l'amour ; Éric en resta figé, un instant, avant de la voir projeter ce même regard sur Simon Béjard et sur Armand Bautet-Lebrêche – qui en restèrent, eux aussi, ébahis, comme par un éclair de chaleur. Mais leur stupéfaction n'était rien auprès de celle d'Éric. Interdit, lui, Éric, frappé quelque part dans sa mémoire, dans quelque souvenir dont il n'arrivait pas à situer le cadre : le sourire de Clarisse au soleil, tournée vers lui, avec ce même regard… Clarisse entourée de feuilles, de fleurs, d'arbres, de vent, peut-être à la terrasse d'un restaurant ? Ou chez elle, à Versailles ?… Non, il n'arrivait pas à situer cet instant, ni à formuler ce qui avait été capital dans ce regard. Ni ce qu'il voulait dire, revenu aujourd'hui dans les yeux de Clarisse. Était-ce simplement son cœur, sa mémoire de collégien qui lui rappelaient Clarisse amoureuse de lui ? Clarisse à vingt-cinq ans, les yeux liquides de tendresse, quand elle le regardait… avec toute cette jungle autour d'elle chargée de bourgeons bleus comme autant de promesses… Mon

Dieu ! Mon Dieu ! Où allait-il ? Quel était ce langage grotesque ? Oui, Clarisse avait cru l'aimer. Oui, il avait été assez malin, surtout, pour le lui faire croire. Oui, elle s'était payé un jeune époux de gauche – et à celui-ci un journal de la même tendance – espérant bien les ramener sur ses rives à elle, parmi les siens, garrottés par le luxe et le confort... Oui, elle avait fait semblant de s'intéresser au *Forum*, et semblant de duper avec lui ses oncles réactionnaires, mais elle n'était pas parvenue à ses fins. Le *Forum* existait, et leur amour était mort. Il ne la tenait plus que par la peur, il le savait maintenant ; puisqu'elle avait pu poser sur lui ce regard amoureux suscité par un autre, c'était la meilleure preuve, la plus évidente, que tout était fini entre eux et qu'elle ne l'aimait plus le moins du monde. Et c'était fort bien ainsi. Il l'avait fait assez souffrir, cette pauvre Clarisse... Seulement... Seulement...

Il se leva d'un bond, arriva juste à temps. Il s'étonna confusément, devant ces toilettes en bois de teck, de ne pas y cracher, en même temps que ses œufs au plat et ses toasts, des morceaux de poumon, des bribes de cœur, un flot de sang bu par erreur en même temps que le sourire sur la bouche de Clarisse.

Quand il revint dans la salle à manger, elle était vide, et les voix gaies de sa femme et du producteur à la gomme s'éloignaient sur le pont. Il resta immobile, écoutant les voix décroître. C'est Olga qui l'arracha de sa torpeur.

« Vous êtes tout pâle, mon chou, dit-elle en lui glissant un mouchoir sur les tempes, l'air soucieux. Vous avez eu un accident ? »

Il se tourna avec effort.

« En quelque sorte, dit-il. J'ai avalé un œuf pas frais. Quand je pense au prix des œufs sur ce bateau, cria-t-il tout à coup, c'est un comble ! Trouvez-moi un maître d'hôtel », lança-t-il à Olga, stupéfaite, avant de se précipiter aux cuisines.

Là, vraiment, il n'avait rien d'un homme de gauche, pensa Olga, tandis qu'il insultait le cuisinier et ses marmitons d'une façon qui aurait paru excessive sans doute même aux oncles Baron. Olga le regardait maltraiter le personnel consterné avec une jubilation méprisante qu'elle dissimula en hochant la tête, approbatrice, quand il la prit à témoin.

« Venez, dit-elle à la fin. Ces pauvres gens n'y sont pour rien si vous avez payé ce voyage aussi cher…

— Je n'aime pas qu'on se foute de moi, dit Éric. Pas du tout. C'est tout. »

Il était blanc de colère, de nausées, se sentait vide, pâteux et outré. Il se posait même des questions sur le bien-fondé de sa sortie. Oh ! et puis après tout, il ne s'agissait pas de socialisme, sur ce bateau de luxe. Ces larbins snobs n'avaient qu'à faire leur boulot convenablement. Ils étaient payés pour ça, comme les grouillots du *Forum* pour leurs courses, comme lui-même était payé pour diriger ce journal et comme… Il n'y avait que Clarisse qui fût payée pour ne rien faire.

« Je suis désolée, vous savez, mon cher Éric », dit Olga, une fois assise dans le petit bar triste situé dans l'escalier entre les « De luxe » et les « Premières classes ».

Cette situation, dite « de conciliation », avait fait en effet de ce bar un no man's land où personne ne se risquait : les « De luxe » par dédain des « Premières classes », et les « Premières classes » par dédain de ce dédain. Un vieux barman des « Années folles » s'y préparait des cocktails imbuvables qu'il buvait tout seul (ou parfois avec un ivrogne du premier étage que sa femme n'avait pas encore songé à traquer jusque-là). Il s'y enivrait et, déjà mis par le destin, ainsi, entre deux classes, entre deux étages, entre deux ports et entre deux siècles, se retrouvait de plus entre deux vins. Il esquissa un geste d'accueil plein d'enthousiasme vers les deux nouveaux venus, et malgré les injonctions d'Olga qui soignait déjà son foie, et l'indifférence totale d'Éric, il décida de leur faire tester une de ses spécialités les plus attrayantes : Olga, qui le surveillait du coin de l'œil, le vit avec une incrédulité grandissante jeter du cognac, du kirsch, du gin et de la menthe verte, des fruits confits, de l'angustura dans son shaker. Elle décida que c'était forcément de fausses bouteilles et, rassurée (bien à tort), se retourna vers Éric qui la questionnait d'une voix lasse.

« Vous êtes désolée pour quoi ?

— Désolée d'avoir été trop bien renseignée pour votre femme.

— Ça n'a aucune importance...

— Quand même, ce Peyrat, quel goujat ! J'ai eu honte pour vous... Ah ! Éric, quand je vous ai vu vous jeter sur cette brute, j'ai eu bien peur... Et non sans raison, malheureusement.

— Pourquoi "non sans raison" ? Il a pris une belle correction, lui aussi, non ? »

Éric était furieux, et furieux de l'être : furieux de ne pas vouloir être le vaincu dans cette rixe imbécile... Comme si elle avait eu un vainqueur et un vaincu ! Il se gonflait de colère, « malgré » lui mais aussi « pour » lui : car il lui semblait que n'importe quel prétexte à n'importe quel sentiment violent le soulagerait d'un sentiment bien moins violent, mais bien pire, lui éviterait de repenser à ce regard de Clarisse, si prometteur pour un autre, si oublieux de lui. « Clarisse va forcément me manquer, comme toute victime à son bourreau », essayait-il de se dire, de prétendre à l'homme foudroyé tout à l'heure devant ce sourire égaré ; cet homme qui recevait, de temps en temps, à travers le cliquetis des verres, les phrases tristes d'Olga, gaies du barman ; cet homme qui recevait encore le « Oui, bien sûr » de Clarisse, tout à l'heure, d'une oreille indifférente, mais qui le recevait à présent comme un mauvais coup. Cet homme, lui-même, Éric Lethuillier. Ah ! elle allait voir, elle allait comprendre ce qu'était cet homme qu'elle croyait aimer... Elle allait en apprendre de belles, et par d'autres que lui, d'ailleurs. Il avait envoyé son télex la veille, il devait y avoir une réponse à présent.

« Venez », dit-il à Olga, interrompant ainsi une dissertation pertinente sur la versatilité et l'inconscience des femmes du monde, théorie qui entraînait déjà l'adhésion complète du barman, prêt visiblement à l'étayer d'expériences personnelles.

Mais, lui abandonnant un pourboire royal – peu habituel de sa part – et la moitié de leurs cocktails, Éric entraînait Olga dans la cabine radio : le télex était là, en effet, et dépassait toutes ses espérances – ou plutôt toutes ses prévisions. C'était bien lui, Éric Lethuillier, qui avait dirigé de loin l'enquête de ses limiers vers la brigade mondaine, à la section des jeux – car ce n'était pas par hasard si ce même Éric Lethuillier était arrivé à gagner son pari : monter et garder *Le Forum du peuple*. Pari difficile à tenir pourtant, dans la France des années 70-80 où la liberté de la presse paraissait aussi tristement drôle à évoquer que l'exercice de la démocratie. Il lui avait fallu, pour arriver à ses fins et en dehors de la fortune de Clarisse, un entêtement, une ambition, une mauvaise foi infaillibles ; de ceux qui font les bons directeurs de journaux – et auxquels se joignait chez lui un instinct des autres exceptionnel. Plus précisément l'instinct de leurs tares. Éric Lethuillier flairait dès le premier abord la perversité, la lâcheté, la cupidité, l'alcoolisme ou les vices chez autrui, aussi infailliblement qu'il passait à côté des qualités de cet autrui, généralement aussi évidentes pourtant. Ce flair, qui en aurait fait un merveilleux préfet de police, lui avait fait trouver illico la faille chez Julien : le jeu. Le télex, venu de la préfecture, confirmait une fois de plus cette intuition pessimiste. On lui signalait l'existence, dans les fichiers du Quai des Orfèvres, d'un nommé Peyrat, Julien, célibataire, ni alcoolique ni morphinomane, mœurs normales dans une vie agitée, mais qu'on avait soupçonné de tricher plusieurs fois au jeu sans en avoir la preuve, en même temps que d'escroquerie et de faux en peinture (là, il y avait eu une plainte à Montréal deux ans plus tôt). La mention « Non dangereux » finissait ce rapport. Et jusqu'à ces termes secs et brutaux, Éric sentait flotter dans le style même du flic qui l'avait rédigé, comme une faiblesse pour ce bon vieux Julien Peyrat, si français, si bon type…

« Si médiocre, oui… », martela-t-il sauvagement pour lui-même, et sans qu'il l'eût voulu, pour Olga, assise de nouveau en face de lui dans le grand bar : si sauvagement, même, qu'elle en éprouva un vague sentiment de pitié ou d'effroi pour Julien Peyrat.

Olga attendait paisiblement qu'Éric finisse sa lecture devant elle. Elle, Olga Lamouroux, l'espoir du cinéma français, elle, insensible à la grossièreté de cet homme en face, elle, tapotant dans sa poche une autre enveloppe, à elle adressée, et venue des *Échos de la ville*, le journal à potins où travaillait son ancien flirt, le journal scandaleux et bien renseigné sur les mœurs et manies des têtes chevelues ou chenues du Tout-Paris. Enfin, Éric releva les yeux, sembla s'apercevoir de sa présence, et, sans un mot d'excuse, replia les feuillets et les mit dans sa poche.

« Vous ne buvez rien ! » demanda-t-il, moins comme une question que comme une affirmation. Et il enchaîna : « Bon, eh bien, alors, à tout à l'heure. »

Il se leva et il aurait disparu sans plus de manifestation sentimentale si Edma, arrivant brusquement au seuil du bar, ne l'avait pas fait se pencher, tout à coup câlin, sur le visage d'Olga, impavide et souriante de haine. Olga qui le regarda s'éloigner avant d'ouvrir à son tour l'enveloppe bleue dont elle tira avec lenteur et une sorte de plaisir acide, les échos de son petit ami. « Lethuillier, Éric, boursier, origine petits bourgeois, mère veuve, receveuse en chef des postes à Meyllat. Réformé pour troubles nerveux, diplômé ENA, époux de Clarisse Baron. Ni homme, ni femme, ni vice particulier. À part l'ENA. » Elle le tourna et retourna entre ses mains, déçue et intriguée. C'était bien la première fois que *Les Échos* ne trouvaient pas une belle horreur dans la vie de quelqu'un. Elle chercha quand même dans sa mémoire ce qui n'allait pas, sans arriver à le déterminer.

Julien avait été obligé d'emmener Simon Béjard voir de nouveau son Marquet et Clarisse les avait suivis :

« Qu'il est beau, décidément ! Pourquoi ne l'avez-vous pas accroché plus tôt, dès le départ de Cannes ? Voilà une compagnie idéale, non ? » disait-elle devant la cloison où le Marquet remplaçait définitivement le brigantin d'usage…

Elle s'arrêta, rougit, et Simon, avec sa pesanteur habituelle et vigoureuse, redoubla cette rougeur.

« Et alors, Clarisse ! il y était peut-être, depuis le départ ? Comment le sauriez-vous, hein ? »

Et il éclata d'un rire sardonique qui fit jeter à Clarisse un regard éperdu vers Julien.

« Dites donc, mon vieux, commença celui-ci d'une belle voix grave. Dites donc, mon vieux… répéta-t-il d'un air niais et digne, ce qui redoubla l'hilarité de Simon.

— Dites donc quoi ? Je n'ai rien dit, moi… sinon que Mme Lethuillier ne pouvait pas avoir vu ce tableau. C'est tout, quoi… »

Il se pencha vers le supposé Marquet en plissant les yeux, les talons joints, ce qui fit ressortir sa poupe et sa proue de façon disgracieuse.

« Mais dites-moi… Mais dites-moi… marmonna-t-il, mais vous savez qu'il est très beau, ce Marquet… Savez-vous que c'est une très bonne affaire, un Marquet de cette époque pour cinquante mille dollars… Pffuitt, chapeau, monsieur Peyrat : trimbaler ça entre deux chemises, une brosse à dents et un smoking, ça fait autrement chic que de trimbaler dix complets en popeline à ressorts comme moi… Vous aviez peur que le paysage ne suffise pas à vos appétits artistiques, mon vieux ?

— Il m'est tombé dans les bras le dernier jour », dit Julien distrait. Et soucieux.

La liste de ses acheteurs éventuels se réduisait de plus en plus… Non, il ne pouvait pas faire ça à Simon. Edma, c'était fichu ; il lui restait encore un notaire, Mme Bromberger, l'Américain, la Diva, ou Kreuze… Mais celui-ci avait visiblement les poches cousues à petits points. Il fallait pourtant bien qu'il le vende, son beau faux… ne serait-ce que pour emmener Clarisse dix jours dans quelque endroit confortable, dix jours au bout desquels, ou le confort lui serait indifférent à jamais, ou au contraire, il ne leur servirait plus à rien.

« Comment le trouvez-vous, Clarisse ? » demanda Simon d'une voix de tête.

Et Clarisse sourit à Julien avant de répondre :

« Pas mal du tout. »

Il se pencha vers elle, demanda : « Alors ? » à voix basse tandis que Simon, la main en cornet devant les yeux, s'approchait et se reculait du tableau avec une mimique de fin connaisseur sûrement tirée d'un mauvais film. Il hochait la tête avec conviction, comme approuvant ses propres pensées – au demeurant secrètes – et c'est avec le sourire résigné et un peu las de l'amateur comblé dans son esthétisme qu'il se retourna vers Julien.

« Eh oui, dit-il, c'est la bonne époque, et c'est pas cher pour cette époque-là. Je peux vous dire que ce n'est pas un navet, cette pâte… ce n'est pas de la gouache… »

L'expression de Julien dut paraître irrésistible à Clarisse puisqu'elle tourna les talons et se dirigea vers la salle de bains, sans autre explication. Elle referma la porte derrière elle. Les deux hommes restèrent seuls, et abandonnant la peinture, Simon Béjard promena son regard de Julien à la porte de la salle de bains, de la porte de la salle de bains au lit et du lit à Julien avec la même expression d'approbation admirative que tout à l'heure, teintée d'une note de salacité. Julien resta de marbre devant cette complicité masculine. Mais le marbre n'avait jamais fait reculer Simon Béjard.

« Mes compliments, mon vieux… chuchota-t-il avec une force qui le fit entendre à travers trois cloisons. Mes compliments… Clarisse, ffuuii… surtout débarbouillée… Un joli lot, mon vieux, comme le Marquet. Vous tenez là deux jolis lots, monsieur Julien Peyrat, et pas des faux, hein ?… »

Et Julien, qui l'eût bousculé ou battu en d'autres temps, acquiesça malgré lui à l'assertion « pas des faux », ce dont il se voulut aussitôt.

« Et comment ça va avec Olga ? » dit-il brièvement, mais en le regrettant aussitôt quand il vit la salacité et l'entrain s'enfuir du visage de Simon, à présent rouge brique.

« Ça va », dit-il entre ses dents. Puis se relançant : « Je ne peux pas vous prendre Clarisse, mon vieux, hélas ! mais le tableau, je le prends. Ça au moins, c'est du solide. Si j'ai un coup dur – et au cinéma, hein ?… ça arrive – ça me fera une poire pour la soif. Et les soifs du *Fouquet's*, ça coûte chaud… Qu'est-ce qu'il y a, mon vieux ? À quoi pensez-vous ?

— J'aimerais attendre le certificat du vendeur australien, dit Julien en balbutiant et en se détestant de sa faiblesse. Moi, je sais qu'il est bon, mais il faudrait voir les papiers... Au pire, je les aurai à Cannes, en arrivant. Mais vous aurez la priorité, je vous le jure », conclut-il, tout à coup pressé, en poussant Simon Béjard vers la porte.

Celui-ci protestait, parlait de cocktails, mais se rappelant soudain les amours coupables de Julien, se confondit en excuses et fila avec une fausse hâte bien plus gênante que son enracinement. Julien s'appuya à la porte après son départ et tira le verrou. Il n'entendait aucun bruit dans la salle de bains. Clarisse n'avait même pas allumé en s'y réfugiant, et il hésita un peu sur le seuil, devant ce noir mystérieux. Seule la tache blanche du corps de Clarisse y luisait faiblement, et c'est vers elle qu'il se dirigea, les mains en avant avec un geste d'auto-protection et de supplication à la fois.

Simon Béjard, bêtement attendri, jugeait-il, par ces amoureux, rentra d'humeur sentimentale dans sa cabine, et y trouva Olga allongée, le regard au plafond et lovée dans une des positions gracieuses qu'elle affectionnait, une de ses mains – un peu fortes et un peu rouges au demeurant – posée sur son cœur, l'autre pendant du lit, au ras de la moquette. Dans son élan, Simon traversa la cabine, s'inclina, prit cette main abandonnée et la baisa avec la souplesse d'un page, pensa-t-il en se relevant, le visage rougi par l'effort.

« Tu vas achever de craquer ton bermuda, dit Olga froidement, je te signale.

— Tu m'en as fait acheter deux douzaines », dit Simon avec aigreur.

Et il s'allongea à son tour, les deux mains derrière la tête, bien décidé à garder le silence, lui aussi. Mais au bout de trois minutes, il craqua, incapable de rancune comme il l'était et incapable de résister à son envie, la plus tenace qu'il ait eue depuis longtemps, et qui était celle de faire partager ses projets à cette jeune personne qu'ils n'intéressaient pas, cette jeune personne qu'il pouvait dire sienne sans rire et sans faire rire devant n'importe quel groupe d'individus.

« J'ai pensé à ton rôle, tu sais, dit-il, sachant que tout au moins avec ce sujet-là, il pouvait extraire d'Olga autre chose que des borborygmes ou des soupirs lassés.

— Ah oui ? » dit-elle en effet, la voix vive et la main bien au-dessus de la moquette, la main déjà sous son menton et les yeux fixés sur lui avec une expression d'avidité et d'intérêt qui, il s'en rendait bien compte, ne lui venait que de ce label de producteur, étincelant au-dessus de sa tête depuis Cannes et son festival.

Il eut envie de dire tout à coup « J'y renonce », ou « Ça ne va plus », de dire quelque chose qui arracherait enfin des flots de larmes de désespoir à cette jeune fille sans cœur, cette jeune fille qui ne bafouillait pas comme Clarisse Lethuillier, pourtant plus âgée qu'elle, cette jeune fille qui ne rougissait pas, ne gaffait pas, ne promenait pas sur les hommes qu'elle ne connaissait pas un regard amoureux destiné à un autre, cette jeune fille qui n'avait ni peur ni envie d'autre chose que de l'échec ou de la réussite de sa carrière. Une carrière d'alouette, d'oiseau sans tête, une carrière de reflets, de simagrées et d'attitudes dont la plus fausse finalement serait la bonne, à laquelle elle se cramponnerait sans savoir pourquoi, dont elle ferait sa légende et sa maxime, derrière laquelle elle se nourrirait, s'enrichirait, se désespérerait et vieillirait dans le désespoir et la solitude, peut-être, et dans l'ivresse, de plus en plus rare avec les jours, de savoir qu'elle était connue d'inconnus multiples ; ces inconnus multiples et abstraits auxquels elle prêtait, comme beaucoup de gens de sa profession, des goûts ou des dégoûts, des fidélités et des excès qui eussent fait de ce public – si ces suppositions avaient été vraies – un monstre infirme, débile d'esprit et sanguinaire. Le public était leur dieu, à elle et à d'autres, un dieu barbare qu'ils adoraient, à l'instar des sauvages les plus primitifs d'Afrique, un dieu dont elle vénérait les caprices, haïssait les disgrâces et méprisait les individus pris un par un, lorsqu'ils demandaient des autographes, tout autant qu'elle disait l'adorer quand il était tapi dans le noir, invisible et tout-puissant, décidé à les applaudir.

La pauvre Olga n'aimerait jamais personne, n'aimerait jamais les êtres humains, un homme, une femme ou un enfant, avec l'ardeur, la sombre ardeur, pas loin parfois de la grandeur, de l'amour qu'elle portait à ce troupeau d'inconnus. Et lui, Simon, n'était qu'un intermédiaire entre elle et cet amant à mille têtes, un intermédiaire qui serait haï comme un ambassadeur maladroit s'il lui rapportait une réponse négative et adoré jusqu'à l'affectation de l'amour, s'il lui rapportait au contraire les bravos de ce même amant monstrueux. D'ailleurs, Olga aurait raison de le haïr ou de l'aimer, car c'était de lui seul, Simon Béjard, que dépendrait finalement cet échec ou cette réussite : ça dépendrait du choix qu'il ferait pour elle : pour elle, Olga Lamouroux, qu'il avait entendue dire avec la même conviction : « Je préfère tourner avec "X" qui a du talent et qui ne fait pas un fauteuil, parce que ça, c'est du cinéma », tout aussi bien que : « Je préfère tourner avec "Y" qui plaît au public, parce que le public, finalement, il n'y a que ça de vrai. » Olga qui croyait dur comme fer à ces deux théories opposées et qui, de toute façon, ne rêvait que d'une chose : c'est de mettre son nom sur la petite place blanche que lui indiquerait l'index de Simon sur le papier rempli de signes mystérieux qui s'appelait « contrat » pour les producteurs, et « la vie » pour les comédiennes de son âge et les autres. Et jusqu'à la fin de son existence, que Simon lui ait donné ou non à jouer des navets triomphants ou des chefs-d'œuvre dédaignés, il resterait quand même à ses yeux l'homme avec l'index braqué sur ce premier contrat important. Et cet homme-là aurait été plus important pour elle que son premier amant ou son premier amour.

« Alors ?… dit Olga, tu penses quoi pour ce rôle ?… »

Il y avait dans sa voix une nuance d'incrédulité comme si « penser » eût été un verbe un peu prétentieux par rapport à Simon Béjard. Il le sentit, hésita à se vexer, mais haussa les épaules et se mit à rire de bon cœur. Il pensait à Clarisse et à Julien, comme il les avait laissés dans cette grande cabine ventée par l'air du large venu du hublot ouvert, comme il l'avait laissé, lui, Julien, debout, l'air incrédule et souriant, rajeuni par cette expression de doute, le visage tourné vers sa salle de bains obscure où l'attendait cette femme charmante et effrayée, cette Clarisse dont il avait sans doute rêvé sans le savoir, toute sa vie, et dont il n'aurait jamais la moindre copie. Il pensait à ce qui avait attiré Julien vers Clarisse, et ce qui les avait rejoints, à l'instant où il y pensait, dans le noir, la frayeur et le vent de cette salle de bains semblable à la sienne, il les imaginait se cognant l'un à l'autre dans le noir avec la maladresse des grands désirs, et il imaginait à côté cette cabine ouverte au soleil, la mer bleu métallisé cognant au hublot, les reflets de bois poli et le Marquet séchant sa neige à ce soleil imprévu. Et déjà la caméra suivait Simon dans sa rêverie, traversait la cabine dans un travelling lent et paisible suivi d'une musique aussi paisible que lente ; la caméra s'arrêtait devant la salle de bains, à la porte entrebâillée, la caméra traversait une zone noire et s'immobilisait sur le visage renversé de Clarisse, les cheveux collés au front, les yeux fermés et la bouche entrouverte sur des mots sans suite…

« Mais à quoi penses-tu ? dit Olga. Tu as un air… C'est à un rôle pour moi que tu penses, ou quoi ?

— Non, dit Simon, distraitement, non, pas pour toi... »

Et il mit vingt minutes à réparer les dégâts de cette petite phrase. Mais cela n'avait pas d'importance. Déjà il savait en tout cas qui il n'allait pas prendre pour tourner cette scène. Ce ne serait pas Olga, et hélas ! ce ne serait pas Clarisse. Mais il finirait bien par trouver une femme qui ressemblât à cette image.

Pour la première fois depuis le départ de Cannes, Charley se trouvait en tête à tête avec Andréas. Il avait fait ses classes en pédérastie avec des maîtres fort renseignés et dont l'unique et définitive devise était ce « On ne sait jamais » qui avait déjà fait ses preuves, disait-on. Cette obstination, cette fixité dans le désir, cette croyance aveugle qu'il suffisait d'un rien pour que chaque individu de chaque sexe puisse oublier une heure que la normalité lui interdisait d'aimer le sien, avait été la bible et le réconfort de notre malheureux commissaire de bord. Là, il tenait Andréas seul, à sa portée, Andréas appuyé au bastingage, ses beaux cheveux flottant dans le vent, le visage reposé par le bonheur, ou l'assurance retrouvée que ce bonheur était possible. Et il le regardait avec le désespoir exquis que vous procure l'inaccessibilité, même réfutée. Ce n'était pas possible, pensait-il en détaillant tout ce qui, dans la beauté du pauvre Andréas, coïncidait avec les normes esthétiques et sexuelles des gens de son bord : le cou doré, les yeux vulnérables, la bouche fraîche, le torse mince et fort à la fois, les belles mains, le côté si fini, si soigné, si entretenu – comme le trésor qu'il était, par son propriétaire –, tout cela devait logiquement, immanquablement lui amener Andréas, et le lui amener dans son lit. Un garçon de vingt-cinq ans n'avait pas les ongles si bien faits, ni une coupe de cheveux si raffinée, ni des briquets, des boutons de manchette, des stylos si harmonieusement assemblés, ni ce foulard noué sur le côté avec désinvolture, ni cette façon sévère et placide de se regarder dans une glace et d'accueillir, comme allant de soi, tous les regards admiratifs que cette beauté provoquait – chez les hommes et chez les femmes – avec ce calme et cette assurance là-dessus totalement féminine. Charley voyait Andréas narcissique, Charley savait que le narcissisme menait à l'homosexualité, Charley ne comprenait pas qu'Andréas soit aux pieds de la Diva au lieu que lui, Charley soit aux siens.

« C'est idiot, on ne se voit jamais, dit-il en souriant, d'un sourire forcé (car brusquement Andréas seul avec lui, Andréas accessible peut-être, cela devenait aussi inquiétant que délicieux...). Et vous ne me direz pas que c'est de ma faute, ajouta-t-il en minaudant malgré lui, d'une manière trop caricaturale, mais qui amena une simple expression de surprise sur le beau visage impavide en face.

— Pourquoi cela serait-il de votre faute ou de la mienne ? dit Andréas en riant. Et quelle faute d'ailleurs ?

— Ça, je ne le sais pas encore », dit Charley avec un petit rire perlé.

Car Charley, à l'inverse de son tact et de sa finesse dans la vie de tous les jours, Charley, aussi compréhensif et intuitif même en tant que commissaire de bord et amuseur de blasés fortunés, Charley devenait la sottise même, la lourdeur, la disgrâce quand il se laissait aller à son penchant, et s'efféminait pour plaire. Il était charmant en blazer, insupportable en djellaba. Enfin, il semblait aussi naturel en simulant la virilité, qu'outré en se laissant aller à son naturel. Bref, Charley, lorsqu'il reprenait son poste au combat, le dur, incessant et douloureux combat de la pédérastie, avait l'air de s'en moquer et de la tourner en dérision. Cette contradiction, qui avait été pesante dans bien des cas, lui avait aussi évité dans bien d'autres de se faire casser la figure, personne ne pouvant croire qu'un individu adulte puisse zozoter et tourner les poignets dans ses manchettes de cette façon autrement que par dérision. Andréas et lui se regardèrent donc un instant en chiens de faïence, Charley, le cœur battant, se disant : « Cette fois-ci, il m'a compris », et Andréas se demandant ce qui agitait ainsi ce charmant type, et à qui il semblait faire allusion par toute sa pantomime.

« Je ne vois pas… dit-il en souriant. Excusez-moi, mais je ne vois pas.

— Vous ne voyez pas quoi, mon cher ? dit Charley battant des cils. Vous ne pouvez pas ou vous ne voulez pas voir ? »

Et il s'approcha d'un pas, un sourire forcé bien arrêté sur ses lèvres, le cœur dans la gorge, brandissant ce sourire devant lui comme un drapeau blanc qu'il pourrait lever tout à coup en signe de bon vouloir si les choses se gâtaient. Et c'était un visage de martyr qu'il offrait ainsi aux yeux d'Andréas stupéfait, un visage obséquieux, faussement gai, affolé, un visage qu'il se forçait à avancer, tendu du front à la mâchoire jusqu'au tremblement devant le coup qui allait peut-être le frapper. Andréas recula d'un pas et Charley, épuisé, soulagé de sa défaite provisoire, faillit renoncer à poursuivre la bataille. Il lui fallut rappeler toute sa discipline pour repartir à l'assaut. Mais, cette fois, ce fut avec le visage grave et triste du reproche et du chagrin, supposé remplacer le visage gai et complice de l'aventure et du plaisir. Curieusement, ce visage triste rassura Andréas qui, s'il ne pouvait pas partager cette gaieté incompréhensible, était prêt à partager un chagrin toujours accessible, celui-là.

« Savez-vous que vous me faites de la peine, gémit tendrement Charley, venant s'accouder près de lui, et jetant sur la mer calme des yeux agités, la parcourant de droite à gauche et de gauche à droite, comme à la suite d'un requin cascadeur.

— Moi ?… Je vous ai fait de la peine ? dit Andréas. Mais quand ? Pourquoi ?

— Mais parce que vous semblez ne remarquer que cette créature de rêve : notre Diva nationale… Que vous semblez oublier tous nos vieux amis sur ce bateau… Voyons, ne me dites pas, poursuivit-il devant les yeux écarquillés de son bel amour (qu'il finirait d'ailleurs par croire imbécile tant il piétinait sur place), qu'un jeune homme comme vous ne peut mener de front plusieurs amours. Vous n'avez pas le physique d'un homme fidèle, mon cher petit… Ce serait trop injuste pour d'autres, et qui vous aiment autant que notre Diva… »

Les yeux d'Andréas, ces yeux bleu clair et naïfs comme ceux de certains soldats sur les médaillons de la guerre de 1914, s'arrêtèrent un peu au-dessus de son épaule, les sourcils se froncèrent et Charley crut voir cliqueter derrière ces persiennes ouvertes une machinerie de diapositives un peu rouillée et qui présentait à Andréas dans l'ordre tous les visages susceptibles de l'aimer « autant » sur ce bateau. Il vit passer Clarisse, Edma, Olga, vit la machine s'arrêter, puis repasser, marche arrière, Olga, Edma, Clarisse, plus lentement, les relancer au galop une dernière fois avant de s'arrêter pile, dans un bruit de catastrophe et de ferraille, sur lui, Charley Bollinger, qui était effectivement celui qui l'aimait tout autant. Le visage d'Andréas se figea, une sorte de spasme remonta dans sa gorge et il murmura : « Oh ! non, s'il vous plaît ! » d'une voix suppliante, et qui eût fait rire Charley aux larmes venant de ce gaillard, s'il n'eût été déjà au bord d'autres larmes. Il le sentit à temps et, avec un grognement incompréhensible, se retourna et s'élança vers sa cabine et vers le seul homme stable de son existence : le capitaine Ellédocq.

Andréas le regarda partir avec une expression désolée et coupable, puis, comme se réveillant, courut tout dire à sa maîtresse.

Le *Narcissus*, d'après son programme, devait se rendre à Alicante avant de rallier Palma. Alicante où ils boiraient du xérès en écoutant du De Falla, joué par Kreuze, et le grand air de *Carmen* chanté par la Doriacci – si elle abandonnait *Au clair de la lune*, bien entendu. Ces climats espagnols laissaient prévoir quelques paroxysmes passionnels. Mais le sirocco s'éleva d'un coup – souverain des cœurs, et surtout des corps, et cloua sur leurs couchettes presque tous les héros de cette croisière. Cramponné à ses draps et à ses nausées, chacun renia ses sentiments ou ne les éprouva plus qu'amoindris. Les éléments triomphèrent de la plupart des passagers « De luxe », à l'exception d'Armand Bautet-Lebrêche, qui passa la journée à justifier sa fortune en arpentant d'un pas distrait les coursives inclinées du *Narcissus*. Il détestait pourtant la solitude au sens physique du terme, étant depuis l'enfance à la fois voué et résigné à la solitude morale.

Le *Narcissus* se réfugia donc en fin de journée derrière l'île d'Ibiza, brûlant dans une interminable et terne soirée une de ses escales favorites.

À Palma, le *Narcissus* était à peine à quai que les passagers descendirent précipitamment. Chacun s'extasiait sur le bon air de cette île brûlante, comme si le *Narcissus* eût été un cargo plombé, ou comme si l'on eût, dès Cannes, jeté à fond de cale les passagers des « De luxe ». À vrai dire, une brise marine balayait bien chaque recoin du *Narcissus*, mais quelque chose s'était définitivement gâté dans l'atmosphère. Une sorte de stagnation menaçante semblait peser sur le pont, et, mis à part la Doriacci et Kreuze qui avaient gardé leur coup de fourchette vigoureux, les plats du déjeuner étaient repartis pleins vers les cuisines. Les jeux étaient faits d'une certaine manière. Chacun le sentait, qu'il soit ou non directement concerné, et cela donnait un ton sinistre à chaque phrase. Même Edma Bautet-Lebrêche, pourtant rompue à ces situations, pourtant habituée à transformer des événements marquants en circonstances futiles, même la belle Edma avait du mal à manœuvrer son petit monde ; les joueurs étaient devenus trop nerveux, tous : même Julien Peyrat qui montrait un visage tendu, sourcilleux, loin de sa nonchalance habituelle. La seule à qui profitât, apparemment, cette tension générale, était, par une bizarrerie du sort, Clarisse Lethuillier. Elle se maquillait à nouveau, mais avec habileté à présent : ses joues étaient moins creuses, ses yeux plus clairs et son regard plus précis, et sa beauté s'affirmait, éclatante. On la regardait, du capitaine Ellédocq au soutier. On la regardait passer, au bras invisible de son fol amour. Le bonheur avait pris si facilement le pas sur son désarroi qu'elle attendrissait par moments jusqu'à Olga. Enfin, elle ne buvait trop que le soir, et commandait ses verres elle-même.

À Palma, tous les journaux français arrivés de la veille furent razziés par les soins d'Olga, à la barbe d'Éric Lethuillier, pourtant descendu quasiment à son bras dans une indifférence générale, le feuilleton sentimental du bateau étant visiblement assuré par Julien et Clarisse dont l'idylle avait pris le pas d'un seul coup sur celles d'Olga et de la Doriacci. Cela ne laissait pas d'agacer Olga : tout en se félicitant de l'affront fait à Éric, elle eût aimé quand même que les échos et les chuchotements lui soient réservés à elle, et non à cette pauvre Clarisse. Elle continuait à l'appeler « pauvre Clarisse » pour pouvoir continuer à la plaindre et ainsi éviter de l'envier. Car dans un retournement total, c'était à présent l'envie que suscitait Clarisse, et par conséquent Julien.

Olga remonta la première à bord, ses journaux serrés sous son bras avec un soin excessif, aurait-on pu dire. Elle fut suivie de près par Éric Lethuillier, l'air bien content de lui-même, et un peu plus tard par Julien Peyrat qui avait passé l'après-midi à téléphoner. Enfin, à huit heures du soir, tout le monde était réuni au complet dans le bar sur le pont, et tout le monde souriait comme si cette promenade à terre eût éclairci toutes les humeurs. Il n'y avait qu'Andréas qui fît grise mine, mais c'était parce que la Diva n'était pas là, parce qu'elle était partie tout l'après-midi, qu'elle n'était pas encore rentrée, à deux heures de son concert. Ainsi que le remarquait le capitaine Ellédocq qui vidait à grand bruit chope de bière sur chope de bière, sous l'œil réprobateur du barman habitué à les lui servir dans sa cabine où tous ses bruits d'aspiration dérangeaient moins l'atmosphère.

À sa décharge, il faut dire que le capitaine Ellédocq avait été excessivement frappé par la bagarre de l'avant-veille. Contrairement à ce qu'on aurait pu croire, vu sa corpulence et son gabarit, vu aussi son air dictatorial, le capitaine Ellédocq n'était pas un homme belliqueux. Ce n'était pas un de ces solides marins aux poings rapides qui, dans les romans de Jack London, s'abattent comme des chênes les uns sur les autres après cent uppercuts et vingt bouteilles : au contraire ! Le capitaine Ellédocq n'avait pris part qu'à deux rixes dans sa longue, sinon mouvementée carrière, et encore, cela avait-il été à son corps défendant ; quand, traité d'abruti, de matelas, de cocu et de couard, il avait dû protester et s'avancer vers son insulteur pour ne pas vexer son équipage. D'ailleurs, il avait été littéralement mis en pièces les deux fois par des hommes plus petits que lui : un quartier-maître irlandais et un cuisinier chinois. Lesquels, en deux temps trois mouvements, avaient expédié Ellédocq, sa casquette et son autorité par-dessus le piano et les tabourets de ces lieux de péché. Aussi, la rapidité et la violence de la bagarre « Julien-Éric » l'avaient-elles rempli d'une admiration sans bornes pour l'un comme pour l'autre de ces deux passagers auxquels, jusque-là, il avait réservé un solide mépris, teinté d'indulgence vis-à-vis de Julien (dresseur de chiens et de mondains), mais non vis-à-vis d'Éric (journaleux pour communistes). Mais cette admiration s'accompagnait de terreur pour les conséquences de ce grave incident. Le séjour de l'un à l'infirmerie et les bruits qui couraient sur la bonne fortune de l'autre redoublèrent sa panique. Il se voyait déjà accueillant sur le pont taché de sang les quatre frères Pottin et le commissaire de police de Cannes, voire le ministre de l'Intérieur à qui il avouait en pleurant n'avoir pas fait régner l'ordre à bord, selon la consigne. Le capitaine avait donc promené un visage soucieux toute la matinée et tout l'après-midi, ce qu'avait fini par remarquer Charley qui, mis au courant, s'était révélé de bon conseil pour une fois. Il fallait qu'Ellédocq lui-même, un rameau d'olivier entre les dents, telle la colombe, aille voir les combattants pour leur arracher une promesse de paix. Le capitaine avait commencé par Julien Peyrat dont le Marquet, puisque tout le monde en parlait à bord, donnait un prétexte à sa visite.

« Beau boulot… Joli… marmonna Ellédocq en guise de commentaire, lorsqu'il se fut retrouvé dans la cabine de Julien et devant le paysage de neige.

— Vous aimez ? » demanda Julien Peyrat, l'œil oblique, mais souriant d'un air aimable.

Et Ellédocq avait de nouveau marmonné : « Beau boulot… Beau boulot », avec humeur cette fois-ci. Il hésitait à se lancer. Une sorte de pudeur virile l'empêchait de demander à cet adulte en face de lui, cet homme qui avait au maximum quinze ans de moins que lui, la promesse de ne plus taper sur un type du même âge (comme s'ils avaient été deux petits copains dans la même école où il était, lui, le pion principal). Ellédocq se moucha donc soigneusement et, ayant inspecté son mouchoir, le replia et le remit dans sa poche au grand soulagement de Julien.

« Vous et le type du *Forum* là… commença Ellédocq, ça bardait, hein ?… Bing, bang… ajouta le capitaine en tapant son poing sur sa main avec vigueur pour illustrer et éclaircir ses propos.

— Oui, dit Julien intrigué, oui, en effet. Je suis désolé, commandant.

— Vous recommencerez bientôt ? » s'enquit Ellédocq d'un ton rogue.

Julien se mit à rire.

« Je n'ai pas fait de plans à l'avance, dit-il. Je ne peux rien vous garantir… Ça vous a plu à ce point-là ? C'est pas mal, la vraie bagarre, hein ? » reprit-il l'air content de lui tout à coup, les yeux brillants.

Et Ellédocq se demanda s'il n'aurait pas mieux fait de l'éviter, ce sujet, visiblement sujet de délice pour celui-ci.

« Bagarre interdite sur ce bateau, avait-il repris avec sévérité. Vous et l'autre aux arrêts, prochaine fois.

— Aux arrêts !… (Julien avait éclaté de rire.) Aux arrêts ?… À ce prix-là ?… Commandant, vous n'allez pas mettre aux arrêts des gens qui ont dépensé neuf millions pour une croisière de huit jours en plein air… Ou alors, mettez-y aussi Hans-Helmut Kreuze et son piano ! Notre bon Hans-Helmut Kreuze, avec ses partitions, si vous ne voulez pas que nous nous fassions rembourser… Ce serait agréable d'ailleurs, la musique, enchaînés, etc. »

Le capitaine avait dû se retirer sans obtenir d'autre assurance de la part de cet hurluberlu ! Mais il eut beaucoup plus de succès près de l'autre foutriquet qui se trouva tout à fait d'accord avec lui, à la grande surprise d'Ellédocq. Éric Lethuillier se montra plus que prêt à faire la paix, prêt à en sceller la promesse par une poignée de main d'homme à homme avec son ancien challenger. Sans s'attarder sur l'expression de stupeur, même de crainte, arborée par l'ex-femme-clown témoin de leur entrevue, Ellédocq rapporta donc cette offre au premier des combattants qui, surpris lui aussi, sembla-t-il, n'eut qu'à le suivre jusqu'à la cabine de paix et s'exécuta. Ellédocq les quitta là-dessus, enchanté de lui-même. Il fut fort étonné en finissant le récit de ses négociations à Charley et Edma Bautet-Lebrêche – en plein papotage – de ne pas recueillir la curiosité ni l'enthousiasme qu'il méritait. À la vérité, cette paix laissait derrière elle bien des soupçons et bien des craintes.

En même temps que des fruits frais, de la nourriture fraîche, des fleurs pour les vases et le courrier, la peste s'était introduite sur le *Narcissus* sous la forme de journaux. D'un journal surtout. Le même que celui qu'Olga cachait dans son sac et qu'au siège des Croisières Pottin quelqu'un avait trouvé amusant de joindre aux journaux du jour. Ce fut Armand, bien entendu, celui que cela intéressait le moins, qui tomba sur ce journal et le conserva longuement avec ses feuilles financières. Il ne comprit pas au demeurant, ne comprit jamais, même plus tard, l'insistance de cette petite Olga à le suivre partout en minaudant et en lui demandant des conseils boursiers. Finalement il l'ouvrit. Il poussa quelques « Oh-oh, Ah-ah, Euh-euh » en voyant la photo fatale, et après avoir jeté derrière ses bésicles des regards furtifs à la jeune femme, et desserré de l'index sa cravate à damiers, il dit :

« Vous êtes très bien sur cette photo, vous êtes très photogénique, vraiment.

— Oui, avait dit Olga en haussant les épaules. M. Lethuillier n'est pas mal non plus », avait-elle ajouté sur le même ton distrait avant de dire : « Vous permettez » et de mettre enfin la main sur le journal et de s'enfuir avec.

Elle entra dans sa cabine, ferma le verrou derrière elle et s'assit sur son lit, haletante. Il lui semblait tenir une bombe entre ses mains. Elle hésitait encore, partagée entre la crainte de ce que pourrait faire ce beau salopard une fois fixé, et l'irrésistible envie de voir son visage devant cet article. Devant la photo comme devant le texte, dont elle se répétait la légende, gravée dans sa mémoire à la première lecture. Ne pouvant se décider, elle alla chercher conseil. Mais c'était déjà une décision qu'elle prenait parce que, au lieu d'aller consulter Edma qui, avec ses réflexes de femme du monde hostile à tout scandale, lui conseillerait le silence, comme la première fois, elle alla trouver la Doriacci dont tout le comportement pendant cette croisière indiquait sans nul doute une petite passion pour les éclats. Mais à son grand désappointement, cette bagarre-ci ne faisait pas vibrer apparemment l'instinct guerrier de la Diva. Ses prunelles s'étaient allumées une fois au début, comme des phares, mais s'étaient mises en codes aussitôt après, et semblaient s'y maintenir.

« Il ne faut pas faire ça », dit-elle à Olga en remuant le journal replié sur lui-même et en le brandissant un peu comme une matraque, songea Olga impressionnée. « Il ne faut pas parce que, déjà, c'est difficile, tout ça… Elle a peur, il est méchant, l'autre. Il ne s'agit pas de l'exaspérer, vous comprenez ? dit la Doriacci dont le visage changea un instant et devint celui d'une bonne femme italienne, brave et compatissante. Vous savez, ils s'aiment vraiment.

— Qui, ils ? demanda Olga avec agacement en reprenant le journal. Ah ! oui, Julien et Clarisse… Je sais, oui, je sais, ajouta-t-elle avec un petit sourire ironique qui, illico, déclencha la rage de la Diva.

— Vous savez !… Vous savez quoi ? Comment ça, vous savez ? Vous ne pouvez pas savoir. Vous pouvez jouer l'amour à la rigueur, et c'est tout. Et encore, ce que je vous dis, c'est à l'extrême rigueur… Vous ignorez tout de la gratuité, ma pauvre petite, et des grands sentiments. Vous vous croyez déjà une vedette et vous penserez toute votre vie que ça veut dire quelque chose, c'est tout. Et je garde ce journal ! cria-t-elle en arrachant grossièrement la matraque des mains d'Olga qui en resta bouche bée, indignée.

— Mais… mais… balbutia-t-elle, devenue rouge, mais…

— Mais rien ! » dit la Doriacci en refermant la porte sur elle et en se tapant les deux mains l'une contre l'autre, style « une bonne chose de faite ».

Elle eût été moins flambante si elle avait su qu'Olga avait quinze numéros semblables dans sa chambre.

« Voyons, ma petite fille, vous n'allez pas me cacher ce que je sais, si ? Alors ?… »

Edma avait pris un air doux et excédé pour s'adresser à Olga, l'air d'un professeur qui admet qu'un élève arrive pendant son cours mais pas qu'il lui cache la date de la bataille de Marignan. Elle regardait fixement cette petite starlette ambitieuse avec un sourire renseigné, très renseigné, suffisamment renseigné pour que la résistance d'Olga faiblisse et cède. La question était : « Pourquoi n'y avait-il plus un journal français à Palma et pourquoi Olga, elle-même, en avait-elle rapporté un tombereau sur le bateau, qu'elle avait dissimulés Dieu sait où ?

— Vous avez deviné ?… commença Olga faiblement dans un dernier effort pour échapper à “Agatha Christie-Bautet-Lebrêche”.

— Oh ! mais, c'est que je n'ai rien “deviné”, tuff, non : j'ai tout *compris*, ce n'est pas pareil. Je n'ai pas vu les faits mais j'ai vu la *cause* des faits : un sourire faux, une attention en moins, une goujaterie en trop, et brusquement une femme ne supporte plus un homme… »

C'était bien entendu de Clarisse que parlait Edma, mais ses paroles s'appliquaient tout à fait à Olga. Et celle-ci, ne songeant jamais qu'on parlât de quelqu'un d'autre que d'elle-même, prit cela pour elle et s'émerveilla de la lucidité d'Edma Bautet-Lebrêche. « Ce cœur sec ne l'était pas, au fond, puisque l'hypersensibilité, l'hypersnobisme d'Edma Bautet-Lebrêche, la rendaient presque humaine, en faisaient presque une vraie femme, par moments », conclut Olga à sa propre intention. Proust se serait régalé sur ce bateau (si elle avait bien lu les deux pages de *L'Anthologie des grands écrivains français* à l'usage des classes terminales, anthologie qui avait rendu bien des services à l'intellectuelle débordée par la vie qu'était Olga à ses propres yeux).

L'amitié d'Edma parut tout à coup primordiale à Olga Lamouroux, « o-u-x » et non pas « e-u-x » (cette grossièreté délibérée devenue une erreur amusante). Olga se voyait fort bien adoptée par ce couple richissime et mondain. Elle se voyait fêtée, avenue Foch, par des sexagénaires richissimes et austères, éblouis par sa jeunesse, son audace, sa « classe » aussi, sa façon de redonner ses lettres de noblesse au cinéma français (et au milieu du cinéma). Ces tout-puissants industriels qui se rappelleraient grâce à Olga que Louis XIV recevait Racine à sa table, et la Champmeslé… (« Était-ce bien la Champmeslé ?… À vérifier ») et qui oublieraient, grâce à Olga, les seins et les fesses des malheureux boudins sans chic qu'on avait bombardés stars pendant cette dernière décennie. En attendant d'arriver avenue Foch et de confier son vison sauvage très sport au vieux maître d'hôtel qui l'adorait déjà, et à qui elle parlerait gentiment de ses rhumatismes, Olga, encore sur le *Narcissus*, montra à sa grande amie, sa seconde mère, l'enveloppe cachée dans son sac, s'assit près d'elle dans un coin vaguement éclairé, et se pencha avec elle sur l'hebdomadaire de son petit ami : la photo était nette. L'on y voyait Éric Lethuillier, l'air emporté par la passion, qui blottissait contre lui une Olga Lamouroux étonnée et un peu craintive. Bien sûr, c'était avec l'autorité d'un homme qui voit tomber une femme qu'Éric, ce jour-là, avait saisi la taille d'Olga, et sans doute était-ce aussi la peur de tomber qui avait donné cet air contrarié à Olga. « Mais la photo ne suggérait pas une chute accidentelle et physique », comme le remarqua Edma entre ses dents, avec un sifflement appréciateur mais effrayé. Elle se tourna vers Olga, les sourcils froncés :

« Eh bien, ma petite Olga... je comprends votre effroi. Ce Lethuillier va être dans un état !...

— Ne vous faites pas de souci pour moi, dit la courageuse Olga, toujours dans son rôle de fille adoptive. Il ne verra ça qu'à Cannes, et je serai loin.

— Mais je ne me fais pas de souci pour vous !... répliqua Edma, qui trouvait cette idée baroque. Ce serait plutôt pour Clarisse que je m'inquiéterais. Ce genre d'hommes fait toujours payer quelqu'un d'autre pour compenser ses désagréments, même venus d'ailleurs... Mon Dieu, quelle photo !...

— Et vous avez lu le texte ? » dit Olga en soupirant de plaisir.

Edma se repencha sur le journal : « N'est-ce pas le bel Éric Lethuillier, directeur de l'austère *Forum*, que l'on voit tenter d'oublier ici la politique et ses soucis humanitaires ? On le comprend en voyant que le nouveau drapeau qu'il étreint n'est autre que notre starlette n° 1, la belle Olga Lamouroux qui, elle, semble moins d'accord – peut-être en pensant au producteur Simon Béjard (absent sur notre photo), dont le film *Feu et Fumée* triomphe toujours à Paris. Enfin ! Peut-être la découverte des charmes du capitalisme – qu'il aurait dû pourtant faire déjà avec son épouse, Clarisse Lethuillier, née Baron, des Aciéries (absente aussi sur notre photo) rendra M. Lethuillier plus indulgent au luxe des bourgeois. »

— Oh ! là ! là, dit Edma en riant nerveusement, ça commence bien…

— Et vous n'avez pas fini… Olga riait, mais peu rassurée. Regardez :

« Est-ce pour dénoncer ses compagnons de croisière ou les comprendre qu'Éric Lethuillier, "l'Ami du Peuple", passe ses vacances à bord du *Narcissus* dont la croisière musicale coûte le prix coquet de quatre-vingt-dix mille francs ? Nos lecteurs apprécieront. »

— Ça, c'est infect ! dit Edma. Mon Dieu… dit-elle en reprenant le journal des mains d'Olga, que disent-ils ? Quatre-vingt-dix mille francs ? Mais c'est de la folie furieuse ! Ça, je vais attraper mon secrétaire !

— Vous ne le saviez pas ? »

Olga était snobée pour de bon. Elle ignorait que le snobisme, chez les gens riches, était aussi de trouver tout trop cher. Certains allaient même jusqu'à voyager en seconde, ce qui avait l'avantage de leur faire faire des économies – dont étaient toujours friandes les plus grosses fortunes – et de prétendre ainsi « garder le contact » avec le bon peuple français.

« Que pensez-vous qu'Éric va faire ? dit Olga, ses escarpins trottant sur le pont obscur dans le sillage d'Edma, dont l'indignation accélérait le pas.

— Je ne sais pas, mais ça va faire du bruit ! Est-il, dites-moi, très amoureux de vous ?… Non, bien sûr, enchaîna Edma après le silence d'Olga, il n'est amoureux que de lui-même. Et vous, ma petite Olga ? C'est ennuyeux pour vous, tout ça, tous ces échos ?

— Vis-à-vis de Simon, oui, dit Olga d'une voix pénétrée (une voix qui d'un seul coup réveilla l'antipathie d'Edma envers elle).

— Ah ! non. Ne me dites pas que vous vous préoccupez en quoi que ce soit de ce pauvre Simon Béjard ! On l'aurait vu !... Pauvre Simon... Vous savez qu'il est très très sympathique, cet homme-là : il est vif, il a des côtés si sensibles, c'est étonnant... très étonnant », reprit-elle, l'air pensif, telle une ethnologue devant une variété animale inclassable.

« Simon est un chou, le pauvre, mais... », commençait Olga. Mais elle barra le mot « chou » avant de le prononcer.

« Simon est un drôle d'animal, dit-elle.

— Que voulez-vous dire, ma petite Olga, hein ?... Asseyons-nous là un instant, dit Edma en s'engouffrant dans le vestiaire des dames, et en s'asseyant, comme épuisée, sur un tabouret devant la glace.

— Je veux dire qu'il est exquis comme ami, mais plus difficile en tant que petit ami, dit Olga avec un rire confus – qu'elle trouva elle-même tout à fait délicieux mais qui fit grincer des dents à l'équitable Edma. Simon a tellement peur que je ne l'aime pas pour lui-même qu'il m'avait pratiquement caché qu'il était producteur ! Vous savez ?... Ce n'est qu'à Cannes que j'ai appris en même temps : et qu'il était producteur, et qu'il avait gagné le grand prix. Il y a un an, il était pratiquement inconnu ; et je dois dire que nous n'étions pas nombreux à parier sur la réussite de Simon Béjard dans le cinéma », dit Olga avec un petit rire de fierté qui saluait son désintéressement et son flair.

La malheureuse ignorait que Simon avait raconté déjà à Edma comment, le soir du palmarès, quatre starlettes s'étaient jetées à son cou ; et que parmi ces quatre starlettes, se trouvait Olga Lamouroux, o-u-x, elle-même. Edma Bautet-Lebrêche adressa mentalement un « bravo... mille bravos » sarcastique vers Olga.

« Seulement, maintenant qu'il est sûr de moi, continuait celle-ci, plongée dans ses rêveries idylliques, sûr de moi et de ma fidélité – sur un certain plan... Car attention, hein ? reprit-elle vivement (comme Edma, revenue à un stade animal à force de colère rentrée, encensait de la tête et grinçait des dents sur un mors absent), attention : je parle de la vraie fidélité, celle qui dure... pas de celle qui est à la merci d'un "5 à 7", ou d'un de ces coups de sang, un de ces coups de grisou d'un soir, comme nous en avons de temps en temps, nous les jeunes... nous, les femmes ! » se reprit-elle de justesse.

Tout au moins le crut-elle, mais c'était un peu trop juste : Edma l'avait entendue et comprise, et elle penchait la tête de plus en plus furieusement contre sa brosse à cheveux qu'en revanche elle bougeait à peine.

Ce fut la première chose que remarqua la Doriacci en entrant à son tour dans l'oasis du vestiaire. Elle avait l'œil charbonneux, furieux, mais quand même observateur, puisqu'elle s'arrêta devant le manège d'Edma et l'observa d'abord avec perplexité, puis avec comme une joie dans le regard, suivie aussitôt d'un rire bas et tonitruant tout à fait irrésistible.

« Mais qu'avez-vous donc ? » dit Edma Bautet-Lebrêche vaguement vexée d'avoir provoqué ce rire mais prête à y participer, la tête arrêtée tout à coup dans son mouvement perpétuel.

« C'est pour ça, dit la Doriacci en l'imitant dans la glace : vous remuez la tête, mais pas la brosse – comme les Belges avec une boîte d'allumettes, vous savez ?... Pour savoir s'il y en a une à l'intérieur, ils remuent la tête et pas la boîte », répéta-t-elle encore d'une voix avant de retomber dans le rire et dans ses « ha, ha, ha... » cascadeurs et incoercibles, entraînants pour Edma autant qu'agaçants pour Olga, à qui ce rire rappelait chaque fois l'incident du jeune veau.

« Nous nous inquiétions », dit-elle, pointue, à la Doriacci qui s'était assise et se poudrait les joues avec une immense houppette d'un rose vif.

« Curieux comme tous ses accessoires sont démesurés », pensa Edma brièvement. Il lui faudrait une théorie bien saugrenue ou bien freudienne pour commenter cette disproportion à Paris. Olga, l'inquiète, insistait :

« Mais que peut-on faire à Palma tout un après-midi ?

— C'est très joli, dit la Doriacci dont les yeux riaient. On peut y voir des coins charmants ou des vieux amis selon l'humeur. Il ne s'est rien passé sur le bateau fantôme en mon absence ?

— Andréas a failli trouer le pont à force d'y faire les cent pas, mais c'est tout ce qui s'est passé, je crois, dit Edma.

— Tiens, nous voici les trois "A" : Doria, Edma, Olga… C'est amusant, dit Olga Lamouroux d'une voix de flûte. Nous avons la même terminaison, répéta-t-elle devant l'air atone des deux autres.

— Tant que nous n'avons pas la même famille, ce n'est pas grave », dit Edma Bautet-Lebrêche avec force.

Et, se levant, fort mal maquillée d'ailleurs, elle ajouta d'une voix un peu excédée :

« Ma petite Olga, soyez gentille et gardez ce papier pour vous, n'est-ce pas ? Nous en reparlerons… en même temps que de vos problèmes psychologiques. »

Restées seules, la Diva et Olga Lamouroux ne se regardèrent pas tout d'abord, et ce fut avec méfiance et sans le vouloir que leurs yeux se trouvèrent dans le miroir central : la Doriacci avec son regard à autographe, Olga avec son sourire pincé.

« Comment va M. Lethuillier ? dit la Doriacci d'une voix aimable et méprisante en recourbant ses cils noirs sur une brosse inondée de mascara, le tout avec un grand air froid.

— Il faut demander ça à Clarisse Lethuillier », dit Olga l'air lointain et qui aurait volontiers filé de là si l'idée du regard critique de la Doriacci sur son dos ne lui avait inspiré une sorte d'horreur (et pourtant, des deux, qui aurait dû avoir les bourrelets du remords ?), une horreur telle qu'elle se décida à revernir ses ongles de pied avec le flacon qui, Dieu merci, ne la quittait pas. La Doriacci referma son cabas géant :

« Si je demandais quelque chose à la belle Clarisse, ce serait des nouvelles du beau Julien. Vous êtes bien mal renseignée, mon enfant : sur ce bateau, les couples ne sont pas toujours légaux... »

L'ironie était trop évidente, et Olga, pâle de rage, en jeta quelques gouttes écarlates sur son jean neuf. Elle cherchait désespérément une réponse adéquate, mais son cerveau affolé sonnait creux malgré ses appels.

« Vous devriez vous teindre les cheveux, acheva la Doriacci tout en marchant vers la porte de son pas souverain. Vous auriez plus de caractère en roux vénitien... Ça fait un peu pauvre, ce faux blond ! »

Et elle disparut, laissant Olga dans une fureur au bord des larmes. Elle monta prendre l'air à nouveau. Elle écumait et elle ne fut réconfortée que par la vue d'Andréas sur le pont, Andréas ravagé par le chagrin. Après quelques hésitations, Olga finit par en avertir Julien Peyrat.

« Vous faites du footing par ce temps ? Quelle bonne idée… »

Julien marchait au pas d'Andréas qu'il avait rejoint, et il s'inquiétait, en effet, de la pâleur du visage qu'Andréas lui dérobait pourtant, et qu'en se penchant il voyait rajeuni mais défait par la tristesse, le visage d'un très jeune homme prêt à tout. Comment ce superbe type pouvait-il se mettre dans de tels états pour une femme de soixante ans dont il était le centième amant et dont il ne serait pas le dernier ? C'était le monde à l'envers, quand même… Et malgré l'affection instinctive qu'il ressentait pour la Doriacci, Julien était furieux contre elle. Ce gigolo n'avait pas la froideur calculée d'un gigolo, elle n'avait pas à le faire payer si cruellement, et la justification que lui trouvait Clarisse l'inquiétait, venant d'elle, comme une trahison.

« Vous ne vous rendez pas compte, avait dit Clarisse : déjà se décider à aimer quelqu'un de son âge, c'est affolant, alors pour la Doriacci, à soixante ans, se laisser attendrir par un Andréas, c'est la fin de sa vie qui pourrait être affreuse. Et si elle l'aimait, que se passerait-il dans un an, ou dans cinq ?… Pouvez-vous me le dire ?

— Bah ! plus tard, plus tard… », dit Julien qui prônait instinctivement le provisoire.

Il n'avait rien pu dire sur lui-même à Clarisse, mais ce n'était pas tant la peur de perdre Clarisse qui l'empêchait de parler, c'était surtout la peur de ce qu'elle soit blessée et déçue, une fois de plus, dans sa confiance envers les hommes, en général. C'était ce qui l'agaçait un peu et le séduisait le plus chez Clarisse : de se découvrir plus anxieux d'elle que de lui-même. C'était ce choix qu'il avait longtemps cru réservé aux masochistes ou aux gens très sentimentaux, se plaisant au malheur, s'absorbant dans leur chagrin et qu'il détestait instinctivement pour ce qu'il croyait être leur absence de naturel. Que l'on aime quelqu'un pour son bien lui paraissait normal, mais que l'on préférât le bien de ce quelqu'un à son propre bien lui paraissait bibliothèque rose, presque malsain. Et cependant, à l'imaginer, ce qui lui faisait le plus horreur, c'était sa tendre et belle Clarisse emmenée en voiture par Éric dès la descente du bateau, une Clarisse définitivement résignée à sa solitude et le détestant, lui, Julien, de lui avoir fait croire qu'elle pouvait être rompue. Il imaginait une Clarisse dans une maison de verre, moderne, s'appuyant du front à des vitres ruisselantes de pluie et d'ennui tandis que, derrière elle, dans un décor beige, luxueux et désolé, Éric Lethuillier et ses collaborateurs ricanaient en attendant qu'elle boive. Et qu'elle boive trop. À cette image naïve, mais dont le côté luxueux et glacé lui cachait un peu la naïveté, Julien se tordait parfois de chagrin sur son lit. Il y avait dans les baisers furtifs qu'il donnait à Clarisse, au hasard de la journée, une compassion et une colère tendre qui la ravissaient, elle. Elle regardait les lèvres longues et pleines de son amant avec tendresse et gratitude quand elle ne se surveillait pas – presque indépendantes de son amour pour lui –, cette bouche chaude et fraîche lui semblait d'une douceur et d'un souffle inépuisables et seuls capables de lui rendre les milliers de baisers dont elle avait été privée, volée toutes ces dernières années. Elle aimait le corps maigre et musclé de Julien, un corps net, enfantin, avec des coins de peau doux et virils aussi, avec des coins de peau semés d'un duvet dur plus clair que ses cheveux. Elle aimait l'enfance de Julien, la façon dont ses yeux s'éclairaient quand on parlait de jeu, de chevaux ou de peinture devant lui. Elle chérissait cet enfant, elle rêvait à ces moments-là de pouvoir bientôt lui offrir ces chevaux ou ces toiles, ses jouets, bref. Et elle aimait l'homme, quand il la regardait et que ses yeux devenaient profonds et mats, malheureux à force de gestes contenus, quand elle voyait ses mâchoires refermées sur des mots d'amour, ces mots rassurants, elle aimait sa voix basse usurpée, elle aussi, lui semblait-il… Cette voix du Julien viril et décidé qui dissimulait aux yeux des autres le Julien si sensible et si gai ; elle aimait qu'il se croie lui-même fort pour la protéger et qu'il soit capable de le faire s'il le fallait. Elle l'aimait de ce qu'il veuille tout décider, tout partager avec elle, sauf cette décision, dont il devait être le seul responsable pour la prendre, comme pour la garder ; elle aimait qu'il la tienne dans l'ignorance de toutes ses peurs d'homme libre, ses réticences à s'engager pour longtemps ; elle aimait qu'il ne lui ait jamais demandé s'ils avaient raison ou tort, ou s'il fallait réfléchir, si elle-même était bien sûre de son choix, ou si elle-même voulait qu'il lui laisse quelque temps pour se décider. Bref, Julien ne lui avait jamais laissé penser que c'était à elle de choisir – même s'il le pensait – et en lui refusant ce choix, il lui évitait un effort supplémentaire et cruel, il lui évitait ce rôle de responsable dont elle avait si peur, en l'assumant lui-même et tout seul, bien que ce rôle, il n'en ait jamais eu l'habitude ni le goût. Mais pour le reste, il partageait tout avec elle déjà ; déjà, Clarisse devait lui dire la veille comment s'habiller le lendemain, quelle chemise, quelle cravate et quel chandail allaient ensemble, et qu'il fallait qu'il prenne du thé avant sa première cigarette matinale. Elle était plus entrée dans sa vie en une semaine que dans celle d'Éric en dix ans, elle s'y savait déjà indispensable, et, ô stupeur ! cette idée la ranimait plus qu'elle ne s'en horrifiait.

Elle arrivait sur le pont et voyait au moment même Julien et Andréas arpentant ce pont à sa rencontre, et elle voyait Julien lever les yeux et sourire, courir en l'apercevant. Elle hâtait le pas aussi pour se voir plus vite reflétée, comme avec l'image du bonheur, dans ces yeux marron clair.

« Andréas est malheureux », disait-il en poussant le garçon vers Clarisse, et la regardant d'un air rassuré, comme si elle y pouvait quelque chose.

Julien la croyait visiblement toute-puissante, responsable du bonheur de tous comme du sien, et il commençait à lui rabattre les chiens perdus ou blessés, avec, lui-même, l'entrain d'un bon chien de chasse. Elle le regardait en souriant, consciente de ce que Julien toute sa vie – si elle la partageait – lui ramènerait de ses virées à Longchamp, aux casinos ou ailleurs (de ses terrains de jeux à lui seul) une série de clochards, de névrosés ou de ruffians qu'il déposerait triomphalement devant elle pour qu'elle panse leurs plaies ou élucide leurs problèmes. Andréas n'était que le premier d'une longue lignée, et résignée, elle lui prit le bras et repartit avec lui faire le tour du pont, tandis que Julien, paresseux et content de lui, s'accoudait à la rambarde et les regardait s'éloigner de l'air satisfait du devoir accompli.

« Qu'avait-il donc pu opposer au chagrin de ce petit garçon trop grand et trop beau ? »

« Julien m'a dit que je devais me conduire en homme, lui répondait Andréas, sans qu'elle eût formulé sa question. Mais je ne sais pas ce que ça veut dire, “se conduire en homme”, finalement...

— Julien non plus, dit Clarisse en souriant, et d'ailleurs, moi non plus ! C'était une phrase... Il faut surtout que vous vous conduisiez comme un homme qui plairait à la Doriacci, c'est tout, non ?

— Exactement, dit Andréas (cette précision lui semblait indispensable, à lui aussi). Comment voulez-vous que je sache quel homme ?... Où a-t-elle été aujourd'hui ?... dit-il soudain à voix basse, comme honteux à sa place. Elle a l'air d'avoir un amant dans chaque port !

— Ou un ami, dit Clarisse paisiblement.

— Je n'y ai pas pensé... balbutia Andréas, comme frappé par la foudre à cette idée simple.

— Bien sûr, dit Clarisse, les hommes ne croient jamais que la femme qu'ils désirent puisse ne pas être désirée par tout le monde. Ils ne croient pas que nous puissions provoquer l'intérêt, l'affection, au lieu de la concupiscence !... C'est presque vexant pour nous, non ? »

Elle s'étonnait, elle se stupéfiait à s'entendre discourir, à s'entendre réconforter quelqu'un, elle qui était l'angoisse incarnée trois jours plus tôt...

« Mais pourquoi me fait-elle du mal puisque je l'aime ? » disait Andréas.

Et Clarisse songeait qu'il fallait qu'il soit bien beau, ou bien innocent, pour ne pas être ridicule avec ce genre de phrases.

« Parce que si la Doria vous aime, elle en souffrira beaucoup, dit-elle. Dans quelque temps, en tout cas. En fait, c'est par estime qu'elle est si cruelle envers vous : c'est parce qu'elle pourrait vous aimer. Et cela lui fait peur, avec raison.

— Peur de quoi ? Je la suivrai partout, toute ma vie ! criait Andréas en s'arrêtant net. Ce n'est pas uniquement physique ce que j'éprouve pour elle, vous savez ? (Il chuchotait.) J'aime son caractère, son courage, son humour, son cynisme… Même si elle ne veut plus coucher avec moi, j'attendrai que ça lui revienne ! Après tout, acheva-t-il avec une sincérité désarmante, ce n'est pas le principal, le lit, si ?

— Bien sûr que non », dit-elle avec conviction, mais déconcertée malgré tout. Car depuis Cannes, et malgré les intuitions de Julien, elle avait tenu quelque temps Andréas pour un gigolo professionnel et froid.

Une fois de plus, c'était dans son optimisme que Julien avait raison. « Quand même, pensa-t-elle avec un rire nerveux, me voilà en train de consoler un superbe jeune homme de vingt-cinq ans de l'infidélité supposée d'une femme de près de soixante… Décidément, tout est possible, à tout âge. » Et cela la réconfortait dans sa trentaine à elle, cet âge « ingrat » puisque situé après les charmes de la jeunesse et avant ceux de la maturité – dixit Éric ; âge « faste » puisque situé après les prétentions de la jeunesse et avant ceux de la maturité – dixit Julien. « C'est Jean qui grogne et Jean qui rit », pensa-t-elle un instant…

« Si elle part sans moi à New York… soliloquait l'amoureux, je me tuerai, dit-il d'une voix si dépourvue d'inflexion qu'elle inquiéta tout à coup Clarisse. Je serai trop seul, cette fois-ci, vous comprenez ? acheva-t-il d'un ton aimable.

— Mais pourquoi seul ? Vous devez avoir des amis ou une famille quelque part, non ? »

Et sa propre voix était inquiète. Une Clarisse amoureuse, une Clarisse sensible à autrui, s'inquiétait pour cet homme triste. Il reprit sans lever les yeux, sur un ton d'excuse :

« Ma dernière tante est morte l'an dernier, je n'ai plus personne, ni à Nevers ni ailleurs. Et si la Diva ne m'emmène pas, je ne pourrai même pas la suivre, la croisière m'a coûté exactement ce que j'avais. Et même en vendant mes vêtements et mes raquettes de tennis, je ne pourrai pas aller à New York... répéta-t-il d'une voix désespérée.

— Écoutez, dit Clarisse, si elle ne vous emmène pas à New York, je vous paierai le voyage. Prenez ce chèque tout de suite. Et si vous ne vous en servez pas, vous le déchirez. »

Elle s'était arrêtée à une table et fouillait son sac afin d'y retrouver un chéquier fatigué mais intact après six mois ! Cela voulait dire qu'elle n'avait eu envie de rien pendant ces six mois et que personne non plus n'avait fait appel à elle ! Et Clarisse se demanda laquelle des deux hypothèses était la plus honteuse et la plus triste.

« Mais je ne peux pas, dit Andréas tout pâle, l'air révolté. Je ne peux accepter de l'argent d'une femme avec qui... que je ne connais pas.

— Eh bien, ça vous fera un changement dans vos règlements, dit Clarisse tirant un stylo de son sac et commençant à remplir ce chèque. Mais de combien ?... »

Elle ne savait plus le prix de rien ! Éric payait toutes les notes et achetait tout lui-même, sa garde-robe exceptée, et une garde-robe qu'elle n'avait pas changée depuis deux ans. Mais elle allait se précipiter, dès son retour, dans les maisons de couture, elle allait se couvrir de renards gris-bleu, puisque Julien lui avait dit adorer ça. Bien sûr, elle n'avait pas plus l'idée du prix d'un renard gris-bleu que du prix d'un billet pour New York... Elle écrivit cinq mille francs en chiffres, puis ajouta un « 1 » devant le « 5 » à tout hasard.

« Tenez », dit-elle impérativement à Andréas qui le prit, le retourna et en regarda le montant sans la moindre fausse pudeur. Il siffla entre ses dents.

« Ouh, là, là !… Ses yeux brillaient de bonheur. Mais c'est beaucoup d'argent !… Ça fait moins de trois mille francs maintenant, Paris-New York… Et puis, comment vous le rendrai-je ?…

— Ce n'est pas urgent, dit Clarisse, ravie de son ravissement. Les usines Baron vont fort bien, vous savez. »

Andréas la prit contre lui et l'embrassa comme un enfant d'abord, comme une femme ensuite et Clarisse, d'abord stupéfaite, comprit la faiblesse de la Doriacci et des autres dames, en province, pour ce jeune homme. Ils avaient les joues rouges en se séparant et ils rirent tous deux de l'air étonné de l'autre. « Les charmes des hommes aussi me sont restitués », pensa Clarisse exultante. Et pour faire taire Andréas qui s'excusait, elle l'embrassa comme d'elle-même, légèrement, sur le coin des lèvres.

Olga se sentait un peu moins de haine pour Éric Lethuillier depuis qu'elle le savait ridicule, qu'elle en avait la preuve dans son sac à main. Elle lui trouvait même un certain charme physique, à nouveau, malgré sa goujaterie et sa méchanceté. Elle avait voulu croire la théorie du journal ; elle avait même commencé, in petto, un récit du même style : « Que j'ai eu de mal à m'en débarrasser !... Que ce bateau pouvait être petit avec ce type qui ne me lâchait pas d'un pied d'une part, et ne me quittait pas des yeux d'autre part !... etc. » Et elle avait failli y parvenir tant Olga, comme bien des gens de sa génération, en était arrivée à croire plus facilement les journaux ou la télévision que ses propres sens. Bref, elle croyait presque que c'était Éric Lethuillier qui l'avait pourchassée de ses assiduités, que c'était son refus à elle, Olga, de lui donner son corps une seconde fois qui avait provoqué chez lui les propos féroces tenus à Armand Bautet-Lebrêche... Et elle se fouettait l'esprit de cette vision avec entrain et vanité, quand sa mémoire, cette bête sauvage, pas encore domestiquée, lui avait refait entendre, à l'improviste, la voix d'Éric, la voix d'Éric disant : « Cette petite pute intellectuelle... » et elle se sentit soudain envahie de la même honte, de la même haine que trois jours plus tôt... Elle tourna la tête vers le directeur du *Forum*. Il la regardait à présent « avec son beau visage régulier de salopard », songea-t-elle tout à coup dans une bouffée de rage qui l'illumina et la rendit presque désirable à Éric qui lui reposait sa question avec patience.

« Je veux bien acheter ce tableau, répondait-elle, mais avec quel argent ? Bien sûr, le vôtre, mais Julien Peyrat n'est pas un imbécile. Il va trouver bizarre que j'aie vingt-cinq millions, et bizarre surtout que je les consacre à un tableau.

— Dites-lui que vous l'achetez pour moi, alors, dit Éric brutalement. Qu'allez-vous chercher ? De toute façon, il a besoin de le vendre.

— Comment le savez-vous ? »

Cette fille l'exaspérait à présent. Éric prit un ton patient :

« Parce que ça se voit, ma petite fille. »

Olga le regardait en face, les paupières battantes, la voix ingénue :

« Je ne trouve pas qu'il ait l'air d'être un homme aux abois : il a l'air d'un homme très heureux de ce qu'il a. Il n'a pas l'air d'avoir d'autre désir que… »

Elle s'arrêta avec une gêne calculée. Le regard d'Éric, cette fois, était froid et Olga eut peur d'être allée trop loin.

« Oh ! pardon, Éric… Vous pensez bien que je ne voulais pas dire ça… Mon Dieu, que je suis étourdie, c'est affreux…

— Vous vous occupez de ce tableau », dit Éric d'une voix plate, même pas interrogative.

Olga hocha la tête en signe d'assentiment, son mouchoir roulé en boule pressé sur sa bouche gaffeuse. Elle avait vu Éric pâlir à cette évidence : le bonheur de Julien. Elle l'avait vu s'arrêter de respirer et elle jubilait tandis qu'il s'éloignait de son pas pressé, un peu trop scandé peut-être, cette fois-ci.

Dans le bar enfumé de fumée bleu clair et transparente, qui lui donnait l'air d'un décor de film, les passagers, en majorité assis ou debout près du piano, écoutaient Simon Béjard qui jouait le « thème du *Narcissus* » qu'il disait tiré du folklore bohémien. Il n'y avait qu'Armand, cramponné à son guéridon refuge, et Clarisse et Julien, appuyés au bar, qui semblaient ne pas écouter ce récital supplémentaire, ces deux derniers riant tous les deux, avec l'insouciance et la complaisance dans le rire des gens qui s'aiment depuis peu, lorsque Éric parut sur le seuil de la porte.

Le visage d'Éric Lethuillier était fermé et il appela Clarisse d'une voix basse mais péremptoire qui fit régner sur le bar, pendant cinq secondes écrasantes, un silence et une gêne inconsidérés, rompus par Edma, habituée à ces tensions vaudevillesques, et qui plaqua la main de Simon sur le clavier comme elle eût fait d'un enfant rétif au solfège. Cela fit un « couac » qui relança la conversation ; et, seul, crispé, Julien qui s'était levé en même temps que Clarisse, indiquait par son attitude tout autre chose que la gaieté. La Doriacci qui arrivait comprit tout en voyant l'expression de Julien et tenta d'y remédier.

« Vous n'allez pas me laisser boire seule, monsieur Lethuillier, dit-elle. Je voulais justement vous consulter pour mon programme de ce soir. Vous et vos amis, bien sûr. Les *Lieds* de Mahler… Qu'en pensez-vous ?

— Nous vous faisons confiance, dit Éric d'une voix exagérément courtoise. Nous nous excusons un moment. »

Et il poussa Clarisse devant lui. La Doriacci se retourna alors vers Julien et, levant les mains à la hauteur de sa tête et les retournant, paumes en l'air d'un geste d'impuissance, elle jeta un « *Ma che !* » expressif, sinon discret.

« Vous êtes pâle, dit Andréas à Julien en lui tapotant le bras d'une main protectrice. Il avait changé de rôle. Buvez un verre, mon vieux, dit-il en le lui remplissant de whisky pur que Julien but sans même le regarder.

— S'il la touche, marmonna-t-il, la voix étranglée, s'il la touche, je… je…

— Mais voyons ! "Je rien", cher Julien. Rien du tout. Vous êtes fou… »

C'était Edma qui, traversant le bar à toute vapeur, s'asseyait à leur table, l'air raisonnable et maternel.

« Ce Lethuillier est bien trop snob, voyons, trop mou, finalement. Il ne va pas battre sa femme comme dans les livres de Zola. Il est trop conscient de ses origines, semble-t-il. Il doit bien savoir que seuls les aristocrates peuvent donner un coup à leur femme sans que cela soit vulgaire… Et encore, les aristocrates, je ne parle pas de la noblesse d'Empire… D'ailleurs ce pauvre garçon n'a aucun sens du snobisme actuel. Il aurait dû comprendre qu'être femme de ménage ou postière, à notre époque, c'est kif-kif. Bien sûr, femme de ménage fait plus exotique, mais postière, ça fait Queneau, ça a son charme…

— De quoi parlez-vous ? dit Andréas. En tout cas, je trouve votre théorie très très juste », dit-il en hochant la tête vers Edma qui lui jeta le coup d'œil et le faux sourire réservés aux flatteurs maladroits.

Mais le visage du jeune homme était un démenti à cette hypothèse. Il était incroyablement naturel, ce blondinet sentimental, ce renégat de la grande tribu des gigolos, songeait Edma.

« Je vous assure, Julien, ne vous énervez pas. De toute façon, nous allons dîner dans dix minutes.

— Et si Lethuillier ne ramène pas sa femme à table, j'irai la chercher moi-même », dit Simon Béjard.

Et il tapotait l'épaule de son poulain lorsque Charley vint se joindre à eux, l'air lui aussi apitoyé. Seuls restaient à leur table, cramponnés à leur guéridon comme à un radeau, quelques vieillards amorphes ou indifférents, et Olga Lamouroux à qui Kreuze, docte et étranger à tout cela, racontait son enfance studieuse et inspirée.

« Je me demande comment ce pauvre Lethuillier a pu se rendre si unanimement antipathique… enfin presque unanimement », dit Edma avec un regard en coin vers Olga et une pression affectueuse sur la main de Simon.

Elle avait dit cela en riant, mais il détourna la tête.

« Dix pennies pour vos pensées, monsieur Peyrat, poursuivit-elle sans se troubler. Non, plutôt une olive, finalement, enchaîna-t-elle en piquant dans le verre de Julien l'olive noire qu'elle convoitait depuis son arrivée. Comment est-ce que Clarisse, qui est belle, riche et si… sensible (Edma Bautet-Lebrêche ne parlait jamais de l'intelligence d'une femme, à moins que celle-ci ne fût repoussante), comment Clarisse a-t-elle pu épouser ce Savonarole ?… » Elle baissa la voix en fin de phrase, incertaine qu'elle était, et de la carrière de Savonarole, et de la place du O dans l'orthographe du nom. De toute façon, c'était un fanatique, cela, elle en était presque sûre… Et d'ailleurs personne ne tiqua puisque personne ne tiquait jamais.

« Pauvre petite Clarisse, dit la Doriacci souriante (quoiqu'un peu contrariée de ce qu'Edma Bautet-Lebrêche ait piqué avant elle cette olive qu'elle convoitait aussi). En tout cas, elle est devenue ravissante depuis deux jours ! C'est le malheur qui enlaidit toujours, dit-elle en tapotant le menton d'Andréas qui, lui aussi, détourna les yeux. Ah ! mais, les hommes ne sont pas gais sur ce bateau… continua-t-elle avec superbe… Andréas, Charley, Simon, Éric… Ce n'est pas une croisière délicieuse pour les mâles, semble-t-il ! En revanche, pour les femmes, c'est exquis ! » dit-elle en renversant sa belle gorge en arrière avec un rire au son cristallin, ingénu, qui détonnait affreusement avec les causes de ce rire.

La table en resta bouche bée un instant et la Doriacci jeta autour d'elle des yeux de défi, de gaieté, de colère qui, d'évidence, dénonçaient une âme irréductible au jugement d'autrui. Personne ne broncha sauf Julien qui, malgré sa tristesse, ne put s'empêcher d'envoyer à ce symbole de la liberté un sourire admiratif.

« De quoi voulez-vous me parler ? » dit Clarisse, assise depuis de longues minutes sur son lit.

Éric déambulait devant elle et se changeait sans un mot, mais il sifflotait, ce qui était mauvais signe. Pourtant Clarisse le regardait sans antipathie : il l'avait arrachée cinq-dix minutes à ce temps troublé, sensible confus, exigeant, qu'est le temps passé en face de qui l'on aime, sans bien le connaître, ce temps avide et perpétuellement affamé. Et à présent, dans cette cabine tranquille, Clarisse pouvait se rappeler qu'elle aimait Julien qui l'aimait, et laisser se gonfler ses artères, sa cage thoracique, son cœur, en y pensant. Elle avait oublié Éric et elle sursauta presque quand il s'installa en face d'elle, en manches de chemise et occupé apparemment par la pose de ses boutons de manchette. Il s'était assis au pied du lit et Clarisse instinctivement remonta ses genoux jusqu'à son menton de peur qu'il ne la touche, même au pied, geste dont elle se rendit compte aussitôt et qui la fit rougir et jeter un regard craintif vers Éric. Mais il n'avait rien vu.

« Je vais vous demander quelque chose, dit-il, étant parvenu à ses fins, et il mit ses deux mains derrière sa tête et s'appuya au mur l'air désinvolte. Je vous demanderai même de répondre par oui ou par non à des questions plutôt brutales.

— Alors c'est non, dit Clarisse instinctivement, et elle le vit pâlir de fureur, peu habitué à ce qu'elle l'interrompe dans ses mises en scène.

— Quoi non ? Vous ne voulez pas me répondre ?

— Si, dit Clarisse paisiblement. Je ne veux pas répondre à des questions brutales. Il n'y a aucune raison que vous me parliez brutalement. »

Il y eut un silence, et la voix d'Éric était plate quand il reprit :

« Eh bien, je vais être brutal quand même. Tout ce bateau semble prétendre que vous couchez avec Julien Peyrat. Puis-je savoir, moi, si c'est vrai ? Cela me paraît aussi impensable que possible, mais il faut que je puisse répondre si l'on m'en parle, sans avoir l'air ridicule ou hypocrite. »

Il avait lancé cette phrase d'un ton sarcastique et un peu dégoûté, mais se rendait compte tout à coup qu'elle risquait d'y répondre, et que cette réponse pouvait être épouvantablement franche, en effet, et tout aussi épouvantablement affirmative. Tout à coup, il aurait donné n'importe quoi pour s'être tu et pour n'avoir pas abordé le sujet avec cette imprudence. Quelle folie avait-il faite ? Quel vertige l'avait saisi ? Non, ce n'était pas possible… Il fallait se calmer. Clarisse n'avait pas fait ça, là, sur ce bateau, cet espace clos, où il était lui-même, où il aurait pu la surprendre et la tuer… Pourquoi la tuer ? Éric dut s'avouer qu'il n'y avait pas d'autre choix à l'homme qu'il aurait forcément été, s'il était entré par hasard dans une cabine pour y trouver Julien et Clarisse, nus et enlacés.

« Alors, vous me répondez ou non ? Ma chère Clarisse, je veux bien vous laisser le temps du dîner pour réfléchir et entendre votre réponse au dessert, mais ma patience s'arrête là. Nous sommes d'accord ? »

Il avait parlé très vite afin qu'elle n'ait pas le temps justement de lui répondre, et il n'arrivait pas à savoir exactement pourquoi il retardait cette cérémonie de deux heures. Il n'arrivait pas à croire que c'était le répit qu'il se donnait à lui, plus qu'à elle. Et Clarisse, en disant : « Comme vous voulez » d'une voix lasse, semblait moins soulagée que lui, et plus apitoyée.

Le dîner avait été odieux au début pour Julien. Il était assis près de Clarisse, comme au premier jour, et sans les regarder, il voyait à nouveau cette main et ce coin de cheveux qui l'avaient excité physiquement ce premier soir, cette main, ce visage qui maintenant étaient devenus les siens, les objets permanents de son désir, ce qu'il voulait aimer et défendre contre ce prédateur légal à l'œil froid : Éric Lethuillier. Cette main, ce visage qu'il n'était pas sûr de garder, ni de garder intacts. Il haïssait maintenant Éric, et lui qui avait ignoré jusque-là les miasmes, les suffocations de la haine, il s'en sentait infecté, gangrené dans une partie de lui-même souterraine et qu'il n'aimait pas. Il méprisait un peu ce Julien haineux, ce caissier jaloux et effrayé qui, en fait, surveillait Clarisse tout autant qu'Éric. Et lorsqu'il avança sa jambe sous la table vers celle de Clarisse, c'était contre lui-même ; contre elle aussi qui réprouverait cette preuve vulgaire de leur entente. Elle raidirait sa jambe et lui jetterait un regard, sinon méprisant – car elle ignorait le mépris –, du moins blessé. Et dans ce cas, lui, que ferait-il ? Il ne pourrait ni retirer sa jambe ni poursuivre ensuite Clarisse. Mais il l'avança quand même, et c'était la première fois de sa vie que Julien faisait quelque chose contre lui, contre le bonheur, contre la réussite, la première fois qu'il agissait contre son éthique et ses désirs à lui. Il se raidissait à l'avance contre le regard surpris de Clarisse. Il tournait déjà vers elle un visage têtu et incompréhensif quand, leurs genoux s'étant heurtés, il sentit le pied de Clarisse glisser sous le sien, et cette jambe se presser autour de sa jambe à lui avec élan, tandis que Clarisse tournait vers lui un visage souriant et troublé ; un visage reconnaissant… ! qui immobilisa Julien, lui bascula le cœur en arrière et le laissa interdit, dans le feu d'une tendresse outrée, bien sûr, mais dont il se sut, aussi, prisonnier à jamais, dans un de ces éclairs de lucidité si souvent jumelés aux bonheurs dits aveugles. « Alors on fait du pied aux dames, et on se fait rougir », lui disait dans le vide une petite voix cruelle qui, elle-même attendrie, ne se livrait à ces commentaires de sape que par acquit de conscience.

L'escale de Palma où ils étaient maintenant dans une brume violette, prévoyait un concerto de Chostakovitch dont Hans-Helmut devait jouer la partie piano, et les deux boy-scouts faire l'appoint concertant. La Doriacci, elle, devait chanter du Mahler, ce qui laissait prévoir qu'elle chanterait autre chose. C'était l'avant-dernier récital – le dernier aurait lieu le lendemain à Cannes que l'on rejoindrait en fin de journée. Brusquement la croisière touchait à sa fin, et brusquement cela se sentait. C'est avec un sentiment de regret que les passagers des deux classes reprirent leurs places habituelles et leurs poses habituelles. Hans-Helmut avait l'air encore plus solennel en s'asseyant au piano, comme si sa carapace pachydermique fût assez perméable pour enregistrer ce changement d'atmosphère. Quand il posa la main sur le clavier, Julien était en face de Clarisse, de l'autre côté du ring, comme le premier jour. Et Simon et Olga, comme au premier jour aussi, étaient assis derrière les Lethuillier. Andréas, seul sur une chaise, la chaise la plus proche, bien entendu, du micro où devait s'appuyer tout à l'heure la Doriacci, et les Bautet-Lebrêche sur le côté, au premier rang, afin qu'Edma puisse surveiller de près le clavier d'Hans-Helmut et l'archet de ses compagnons. Il n'y avait que huit jours que, dans ce même ordre, ces figurants avaient pris le départ ; il leur semblait déjà que cela faisait une petite éternité. Ce sentiment de devoir se quitter dans vingt-quatre heures, après s'être connus si peu en somme, si accidentellement ; la certitude de ne rien connaître tout à coup de ses voisins, alors qu'on avait cru les disséquer si parfaitement, impression qui paraissait tout à coup folle et présomptueuse. On se retrouvait en face d'étrangers. Le hasard redevenait tout-puissant, et une sorte de timidité rétrospective faisait se lancer des regards furtifs et curieux, étonnés, aux cœurs les plus indifférents, comme aux esprits les plus psychologues, dans une ultime tentative de compréhension, une ultime curiosité dont on savait juste à présent, et à l'inverse du départ, qu'elle ne serait jamais comblée. Cela donnait du piquant à tout le monde ; une sorte d'auréole mélancolique, celle des occasions manquées, flottait sur les têtes les plus ennuyeuses et les plus ingrates avec tout l'optimisme du regret.

Les premières notes qu'Hans-Helmut Kreuze arracha de son piano vinrent appuyer encore cette mélancolie nouvelle. Après deux minutes, chacun avait baissé les yeux au moins une fois sur une chose secrète, en lui-même, une chose que cette musique lui dévoilait tout à coup et qu'il fallait cacher à tout prix au regard des autres.

Le romantisme échevelé du paysage, son côté grandiose était pourtant à l'opposite de ce concerto dont Kreuze, soutenu par ses deux instrumentistes, rappelait et martelait sans cesse avec douceur les quatre ou cinq notes délicieuses et fatales, ces quatre notes qui évoquaient l'enfance, des pluies sur des pelouses d'été, des villes désertes en août, une photo retrouvée dans un tiroir ou ces lettres d'amour dont on avait ri par jeunesse ; tout ce que disait ce piano était en dièse, en nuances, en demi-saison, à l'imparfait en tout cas ; et il le disait paisiblement, comme un aveu ou une réminiscence heureuse, devenue douce à force de tristesse, et d'irrémédiable.

Chacun chavirait dans son passé, mais avec plus ou moins de bonheur, car ce n'était plus ce bon gros passé adapté au présent qu'on avait l'habitude de revoir ces derniers temps, lorsque l'âge était venu de modifier son écho, de l'adapter à l'idée qu'on avait prise de soi-même. De ces souvenirs dont il savait juste qu'ils étaient heureux et innocents, Julien, par exemple, ne ressortait pas une nuit de jeu ou un corps de femme, ou plus brillamment un tableau découvert adolescent, dans un musée. Il revoyait une plage où il avait plu sur la côte basque, un été de ses dix-neuf ans, une plage grise bordée d'une écume presque aussi grise et où, dans son chandail plein de sable, avec ses mains aux ongles rongés, le sentiment de n'être que l'hôte provisoire de son corps, si vivant et si périssable, avait tout à coup envahi Julien d'une joie enivrante et sans cause plus précise. Et ce n'était pas du festival de Cannes et des bravos de la salle, ni des spots braqués sur lui, ni des flashes, ni même du petit garçon traînant dans les salles obscures du matin au soir que se souvenait Simon Béjard, c'était d'une femme un peu forte qui s'appelait Simone, qui était plus âgée que lui, qui l'aimait à la folie, disait-elle, sans rien lui demander d'autre que d'être lui-même, Simon, et qui l'embrassait sur le quai d'une gare avant de monter à Paris. Une femme que, déjà du haut de ses dix-huit ans et des marches de son wagon, il avait trouvée un peu provinciale, et dont il avait un peu honte.

Cette musique était doucement ravageuse. Elle renvoyait chacun à sa fragilité et à ses besoins de tendresse (non sans le reflux d'amertume qu'aurait dû pourtant provoquer cette série d'échecs, et cette famine qu'était la vie de chacun). Quand Kreuze s'arrêta et se leva de son tabouret, avec son salut brutal, cassé en avant, dont il se relevait rougeaud, le sang à la tête en un instant, il dut attendre plusieurs secondes avant les bravos habituels; et encore, ceux-ci furent-ils maigres, incertains et comme rancuniers, bien qu'interminablement prolongés. La Doriacci qui devait enchaîner presque aussitôt, ne rentra dans le carré de lumière qu'une heure plus tard, et curieusement, il s'écoula une bonne demi-heure sans que nul ne proteste, nul ne s'impatiente.

Charley était venu trois fois taper à la porte de la Doriacci pendant cet entracte imprévu, et les trois fois il avait dû se retenir pour ne pas mettre son oreille à la porte, selon son habitude. Car ce n'étaient pas à proprement parler des éclats de voix qu'il entendait, mais plutôt des sortes de psaumes récités sans perdre haleine par la voix décidément très jeune d'Andréas, un Andréas qui parlait sans passion, comme sans ponctuation semblait-il, un Andréas dont la tonalité du discours n'en donnait pas le sens, curieusement. Bien qu'il ait attendu chaque fois trois minutes devant la porte après son « C'est à vous » entraînant, Charley n'entendit qu'une fois la Doriacci répondre, et c'était une voix brève, exceptionnellement basse, lui semblait-il, malgré l'étendue de la voix de la colorature. Il était reparti, hochant la tête, et chagriné malgré lui par le sort d'Andréas. Il se reprochait d'être inquiet pour une liaison dont l'issue fatale était la seule qui ne le fût pas pour lui. « Je suis trop bon », marmonnait-il douloureusement et en riant de lui-même avec dérision, pour une fois à tort car Charley Bollinger était effectivement un homme au grand cœur et il eût été bien plus accablé encore s'il avait entendu distinctement ce que disaient ces voix éteintes.

« Il vous faut une mère, avait dit la Doriacci dès le début de cette explication si longtemps repoussée. Il vous faut une mère et je n'ai plus l'âge de jouer les mères. C'est trop vraisemblable. Il n'y a que les petites jeunes filles jusqu'à vingt-cinq ans, non inclus, qui peuvent jouer les mères avec les hommes de tout âge ; moi plus. Je ne peux provoquer ma sentimentalité, ni adapter mon comportement à une situation par ailleurs inéluctable. On ne fait pas de rêveries autour d'une fatalité, une fatalité déplaisante surtout. Me comprenez-vous ? Je chercherais plutôt un protecteur, maintenant, mon cher Andréas. J'ai cinquante-deux ans et je chercherai un père parce que je n'en ai pas eu peut-être, ou parce que j'en ai eu trop par la suite, je n'en sais rien et cela m'est égal. Je ne crois pas que vous fassiez le poids en tant que père, pas plus que les autres gentlemen que je fréquente depuis dix ans. Je me suis donc rabattue, faute de père, sur des gigolos, des jouets, et là non plus, vous ne faites pas le poids, mon chéri : vous êtes trop sentimental pour un jouet. Ce n'est pas avec des boutons de manchette que je remonterai votre mécanique, ni votre moral. Et je n'ai plus que ça à vous offrir : des boutons de manchette… Vous voulez une femme, et je n'ai qu'un trousseau à vous offrir. »

Elle avait dit tout cela d'un trait, d'une voix aimable et élégante, et s'était ensuite réfugiée longtemps dans un silence que la voix d'Andréas dérangeait à peine.

« Ça m'est égal ce que vous pouvez et ce que vous ne pouvez pas, dit Andréas, la voix blanche. Ça ne me regarde pas, ça ne vous regarde pas non plus, à la limite. La question est : m'aimez-vous ? et non pas : pouvez-vous m'aimer ? Ce n'est pas un choix que je vous demande de faire, c'est à un abandon que je vous demande de vous laisser aller. Qu'est-ce que ça peut faire d'être heureuse "contre vous" à l'instant où vous l'êtes ?

— Ça ne me ferait rien, mais hélas ! je ne peux plus, lui avait répondu encore une fois la Doriacci (superbe ce soir-là, dans une robe décolletée noire qui l'amincissait et faisait ressortir le blanc éclatant de ses épaules, lui donnait une sorte d'irréalité malgré le poids et la vitalité de sa personne entière). Je suis à un âge où l'on ne peut pas se laisser aller à quoi que ce soit puisque le quoi que ce soit n'a plus de voix. Les sentiments se plient à nos volontés immédiatement, et généralement sans retour. C'est ça la vieillesse, Andréas, figurez-vous : c'est n'aimer que ce que l'on peut aimer et n'avoir envie que de ce que l'on peut avoir. Ça s'appelle la sagesse. Et j'avoue avec vous que c'est bien dégoûtant, mais c'est ainsi. Je suis lucide, donc cynique. Vous êtes lucide, donc enthousiaste. Vous pouvez vous payer de superbes passions, même des malheureuses, parce que vous avez le temps de vous en payer d'autres ensuite et de délicieuses. Mais moi pas. Admettons que je vous aime : vous me quitterez – ou moi. Mais moi, je n'aurai jamais le temps d'aimer quelqu'un d'autre après vous, et je ne veux pas mourir avec un mauvais goût dans la bouche. Mon dernier amant était fou de moi, et c'est moi qui l'ai quitté il y a dix ans. »

Andréas écoutait bouche bée ces phrases qui l'accablaient, bouche bée d'admiration et de gratitude curieusement, car c'était la première fois qu'elle lui tenait des propos aussi longs et aussi conséquents, et reliés les uns aux autres. En d'autres temps, elle se bornait à penser tout haut par moments, c'est-à-dire à commenter brièvement les sauts et les changements perpétuels d'une pensée décousue et drôle. Elle faisait un effort, ce jour-là, et il fallait que ce soit pour lui expliquer qu'elle ne l'aimait pas, qu'elle ne pouvait pas l'aimer…

« Mais si vous ne pouvez pas m'aimer, finit-il par dire avec force et ingénuité, ne m'aimez pas ! Après tout je pourrai toujours espérer et je ne vous quitterai pas. Vous n'aurez pas à me lécher parce que je ne serai pas dangereux. Traitez-moi comme un gigolo minable, si vous préférez, ça m'est bien égal, moi, d'être respectable... Je m'en fiche d'être respectable si ça m'empêche de vous voir... D'ailleurs, j'ai trouvé de l'argent et je vous suivrai à New York, ajouta-t-il d'un air fat tout à coup, fat et effrayé quand même.

— Que je vive avec vous sans vous aimer ?... L'idée est bonne. Mais vous êtes trop modeste, mon cher Andréas ; le danger serait là, quand même.

— Vous voulez dire que vous pourriez m'aimer à la longue ? » dit Andréas, le visage rayonnant et donnant tous les signes de la fierté et de la surprise.

La Doriacci resta un instant pensive devant ce visage, presque troublée semblait-il.

« Oui, je le pourrais sûrement. Aussi vais-je vous donner une très bonne adresse, cher Andréas, à Paris, pour éviter ce drame, car c'en serait un pour moi. La comtesse Maria Della Marea vit à Paris depuis deux ans. Elle est charmante, plus riche et plus jeune que moi, et elle est folle des hommes blonds et bleus comme vous l'êtes. Elle vient de jeter dehors un amant suédois un petit peu trop intéressé... enfin, qui le montrait trop. Elle est gaie, elle a plein d'amies, votre carrière à Paris est faite... Ne prenez pas cet air douloureux et choqué, je vous prie ; c'est vous-même qui m'avez raconté votre éducation et vos ambitions... »

C'est alors qu'elle vit Andréas, le visage fermé et devenu presque laid par un sentiment de fureur, sentiment qui faute d'avoir ses plis, ses creux et ses rides dans un visage qui jusque-là les ignorait, le marquait au hasard, contractait la bouche, contredisait la douceur de la mâchoire, bref le défigurait. Et il sortit avec ce nouveau visage dont, un instant, la Doriacci se prit à souhaiter profondément qu'il ne soit pas le dernier qu'elle garderait en mémoire. Elle s'en voulait un peu, s'avoua-t-elle dans la glace, en contemplant son reflet à trois mètres. Mais elle s'en voulait beaucoup moins, une fois contre la glace, où mille rides, mille ombres et quelques poches lui jetèrent au visage, avec des cris aigus, la confirmation définitive et totale de ses dires.

Enfin les passagers, d'abord surpris, étaient devenus pincés, et de pincés, exaspérés, et d'exaspérés, furibonds. Tout cela sans effet apparent sur la porte close de la Doriacci, fermée au verrou sur ses problèmes sentimentaux, plutôt sur ceux d'Andréas. Et malgré la tendresse qu'il portait au jeune homme, Charley ne fut pas fâché de le voir sortir de la cabine funeste, le visage enlaidi par la rage, puis la tête basse et l'air abasourdi de chagrin, laissant la porte entrouverte. Charley le laissa passer et, à son tour, vint frapper plus discrètement qu'il ne l'eût voulu. Cela faisait cinq fois après tout qu'il revenait buter sur cette porte en vain, et il frappait toujours aussi faiblement malgré les exhortations et les ordres venus du pont. Charley savait très bien ce qui allait se passer : la Doriacci allait arriver sur scène en minaudant et en jetant quelques sourires éclatants et reconnaissants aux passagers pour leur patience. Elle chanterait sans complexe et c'est lui, Charley, qui se ferait honnir d'avoir pu déranger cinq fois de suite le repos réparateur de cette merveilleuse Doriacci. Il attendit donc dans l'embrasure de la porte – fort longtemps d'ailleurs. Et finalement, la Doriacci parut sur le seuil ; son visage reflétait la colère, voire la fureur. Elle passa devant lui sans un mot, sans un regard (sans une excuse a fortiori), et marcha vers la scène comme on marche au combat. Ce n'est qu'à l'instant d'y entrer que, sans se retourner vers Charley, la tête simplement rejetée en arrière et les pieds marchant en avant, comme dans une figure de tango, elle lança à Charley : « Vous tenez vraiment à ce que je chante devant ces crétins ? » (elle utilisa un autre terme plus fort) et entra en scène sans attendre de réponse.

Le public, quand elle entra, était arrivé à un stade d'exaspération inquiétant. Il murmurait même. Olga Lamouroux, l'air offusqué, avait fait applaudir déjà ironiquement quelques têtes impatientes en leur donnant l'exemple, un exemple que Simon, lui, avait refusé de suivre. Il le lui paierait plus tard, pensa-t-elle en bâillant ostensiblement et en regardant sa montre une énième fois. Mais elle reprit l'air attentif en voyant arriver « en estafette », pensa-t-elle, le sbire de la retardataire, Andréas, un Andréas plus pâle que tout à l'heure encore, livide même, et qui se laissa tomber sur une chaise près des Lethuillier ; plus près de Clarisse, plutôt. Olga vit celle-ci se tourner vers lui, se pencher l'air inquiet, lui dire un mot et lui prendre la main entre les siennes.

« Décidément, dit Olga vers Simon, je croyais que c'était Julien Peyrat qui avait le cœur de votre amie Clarisse…

— Mais c'est Julien Peyrat, dit Simon en suivant son regard. Ah ! dit-il, Andréas a simplement besoin d'être consolé, c'est tout… Je dois dire que je trouve Clarisse très réconfortante pour un homme.

— Pas pour tous, dit Olga avec un rire bref qui souleva une protestation craintive de Simon.

— Que voulez-vous dire par là ?

— Que son époux n'a pas l'air de chercher des consolations… Pas auprès d'elle en tout cas. »

Il y eut un silence que Simon rompit avec difficulté d'une voix presque inaudible :

« Je ne sais pas quel plaisir vous trouvez à être si odieuse, si épouvantable avec moi… Mais que me reprochez-vous, à part vos propres méchancetés ?

— Vous vous servez de moi, dit-elle d'une voix dure. Vous ne pensez qu'à votre plaisir et vous vous fichez de ma carrière, avouez-le.

— Mais… dit Simon (qui se laissait entraîner malgré lui dans une conversation dont la conclusion serait toujours à ses dépens, il le savait). Mais je vais vous confier le principal rôle de ma prochaine production, vous le savez…

— Parce que vous espérez me garder ainsi en me faisant aller d'un rôle à l'autre, en essayant égoïstement de remplacer ma vie privée par ma vie professionnelle. C'est tout.

— Bref, vous me reprochez de ne pas vous donner de rôle ou de vous en donner trop ? Tout cela est contradictoire.

— Oui, dit-elle avec un calme méprisant. Oui, tout cela est contradictoire, et ça m'est égal. Ça vous dérange, vous ? »

Il aurait dû se lever et partir, ne plus jamais la voir. Mais il resta cloué à sa chaise. Il regardait la main d'Olga, le poignet d'Olga, si fragile, si doux au toucher, si enfantin dans sa minceur. Et il ne pouvait pas, il ne pouvait plus s'en aller. Il était à la merci de cette starlette arriviste qui pouvait être si tendre quelquefois, et si naïve, qui avait tant besoin de sa protection, quoi qu'elle en dise.

« Vous avez raison, dit-il. Ça n'a pas d'importance, mais je voudrais…

— Chut… dit Olga, chut… La Doriacci arrive. Elle n'a pas l'air commode », ajouta-t-elle à mi-voix et en rentrant instinctivement la tête dans les épaules.

Et en effet la Doriacci était arrivée. Elle entra dans la lumière, le front bas, le visage marqué par les fards et la colère, les coins de la bouche baissés, la mâchoire brutale. Il y eut un silence de stupeur et d'inquiétude à la vue de cette furie, pendant lequel les spectateurs ne surent pas si c'était à eux qu'était logiquement réservée cette colère. Ils tremblèrent sur leurs chaises de rotin, et même Edma Bautet-Lebrêche qui ouvrait la bouche, la referma lentement. Clarisse serrait machinalement entre ses mains celle d'Andréas qui semblait ne plus respirer, et dont l'immobilité même lui semblait inquiétante. Il regardait la Doriacci de l'œil poli et rond qu'ont les lapins nocturnes une fois pris dans les phares.

Le plus frappé de cette apparition était encore Hans-Helmut Kreuze qui, assis à son piano, jusque-là, l'air offensé dans sa dignité de star de la musique d'avoir dû attendre qui que ce soit, s'était levé comme un martyr à l'arrivée de la Diva, croyant sentir sur lui le poids de l'admiration et de la compassion générales. Mais les regards de la foule étaient portés ailleurs, sur cette folle furieuse à demi nue, et Hans-Helmut tapota le bras de la Diva de sa partition pour lui rappeler ses devoirs, sans qu'elle le sentît apparemment. Elle avait attrapé un micro d'un geste circulaire et brutal, un geste de chanteuse de bastringue. Elle balaya la foule de ses yeux noirs éclatants et fixes avant de les arrêter sur lui définitivement.

« *Le Trouvère*, dit-elle d'une voix rauque et froide.

— Mais… chuchota Hans-Helmut, tapotant sa brochure contre son pupitre, ce sont les *Gurre-Lieder*, ce soir…

— Le IIIe acte, scène IV, précisa-t-elle sans l'entendre ni l'écouter. Allons-y. »

Il y avait une note si impérative dans sa brièveté que Kreuze, au lieu de protester, se rassit et attaqua les premières mesures de la scène IV. Une toux craintive derrière lui rappela l'existence de ses deux élèves quinquagénaires, et il se retourna d'un coup vers eux qui l'attendaient, leurs instruments à la main comme des fourchettes, ce qui l'exaspéra. Et il aboya : « *Le Trouvère*, acte III, scène IV ! » sans même les regarder. Ils enchaînèrent précipitamment. Les premières mesures à peine évanouies, la voix de la Doriacci s'éleva comme un cri, et Hans-Helmut, enchanté soudain, comprit qu'il allait entendre de la belle musique. Il oublia tout. Il oublia qu'il détestait cette femme. Il se précipita au contraire à son service, à son aide, à son soutien. Il se plia totalement à ses pulsions, ses caprices, ses directions. Il ne fut plus que le plus servile, le plus discret et le plus enthousiaste de ses admirateurs. Et la Doriacci le sentit aussitôt, l'appela de la voix, le fit passer devant elle, réclama le violoncelle, fit une fleur au violon, les devança à nouveau, s'attarda, joua avec eux en toute confiance. Elle oublia leurs chaussettes, leur calvitie et leur balourdise ; ils oublièrent ses caprices, sa fureur et ses dévergondages. Et pendant dix minutes, ces quatre personnes s'aimèrent et furent heureuses ensemble, comme elles ne l'avaient jamais été de leur vie avec qui que ce soit.

Clarisse sentait la main d'Andréas se tendre entre les siennes : elle accentuait son étreinte, elle aussi, quand la Diva chantait trop bien, les larmes ou l'envie de faire l'amour lui montaient ensemble à la gorge. Mais pour Andréas c'était comme s'il eût été atteint par chaque détail de cette beauté musicale, toute cette beauté qu'il allait perdre, c'était évident et c'était sûrement atroce puisqu'elle-même, Clarisse, avait envie de la Doriacci, envie de la toucher, de la tenir contre elle, envie de poser sa tête sur cette gorge gonflée, orgueilleuse, et l'oreille sur ce cœur et cette épaule, d'entendre naître, monter et éclater cette voix toute-puissante avec le même respect voluptueux que lui donnait le plaisir d'un homme.

Enfin, la Doriacci lança son avant-dernière note et la tint à bout de voix, fluide et forte, comme brandie au-dessus des passagers, comme une menace ou un cri sauvage. Interminablement. Si interminablement, qu'Edma Bautet-Lebrêche se leva de son siège inconsciemment, comme soulevée par l'extravagante perfection de ce cri ; tandis qu'Hans-Helmut se détournait de son piano, la regardait de tous ses lorgnons ; tandis que les deux nigauds restaient l'archet en l'air, le violon sous le menton, le violoncelle au bout du bras, apeurés et stupéfaits ; tandis que le bateau semblait immobilisé sur l'eau, sans moteur, et les passagers sans vie. La note plana ainsi non une demi-minute, mais une heure, une vie, que la Doriacci arrêta brutalement pour lancer d'une voix dure la dernière note, excédée d'avoir dû attendre si longtemps son tour. Le bateau repartit et les passagers éclatèrent en applaudissements frénétiques. Debout, ils hurlaient « Bravo ! Bravo ! Bravo ! », le visage plein d'une fierté imméritée et d'une reconnaissance excessive, jugea le capitaine Ellédocq qui, devant ce bruit, n'avait pu s'empêcher de jeter un coup d'œil sur la mer, et un coup d'œil inquiet : l'idée que d'un autre navire on puisse voir ses passagers hystériques réunis en troupeau autour d'un piano et hurlant en pleine nuit lui faisait honte d'avance. Dieu merci, il n'y avait pas la moindre barque dans les parages et Ellédocq s'épongea le front, applaudit à son tour cette femelle piaillante et d'ailleurs grossière puisqu'elle partit sans même saluer ses fanatiques, les pauvres masochistes qui pourtant l'avaient attendue une heure, et qui maintenant tapaient des mains à s'en faire péter les jointures. Enfin, ils payaient pour ça, reconnut Ellédocq avant de se demander ce que faisait sa casquette par terre, et ce qu'il faisait, lui-même, en train d'applaudir.

Clarisse avait les larmes aux yeux, remarqua Éric avec humeur quand la Doriacci fut partie. Il se sentait mieux, bien plus sûr de lui. Il ne comprenait plus cette panique grotesque avant le dîner, ni surtout sa peur de la réponse de Clarisse. Évidemment elle allait lui répondre ! et lui répondre rien ! Elle allait nier, se débattre et, en cela, lui dirait la vérité. Car il ne s'était rien passé, il s'en rendait compte à présent. Clarisse était incapable de faire quoi que ce soit en bien ou en mal : elle avait peur de son ombre, peur d'elle-même et du dédain pour son corps – pourtant beau, il fallait bien le dire. On pouvait dire aussi que l'idée de ce corps si dédaigné sous ce visage si défiguré, tout cela par complexe d'infériorité... Tout cela n'était pas dénué de comique. Comment Clarisse aurait-elle pu le tromper ? Cette pauvre Clarisse qui ne s'aimait même pas suffisamment pour supporter qu'on la voie remettre son rouge à lèvres ; cette Clarisse à qui, pour fortifier cette modestie, il faisait toujours l'amour dans le noir, Clarisse dont il s'écartait après, comme gêné (et comme d'ailleurs il s'écartait toujours des femmes, après ces pantomimes bouffonnes, mais nécessaires, où la moitié des êtres humains, pensait-il, s'ennuyaient affreusement sans jamais oser le dire, en tout cas les hommes). Et c'était bien compréhensible... Ces molles créatures qui flirtaient avec l'intelligence et passaient leur temps derrière des boucliers d'organes fragiles, de nerfs malades, de sentimentalité abjecte, de sensiblerie portée aux nues et de dévouement de pieuvres; ces molles créatures qui à présent prétendaient voter, conduire, voire conduire des États, qui prétendaient faire du sport (et ça, elles le payaient cher : elles devenaient imbaisables !). Ces choses molles et pépiantes, qu'elles soient comme dans ce milieu, alcooliques et névrosées, telle Clarisse, ou bien pérorantes et insupportables comme Edma, ou encore ogresses d'opéra comme la Doriacci, toutes ces femelles l'excédaient depuis toujours et cette malheureuse Olga finalement lui paraissait la moins pesante, puisqu'elle avait au moins le bon goût de l'humilité.

Olga était humble, mais Clarisse n'était pas humble : elle était fière, non pas de sa fortune, hélas ! elle était fière en fait de ce qu'elle lui cachait, de ce qu'il n'arrivait pas à mettre au jour et jeter bas en même temps; un sentiment, ou une faculté, ou une éthique, ou un fantasme, quelque chose en tout cas qu'elle avait tenu hors de sa portée et que, faute d'en savoir le nom et la nature, Éric ne pouvait pas exiger qu'elle détruise; cette certitude d'une résistance, sourde et déterminée, cachée quelque part dans le maquis personnel de Clarisse, avait d'abord amusé Éric comme une lutte à la fois ouverte et silencieuse, puis l'avait agacé – quand il s'était rendu compte de son incapacité à la dévoiler –, enfin, lui avait été indifférente quand il avait cru Clarisse suffisamment vaincue sur tant d'autres terrains. Il avait même cru cette résistance abandonnée quelque part, comme un vieil étendard, jusqu'à cette croisière où, non seulement Clarisse avait démontré l'existence de son drapeau, mais de temps en temps même l'avait un peu levé comme pour lui en rappeler la couleur.

C'était à partir de là qu'il comptait commencer mais il en fut empêché par une musique bruyante tout à coup sortie des haut-parleurs. Un vieux slow des années 45 tiré d'un film que tout le monde avait vu à l'époque, *As time goes by*.

« Mon Dieu, dit Edma, mon Dieu… vous vous souvenez ? »

Et elle chercha de l'œil quelqu'un qui aurait été à même de se souvenir avec elle. Mais elle n'était pas dans son cercle d'amis. Le seul compagnon de ces années-là était Armand, et si elle le questionnait sur cette date, elle lui rappellerait la fusion de ses usines avec Dieu sait quelle autre usine, un point c'est tout. Au demeurant, elle ne pouvait reprocher à Armand de ne pas se rappeler précisément le visage et le corps d'Harry Mendel, qui avait été son amant à l'époque ; et avec qui elle s'amusait à jouer les scènes de ce film en s'appropriant les mimiques et l'intonation des deux acteurs, leurs idoles. Son regard se posa, par un hasard un peu dirigé, sur Julien Peyrat, silencieux dans son coin et à qui Edma trouvait que l'amour ne réussissait pas. D'ailleurs, l'amour n'avait jamais profité aux hommes qu'elle connaissait, par une sorte de malchance.

« Ça ne vous rappelle rien, mon cher Julien, cette mélodie exquise et mélancolique ?… » chevrota-t-elle sur le dernier mot, plissant les yeux sur une douleur secrète et lointaine qui, dans l'état où il était, parvint à émouvoir Julien au lieu de le faire rire.

Edma s'en rendit compte et poussa son avantage. Qu'allaient-ils faire, tous les deux, lui, ce séduisant nigaud, et elle, cette charmante et riche pauvre femme ? Même elle, Edma, pour une fois n'en savait rien. Elle savait simplement qu'à la place de Clarisse, elle eût filé avec Julien Peyrat dès sa première invitation ! Mais les femmes de cette autre génération, la sienne, étaient des femmes encore femmes, Dieu merci… Elles ne se croyaient pas les égales des hommes, elles se croyaient beaucoup plus malignes. Et si elles avaient voté (les femmes de son âge et elle-même), elles l'auraient fait en faveur du plus séduisant candidat, au lieu de s'entortiller dans des discussions politiques qui finissaient toujours vulgairement par des ukases ou des vetos incompréhensibles au demeurant.

« Si, dit Julien, comment s'appelait déjà ce film superbe ? Bien sûr, ça me rappelle *Casablanca* !

— Vous avez pleuré, vous aussi, j'espère ?… Mais vous allez me dire que non, bien sûr… Les hommes ont honte d'avouer qu'ils sont sensibles, et sont même fiers de prouver qu'ils ne le sont pas. Quel manque d'instinct…

— De quoi voudriez-vous que nous nous vantions ? dit Julien d'une voix tendue qu'elle ne lui connaissait pas. De pouvoir souffrir ? Aimez-vous les hommes qui se plaignent ?

— J'aime les hommes qui plaisent, dit Edma, mon cher Julien ! et vous plaisez suffisamment, je trouve, pour ne pas faire cette tête-là. Savez-vous pourquoi j'ai fait passer ce disque ? Vous qui êtes sensible, vous savez pourquoi ?

— Non, dit Julien, souriant malgré lui à ce perpétuel jet de charme et de compliments que lui envoyait Edma.

— Eh bien, je l'ai acheté pour pouvoir être dans vos bras sans que vous vous affoliez… N'est-ce pas délicieux ? N'est-ce pas une déchirante humilité ?… »

Elle riait en disant cela et en le fixant de ses yeux brillants, de ses yeux d'oiseau. Et toute la peau de son visage reflétait la jeunesse du désir et du flirt, malgré ses rides.

« Je ne vous crois pas, dit Julien en la prenant dans ses bras. Mais vous danserez quand même avec moi. »

Avec un hennissement triomphant et tapant du talon sur le plancher, Edma se précipita à droite, pendant que Julien esquissait, lui aussi, un pas à droite, et tous deux s'excusant, ils volèrent l'un vers l'autre, vers la gauche dans un double repentir qui les projeta à nouveau, front contre front. Ils s'arrêtèrent, se regardèrent, riant aux éclats et se tenant la tête.

« Maintenant c'est moi qui commande », dit Julien d'une voix douce.

Et Edma, docile, les yeux fermés, le suivit dans des évolutions au demeurant prudentes.

Le regard d'Éric eût freiné chez qui que ce fût ces plaisirs grotesques, mais il fut enlevé par Olga qui le tira vers la piste. Il lui opposait des refus à peine polis auxquels elle mit fin par un bref et bas : « Pas de slow, pas de tableau. » Pendant ce temps, Clarisse lançait ce qu'elle pensait être le plus près d'une œillade à Simon Béjard, mais il lui envoya en réponse un petit sourire d'excuse, un petit sourire confus et malheureux qui fit de la peine à Clarisse un instant. Charley l'entraîna dans les flonflons.

« Ce n'est pas que vous dansiez mal », dit Edma en se dégageant (comme beaucoup d'hommes qui ne savent pas danser, Julien Peyrat l'avait serrée étroitement sur son cœur et sur son épaule, lui cachant ainsi la vue de la piste, comme si cet aveuglement provisoire pouvait lui laisser croire à ses talents de danseur; comme si en ne voyant pas où elle mettait les pieds, Edma ne sentait pas qu'ils n'étaient pas à leur place). « Vous ne dansez pas ! Vous vous promenez avec une femme ! Une femme qui, au lieu d'être à votre bras pour marcher, est en face. C'est une promenade freinée que nous faisons actuellement, non ? Je vous rends votre liberté.

— Ma liberté, eh bien… euh… justement, c'est Clarisse, maintenant, voyez-vous ? Si elle n'est pas là, je me sens comme garrotté… par son absence.

— À ce point ? »

Edma oscillait entre la vanité de ce que Julien lui dise ses sentiments, et un léger dépit de n'être pas celle dont il parlait avec tant de mélancolie et de fièvre. Se dégageant des bras de Julien, elle attrapa Charley par l'épaule, l'arrêtant net dans ses évolutions.

« Mon cher Charley, dit-elle, vous qui êtes un fin danseur, délivrez-moi de ce grand flandrin et de ses enfantillages ! Pardon, Clarisse, mais je finis par avoir les pieds en sang à force de les retirer de dessous ceux de votre soupirant… »

Et elle se fondit contre Charley, laissant Clarisse et Julien face à face. Elle ne voulut pas se retourner – surtout pas – pour les voir lentement se rejoindre et lentement commencer à danser, non sans une nette raideur, cette indifférence excessive si révélatrice des amants heureux en amour. Julien et Clarisse tournaient lentement et précautionneusement, comme si chacun d'eux eût étreint un partenaire de porcelaine, mais les yeux dans les yeux. Olga ne put s'empêcher de le faire remarquer à Éric, tout en s'alanguissant contre lui avec une sensualité prometteuse :

« Ne soyez pas si distrait, mon chéri. Prenez l'air un peu plus concentré quand vous me serrez dans vos bras… Regardez Julien Peyrat comme il semble prendre à cœur ce qu'il fait avec votre épouse. Il est bien heureux que vous ne soyez pas jaloux…

— Avez-vous parlé de mon tableau ? dit Éric après un instant de silence où il évita de voir le spectacle annoncé.

— Je n'ai pas encore parlé à Julien. Mais je pensais le faire demain matin, à la piscine ; nous serons seuls et je rougirai moins ! Lui raconter que je veux, moi, offrir ce tableau à Simon !… Je vous assure que ce sera dur à passer.

— Vous êtes comédienne, non ? que je sache !

— Oui, mais je ne suis pas sûre que Julien, lui, le sache », dit-elle avec une vague humeur, remarqua Éric inconsciemment.

Mais il se tut et la serra au contraire plus fort contre lui car en tournant, il avait aperçu le profil de Julien et celui de Clarisse.

Elle dansait contre Julien et avait l'impression de s'appuyer contre un fil à haute tension. Le même court-circuit allait les foudroyer bientôt, tout pouvait lui arriver à nouveau d'heureux, de malheureux, de différent. La vie était tout, sauf monotone, et ce temps qui restait à vivre – et qu'elle jugeait interminable une semaine plus tôt – lui paraissait odieusement court maintenant qu'elle devait le partager avec un homme qui la désirait. Il fallait qu'elle montre à Julien tous les paysages, tous les tableaux, qu'elle lui fasse écouter toutes les musiques, qu'elle lui raconte toutes les histoires emmagasinées chez elle dans les greniers et caves de sa mémoire, de son enfance, de sa culture, de sa vie amoureuse, de sa vie solitaire. Et il lui semblait qu'elle n'aurait jamais le temps de tout raconter de cette vie pourtant plate, qu'elle avait jugée désespérément plate jusque-là et qui, grâce à l'œil de Julien, son désir de la comprendre, de la prendre et de s'en souvenir, était devenue une vie, une vie débordante d'anecdotes, de drôleries et de tristesses par le seul fait qu'elle avait envie de les raconter à un autre. Cet homme qui frémissait contre elle d'un plaisir anticipé, dont il avait un peu honte, cet homme lui avait non seulement rendu le présent, non seulement promis le futur, mais il lui rendait un passé éclatant, vivant, et dont elle n'avait plus à avoir honte. Elle se serra contre lui impulsivement, et il gémit un peu contre son oreille, marmonna « Non, je t'en prie » avant de reculer d'un pas, et elle rit à haute voix de son air penaud.

Le temps passait. Edma en était arrivée au paso doble avec Charley. Le capitaine Ellédocq semblait hésiter lui-même à faire quelques pas de plantigrade sur la piste, encouragé qu'il était par les supplications d'Edma. Les couples s'étaient faits et défaits sans que jamais l'un d'eux fût ordonné, comme à l'arrivée sur ce bateau, lorsque la voix d'Olga, qui avait disparu depuis dix minutes, retentit soudain comme la musique s'arrêtait.

« Je voudrais savoir, dit-elle, d'une voix claironnante, qui est allé fouiller dans mon armoire ! Dans mes affaires ! »

Il y eut un silence atterré, des « Comment ? Pourquoi dites-vous ça ? C'est insensé ! » qui fusaient de tous les coins, tandis que les danseurs se regardaient avec des yeux méfiants.

« Tout le monde a disparu un instant ou un autre, ma chère Olga, dit Edma prenant les événements une fois de plus sous sa houlette, sauf moi. Quand je danse, je danse jusqu'au jour. Que voulez-vous dire ? Vous a-t-on pris quelque chose ? De l'argent ? des bijoux ? Ça me paraît bien improbable… N'est-ce pas, capitaine? Voyons, Olga! Que vous a-t-on pris, ma chère Olga? On ne fait pas un esclandre pour un paquet de cigarettes…

— On ne m'a rien pris, dit Olga blanche d'une colère qui la rendait laide, remarqua une fois de plus Edma. Mais on a voulu me prendre quelque chose. On s'est livré à une enquête dans mes affaires. Et je trouve cela insupportable… Je ne supporterai pas cette infamie… »

Sa voix montait, allait au glapissement. Et Edma agacée la fit asseoir d'une poussée sur un fauteuil avant de lui tendre un cognac comme à une rescapée.

« Mais que cherchait-on? dit-elle avec un brin d'humeur. Avez-vous la plus petite idée de ce qu'on pouvait chercher chez vous?

— Oui, dit Olga les yeux baissés… Et qui était ce quelqu'un aussi… » ajouta-t-elle en relevant la tête, et en regardant Simon.

Il avait son visage boudeur et grognon. Il haussait les épaules en détournant les yeux.

« Mais, hésitait Edma, n'est-ce pas là une affaire privée?… Si vous pensez que c'est Simon, vous pourriez peut-être nous éviter ces scènes de ménage, ma petite Olga… Simon aurait-il repris son contrat? L'avez-vous retrouvé en miettes au fond du lavabo? Ne seriez-vous plus l'héroïne de son prochain film?

— Ce quelqu'un cherchait des preuves sordides pour m'accabler », dit Olga d'une voix de tête qui, à la surprise générale, provoqua le rire d'Armand Bautet-Lebrêche.

Cela commença par un petit cri qui fit sursauter l'assemblée, puis se poursuivit par des petits hennissements semblables, en minuscules, à ceux de sa femme, attendrissants dans leur modestie. Olga continua sans paraître entendre cette diversion inopportune :

« Ce quelqu'un, naturellement, est trop lâche pour se dénoncer, mais j'aimerais bien qu'il le fasse en public. Il faudrait bien que chacun sache ce que c'est que la distinction et l'élégance de cette personne. Cela me ferait plaisir, sincèrement…

— Mais la preuve de quoi ? » cria Edma Bautet-Lebrêche excédée tout à coup par le vague de cette accusation tout autant que par le fou rire imbécile de son époux, qui semblait gagner Charley, en plus.

« Des preuves de mon infidélité ! cria Olga. Voilà ce qu'on cherchait, et qu'on n'a pas trouvé d'ailleurs. J'ai dû arriver avant, trop tôt pour que l'on puisse ranger tout ça… Et je trouve ça répugnant… répugnant ! » répéta-t-elle en criant à nouveau – ce qui fit monter d'une octave les spasmes de l'Empereur du Sucre.

Clarisse, appuyée à la table derrière laquelle trônait Olga comme une statue de la Justice, regardait Simon depuis le début de leur altercation, et brusquement elle le trouvait maigri, vieilli, égaré et trop sautillant. Elle le trouvait à vif, et qu'il lui ressemblait à elle, Clarisse, montant sur ce bateau huit jours plus tôt ; elle, Clarisse, qui allait en redescendre triomphalement comme lui, Simon, y était monté, aimant quelqu'un et se croyant aimé par quelqu'un. Il semblait à Clarisse qu'elle avait volé à Simon cette assurance bienheureuse, qu'elle lui devait remboursement de cette perte affreuse. Elle voyait jusqu'où Olga allait aller pour l'humilier, mais elle ne voyait pas les raisons de cet affront ou de cette cruauté. Et quelque chose en elle, qu'elle avait toujours eu depuis l'enfance pour les chiens boiteux, les vieilles dames sur les bancs, les enfants tristes et les humiliés en général, la poussa en avant, et elle s'entendit prononcer, presque à sa propre surprise, la seule phrase qui puisse écarter cette punition de la tête de Simon.

« C'est moi, dit-elle d'une petite voix basse qui fit l'effet d'une bombe.

— Vous ?… » dit Olga.

Et elle se leva, les cheveux hérissés, « l'air d'une méduse », songea Clarisse avec un mouvement de retrait comme si Olga allait la frapper.

« Oui, moi, dit-elle très vite. J'étais jalouse, je cherchais une lettre d'Éric. »

Dans le brouhaha qui suivit, un brouhaha incrédule et diversement agité, Clarisse traversa les témoins du scandale, pressa au passage la main de Julien qui lui souriait de tout le visage, et cingla vers sa cabine. Là, elle se laissa tomber sur sa couchette et ferma les yeux sur un curieux sentiment de triomphe. Elle essaya deux ou trois fois d'imiter le rire saugrenu d'Armand Bautet-Lebrêche, et après deux ou trois essais disgracieux, à ses propres oreilles, elle s'endormit comme une pierre jusqu'à l'arrivée d'Éric.

Le départ de Clarisse fut suivi d'un brouhaha de salle d'audience. On entendait fuser des bouts de phrases bien incongrues après ce Verdi et ce Chostakovitch.

« Que serait-elle venue faire dans ma chambre ?… » disait Olga avec la fureur douloureuse que l'on éprouve à se voir débouter d'une cause juste, devant des êtres chers, par une ruse guerrière.

La voix d'Edma répondait à sa voix tremblante, une voix mondaine, un peu sèche, un peu ironique, qui sembla tout à coup à Julien le comble de l'aménité et de l'élégance de cœur.

« Je ne veux pas qu'on se foute de moi ! cria la voix d'Olga. Que voulez-vous que Clarisse vienne faire dans ma chambre ? Elle n'aime pas Éric. Elle ne l'aime plus, et c'est Julien Peyrat, ici même, qu'elle veut avoir, et pas ce beau salaud de M. Lethuillier… Et je la comprends, et je souhaite bien du bonheur à M. Peyrat, et je…

— Olga ! »

La voix d'Edma n'avait plus rien de nonchalant. C'était une voix de femme d'ordre, la voix d'une femme qui avait commandé avec égoïsme et fermeté des années durant les différents assemblages de ses domestiques sans que jamais l'un d'eux puisse l'envoyer au diable aisément. C'était le ton d'une femme qui dans sa journée utilisait dix fois plus souvent les verbes au mode impératif qu'à tout autre, et ordonnait à sa femme de chambre, à son cuisinier, au maître d'hôtel, au chauffeur, au taxi éventuel, au vendeur, au mannequin, au salon de thé, dans les magasins, et rentrait chez elle et continuait avec les obéissances du matin. Le mode interrogatif et le présent indicatif étaient fort rares dans ce milieu doré. Le point d'exclamation suffisait à bien des questions. Il n'y avait plus que des futurs ou des imparfaits un peu partout, que l'on parlât de voyages ou d'amants. Et le présent, semblait-il, n'était plus recommandé que pour aborder le sujet maladies et troubles fonctionnels. Donc sa voix frappa juste une note en majeur qui suspendit les borborygmes d'Olga dans ce petit silence qu'Edma ne laissa pas passer.

« Que voulez-vous donc, ma petite Olga, s'il vous plaît ? Que nous reprochions tous à Simon une indiscrétion qu'il n'a pas commise ? Que nous accusions de parjure Clarisse Lethuillier ? Ce genre d'aveu ne doit être plaisant à faire pour personne, vous l'imaginez bien. Alors, que voulez-vous dire ? Que Simon est menteur et Clarisse masochiste ? Vous devriez aller vous coucher.

— C'est ridicule, tout cela. Ridicule et de mauvais goût ! »

L'exclamation d'Éric n'avait pas été entendue. Après tout, il semblait que la vie ou la présence du responsable initial de toute cette comédie fût peu souhaitée. Éric le sentait bien. Que cet événement ait été déclenché par lui, pour lui, que ce soit pour le garder, lui, Éric, ou pour s'en garder, il était l'objet d'un conflit, et il s'en sentait le dernier pion. Il jeta un coup d'œil furieux vers Simon qui, pâle au lieu de rouge, semblait cloué à son fauteuil, les mains pendantes, tandis que Julien lui servait à boire comme à un blessé récent.

« Ce n'est pas Clarisse », dit Simon en rendant son verre à Julien comme à un barman, pensa Éric, ou plutôt comme à un entraîneur, pensa Julien.

Il avait une immense pitié pour Simon Béjard, parti joyeux pour sa première croisière d'homme riche, tout heureux de son succès à Cannes, de sa charmante maîtresse, de son avenir, Simon Béjard qui allait descendre dimanche à Cannes blessé, délesté de quelques millions et sans plus aucune confiance dans le cœur des jeunes filles. Simon qui tentait malgré son chagrin de le rassurer, lui, Julien, sur la jalousie de Clarisse. Julien eut un coup d'affection vers Simon, qu'il ne se rappelait pas avoir eu pour un homme depuis la classe de troisième. Julien en effet avait des copains partout, mais point d'amis, soit que ses copains soient récoltés dans les milieux de truands dont la gloriole, la couardise l'exaspéraient, soit chez des types convenables auxquels il n'aurait pu expliquer le fin mot de ses revenus. Simon Béjard ferait un bon ami. D'ailleurs, Clarisse l'aimait toujours.

« Je sais bien qu'elle n'y a pas été, je ne l'ai pas quittée des yeux, dit-il en souriant à Simon.

— Mais pourquoi croyez-vous qu'elle ait fait ça ? »

Simon avait l'air éperdu, soudain.

« Pourquoi ? Vous voulez dire pour qui ? Pour vous, je crois. Vous alliez en pleine catastrophe.

— Elle s'est couverte de ridicule pour moi ?… Vous vous rendez compte ? dit Simon d'une voix tremblante. Ça, c'est une femme. Elle m'en apprend !

— Tiens, et quoi donc ? » dit Julien en lui tendant son deuxième verre, toujours comme un médicament que Simon prit et but d'un trait comme s'il était imbuvable.

« Je veux dire qu'elle m'a appris que le ridicule, ça ne faisait rien. »

Et il releva vers Julien des yeux embués qui l'effrayèrent. Il ne supportait pas, déjà, de voir pleurer les femmes. Il les prenait chaque fois contre sa veste pour ne pas les voir. Il avait d'ailleurs envie de les attirer contre lui et de les consoler de la main et de la voix, comme les chevaux. Mais un homme en larmes lui faisait exactement l'effet contraire, le rendait plein de honte à sa place, le faisait fuir. Aussi fut-il stupéfait, en se retournant, dans ce silence qui servait de réponse à Simon, apparemment, de retrouver dans son rocking-chair, Simon Béjard, l'air à nouveau bronzé et souriant, et sans effort visible. Simon avait l'œil du même bleu qu'au départ.

« Je ne sais pas quoi ajouter, mon vieux, parce que je n'arrive pas à le croire, mais c'est fini, je suis débarrassé de cette Olga, dit-il en donnant une tape affectueuse sur le bras de Julien.

— C'est fini vraiment ?

— Oui. »

Les deux hommes se regardèrent en riant, le sourire de Simon provoquant celui de Julien.

« Sans blague ?… dit Julien, sans blague ? Ça t'a passé d'un coup ?

— J'en ai l'impression, du moins. C'est comme une épine en moins, quoi… Ça t'est déjà arrivé ? » demanda-t-il aimablement à Julien avec un soulagement dans la voix peut-être prémédité, mais c'était trop bon à prendre.

Il lui semblait qu'Olga était allée trop loin, beaucoup trop loin, et qu'elle aurait peut-être gagné cette manche sans la vitesse de Clarisse; « cette Clarisse qui, en essayant de sauver mon honneur, m'a rappelé que j'en avais un, dit-il. Tu comprends, mon vieux ?… Je ne vais quand même pas me faire massacrer pour une starlette, bon Dieu !

— Bon Dieu, tu as raison ! dit Julien. Tu es sûr que ce n'est pas l'orgueil qui vous détache de tout amour à cette vitesse ?

— Tu verras demain. »

Clarisse était appuyée à son oreiller, dans une chemise de nuit vert d'eau qui lui allait fort bien, et elle lisait à la lumière d'une veilleuse. Elle relisait plutôt *Les Frères Karamazov*, et ses yeux brillaient d'une sorte de ferveur russe qu'elle n'avait pas à jouer : le sang des Baron étant à demi russe par les femmes. Éric ferma la porte, mit le verrou et s'adossa à cette porte avec un sourire énigmatique – ou qu'il voulait tel – et qui parut simplement copié d'un mauvais film américain à sa femme. Depuis Julien, il y avait une femme nouvelle chez Clarisse, une femme à l'esprit excessivement critique quand il s'agissait d'Éric, et excessivement indulgente quand il s'agissait de Julien ou même des autres passagers. Elle n'arrêtait pas de voir l'affectation, l'arrière-pensée chez Éric. Elle s'en voulait un peu de cette sévérité qu'elle jugeait douteuse puisqu'elle datait du même jour que son sentiment pour Julien dont l'élan et la subsistance avaient a priori besoin de cette sévérité.

« Alors ?… dit-il, les mains dans les poches, élégant et blond.

— Alors quoi ? » demanda-t-elle en déposant son livre ouvert devant elle, comme pour bien marquer qu'elle était occupée.

Éric tiqua une fois de plus. Il détestait qu'on lise devant lui. Il résista un instant à l'envie furieuse de lui arracher le livre des mains et de le jeter par le hublot pour lui apprendre à vivre. Il se maîtrisa de justesse.

« Alors, vous êtes contente de votre petite sortie ? Ça vous amuse d'égarer la pauvre Olga dans ses soupçons ? Le ridicule de cette fouille ne vous apparaît pas suffisamment ?... Il faut que vous me mêliez à vos scènes grotesques. J'aimerais que vous soyez un peu claire, là-dessus, ma chère Clarisse.

— Je ne vous comprends pas, dit-elle (et cette fois-ci en fermant son livre et en le mettant sur sa couchette à portée de la main, "prêt à être ouvert dès que cet importun la laisserait tranquille", sembla-t-il cette fois encore à Éric). Je ne vous comprends pas. Tout cela est très flatteur pour vous, non ? Que j'aille chercher des traces de mon malheur jusque dans les tiroirs d'une rivale me paraît autant de lauriers pour votre tête...

— Il y a des succès vulgaires qui ne vous font aucun plaisir », dit Éric.

Et une expression de dégoût, de sévérité passa sur son beau visage, l'enlaidit. Et elle se rappela tout à coup le nombre de fois où cette expression dégoûtée l'avait humiliée jusqu'au cœur, sans qu'elle y résiste puisqu'il n'était pas question de mettre en doute l'intelligence, la sensibilité et l'absolu d'Éric Lethuillier. « Calme-toi... Calme-toi », se dit-elle à elle-même. Et elle réalisa tout à coup que c'était la première fois depuis des années qu'elle se parlait à mi-voix comme à quelqu'un de désirable et désiré, quelqu'un à qui on pouvait faire confiance.

« De toute façon, c'est bien secondaire ; quand même, pourquoi avez-vous fait ça ?

— Mais pour lui, dit Clarisse en secouant la tête comme devant l'absurdité de cette question. Pour

Simon Béjard… Cette petite garce allait le mettre en pièces… »

Le terme de « garce » dans la bouche de Clarisse dérouta un peu plus Éric. Depuis des années, les adjectifs péjoratifs, par un accord tacite, étaient réservés à son usage personnel.

« Vous vous intéressez toujours autant aux affaires d'autrui ? » dit-il avec mauvaise foi (et se rendant compte de son erreur, il se mordit les lèvres, mais trop tard).

« Quand autrui est mon mari, oui. En façade. Vous savez bien que je ne m'intéresse pas aux histoires des autres… Je m'intéresse à peine à la mienne, dit-elle mélancoliquement en baissant ses longues paupières sur ses yeux bleus.

— Êtes-vous arrivée au moins… »

Il hésita un instant. Il avait l'impression de faire une sottise. Toujours ce même sentiment d'effroi et de risque dont il n'arrivait pas d'ailleurs à imaginer les résultats éventuels. Et c'est l'orgueil, et l'orgueil seul vis-à-vis de lui-même qui le fit finir sa phrase.

« Êtes-vous arrivée au moins à vous intéresser à celle de Julien, ma chère Clarisse ? Vous me devez une réponse toujours… Et ne me demandez pas à quelle question, ce serait désobligeant. »

Il la regardait sévèrement, et elle leva les yeux et les rabaissa aussitôt après avoir croisé son regard.

« Cela vous intéresse-t-il vraiment ? demanda-t-elle d'une voix hésitante.

— Eh oui, ça m'intéresse. Il n'y a même que ça qui m'intéresse », dit-il en souriant presque.

Et avec ce sourire, sans se l'avouer, Éric voulait maintenir Clarisse dans cette atmosphère bon enfant pour qu'elle se sente responsable de tout changement dans cette nouvelle entente. Ce sourire voulait dire chez Éric, et toujours sans qu'il en prît conscience : « Voyez-vous, je souris... Je suis accommodant. Pourquoi ne pas continuer sans se créer des difficultés ? » etc. C'était en effet un sourire accommodant, un sourire de paix, mais ce sourire était si inconnu de Clarisse qu'elle l'attribua à son origine habituelle : le mépris, la condescendance, l'incrédulité. Et dans un mouvement de colère, elle se redressa sur l'oreiller, jeta un coup d'œil sévère à Éric, un coup d'œil d'alarme, comme pour le prévenir de se mettre en garde, et elle articula d'une voix froide :

« Vous m'avez demandé si j'étais la maîtresse de Julien Peyrat, c'est ça ? Eh bien oui, je le suis depuis quelques jours. »

Et ce n'est qu'après cette phrase qu'elle entendit son cœur battre à coups redoublés et violents ; comme si lui-même craignait un réflexe d'Éric à cette phrase ; comme si son cœur l'avertissait, mais trop tard. Elle vit Éric blanchir à la porte, elle vit la haine dans ses yeux, la haine et aussi un sentiment de soulagement qu'elle connaissait bien, et qui était celui qu'il éprouvait à la prendre en faute chaque fois, à l'humilier de ses reproches. Puis la couleur revint aux joues d'Éric. Il fit trois pas vers elle et l'attrapa par les poignets. Il avait un genou sur le lit, il lui serrait les mains jusqu'à lui faire mal, et il parlait à dix centimètres de son visage d'une voix hachée, essoufflée, qu'elle comprenait à peine tant elle avait peur de lui. Et en même temps elle regardait un point noir, généralement invisible sur le visage d'Éric, un point noir que seul expliquait l'absence de miroir grossissant sur ce bateau. « Je dois avoir de l'alcool à 90, pensa-t-elle absurdement. Ce n'est vraiment pas joli, là, sous le nez... Il faut qu'il fasse quelque chose... Que disait-il ? »

« Vous mentez ! Vous ne savez faire que ça, mentir ! Vous voulez m'énerver, me gâcher cette croisière ? Vous êtes d'un égoïsme forcené… Tout le monde le sait… Vous vous conduisez comme une sauvage avec vos amis et vos proches, sous prétexte de distraction, vous ne prêtez attention à personne, ma chère Clarisse. C'est là, votre faiblesse : vous n'aimez pas les gens ! Vous n'aimez pas votre propre mère : vous n'allez jamais la voir… même votre mère ! disait-il avec rage quand elle le coupa.

— De toute façon, dit-elle calmement, ça n'a pas d'importance…

— Alors ?… dit-il, ça n'a pas d'importance tout ça ? Vos ébats supposés avec ce faussaire, ce mac minable… Ça n'a pas d'importance, tout ça, hein ? »

Mais sa colère était bizarrement tombée, et quand elle répondit : « Si, peut-être », d'une voix plate, il entra dans la salle de bains comme s'il n'avait pas attendu la réponse et comme si, effectivement, elle n'avait plus d'importance.

Olga s'était couchée bien avant Simon, ce soir-là resté au bar pour s'enivrer sans y parvenir et qui, lorsqu'il rentra dans la cabine, se vit lancer le nouveau regard mis au point par sa douce maîtresse. C'était un regard étranger et poli, quand il arrivait après elle, et un regard indigné, voire choqué, quand au contraire, arrivant après lui, elle le trouvait couché dans la cabine. Ces deux regards étant supposés aider Simon Béjard à prendre conscience de son insignifiance et de l'oubli de sa personne qu'elle entraînait immanquablement. Quel était donc cet air de chien battu qu'il avait adopté ces derniers temps, son cher producteur ? Sans que personne sache pourquoi ? Olga imaginait si peu que quelqu'un puisse avoir des sentiments, en dehors d'elle, qu'elle faisait souffrir Simon moins délibérément que naturellement. Malheureusement, sa nature était sans merci. Elle regardait cet homme que le destin lui avait donné comme producteur d'abord, et comme amant ensuite, qui voulait en plus de tout être aimé d'elle, et qu'elle le lui prouve. « Elle lui prouvait bien tout ce qu'il voulait, non ? » pensa-t-elle, « en se livrant tous les soirs à ses exigences ». Et même quand elle reculait, quasiment par honnêteté, il devait bien savoir que ça rase les femmes, tout ça, à force. Ou alors il eût fallu qu'il ait un autre physique. Bien sûr, le tempérament de Simon Béjard était déjà connu dans les milieux du cinéma, mais c'était toujours comme ça. Les hommes comme Simon étaient obsédés sexuels, et ceux comme Éric, ou Andréas d'ailleurs, étaient demi-frigides. À moins que, devenus comédiens et cédant au narcissisme de ce métier, leur goût pour les femmes ne devienne exceptionnel.

En attendant, elle jeta donc à Simon le coup d'œil étranger qu'on réserve à un inconnu, et n'eut pas de mal à le maintenir car les agissements de Simon l'étonnaient pour de bon. Il s'était assis sur sa couchette à lui, et il avait les deux mains occupées, l'une à enlever sa chaussure, l'autre à allumer une cigarette. Et quand elle lui parla, elle eut l'impression de le déranger pour la première fois depuis le début de la croisière.

« Où étiez-vous passé, après la crise d'hystérie d'Edma ? » demanda-t-elle.

Il fronça les sourcils sans répondre, signe qu'elle le dérangeait. En fait oui, c'était la première fois depuis longtemps que Simon n'avait pas l'air absolument disponible aux caprices d'Olga. La première fois que ses deux mains étaient occupées, en même temps que ses yeux et ses pensées, à autre chose qu'à sa contemplation anxieuse et suppliante. Et Olga le sentit aussitôt grâce au radar perpétuellement en marche et ultra-perfectionné qui lui rendait compte de toutes les humeurs ambiantes, et qui lui indiquait les feux de croisement sans malheureusement lui indiquer s'ils étaient verts ou rouges. Là, par exemple, elle les crut verts et elle fonça vers une collision que ce radar, s'il avait été intelligent, lui aurait évitée. Mais il n'était qu'instinctif, même pas sensible. Et le feu s'allumait, s'éteignait, sans rien lui signaler.

« Vous ne me répondez pas ? »

Simon la regarda, et elle s'étonna du bleu de ses yeux. Il y avait longtemps qu'elle n'avait pas remarqué à quel point ses yeux étaient bleus. Il y avait longtemps aussi qu'elle n'avait pas remarqué que Simon avait un regard.

« Quelle histoire ! dit-il en soupirant. Je n'ai pas vu d'hystérie chez Edma Bautet-Lebrêche.

— Ah ! bon ? Vous n'avez pas entendu ses cris peut-être ?

— J'ai surtout entendu les vôtres, dit Simon Béjard de la même voix lasse.

— Moi ? J'ai crié ?... dit Olga. Moi ? »

Et elle hochait la tête avec le visage de l'innocence abasourdie – allégorie qui était peu faite pour elle, ce que lui indiquait le regard de Simon. Et pour la première fois aussi depuis quelques jours, elle se troubla. Pas plus que de sa couleur, elle ne se souvenait de l'acuité du regard de Simon.

« Que voulez-vous dire ? Que j'ai menti peut-être ?

— Non, dit Simon de cette même voix lente qui agaçait Olga, et commençait à lui faire peur. Non, vous n'avez pas menti, vous avez dit la vérité, mais devant vingt personnes.

— Et alors ?

— Et alors, ça fait vingt personnes de trop », dit-il en se levant et en ôtant sa veste lentement, fatigué, vieux, las, mais aussi las d'elle, Olga Lamouroux, starlette de deuxième classe qui n'aurait rien à faire à la rentrée si Simon Béjard changeait d'avis.

Olga Lamouroux qui appela Simon « mon chéri » d'une voix tendre et puérile, et qui se mit à bouder, trop tard, dans le noir, en attendant en vain qu'il la consolât de sa propre méchanceté. Au premier changement de couchette qu'elle entreprit, Simon Béjard se leva, remit son chandail et son pantalon d'un air vague, et ressortit.

Dans le bar désert, il vit dans la glace, derrière son verre, un homme roux et un peu empâté, mais dont on n'avait pas envie de plaisanter. Dont on ne remarquait en fait ni la chevelure ni l'embonpoint, tant son regard était froid. « Enfin, se dit-il, c'en était fini de la grande musique et des grands sentiments pour Simon Béjard. » Et il se dit cela avec amertume en détournant la tête de son reflet, de ce qu'il allait devenir.

Tout en marmonnant des mots grognons, Armand avait enjambé la baignoire – gigantesque et ridicule pour un bateau, trouvait-il – et cramponné de la main droite à la poignée de sécurité, il y avait progressivement immergé son corps fluet et blanc, corps dépourvu à un tel point de muscles, qu'il en prenait, nu, des airs d'odalisque. Calé au fond de la baignoire, Armand avait vivement remué ses doigts de pied, faisant des éclaboussures et poussant des cris joyeux, et était même parvenu ma foi à faire claquer ses doigts de pied comme ceux de ses mains – exploit auquel il s'appliquait depuis des années et jusqu'à ce jour sans y avoir même « pensé » une seule fois. « Edma le traiterait d'enfant débile si elle le surprenait. » Aussi remonta-t-il les genoux jusqu'au menton d'un geste brusque, et il commençait à se savonner vigoureusement (comme font les garçons au collège devant les pions) lorsqu'il entendit la porte de la cabine s'ouvrir brusquement. Un parfum de femme – qu'il ne reconnut pas tout de suite – se glissa jusqu'à la baignoire, luxueux et musqué comme un renard, un renard bleu, bien entendu. « Mais, et le verrou ?... » pensait-il distraitement avec désolation, résigné à se lever, à s'arracher à cette douceur de l'eau tiède et au spectacle donné par ses pieds, là-bas, quand il réalisa que la réponse avait précédé sa question. Il n'entendait pas le moindre dialogue à côté. Edma était seule, indubitablement, et elle sifflait en plus, elle sifflait même une chanson gaillarde, sembla-t-il à Armand qui n'avait dû en entendre que trois dans sa vie : comme militaire, comme cousin d'un jeune interne des hôpitaux, et comme collégien, encore plus tôt. Elle ne l'appelait pas, et pourtant son complet était accroché à son cintre près du hublot, et elle ne pouvait pas ne pas l'avoir vu. Il commençait à avoir froid en attendant, dans cette eau tiède, et il étreignait ses genoux entre ses deux bras, ramassé au fond de la baignoire, le menton soutenant son crâne coincé entre ses genoux.

« Edma ?... » béa-t-il lamentablement, sans qu'il sût pourquoi. Et comme elle ne répondait pas, il cria « Edma ! » d'une voix plus aiguë et, autant que faire se pouvait, plus autoritaire.

« Voilà... voilà... On arrive », dit une voix violente qui n'était pas celle d'Edma, comprit-il tout à coup, mais qui était celle de la Doriacci, comme elle le lui démontrait en s'encadrant dans la porte.

La Doriacci était en robe du soir froissée, les fards excessifs étalés de travers, les cheveux noirs dans l'œil, l'air excité et gai comme après une paillardise. Bref la Doriacci. Et lui, l'Empereur du Sucre, Armand Bautet-Lebrêche, était nu comme un ver, sans ses lunettes et sans sa dignité, sans une serviette éponge pour se draper en face d'elle. Ils se regardèrent une seconde en chiens de faïence, et Armand s'entendit supplier : « Sortez... Sortez, je vous prie... » d'une voix rauque et méconnaissable, et qui parut réveiller la Doriacci d'un coup. « Mon Dieu, dit-elle, mais que faites-vous là ?

— C'est ma chambre », commença Armand Bautet-Lebrêche, relevant le menton comme il le faisait dans ses conseils d'administration, mais la voix toujours trop haute.

— Mais oui, c'est votre chambre, bien sûr... Figurez-vous que j'avais rendez-vous avec Edma ici, dans le petit salon plus exactement. Et j'y étais en plus », ajouta-t-elle gaiement avant d'aller s'asseoir froidement sur le bord de la baignoire, au-dessus d'Armand qui rabattit ses deux mains sur sa virilité, au demeurant peu frappante.

— Mais vous devez partir... Vous n'allez pas rester là... » dit-il.

Et il tourna vers la Doriacci un visage suppliant, plein d'une ferveur immense qui le fit ressembler à l'un des milliers de fans de la Diva, tels qu'elle les voyait au pied de l'escalier de service dans les opéras du monde entier, guettant un autographe et tendant vers elle, sa notoriété, son mythe, ses faux cils et son art ce même visage affamé et idolâtre. Et l'illusion était si parfaite que, prise d'un élan de bonté, la Doriacci se pencha sur la baignoire, attrapa Armand par son cou glissant de savon, et mit avec violence sa bouche fraîche sur la sienne avant de le repousser, comme si le malheureux se fût poussé lui-même d'un demi-millimètre. Et le laissant, déséquilibré, glisser au fond de la baignoire en cherchant sa poignée de sécurité, elle sortit triomphalement.

C'est avec un profond sentiment de soulagement, le sentiment d'avoir eu, de justesse, la vie sauve, qu'Armand Bautet-Lebrêche, pour une fois oublieux de ses sucres, s'allongea dans le grand lit double de sa cabine, et commença à installer sur sa table de nuit les dix objets indispensables à cette autre traversée qu'était le sommeil : il y disposa donc des comprimés pour dormir ; des comprimés pour se relaxer, certains pour faire fonctionner les reins, d'autres pour empêcher la nicotine d'aller jusqu'aux poumons, etc. Plus (mais eux, prévus pour le matin) les médicaments qui produisaient l'effet inverse : pour se réveiller, pour augmenter la tension, pour décupler sa vigilance, etc. Le tout rangé sur une table de nuit relativement exiguë, en carré, comme Napoléon rangeait ses grognards en Autriche. Cela lui prenait une petite demi-heure tous les soirs. Et c'était d'ailleurs, ici, toujours ça de gagné, cette mise en place maniaque, sur neuf jours d'ennui mortel ! Il faut ajouter qu'Armand Bautet-Lebrêche n'éprouvait aucune révolte, ni aucune accoutumance d'ailleurs, à l'ennui total où le jetait l'inactivité. Il s'ennuyait, pensait-il, parce qu'il était ennuyeux, peut-être, ou peut-être parce que les autres l'étaient. De toute façon, s'ennuyer n'était pas bien grave en soi ; c'était moins grave, en tout cas, qu'une chute d'actions imprévue ou un embargo sur les sucres. Toute sa vie d'ailleurs, Armand Bautet-Lebrêche s'était ennuyé à mourir : chez ses parents, chez ses copains, chez ses beaux-parents, et chez sa femme enfin ; mais là, il devait dire honnêtement que sa vie pendant quarante ans avait été beaucoup moins ennuyeuse, grâce à Edma. Edma avait toujours été, dans le genre épouse, « une emmerdeuse et pas une emmerdante », comme disait cet auteur dont il ne se rappelait plus le nom. « Mais que faisait-elle, celle-ci ? » Il constatait à chaque occasion, et non sans surprise, que sa femme, Edma, à laquelle il ne pensait jamais dans ses journées à Paris, occupait le centre de ses pensées dès lors qu'ils étaient en vacances. Elle s'occupait de tout, elle veillait à ce qu'il ne se soucie ni des billets, ni des bagages, ni des factures ; elle le prenait sous le bras et l'emportait. Et où qu'ils aillent, elle veillait à ce qu'il soit bien coiffé, et bien nourri, bien pourvu de revues financières diverses et des journaux de Bourse. Moyennant quoi, Armand Bautet-Lebrêche passait d'excellentes vacances – encore que lorsque Edma disparaissait plus de cinq minutes, il se sentait parfaitement égaré, voire désespéré. Et quand Edma revenait ainsi de ses équipées à dos de chameau dans le désert, ses équipées dans les ports de plaisir, dans les bras d'un jeune homme, elle trouvait toujours, quand elle rentrait, trois heures plus tard, Armand réveillé, assis dans son lit, et qui, chaque fois, la regardait entrer avec une expression de bonheur, de plaisir, de soulagement aussi, telle qu'elle en finissait parfois par se demander si, au fond, ils n'avaient pas toujours été follement amoureux l'un de l'autre – en tout cas, lui d'elle. Cela ferait un très bon sujet de film, avait-elle pensé une fois, et elle l'avait confié à Simon Béjard : un homme et une femme vivent en bonne intelligence depuis des années. Petit à petit, grâce à des détails, la femme s'aperçoit que son mari l'adore. Enfin convaincue, elle le quitte juste à temps, avant qu'il ne lui dise son amour, aidée en cela par un ami d'enfance de son mari qui, lui, est resté normal.

Simon s'était mis à rire pendant qu'elle lui racontait (mais sans indiquer les origines du sujet). Et elle en riait encore. La tête que ferait Armand, si elle lui disait : « Armand, je vous aime », comme ça, de but en blanc, après le thé… Il tomberait de son lit, pauvre cher petit homme. De temps en temps, Edma Bautet-Lebrêche s'attendrissait ainsi quelques minutes sur le sort de cette petite fourmi travailleuse et discrète nommée Armand Bautet-Lebrêche, son époux. Parfois plus de trois minutes même, avant de se rappeler qu'il avait ruiné des amis à lui, qu'il piétinait les faibles, et que le mot « cœur », quand il l'utilisait, représentait celui d'une usine ou d'une machination. Elle l'avait vu se conduire comme un marchand d'esclaves deux ou trois fois, et son éducation bourgeoise, révolue et piétinée, lui avait fait comprendre définitivement les différences d'éthiques existant entre la petite bourgeoisie et les grandes fortunes, différences que Scott Fitzgerald n'aurait jamais trop soulignées. Tous ces souvenirs lui faisaient même froid dans le dos des années après.

On frappa à la porte. Armand était incapable, dans son habitude de la normalité, d'imaginer que ce fût quelqu'un d'autre que le steward qui venait à cette heure tardive dans sa cabine. Il cria « Entrez » d'une voix agacée, la voix de commandement qu'il avait reprise, et dont il aimait se servir tout à coup, deux tons plus haut, comme si, avec l'air qu'il avalait et recrachait brutalement entre ses lèvres, il expulsait aussi le souvenir de la Doriacci, de sa bouche qui sentait l'œillet ou la rose (Armand ne savait vraiment plus qui sentait quoi, parmi les fleurs), le souvenir de la gêne qui l'avait terrassé au risque de se noyer. Mais quand il vit la porte rester entrebâillée, qu'il n'entendit pas une voix zélée répondre à son « Garçon ? », il se crut perdu une deuxième fois : la Doriacci était seulement partie se mettre une toilette de nuit, une tenue arachnéenne quelconque ; et puisque les jeunes gens l'ennuyaient et qu'elle les trouvait fades, comme il semblait ressortir des conversations, elle avait jeté son dévolu sur lui, Armand, à cause de son âge peut-être, mais surtout de sa fortune. La Doriacci, malgré les milliards de ses cachets, en voulait aussi à la fortune des Lebrêche (Bautet n'étant que le nom de jeune fille de sa mère que la famille avait accolé à celui de son père, comme elle le désirait, et cela non sans générosité et modestie puisque le capital des filatures Bautet représentait à peine le tiers de celui des Lebrêche). « Eh bien, Doriacci ou pas Doriacci, se répétait fébrilement Armand, la fortune sucrière faite par mes parents, mes grands-parents et mes arrière-grands-parents, ne changera pas de propriétaire ! »

Il allait expliquer ça tout de suite à la Doriacci, peut-être aurait-elle peur… Et dans son innocence, Armand esquissa une grimace qu'il pensait inquiétante, mais qui était plutôt comique, puisque Éric Lethuillier, dans la porte, en éclata de rire. Que faisait-il là, celui-ci, maintenant ? Armand Bautet-Lebrêche battit des paupières du fond de son lit et murmura « Sortez ! sortez ! » désespérément comme avait dû le dire le pape Alexandre aux petits Borgia qui le regardaient mourir. « Sortez ! » répéta-t-il faiblement en tournant la tête à gauche et à droite « comme les mourants dans les films américains », pensa-t-il brusquement. Et il rougit du jugement probable du regard bleu, pensif et raisonné, de cet homme. Il se redressa d'un coup sur son lit, sourit, toussa pour s'éclaircir la voix, et dit en tendant une main petite mais virile qui n'allait pas avec son pyjama : « Comment allez-vous ? Excusez-moi, je rêvais.

— Vous rêviez même que je ressorte, dit Éric en souriant encore de son beau sourire froid qui lui avait attiré, de requin à requin, une certaine considération de la part d'Armand. Et je vais exaucer votre rêve très vite, mais d'abord, j'ai un service à vous demander, cher monsieur. Voilà de quoi il s'agit : ma femme, Clarisse, aura trente-trois ans demain, ou après-demain plutôt, en arrivant à Cannes. Je voudrais lui offrir le Marquet de notre ami Peyrat dont elle rêve, mais j'ai peur que cette stupide bagarre ne le braque et ne l'empêche de me le vendre.

Pourriez-vous faire cet achat pour moi ? Voici un chèque pour vous rembourser.

— Mais… Mais… balbutia Armand, Peyrat va être furieux.

— Non. (Éric eut un petit sourire un peu complice, qui gêna vaguement Armand.) Non, si ce tableau va à Clarisse, il ne peut décemment pas s'énerver. Et une fois le tableau vendu, ce sera fini. En plus, je crois que notre ami Peyrat sera bien content de vendre ce tableau, de toute manière. »

Il y avait une intonation dans ce « Bien content » qui réveilla illico l'homme d'argent à l'affût, légèrement anesthésié chez Armand par cette croisière.

« Que voulez-vous dire par content ? Vous êtes sûr que ce tableau est vrai ? Qui vous le confirme ? Deux cent cinquante mille francs, c'est deux cent cinquante mille francs », dit-il avec mauvaise foi. (Car malgré son avarice, le nombre des zéros sur un chèque ne représentait plus rien pour lui. Plus rien en tout cas qui s'achète ou qui fasse plaisir. Deux cent cinquante mille francs ce n'était rien, en effet, pour Armand, puisque ce n'était même pas une masse qu'on puisse manœuvrer avec efficacité à la Bourse.)

« C'est Peyrat lui-même qui a tous les certificats et c'est lui-même qui me les garantit, dit Éric, l'air dégagé. Et puis, vous savez, si Clarisse aime ce tableau, elle l'aime parce qu'il est beau, et non par snobisme. Ma femme est tout sauf snob, comme vous avez pu le remarquer », ajouta-t-il en penchant un peu la tête avec ce même sourire (qui cette fois-ci, il en était sûr, répugnait vraiment à Armand Bautet-Lebrêche).

« C'est entendu, dit-il plus sèchement qu'il ne le voulait. Demain matin à la première heure, je le trouverai à la piscine et je lui fais un chèque.

— Voici le mien », dit Éric en faisant un pas vers lui et en tendant un papier bleu clair, ce papier idyllique et pastel des banques françaises. Et comme Armand ne tendait pas la main pour le prendre, Éric resta une seconde sur un pied et se troubla, pour finir par dire « Qu'est-ce que j'en fais ? » d'une voix hostile à laquelle, sur le même ton, Armand Bautet-Lebrêche répondit : « Mettez-le n'importe où », comme si ce papier eût été laid à voir.

Les deux hommes se regardèrent, et Armand était attentif pour une fois : Éric lui envoya son merveilleux sourire, s'inclina même avec grâce, et lui dit « Merci », de cette belle voix chaude qui à la télévision exaspérait Armand, se rappela-t-il.

Éric partit.

Armand Bautet-Lebrêche se laissa couler derechef dans son lit, éteignit la lumière et resta immobile dans le noir, trois minutes, avant de se relever, d'allumer fiévreusement et de se glisser dans la gorge deux somnifères de plus qui, s'il le fallait, résisteraient aux entreprises voluptueuses de la Doriacci.

Le *Narcissus* mettait dix-huit heures de Palma à Cannes, qu'il ralliait par la haute mer et sans escale, l'arrivée y étant prévue au soir, pour dîner, avant les adieux. Il faisait un temps admirable. Le soleil pâle était métissé de rouge, et l'air était plus frais, tendu semblait-il, mais d'une tension différente de celle qui régnait sur le bateau. C'était au contraire les picotements d'une vivacité et d'une vitalité un peu frileuses qu'on sentait, par cette journée triomphante, à marcher sur le pont de ce bateau qui vous ramenait à l'hiver et à la ville. Si on faisait le compte, pensait Charley, il y aurait sûrement plus de passagers terrifiés par l'hiver approchant, que ravis; parmi ceux pour qui Paris sonnait comme une promesse, il n'y avait guère que Clarisse et Julien pour qui Paris représentait dix mille chambres tranquilles et introuvables, et Edma pour qui le bonheur allait être de raconter à Paris les facéties du voyage, Edma qui rentrait pleine d'amour pour cette foule huppée qui l'attendait, où elle n'aimait personne séparément, mais dont la rapidité, l'acrimonie et les snobismes lui réchaufferaient le cœur, bizarrement mais sûrement. « C'était peut-être finalement une des passions les plus saines, quand on n'avait plus l'âge d'en avoir d'autres, que le snobisme », philosophait Charley en regardant Edma qui jetait du pain aux dauphins comme à des mouettes, du même geste qu'elle présentait les toasts au caviar ou le foie gras chez elle, probablement. Depuis quatre ans qu'Edma faisait cette croisière, Charley, d'abord épouvanté, avait fini par s'y attacher, surtout cette année, où elle avait été exquise et n'avait que quatre fois renvoyé son petit déjeuner aux cuisines. Elle n'avait même pas menacé de descendre au « prochain arrêt », comme elle disait, ce qui était un gros progrès. Mais Charley se demandait si ce progrès n'était pas dû aux distractions vraiment nombreuses cette année sur le *Narcissus*, qui n'avaient pas laissé le temps à Edma de s'attarder trop longuement sur le degré de cuisson de ses tartines ou le repassage de ses chemisiers. Elle était ravie visiblement, et en jetant son pain en l'air, et en riant de son grand rire mondain et tonitruant, elle avait l'air d'une grande écolière. Elle avait l'air en plein âge ingrat, en fait, se dit Charley, tout en pressentant qu'elle n'en sortirait jamais, pas plus qu'Andréas de l'enfance, Julien de l'adolescence, et Armand Bautet-Lebrêche de la vieillesse.

« Mais qu'est-ce qu'ils ont, Charley ? Ces bêtes ne mangent pas de pain ?... »

Charley rejoignit en courant l'élégante Mme Bautet-Lebrêche, vêtue d'un caban bleu cru et d'une jupe plissée en toile pain bis serrée à la taille sur un polo de soie imprimée bleu et blanc, et coiffée d'un chapeau cloche du même bleu que le caban. Elle avait l'air d'une photo de mode. Elle était l'élégance même, comme il le lui annonça en se penchant sur sa main gantée et en la renseignant sur les mœurs des cétacés. Mais elle le coupa :

« C'est le dernier jour, Charley. J'en suis bien triste, cette année.

— Nous étions convenus hier de ne pas en parler jusqu'à Cannes », dit-il en souriant.

Mais son cœur saignait, comme il eût voulu l'avouer à Edma. En effet c'est à Cannes qu'Andréas disparaîtrait de sa vie, de celle de la Diva et de celles des autres passagers. Andréas n'était pas de leur monde, ni de leur milieu, ni de leur ville, ni de leur bande. Andréas, comme un prince égaré parmi la plèbe ignorante, venait de son royaume de Nevers, et il allait y retourner très vite mener une existence paisible et travailleuse, au bras d'une femme qui en serait jalouse toute sa vie. C'est bien ce qui le guettait, tout au moins Charley le pensait-il, et il ne put s'empêcher de faire part à Edma de ses intuitions.

« Ah !... Vous le voyez casé à Nantes, ou à Nevers, dans une vie bourgeoise ? C'est drôle moi pas », dit Edma les yeux plissés sur l'horizon derrière Charley comme si elle y voyait écrit l'avenir d'Andréas.

Elle tapotait sa lèvre de son index et semblait avoir du mal à formuler sa vision à elle.

« Que pensez-vous d'autre ? demanda Charley.

— Moi, je le vois mal parti, dit-elle rêveusement. Je le vois plutôt ne partant jamais... ne partant pas même de ce bateau. Je vois mal ce qu'il va faire maintenant, à quai, sans argent et sans famille... Ah ! vraiment, mon petit Charley, Dieu sait que je n'ai jamais regretté jusqu'ici qu'un bel homme soit viril, eh bien, je crois que pour Andréas, j'aurais préféré le savoir dans vos bras qu'arraché à ceux de la Doriacci.

— J'aurais préféré aussi », dit Charley en essayant de sourire.

Mais sa gorge lui faisait mal et il s'effrayait qu'Edma, comme lui, ait des craintes pour Andréas ; elle, Edma Bautet-Lebrêche, qui n'avait jamais peur de rien pour qui que ce soit, ou sinon que ce qui que ce soit ne fût pas invité à un bal où elle se rendait.

« Clarisse aussi est inquiète », dit-il à voix basse.

Et Edma le regarda, vit sa figure, lui tapota la main comme attendrie.

« Ç'aura été une dure croisière pour vous aussi, mon cher Charley…

— J'étais justement en train de compter les gagnants, dit-il. Voyons…

— Tiens, quelle bonne idée… »

Edma s'accouda près de lui ; en une seconde, ils avaient tous les deux les yeux brillants, l'air excité à l'idée des méchancetés ou des plaisanteries stupides à se dire sur leurs prochains. Ils en étaient si amusés d'avance, qu'ils oublièrent, deux heures, le destin d'Andréas.

« Venez avec moi », avait dit la Doriacci à Simon Béjard qu'elle trouvait singulièrement ragaillardi ce matin, et presque élégant dans son jean et son chandail trop large. On voyait bien que la petite Olga, ce matin, n'avait pas veillé à son vestiaire ; et qu'elle n'avait pas eu le temps, non plus, d'assener dès l'aube à ce pauvre garçon une ou deux phrases désagréables, phrases dont il tentait toute la journée, après, de se débarrasser, et y parvenait d'ailleurs, mais non sans un effort visible qui faisait peine à voir. La Doriacci avait même envisagé la nuit dernière de suborner le brave Simon, et de lui confier dans son plan le rôle principal, et non pas, comme maintenant, celui de témoin. Mais cela était trop compliqué et surtout cela n'aurait pas paru vraisemblable à Andréas. Elle cingla donc vers le bar et s'assit tranquillement au comptoir où elle s'accouda et se refit une beauté sans lésiner sur le rouge à lèvres ni le mascara. Elle avait l'œil cerné, ce qui lui donnait un côté fragile inattendu, « presque désirable », songea Simon Béjard, oubliant un instant son goût des jeunes filles en herbe.

« Vous voulez m'entraîner à boire si tôt ? dit-il en s'asseyant près d'elle.

— Tout à fait, dit la Doriacci. Gilbert, donnez-nous deux dry, s'il vous plaît », dit-elle en adressant un sourire éclatant et une œillade un peu appuyée au barman blond qui en frissonna d'aise, œillade qui lui fut confirmée quand il posa le verre devant elle, et que la Doriacci mit une seconde sa main baguée sur la sienne tout en l'appelant « mon ange ».

« Je voulais vous demander quelque chose, monsieur Béjard, à part de vous enivrer horriblement avec moi, le soleil à peine levé. Pourquoi ne faites-vous pas faire du cinéma à mon protégé ? Il a un physique pour ça, non ?

— Mais j'y ai pensé… dit Simon, se frottant les mains, l'air finaud, mais j'y ai pensé, figurez-vous. Dès que nous serons à Paris, je compte lui faire faire un essai. Il nous manque en France des jeunes premiers de cette classe qui n'aient pas l'air de garçons coiffeurs ni de gangsters hystériques, je suis bien de votre avis… Je suis tout à fait de votre avis, insista-t-il sans prêter attention à sa phrase, ce qui fit rire la Doriacci.

— Quel avis ? dit-elle en avalant d'un trait son cocktail, "pourtant diablement fort", pensa Simon. Quel est mon avis, d'après vous ?

— Eh bien… dit Simon rougissant tout à coup, eh bien, je voulais dire qu'il serait très bien "aussi", pour le cinéma.

— Pourquoi "aussi" ? répéta-t-elle, l'air sérieux.

— Pour le cinéma aussi.

— Mais quoi, "aussi" ?

— Ah ! je m'embrouille… dit Simon. Enfin, chère Doria, ne me tourmentez pas, je vous dis que je ferai ce que vous voudrez pour ce garçon.

— C'est sûr ? dit-elle, abandonnant son ton ironique. Je peux compter sur vous, monsieur Béjard ? Ou me dites-vous ça pour réparer votre gaffe ?

— Je vous dis ça sérieusement, dit Simon, je m'occuperai de lui et de sa subsistance.

— Et de son moral aussi ? demanda-t-elle. Je crois ce garçon assez jeune pour avoir des chagrins d'amour. Vous me promettez de ne pas en rire ? Rappelez-vous comme c'est pénible, un chagrin d'amour.

— Je n'aurai pas à faire de grands efforts pour ça, dit Simon en souriant. Je me le rappelle très bien. »

Il leva les yeux, et croisant le regard minéral et charbonneux en face de lui, le vit tendrement posé sur lui et s'en émut.

« Vous savez… » commença-t-il.

Mais elle lui mit la main sur la bouche vigoureusement, ce qui le fit se mordre la langue et le dégrisa.

« Oui, je sais, dit-elle, j'y ai même pensé aussi, figurez-vous.

— Mais alors ? Qu'à cela ne tienne ! dit Simon avec légèreté.

— Stop ! dit la Doriacci nerveusement. J'avais pensé à vous, oui, pour convaincre Andréas de mon infidélité, voire de ma perversité dans les choses de l'amour. Et puis j'ai pensé que ça ne marcherait pas : il ne le croirait jamais.

— À cause de moi ou de vous ? demanda Simon.

— De moi, bien sûr. J'aime la chair fraîche, très fraîche, vous savez ? Vous lisez bien les journaux ?

— Je les lis, mais je n'y crois pas, sauf quand ça m'arrange, dit-il.

— Eh bien, pour une fois, ils ont raison. Non, je pense que Gilbert sera plus vraisemblable.

— Et comment voulez-vous le faire croire à Andréas ? Et pourquoi d'ailleurs ?

— L'ordre de vos questions est mauvais, dit-elle sévèrement, je veux qu'il le croie pour qu'il ne rêve pas à moi pendant des semaines, et ne se convainque pas que je l'attends à New York. Je veux qu'il le croie pour qu'il soit tranquille, et moi aussi. Et pour une fois, peut-être, pour lui plus que pour moi. Quant à savoir comment je veux lui faire croire, il n'y a qu'un moyen, mon cher Simon, pour prouver un adultère, il faut le faire devant lui. C'est pourquoi je vous serais reconnaissante, si vous êtes d'accord avec moi de la nécessité de ce vaudeville, de m'envoyer Andréas vers trois heures, sous un prétexte futile, jusqu'à ma cabine où je serai, mais où je ne serai pas seule.

— Mais… dit Simon embêté, je ne voudrais pas que ça passe par moi…

— Réfléchissez, dit la Doriacci, l'air las tout à coup, et buvez un autre dry, ou deux, ou trois, à ma santé. Je n'aurai pas le temps, hélas ! de les boire avec vous : j'ai à faire ici », termina-t-elle en tapotant avec sa bague le rebord nickelé du bar.

Et Simon, avec une révérence et une phrase embrouillée, tourna les talons, laissant la Doriacci en tête à tête avec Gilbert et ses cheveux blonds.

Il voyait par la porte du bar Edma Bautet-Lebrêche joliment habillée de bleu et de blanc, et qui jetait quelque chose par-dessus la rambarde, avec le fervent geste large du semeur inattendu chez elle… Simon était intrigué : les mouettes ne volaient quand même pas si bas… Mais le barman blond mit fin à sa perplexité en le renseignant sur l'existence des dauphins et de la compagnie qu'ils leur faisaient. En temps plus ordinaire, Simon se fût levé et eût couru à la rambarde, il eût imaginé aussitôt un film où les dauphins auraient un rôle et Olga un autre. Mais maintenant qu'il avait réussi son coup, il ne pouvait plus se permettre cet amateurisme. Il n'avait plus d'excuse à perdre : puisqu'il avait gagné déjà. Et sa nature de producteur se réveillant malgré tout, il songea avec une certaine satisfaction que cette brouille et cette fatigue qu'il ressentait vis-à-vis d'Olga allaient lui permettre de prendre pour son film, à la rentrée, la petite Melchior qui était ravissante et qui, sans leur parler d'Einstein ni de Wagner, séduisait quand même les mâles de tout âge en France, et même les femmes qu'elle attendrissait – sentiment que n'avait jamais provoqué Olga, il fallait bien le dire, chez les êtres d'aucun sexe. S'il ne prenait plus Olga, il pourrait prendre Constantin auquel il avait renoncé pour ne pas déplaire à Olga qui le haïssait. Il s'assurerait ainsi une affiche brillante pour les distributeurs, et susceptible même de plaire à New York. Pas un instant il ne se demanda comment l'annoncer à Olga : il l'avait trop aimée pendant ces quelques jours, trop cruellement pour garder dans leur rupture la moindre mansuétude. Ce n'était pas qu'il se vengeât délibérément, c'était que son propre cœur, épuisé par ces contrecoups, ne pouvait plus imaginer un chagrin extérieur à lui-même. Un chagrin autre que le sien.

Il sortit de la salle à manger, et alluma une cigarette sur le pont, au soleil, les mains dans les poches de son vieux pantalon avec un sentiment d'autonomie et de bien-être qu'il n'avait pas ressenti depuis belle lurette. Ce bateau était charmant, décidément, et il fallait reconnaître qu'Olga, sans le savoir, avait fait un bon choix. Il aimait bien Edma ; Edma allait lui manquer comme une camarade de classe, comme le copain qu'il n'avait pas pu avoir ces dernières années. Elle nourrissait ses dauphins, là-bas, ou tentait de le faire avec ses grands gestes saugrenus, sa voix perçante et autoritaire qu'il trouvait à présent désarmante. En arrivant près d'elle, il lui mit la main sur les épaules affectueusement, et après un léger sursaut, Edma Bautet-Lebrêche sembla s'en trouver bien, s'appuya même contre cette épaule en riant et en lui montrant les dauphins, comme s'ils eussent été sa propriété personnelle. Elle s'appropriait tout d'ailleurs instinctivement : les gens, les bateaux, les paysages, les musiques, remarqua Simon, et maintenant, c'étaient les dauphins.

« Vous allez me manquer, dit-il d'une voix bourrue. Je vais m'ennuyer de vous, je crois, belle Edma… Et puis on ne pourra jamais se revoir à Paris. Il doit y avoir une grande muraille de Chine en sucre d'orge autour de chez vous, non, à Paris ?

— Mais pas du tout ! » dit Edma en se tortillant (un peu surprise de ce changement de personnalité chez Simon : il était passé du rôle de victime, donc asexué, à celui de mâle solitaire et chasseur « qui lui allait beaucoup mieux, bien sûr ! » songea-t-elle en regardant cet œil bleu et paisible, cette stature confortable et cette peau un peu rouge sous des cheveux encore drus, sains, quoique toujours roux à un point extrême). « Mais bien sûr que si… reprit-elle, nous allons nous voir cet hiver. C'est vous qui serez débordé, cher Simon, avec votre film et les agaceries probables de Mlle Lamouroux, o-u-x, sur le plateau.

— Je ne crois pas pouvoir utiliser finalement les services de Mlle Lamouroux, o-u-x, dit Simon d'une voix calme mais qui interdisait tout commentaire désagréable. De toute façon, je vis seul, vous savez, à Paris et ailleurs.

— Ah ! bon… C'étaient vos vacances alors sur ce bateau », dit-elle en riant (comme si ce mot de « vacances » eût été ridicule dans ce cas, et effectivement il l'était, autant qu'on puisse appeler « vacances » dix jours de souffrances sentimentales).

Simon courbait la tête sous un souvenir pénible : celui d'Olga, sur sa couchette, lui racontant sa nuit de Capri en détail. Il se secoua et sentit le parfum d'Edma, un parfum sophistiqué et délicieux qui allait lui manquer, lui aussi, se rendit-il compte. Ce parfum avait, semblait-il, bercé tout leur voyage tant Edma s'en servait généreusement et tant elle se propulsait partout sur ce bateau, sans cesse de la soute au dernier pont, laissant ses effluves derrière elle, dans son sillage, comme des drapeaux. Simon resserra son étreinte. Edma, surprise, leva les yeux vers lui et à sa grande stupeur, le producteur vulgaire et ignorant de l'existence de Darius Milhaud lui embrassa la bouche brièvement, mais avec entrain.

« Mais que faites-vous ?... Vous perdez la tête... » s'entendit-elle gémir comme une jeune fille.

Et ils restèrent tous deux ahuris une seconde, à se regarder, avant d'éclater de rire l'un et l'autre et de reprendre du même pas, en riant encore, la promenade classique autour du pont, bras dessus, bras dessous. « Oui, songeait Edma, en allongeant ses enjambées, oui, elle le verrait en cachette... Oui, ils auraient une liaison, platonique ou pas, qu'importait. Comme il l'avait dit, elle allait lui manquer, elle allait manquer à ce petit homme, qu'elle avait trouvé si vilain et si vulgaire, et qu'elle trouvait maintenant si charmant, et qui avait besoin d'elle, comme il le lui disait en ce moment même, l'air gouailleur, mais tendre. »

« Je pourrais peut-être arriver à apprendre les bonnes manières, si vous me donnez des cours toutes les semaines à Paris... Vous ne croyez pas ? Ça me ferait bien... bien... plaisir, si vous aviez le temps de m'instruire... »

Et Edma, les yeux brillants d'une joie idiote, acquiesça vigoureusement de la tête.

C'est donc de bonne humeur que Simon rentra dans sa cabine, vers onze heures du matin, pensant la trouver vide comme d'habitude, Olga partie jouer au tennis ou au jacquet avec Éric Lethuillier. Il fut plus déçu que surpris en la trouvant sur le lit, dans un peignoir de bain trop court, pelotonnée, les jambes repliées sous elle, gracieusement alanguie sur son oreiller, un livre à la main et les yeux faits. « Tiens ! elle pense enfin à son film, songea une personne cynique qui faisait la loi chez Simon depuis la veille et qui pensait à sa place. J'ai tout intérêt à ne lui apprendre les choses qu'après Cannes. Une série de scènes dans cette cabine serait infernale. » Et quand Olga lui sourit, d'un sourire légèrement anxieux semble-t-il, Simon se força à lui rendre ce sourire avec beaucoup d'aménité. Et cette amabilité nouvelle, évidemment forcée, acheva d'affoler Olga. Depuis neuf heures, ce matin, où elle s'était réveillée seule, à côté d'un lit même pas défait, elle se répétait les derniers événements, s'affolait de ses nombreux excès de langage et de gestes, de ce qu'elle-même avait du mal à qualifier d'incartades. Qu'est-ce qui avait bien pu la pousser au pire ainsi ? Et pour une fois, au lieu d'entamer un récit lyrique à l'intention de ses fidèles camarades, sur ses romanesques foucades, Olga garda ses discours pour elle-même. Il s'agissait bien de Fernande ou Micheline… ou plus exactement, ce serait un récit moins plaisant si elle n'avait que ça à faire de toute la journée. Et ce récit lui-même manquerait de piquant, elle le sentait, auprès de son auditoire, s'il était celui d'une starlette au chômage. Il fallait reconquérir Simon, et elle pensait, Dieu merci, en être tout à fait capable. D'un coup, ce qu'elle appelait les répugnants appétits de Simon devenaient les bienvenus puisque, par eux peut-être, elle retrouverait sa place auprès de lui, et son pouvoir. Quant à la gentillesse servile du même Simon qu'elle avait tant déplorée, elle n'était pas mécontente aujourd'hui de son existence qui empêcherait Simon, pensa-t-elle, de la jeter dehors comme une vieille valise. Aussi quand il fut entré remonta-t-elle discrètement son peignoir jusqu'à sa cuisse, d'un geste rapide, et qu'il vit dans la glace en se retournant, et qui lui souffla une réplique grossière qu'il retint avec peine.

« Où étais-tu donc passé ? dit-elle. J'ai eu peur en me réveillant… Je me suis vue perdue sur ce bateau, toute seule avec ces étrangers, dehors avec ces gens qui m'agacent finalement… Oh ! mon vieux Simon, la prochaine fois, nous partirons tous les deux seuls ; non ? On louera un petit bateau avec juste un type pour le conduire, on s'arrêtera dans les bistrots au hasard, sans musique classique et sans panorama, juste un petit bistrot comme tu les aimes…

— C'est une très bonne idée, dit Simon d'une voix mesurée. (Il cherchait de quoi se changer avec hâte.) Mais personnellement, j'ai beaucoup aimé cette croisière, tu sais.

— C'est vrai ? Tu ne t'es pas trop ennuyé avec ces snobs ?

— Je les ai trouvés charmants, dit Simon, la tête déjà passée dans une chemise propre. Très gentils, même.

— Quand même… tu es un peu indulgent, toi !… Non, crois-moi, pour quelqu'un d'extérieur, te voir toi, Simon, si authentique, en compagnie de ces pantins grimaçants… je peux t'assurer qu'ils ne faisaient pas le poids… C'était même amusant à voir, à ce point-là ! » ajouta-t-elle avec un petit rire qui en était encore amusé mais qui eut une résonance lugubre.

Ce rire ne sonnait faux que par hasard, et elle aurait pu enchaîner. Mais il grinça d'une manière si évidente qu'elle arrêta sa phrase et que Simon s'enfouit dans sa chemise avec énergie, sachant l'un et l'autre que ce décalage entre le rire et les mots qui le précédaient ne pouvait pas leur échapper, honnêtement, sachant tous deux que ce rire venait de casser la frêle chance qu'ils avaient de descendre bons amis la passerelle du *Narcissus*, et en tout cas apparemment semblables à ceux qu'ils étaient en y montant. Olga ramena lentement le peignoir sur ses jambes et les cacha, son instinct lui disant que ce n'était plus là l'argument valable, et Simon laissa sa chemise pendre sur son pantalon, sachant que la fuite, à l'intérieur de cette chemise, n'était plus possible. Ils s'assirent chacun sur une couchette, les yeux baissés, sans oser se regarder. Et quand Simon déclara d'une voix morne : « Et si nous buvions quelque chose ? » Olga hocha la tête en signe d'approbation, elle qui, à cause de son teint et de sa lucidité, ne buvait jamais d'alcool avant huit heures du soir.

La sonnerie de son réveil était d'une faiblesse surprenante, et d'ailleurs s'arrêta, essoufflée, quand il ouvrit les yeux. « Il devait y avoir un moment qu'elle sonnait », songeait Armand Bautet-Lebrêche qui fut surpris de ne l'avoir pas entendue plus tôt, et qui se demanda vaguement pourquoi jusqu'au moment où un steward lui posa son thé sur les genoux et se plaignit d'avoir frappé trois fois sans réponse. Tout au moins c'est ce que crut Armand dans le chuchotement incompréhensible qui lui parvint. Il était sourd. Une fois de plus un léger rhume et la contrariété aidant, Armand Bautet-Lebrêche était frappé de surdité, ce qui lui arrivait tous les cinq ans à peu près. Il se moucha énergiquement, pencha la tête à droite et à gauche sans parvenir à déboucher ses tympans aussi traumatisés que lui-même, semblait-il, par ces incidents irracontables de la veille. Il aurait pu croire à un mauvais rêve si le chèque de Lethuillier, sur sa table de nuit, ne lui avait prouvé le contraire. Edma dormait à poings fermés, ou était déjà ressortie, ce qu'il alla vérifier avant de se rappeler qu'elle lui avait parlé la veille, comme d'une fête, de son désir de passer la journée entière au soleil. Le dernier soleil de l'année comme elle disait plaintivement, et comme si elle n'allait pas se retrouver avec des pédérastes en Floride ou aux Bahamas, dès novembre, tous les ans.

Il s'habilla avec ses petits gestes méthodiques et précis, se rasa avec un rasoir électrique et, ayant regardé par le hublot si le bateau avançait encore, soupçon que lui donnait le silence total des machines, il partit sur le pont faire sa promenade matinale sans répondre aux différents « Bonjour » qu'on lui adressait. Ayant fait son périple sur une mer sans voix, il repartit prendre son chéquier et alla frapper chez Julien Peyrat. Il frappa même plusieurs fois, oubliant que Julien Peyrat, lui, entendait ses coups de poing. Ce dernier lui ouvrit et lui déclara quelque chose de totalement incompréhensible mais qui semblait être des paroles de bienvenue auxquelles Armand Bautet-Lebrêche répondit par un salut sec de la tête.

« Quelle bonne surprise ! dit Julien Peyrat. Vous êtes bien la seule personne qui n'ait pas visité ma cabine et mon chef-d'œuvre. C'est une curiosité tardive qui vous amène ?

— Non, non, pas du tout... En fait, je ne tiens pas à jouer au tennis ce matin, dit Armand Bautet-Lebrêche au hasard, mais nous pourrons jouer cet après-midi », continua-t-il d'un air bienveillant.

Julien Peyrat avait un air inquiet, déçu même. Peut-être ce Lethuillier avait-il raison et peut-être ce garçon, faussaire ou pas, avait-il envie de vendre ce tableau à un pigeon. Mais Éric Lethuillier semblait bien averti pour ce rôle... Armand Bautet-Lebrêche haussa les épaules.

« Je crois que vous vendez ce tableau ? dit-il en désignant la chose accrochée au mur de la cabine. Mais combien ? Je voudrais l'acheter, conclut-il sèchement.

— Votre femme est au courant ? » dit Julien qui avait une figure perplexe et moins réjouie que ne l'avait supposé Éric Lethuillier.

« Après tout, si ce tableau était bon, pensait Armand, il valait bien plus de deux cent cinquante mille francs. »

« Je suis persuadé qu'il vaut deux fois le prix que vous demandez, dit-il en guise de réponse. Mais puisque vous le vendez, pourquoi pas moi ? Hein ? ajouta-t-il en émettant un petit rire satisfait.

— Votre femme est-elle d'accord ? »

Julien vociférait maintenant. Il était rouge et ébouriffé. « Il n'avait rien d'un gentleman », pensait Armand en reculant d'un pas devant ces dents blanches qui frôlaient son oreille.

« Quoi ? » dit-il par politesse et avec un geste d'impuissance vers son oreille qui fit hurler une dernière fois Julien : « Votre femme ! Votre femme ! » avant de renoncer définitivement à être honnête.

Après tout, Armand avait l'air de s'en ficher pas mal, et Armand Bautet-Lebrêche n'avait pas besoin de vendre ce tableau pour vivre un jour, quoi qu'il arrive. Il sortit donc de sa valise en maugréant les quelques certificats faux, à l'exclusion d'un dernier qui correspondait d'ailleurs à un autre Marquet, par Julien précieusement conservé, vrai celui-là. Il les mit dans la main d'Armand qui les fourra dans sa poche sans y jeter un coup d'œil, avec une désinvolture surprenante chez cet homme d'argent, songea Julien. Edma avait dû lui faire une scène pour qu'il l'achète, par gentillesse pour lui, Julien, et Armand n'avait qu'une hâte, c'était d'en finir avec cette affaire.

« Combien ? » demanda-t-il de sa voix posée, ses lunettes étincelant au soleil.

Et il avait une expression dans la mâchoire en libellant le chèque qui fit frissonner Julien. Son arme à la main : son chéquier, Armand Bautet-Lebrêche avait l'air féroce et brutal, dangereux même, sentiment qu'il n'inspirait pas pendant les vacances. Le seul danger qu'il représentait était un ennui putride.

« Deux cent cinquante mille francs ! » cria-t-il une fois ou deux (et le chien, pourtant situé à deux cabines et qu'il croyait mort ou muselé, se mit à hurler avec lui).

Julien écrivit le chiffre sur le papier et le tendit à Armand, et avec un bref merci, ce dernier repartit dans la coursive, le tableau sous le bras. Cela avait été si vite fait, et d'une manière si inattendue, que Julien n'avait pas eu le temps de dire « Au revoir » à ce fiacre, à cette femme, à cette neige. Et cela valait peut-être mieux, pensa-t-il, une larme à l'œil droit mais l'œil gauche enchanté puisque, grâce à ce petit papier vert laissé par Armand, il allait pouvoir emmener Clarisse passer des journées au soleil et des nuits dans ses bras dès le lendemain. Ils iraient dans le Var, ou ils iraient à Tahiti, ou ils iraient en Suède, en Laponie, n'importe où, tout ce qu'elle voudrait et qu'il était maintenant à même de lui donner. L'argent ne faisait pas le bonheur, bien sûr, mais il faisait la liberté, constata Julien une fois de plus.

Armand Bautet-Lebrêche, toujours du même pas pressé – toujours sans l'entendre résonner – traversa cette coursive ouatée, frappa à la porte de Lethuillier, entra dans sa chambre sans attendre un « Entrez » qu'il n'entendrait pas, il le savait, et regarda Éric lui dire quelque chose, plusieurs choses même, son beau visage animé de plaisir et sans prêter attention au jeu de ses lèvres et à ses mains agitées, il posa le tableau sur la couchette vide de Clarisse et ressortit sans avoir dit un mot et sans en avoir entendu un. Armand Bautet-Lebrêche rentra dans sa chambre où le silence lui parut d'une qualité encore supérieure. Le *Financial Times* était arrivé dans la boîte à lettres. Il s'installa sur le lit, tout habillé, et l'ouvrit à la page où il attendait un article passionnant sur l'escompte, notamment des actions pétrolières hollandaises. Cette petite Clarisse n'avait pas à se plaindre de son époux, songea-t-il néanmoins… Edma ne savait pas ce qu'elle disait : il n'y avait pas la moindre discorde chez les Lethuillier.

À présent, Julien brûlait d'impatience de retrouver Clarisse et de lui annoncer la nouvelle. Il ne devait pas avoir l'air trop enthousiaste non plus. Il avait assez fait le faraud, il s'était assez pavané devant Clarisse pour maintenant afficher comme un triomphe et parler de ses vingt-cinq millions autrement que comme d'une bagatelle. C'est d'un air détaché qu'il alluma sa cigarette de son briquet en bakélite, qui fichait tout par terre, trouva-t-il avec soudain une envie de rire.

« Vous savez, je crois avoir finalement arrangé notre voyage à l'envers… »

Ce voyage à l'envers était le titre choisi pour leur escapade, un voyage qui leur ferait sans doute retraverser la Méditerranée et repartir au soleil d'octobre de quelque lointain pays ; comme si la croisière musicale n'eût été qu'un entraînement, comme si, pensait-il, ce bateau, ces barmen blonds, ces mondains, ces gens riches, comme si toute cette musique divine, toutes ces notes phosphorescentes jetées du pont, la nuit, dans cette mer où elles semblaient flotter un instant avant de disparaître, comme si ces paysages, ces odeurs, ces baisers dérobés, cette crainte de perdre ce qu'ils n'avaient pas encore gagné, comme si tout ce voyage avait été conçu et exécuté pour Julien comme le décor personnalisé de leur rencontre. Et Julien, qui détestait Richard Strauss, chantonnait à présent sans pouvoir s'arrêter les cinq notes du *Burlesque*, cinq notes triomphantes et tendres, comme il avait l'impression de l'être devenu à présent, tout au moins lorsque Clarisse le regardait. « Tu es fou… pensait-il, s'interpellant fiévreusement, tu es fou de t'être lancé là-dedans ! Quand tu n'auras plus un sou, tu iras sans doute tricher quelque part laissant Clarisse t'attendre, seule, dans la chambre d'un palace ou d'une auberge locale ; selon tes pertes précédentes. » Elle ne le supporterait pas, même s'il était heureux avec elle et le lui montrait. Car instinctivement il savait bien que, plus que d'être heureuse elle-même, Clarisse rêvait que quelqu'un fût heureux par elle et que ce quelqu'un le lui dise sans cesse et sans nuances.

« Comment avez-vous fait ? demanda Clarisse assise à côté de lui sur un transat imbibé de soleil (dont la toile, rouge cru avant l'été, était devenue, à force d'écume, de soleil et de maillots de bain trempés, d'un rose d'aquarelle, un peu kitch, qui détonnait dans ce grand air). Comment avez-vous fait ? reprit-elle. Julien, racontez-moi tout. J'adore que vous me racontiez vos histoires professionnelles avec cet air de souffrir encore à certains souvenirs… avec cet air de mélancolie, de miraculé du travail : Julien Peyrat, après avoir travaillé comme un fou pendant dix-huit mois, s'en remettant à peine, dix ans plus tard… »

Et elle se mit à rire, malgré elle, devant l'air indigné de son amant.

« Sérieusement, reprit-elle avec vivacité et en haussant les épaules, comme si elle rejetait d'elle-même sa phrase amusée dans le panier des fadaises, sérieusement, c'est fréquent chez vous ces arrivées subites de millions ? »

Julien bombait le torse, ou le tentait, ce qui était difficile, assis sur un transat, remarqua-t-il avec agacement.

« Je ne vois pas en quoi ça vous étonnerait, en quoi ça pourrait vous paraître équivoque, dit-il, grognon.

— Mais non », dit Clarisse reprenant son sérieux tout d'un coup.

Et si Julien se fâchait, s'il lui en voulait, s'il ne la prenait plus dans ses bras avec des mots d'amour... Elle regardait son visage courroucé et fermé, elle regardait son espoir d'une vie heureuse avec lui s'amenuiser à toute vitesse. Et son visage refléta une telle désolation, un tel désarroi que Julien, instinctivement, la prit contre lui et couvrit ses cheveux de baisers interminables et presque brutaux dans sa colère contre lui-même.

« Et ce tableau ?... reprit-elle un peu plus tard, quand la peur qu'il ne l'aimât plus ne lui serrait plus la gorge. Qu'allez-vous en faire ? » ajouta-t-elle en relevant le visage et en lui couvrant à son tour, de lents et dévots baisers, les tempes, le coin des lèvres, la peau piquante sur la joue, l'angle de la mâchoire qu'elle avait vue serrée une minute. De temps en temps, abandonnant ce profil-là, elle se dégageait, les yeux toujours clos, et d'un mouvement de la tête doux et caressant, précautionneux, elle faisait passer ses cheveux sous le menton de Julien, lui cachant et lui rendant le soleil, avec son pelage soyeux et blond comme des stores, et rejetait son ancre de l'autre côté du visage, sous la joue droite délaissée jusque-là, qu'elle consolait de sa douceur avide.

« Tu me rends malade », dit Julien d'une voix rauque, menaçante presque, et il se dégagea de ses bras d'un geste suppliant.

Armand Bautet-Lebrêche, qui ne les avait pas entendus parler bien sûr, fit un crochet ou demi-tour en les voyant absorbés l'un par l'autre sur ce ciel clair, dans une superbe image. Il pénétra d'un pas ferme dans le cercle doré qui flottait autour d'eux et, leur jetant un regard au passage, aussi peu surpris que possible, semblait-il, de les voir dans les bras l'un de l'autre, leur cria : « Merci beaucoup ! Je ne risque rien : j'ai ma casquette », avant de disparaître dans la coursive des matelots.

« Tu es sûr que tu n'as pas vendu ce tableau ? demanda Clarisse un peu plus tard (quand leur rire et leurs conjonctures sur le comportement d'Armand leur eurent rendu leur souffle). Tu es sûr que tu l'as encore ?

— Mais puisque je te dis... commença Julien, puisque je te dis que je l'ai vendu, tiens », ajouta-t-il, tout d'un coup en lui offrant un visage rieur, penaud, conquérant, un visage si parfaitement masculin, si parfaitement enfantin aussi, qu'au lieu d'entendre sa phrase, elle se borna à l'appeler « menteur » et à le regarder des pieds à la tête, de la tête aux pieds, comme un maquignon regardant les chevaux qu'il a achetés, à la fois sérieux et éperdu de ravissement.

« Embrasse-moi encore une fois... » demanda Julien d'une voix plaintive, le dos à la rambarde et les yeux mi-clos sous le soleil, parfaitement béat de bien-être, et de soulagement surtout ; un soulagement dont il ne savait pas l'origine, mais un soulagement en tout cas qui fit de ce matin-là un souvenir comme une borne dans sa mémoire sentimentale, un de ces moments pareils à ceux où le soleil, la main de Clarisse sur son cou, la lumière brûlante sous ses paupières en taches rouges, le léger tremblement de son corps exténué de plaisir inassouvi depuis vingt-quatre heures, mais qui frémissait encore au souvenir, plus lointain mais plus violent aussi, des plaisirs accomplis se marquaient à jamais dans sa mémoire.

Ce moment-là, Julien le pressentait en se le disant, ce moment-là, il se le rappellerait toute sa vie comme un de ces instants, rares au demeurant, où en Julien, l'être humain, le mortel, avait aimé et accepté l'idée de sa mort concluant sa vie soudain sublime. Il y eut un moment où il trouva le destin des hommes, et le sien, mieux qu'acceptable : parfaitement désirable. Il battit des paupières, engourdi comme un chat, et en levant les yeux, il vit le regard de Clarisse posé sur lui, sur son visage, sur ses yeux, avec une lumière, une tendresse insupportables presque : un regard livré, bleu pâle, un regard éclaté et liquide qui le reflétait tout entier et ne rêvait que de le refléter encore et encore, jusqu'à la fin des plus longues croisières.

La côte française apparut au lointain vers le milieu de l'après-midi, provoquant un rassemblement général au bastingage que n'avaient suscité ni les statues, ni les temples, ni les sites du voyage tout entier. Bien que sensiblement pareille à la côte espagnole, à la côte italienne, tout au moins à cette distance, sa vue fut saluée par un silence admiratif et recueilli des plus chauvins chez les passagers français tout au moins. Pour Clarisse et pour Julien, cette côte était l'endroit où ils pourraient, sinon s'aimer, surtout s'embrasser sans se cacher dans les coins – le désir inassouvi rendant puériles et primaires apparemment leurs aspirations les plus essentielles. Edma, elle, voulait ses copines du *Ritz* et ses cocktails, Armand, ses chiffres, la Diva et Hans-Helmut, des scènes, des orchestres, des acclamations, et Éric, son staff; Simon Béjard, le travail et le respect de ses pairs du *Fouquet's*, Olga, son public, et Andréas, on ne savait quoi. Charley, lui, allait retrouver les « garçons » auxquels il conterait Andréas, peut-être en allant un peu plus loin que la réalité ne se l'était permis ; et Ellédocq, le capitaine Ellédocq, retrouverait Mme Ellédocq qu'il avait prévenue déjà deux fois de son arrivée (ayant eu le regret, les rares fois où il n'y avait pas pensé, de trouver le postier ou le boulanger dans le lit conjugal, tous deux solides gaillards qui lui avaient vite fait reconnaître que sa seule amante était la mer).

« Nous dînons en vue de Cannes ce soir, je crois, n'est-ce pas ?... Mélancolique à souhait... dit Edma Bautet-Lebrêche. Le départ est libre, que ce soit ce soir après le concert, demain dans la journée... Que pensez-vous faire, Julien ?

— Je ne sais pas, dit Julien, haussant les épaules. Ça dépendra de... du temps », ajouta-t-il après avoir lancé un regard vers Clarisse, immobile là-bas, dans son fauteuil, la tête en arrière, laissant voir son beau cou et ses yeux mi-clos, sa belle bouche soudain triste.

Et l'idée que c'était lui, Julien, qui était aimé, désiré, et qui allait être le possesseur pour des nuits et des jours de tout cela, le propriétaire sentimentalement parlant de cette chevelure fauve, ce visage accroché à ces pommettes, un visage si beau et si triste, lui aussi, et ces grands yeux bleu-gris posés sur lui avec l'expression de l'amour, il n'arrivait pas à y croire. C'était trop de chance, trop de plaisir, trop de bonheur, trop d'ingénuité de part et d'autre. Le regard qu'il portait à Clarisse réveilla des nostalgies chez Edma Bautet-Lebrêche. « Qui donc l'avait regardée ainsi ces dernières années ? Et depuis quand n'avait-elle plus suscité ce regard ? Le visage émerveillé et jaloux de l'amour ?... Sûrement pas récemment. Ah ! si... » Edma Bautet-Lebrêche rougit en se rappelant soudain que c'était le regard de Simon que lui rappelait le regard de Julien. « Quelle folie, se dit-elle en souriant malgré elle, quelle folie... Moi et ce producteur rastaquouère et rouquin de surcroît. Il avait fallu quand même le regard de Julien pour réaliser ce que contenait celui-ci. » Edma lança tout à coup de sa voix basse en direction du *Financial Times* ouvert à côté d'elle : « Armand, sommes-nous vieux ? » Il fallut deux ou trois appels désespérés de ce genre pour amener la chute du journal et la chute aussi des lorgnons d'Armand Bautet-Lebrêche, ces ingrats qui abandonnaient le nez qui les portait, qui lâchaient prise, peut-être à force de l'ennui et de la monotonie de ce qu'on leur donnait à voir : des chiffres et encore des chiffres.

« Qu'allez-vous faire de tout cet argent ? dit-elle avec une ironie nouvelle et avant même qu'Armand ait pu répondre à sa question : C'est ridicule… Qu'allez-vous faire de tous ces dollars quand nous serons morts ? »

Armand Bautet-Lebrêche à peu près guéri de sa surdité provisoire la contempla avec méfiance autant qu'indignation. Ce n'était vraiment pas le style d'Edma de se moquer de l'argent et d'en parler avec cette désinvolture. Elle avait gardé longtemps de son enfance gênée un respect instinctif et admiratif de l'argent sous toutes ses formes. Armand non plus n'aimait pas beaucoup les sarcasmes à ce sujet.

« Pouvez-vous me répéter la première question ? demanda-t-il sèchement. La seconde me paraît un peu inintéressante… Alors ?

— La première question ? dit Edma comme égarée, et riant de l'air digne de son époux. Ah ! oui, oui : je demandais si nous étions encore jeunes.

— Sûrement pas, dit Armand posément, sûrement pas. Et je m'en félicite quand je vois les galopins voleurs et incompétents qui sont supposés nous remplacer à la tête de nos affaires ou du gouvernement, je me dis qu'ils n'iront pas loin…

— Répondez à ma question, dit-elle d'une voix lasse à présent, sommes-nous vieux, vous et moi ? Avons-nous vieilli depuis ce jour de pluie à Saint-Honoré-d'Eylau où nous nous sommes unis pour le meilleur et pour le pire ?... »

Armand lui jeta un regard brusquement réveillé, toussa, et sa question partit malgré lui, semblait-il.

« Vous le regrettez ?

— Moi ? dit Edma en éclatant de rire, moi ? Mais non, Armand, mon Army, mon Lebrêche, moi, regretter la vie délicieuse que vous m'avez faite... Il faudrait que je sois folle ou névrosée pour ne pas y avoir pris goût... Non, ce fut charmant, tout à fait charmant, je vous assure. De quoi aurais-je pu manquer auprès de vous ?

— Je n'étais pas souvent là, dit Armand en toussotant encore, les yeux baissés.

— Mais justement ! C'est ce mode de vie qui était génial, dit Edma sans la moindre hypocrisie. C'est leur cohabitation forcenée qui rend les ménages si fragiles. En se voyant peu ou pas beaucoup, on peut rester mariés des années : la preuve...

— Vous ne vous sentez pas seule de temps en temps ? » dit Armand d'une voix presque inquiète et qui, du coup, jeta Edma dans l'angoisse.

Armand devait être malade, gravement malade, pour s'intéresser à autre chose qu'à lui-même, réfléchissait-elle, mais sans la moindre animosité : elle se pencha vers lui.

« Vous vous sentez bien, Armand ? Vous n'avez pas pris trop de soleil ? Ou trop bu de cet excellent porto ? Il faudra que je demande à Charley d'où il vient, ce porto. Non seulement il est bon, mais il grise à une vitesse fantastique... Mais que me demandiez-vous déjà, mon cher époux ? Je ne me rappelle plus.

— Moi non plus », dit Armand Bautet-Lebrêche, relevant son étendard à la hauteur de ses yeux et se disant avec soulagement qu'il l'avait échappé belle.

Hans-Helmut Kreuze, debout au centre de sa cabine, vêtu de son habit noir de grande cérémonie au lieu de son smoking habituel, se regardait dans la glace avec une satisfaction mêlée d'un léger doute. Il n'arrivait pas à comprendre que la Doriacci ne lui fût pas tombée dans les bras, ne lui ait pas assuré ainsi une croisière encore plus agréable que celle-ci. Car enfin, à part la hargne du capitaine contre le pauvre Fuschia, ce voyage avait été délicieux. Mais jamais, au grand jamais, il ne rejouerait plus dans les mêmes concerts que la Doriacci… Il s'en était plaint amèrement à ses élèves, il avait avoué entre hommes son adultère à Berlin, et ils avaient eu l'air aussi scandalisés que lui du comportement de la Doriacci. Ils avaient même suggéré respectueusement, enfin du moins était-ce ainsi qu'Hans-Helmut Kreuze entendait le terme « suggestion » quand il s'adressait à lui, qu'il devait peut-être dénoncer son caractère odieux aux directeurs des salles d'Europe et d'Amérique. Certes, il pouvait lancer mille fumées comme ça dans le ciel bleu et triomphant qu'était la carrière de la Doriacci, mais il craignait que si par hasard elle en découvrait l'odeur, et l'origine, elle n'hésite pas à révéler au monde de la musique cette nuit de débauche, voire le motif de ses propos amers. Ce soir, il devait jouer du Fauré et elle, chanter du Brahms et du Bellini, mais Dieu sait ce qu'elle allait encore choisir à la place… Oui, reconnaissait-il faiblement, oui, il aurait volontiers repris pied dans le lit de la Doriacci. Bien sûr, l'expérience d'Hans-Helmut Kreuze était très courte, et sa maîtresse la plus patiente avait été sa femme.

Mais il lui semblait, dans les ténèbres de sa mémoire, voir passer l'éclair blanc d'une épaule dans la nuit, un rire rouge et blanc sous la naturelle blancheur de jeunes dents brillantes, des prunelles noires sous des cheveux noirs, et surtout une voix rauque disant en italien des choses scabreuses et intraduisibles, sinon incompréhensibles. Bien qu'il eût honte, à y penser, quelqu'un, un mauvais ange ou un provocateur, lui laissait la conviction très intime et très secrète, à peine avouable à lui-même, à travers ces jours et ces nuits grises, d'un gris qui couvrait même à présent les plus folles acclamations, à travers ces années de travail, de récitals, de triomphes, ces années grises, que seule la nuit de Berlin, trente ans auparavant, avait l'air en couleur, bien qu'elle se soit passée, elle, dans le noir d'une chambre d'hôtel.

« Ne vous laissez jamais agripper par les sensations ni la débauche », dit-il doctement en se retournant vers ses deux vieux élèves, plantés dans son salon, et qui, avec leurs shorts, leurs chaussettes et leurs sandales, semblaient tombés d'une planète interdite à ces tentations, rendaient même inutiles, à vue de nez, les recommandations de leur bon maître. « Allons, se dit Kreuze, il restera toujours des cœurs purs pour jouer de la bonne musique. »

La Doriacci, dans un étonnant désordre qu'elle foulait au pied, regardait fermer ses valises par deux stewards épuisés. Ils étaient parvenus, l'un et l'autre, plusieurs fois à empaqueter, sans avoir l'air le moins du monde étonnés, des chaussettes d'homme, un caleçon d'homme, deux faux cols, un nœud papillon. Et tous deux se félicitaient in petto de prouver encore une fois leur discrétion proverbiale d'ailleurs, mais à chaque fois la Doriacci leur avait arraché des mains ces attributs masculins et les avait mis de côté sur son lit, disant avec l'indignation la plus naturelle et sans la moindre vergogne : « Laissez ça, voyons, vous voyez bien que ce n'est pas à moi ! », révoltée semblait-il de ce qu'ils veuillent piller, même à son profit, la garde-robe pas trop flambante de son jeune amant. Elle avait donc convoqué Andréas, lui avait restitué ses biens sans paraître remarquer l'indifférence totale du jeune homme à cette restitution. Il était pâle, il n'avait même pas bronzé un peu plus pendant cette croisière, et il était malheureux de toute évidence. La Doriacci se sentait pleine de tendresse et de pitié pour lui ! Mais d'amour, pas, et c'était ce qu'il lui fallait, hélas !

« Mon chéri », disait-elle autour de lui, enjambant des robes, des éventails, des partitions, et finalement l'emmenant dans sa chambre à côté, aussi encombrée d'ailleurs mais dont elle referma la porte sur les deux stewards. « Mon chéri, il ne faut pas faire cette tête-là, voyons… Tu es beau, très beau, tu es intelligent, tu es sensible, mais ça, ça te passera, tu es bon et tu vas faire une carrière triomphale, je te le dis. Sincèrement, mon cœur, ajouta-t-elle avec un peu plus de vivacité (car il restait immobile, les bras ballants et la regardait à peine, le visage fermé et inexpressif comme s'il était au summum de l'ennui). Mon chéri, continua-t-elle quand même, je t'assure que si j'avais pu aimer quelqu'un depuis dix ans, ç'aurait été toi. Je t'enverrai des cartes postales de partout, et quand je viendrai à Paris, nous déjeunerons ensemble et nous tromperons ta maîtresse dans une chambre d'hôtel l'après-midi. Ce qui est toujours délicieux à faire à Paris, sans que personne le sache surtout… Tu ne me crois pas ? avait-elle demandé d'une voix un peu agacée, à peine agacée, et il avait sursauté craintivement presque.

— Si, si, je vous crois », dit-il précipitamment avec feu, même un peu trop de feu. Puis il avait balbutié des excuses inutiles tandis qu'elle l'embrassait sur la bouche et le serrait contre elle dans un mouvement irrépressible de tendresse avant de le pousser vers la porte et de le mettre dehors, sans qu'il fît mine de protester.

« J'espère que je n'ai pas été trop dure », se disait-elle avec un vague remords. Et quand Charley vint lui demander si elle avait vu Andréas descendre du bateau avec les premiers partants sur le gros hors-bord envoyé de Cannes, elle aurait été incapable de lui répondre. Et elle en était à peu près sûre, Andréas n'avait pas pu supporter cette dernière soirée et s'était enfui vers la terre ferme poursuivre sa carrière. Et qu'il ait laissé ses bagages provisoirement indiquait bien que c'était un coup de tête qui lui avait fait quitter le *Narcissus*, à bord duquel un autre coup de tête le ramènerait sans doute dans la matinée du lendemain. Elle préférait d'ailleurs qu'il en soit ainsi car chanter devant lui était devenu un supplice, ou tout au moins une gêne. Car tous les mots d'amour en italien (et que, Dieu merci, il ne comprenait peut-être pas), ces mots qu'elle lançait par ordre de ses partitions à des amants tragiques, lui paraissaient autant de cadeaux qu'elle ne lui avait pas faits, et dont il pourrait donc se désespérer à l'instant même qu'il les entendait. Elle ouvrit son agenda un peu au hasard et siffla entre ses dents de la manière la plus triviale et la plus inattendue chez la Diva des Divas. « Dans trois jours, elle serait à New York, dans dix à Los Angeles, dans quinze à Rome et dans vingt-cinq en Australie, dans ce Sydney dont ne venait pas le charmant Julien Peyrat, elle en était sûre. Ah ! New York ! Qui l'attendait donc à New York ?… Ah ! oui, le petit Roy… qui devait déjà bouillir d'impatience et organiser à l'avance des nuées de mensonges qui lui permettraient d'échapper à Dick, son protecteur, celui qui était si riche et si vieux et si ennuyeux. Le visage lointain, rusé et froid le plus souvent, mais parfois déchaîné dans le rire, du jeune Roy lui apparut tout à coup, et elle se mit à rire aussi, de confiance, et à l'avance.

Simon Béjard regardait sans désir la croupe – si l'on pouvait dire croupe pour ce corps si mince –, la croupe d'Olga penchée sur sa valise à lui, Simon, qu'elle faisait avant la sienne dans une crise de servilité qu'il eût préférée moins tardive. Il regardait cette petite bouche pincée sur des dents déjà pourvues de jaquettes, il l'entendait proférer des lieux communs pompeux ou des badinages lourds, ou des sentimentalités indécentes. Il se demandait quel homme absurde avait pu se substituer à lui pendant plusieurs semaines au point de le persuader qu'il aimait ça : cette prétention, cet égoïsme, cette dureté, cette sottise ambitieuse qu'elle respirait par tous ses pores. Il se donnait un mal fou par instants pour lui répondre aimablement, et même pour lui répondre tout court. Ah ! il avait voulu des jeunes filles en fleur ! Ah ! il avait rêvé d'être le père, l'amant, le frère, le guide de cette jeune oie intellectuelle à demi frigide et complètement artificielle ! Eh bien, c'était une bonne chose de faite. En rentrant, il irait voir Margot, qui avait son âge, une croupe, elle, de gros seins, un gros rire, Margot qui le trouvait génial et qui était plus intelligente que bien d'autres femelles soi-disant raffinées. C'était même une chance pour lui d'avoir vu Olga ailleurs que dans ce cercle de cinéma si fermé et au niveau si peu brillant parfois, qu'elle avait pu lui sembler supérieure aux autres peut-être parce qu'elle l'était en effet. Il avait eu de la chance de la confronter à deux femmes vraiment raffinées de sentiments ou de vocabulaires, en tout cas de manières : Clarisse et Edma, l'une imbattable dans l'élégance du cœur et l'autre dans l'élégance vestimentaire et sociale. La Doriacci elle-même avait une autre classe que cette pauvre Olga. Et Simon se demandait encore ce qu'Éric avait pu lui trouver de particulier, à part une possibilité de faire souffrir sa femme, ce que Simon, dans sa bravoure naturelle, ne trouvait pas un motif suffisant. C'était pour lui, Simon, sa première croisière, et sans doute la dernière, tout au moins pendant quelques années. « Il regretterait Edma quand même », se disait-il, le cœur un peu serré à sa grande surprise. Il aurait pu être heureux avec Edma si elle n'avait pas été si chic et s'il n'avait pas été si sûr de lui faire honte devant ses copains de l'avenue Foch, chaque fois qu'elle aurait eu à le présenter. Quand même il oserait peut-être la voir en cachette, en douce, seuls, pour qu'ils puissent rigoler ensemble, se moquer des mêmes choses et sauter d'un sujet à l'autre en se tenant les côtes, comme ils l'avaient fait pendant dix jours. Ils riaient exactement des mêmes choses, tous les deux, si opposées que soient leur éducation, leur existence ; et ce rire d'écolier, Simon le savait à présent, était un meilleur atout pour une union, quelle qu'elle soit, entre un homme et une femme, que toutes ces ententes érotico-sentimentalo-psychologiques dont les comblaient les journaux.

Mû par une impulsion subite, et oubliant Olga enfouie dans sa valise, Simon décrocha le téléphone, demanda la cabine des Bautet-Lebrêche, et tomba bien entendu sur Edma. Il ne l'avait jamais eue au téléphone, et cette voix haut perchée lui fit d'abord mauvaise impression.

« Edma… dit-il, c'est moi. Je voulais… (il hésita).

— Oui, c'est moi, Edma, disait-elle à tue-tête. Oui c'est moi… Qu'y a-t-il ? Que puis-je pour vous ? »

Puis sa voix diminua, se tut, et ils restaient pendus, l'un et l'autre, à chaque bout du téléphone, un peu essoufflés et vaguement inquiets.

« Vous disiez ? dit la voix d'Edma, basse comme si elle chuchotait.

— Je me disais… je me disais qu'on pourrait peut-être se voir dès mardi… si vous avez le temps », dit Simon en chuchotant lui aussi.

Son front était couvert de sueur sans qu'il sût pourquoi. Il y eut un silence pendant lequel il faillit raccrocher.

« Mais oui, bien sûr, dit enfin la voix d'Edma qui semblait venir de l'au-delà. Oui, bien sûr. J'ai même mis mon numéro de téléphone et mon adresse dans votre casier tout à l'heure…

— Non… dit Simon, non… »

Et il éclata de rire, de son rire tonitruant qui fit émerger Olga de sa valise, courroucée mais impuissante. Le rire d'Edma en retour faillit lui faire arracher le récepteur à Simon.

« Non, dit-il, non… ça c'est drôle… » Et il ajouta : « C'est marrant, j'aurais jamais pu vous donner rendez-vous sans le téléphone…

— C'est marrant, approuva Edma, utilisant l'adjectif “marrant” pour la première fois de sa vie. C'est marrant les grands timides », ajouta-t-elle en riant plus fort.

Et ils raccrochèrent ensemble, hilares et triomphants.

Andréas était allongé sur un pont désert, à l'autre bout du navire, là où le linge sèche et où, donc, on ne pouvait le voir du côté des passagers. Il n'y avait guère eu qu'un malheureux cuisinier arabe qui l'avait vu passer, et encore ! Comme s'il eût vu apparaître un Martien. C'était étrange, à y penser, tous ces individus sur ce bateau, qui ne se connaissaient pas, qui ne se connaîtraient jamais et qui peut-être, grâce à une mine égarée, mourraient tous ensemble et de la même mort. Andréas était allongé sur le bois dur, son pantalon de flanelle blanche serait foutu... et il gisait ainsi sur le dos, le visage au soleil, la tête sur un paquet de cordages qui l'attendait. Il fumait cigarette sur cigarette dont le goût lui semblait de plus en plus âpre pour sa gorge assoiffée, et la fumée de plus en plus pâle, sur ce ciel si bleu qui sentait si bon. Il avait un grand vide dans l'esprit ; enfin, plus précisément, son activité cérébrale se bornait à un air de musique découvert la veille, au bar, un disque de Fats Waller, dont les notes semblaient jaillir du piano, tomber de ses touches blanches et lisses, comme aussi s'extirper à grand-peine de la clarinette, de ses profondeurs abyssales. Un air heureux, quoi. Un air qu'il ne se rappelait pas, qu'il n'avait jamais entendu mais dont il reconnaissait quand même chaque note ; un air qui ne pouvait venir ni de son enfance sans pick-up, ni de son adolescence consacrée au rock, ni du régiment bien entendu, ni de ses folles maîtresses quand il avait commencé à travailler avec elles : celles-ci, ces quinqua ou sexagénaires, ne rêvaient que de jerk, de se dandiner en face de lui, le chignon défait, en levant les mains très haut – laissant voir, du même coup, des aisselles poussiéreuses, sous le lamé. Il se rappela ces quelques « mécènes ». Il les vit défiler devant lui, les unes et les autres, en rangs peu serrés, se demandant sans amertume ni remords comment il avait fait pour les supporter à une table ou dans leurs lits. C'est qu'il ne se rendait pas compte à l'époque de ce que voulait dire partager un lit. Dans ce domaine, il n'avait jamais partagé quoi que ce fût : il avait donné, offert des gestes et un corps superbe à des personnes qui s'en étaient servies pour obtenir un plaisir qu'il ne partageait pas et dont il regardait l'éclosion et la montée avec une objectivité totale, parfois même un peu teintée de gêne. Mais même dans le cas contraire, quand c'était lui qui était arrivé à ses fins, abandonnant l'autre à ses fantasmes personnels, il n'avait jamais eu l'impression de partager quoi que ce fût. Au contraire : maintes fois au cours de ses liaisons qui, lorsqu'il avait vingt ans, auraient dû lui suggérer le contraire, Andréas avait eu l'impression que l'acte de l'amour l'éloignait à jamais de celle avec qui il le faisait.

Mais de toute façon, ces visages qu'il tentait de rejeter allaient revenir vers lui, ceux-là ou d'autres semblables, à Nevers ou ailleurs. Mais à Nevers d'abord, puisqu'il n'avait plus d'argent et qu'il devrait attendre au café de la gare pratiquement que soient vendus les trois lopins de terre qui avaient été acquis en trois générations par les hommes de sa famille, ceux-là mêmes qui étaient morts au travail sans avoir connu les joies de la ville, ceux-là mêmes qu'Andréas se surprenait à envier maintenant... Car ils avaient travaillé, et peut-être étaient-ils morts entourés, pleurés, choyés. Et peut-être le travail leur avait-il paru supportable dès l'instant que ce travail faisait vivre les femmes ou les enfants qui étaient les leurs. Lui, il le savait, de sa carrière il ne récolterait que des bijoux, des bijoux d'homme dont il ne se déferait jamais, qu'il ne pourrait même pas donner à quelqu'un à cause des initiales gravées sur or... Il allait revenir en province où il circulerait de salon en salon, de lit en lit, avec des femmes sans allure et sans entrain, des femmes oisives comme lui-même, qui n'auraient ni le rire tonitruant, ni les mauvaises manières, ni le vocabulaire ordurier, ni la peau douce et les yeux rieurs, ni la voix, bien sûr, de la Doriacci. Ah ! non, il n'avait vraiment pas envie de rentrer à Nevers et de repasser en voiture devant cette maison vide qu'il connaissait bien, et dont ni les palaces ni les relais d'autoroute n'avaient encore pu desserrer la prise de sa mémoire. Et maintenant, en plus, à ces souvenirs-là, à tous ces pastels bleus et tendres de l'enfance, il lui faudrait en ajouter d'autres, aux couleurs plus crues et plus violentes, dont le parfum, la racine, étaient aussi ceux du bonheur.

Andréas releva la tête malgré lui, de souffrance et de révolte. Il se secoua, tenta de s'asseoir pour échapper à ces cruels ennemis, mais glissa et se laissa retomber en arrière, les bras en croix, livré aux attaques conjuguées de son imagination et de sa mémoire : « Mais je suis seul, bon Dieu... », gémit-il indistinctement pour lui-même, et pour le soleil en face qui bronzait sa peau déjà dorée, cette même peau qui devait assurer sa subsistance et délimiter sa vie.

Une mouette tournait dans le ciel avec des allures de vautour ou d'oiseau de proie. Elle ne volait pas, elle se laissait tomber, les ailes ouvertes, d'un coup, du ciel à la mer. Elle remontait d'un trait à la verticale sans avoir rien vu ni trouvé. Andréas suivait des yeux avec sympathie et camaraderie cette allégorie de sa propre vie. Dans quelques jours, il allait devoir plonger, une fois de plus, sur des poissons plus fermes et plus rapaces que ceux de la mer… « Que vais-je faire ?… dit-il brusquement à voix haute, en se relevant à demi, les coudes en arrière appuyés au paquet de cordes, que vais-je faire ? » Il allait rendre son chèque à Clarisse, puisque la Doriacci ne voulait pas qu'il la suive, et que la suivre tout de même ne servirait à rien : non seulement elle était décidée à ne pas l'aimer, mais en plus elle ne l'aimait pas. Il devrait peut-être partir pour Paris ; mais c'était pareil : avec quel argent ? Là-bas, il devrait se laisser présenter à l'amie de la Doriacci et rentrer dans le cheptel de ses dames, et il ne s'en sentait pas le courage. Plus précisément, il pensait que s'il rencontrait la Doriacci, un an plus tard, avec au bras une de ces cantinières de luxe qu'elle lui avait désignée elle-même, il mourrait de honte et de regret. Il ne lui restait plus que Nevers décidément. Nevers, où ses aventures avaient déjà fait rire toutes leurs misérables relations, et dont cette fois le rire, ses trois femmes disparues, ne serait plus mêlé d'aucune tendresse : puisque les propriétaires du mot « tendresse » étaient mortes sans lui révéler où étaient cachés leurs trésors, sans lui dire où elles avaient enfoui l'inépuisable tendresse dont elles l'avaient entouré toute sa vie, sans même le prévenir qu'elles l'emporteraient avec elles et sans l'avertir qu'il aurait à vivre sans. Et sans même prévoir (comme les animaux sauvages qu'on a apprivoisés) qu'il serait attaqué et mangé cru par ses congénères dès sa première sortie. C'étaient les deux voies qui s'offraient à Andréas : une Nevers moqueuse ou un Paris amer (à part la Légion étrangère, mais il détestait la violence). Et appuyé à ses cordages, sous le ciel bleu de ce matin-là, il entendait les moteurs du *Narcissus* poursuivant implacablement sa route vers une terre où il n'était plus attendu par qui que ce soit. Quand il eut bien remâché cette dernière évidence, il alluma une cigarette de plus, se leva, et s'approcha du bastingage, là où une porte de fer, plus basse, permettait de se pencher un peu plus vers la mer, la mer où il jeta sa cigarette.

Le mégot flotta avec insouciance sur les flots bleus, puis, happé dans un long tourbillon, disparut de la vue d'Andréas, vers le fond, là où l'eau devenait noire. C'était peut-être cette même vague, pensait-il absurdement, qu'ils regardaient l'autre jour ensemble avec la Doriacci, l'autre jour où il était heureux, si heureux sans le savoir. Elle était près de lui, elle riait en lui caressant le poignet de ses doigts chauds glissés sous la manche de sa veste, et elle lui murmurait des mots italiens érotiques, et même obscènes, lui assurait-elle en riant. Il aurait dû être léger, spirituel, fougueux, séduisant. Il l'aurait peut-être gardée, si… Si quoi ? Il avait tenté d'être tout cela : il avait été aussi léger, spirituel et séduisant qu'il pouvait l'être… Ça n'avait pas suffi. Ça ne suffirait jamais. Il pouvait être tout ce que l'on voulait dans la vie, en insistant, en s'appliquant, en se forçant, tout, sauf léger. Et elle le savait puisque ce n'était pas la colère ou le mépris que ses carences avaient provoqué, mais l'indifférence. Et cette même mer, dans sa douceur absente, lui semblait l'exemple, le symbole de ce qui l'attendait. Des hommes avaient dû se plaindre sur ses bords pendant tous ces siècles, et avaient dû l'ennuyer. Elle représentait ce monde extérieur à lui, elle représentait les autres, elle était belle, froide, indifférente.

Et sa solitude passée et à venir, l'inutilité de sa vie, son absence de force, de résistance et de réalisme, son besoin éperdu et puéril d'être aimé, tout cela lui parut tout à coup trop dur, trop lourd. Tout cela le poussa à passer sa jambe droite par-dessus la porte et à s'y hisser. Il resta un instant dans un équilibre précaire, le temps que le soleil s'appuie sur sa nuque et que sa peau s'en réjouisse, le temps qu'il éprouve un sentiment de gâchis à faire passer par-dessus bord cette mécanique si bien rodée, ce corps de luxe, et il se laissa tomber. Le *Narcissus* était plus haut, bien plus haut qu'il ne le pensait, et bien plus rapide. Quelque chose de froid, de mince, le cingla, s'enroula autour de son torse avant d'encercler son cou. Quelque chose comme un filin auquel, pensa-t-il pendant un millième de seconde, il allait pouvoir s'accrocher. Et Andréas mourut en se croyant sauvé.

Pour une fois enchanté de l'absence de Clarisse, Éric avait donné deux ou trois coups de téléphone à Cannes, vérifié que les rets de son piège étaient bien tendus. Dans quelques heures, le tricheur, le voleur, le suborneur serait sous les verrous.

Mais il était temps… Éric se retenait pour ne pas insulter et battre à coups de pied ce voleur minable, ce valet de cœur, « ce vieux valet », pensait-il, oubliant leur âge commun et le souci qu'il avait lui-même de son esthétique. Éric avait toujours été fier de son physique. Il cachait soigneusement mais cultivait en lui l'idée que sa mâle beauté, cette beauté superflue presque, devait entraîner chez les autres, chez les femmes surtout, une sorte de gratitude… une gratitude normale envers un homme qui, non seulement était juste, profond, net, humain, mais qui en plus rendait séduisantes ces vertus généralement liées à un physique ingrat. D'ailleurs, s'il était lucide, ce n'était plus seulement son argent qu'il reprochait maintenant à Clarisse, mais c'était sa beauté; cet air de jeunesse, de défi, et cet air aussi de vulnérabilité qu'elle avait déjà quand ils s'étaient connus, et dont il eût aimé ne voir que les traces, aujourd'hui, dont il avait même cru qu'il ne restait que des traces sous ce maquillage barbare. Mais à présent, il l'avait vue en plein jour, sur le pont de ce bateau, il l'avait vue au soleil, vue aux lumières, démaquillée, et surtout, surtout, éclairée par le désir d'un autre. Il devait bien s'avouer en même temps que la vulnérabilité avait toujours été accompagnée de cet air de jeunesse, cette odeur de jeunesse qu'il sentait encore dans ses cheveux, dans cette voix, ce rire, cette démarche. Elle finirait comme une vieille petite fille, pensait-il parfois en se forçant au mépris. Mais quelquefois, quand il lui avait imposé ses devoirs conjugaux et nocturnes et que, recroquevillée dans la position du fœtus, chère aux psychiatres, elle dormait près de lui en lui tournant le dos, il s'était surpris deux, trois fois à regarder avec une avidité mêlée de déférence, ce dos, et cette nuque fragile et indomptable. Et même, par moments, avait laissé s'élever comme une mélopée funèbre un air oublié et désolé, le souvenir de ce que ce corps de Clarisse avait été pour le sien, au début de leur histoire. Bien sûr, le souvenir de tout ce qu'il n'était plus pour elle, à force d'y mettre des noms grossiers, sonnait faux pour lui aussi. Mais il y avait une bonne chance que ce visage heureux s'effondre demain matin et laisse la place à autre chose. Il imaginait le visage de Clarisse, quand la nature et la vie de son bel amour lui seraient dévoilées. Il voyait déjà ce visage pâlir encore, il voyait ses yeux incrédules, cette expression de honte, ce désir de fuite qui le recouvrirait peu à peu. Il fallait qu'il fasse attention, ensuite, à ne pas dire trop souvent : « Je te l'avais bien dit ! », ramenant ce sale coup à un agacement, gâchant ainsi son triomphe. Oui, il était temps, quand même, que ce matin-là arrive. Il laissait du champ à Clarisse, lui laissait les rênes longues afin qu'elle ne se doute de rien, qu'elle le croie indifférent à sa toquade, et que l'un et l'autre arrivent, désarmés par l'inconscience et l'amour contrarié, devant le commissaire et les huissiers de Cannes. Il se repassait dans l'esprit inlassablement cette scène digne d'une image d'Épinal : le mari soutenu par la justice, la femme coupable, le méchant confondu et rejeté aux oubliettes.

En attendant, il avait sorti le Marquet de sous sa couchette et l'avait posé sur l'oreiller de Clarisse avec trois mots : « Bon anniversaire, Éric » qui, savait-il, enlèveraient les trois quarts de son charme au tableau. Mais que pouvait faire Clarisse à cette heure-ci ? Dans quel endroit du bateau parlait-elle en rougissant à son amant devant les gens, les importuns qui remarqueraient eux-mêmes, sans qu'elle le sache, ce halètement, cette tension, ce désir insupportable étiré entre elle et Julien ? Enfin, où était-elle ? Quelque part sur ce bateau, sur ce pont, en train de rire aux éclats des sottises qu'elle trouvait si « cocasses » de son amoureux, riant, riant comme elle n'avait jamais ri avec lui. Il fallait dire qu'Éric lui-même avait, dès le début de leur rencontre, instauré entre eux un ton solennel et tendu – qu'il disait celui de la passion – et qui excluait le rire. D'ailleurs, il n'aimait pas rire, comme il méprisait le fou rire de qui que ce soit, qui le hérissait comme toute perte de volonté. Quand même, il eût bien aimé lui offrir ce tableau devant Julien Peyrat... Mais c'était impossible. Et de toute façon, il fallait attendre que le dernier hors-bord pour Cannes ait disparu dans la nuit tombante, Julien Peyrat coincé à bord, et incapable de s'évader du piège.

« Comment allons-nous faire ? » disait Clarisse, assise au bar, en effet, et évitant aussi, en effet, de regarder trop longtemps Julien – ou trop précisément.

Par moments, en faisant un grand effort, la respiration bloquée, elle arrivait à le voir quelques secondes en dehors de son statut d'amant ; elle arrivait à le voir comme un homme, en face d'elle, aux yeux et aux cheveux châtains, elle arrivait à lui parler posément en oubliant le contact, la chaleur et le parfum de ces cheveux et de cette bouche amusée. Mais elle ne résistait que quelques secondes, et son regard se troublait, sa parole ralentissait avant qu'elle ne tourne brusquement la tête sur le côté, incapable de supporter plus longtemps le trouble délicieux, la faim et le besoin de cet homme en face d'elle. Julien en était réduit aux mêmes expédients et aux mêmes distractions forcées, encore plus brèves chez lui si bien qu'à l'instant qu'il la regardait, elle était livrée à Julien, avide, obsédée, impatiente, et qu'il se disait : « Je vais l'embrasser, là… Je vais faire ceci… Je vais la caresser là, me serrer contre elle et l'étreindre comme ça », formant ainsi autant d'images voluptueuses et brûlantes que la proximité de cette femme, même pas nue, rendait indécentes et cruelles.

« Comment vais-je faire ? demanda-t-elle en faisant tourner son verre entre ses longs doigts. Comment veux-tu que je fasse ?

— Oh ! simplement, dit Julien avec l'air rassuré qu'il arborait contre lui-même. Tu fais tes valises demain matin, tu lui dis que tu veux repartir et être seule pour une autre croisière… Non, enfin que tu veux faire sans lui une autre croisière ; et tu montes dans la voiture où je t'attends…

— Sous son nez ?… (Clarisse était pâle d'appréhension.)

— Eh oui, sous son nez aquilin même !… dit Julien avec une gaieté qu'il n'éprouvait pas. Il ne va pas se jeter sur toi et te traîner de force dans sa voiture, enfin... il ne va pas même essayer !

— Je n'en sais rien, dit Clarisse. Il est capable de tout...

— Il ne t'emmènera pas, moi vivant ! dit Julien en roulant les épaules comme un portefaix. Mais si tu as trop peur de lui, je peux être là, quand tu lui annonceras... Je peux même lui dire moi-même, tout seul. Je te l'ai déjà dit...

— Oh ! ça, ce serait merveilleux !... » dit Clarisse étourdiment avant de s'avouer que cela ne se faisait pas.

Elle était tourmentée, bien sûr, mais Julien, lui, était en proie à d'autres problèmes. Tout compte fait, il louerait une voiture sur le port même, et il emmènerait Clarisse chez lui ; mais même en téléphonant de Cannes, la maison serait-elle suffisamment chauffée pour qu'ils y dorment le soir même ? Bien sûr, il y avait l'hôtel, mais ils ne devaient pas commencer ensemble une vie errante. Il fallait, au contraire, qu'en rompant ses amarres, la goélette Clarisse retrouve au plus vite un port stable, même une petite anse pour les pêcheurs, un endroit stable qui serait le leur et le resterait : cela voulait dire la baraque de Julien dans les Causses, la seule chose qui lui appartînt en propre après vingt ans de poker, de casino et de courses, et qui d'ailleurs était un legs de sa famille. Clarisse qui le regardait du coin de l'œil pour se rassurer eût été stupéfaite de voir que son suborneur cherchait dans sa tête et dans des placards lointains des couvertures pour la nuit prochaine, et des oreillers.

Le dîner commença fort bien au demeurant. Pour cette dernière soirée, le capitaine Ellédocq, l'air important et grave comme s'il s'apprêtait à quitter un navire en perdition, jetait autour de lui des regards bienveillants – ou qu'il voulait tels, mais qui terrorisaient toujours les jeunes barmen et les maîtres d'hôtel. À peine assis d'ailleurs à la grande table avec ses hôtes, il fut appelé au téléphone et dut s'excuser.

« Allons bon ! Qui va mener la conversation maintenant ? demanda Edma d'une voix flûtée qui fit rire tout le monde. C'est vous, mon cher Lethuillier ? Vous devriez signaler ça dans votre *Forum* : ce phénomène d'anthropologie, car enfin, réfléchissons. Nous avons été trente, trente êtres humains sur ce bateau, complètement dirigés et menés au pas pendant neuf jours et sans broncher sous les ordres d'un orang-outang à casquette… Une bête qui ne comprenait pas un traître mot de ce que nous lui disions et qui s'adressait à nous en termes gutturaux… Pas sot d'ailleurs, cet animal… Par exemple, il avait bien compris que la sonnette voulait dire "Manger", "Nourriture", et il se précipitait le premier vers la salle à manger à l'instant même, et sans marquer la moindre hésitation… N'est-ce pas étonnant ? demanda-t-elle dans le rire de ses voisins et l'appui du rire de la Doriacci qui, à lui seul, eût entraîné toute une salle.

— Quel dommage que nous n'y ayons pas pensé plus tôt… dit Julien en s'essuyant les yeux. King Kong, on l'aurait appelé King Kong…

— Ça ne lui aurait fait ni chaud ni froid, dit Simon. De toute manière, son rêve était qu'on tremble devant lui, et que les hommes au moins lui parlent au garde-à-vous…

— Chut… dit Edma, le voilà. Mais sans Charley. Mais où est donc passé Charley ? » s'enquit-elle en remarquant sa chaise vide à côté, et la chaise vide aussi d'Andréas.

« Il n'est quand même pas allé traîner à Cannes dans ces boîtes de pervers… marmonnait Ellédocq pour lui seul. Pas le dernier soir… À moins qu'il l'ait fait exprès pour m'ennuyer… »

Le capitaine eût été fort surpris si on lui avait dit que, sur ce plan-là uniquement, il présentait le même intérêt que Marcel Proust. Quant à Charley, il ne revint pas de la soirée, au grand mécontentement de ces dames. Et pour cause : assis dans sa cabine, sur le bord du lit, la tête audessus de la cuvette émaillée et ses deux mains serrant les robinets d'eau chaude et d'eau froide, il vomissait, il pleurait en même temps sur ce qu'il avait vu sur la couchette des cuistots près d'un dortoir d'équipage. Et qui était un chandail de cachemire beige et bleu, du même bleu que les yeux de son propriétaire, mais qui portait encore, à l'endroit où l'hameçon du mécanicien pêcheur l'avait accroché, une déchirure bordée d'une trace brunâtre et tenace, une trace de sang que toute l'eau de la Méditerranée ne pourrait pas enlever…

Il fallait, bien entendu, qu'il se taise jusqu'à ce que les passagers soient partis, soient loin même, et que rien de fâcheux ne rejaillisse sur les dernières délices artistiques de la croisière musicale. Charley pleura tout le temps cette nuit-là, et si sincèrement, et sur des souvenirs si faux et si tendres, sur les espoirs que lui avait laissés Andréas, sur tout cet amour qui eût peut-être empêché ce geste fatal ! Charley pleura sur ce qui n'était qu'un récit tendancieux d'un drame de la solitude et qui serait remplacé dans quelques années, il le savait déjà, par le récit d'une passion brûlante et désespérée dont l'abandon, par lui, Charley, avait provoqué la mort du seul homme qu'il eût aimé.

L'aube le retrouva à la même place, le visage gonflé, vieilli de dix ans. Et c'est vraiment par bonté de cœur, grâce à sa nature profondément gentille, qu'il se retint dix fois dans la nuit d'aller pleurer avec la Doriacci.

C'est ainsi que Charley Bollinger, pour la première et la dernière fois, manqua le dîner d'adieu du *Narcissus*. Il manqua même, triomphalement annoncées une heure plus tard, par la suppression des lumières, les premières mesures de *Happy Birthday* jouées au piano par Hans-Helmut Kreuze lui-même, et l'apparition du chef, en toque blanche, émergeant des entrailles du bateau après neuf jours d'anonymat ; lequel chef portait à bout de bras la consécration de ses talents : un énorme gâteau décoré d'un « Bon Anniversaire, Clarisse » en sucre blanc. Tout le monde tourna des yeux souriants et excités vers Clarisse qui semblait pétrifiée. Elle porta la main à sa bouche.

« Mon Dieu, dit-elle. Mon anniversaire… J'avais oublié… »

À côté d'elle, Julien, surpris et enchanté comme il l'était par toute fête, lui souriait, un peu moqueur et assez faraud de lui avoir fait oublier sa propre naissance.

« Vous ne vous le rappeliez vraiment pas ? » dit Éric (et son sourire était dépourvu de toute chaleur, bien qu'il s'étendît jusqu'aux oreilles).

« Comment avez-vous fait, chère Clarisse, pour oublier votre anniversaire ? claironna Edma. Pour ma part, hélas ! je m'en souviens chaque fois, et je me dis : "Et un de plus… un de plus… un de plus." Vous, vous n'avez pas encore ces sombres réflexions, c'est vrai !

— Comment, comment, "un an de plus" ? dit Simon Béjard allègre : la plus jeune des femmes qui se plaint à présent ! »

Il en faisait un petit peu trop au gré d'Edma, depuis leur coup de téléphone sentimental. Il regardait Edma de biais, de face, lui souriait sans cesse, lui clignait de l'œil, bref se livrait à une pantomime d'amant heureux qui, même en l'absence de son mari, eût été excessive d'abord, et de mauvais goût ensuite. Edma était à la fois agacée, amusée et confusément flattée de voir les regards surpris des autres devant cette connivence saugrenue. « Quel drôle de type, quel drôle de type… », se répétait-elle avec une réticence mêlée de plaisir. Et elle souriait à Béjard, ou lui faisait les gros yeux selon ses pensées, c'est-à-dire qu'elle changeait d'attitude toutes les trois minutes.

« Mais ma chère Edma… continuait justement Simon par-dessus le brouhaha du gâteau, mais, ma chère amie, vous, les années, vous les décomptez, n'est-ce pas ? Vous êtes et vous serez une femme éternellement jeune, vous le savez bien. Une taille de jeune fille, une taille de guêpe, même… Je vous assure, de dos, on vous donnerait quinze ans ! » ajouta-t-il avec moins de bonheur.

Edma d'ailleurs avait détourné la tête juste à temps pour ne pas l'entendre, et comme chaque fois qu'il avait gaffé, et remarqué sa gaffe, Simon Béjard s'essuya les lèvres soigneusement, trois fois, avec sa serviette. Edma enchaîna avec un sourire bienveillant dans sa direction :

« Mais combien de bougies ?… Combien ? cria-t-elle de sa voix de tête, qui avait tant agacé son soupirant rouquin et qui l'attendrissait presque, à présent. Alors, Clarisse, vous avouez ? Combien ?

— Ça ne se dit pas, dit Éric. Ça ne se dit même pas pour une jeune fille.

— Non, mais ça se dit pour les vieilles dames, dit Edma avec bravoure – et une expression de sacrifice passa sur son visage comme des nuages sur un ciel bleu.

Moi, par exemple, moi, la vieille dame, ici, je vous le dis tout de go, mon cher Éric : j'ai cinquante-sept ans. »

Armand Bautet-Lebrêche leva les yeux au ciel et, après un vague calcul, rajouta (in petto) cinq années à cet aveu. Un léger silence suivit, un silence à peine poli, songea Edma ulcérée, mais déjà son damoiseau relevait le gant avec son élégance habituelle.

« Eh bien quoi ?... Et alors ?... Cinquante-sept, cinquante-huit, cinquante-neuf, soixante, qu'est-ce que ça peut faire du moment que vous êtes déchaînée comme à vingt ? Je vois mal qui pourrait dire quoi ?

— Vous pourriez lui dire “chut”, par exemple, suggéra gravement Julien à Edma.

— Voici un bon conseil, dit Edma d'un air digne que son sourire démentait.

— Eh bien, quoi ? repartait Simon. Qu'est-ce que j'ai dit de mal ?... C'est vrai, c'est un âge épatant, soixante ans, pour une femme à notre époque... »

« Du point de vue gaffes, Béjard avait perdu le rythme, pendant ce voyage, songea Julien, il semblait avoir perdu son pistolet à répétition et ne les tirait plus qu'une à une. Ce soir-là, il semblait que cette tendance soit revenue, et c'était bon signe, après tout. » Il jeta un coup d'œil vers la jeune Olga qui paraissait bien moins jeune, ce soir-là, qui avait l'âge du mécontentement et de la crainte, ce qui lui rajoutait bien dix ans. Une Olga très décolletée par des soieries exotiques qui la rendaient trop bronzée, un peu trop « nature » dans cette robe sophistiquée. Elle buvait les paroles de Simon, riait aux éclats quand il demandait du pain et s'obstinait à lui ôter de sa veste, avec des gestes maternels et voluptueux, des miettes invisibles à toute autre qu'elle. Elle minaudait, pensa Julien. C'était exactement le terme, elle minaudait.

« Mais pourquoi diable Clarisse lui avait-elle caché son anniversaire ? L'avait-elle vraiment oublié ? Et il n'avait rien à lui donner. » Il se pencha vers elle pour s'en plaindre, mais à son air perplexe, il vit qu'en effet elle avait oublié. Et comme si elle eût surpris ses pensées, Clarisse se tourna vers lui et dit simplement : « Oui, oui, oui... c'est grâce à toi » en souriant devant son insistance muette.

« Vous savez que c'est très désagréable... dit Edma pendant qu'on installait le gâteau devant Clarisse et qu'on lui tendait un couteau pour le découper. On ne nous a même pas mis au courant. Je n'ai rien pour Clarisse, sinon des vêtements qui ne lui iraient pas, et des bijoux dont elle ne voudrait pas. Je suis vexée, cher monsieur, dit-elle à Éric qui s'inclina avec contrition.

— Moi non plus, moi non plus, moi non plus... » dirent les convives en montrant tous des signes de désolation.

Ellédocq lui-même poussa un grognement nostalgique comme s'il s'imaginait déjà sur le pont principal, entouré de tout l'équipage au garde-à-vous, remettant la médaille de la bonne conduite du *Narcissus* offerte en cadeau d'anniversaire par la Compagnie Pottin : À Madame Éric Lethuillier.

« Ne vous fâchez pas, dit Éric en riant. Je savais que chacun de vous voudrait faire plaisir à Clarisse. Aussi lui ai-je acheté un cadeau pour nous tous, de votre part et de la mienne. »

Et il se leva d'un air mystérieux, passa dans le vestiaire et en revint avec un paquet rectangulaire entouré de papier kraft dont tout le monde sut, avant même qu'on le posât sur une chaise en bout de table, que c'était le Marquet pour certains, et le faux Marquet pour d'autres.

Après un instant de surprise, tout le monde éclata en bravos et en compliments sur cette générosité, ce pardon des péchés offert par un bon mari compréhensif ; quoique adultère lui-même. Seuls Julien et Clarisse échangèrent un regard, effrayé chez Clarisse, consterné chez Julien.

« Qu'en pensez-vous ? disait Éric en le regardant dans les yeux. J'aurais dû vous l'acheter directement, monsieur Peyrat, ou puis-je vous appeler Julien ? J'aurais dû vous l'acheter directement, Julien, donc, mais j'avais peur que vous ne gardiez un mauvais souvenir de notre match de boxe et que vous me le refusiez.

— C'est moi qui l'ai acheté officiellement », dit Armand Bautet-Lebrêche tout agité et tout content finalement d'avoir un rôle quelconque dans cet orchestre où, au bout de neuf jours, il n'avait toujours que le rôle succinct du triangle.

« C'est vous ? demanda Edma, les sourcils froncés.

— Eh oui, dit Armand enchanté et fier de cette petite ruse, lui qui en ourdissait de mille fois plus difficiles et mille fois plus pernicieuses toute la journée à son bureau. Pas bête, hein ? dit-il en souriant. C'est marrant, non ?... ajouta-t-il comme jetant devant lui sur la nappe un caillou, ce "marrant" qui fit l'effet d'un caillou, d'ailleurs.

— Marrant... marrant... qu'est-ce qui est marrant ? grommela Edma sévère (dont pourtant il tenait ce terme).

— Alors, Clarisse ? dit Éric, n'est-ce pas une beauté, ce tableau ? Vous avez l'air toute chose...

— C'est la surprise, dit-elle bravement. Une belle surprise d'ailleurs. J'adore ce tableau.

— Eh bien, profitez-en, dit Éric avec un sourire glacé. Je vais l'accrocher dans votre chambre et vous pourrez le voir toute la nuit. Ce sera déjà ça », ajouta-t-il confusément, sans qu'on l'entendît.

Et s'excusant, il se leva de table et repartit vers la coursive, laissant les passagers interloqués un instant avant que la turbulente Edma, rougissante, eût-on pu croire, se vît invitée par Simon Béjard et littéralement emballée commençât à valser avec lui, entraînant peu à peu les autres convives sur la piste. Clarisse se cachait contre l'épaule de Julien.

« Qu'en pensez-vous ? dit-elle enfin. Je trouve ça étrange, ce cadeau.

— Pourquoi ? dit Julien d'une voix froide et presque agacée, subitement. Pourquoi ? Tu n'as pas l'habitude qu'on te fasse des cadeaux pour ton anniversaire ? Tu penses que j'aurais dû te l'offrir moi-même et que c'eût été plus naturel de ma part que d'Éric ?

— Tu es fou, dit Clarisse, frottant un instant son crâne contre le menton de Julien. Tu es fou, j'aurais été furieuse… Nous avons besoin de cet argent, non, pour nos vacances à l'envers ? Non, ce qui m'inquiète venant d'Éric, c'est un cadeau pour moi seule. Éric ne m'a jamais donné que des objets pour nous deux : il m'a offert des voyages à deux, des voitures qu'il conduisait lui-même, et des objets pour la maison dont il profitait aussi. Là, il semble bien qu'il ait dit : “votre tableau”. Dieu sait que j'en ai été couverte toute mon enfance, de cadeaux rien qu'à moi, mais depuis dix ans, je n'ai eu que des “cadeaux partagés”, comme dit Éric. Les seuls honorables, dit-il. Mais je vais te paraître affreusement égoïste, j'adorerais avoir des cadeaux pour moi toute seule…

— Tu peux m'avouer tout ce que tu voudras, dit Julien dans un élan, je trouverai tout délicieux. Si je peux, je te ferai les plus beaux cadeaux pour toi toute seule. »

Et il la serra contre lui avec une douceur qui était celle de la détresse, mais dont Clarisse n'imagina pas un instant la nature. Simon Béjard s'inclinait devant eux dans un grand geste spectaculaire, comme s'il eût balayé le sol des plumes de son chapeau et entraînait « la gente dame », comme il disait, dans un tango spécialement vieillot. Julien, seul à la place où elle l'avait quitté, semblait le visage même du désarroi, se dit Edma en passant devant lui dans les bras d'un vieil Américain ; et non sans raison, se dit-elle aussi en se laissant guider docilement par ce robot aux pieds plats. Malgré l'absence des deux danseurs les plus doués et les plus allègres du bateau, Andréas et Charley – dont on aurait pu espérer, au départ de cette croisière, qu'elle serait agréable pour les deux garçons, et dont à présent on pouvait juste espérer qu'elle serait de quelque soutien à l'un d'eux, mais sans le moindre érotisme –, il y eut quelques instants quand même d'excitation et d'amusement, par exemple quand Edma voulut entraîner Ellédocq sur la piste en lui jurant qu'il pourrait fumer, après, toutes les pipes qu'il voudrait. Il y eut un instant moins drôle, ou plus excitant, quand Olga, en larmes, criant à Simon qu'elle ne l'aimait plus, quitta le pont au galop en donnant tous les signes du désespoir, c'est-à-dire sans son rouge à lèvres. Mais aucun de ces incidents ne fut capable de dissiper la tristesse, la douceur, le charme de cette soirée qui en rappelait tant d'autres si lointaines déjà, si lointaines dans le temps et dans l'espace, ces soirées parfumées de jasmin ou de beignets frits, ces soirées qui ne reviendraient pas et que l'hiver, veillant déjà au port, leur ferait vite oublier. La Doriacci chanta des mélodies de Debussy d'une voix douce et sentimentale, une voix dont la tristesse excluait la sensualité, une voix très mûre et très jeune, un peu suppliante, mais réservée quand même, une voix secrète et qui rendait absurdes et inutiles tous les petits secrets dévoilés ou non dévoilés de cette croisière. Tout le monde alla se coucher de bonne heure, certains les larmes aux yeux sans savoir pourquoi, et plus nombreux qu'on ne l'aurait supposé.

Ayant, à force d'énergie, rongé complètement les liens qui l'attachaient dans son réduit, Fuschia, enfin libre, resta couché quelques instants, relâchant ainsi sa mâchoire, douloureuse à force d'efforts, puis repartit pour la chasse à l'homme.

C'est donc ce chien sanguinaire, et lui seul, que rencontra Julien Peyrat dans sa promenade nocturne, plus longue que d'habitude, ce matin-là. Il se promenait seul sur le pont, et par-dessus le froufroutant et soyeux bruit de l'étrave fendant l'eau, il avait l'impression que ses pas faisaient vibrer le pont, que les planches frémissaient sous son poids, craquaient, et que ce craquement se répercutait jusque dans les cabines, jusqu'à l'oreille de Clarisse qui, elle, ne l'entendait pas ; Clarisse devait dormir tranquille sous le faux Marquet. Clarisse délivrée de sa vie et de ses actions en même temps que de sa solitude, Clarisse qui avait confié sa vie à un bateau-pilote, lui, Julien Peyrat, qui allait peut-être se saborder sous ses yeux. Ce n'était pas pour rien qu'Éric avait acheté ce tableau, Julien le savait. Et il se demandait quand et où il devrait lui en rendre compte. À l'abri de ses malversations, dans l'ignorance des escroqueries qui étaient les moyens de vie de son amant, Clarisse dormait et le voyait peut-être passer dans ses rêves. Clarisse allait s'éveiller heureuse probablement, et sans se douter de la brièveté de son bonheur. Et une fois de plus, Julien tremblait pour elle, craignait pour elle la déception bien plus qu'il ne craignait pour lui les geôles (pourtant plus gaies, lui avait-on dit) de la République française. Il l'aimait, quoi, et il puisait une sorte de plaisir masochiste à se dire que le premier amour absolu qu'il eût éprouvé dans sa vie allait être fini avant même d'avoir commencé... et que pour une fois qu'il aimait « bien », ce bien allait le conduire en prison. Pourvu que ce ne soit pas tout de suite, pourvu qu'il puisse encore tenir contre lui le corps tremblant, sentir le parfum de Clarisse... Pourvu qu'il puisse encore mettre sa joue dans ses cheveux, lui parler comme à un enfant ou à un animal... Pourvu qu'il voie la gaieté la plus folle animer ce visage si beau, si noble dans son innocence : ce visage auquel il ne pouvait s'empêcher de penser tantôt comme à celui d'une héroïne de Delly, tantôt comme à celui d'une héroïne de Laclos. Que le destin lui laisse ça encore une fois, ce visage, ces épaules, ce cou sous sa bouche et les mains tendres de Clarisse dans ses cheveux, cette douceur extravagante qui irradiait de cette femme et qui avait fait d'un joueur cynique un soupirant transi. « Clarisse », dit-il trois ou quatre fois dans l'air de la fin de nuit, un air blanc et ouaté, un air sans soleil encore. La lumière sur ce pont, à cette heure-ci, était grise, beige, ferreuse et triste. « On aurait pu se croire, se dit Julien, sur un bateau abandonné, sur une épave, dans quelque océan Indien aux grands fonds équivoques. »

Un animal, qui ne sortait visiblement pas, lui, de l'océan Indien, s'inscrivit soudain dans la prunelle de Julien et s'y immobilisa une seconde : le temps que tous les relais, les circuits, les pistes, les renseignements de la mémoire se concertent et se mettent d'accord pour apprendre à Julien, dans un message des plus brefs, que c'était Fuschia, le chien mordeur, qui avançait vers lui, dans ce petit matin, son poil hérissé de rage ; c'était bien lui qui avançait vers sa proie, goguenard et implacable. Julien n'eut que le temps de bondir sur une échelle de service. Et dans sa hâte, il eut quand même la joie d'ouïr les grognements furieux et déçus de ce monstre. Puis aussitôt après, le plaisir indéniable de lui cracher dessus d'une hauteur de deux mètres que l'absence de vent rendait idéale, question tir. Julien n'était pas trop mal, là-haut, sur ces échelons raides, et il mit une seconde à comprendre l'expression d'ahurissement sur le visage de la Doriacci, quand elle émergea des coursives. Drapée dans un mélange de burnous et de djellaba en soie noire et rouge qui détonnait mais égayait complètement tous ces gris autour d'elle, la Doriacci lui jeta un regard inquisiteur et de la main lui fit signe de ne plus jouer au marin, jusqu'à ce qu'elle aperçoive la cause de tout ça :

« Tiens, dit-elle de sa grosse voix d'orage, tiens voici mon ami Fuschia… »

L'interpellé tourna la tête vers elle et Julien, avec un soupir de résignation, se préparait à lui sauter dessus comme sur un ballon de rugby pour sauver la Diva, quand l'animal, à son grand ébahissement, vint en ronronnant presque vers la Doriacci dont il lécha les pieds avec énergie, sans qu'elle en paraisse étonnée.

« Bonjour, petit Fuschia… marmonnait-elle au contraire. Bonjour, petit chien gentil… Ça reconnaît la main qui l'a nourri ! Ça oui, c'était moi, le bon chocolat, oui, c'était moi, l'os du poulet… Oui, c'était moi, la crème anglaise… Petit chien, petit chien affreux et méchant, dis bonjour à tante Doria… Qu'est-ce que le petit Fuschia veut pour son petit déjeuner ce matin ? le vilain Ellédocq ?… Ah ! non, c'est M. Peyrat que Fuschia veut ce matin », dit-elle en relevant les yeux vers Julien, sur lequel ils se fixèrent avec une note d'ironie, pensa

Julien. « Mais qu'avez-vous, monsieur Peyrat ? dit la Diva. Ne vous penchez pas de la sorte… On se demande si vous allez tomber vous-même ou si ce sont vos yeux qui vont vous tomber des joues…

— J'ai les yeux exorbités, sûrement, dit Julien en posant un pied prudent sur le sol, mais je vous avouerai que depuis sainte Blandine et les lions, je n'avais jamais vu ça…

— Je suis une dompteuse, figurez-vous, monsieur Peyrat, dit la Doriacci avec un sourire de dérision. Et je me demande où est passé mon dernier lionceau… Je m'inquiète même pour lui, ce qui est très mauvais signe… Fuschia, ne bouge pas d'ici et laisse M. Peyrat tranquille, dit-elle sur le même ton.

— Pas pour lui, dit Julien au pied du mât à présent, mais l'œil fixé sur Fuschia. Ce n'est pas mauvais signe pour lui, je veux dire.

— Oh ! si, dit la Doriacci avec conviction. Oh ! si, il ne manquerait plus que ça, pauvre Andréas, que je l'aime…

— Je trouve que vous êtes bien dure avec lui ! N'est-il pas un bon amant en plus d'un charmant type ?

— Un bon amant ? Voyons, monsieur Peyrat ! Un bon amant est celui qui dit à ses maîtresses que ce sont de merveilleuses maîtresses. »

Elle redisait cela avec une sombre satisfaction tout en ramenant les pans de son foulard sur ses épaules.

« Vous allez prendre froid », dit Julien ôtant son chandail pour le lui mettre sur les épaules, et le parfum de la Doriacci l'immobilisa un instant.

C'était le parfum d'une femme qu'il avait beaucoup aimée, enfin qu'il avait cru aimer beaucoup avant de rencontrer Clarisse. Ils s'étaient même beaucoup plu, se souvint Julien en revoyant la terrasse du chalet dans la neige et en ressentant encore le picotement du froid sur ses joues, et la chaleur d'un ventre nu contre le sien. C'était en sortant d'un casino en Autriche, où sa manière de jouer un peu folle lui avait attiré sexuellement des propositions de tous côtés. Il faut dire qu'il avait sorti le « 0 » trois fois de suite, le « 8 » quatre fois et…

« Vous pensez à un casino, monsieur Peyrat, ou je me trompe ? dit la Doriacci toujours de dos, comme si elle attendait qu'après lui avoir posé son chandail, il le lui arrange ou le lui referme.

— Ça c'est drôle… dit Julien ingénument et en tapotant vaguement le chandail. Comment avez-vous deviné ?

— Quand on accuse un joueur de penser au jeu, on peut tomber parfois trop tard ou trop tôt, mais jamais à côté. »

Et elle se retourna vers lui, projetant en même temps une bouffée de parfum. Elle le regardait avec une telle invite sur tout le visage que Julien, hypnotisé, et incapable de reculer, sans écraser Fuschia qui l'encerclait, se pencha et embrassa la Doriacci sans savoir pourquoi, et probablement sans qu'elle le sût non plus, tout simplement parce que c'était la seule chose à faire en cet instant précis.

Il y avait un canot de sauvetage humide de rosée à deux pas, et un peu plus tard, Julien en émergea en riant de l'horrible plaisanterie de la Doriacci concernant les exploits amoureux d'Olga Lamouroux. Il se sentait stupéfait de ce demi-viol sur lui perpétré, mais pas du tout honteux, curieusement. C'était le type même de l'accident, songeait-il ; dix minutes brutales avec une femme qu'il n'avait jamais désirée vraiment et qui ne lui était rien, mais qui cherchait un lionceau au petit matin, tandis que lui-même rôdait sous les hublots d'une femme mariée. La Doriacci se rhabillait joyeusement, le visage un peu gonflé par ce plaisir volé, mais plissé déjà de rire comme si elle eût fait une bonne blague à quelqu'un.

« Chaque fois que j'entendrai un disque de vous, dit Julien galamment, ou chaque fois que j'irai à un concert, j'aurai un mal fou à ne pas raconter…

— Raconte, raconte, dit la Doriacci. Ce n'est pas honteux, un récit. Ce qui est honteux, c'est les gens qui les font, souvent… J'aimerais mieux que tu parles de mes perversités que d'entendre Kreuze parler de ma voix… Bon, je vais dormir maintenant. Tout ça donne sommeil », dit-elle sans le moindre romantisme.

Et, ayant embrassé Julien sur la joue et repris une certaine hauteur dans le regard et le port de tête, elle disparut, le laissant ébaubi.

Les policiers arrivèrent à midi précis sur le *Narcissus*, et les passagers de la classe « De luxe » qui étaient restés à bord du bateau le dernier soir, c'est-à-dire tout le monde sauf Andréas, assis au bord de la piscine, ou y barbotant, sourirent devant cette arrivée. Parmi ces corps dévêtus et bronzés, ou habillés comme de luxueux vacanciers, trois hommes vêtus de sombre et chaussés de gros souliers dont ils martelaient le pont, avaient quelque chose d'irréel. Ils disparurent un quart d'heure avec Ellédocq. Un quart d'heure pendant lequel on les oublia, les croyant occupés par des histoires de fret ou d'administration. Seul Julien les avait suivis d'un œil mauvais quelques minutes avant de les oublier à son tour. Mais quand Éric surgit sur le pont flanqué des quatre autres, Julien comprit que le danger était là et se leva instinctivement, comme tentant d'échapper à Clarisse et aux autres, tentant de s'expliquer (s'il y avait quoi que ce soit à expliquer) dans un endroit discret, mais Éric ne l'entendait pas de cette oreille. En le regardant, Clarisse eut peur de lui. Il avait pâli, il riait trop fort et, bref, il jubilait. Et Clarisse savait d'expérience que la jubilation d'Éric reposait toujours sur les ennuis ou le malheur de quelqu'un. Elle se leva à son tour et retint Julien par son poignet. Le plus âgé des trois sbires fit deux pas et Julien, comme un enfant inconscient, pria le ciel qu'il tombe avec sa gabardine et sa serviette au fond de l'eau.

« Monsieur Peyrat, je crois ? dit le sbire en montrant les dents. Je suis le commissaire Rivel, de la Sûreté de Cannes. Voici ma carte. Je suis ici sur plainte de M. Éric Lethuillier. »

Il y eut un silence total, soudain, autour de la piscine. Edma avait fermé les yeux, pour une fois, et disait à Armand d'une voix altérée :

« Ça y est, ce coup-ci, ça y est... Qu'est-ce qui vous a pris de vous mêler de ça ?

— Mais de quoi ? dit Armand à voix basse. Qu'est-ce que j'ai fait ?

— Rien, dit Edma, rien. » Et elle referma les yeux.

Julien avait pris malgré lui l'attitude goguenarde, le visage amusé qu'il opposait toujours aux coups du sort. Il sentait Clarisse un peu en retrait de lui, il la sentait vibrer dans l'air chaud, dans le soleil, à côté de lui, et il la sentait vibrer de peur, cette fois. Il n'essayait plus de s'éloigner discrètement, il valait mieux qu'elle sache tout brutalement et directement. « Pauvre Clarisse... Pauvre chérie... », se disait-il, et une houle de compassion et de tendresse lui faisait déraper le cœur entre les côtes.

« Nous sommes ici sur une plainte de M. Lethuillier donc, dit le commissaire Rivel. Vous êtes accusé d'avoir procuré à M. Lethuillier, Éric, pour la somme de deux cent cinquante mille francs, un tableau dont vos qualités professionnelles vous empêchent de ne pas connaître l'origine. Nous venons de voir ce Marquet, avec M. Plessis, expert auprès des tribunaux, qui est formel : ce tableau est un faux. Et le certificat qui l'accompagne en est un aussi. »

Julien l'écoutait parler et s'ennuyait. Il était atteint d'une léthargie, presque d'un sommeil, qu'il souhaitait plus que tout et qui l'arracherait à ces individus pompeux, leurs propos désagréables et la masse de paperasserie que tout cela allait déclencher.

« La loi est formelle, continuait le nommé Rivel, je vais être obligé de vous emmener avec moi jusqu'au commissariat où nous prendrons votre déposition.

— Tout cela est grotesque et ridicule, et inintéressant au possible, dit la Doriacci, les yeux étincelants, dans son rocking-chair. Monsieur le commissaire, je suis étonnée de voir qu'en France...

— Laissez, laissez, dit Julien, tout cela est inutile. »

Il regardait ses pieds avec attention, et le pli de son pantalon ; son seul souci étant d'éviter le regard de Clarisse. Depuis que cet imbécile en face discourait, Julien attendait, tous les muscles du corps contractés, que Clarisse s'enfuie dans sa cabine en courant. Elle allait faire ses bagages, rentrer à Versailles, se faire maltraiter, être malheureuse, ce à quoi elle s'attendait déjà en montant sur ce bateau ; mais il avait eu la cruauté, lui, par attirance, de lui faire croire que c'était fini. Elle pleurerait un peu, elle lui enverrait une lettre charmante pour lui dire qu'elle ne lui en voulait pas, et ils ne se reverraient jamais ; ou par hasard... et elle détournerait les yeux avec compassion et mélancolie, avec soulagement même peut-être, de ce que son époux l'ait arrachée à ce tricheur.

« Vous reconnaissez les faits, j'imagine ? » demanda le chef des sbires.

Julien voyait en face de lui le beau visage de Lethuillier convulsé par une joie amère qui lui tordait la bouche et lui donnait l'air d'un poisson. Il entendit la voix de Clarisse s'élever derrière lui, mais il ne comprit les mots qu'une seconde plus tard, après en avoir vu l'impact sur le visage d'Éric. Un Éric dont la joie avait disparu d'un coup pour faire place à la stupeur.

« Mais c'est complètement ridicule… disait Clarisse d'une voix gaie, avec un petit rire même. Commissaire, on vous a dérangé pour rien, mais vous auriez pu m'en parler, Éric, avant de déranger ces messieurs…

— Vous parler de quoi ? dit Éric d'une voix froide.

— Monsieur le commissaire, dit Clarisse sans le regarder, monsieur le commissaire, je suis désolée : nous avions projeté avec M. Peyrat et Mme Bautet-Lebrêche, de faire une farce à mon époux, dont nous trouvions la prétention en matière de peinture un peu agaçante, il y a quelques jours… M. Peyrat transportait ce faux qu'il gardait comme une curiosité ; par amusement, nous avons pensé le faire acheter par mon mari, quitte, bien sûr, à lui apprendre la vérité une fois à Cannes. Nous devions lui éclairer les yeux à déjeuner, tout à l'heure… »

Il y eut un petit silence que remplit Edma Bautet-Lebrêche.

« Je dois reconnaître, dit-elle aux pauvres sbires, que tout cela est rigoureusement vrai. Je suis désolée, Éric, de cette farce qui est peut-être de mauvais goût.

— Vous êtes Mme Bautet-Lebrêche, dites-vous ? » dit le commissaire à présent furieux, semblait-il, et dont le ton s'adressant à Edma manquait du respect et de la déférence que celle-ci entendait susciter partout où elle passait.

Julien vit avec plaisir se gonfler le buste de la nommée Edma et s'aiguiser ses yeux et sa voix.

« Je suis Mme Bautet-Lebrêche, en effet. Voici mon mari, Armand Bautet-Lebrêche, qui est commandeur de la Légion d'honneur et président de la chambre de commerce de Paris et conseiller à la Cour des comptes. »

Armand ponctuait ces titres de petites secousses affirmatives de la tête qui, en d'autres temps, eussent fait rire Julien jusqu'à la mort.

« Parfaitement », disait-il, l'air indigné lui aussi, sans que l'on sût pourquoi, et le brouhaha devint général.

Julien sentit la main de Clarisse sur son bras. Il se retourna comme à regret. Elle le regardait, les yeux dilatés par le soulagement et une larme arrêtée entre les cils de chaque œil.

« Mon Dieu... dit-elle à voix basse, que j'ai eu peur, Julien... J'ai cru qu'on t'arrêtait pour bigamie ! »

Et sans paraître le moins du monde gênée par cette démonstration, elle lui mit les bras autour du cou et l'embrassa entre la racine de ses cheveux et le col de son polo noir.

Un peu plus tard, les trois sbires, abreuvés de champagne, de plaisanteries et de rires, descendaient la passerelle à reculons en agitant les bras, et Clarisse, radieuse, appuyée à la rambarde avec les autres passagers, murmurait à Julien :

« Mon petit faussaire à moi, mon bel amour, que veux-tu que ça nous fasse, tout ça... » Et elle riait encore de soulagement.

Clarisse ne voulait pas descendre dans sa cabine. Elle ne voulait même pas revoir Éric. Elle freinait de chaque centimètre de son corps, et Julien était mi-surpris, mi-amusé, mi-agacé de cette résistance, ou plutôt de cette lâcheté.

« … Tu ne peux quand même pas partir sans un mot… Tu es restée dix ans avec cet homme.

— Oui, disait Clarisse, en détournant ses yeux, oui, c'était dix ans de trop déjà. Je ne peux pas lui dire en face que je le quitte… Je suis trop lâche, j'ai peur…

— Mais peur de quoi ? disait Julien. Je serai à deux pas. S'il est odieux, tu m'appelles, j'arriverai tout de suite et on recommencera une petite bagarre de western, pour tes beaux yeux ! »

Il riait, il essayait de dédramatiser la situation ; il voyait Clarisse rougir, pâlir, accrocher ses longues mains à son bras convulsivement, il voyait ses yeux obscurcis par des larmes de colère, de peur.

« J'ai eu trop d'émotions pour aujourd'hui, disait-elle d'une voix haletante. J'ai cru que tu n'étais plus pour moi, que tu étais en prison, que tout était cassé, fini… J'ai cru que tout était fichu, le bonheur, quoi…

— Moi aussi, dit Julien arrêtant ses conseils moraux ; moi aussi, tu parles… Et ça aurait bien pu l'être, acheva-t-il après un instant de silence.

— Que veux-tu dire ? »

Clarisse avait l'air étonné. Son naturel semblait trop parfait à Julien. Il ignorait que cette honnêteté scrupuleuse et ce respect de la propriété d'autrui étaient des notions réservées à une certaine bourgeoisie à mi-pente et qu'ils n'étaient pratiqués que rarement au sommet, et même qu'après un certain stade, le manque de scrupules augmentait avec la fortune.

« Tu sais, dit-il, quand tu as compris que j'étais un voleur de bas chemin, un tricheur et un faussaire, ça aurait pu te dégoûter de moi, non ?

— Ne dis pas de gros mots, dit Clarisse en souriant (comme s'il se fût accablé à tort), ça n'a pas d'importance tout ce que tu as fait. Et d'ailleurs, conclut-elle avec un petit rire qu'il trouva cynique, tu n'auras plus besoin de tout ça, maintenant. »

« Mais qu'est-ce qu'elle croit ? Mais que veut-elle dire ? Mais que pense-t-elle de moi ? » Les hypothèses les plus saugrenues se croisaient dans sa tête.

« Que veux-tu dire ? » demanda-t-il d'une voix presque suppliante.

Et il la suppliait, en effet, de ne pas le prendre pour un gigolo, que voleur suffisait. Il la suppliait de ne pas le mésestimer, ce qui un jour l'obligerait à la fuir, il s'en rendait compte, puisqu'il l'aimait.

« Je veux dire que tu pourras être commissaire-priseur sans faire tout ça. On ira acheter des tableaux ensemble partout, on les revendra et on partagera les bénéfices, une fois que tu auras remboursé ma banque, pour que tu sois de bonne humeur. Tu prends des airs tellement moraux pour un faussaire », dit-elle tendrement.

Et Julien laissa là définitivement sa tentative de comprendre ce qu'elle entendait par « moraux ». Il la poussa doucement dans l'escalier, fermement quand même, et la regarda entrer dans sa cabine pendant que lui-même s'appuyait à la cloison dans le couloir, partagé entre le désir de se colleter avec cet indicateur, et celui de retrouver Clarisse pas trop effondrée, pas trop blessée ni coupable.

Éric faisait ses valises, ou plutôt les refaisait car le steward les avait remplies en ignorant que le directeur du *Forum* répartissait ses bagages, les mettait en place avec autant de soin que les articles de son journal. Elle referma la porte et s'y adossa, le cœur battant fortement, sourdement. Elle croyait l'entendre dans la pièce, résonner et ralentir. Ce cœur s'alanguissait par moments, il traînait et il était sur le point de s'arrêter tout à fait quand Éric se retourna d'un coup, pâle mais décidé, et affable, semblait-il. Il y avait un air de résolution sur son visage, et de hâte dans ses gestes et sa voix, qui confirmèrent Clarisse dans ses suppositions. Il n'allait pas marquer le coup, il n'allait parler de rien, il allait faire comme si de rien n'était comme chaque fois que quelque chose le gênait.

« Je suis désolé, dit-il avec un petit rictus, désolé d'avoir suspecté ce bon Julien Peyrat. J'aurais dû supposer une plaisanterie, en effet. Vous avez mon chèque, j'imagine ?

— Oui », dit Clarisse.

Elle lui tendit le beau chèque d'Armand, endossé par Julien à l'ordre de M. Lethuillier.

« Bon. J'enverrai un mot plus tard à M. Peyrat, si vous avez son adresse bien sûr. Vous êtes prête ? Nous avons le temps de filer à l'aéroport à Nice et j'arriverai à temps pour le bouclage du journal. »

Et sans paraître remarquer son immobilité et sa désobéissance, il passa dans la salle de bains, raflant les brosses et les peignes et les tubes divers, en en faisant même tomber avec fracas dans la baignoire, seul point qui révélât sa tension. Éric ne laissait jamais rien tomber, ne cassait rien, ne se cognait pas aux meubles, pas plus qu'il ne se brûlait avec des pommes de terre chaudes. Pas plus qu'il ne faisait jaillir le champagne en l'ouvrant. Pas plus que… Clarisse essayait de stopper dans sa tête ce défilé de vertus, ou plutôt d'absences de défauts. C'était vrai qu'Éric avait quelque chose de négatif, que tout ce qu'il faisait se faisait contre quelqu'un, ou par refus de quelqu'un. Il avait bousculé la coiffeuse au passage et Clarisse se vit dans le miroir comme elle était : debout, pâle, laide, trouva-t-elle, et un tic imbécile qui faisait trembler sa bouche à droite, qu'elle ne pouvait arrêter. Cette femme blanche dans cette glace était absolument incapable de dire la vérité, ou de fuir, d'échapper à ce bel homme bruni et décidé qui passait et repassait en hâte devant cette même glace où son reflet parfois symboliquement cachait le sien.

« Éric, dit pourtant la femme du miroir d'une voix chevrotante, Éric, je m'en vais… Je ne pars plus avec vous, je ne rentre pas à Paris… Je crois que nous nous quittons… je vous quitte. C'est… c'est très ennuyeux, dit-elle dans son égarement, mais on ne peut pas faire autrement. »

Éric était devant elle et elle le vit s'arrêter à sa première phrase et rester ainsi sans bouger, campé sur ses deux jambes dans une position sportive, mais qui n'allait pas avec le sens de ses phrases. Elle pouvait le voir sans le regarder du coin de l'œil ; elle voyait, ou devinait, ou se rappelait un visage attentif, fermé, drogué par l'action qu'il allait entreprendre, dopé définitivement par l'idée qu'il avait de lui-même, l'assurance formelle que cette action serait la seule à faire dès l'instant qu'il l'avait choisie. Elle le voyait, les mains le long du corps, le buste en avant, légèrement fléchi, le regard fixé sur elle. Il avait l'air de jouer au tennis d'une certaine façon. Mais il semblait aussi que ces balles qu'elle lui envoyait depuis une minute étaient toutes des « aces » irrattrapables. Sa voix était quand même calme quand il lui répondit :

« Vous voulez dire que vous allez partir avec ce petit voleur de quincaillerie, ce demi-sel, ce vieil écolier renvoyé de la classe ? Vous voulez dire que vous vous intéressez à ça : ses petits pokers, ses mauvais tableaux et ses champs de courses ? Ce primaire, vous, Clarisse ?

— Moi, Clarisse, répéta-t-elle derrière lui rêveusement. Moi, Clarisse. Vous savez bien que je suis alcoolique, gâtée, indifférente et sotte... Et fade », ajouta-t-elle avec une sorte de plaisir orgueilleux et profond, avec une tonalité dans la voix qui était celle de la délivrance, une tonalité que reconnut aussitôt Éric.

C'était la même qui traînait dans la bouche de son chauffeur quand il l'avait renvoyé, trois mois plus tôt ; et celle de ce grand philosophe, ce grand écrivain, naguère collaborateur du *Forum*, qui lui avait retiré à jamais sa signature avant les vacances en réponse à une simple remarque d'Éric sur ses articles. Chez ces trois personnes, primaires ou pas, cultivées ou pas, et auxquelles il était lié par des sentiments ou des hiérarchies si différentes, il avait entendu sonner ce dièse, ce son, cette gaieté presque, en lui disant adieu. Oui, c'était bien de la gaieté, et ce coup-ci, c'était pareil. Mais ce qu'il voulait entendre, lui, c'était la honte. Et l'idée qu'il n'arriverait pas plus à la provoquer, à l'arracher, de Clarisse que des deux autres, l'accabla tout à coup comme une telle évidence qu'il chancela et rougit de honte, mais lui, de son impuissance.

« Vous pensez bien que je ne vais pas vous retenir, dit-il d'une manière saccadée qui renforçait la brutalité de ses termes. Je ne vais pas vous accrocher à la porte de la maison de Versailles, ni vous faire surveiller par des gorilles, ni vous enfermer chez vous. »

Et à mesure qu'il énumérait ces vilenies, que justement il ne ferait pas, qu'il s'engageait à ne pas faire, elles lui apparaissaient, au contraire, les seules solutions, les seules issues normales, et très vite, il se dit à lui-même que si ce coup-ci il s'en tirait encore, et avec elle, si cette fois-ci, il arrivait encore à la ramener à Versailles, il aurait vite fait de renier ces élégances stupides et arrachées par la peur. Et Clarisse dut le sentir aussi, puisqu'elle voulut reculer et se heurta à la porte dont elle saisit le bouton derrière elle.

« Je ne veux pas vous tuer, dit-il avec amertume. Sans vouloir être blessant, chère Clarisse, je ne vais pas passer les quelques jours que vous prendra la découverte de M. Peyrat dans le désespoir et les pleurs.

— Je n'y comptais pas, dit Clarisse d'une voix sourde. Et je comptais même sur le *Forum* pour vous absorber et vous distraire les premiers temps.

— Vous pensez peut-être reprendre le *Forum* ? » dit-il.

Et aussitôt, l'absurdité de cette phrase le gêna malgré tout. Elle savait très bien que le journal lui appartenait, à lui, malgré les capitaux des Baron, et lui savait que Clarisse ne le lui aurait pas repris.

« Non, oubliez ça », dit-il brutalement.

Et elle cligna les yeux comme si elle ne l'avait, en effet, pas entendu. Elle avait l'air tranquille malgré ses mains et sa lèvre inférieure qui tremblaient ensemble. Elle avait même l'air serein. Elle avait sans doute retrouvé cette chose invisible en elle, cette arme secrète grâce à laquelle elle lui avait toujours échappé et qu'il n'était pas arrivé à nommer, et qu'il n'arriverait sans doute jamais à nommer. Et ce « jamais » enfin prononcé dans sa tête lui fit l'effet d'un coup bas. Elle ne reviendrait jamais, il en était sûr à présent. Et même si c'était sa faute à elle, même s'il n'y était pour rien au contraire, c'était quand même là une chose définitive et qui lui échappait, qui échappait à son contrôle, à sa volonté, qui échappait à son pouvoir. Et c'est d'une voix furieuse, dans un dernier sursaut, qu'il lança à Clarisse :

« Si vous croyez que je vais m'ennuyer de vous, ou vous regretter un instant, un seul instant, ma pauvre Clarisse, vraiment, vraiment, vous vous trompez lourdement. »

Et il la regarda fixement sans la voir, sans même l'entendre, et sa réponse ne parvint à son entendement que cinq minutes après son départ :

« Je sais bien, dit-elle. C'est aussi pour ça que je m'en vais. »

« Naturellement, je n'étais pas là, geignait Simon Béjard en jetant des regards de reproche à Olga dont la lenteur à faire ses valises était la cause de ce retard, semblait-il. Ça, je leur aurais rivé leur clou ! Je ne sais pas pourquoi, mais je ne peux pas blairer les flics, moi... Comme si Éric ne savait pas qu'il était faux, ce tableau. Éric avait même dit que Julien n'aurait pas voulu le lui vendre, alors, hein ?... Il tourne carré, votre mari, on dirait. Je ne veux pas vous faire de peine, mais c'est un enquiquineur. Il est de la race prêchi-prêcha, lui aussi... »

Ces diverses considérations, entrecoupées de l'absorption de saumon fumé et de tartines de caviar, s'échappaient à la file et sans lien apparent de la bouche de Simon Béjard, qui les accompagnait parfois d'un regard vers la personne intéressée directement par ces allusions ou qui eût dû l'être. Olga déjeunait, les yeux baissés, sans maquillage, avec un petit chemisier pied-de-poule, une salopette bleue supposée la rajeunir mais qui, par la juxtaposition de cette fraîcheur dans la tenue, et de la mélancolie sur le visage, ne servait qu'à lui donner l'air ambigu d'une vieille petite fille grognon. Elle aussi avait manqué la scène, mais elle s'en fichait complètement à présent. Les Lethuillier, les

Bautet-Lebrêche, les Peyrat et consorts pouvaient bien tous s'entre-tuer ou se faire jeter en prison ; tant qu'elle n'aurait pas signé le contrat de son film avec Simon, Olga ne s'intéresserait strictement à rien. Le monde pouvait sauter et les grandes puissances s'atomiser l'une l'autre, Olga était persuadée que les retombées atomiques ne toucheraient pas les Studios de Boulogne, et que les présidents des États-Unis ou de l'URSS attendraient au moins qu'elle ait signé son contrat et qu'on ait mis la dernière image dans la boîte, selon l'expression, avant de lancer leurs bombardiers. En attendant, elle suivait Simon Béjard comme un chiot, jappait gaiement quand il riait, grognait quand il était mécontent, emplissait sa gamelle s'il avait faim et accompagnait tous ses discours d'abois enthousiastes. Simon la regardait parfois d'un œil qu'elle croyait attendri, mais qui n'était que dégoûté. Il lui parlait durement et déjà Clarisse s'était interposée avec douceur.

Clarisse était en haut de table, près d'Ellédocq sombre, et de Julien, étourdi et béat. Elle pérorait, elle riait, elle semblait au comble du bonheur. Et Julien la buvait des yeux. Simon les regarda un moment et se sentit très vieux tout à coup, et très pompeux. Elle allait continuer à boire, peut-être, et Julien continuer à jouer, mais elle ne s'enivrerait pas et il ne tricherait plus n'ayant vraiment plus de raisons de le faire, ni l'un ni l'autre. Elle apporterait un trousseau de femme riche, il apporterait son trousseau d'homme heureux, et l'apport de Clarisse était sûrement le moindre. Ils avaient l'air de deux enfants tout à coup, se dit Simon Béjard avec nostalgie, de deux irresponsables dont Clarisse semblait la plus réfléchie sans doute, même si cette réflexion n'avait été que le fruit du malheur. Et Simon sentait, en voyant cette femme rire et envoyer des regards brûlants à son voisin, qu'elle pourrait très bien se livrer au bonheur et s'arrêter de réfléchir. Et leur bonheur avait des chances de durer puisqu'ils étaient tous les deux prêts aux concessions, prêts à l'indulgence et qu'ils haïssaient le malheur tous deux. Elle, par expérience, lui, par instinct.

« Bonne chance ! » dit Simon tout à coup en levant son verre.

Et tout le monde se leva, heurta son verre à celui du voisin, l'air ému, comme pour dire un adieu à une vie antérieure, comme si chacun eût vu un bout de son existence disparaître avec ces neuf jours si vite passés. Et tout le monde souriait de sa propre émotion, sauf Éric qui était maintenant descendu, et sauf Charley, trop sentimental sans doute, et qui depuis la veille avait les larmes aux yeux. Il était si émotif, ce pauvre Charley, songeait Edma Bautet-Lebrêche en heurtant son verre à son tour. Il devait pleurer ce pauvre Andréas qu'il n'avait même pas eu pourtant, et qui était parti sévir à Nantes ou à Nevers…

« Buvons à Andréas, dit-elle, même s'il n'est pas là. Je bois à sa carrière.

— Et moi, je bois à son bonheur, dit la Doriacci avec élan.

— Et moi, dit Simon, je bois à Andréas acteur. »

« Et moi aussi », dirent-ils les uns après les autres, tous jusqu'à Armand Bautet-Lebrêche dont le toast fut stoppé net par la sortie précipitée et en larmes de Charley Bollinger qui en renversa sa chaise. « Mais qu'est-ce qu'il a ? Mais que fait donc ce bon Charley ? Quelle mouche l'a piqué ? » etc. Les différentes hypothèses émises çà et là furent balayées par Ellédocq, toujours au courant de tout ce qui intéressait son personnel.

« Charley Bollinger, malade du foie, dit-il avec un air de souci tout à fait conjugal. Hier midi, trois assiettes œufs à la neige. Vais emmener voir toubib à Cannes.

— C'est très bien, ça, dit Edma. Vous devez vous occuper de Charley, commandant. Après tout, vous êtes à la fois son père, et son... (elle s'arrêta net) et son alter ego.

— Ça veut dire quoi ? gronda Ellédocq toujours susceptible sur le chapitre de leurs relations, à Charley et à lui.

— Alter ego, ça veut dire un autre nous-même. Charley vous complète, commandant. Il a la féminité, la douceur, la délicatesse que votre virilité grondante ne vous permet pas. Quant à sa maladie de foie, je sais ce que c'est : si l'atmosphère autour de ce pauvre Charley n'était pas perpétuellement polluée par des fumées de cigare ou de pipe, il respirerait mieux, et il aurait un plus joli teint... Ah ! non, commandant, ne faites pas les gros yeux, je ne parlais pas de vous forcément : vous n'êtes pas le seul qui ait jeté des nuages de fumée sur ce bateau... Oui, oui, je sais, nous savons tout, continua-t-elle d'une voix excédée tandis qu'Ellédocq, rouge vif et tapant du poing sur la table, s'exclamait : “Mais je ne fume pas, bon Dieu ! Je ne fume plus depuis trois ans !” sans que qui que ce soit l'écoutât, sauf Kreuze qui, tout en le méprisant, trouvait Ellédocq très bien dans son rôle et son souci de la hiérarchie.

— Je trouve le capitaine Ellédocq très courageux, au contraire, dit-il de sa voix hachée. Pour pas donner mauvais exemple, il fume sans doute seul dans sa cabine. C'est très estimable car nicotine très dure à enlever comme habitude, non ? demanda-t-il à Ellédocq qui de rouge était devenu cramoisi.

— Non, hurla le capitaine, NON ! Je n'ai pas fumé une fois, pas une fois ! Je n'ai pas fumé depuis trois ans. Vous ne m'avez pas vu, monsieur Kreuze, même deux fois, même une fois, personne ne m'a vu fumer, personne ! » hoqueta-t-il avec désespoir, tandis qu'Edma et la Doriacci, comme deux écolières, cachaient leurs visages dans leurs petites serviettes de table.

Ellédocq se leva et ayant repris son morse, grâce à un énorme effort de sang-froid, il s'inclina devant la table, les doigts à la casquette, héroïque et scrupuleux jusqu'au bout.

« J'attends départ tout le monde à la passerelle », dit-il.

Et il se ré-inclina et sortit. Il ne resta plus à table que les Bautet-Lebrêche, la Doriacci, Béjard et Olga, Julien et Clarisse.

« Il est très tard, dit Edma en consultant sa montre Cartier (mise au coffre du *Narcissus* pour le voyage avec trois ou quatre babioles du même prix). Nous avons déjeuné à deux heures, d'ailleurs, grâce à vous, Armand. Qu'êtes-vous allé faire sur ce quai, à cette heure, si ce n'est pas indiscret ?

— J'ai été chercher quelques journaux financiers, ma chère, dit Armand sans lever les yeux de son assiette.

— Et vous avez rapporté naturellement *Les Échos de la Bourse*, *Le Journal financier*, etc. Je ne sais même pas si les collections de couture ont commencé à Paris…

— Je vous ai rapporté *Le Regard* pour vous montrer la photo de Mlle Lamouroux et de M. Lethuillier, dit Armand, se défendant courageusement, mais M. Lethuillier me l'a carrément enlevé des mains au passage. D'ailleurs, je crois que c'est à ce moment qu'il a décidé de déjeuner en ville. Il semblait détester cette photo et pourtant il n'était pas mal…

— Mon Dieu… dit Edma, mon Dieu, j'ai manqué ça ! Quand je pense que j'ai failli manquer aussi votre arrestation, mon cher Julien… J'en aurais été malade.

— Ça, dit Julien avec bonne humeur, je vous aurai bien distraite. J'ai failli vendre un faux au directeur du *Forum*, je me suis battu avec lui à coups de poing, etc., conclut-il rapidement, mais pas assez pour éviter les commentaires raffinés de Simon Béjard.

— Et vous lui avez piqué sa femme, et vous l'avez couvert de ridicule, et d'ailleurs il vous adore », dit Simon hilare.

Et il éclata de rire, suivi du petit rire aigrelet et soumis d'Olga, et de celui beaucoup plus convaincant de la Doriacci que cette journée et cette nuit de solitude semblaient avoir mise de très bonne humeur. Elle se leva, se dirigea vers la porte de son pas royal et avec son châle rouge vif. Ce faisant, elle alla vers Clarisse qu'elle embrassa sur les deux joues avant Edma et Olga, puis Simon et Armand, qui devinrent rouges, avant de finir par Julien qu'elle embrassa un peu plus longuement que les autres.

« *Adio*, dit-elle à la porte. Je pars de ce pas. Si je chante quelque part où vous êtes, venez me voir ; et sans billet. Je dois des lieds de Mahler, quatre airs de Mozart et une chanson de Reynaldo Hahn aux passagers du *Narcissus*. Soyez heureux », dit-elle en franchissant la porte.

Les autres se regardèrent, se levèrent en s'ébrouant et se rendirent à la passerelle échanger leurs adieux, devant et avec Ellédocq et Charley.

Clarisse tenait la main de Julien et jetait des coups d'œil vers la ville, des coups d'œil inquiets, mais Julien avait mis un quart d'heure à peine pour louer une voiture et y embarquer la moitié de ses bagages.

« Et les autres, comment les récupérerai-je ? » dit-elle en montant dans la vieille voiture de location.

Et Julien lui répondit : « Jamais peut-être » en l'embrassant. Il fit marche arrière, demi-tour sur le quai pour prendre la route de l'ouest, et s'arrêta un instant face au *Narcissus*.

Le *Narcissus* qui s'étalait dans le port, ronronnant et fumant encore avec l'air confortable, satisfait du devoir accompli, le *Narcissus*, où, sous un soleil égal à celui du départ, régnait un silence assourdissant, privé qu'il était des voix des passagers et du bruit des machines. Un silence que Charley, en remontant la coupée, trouva atroce, mais Ellédocq reposant.

Du même auteur :

BONJOUR TRISTESSE,
roman, Julliard, 1954, prix des Critiques.

UN CERTAIN SOURIRE,
roman, Julliard, 1956.

DANS UN MOIS, DANS UN AN,
roman, Julliard, 1957.

AIMEZ-VOUS BRAHMS ?,
roman, Julliard, 1959.

CHÂTEAU EN SUÈDE,
théâtre, Julliard, 1960.

LES VIOLONS PARFOIS,
théâtre, Julliard, 1961.

LES MERVEILLEUX NUAGES,
roman, Julliard, 1961.

LA ROBE MAUVE DE VALENTINE,
théâtre, Julliard, 1963.

TOXIQUE,
journal, illustrations de Bernard Buffet,
Julliard, 1964 ; Stock, 2009.

BONHEUR, IMPAIR ET PASSE,
théâtre, Julliard, 1964.

LA CHAMADE,
roman, Julliard, 1965.

LE CHEVAL ÉVANOUI,
théâtre, Julliard, 1966.

L'ÉCHARDE,
théâtre, Julliard, 1966.

LE GARDE DU CŒUR,
roman, Julliard, 1968.

UN PEU DE SOLEIL DANS L'EAU FROIDE,
roman, Flammarion, 1969 ; Stock, 2010.

UN PIANO DANS L'HERBE,
théâtre, Flammarion, 1970 ; Stock, 2010.

DES BLEUS À L'ÂME,
roman, Flammarion, 1972 ; Stock, 2009.

UN PROFIL PERDU,
roman, Flammarion, 1974 ; Stock, 2010.

RÉPONSES,
entretiens, Pauvert, 1975.

DES YEUX DE SOIE,
nouvelles, Flammarion, 1975 ; Stock, 2009.

BRIGITTE BARDOT,
racontée par Françoise Sagan,
vue par Ghislain Dussart,
Flammarion, 1975.

LE LIT DÉFAIT,
roman, Flammarion, 1977 ; Stock, 2010.

LE SANG DORÉ DES BORGIA,
en collaboration avec Jacques Quoirez
et Étienne de Montpezat,
scénario, Flammarion, 1977.

IL FAIT BEAU JOUR ET NUIT,
théâtre, Flammarion, 1979 ; Stock, 2010.

LE CHIEN COUCHANT,
roman, Flammarion, 1980 ; Stock, 2011.

MUSIQUES DE SCÈNES,
nouvelles, Flammarion, 1981.

UN ORAGE IMMOBILE,
roman, Julliard, 1983 ; Stock, 2010.

AVEC MON MEILLEUR SOUVENIR,
roman, Gallimard, 1984.

LA MAISON DE RAQUEL VEGA,
fiction d'après le tableau de Fernando Botero,
La Différence, 1985.

DE GUERRE LASSE,
roman, Gallimard, 1985.

SARAH BERNHARDT, LE RIRE INCASSABLE,
fiction, Robert Laffont, 1987.

Un sang d'aquarelle,
roman, Gallimard, 1987.

La Sentinelle de Paris,
Robert Laffont, 1988.

Au marbre : chroniques retrouvées 1952-1962,
La Désinvolture, 1988.

La Laisse,
roman, Julliard, 1989.

Les Faux-fuyants,
roman, Julliard, 1991.

Répliques,
entretiens, Quai Voltaire, 1992.

Et toute ma sympathie,
roman, Julliard, 1993.

Œuvres,
Robert Laffont, coll. « Bouquins », 1993.

Un chagrin de passage,
roman, Plon, 1994.

Le Miroir égaré,
roman, Plon, 1996.

Derrière l'épaule,
roman, Plon, 1998.

Bonjour New York,
entretiens, L'Herne, 2007.

Un certain regard,
rassemble *Réponses* et *Répliques*, L'Herne, 2008.

Maisons louées,
L'Herne, 2008.

De très bons livres,
L'Herne, 2008.

Le Régal des chacals,
L'Herne, 2008.

Au cinéma,
L'Herne, 2008.

La Petite Robe noire,
L'Herne, 2008.

Lettre de Suisse,
L'Herne, 2008.

Album Sagan,
L'Herne, 2008.

Tout le monde est infidèle,
entretiens avec André Alimi, Le Cherche-Midi, 2009.

Théâtre,
inédit, Stock, 2010.

La Fourmi et la Cigale,
inédit, illustrations de Jean-Baptiste Drouot, Stock, 2010.

Un matin pour la vie et autres musiques de scènes,
nouvelles, inédit, Stock, 2011.

Composition réalisée par DATAGRAFIX

Achevé d'imprimer en avril 2012 en France par
CPI BRODARD ET TAUPIN
La Flèche (Sarthe)
N° d'impression : 68773
Dépôt légal 1re publication : mai 2012
LIBRAIRIE GÉNÉRALE FRANÇAISE
31, rue de Fleurus – 75278 Paris Cedex 06

31/5682/5